L'ALERTE AMBLER

ROBERT LUDLUM

L'ALERTE AMBLER

Traduit de l'américain
par
RENAUD MORIN

BERNARD GRASSET
PARIS

L'édition originale de cet ouvrage a été publiée par St. Martin's Press,
à New York, en 2005, sous le titre :

THE AMBLER WARNING

ISBN 978-2-246-65631-9
ISSN 1263-9559

L'harmonie non apparente est plus puissante que l'harmonie apparente.

HÉRACLITE, 500 av. J.-C.

PREMIÈRE PARTIE

Chapitre premier

L E BÂTIMENT avait l'invisibilité de ce qui est ordinaire. Cela aurait pu être un grand lycée public ou un centre régional des impôts. Un édifice massif en brique brun clair – quatre étages disposés autour d'une cour intérieure – semblable à des centaines d'autres construits dans les années 50 et 60. Un simple passant n'aurait pas levé les yeux pour l'examiner de plus près.

Mais ici, on ne passait pas. Pas sur cette île-barrière, à six milles de la côte de Virginie. Officiellement, elle appartenait à l'America's National Wildlife Refuge System, et quiconque demandait des renseignements apprenait qu'aucun visiteur n'y était admis en raison de l'extrême fragilité de son écosystème. Une partie de la côte sous le vent était en effet colonisée par les balbuzards et les mergules : les rapaces et leurs proies, tous deux menacés par le plus grand des prédateurs, l'homme. Mais le centre de l'île était occupé par un parc de huit hectares tout en pentes verdoyantes soigneusement nivelées et entretenues, où se dressait l'installation anonyme.

Les bateaux qui accostaient à Parrish Island trois fois par jour portaient le sigle du NWRS, et, de loin, on ne voyait pas que le personnel qu'on amenait sur l'île ne ressemblait aucunement à des gardes forestiers. Si un chalutier avarié tentait d'aborder, il était intercepté par des hommes en kaki au sourire engageant mais aux yeux froids et durs. Personne ne s'approchait jamais assez près

11

pour voir, et s'interroger, sur les quatre miradors, ou la clôture électrifiée qui ceignait le parc.

Le centre psychiatrique de Parrish Island, aussi anodin fût-il en apparence, recelait une contrée encore plus sauvage que celle qui l'entourait : celle de l'esprit humain. L'installation était seulement connue de quelques membres du gouvernement. Sa création répondait néanmoins à une logique toute simple : un centre psychiatrique pour les patients en possession d'informations ultrasecrètes. Il fallait un environnement sécurisé pour traiter quelqu'un qui avait perdu la tête, quand cette tête était farcie de secrets d'Etat. Parrish Island permettait ainsi de gérer au mieux les risques potentiels. Tous les membres du personnel étaient triés sur le volet et dotés d'habilitation de haut niveau, et, vingt-quatre heures sur vingt-quatre, des systèmes de surveillance audio et vidéo complétaient le dispositif de sécurité. Comme sauvegarde supplémentaire, l'équipe médicale était renouvelée tous les trois mois, ce qui réduisait la possibilité de voir se développer des relations inappropriées entre soignants et patients. Les protocoles de sécurité stipulaient même de ne jamais identifier les internés par leur nom, toujours par leur matricule.

Il arrivait exceptionnellement qu'un patient soit considéré comme présentant un risque particulièrement élevé en raison de la nature de son trouble psychiatrique, ou bien du caractère particulièrement sensible de ce qu'il savait. Ce type de patient était isolé des autres dans un pavillon séparé. Dans l'aile ouest du quatrième étage se trouvait l'un d'eux, le n° 5312.

Un membre du personnel récemment affecté au Pavillon 4-Ouest et rencontrant le matricule 5312 pour la première fois n'aurait pu se fier qu'à ce qu'il voyait : qu'il mesurait un mètre quatre-vingts, avait peut-être une quarantaine d'années ; que ses cheveux ras étaient châtains, ses yeux d'un bleu limpide. Si leurs regards s'étaient croisés, le membre du personnel aurait été le premier à détourner le sien ; l'intensité du regard du patient pouvait être troublante, il vous pénétrait presque physiquement. Le reste de son profil se trouvait dans son dossier psychiatrique. Quant à la sauvagerie qui l'habitait, on ne pouvait que la présumer.

Quelque part dans le Pavillon 4-Ouest, retentirent des explosions, des cris de panique. Mais ils étaient silencieux, confinés aux rêves agités du patient, lesquels devenaient de plus en plus réalistes alors même que le sommeil commençait à refluer. Ces moments qui précèdent le réveil – quand le dormeur, œil sans moi, est seulement conscient de ce qu'il voit – étaient remplis d'une succession d'images, dont chacune se gondolait comme un morceau de pellicule arrêté devant une ampoule de projecteur surchauffée. Un meeting politique à Taiwan par une journée chaude et humide : des milliers de citoyens réunis sur une vaste place, rafraîchie par une brise trop rare. Un candidat fauché au beau milieu d'une phrase par une explosion : petite, ciblée, mortelle. Quelques instants plus tôt, il parlait avec éloquence et passion ; maintenant il gît là, sur la tribune en bois, baignant dans son propre sang. Il lève la tête, embrasse la foule du regard pour la dernière fois, et ses yeux se posent sur un membre de l'assistance : un *chang bizi* – un Occidental. La seule personne qui ne crie pas, ne pleure pas, ne fuit pas. La seule personne qui ne paraît pas surprise, car elle se tient, après tout, devant son œuvre. Le candidat meurt en regardant fixement l'homme venu de l'autre bout du monde pour le tuer. Puis l'image se gondole, tremblote, se consume et fait place à un blanc aveuglant.

Très loin un haut-parleur invisible fait entendre son carillon, un accord parfait en mineur, et Hal Ambler ouvre ses yeux chiasseux.

Était-ce vraiment le matin ? Dans sa chambre sans fenêtre, il lui était impossible de le savoir. Mais c'était *son* matin. Encastrés au plafond, des néons augmentaient en intensité pendant une demi-heure : une aube technologique, rendue plus vive par la blancheur de son environnement. Un simulacre de jour, du moins, commençait. La chambre d'Ambler faisait trois mètres sur quatre ; le sol était couvert de vinyle blanc, les murs tapissés de mousse en PVC blanc, un matériau dense et caoutchouteux, cédant légèrement sous les doigts, comme un tatami. Bientôt, la porte coulissante s'ouvrirait dans un chuintement hydraulique. Il connaissait ces détails, ceux-là et des centaines d'autres. Ils constituaient l'essence même de la vie dans un établissement de haute sécurité, si on pouvait appeler ça une vie. Il avait des moments de cruelle lucidité, des instants qui l'arrachaient à son état de fugue psychique. Le sentiment plus large d'avoir été victime d'un kidnapping, physique mais aussi mental.

En presque vingt ans de carrière, l'agent Ambler avait connu la

13

captivité – en Tchétchénie et en Algérie –, et il avait été soumis à des périodes de détention solitaire. Il savait que cette situation ne prédisposait pas aux pensées profondes, à l'introspection, ni à l'investigation philosophique. L'esprit se remplissait plutôt de fragments de jingles publicitaires, de chansons pop aux paroles à moitié oubliées, et d'une conscience aiguë des petites gênes corporelles. Ce contenu tourbillonnait, dérivait, et débouchait rarement sur quelque chose d'intéressant, car il demeurait en fin de compte attaché à l'étrange supplice de l'isolement. Ceux qui l'avaient entraîné à sa vie d'agent avaient tenté de le préparer à cette sorte d'éventualité. La difficulté, disaient-ils, était d'empêcher l'esprit de s'en prendre à lui-même, comme un estomac digérant sa propre paroi.

Sur Parrish Island, il n'était pas aux mains de ses ennemis, mais détenu par son propre gouvernement, le gouvernement au service duquel il avait consacré sa carrière.

Et il ne savait pas pourquoi.

Il comprenait parfaitement que *quelqu'un* pût être interné ici. En tant que membre de la branche des services de renseignement américains connue sous le nom d'Opérations consulaires, il avait entendu parler du complexe de Parrish Island. Ambler comprenait également la légitimité d'une telle structure ; tout le monde pouvait succomber aux fragilités de l'esprit humain, y compris ceux en possession de secrets extrêmement bien gardés. Mais il était dangereux d'autoriser le premier psychiatre venu à approcher ce type de patient. C'était une leçon qu'ils avaient apprise à leurs dépens pendant la guerre froide ; quand on avait découvert qu'un psychanalyste originaire de Berlin, établi à Alexandria et comptant parmi sa clientèle plusieurs membres du gouvernement, était un agent de la tristement célèbre Stasi est-allemande.

Tout cela n'expliquait pourtant pas pour quelle raison Hal Ambler se trouvait ici, depuis... depuis combien de temps en fait ? Pendant sa formation, on avait insisté sur l'importance de garder la notion du temps en détention. Il n'y était pas parvenu, et ses questions sur son temps de détention restaient sans réponse. Six mois, un an, davantage ? Il y avait tant de choses qu'il ignorait. Par contre, il avait une certitude : s'il ne s'échappait pas bientôt, il deviendrait vraiment fou.

La routine : Ambler n'arrivait pas à savoir si le fait de s'y astreindre était sa planche de salut ou sa ruine. Silencieux et efficace, il s'acquitta de son programme personnel de gymnastique suédoise, en terminant par une centaine de pompes alternées sur une main. Il avait le droit de se laver tous les deux jours ; c'était un jour sans. Il se brossa les dents au-dessus d'un petit lavabo d'angle blanc. Le manche de la brosse n'était pas en plastique, mais fait dans un polymère doux et caoutchouteux, pour qu'il ne puisse pas être taillé en pointe et servir d'arme. Il appuya sur un loquet magnétique, et un rasoir électrique compact glissa d'un compartiment au-dessus du lavabo. Il avait le droit de l'utiliser 120 secondes exactement avant de devoir replacer l'appareil équipé d'un capteur dans son compartiment de sécurité ; faute de quoi une alarme se déclenchait. Quand il eut terminé, Ambler s'aspergea le visage et passa ses doigts mouillés dans ses cheveux, afin de leur donner un semblant de discipline. Il n'y avait pas de miroir ; aucune surface réfléchissante nulle part. Même les vitres du pavillon étaient traitées avec un revêtement antireflet. Pour des raisons thérapeutiques, sans doute. Il revêtit sa « tenue de jour » – blouse en coton blanc et pantalon ample maintenu à la taille par un élastique –, l'uniforme de l'interné.

Il se tourna lentement en entendant la porte s'ouvrir, et sentit l'odeur du désinfectant au pin qui flottait en permanence dans le couloir. C'était, comme d'habitude, un homme solidement charpenté, aux cheveux en brosse, vêtu d'un uniforme en popeline gris perle, une patte en tissu masquant soigneusement la plaque d'identification sur son torse : précaution supplémentaire que le personnel observait dans ce pavillon. A sa manière paresseuse d'articuler les voyelles, il était certainement originaire du Midwest, et son apathie et son manque de curiosité étaient contagieux ; Ambler ne s'intéressait guère à lui.

La routine, encore : le surveillant tenait à la main une épaisse ceinture en nylon maillé. « Lève les bras », grogna l'homme en s'approchant pour passer la ceinture autour de la taille d'Ambler. Celui-ci n'était pas autorisé à quitter sa chambre sans la ceinture spéciale. L'épais tissu en nylon dissimulait plusieurs piles plates au lithium ; une fois la ceinture en place, deux broches en métal étaient positionnées juste au-dessus du rein gauche.

L'appareil – une ceinture REACT, selon la terminologie officielle, acronyme de « Remote Electronically Activated Control Technology » – était généralement utilisé pour le transfert des prisonniers de très haute sécurité ; dans le Pavillon 4-Ouest, c'était un accessoire ordinaire. La ceinture pouvait être activée à trente mètres de distance et était réglée pour transmettre pendant huit secondes une décharge de cinquante mille volts. Un choc électrique capable d'envoyer un lutteur de sumo au tapis, où il serait pris de convulsions pendant dix ou quinze minutes.

Une fois la ceinture attachée, le surveillant escorta Ambler le long du couloir carrelé de blanc pour sa médication du matin. Ambler marchait lentement, d'un pas lourd, comme s'il pataugeait dans l'eau. Une démarche souvent occasionnée par l'administration de fortes doses d'antipsychotiques – démarche familière à tous ceux qui travaillaient dans les pavillons. Les mouvements d'Ambler contredisaient la vivacité avec laquelle son regard embrassait ce qui l'entourait. C'était l'une des nombreuses choses qui avaient échappé au surveillant.

Ambler, lui, remarquait presque tout.

Le bâtiment avait plusieurs dizaines d'années, mais avait été régulièrement doté des équipements de sécurité les plus modernes : les portes ne s'ouvraient pas avec des clés, mais au moyen de cartes à puce contenant des transpondeurs miniaturisés, et les principaux accès ne fonctionnaient qu'après analyse rétinienne du personnel autorisé. La soi-disant « chambre d'évaluation » était à une trentaine de mètres de sa cellule. Elle était équipée d'une cloison en verre polarisé gris qui permettait d'observer le sujet sans être vu. C'était là qu'Ambler venait passer de régulières « évaluations psychologiques », dont la finalité semblait autant échapper au médecin de service qu'à lui-même. Ces derniers mois, Ambler avait vraiment touché le fond, et il ne s'agissait pas d'un trouble mental ; son désespoir résultait plutôt d'une estimation réaliste de ses chances de libération. Même au cours de sa rotation trimestrielle, le personnel en était venu, il le sentait, à le considérer comme un condamné à perpétuité, quelqu'un qui resterait interné au centre bien après qu'ils l'auraient quitté.

Plusieurs semaines auparavant, cependant, tout avait changé pour lui. Rien d'objectif, rien de physique, rien d'*observable*. Le fait est pourtant qu'il avait établi un contact, et que cela allait tout changer. Pour être plus précis, *elle* allait tout changer. Elle avait déjà commencé. C'était une jeune infirmière en psychiatrie, elle s'appelait Laurel Holland. Et – c'était aussi simple que cela – elle était de son côté.

Quelques minutes plus tard, le surveillant se présenta avec son patient aux pieds de plomb dans une vaste zone semi-circulaire du Pavillon 4-Ouest appelée le *salon* – un nom pas forcément approprié. Sa désignation technique était plus juste : atrium de surveillance. Au fond de la pièce, quelques appareils de gymnastique rudimentaires et une étagère avec une édition vieille de quinze ans de *L'Encyclopédie mondiale*. De l'autre côté, le dispensaire : un long comptoir, une étroite fenêtre coulissante en verre armé qui laissait voir une étagère de flacons en plastique blanc avec des étiquettes pastel. Comme Ambler avait fini par l'apprendre, le contenu de ces flacons pouvait être aussi incapacitant que des menottes d'acier. Il provoquait une torpeur inquiète, une mollesse tendue.

Mais le souci de l'institution était moins la paix que la pacification. Une demi-douzaine de surveillants étaient réunis ce matin-là. Ce n'était pas inhabituel : il n'y avait que pour eux que le mot *salon* avait un sens. Le pavillon avait été conçu pour une douzaine de patients ; il ne servait qu'à un seul. En conséquence de quoi la salle était devenue, à titre officieux, une sorte de centre de repos et de récréation pour les surveillants qui officiaient dans des pavillons plus exigeants. Du coup, leur présence massive avait pour effet de renforcer la sécurité dans ce pavillon-ci.

Alors qu'Ambler se tournait et adressait un signe de tête aux surveillants assis sur une banquette basse rembourrée de mousse, il laissa un petit filet de bave couler lentement sur son menton ; le regard qu'il leur adressa était vide, hébété. Il avait déjà enregistré la présence des six surveillants, ainsi que celle du psychiatre de service et – seul espoir d'Ambler – de l'infirmière en psychiatrie.

« C'est l'heure des bonbons », lança un des surveillants ; les autres ricanèrent.

Ambler se dirigea lentement vers le dispensaire, où l'infirmière aux cheveux auburn attendait avec ses pilules du matin. Un éclair de connivence – coup d'œil fugace, infime hochement de tête – passa entre eux.

17

Il avait appris son nom par accident ; elle avait renversé un gobelet d'eau sur elle, et le tissu censé dissimuler son badge en acétate était devenu translucide. Laurel Holland : les lettres se devinaient en transparence. Il avait prononcé son nom à voix basse ; elle avait paru troublée mais, d'une certaine manière, pas mécontente. Cela avait déclenché quelque chose entre eux. Il avait étudié son visage, son attitude, sa voix, son comportement. Elle devait avoir la trentaine, des yeux noisette pailletés de vert, un corps souple. Plus intelligente et jolie qu'elle ne se l'imaginait.

Leurs conversations étaient brèves et murmurées, rien qui puisse être détecté par les systèmes de surveillance. Mais un échange de regards, un sourire esquissé suffisait à communiquer bien des choses. Pour le système, il était le patient n° 5312. Mais à présent, il savait qu'il était bien plus qu'un matricule pour elle.

Au cours des six dernières semaines il avait entretenu sa compassion non en jouant la comédie – elle s'en serait vite aperçue – mais en s'autorisant une certaine franchise, d'une manière qui l'encourage à faire de même. Elle reconnaissait quelque chose en lui – elle reconnaissait sa *santé mentale*.

Cela avait soutenu sa confiance en lui-même, et sa détermination à s'évader. « Je ne veux pas mourir ici », lui avait-il murmuré un matin. Elle n'avait pas répondu, mais son regard affligé lui avait dit tout ce qu'il avait besoin de savoir.

« Vos médicaments », avait-elle dit d'un ton enjoué, le lendemain matin, mettant dans sa paume trois comprimés qui avaient l'air légèrement différents des neuroleptiques qui l'abrutissaient d'ordinaire. « Paracétamol », souffla-t-elle. Le protocole clinique exigeait qu'il avale les cachets sous sa surveillance directe et qu'il ouvre ensuite la bouche pour montrer qu'il ne les avait pas dissimulés quelque part. Ce qu'il fit, et dans l'heure il eut la preuve qu'elle lui avait dit la vérité. Il avait le pas plus léger, l'esprit aussi. En quelques jours, il commença à avoir l'œil plus vif, à se sentir plus énergique – plus lui-même. Il devait faire un effort pour paraître sédaté, pour feindre la démarche traînante qu'induisait la Compazine et à laquelle les surveillants étaient habitués.

Le centre psychiatrique de Parrish Island était un établissement de très haute sécurité, doté de la technologie la plus récente. On n'avait pourtant jamais inventé aucune technologie qui fût entièrement imperméable au facteur humain. A cet instant, faisant écran de son corps pour masquer ses mouvements à la caméra, elle glissa sa carte magnétique dans la ceinture élastique de son uniforme en coton blanc.

« J'ai entendu dire qu'il pourrait y avoir un Code 12 ce matin », murmura-t-elle. Il s'agissait du code utilisé en cas de grosse urgence médicale, nécessitant l'évacuation du patient. Laurel Holland n'expliqua pas comment elle était au courant, mais il avait sa petite idée : le scénario le plus probable était qu'un patient s'était plaint de douleurs thoraciques – premiers signes annonciateurs d'un événement cardiaque plus sérieux. Ils devaient surveiller la situation, sachant que si d'autres signes d'arythmie apparaissaient, il faudrait transporter le patient vers une unité de soins intensifs sur le continent. Il y avait déjà eu un Code 12 – un patient âgé qui avait fait une hémorragie cérébrale –, et Ambler se rappelait les procédures de sécurité qui avaient été suivies. Aussi impressionnantes fussent-elles, elles présentaient une faille : une faille qu'il serait peut-être en mesure d'exploiter.

« Tendez l'oreille, dit-elle. Et tenez-vous prêt. »

Deux heures plus tard – des heures de silence et d'immobilité glacés pour Ambler –, une alarme électronique retentit, suivie d'un message lui aussi électronique : *Code 12, Pavillon 2-Est*. Le genre de voix préenregistrée qu'on entend dans les navettes d'aéroport et les rames de métro modernes, d'une suavité dérangeante. Les surveillants se levèrent comme un seul homme. *Ça doit être le vieux, en 2-E. C'est son deuxième infarct, non ?* La plupart d'entre eux partirent pour le pavillon du deuxième étage. La sonnerie et le message se répétaient à intervalles fréquents.

C'était donc un vieil homme victime d'une crise cardiaque, exactement comme prévu. Ambler sentit une main sur son épaule. Le même surveillant baraqué qui s'était présenté à sa porte plus tôt dans la matinée.

« Procédure standard. Les patients retournent dans leur chambre pendant tous les protocoles d'urgence.

— Qu'est-ce qui se passe ? s'enquit Ambler, d'une voix pâteuse, léthargique.

— Rien qui t'intéresse. Tu seras en sécurité dans ta chambre. » Comprendre : *bouclé*. « Maintenant, viens avec moi. »

De longues minutes plus tard, les deux hommes se retrouvèrent devant la cellule d'Ambler. Le surveillant présenta sa carte devant le lecteur, un boîtier en plastique gris fixé à hauteur de la taille près de la porte, qui s'ouvrit en coulissant.

« Entre, ordonna l'armoire à glace du Midwest.

— J'ai besoin d'aide pour... »

Ambler fit quelques pas vers le seuil, puis se retourna vers le surveillant, désignant la cuvette en porcelaine d'un geste impuissant.

« Et merde ! » soupira l'homme, les narines gonflées de dégoût, avant de suivre Ambler dans la chambre.

Tu n'as qu'une chance. Pas d'erreur.

Alors que l'homme s'approchait de lui, Ambler se voûta, les genoux légèrement fléchis, comme s'il allait s'écrouler. Tout à coup il bondit en avant, percutant la mâchoire de l'homme d'un formidable coup de tête. Une expression de panique et d'ahurissement passa sur le visage du surveillant à l'instant du choc : le détenu narcotisé à la démarche traînante s'était transformé en tornade – que s'était-il passé ? Quelques instants plus tard, il tombait lourdement sur le sol recouvert de vinyle, et Ambler était sur lui en train de lui faire les poches.

Pas d'erreur. Il ne pouvait s'en permettre aucune.

Il prit la carte à puce, le badge d'identification, puis enfila rapidement la chemise et le pantalon gris perle de l'homme. Les vêtements, quoique trop grands, n'étaient pas ridicules, et résisteraient à un examen superficiel. Il se hâta de rouler les revers du pantalon, raccourcissant l'ourlet de façon invisible. La taille du pantalon recouvrait en partie la ceinture incapacitante : il aurait donné presque n'importe quoi pour en être débarrassé, mais avec le temps dont il disposait, c'était physiquement impossible. Tout ce qu'il pouvait faire, c'était resserrer la ceinture en tissu gris de l'uniforme en espérant que le nylon noir de l'appareil demeure invisible.

Présentant la carte à puce devant le lecteur intérieur, il ouvrit la porte de sa chambre et jeta un coup d'œil à l'extérieur. Le couloir était désert. Tout le petit personnel avait été envoyé sur la scène de l'urgence médicale.

La porte allait-elle se fermer automatiquement ? Il le fallait. Dans le couloir, Ambler présenta la carte devant le lecteur extérieur. Après avoir émis deux ou trois clics, la porte se referma.

Ambler courut quelques mètres jusqu'à la porte coupe-feu dotée d'une barre d'ouverture horizontale au bout du couloir. Une des quatre portes à serrure électronique quatre points. Fermée, évidemment. Il présenta la carte à puce qu'il venait d'utiliser, entendit la serrure motorisée tourner sur son axe en cliquetant. Et puis rien. Elle resta fermée.

Ce n'était pas un passage autorisé aux surveillants.

Il comprit alors pourquoi Laurel Holland lui avait donné sa propre carte : la porte devait ouvrir sur le couloir qui permettait d'approvisionner le dispensaire.

Il essaya avec la carte de l'infirmière.

Cette fois la porte s'ouvrit.

Il se retrouva dans un étroit couloir de service, chichement éclairé par une rangée de néons de faible puissance. Il jeta un coup d'œil sur sa droite, et avança à pas de loup vers le chariot à linge qu'il avait remarqué au bout du couloir. Il était évident que les femmes de ménage n'étaient pas encore passées dans le secteur. Il y avait des mégots par terre, des emballages en cellophane, et puis sa chaussure heurta un objet plat et métallique : une canette vide de Red Bull que quelqu'un avait aplatie du pied. Obéissant à une vague intuition, Ambla la glissa dans sa poche arrière.

De combien de temps disposait-il ? Plus concrètement, dans combien de temps remarquerait-on la disparition du surveillant ? D'ici quelques minutes, le Code 12 prendrait fin et on enverrait quelqu'un sortir Ambler de sa chambre. Il fallait qu'il quitte le bâtiment au plus vite.

Ses doigts frôlèrent quelque chose qui faisait saillie sur le mur. Il l'avait trouvée : la trappe métallique du vide-linge. Il grimpa à l'intérieur de la colonne, s'agrippant au montant de la trappe des deux mains et tâtonnant avec les jambes. Il craignait que la colonne ne fût trop étroite ; en réalité, elle était trop large, et il n'y avait pas d'échelle verticale, comme il avait osé l'espérer. La colonne était revêtue de plaques d'acier lisses. Pour ne pas tomber, il fallait qu'il s'appuie des deux côtés de la gaine avec ses deux mains et ses pieds chaussés de baskets.

Il se laissa lentement descendre, se repositionnant à chaque fois au prix d'efforts surhumains ; la tension imposée à ses muscles était terrible, et devint vite douloureuse. Impossible de se reposer ; les muscles devaient travailler en continu, sinon, c'était la chute assurée, dans ce qui semblait être une colonne verticale.

Quand il arriva au terme de sa descente en rappel, il avait l'impression qu'elle lui avait pris des heures, alors qu'il savait qu'elle n'avait pas dû durer plus de deux minutes. Les muscles tétanisés de douleur, il se fraya un chemin au milieu des sacs de linge souillé, suffoquant presque tant l'odeur de sueur et d'excréments était forte. Il avait l'impression de s'extraire d'une tombe, s'agrippant, se tortillant, s'ouvrant un passage dans une matière qui lui résistait. Chaque fibre de sa musculature criait grâce, mais il n'avait pas le temps de souffler.

Il finit par poser le pied sur un sol en ciment, il était dans... dans une pièce en sous-sol chaude et basse de plafond, où des lave-linge tournaient bruyamment. Il tendit le cou. A l'extrémité d'une longue rangée de lave-linge industriels en émail blanc, deux employés chargeaient une machine.

Il se redressa et traversa l'allée des lave-linge, disciplinant ses muscles tremblotants : s'il était repéré, il devait marcher d'un pas sûr. Une fois sorti du champ de vision des blanchisseurs, il alla se poster à côté d'une rangée de chariots à linge en toile et estima sa position.

Il savait que les évacuations médicales se faisaient sur une vedette rapide, et que celle-ci allait bientôt accoster, si elle n'était pas déjà arrivée. A cet instant même, on était en train de sangler le malade sur un brancard. Si Ambler voulait que son plan ait une chance de réussir, il n'avait pas une minute à perdre.

Il fallait qu'il monte sur ce bateau.

Pour cela, il fallait trouver le chemin de l'embarcadère. *Je ne veux pas mourir dans cet endroit* : ce n'était pas simplement pour éveiller la compassion de Laurel Holland qu'il avait dit cela. Il avait dit la vérité, la plus urgente peut-être.

« Hé ! appela une voix. Qu'est-ce que vous foutez là ? »

L'autorité mesquine d'un gardien de niveau intermédiaire, quelqu'un dont l'existence consistait à se faire rabrouer par ses supérieurs et à en faire baver à ceux qui étaient sous ses ordres.

Un sourire faussement décontracté aux lèvres, Ambler se tourna vers un petit chauve avec un teint de lait caillé et des yeux qui semblaient pivoter comme une caméra de surveillance.

« Du calme, l'ami. Je jure que je ne fumais pas.

— Vous trouvez ça drôle ? » Le surveillant s'approcha de lui, jeta un coup d'œil à son badge. « Vous vous débrouillez en espagnol ? Parce que je pourrais vous coller à l'entretien du parc, espèce de... » Il s'interrompit tout net, ayant réalisé que le visage sur le badge d'identification n'était pas celui de l'homme en uniforme. « Bordel de merde », souffla-t-il.

Il fit alors quelque chose de curieux : il recula de cinq, six mètres, et décrocha un appareil de sa ceinture. C'était l'émetteur radio qui activait la ceinture incapacitante.

Non ! Ambler ne pouvait pas laisser faire ça. Si la ceinture était activée, il serait terrassé par une immense vague de douleur et laissé là à se convulser sur le sol. Tous ses plans seraient réduits à néant. Il mourrait ici. En prisonnier anonyme, jouet de forces qu'il ne comprendrait jamais. Comme d'elles-mêmes, les mains d'Ambler allèrent chercher la canette aplatie dans sa poche arrière, son subconscient fonctionnant avec une fraction de seconde d'avance sur son esprit conscient.

Il était impossible de retirer la ceinture. Mais il était possible de glisser la fine plaque de métal *sous* la ceinture... et c'est ce qu'il fit, la poussant contre sa peau de toutes ses forces, à peine conscient qu'elle égratignait sa chair. Les deux broches métalliques de la ceinture reposaient à présent sur le métal conducteur.

« Bienvenu dans un monde de douleur », dit le surveillant d'une voix calme alors qu'il déclenchait le mécanisme.

Ambler entendit un bourdonnement sourd dans son dos. Ce n'était plus son corps qui faisait office de fusible entre les deux broches, mais la canette métallique. Il sentit une vague odeur de fumée, puis le bourdonnement cessa.

La ceinture s'était mise en court-circuit.

Ambler fonça sur le surveillant, s'abattit sur lui et le cloua rapidement au sol. La tête de l'homme heurta violemment le ciment, et il laissa échapper un gémissement étouffé. Ambler se rappela une phrase que l'un des formateurs des Opérations consulaires aimait à répéter : que la malchance était simplement l'envers de la chance. *Il y a une opportunité dans toute mésaventure.* Ce n'était pas logique, mais Ambler avait souvent pu constater que cela se vérifiait. Jetant un coup d'œil à la série d'initiales sous le nom de l'homme, Ambler apprit qu'il s'occupait de la gestion des stocks. Ce qui signifiait qu'il contrôlait tout ce qui entrait et sortait du bâtiment, et donc, qu'il utilisait régulièrement les entrées de service. Les issues étaient encore plus surveillées que les communications intérieures : elles exigeaient la signature biométrique du personnel autorisé. Comme celle de l'homme qui gisait mollement à ses pieds. Il remplaça le badge du surveillant par celui du responsable des stocks. Même inconscient, l'homme serait son billet de sortie.

Le portail en acier de la sortie de service ouest portait un panneau blanc et rouge rappelant le règlement sans détour : L'UTILISATION DU PASSAGE PAR DES PERSONNELS NON AUTORISÉS EST STRICTEMENT INTERDITE ET PROVOQUERA LE DÉCLENCHEMENT DE L'ALARME. Il n'y avait pas de serrure ni de lecteur de carte près de la barre d'ouverture, mais un autre dispositif bien plus impressionnant : un appareil fixé au mur dont la simple interface consistait en un rectangle de verre horizontal et un poussoir. Un analyseur rétinien, pratiquement infaillible. Les capillaires qui rayonnent du nerf optique à travers la rétine présentent une configuration unique chez chaque individu. A la différence des lecteurs d'empreintes digitales, qui ne fonctionnent qu'avec soixante indices de ressemblance, les détecteurs rétiniens en analysent plusieurs centaines. C'est pourquoi, leur taux de rejet par erreur est quasi nul.

Ce qui ne veut pas dire sans faille. *Dis bonjour à ton personnel autorisé*, pensa Ambler tandis qu'il passait les bras sous les aisselles du superviseur inconscient et le soulevait devant le détecteur en lui écarquillant les yeux avec les doigts. Il appuya sur le bouton avec le coude gauche, et deux rais de lumière rouges jaillirent de la vitre. Après deux ou trois longues secondes, un ronronnement mécanique se fit entendre à l'intérieur de la porte d'acier, et elle bascula sur ses gonds. Ambler laissa l'homme tomber à terre, franchit la grille, puis gravit un petit escalier de béton.

Il se trouvait sur une aire de chargement de l'aile ouest du bâtiment, respirant pour la première fois depuis très longtemps de l'air non recyclé. Le temps était couvert : froid, humide, maussade. Mais il était *dehors*. Un ridicule sentiment d'euphorie monta en lui, fugitivement, étouffé par une angoisse plus grande. Il n'avait jamais été en plus grand danger. Laurel Holland lui avait parlé de la clôture d'enceinte électrifiée. Le seul moyen de la franchir était d'être sous escorte officielle... ou de faire partie du personnel habilité.

Il entendit la rumeur lointaine d'un bateau à moteur, puis, plus proche, le bruit d'un autre moteur. Un véhicule électrique, évoquant une voiturette de golf surdimensionnée, approchait du sud du bâtiment. Sans délai, un brancard fut chargé à l'arrière. La voiturette devait conduire le patient jusqu'à l'embarcation.

Ambler respira un grand coup, tourna l'angle du bâtiment à grandes enjambées, courut jusqu'au véhicule, et s'assit pesamment sur le siège passager. Le conducteur le considéra avec méfiance.

Tu es calme ; tu t'ennuies. C'est juste un boulot. « Ils m'ont dit que j'étais censé rester avec le gus qui a fait un infarct jusqu'au centre médical », déclara Ambler en montant à bord. Ce qui voulait dire : *Ça ne me réjouit pas plus que toi.* « Tous les boulots foireux, c'est les nouveaux qui se les coltinent », poursuivit-il. Le ton était doucement geignard, en fait, il s'excusait d'être là. Il croisa les bras sur sa poitrine, masquant son badge et sa photo d'identité usurpés.

« Cette taule est pareille à toutes celles dans lesquelles j'ai bossé.

— Tu es avec l'équipe de Barlowe ? grommela le conducteur.

Barlowe ?

— Tout juste.

— Un vrai connard, non ?

— Tout juste », répéta Ambler.

Sur le quai, l'équipage de la vedette rapide – le pilote, un auxiliaire médical, et un garde armé – ronchonna en apprenant que le corps devait être accompagné par quelqu'un de l'établissement. On ne leur faisait pas confiance pour faire le boulot correctement ? C'était ça, le message ? En plus, fit remarquer l'auxiliaire médical, le patient était déjà mort. Ce serait un trajet à la morgue. Mais l'air blasé d'Ambler conjugué aux haussements d'épaules du conducteur les rassurèrent, et personne n'avait envie de s'attarder par un temps pareil. Les membres de l'équipage prirent chacun une extrémité du brancard en aluminium, frissonnant légèrement dans leur coupe-vent bleu marine tandis qu'ils descendaient le corps dans une couchette sous le pont, vers l'arrière du bateau.

Avec ses quarante pieds, le Culver Ultra Jet était plus petit que les navettes qui transportaient le personnel. Il était également plus rapide : ses deux moteurs de cinq cents chevaux lui permettaient de rejoindre le centre médical côtier en dix minutes, plus vite qu'il ne le faudrait pour demander, faire atterrir, et charger un hélicoptère de la base militaire de Langley ou bien de la base navale. Ambler resta près du pilote ; la vedette était un modèle militaire récent, et il voulait être sûr de comprendre le fonctionnement du tableau de bord. Il observa le pilote ajuster les propulseurs situés à l'avant et à l'arrière, puis pousser la manette des gaz à fond. La vedette filait sur l'eau à présent, à plus de quarante-cinq nœuds.

Ils auraient accosté dans dix minutes. Est-ce que le stratagème tiendrait aussi longtemps ? Ambler n'avait eu aucun mal à maculer de vase la photo de son badge, et il savait que les gens se fiaient davantage à l'apparence – voix, comportement – qu'aux documents. Au bout de quelques minutes, il rejoignit l'auxiliaire médical et le garde sur un banc derrière la barre.

Le premier – vingt-cinq, trente ans, joues couperosées, cheveux noirs frisés – paraissait encore s'offenser de la présence d'Ambler. Il finit par se tourner vers lui. « Ils n'ont jamais dit que le corps serait accompagné. Vous réalisez que le type est mort, non ? » Un accent du sud, un type qui s'ennuie, irritable, qui l'avait sans doute mauvaise d'avoir été envoyé chercher un patient décédé.

« Ah, bon ? fit Ambler en réprimant un bâillement, du moins en faisant semblant.

— Je veux. J'ai vérifié moi-même. C'est pas comme s'il allait s'échapper, vous savez ? »

Ambler se remémora l'air zélé de l'homme qui avait porté son badge. « Tant qu'ils n'ont pas eu un certificat certifié conforme, ils s'en cognent de ce que vous dites. Personne à Parrish n'est habilité à le faire. Alors on applique le règlement. » *Voilà* le ton qu'il fallait prendre.

« Tu parles d'une connerie.

— Arrête de le gonfler, Olson », intervint le garde.

Ce n'était pas de la solidarité ; c'était un petit jeu. Mais il n'y avait pas que cela. Ambler devinait que les deux hommes ne se connaissaient pas bien et n'étaient pas à l'aise en présence l'un de l'autre. Sans doute le problème classique du partage de l'autorité ; l'auxiliaire médical voulait jouer au petit chef, mais c'était le garde qui portait l'arme de service.

Ambler jeta au militaire un coup d'œil amical. Il était solidement charpenté, dans les vingt-cinq ans, avec une coupe de cheveux réglementaire. Il ressemblait à un ancien Ranger, et le HK P7 qu'il portait à la ceinture, compact et mortel, avait pendant longtemps été l'arme de prédilection de cette unité. C'était le seul à posséder une arme à bord, mais Ambler sentait qu'il savait s'en servir.

« Si tu le dis », déclara l'auxiliaire médical après une pause. Mais il ne capitulait pas ; il disait : *c'est quoi ton problème ?*

Tandis que les trois hommes replongeaient dans un silence désagréable, Ambler se laissa gagner par un début de soulagement.

La vedette n'était qu'à quelques milles de Parrish Island quand le pilote, coiffé d'un casque à écouteurs, fit de grands gestes pour obtenir leur attention et brancha la radio sur le haut-parleur de la cabine en appuyant sur une manette. « Code 505 de Parrish Island » La voix de l'opérateur était nerveuse. « Nous avons une évasion de détenu. Je répète : une évasion de détenu. »

Ambler sentit son estomac se nouer. Il fallait qu'il agisse, qu'il *utilise* cette crise. Il se leva d'un bond. « Putain de merde ! » grommela-t-il.

Le haut-parleur crachota à nouveau : « Vedette 12-647-M, le détenu s'est peut-être caché à bord. Attendons confirmation immédiate. *A vous.* »

Le garde jeta à Ambler un regard dur ; une pensée commençait à prendre forme. Il fallait qu'Ambler la devance, la fasse dévier.

« Merde, dit-il. Je suppose que vous savez pourquoi je suis là maintenant. » Une pause. « Vous pensez que c'est par hasard qu'ils ont insisté pour mettre des représentants de la sécurité sur toutes les embarcations quittant l'île ? Ça fait vingt-quatre heures qu'on a des infos sur une tentative d'évasion.

— Vous auriez pu nous le dire, rétorqua le garde d'un ton maussade.

— C'est pas le genre de rumeur que la maison aime propager, poursuivit Ambler. Je vais tout de suite aller jeter un coup d'œil au macchabée. » Il descendit dans la cabine qui se trouvait sous la plage arrière. A l'intérieur, sur la gauche, un étroit placard à outils, encastré dans la double coque de la cale. Quelques chiffons graisseux par terre. Sur une plate-forme en acier galvanisé, le corps était toujours attaché au brancard avec des sangles en Velcro ; il paraissait gonflé, dans les cent vingt-cinq kilos, et le teint grisâtre de l'homme était bien celui d'un cadavre.

Et maintenant ? Il fallait qu'il fasse vite, avant que les autres ne décident de le suivre.

Vingt secondes plus tard, il retournait précipitamment sur le pont.

« Vous ! » s'écria Ambler le doigt pointé sur l'auxiliaire médical. « Vous disiez que le patient était mort. C'était quoi ces conneries ? Je viens de lui prendre le pouls, et devinez quoi. Il a le même pouls que vous et moi.

— Vous ne savez pas de quoi vous parlez, rétorqua l'infirmier d'un ton indigné. C'est un putain de cadavre qu'il y a là-dessous. »

Ambler était encore essoufflé.

« Un macchabée avec un pouls de soixante-dix ? J'en doute. »

Le garde tourna brusquement la tête, Ambler devina ses pensées : *Ce type a l'air de savoir de quoi il parle.* C'était un avantage provisoire ; il fallait l'exploiter.

« Vous avez quelque chose à voir avec ça ? demanda Ambler, en fixant sur l'auxiliaire médical un regard accusateur. Vous êtes complice ?

— Mais qu'est-ce que vous racontez ?! » se récria le jeune homme, ses joues couperosées rougissant davantage. La façon dont le garde le dévisageait l'irrita encore plus. Il avait l'air sur la défensive, mal à l'aise. L'infirmier se tourna vers le garde. « Becker, tu ne vas pas prendre ce type au sérieux. Je sais prendre un pouls, et c'est un putain de macchab qu'on a sur le brancard.

— Montrez-nous », proposa Ambler d'un air sévère, en les menant jusqu'à la couchette. Le pronom *nous* était redoutable, il le savait : implicitement, il traçait une ligne entre l'homme qu'il accusait et les autres. Il fallait qu'Ambler déconcerte tout le monde, crée un climat de discorde et de soupçon. Sinon le soupçon se reporterait vers lui.

Jetant un coup d'œil en arrière, il vit que le garde fermait la marche, pistolet à la main. Les trois hommes contournèrent la plage arrière et descendirent dans la couchette. L'auxiliaire médical ouvrit la porte et souffla d'une voix stupéfaite : « Merde alors... ! »

Les deux autres coulèrent un regard à l'intérieur. Le brancard était renversé, les sangles en Velcro défaites. Le corps avait disparu.

« Espèce de sac à merde, explosa Ambler.

— Je ne comprends pas, assura l'infirmier d'une voix mal assurée.

— Ouais, je crois que nous, on comprend », assena Ambler d'un ton glacial.

La subtile emprise de la syntaxe : plus il utilisait la première personne du pluriel, plus grande était son autorité. Il jeta un coup d'œil à la porte du placard à outils, espérant que personne ne remarquerait la clenche qui forçait sous la pression.

« Tu es en train de me dire qu'un *cadavre* s'est tiré d'ici ? » demanda le garde aux cheveux en brosse, se tournant vers l'homme du sud aux cheveux bouclés. Le garde tenait son arme d'une main ferme.

« Il est probablement passé par-dessus bord pour piquer une tête », persifla Ambler. *Impose-leur ton scénario, empêche-les d'en élaborer d'autres.* « On n'aurait rien entendu, et dans ce brouillard, on n'aurait rien vu. D'ici, il y a trois milles jusqu'à la côte, pas trop épuisant pour peu qu'on nage sans s'arrêter pour faire circuler le sang. Tous les cadavres font ce genre de truc, hein ?

— C'est *dingue*, protesta l'infirmier. Je n'ai rien à voir avec ça ! Il faut me croire. » La forme du démenti était machinale, mais elle confirmait efficacement l'élément crucial de l'allégation : que l'homme sur le brancard était le fugitif.

« Je crois qu'on sait pourquoi il était tellement furax qu'on m'ait imposé à bord », dit Ambler au garde, juste assez fort pour être entendu malgré les moteurs. « Écoutez, vous feriez mieux de signaler ça illico. Je surveille le suspect. »

Le garde paraissait déconcerté, et Ambler lut sur son visage qu'il était tiraillé par des impulsions contradictoires. Alors il se pencha vers lui et lui glissa à l'oreille, sur un ton de confidence : « Je sais que vous n'avez rien à voir avec ça. Ce sera bien précisé dans mon rapport. Vous n'avez donc pas à vous en faire. » Le message transmis n'était pas dans le contenu des mots. Ambler était parfaitement conscient qu'il ne répondait pas à l'inquiétude du garde : celui-ci n'avait pas encore envisagé qu'on puisse le soupçonner d'être mêlé à l'évasion d'un établissement de sécurité maximale. Mais en lui donnant l'assurance que cela n'arriverait pas – et en parlant de son « rapport » – il asseyait subtilement son autorité : l'homme en uniforme gris perle incarnait désormais l'administration, la procédure, la discipline du commandement.

« Compris, répondit le garde, qui se tourna vers Ambler pour quêter son approbation.

— Donnez-moi votre pistolet et je garderai un œil sur ce mariole, décréta Ambler d'une voix calme. Mais il faut que vous appeliez *tout de suite*.

— J'y vais. » Ambler sentit que le garde éprouvait un léger malaise, au moment même où les événements – des événements dé-

concertants et inhabituels – lui faisaient oublier sa prudence ordinaire. Avant de tendre le Heckler & Koch P7 chargé à l'homme en
uniforme gris, il hésita un moment.

Un moment seulement.

Chapitre deux

MÊME après presque trente ans de service, Clayton Caston continuait à apprécier les menus détails architecturaux du complexe de la CIA ; comme la sculpture extérieure baptisée *Kryptos*, une plaque de cuivre en forme de S percée de lettres, fruit de la collaboration entre un sculpteur et un cryptographe de l'agence. Ou le bas-relief en hommage à Allen Dulles [1] sur le mur nord, sous lequel étaient gravés ces mots éloquents : *Son monument est autour de nous.* Les adjonctions plus récentes n'étaient pas toutes aussi plaisantes. L'entrée principale de l'agence était en fait le hall de ce qu'on appelait le QG original – il était devenu « original » avec l'achèvement du bâtiment du Nouveau Quartier Général en 1991, et les habitudes nomenclaturales étaient telles que plus rien ne s'appelait simplement le bâtiment du quartier général. Il fallait choisir entre l'Original et le Nouveau, deux immeubles de bureaux de six étages construits à flanc de colline près du QGO. Il fallait donc monter au quatrième pour accéder à l'entrée principale du NQG. Tout cela n'était pas du tout régulier, et, partant, condamnable, dans l'esprit de Clayton Caston.

Son bureau se trouvait dans le QGO, comme de juste, mais loin des façades extérieures largement vitrées. Il était, en fait, relativement camouflé ; le genre d'espace intérieur qui abrite d'ordinaire

---

1. Directeur de la CIA de 1953 à 1961.

les photocopieuses et les fournitures. Un endroit parfait pour qui ne désire pas être dérangé, mais rares étaient ceux qui voyaient les choses sous cet angle. Même les vieux briscards de l'agence supposaient que Clayton avait été victime d'un bannissement interne. Ils le considéraient comme un médiocre qui n'avait certainement jamais accompli grand-chose, un planqué d'une cinquantaine d'années qui brassait gentiment des bouts de papier en cochant les jours qui le séparaient de la retraite.

En le voyant s'asseoir à son bureau ce matin-là, les yeux rivés à sa pendule, stylos et crayons disposés sur son sous-main comme de l'argenterie sur un set de table, n'importe qui aurait été conforté dans cette idée préconçue. Il était 8 h 54 à la pendule : encore six minutes avant que la journée de travail ne commence véritablement, de l'avis de Caston. Il produisit un exemplaire du *Financial Times* et l'ouvrit à la page des mots croisés. Il jeta un rapide coup d'œil à la pendule. Cinq minutes. Et se mit au travail. Un horizontal. *Petite bourrique.* Un vertical. *Plante à dentifrice.* Quatre horizontal. *Multitude formant un groupe compact.* Cinq vertical. *Qui ont du mordant.* Sans un bruit, son crayon remplit les cases, s'arrêtant rarement plus d'une seconde ou deux. *Anon. Ail. Nuée. Caustiques.*

Il avait terminé. 8 h 59. Il entendit des vibrations à la porte : son assistant, arrivant juste à l'heure, essoufflé d'avoir couru dans le couloir. Le chapitre de la ponctualité avait fait l'objet d'une récente conversation entre eux. Adrian Choi ouvrit la bouche comme pour formuler une excuse, jeta un coup d'œil à sa montre, et s'assit sans bruit sur son siège devant son bureau, plus bas et plus petit. Ses yeux en amande étaient légèrement ensommeillés, et ses épais cheveux noirs encore mouillés par l'eau de la douche. Adrian Choi avait indubitablement vingt et un ans : discret piercing sous la lèvre supérieure, toujours le dernier arrivé.

A 9 heures tapantes, Caston jeta le *Financial Times* dans la corbeille à papier et ouvrit sa boîte mail sécurisée. Plusieurs messages étaient des notifications à usage interne de peu d'intérêt : un nouveau programme Bien-Être, un avenant mineur apporté à la couverture dentaire, une adresse intranet permettant aux employés de vérifier la situation de leur épargne-retraite. L'un des messages émanait d'un fonctionnaire du fisc de Saint-Louis qui, bien que stupéfait de recevoir une demande du Bureau des évaluations internes de la CIA, était ravi de communiquer les renseignements demandés concernant les entités ad hoc créées par une entreprise industrielle sur les sept années écoulées. Un autre provenait d'une petite société cotée à la Bourse de Toronto et contenait, à la demande de Caston, la liste des opérations réalisées par les membres de son conseil d'administration au cours des six derniers mois. Le contrôleur ne voyait pas pourquoi Caston avait besoin de l'heure de chaque transaction mais avait fait droit à sa requête.

Caston se rendait compte à quel point ses activités semblaient mornes aux yeux de la plupart de ses collègues. Les ex-sportifs et camarades de fraternité étudiante qui avaient travaillé sur le terrain, ou qui n'y avaient jamais été mais espéraient encore, le traitaient avec une cordiale condescendance. « Faut y aller si tu veux savoir ce que c'est » était leur mot d'ordre. Caston n'allait jamais nulle part, bien sûr, mais il ne souscrivait pourtant pas à ce dogme. Souvent, il suffisait de s'asseoir au calme avec une liasse de tableaux pour apprendre tout ce qu'on voulait savoir sans jamais quitter son bureau.

Mais enfin, rares étaient ses collègues à savoir vraiment ce qu'il faisait. N'était-ce pas l'un des types qui vérifiaient les notes de frais ? Ou ses compétences ne s'appliquaient-elles pas plutôt aux commandes de papier et de cartouches de toner – on ne voudrait pas que n'importe qui trafique le budget des fournitures, pas vrai ? Quoi qu'il en soit, c'était un boulot dont le prestige était à peine supérieur aux tâches de gardiennage. Un petit nombre de ses collègues, toutefois, le traitaient avec déférence, voire avec une admiration mêlée de crainte. Ceux-là étaient membres du premier cercle du directeur de la CIA ou évoluaient au tout premier niveau du directorat du contre-espionnage. Ils savaient dans quelles circonstances Aldrich Ames avait été vraiment appréhendé en 1994. Et ils savaient que c'était un écart infime, mais persistant, entre les revenus et les dépenses déclarés qui avait trahi Gordon Blaine et permis la mise au jour d'un plus vaste complot. Ils étaient au courant d'une dizaine d'autres victoires, certaines d'ampleur comparable, d'autres qui ne seraient jamais portées à la connaissance du public.

C'était un mélange de qualités et de compétences qui permettait à Caston de percer là où des services entiers se cassaient les dents. Sans quitter son bureau, il creusait profondément dans le labyrinthe complexe de l'humaine vénalité. Si le domaine des émotions ne présentait guère d'intérêt à ses yeux, il avait par contre une obsession de comptable pour les colonnes de chiffres qui ne tombaient pas juste. Un voyage réservé mais pas effectué ; un reçu réclamé pour un transport qui ne collait pas avec l'itinéraire déclaré ; un relevé de carte de crédit pour un second téléphone portable non signalé : mille petites erreurs auxquelles le traître était enclin, et il suffisait d'une seule. Mais ceux qui étaient incapables d'affronter le caractère assommant du collationnement – de s'assurer que le n° 1 horizontal correspondait au n° 1 vertical – ne les détectaient jamais.

Adrian, dont les cheveux commençaient à sécher, s'approcha du bureau de son supérieur en agrippant divers mémos, expliquant avec animation ce qu'il avait classé et ce qu'il avait rejeté. Caston leva les yeux vers lui, remarquant les avant-bras tatoués du jeune homme et le clou qui apparaissait fugitivement sur sa langue. Quand il avait débuté, rien de tout cela n'aurait été permis, mais il fallait sans doute que l'agence vive avec son temps.

« N'oubliez pas d'envoyer les formulaires trimestriels 166 au traitement, rappela Caston.

— Super », acquiesça Adrian. Il disait très souvent *super*, adjectif qui sonnait très années 50 aux oreilles de son supérieur, mais qui avait manifestement entamé une nouvelle vie. Il signifiait, c'était du moins l'interprétation de Caston, quelque chose comme *J'ai entendu ce que vous venez de dire et je l'ai pris à cœur*. Cela signifiait peut-être moins ; certainement pas plus.

« Et pour ce qu'on a reçu ce matin : rien d'anormal ? Rien... d'irrégulier ?

— On a reçu un mail vocal du sous-directeur adjoint du renseignement, Caleb Norris ? » Adrian avait ce tic de langage typique des jeunes Californiens qui consiste à présenter une affirmation avec une intonation montante.

« C'est une question ou une affirmation ?

— Désolé. C'est une affirmation... J'ai le sentiment que c'est plutôt urgent. »

Caston se laissa aller contre le dossier de sa chaise.

« Vous avez le *sentiment* ?

— Oui, monsieur. »

Caston étudia le jeune homme, comme un entomologiste examinant un cynips. « Alors comme ça, vous... partagez vos sentiments. Intéressant. Suis-je un membre de votre famille, un parent, un frère ? Sommes-nous *potes* ? Suis-je votre épouse, votre petite amie ?

— Je suppose que...

— Non ? C'était juste histoire de vérifier. En ce cas – et c'est un marché que je vous propose – je vous prie de ne plus me dire ce que vous *ressentez*. Je ne m'intéresse qu'à ce que vous *pensez*. Ce que vous avez des raisons de *croire*, même si vous avez des doutes. Ce que vous *savez*, par observation ou déduction. Pour ce qui est de ces choses nébuleuses appelées *sentiments*, gardez-les pour vous. » Il marqua une pause. « Désolé. Je vous ai blessé ?

— Monsieur, je...

— C'était une question-piège, Adrian. N'y répondez pas.

— Très instructif, maître », dit le jeune homme, un sourire flottant sur ses lèvres sans vraiment s'y poser. « Vous marquez un point.

— Mais vous disiez. A propos de messages entrants non standard.

— Eh bien, il y a ce truc jaune interservice venant du bureau du directeur adjoint.

— Vous devriez connaître les codes couleur de l'agence depuis le temps. Il n'y a pas de "jaune" à la CIA.

— Désolé, rectifia Adrian. *Canari*.

— Ce qui signifie ?

— C'est pour... » Il marqua un temps d'arrêt, séchant momentanément. « C'est pour un incident survenu sur le territoire ayant des implications pour la sûreté nationale. Par conséquent, ça ne regarde pas la CIA. Ça concerne les autres services. AAG. » Les AAG : autres agences gouvernementales. Un terme fourre-tout commode.

Caston confirma d'un brusque hochement de tête et accepta l'enveloppe jaune vif. Elle lui répugnait, comme un oiseau tropical au plumage criard et à la voix stridente : un canari, en fait. Il brisa les scellés lui-même, chaussa ses lunettes, et parcourut rapidement le rapport. Atteinte potentielle à la sûreté de l'État liée à l'évasion d'un détenu. Un patient n° 5312, interné dans un centre de traitement secret de haute sécurité.

Bizarre, songea Caston, que le malade ne soit pas nommé. Il relut le rapport pour voir où l'incident avait eu lieu.

Centre psychiatrique de Parrish Island.

Cela lui disait quelque chose. Et ce quelque chose déclencha une alarme intérieure.

Ambler se fraya un chemin dans la végétation côtière à moitié dormante – hectares d'arroche, de panic et de myrte, herbes abrasives et broussailles épineuses griffant ses vêtements trempés –, puis traversa un bouquet d'arbres dépouillés et rabougris par le sel. Une nouvelle rafale de vent froid le fit frissonner, il s'efforça d'ignorer le sable qui était entré dans ses chaussures trop grandes et lui écorchait la peau à chaque pas. Comme la base aérienne de Langley se trouvait à quarante ou cinquante kilomètres au nord et la base navale à environ la même distance au sud, il s'attendait, d'une minute à l'autre, à entendre le bruit sourd d'un rotor d'hélicoptère militaire. La N64 était à huit cents mètres de là. Il n'avait pas le temps de souffler. Plus Ambler restait seul à découvert, plus le danger grandissait.

Il pressa le pas jusqu'à entendre le bourdonnement de la grand-route. Sur le large accotement, il enleva le sable et les feuilles collés à ses vêtements, tendit le pouce, et sourit. Il était trempé, débraillé, et affublé d'un étrange uniforme. Il fallait que son sourire soit sacrément rassurant.

Une minute plus tard, un camion portant le logo Frito-Lay se rangea sur le côté. Le chauffeur – nez camus, énorme bedaine et Ray-Ban contrefaites – lui fit signe de monter. Ambler avait trouvé un moyen de transport.

Les paroles d'un vieux cantique lui vinrent à l'esprit : *C'est la foi qui nous a menés jusqu'ici.*

Camion, car, bus : quelques transbordements plus tard, il se retrouva dans la banlieue de la capitale. Dans un centre commercial en bordure de route, il trouva une boutique d'articles de sport, où il acheta en hâte quelques vêtements passe-partout vendus en vrac dans de grosses caisses, payant avec le liquide qui se trouvait dans les poches de son uniforme et se changeant derrière une haie de buis contiguë au magasin. Il n'avait pas eu le temps de se regarder dans une glace, mais il savait que son nouveau costume – pantalon de toile, chemise de flanelle, coupe-vent zippé – s'approchait de la tenue de week-end de l'Américain moyen.

36

Cinq minutes d'attente à l'arrêt d'autobus : Rip van Winkle rentrait chez lui [1].

Observant le paysage urbain se faire plus dense à mesure que le bus approchait du centre de Washington, Ambler se sentit d'humeur contemplative. Passé un certain stade, les hormones du stress produites par l'organisme s'épuisent, et l'excitation, ou la peur, font place à la torpeur. Ambler avait atteint ce point. Ses pensées vagabondaient. Des visages et des voix appartenant à l'endroit qu'il avait quitté tourbillonnaient dans sa conscience.

Il avait laissé ses ravisseurs derrière lui, mais pas ses souvenirs.

Le dernier psychiatre à l'avoir « évalué » était un jeune quinquagénaire, mince et raide, portant des lunettes à monture noire. Ses tempes grisonnaient, et une longue mèche brune barrait son front de manière incongrûment juvénile. Mais quand Ambler le dévisagea, il vit aussi d'autres choses.

Il vit un homme qui se protégeait en tripotant ses dossiers soigneusement étiquetés et ses feutres (les stylos-bille, comme les crayons, étaient considérés comme des armes potentielles), n'appréciait ni son travail ni son environnement, n'avait jamais pu accepter le fait de travailler pour une institution gouvernementale où le secret, et non le traitement, était la préoccupation première. Comment avait-il atterri ici ? Ambler le conjectura sans mal : une trajectoire professionnelle commencée par une bourse des officiers de réserve qui lui ouvre les portes de l'université et de la fac de médecine, puis un internat en psychiatrie dans un hôpital militaire. Mais les choses n'étaient pas censées se terminer comme ça. Capable de décrypter mille expressions différentes de méfiance blessée, Ambler vit un homme qui avait rêvé d'une autre vie, peut-être le genre de vie popularisée autrefois par les romans et les films : un cabinet tapissé de livres dans l'Upper West Side, un canapé Chesterfield et un fauteuil à oreilles, une pipe, une clientèle d'écrivains, d'artistes et de musiciens, des défis fascinants. A présent, faire ses visites dans un endroit qu'il méprisait, au milieu de patients et de membres du personnel dont il se méfiait, le met-

---

1. Célèbre fable de l'écrivain Washington Irving (1819) où le héros, un colon hollandais de la vallée de l'Hudson, se réveille d'une nuit passée à la belle étoile pour constater que le monde qui l'entoure a été radicalement transformé et que l'Amérique est désormais un pays libre et indépendant.

37

tait au supplice. Frustré, il avait dû chercher autre chose pour se sentir vivant, spécial, pas juste un fonctionnaire lambda payé à l'échelon 9. Peut-être était-il un grand voyageur, économisant ses congés pour partir faire de l'écotourisme au fond des forêts tropicales et des déserts. Peut-être avait-il constitué une cave à vins remarquable ou était-il un fan de handball, un obsédé du golf – *quelque chose.* Ces types au bord de la dépression nerveuse avaient toujours une soupape de sécurité. Les spéculations d'Ambler étaient peut-être fausses dans le détail. Néanmoins il était certain qu'il avait cerné le profil psychologique du personnage. Il connaissait les gens : c'était ce qu'il faisait.

C'était ce qu'il *voyait.*

Le psychiatre ne l'aimait pas, était troublé par Ambler à un niveau infraconscient. Sa compétence était censée lui ouvrir l'esprit de son patient, et ce présupposé s'accompagnait d'ordinaire d'un sentiment de pouvoir, d'autorité : l'autorité du professeur sur l'élève, du médecin sur son patient. Mais Ambler l'en frustrait.

« Laissez-moi vous rappeler que ces séances ont une visée strictement évaluative, lui avait-il dit. Mon travail consiste à mesurer vos progrès, et à prévenir tout effet secondaire fâcheux dû au traitement. Alors commençons par cela. Aucun effet secondaire nouveau dont je devrais être informé ?

— Il serait plus facile de parler des effets secondaires, avait articulé Ambler laborieusement, si je savais ce que l'effet principal est censé être.

— Les médicaments sont destinés à contrôler vos symptômes psychiatriques, comme vous le savez. Idéation paranoïaque, trouble dissociatif, syndromes ego-dystoniques...

— Des mots, coupa Ambler. Sans signification. Des sons dénués de sens. »

Le psychiatre tapa quelques notes sur son ordinateur portable. Derrière ses lunettes, ses yeux gris pâle étaient froids.

« Plusieurs équipes de confrères se sont colletées avec vos troubles de la personnalité. Nous en avons déjà discuté. » Le médecin appuya sur le bouton d'une petite télécommande, une cassette se mit en marche, le son sortant distinctement des haut-parleurs encastrés. Une voix – la voix d'Ambler – était audible, vomissant des théories du complot avec un ton d'urgence délirant : « Vous êtes derrière. Vous tous. Et tous les autres. La queue du serpent humain a laissé partout des traces de son passage [1]. » Et l'enregistrement se poursuivait, interminable. « La Commission trilatérale... l'Opus Dei... les Rockefeller... »

L'écoute de sa propre voix, enregistrée lors d'une séance antérieure, était presque physiquement douloureuse.

« Arrêtez ça, dit-il d'une voix calme, incapable de contenir un trop-plein d'émotions. S'il vous plaît, arrêtez. »

Le psychiatre stoppa la bande. « Croyez-vous toujours à ces... théories ?

— Ce sont des élucubrations paranoïaques », reconnut Ambler, d'une voix vacillante mais distincte. « Et la réponse est non. Je ne me rappelle même pas les avoir prononcées.

— Vous niez que c'est votre voix sur la cassette ?

— Non. Je ne le nie pas... c'est juste que je ne m'en souviens pas. Ce n'est pas moi, d'accord ? Enfin, ce n'est pas ce que je suis.

— Vous êtes quelqu'un d'autre, alors. Deux personnes. Ou plus ? »

Ambler haussa les épaules dans un geste d'impuissance. « Quand j'étais gamin, je voulais être pompier. Je ne veux plus être pompier. Ce gamin n'est pas celui que je suis.

— La semaine dernière, vous avez dit qu'enfant, vous vouliez devenir joueur de base-ball. Mais peut-être étais-je face à une tout autre personne ? » Le psychiatre ôta ses lunettes. « La question que je vous pose, et qu'il faut que vous vous posiez, est la suivante : qui êtes-vous ?

— Le problème avec cette question, avait alors objecté Ambler après un long silence, c'est que vous pensez qu'elle est à choix multiple. Vous voulez que je choisisse dans votre petite liste d'options.

— Est-ce là le problème ? » Le psychiatre avait levé les yeux de son ordinateur. « A mon avis, le véritable problème est que vous cochez plus d'une réponse. »

Ambler mit quelques instants à émerger de sa torpeur quand le bus arriva à l'arrêt de Cleveland Park, il en descendit juste à temps. Dans la rue, il mit sa casquette et regarda tout autour de lui –

---

1. Citation du psychologue et philosophe américain William James.

guettant d'abord toute entorse à la normalité avant de prendre pleinement conscience de la normalité elle-même.

Il était de retour.

Il avait envie de sauter en l'air. De jeter les bras au ciel. Il avait envie de traquer ceux qui l'avaient enfermé et de leur infliger un châtiment violent : *Vous pensiez que je ne m'échapperais pas ? Hein, c'est ça que vous pensiez ?*

Ce n'était pas le temps qu'il aurait choisi pour un retour. Le ciel était encore sombre ; la bruine rendait les trottoirs noirs et glissants. Un jour ordinaire dans un endroit ordinaire, songea-t-il, mais après sa longue période d'isolement, il était submergé par l'activité frénétique qu'il voyait partout autour de lui.

Il passa devant des réverbères en béton de section octogonale, renforcés par des cercles de métal qui servaient de support à des affichettes et des calicots photocopiés. Lectures de poèmes dans des cafés. Concerts de groupes de rock à peine sortis de l'anonymat des garages. Un nouveau restaurant végétarien. Un café-théâtre fâcheusement baptisé Miles of Smiles [1]. Toute cette activité humaine retentissante et bourdonnante, réclamant l'attention des passants sur des bouts de papier détrempés. La vie en liberté. Non, rectifia-t-il en lui-même, la vie tout court.

Il tendit le cou, sa vigilance exacerbée. Une rue ordinaire. Un jour maussade. Il y avait des dangers, certes. Mais s'il arrivait jusqu'à son appartement, il pourrait récupérer les détritus ordinaires de son existence ; en fait, c'était sa banalité même qui la rendait si précieuse à ses yeux. L'ordinaire, voilà ce qu'il demandait, ce dont il avait besoin.

Oseraient-ils venir le chercher *ici* ? *Ici* – l'un des rares endroits sur Terre où on le connaissait vraiment. Certainement l'endroit le plus sûr. Même s'ils se montraient, il n'avait pas peur d'une confrontation publique. Il avait presque l'imprudence de la désirer. Non, il n'aurait pas peur de ceux qui l'avaient enfermé ; il était temps pour eux de le craindre, *lui*. De toute évidence, un renégat avait trompé le système, tenté de l'enterrer vivant, de le faire disparaître au milieu des âmes perdues, espions dépressifs ou déments. Maintenant qu'il était dehors, ses ennemis devaient être en fuite, se terrer. S'il y avait bien une chose qu'ils ne pouvaient

---

1. Soit : Sourires au kilomètre.

pas se permettre, c'était de l'affronter ici, en terrain découvert, où la police locale serait inévitablement impliquée. Plus il y aurait de gens au courant, plus grand serait pour eux le risque d'être démasqués.

Au carrefour de Connecticut Avenue et Ordway Street, Ambler vit le kiosque à journaux devant lequel il passait chaque matin quand il était en ville. Il avisa l'homme grisonnant aux dents écartées derrière le comptoir, coiffé de son inséparable bonnet en laine rouge, et sourit.

« Reggie, appela Ambler. Reggie, mon meilleur pote.

— Hé », fit l'homme. Mais c'était un réflexe, pas un salut.

Ambler s'approcha de lui à grands pas. « Ça fait un bail, pas vrai ? »

L'homme le regarda de nouveau. Visiblement, il ne le remettait pas.

Ambler baissa les yeux sur une pile de *Washington Post*, l'exemplaire du dessus tacheté de pluie, et, remarquant la date, eut un pincement au cœur. La troisième semaine de janvier – pas étonnant qu'il fasse si froid. Il ferma les paupières. *Presque deux ans*. On lui avait pris presque deux ans. Deux ans d'oubli, de désespoir et d'abandon.

Mais ce n'était pas le moment de s'appesantir.

« Alors, Reggie. Comment va ? Ça bosse ou ça bulle ? »

Sur le visage ridé de Reggie, la perplexité fit place au soupçon. « J'ai pas de monnaie pour toi, vieux. Et je ne distribue pas le café gratis, non plus.

— Reggie, enfin... tu me *connais*.

— Bouge de là, mon grand. Je ne veux pas d'histoire. »

Ambler se détourna, muet, et fit à pied les deux cents mètres qui le séparaient du large immeuble néo-gothique où il avait été locataire ces dix dernières années, Baskerton Towers. Construit dans les années 20, c'était un bâtiment de six étages en brique rouge, orné de demi-colonnes et de pilastres en béton gris clair. Aux fenêtres donnant sur les couloirs de chaque étage, les stores vénitiens étaient à demi baissés, comme des paupières tombantes.

Baskerton Towers. Un semblant de foyer pour un homme qui n'en avait pas. Consacrer sa carrière à un programme d'accès spécial – le niveau le plus élevé de la sécurité opérationnelle –, c'était vivre sous une identité d'emprunt. Aucune division des

Opérations consulaires n'était plus secrète que l'Unité de stabilisation politique, et jamais ses agents ne se connaissaient, sinon par leur nom de code. Un mode de vie qui ne se prêtait guère aux attachements profonds : le boulot exigeait de passer l'essentiel de votre temps à l'étranger, plus ou moins injoignable, et pour des durées indéterminées. Avait-il même de vrais amis ? Pourtant, le caractère misérable de sa vie domestique avait conféré un poids particulier aux connaissances qu'il s'était faites dans les rues de son quartier. Et même s'il passait très peu de temps à Baskerton Towers, l'appartement était pour lui un véritable foyer. Ce n'était pas un refuge comme son chalet près du lac, mais un signe distinctif de normalité. Un endroit où jeter l'ancre.

L'immeuble était en retrait de la rue, bordé par une allée étroite en ovale permettant aux voitures d'accéder à l'entrée. Ambler scruta les rues et les trottoirs, et, ne voyant personne s'intéresser particulièrement à lui, s'approcha de l'immeuble. Quelqu'un le reconnaîtrait – un des portiers, ou bien le gérant de l'immeuble – et lui ouvrirait la porte de son appartement.

Il regarda la longue liste des locataires, lettres en plastique noir sur un tableau blanc, rangées de noms classés par ordre alphabétique.

Pas d'Ambler. *Alston* était suivi par *Ayer*.

Avaient-ils pris son appartement ? C'était une déception mais pas tout à fait une surprise. « Je peux vous aider, monsieur ? » C'était un des portiers, sortant du hall d'entrée chauffé : Greg Denovich. Sa mâchoire puissante était, comme toujours, ombrée d'une barbe épaisse réfractaire au rasoir.

« Greg », lança joyeusement Ambler. Il avait toujours présumé que *Greg* était le diminutif de *Gregor ;* l'homme était originaire de l'ex-Yougoslavie. « Ça fait une sacrée paie, hein ? »

L'expression de Denovich commençait à lui être familière : la perplexité de quelqu'un salué comme un ami par un parfait inconnu.

Ambler retira sa casquette et sourit. « Maintenant prenez votre temps, Greg. Appartement 3C ?

— Je vous connais ? » demanda Denovich. Mais ce n'était pas une question cette fois encore. C'était une affirmation. Une affirmation par la négative.

« Je suppose que non », soupira Ambler. Et alors son incompréhension se mua en panique.

Derrière lui, une voiture freina brutalement sur le bitume mouillé. Il se retourna, aperçut une fourgonnette blanche s'arrêtant trop vite de l'autre côté de la rue. Il entendit des portières claquer, et vit trois hommes en sortir, portant l'uniforme des gardes du centre psychiatrique. L'un d'eux avait un fusil; les deux autres avaient dégainé des pistolets. Tous les trois couraient dans sa direction.

La fourgonnette. Il la reconnaissait parfaitement. Elle faisait partie d'un « Service de récupération » d'urgence utilisé par certaines branches clandestines du gouvernement fédéral pour des « ramassages » délicats. Qu'il s'agisse d'agents incontrôlables ou d'espions étrangers opérant sur le sol américain, de tels colis avaient en commun de n'être destinés à aucune division du système judiciaire officiel. Et par ce froid et humide matin de janvier, Harrison Ambler était le colis à ramasser. Pas d'explication à fournir à la police locale : il aurait disparu bien avant leur arrivée. Ce n'était pas une confrontation au grand jour; ce qu'ils avaient orchestré, c'était un enlèvement rapide et discret.

Ambler se rendit compte qu'en venant ici, il avait pris ses désirs pour des réalités. Il n'avait plus droit à l'erreur.

Penser – il devait *penser*.

Ou plutôt, *sentir*.

Deux décennies passées sur le terrain l'avaient obligé à maîtriser l'art de la fuite et de l'évasion. C'était devenu une seconde nature. Mais il ne l'abordait jamais à travers les grilles logiques, les « arbres de décision », et autres procédés arides que les formateurs imposaient parfois aux bleus. La difficulté était de se sortir des situations difficiles à l'instinct, en improvisant le cas échéant. Agir autrement, c'était tomber dans l'ornière de la routine, et tout ce qui était routinisé pouvait être anticipé et contré par l'ennemi.

Ambler scruta la rue devant l'immeuble Baskerton. Il s'attendait à un dispositif de bouclage standard en trois points : deux unités avaient dû être positionnées à chaque extrémité de l'immeuble *avant* que la fourgonnette ne se gare en face. En effet, il vit des hommes armés, certains en uniforme, d'autres non, qui s'approchaient des deux côtés du bâtiment avec la démarche décidée d'agents familiers de ce genre d'opération. Et maintenant? Foncer dans le hall et chercher une sortie sur l'arrière? Mais cette manœuvre avait dû être anticipée, des précautions prises pour la contrecarrer. Attendre de pouvoir se fondre dans un groupe de piétons, puis tenter de semer les hommes postés à l'extrémité du pâté de maisons ? Mais cette tactique n'était pas sans risques non plus. *Arrête de penser*, se dit Ambler. C'était la seule façon de se montrer plus malin qu'eux.

Fixant l'homme équipé d'un fusil à canon court qui se hâtait de traverser le boulevard, Ambler s'efforça de détailler son visage, alors que la bruine se transformait en averse. Il décida alors de jouer son va-tout.

Il courut droit vers lui. « On peut savoir ce que vous avez foutu ? braila-t-il. Bougez-vous le cul, bordel ! Il est en train de filer ! » Il pivota et agita vigoureusement le pouce en direction de l'entrée de Baskerton Towers.

« On a fait aussi vite qu'on a pu », se défendit l'homme au fusil. Les deux autres, comme Ambler put s'en apercevoir quand ils le dépassèrent, portaient des .45 tactiques avec douze balles dans le chargeur. Une bien grosse artillerie pour capturer un seul homme. En supposant qu'ils avaient reçu l'ordre de le capturer.

Ambler traversait maintenant la rue d'un pas lourd vers la fourgonnette à l'arrêt. Ses occupants s'étaient déployés autour de l'entrée de l'immeuble ; ils n'allaient pas tarder à comprendre leur erreur, c'était une question de secondes.

Ambler s'approcha de la portière de l'utilitaire blanc, ouvrit d'une chiquenaude le portefeuille du surveillant de Parrish Island, et le mit sous le nez du chauffeur un bref instant, comme s'il exhibait un insigne ou un certificat. Il était trop loin pour que le chauffeur distingue quoi que ce soit ; l'autorité du geste devrait convaincre. Tandis que le chauffeur baissait la vitre électrique, Ambler le jaugea. Les yeux de l'homme étaient durs, attentifs, son cou était court et extrêmement musclé : un pousseur de fonte.

« Vous avez reçu les nouvelles consignes ? demanda Ambler. On le tue, on ne le capture plus. Et on peut savoir ce qui vous a pris autant de temps ? Si vous aviez été en place une minute plus tôt, on en aurait fini. »

Le chauffeur ne dit rien pendant un moment. Puis son regard se durcit. « Ce truc que vous m'avez montré ? Je ne l'ai pas vu. »

Soudain, Ambler sentit l'énorme main se refermer sur son poignet droit.

« J'ai *dit* que je ne l'avais pas vu. » La voix du chauffeur était sourde, menaçante. « Montrez-le-moi encore. »

Ambler mit la main gauche dans son blouson pour se saisir du pistolet qu'il avait pris au garde sur le bateau, mais le chauffeur était extrêmement bien entraîné, vif comme l'éclair ; de sa main libre, il envoya valser le P7 d'une manchette. Ambler devait réagir immédiatement. Il lui fit une clé de poignet, puis, sèchement, en utilisant son avant-bras comme une pince à levier, écrasa le bras du chauffeur sur le bord de la vitre presque baissée.

L'homme cria, mais il tint bon. Il avait une poigne de fer. De l'autre main, il commençait à tâtonner dans un compartiment situé sous le tableau de bord, où une arme devait être rangée.

Ambler relâcha son bras droit, laissant le chauffeur le tirer à moitié dans la cabine. Alors, de l'autre main, il lui enfonça le larynx d'un coup de poing bien ajusté.

Le chauffeur lâcha prise et se pencha en avant, agrippant son col des deux mains. Il étouffait, le cartilage détruit gênant le passage de l'air. Ambler ouvrit la portière et arracha le chauffeur de son siège. L'homme fit quelques pas en arrière avant de s'effondrer sur le sol.

Ambler monta à bord, fit ronfler le moteur, et s'engagea dans la rue à toute vitesse, tandis que lui parvenaient les cris de confusion des hommes de la deuxième unité. Mais ils étaient réduits à l'impuissance.

Ambler n'aurait pas aimé être à la place du chef d'équipe qui aurait à expliquer comment le colis s'était non seulement échappé sous leur nez mais au volant de leur propre véhicule. Pourtant il n'y avait eu ni calcul ni préméditation dans sa manœuvre. En y réfléchissant, il comprit que c'était l'expression sur le visage du premier homme qui avait dicté sa conduite : scrutatrice, prudente... et hésitante. L'expression d'un chasseur qui n'était pas sûr d'avoir trouvé sa proie. L'équipe de récupération avait été envoyée trop vite pour disposer de photographies. On s'attendait à ce qu'Ambler fasse ce que les fugitifs font presque invariablement : se découvrir en tentant de prendre la fuite. Mais comment traquer un renard qui court avec la meute ?

La fourgonnette servait admirablement sa fuite ; dans quelques minutes, cependant, elle deviendrait aussi voyante qu'une balise lumineuse, signalant sa présence à ses poursuivants. Quelques kilomètres plus loin, sur Connecticut Avenue, Ambler gara le véhicule dans une rue transversale, laissant le moteur tourner, et la clé sur le contact. Avec beaucoup de chance, quelqu'un le volerait.

A ce stade, c'était dans une zone très peuplée, à la fois quartier résidentiel et de bureaux, que son anonymat serait le mieux protégé – un quartier d'ambassades, de musées, d'églises, de librairies, d'immeubles. Un endroit où défilaient les piétons. Un endroit comme Dupont Circle, donc. Situé à l'intersection des trois principales artères de la capitale, Dupont Circle était depuis longtemps un quartier animé et prospère, et même par ce matin d'hiver maussade, les trottoirs étaient relativement encombrés. Ambler s'y rendit en taxi, descendant au carrefour de New Hampshire et de la 20e Rue, et se fondit rapidement dans la foule. Il avait une destination en tête, mais conserva un air d'errance ennuyée.

Alors qu'il fendait la foule, il s'efforça de rester attentif à son environnement sans croiser le regard de personne. Pourtant, chaque fois que son regard effleurait un passant, il retrouvait une sensation bien connue, surtout dans cet état d'hypervigilance, comme s'il lisait une page de journal intime. Il lui suffit d'un seul regard pour remarquer la démarche pressée de la sexagénaire aux cheveux blond pêche, manteau à carreaux ouvert sur une jupe plissée marine, grosses boucles d'oreilles en plaqué, sac en plastique Ann Taylor tenu trop fermement d'une main tavelée. Elle avait passé des heures à se préparer pour sortir, et sortir c'était courir les magasins. Une expression de solitude maussade errait sur son visage ; les gouttes de pluie sur ses joues auraient pu être des larmes. Un femme sans enfant, devina Ambler, et peut-être que cela aussi, était une source de regret. Dans son passé, à n'en pas douter, il y avait eu un mari qui allait faire son bonheur et remplir sa vie, un mari qui – dix ans plus tôt ? plus longtemps ? – avait eu envie d'aller voir ailleurs et avait trouvé une femme plus jeune, plus fraîche, pour faire son bonheur et remplir sa vie à *lui*. A présent, elle collectionnait les cartes de paiement proposées par différentes enseignes, rencontrait des gens pour le thé ou des robres de bridge, mais peut-être moins souvent qu'elle ne l'aurait voulu ; Ambler devinait une déception plus vaste avec les gens. Elle se doutait probablement que sa tristesse les repoussait à un niveau subliminal ; ils étaient trop occupés pour elle, et son isolement ne faisait que creuser sa tristesse, rendre sa compagnie encore moins désirable. Alors elle faisait les magasins, achetait des vêtements qui n'étaient pas de son âge, traquant les « bonnes affaires » et les « prix cassés » pour des tenues qui n'avaient pas l'air plus coûteuses qu'elles ne l'étaient. Toutes ces supputations étaient-elles exactes ? Cela n'avait guère d'importance : il savait qu'il avait saisi l'essentiel.

Son regard tomba sur un jeune Noir à l'allure avachie, portant un jean taille basse et une casquette rabattue sur un bandana, un diamant dans chaque oreille, et un soupçon de barbe sous la lèvre. Il cocotait l'Aramis et son regard dériva de l'autre côté de la rue, vers un autre jeune homme – genre BCBG content de lui, avec des cuisses d'athlète et de longs cheveux blonds –, puis il détourna le regard, l'*arracha* plutôt, bien décidé à ne pas trahir son intérêt. Une fille à la poitrine généreuse et à la peau chocolat avec des cheveux défrisés et un gloss foncé sur ses lèvres charnues, petite malgré ses talons aiguilles, avait du mal à suivre le jeune Noir : son petit ami, c'est du moins ce qu'il lui laissait croire. Elle finirait par se demander pourquoi son compagnon, si orgueilleux et sûr de lui dans la rue, était tellement chaste et hésitant quand ils étaient seuls tous les deux. Pourquoi leur rendez-vous se terminaient-ils si tôt, et après, où allait-il au juste ? Mais Ambler voyait que de telles pensées ne lui avaient encore jamais traversé l'esprit, l'idée qu'il ne pouvait vraiment être lui-même qu'en compagnie d'autres jeunes hommes comme lui.

Le cybercafé était à l'endroit où le situait son souvenir, près de l'intersection de la 17ᵉ et de Church, trois blocs à l'est de Dupont Circle. Il repéra un poste de travail qui permettait de bien voir la vitrine ; il ne se laisserait pas prendre par surprise une nouvelle fois. Quelques frappes sur le clavier firent apparaître la Watchlist, une base de données collective gérée par le ministère de la Justice à l'intention des multiples agences fédérales chargées de faire appliquer la loi. Les codes d'accès, dont il se souvenait, étaient encore valides, ce qui le rassura. Puis il saisit ses nom et prénom, Harrison Ambler, dans le moteur de recherche interne ; il voulait voir s'il apparaissait quelque part. Un instant plus tard, un message s'afficha :

AUCUN RÉSULTAT POUR HARRISON AMBLER.

Bizarre. N'importe quel employé fédéral, même s'il ne figurait plus sur les listes du personnel, devait être répertorié quelque part. Et bien que l'identité qu'il utilisait pour les Opérations consulaires fût nécessairement absente de ce genre de base de données, sa couverture civile au Département d'État n'avait rien de secret.

Avec un haussement d'épaules contrarié, il pianota l'adresse du site web du Département d'État, et franchit un pare-feu pour accéder à la base de données du personnel, qui, bien que protégée par mot de passe, avait un niveau de sécurité faible. Vérifier sa couverture civile n'aurait pas dû poser de problème. Pendant des années, Hal Ambler avait toujours été en mesure d'expliquer, si on lui posait la question, qu'il était cadre administratif au Département d'État, affecté au Bureau des affaires éducatives et culturelles. « La diplomatie culturelle », « l'amitié des peuples par l'éducation », etc., autant de sujets sur lesquels il était capable de disserter pendant des heures, avec un sérieux mortel, si nécessaire. Même si cela n'avait aucune espèce de rapport avec sa véritable profession.

Il s'était souvent demandé ce qu'il se passerait si, pendant un cocktail, il répondait franchement à quelqu'un lui demandant ce qu'il faisait. *Moi ? Je travaille pour une division ultrasecrète d'un Service de renseignement lui-même clandestin appelé Opérations consulaires. Un programme spécial, accessible à peut-être vingt-cinq personnes dans le gouvernement. Ça s'appelle l'Unité de stabilisation politique. Elle fait quoi ? Eh bien, des tas de choses. Souvent, il s'agit de tuer des gens. Des gens qui, il faut l'espérer, sont pires que ceux qu'ils menacent. Mais, bien sûr, on ne peut jamais en être sûr. Je peux aller vous chercher un autre verre ?*

Il saisit son nom dans la base de données du Département d'État, tapa sur la touche ENTRÉE et attendit le résultat quelques longues secondes.

AUCUNE RÉPONSE POUR L'EMPLOYÉ HARRISON AMBLER.
VÉRIFIEZ L'ORTHOGRAPHE ET RECOMMENCEZ.

Ses yeux balayèrent la vitrine qui donnait sur la rue, et bien qu'il ne vît aucun signe d'activité inhabituelle, il commença à avoir des sueurs froides. Il accéda à la base de données de la Sécurité sociale et effectua une recherche sur son nom.

AUCUNE RÉPONSE POUR HARRISSON AMBLER.

Cela n'avait aucun sens ! Méthodiquement, il interrogea d'autres bases de données, effectuant recherche après recherche. Toutes déclinaient le même refrain exaspérant, variations sur le « non ».

VOTRE RECHERCHE NE CORRESPOND À AUCUN DOCUMENT.
AUCUN RÉSULTAT POUR « HARRISON AMBLER ».
HARRISON AMBLER N'A PAS ÉTÉ TROUVÉ.

Une demi-heure plus tard, il avait sondé plus de dix-neuf bases de données fédérales et d'État. En pure perte. Comme s'il n'avait jamais existé.

C'était de la folie pure !

Pareille à une lointaine corne de brume, les voix de différents psychiatres de Parrish Island lui revinrent, avec leurs diagnostics fallacieux. C'était absurde, bien entendu... un tissu d'idioties. Forcément. Il savait exactement qui il était. Jusqu'à son internement, il avait de sa vie un souvenir net, précis et continu. C'était, à n'en pas douter, une vie peu ordinaire – intimement liée à une vocation peu ordinaire –, mais c'était la seule qu'il avait. Il avait dû y avoir une confusion quelconque, une erreur technique : il en était certain.

Il frappa une autre série de touches, ce qui lui valut une énième réponse négative. Et il commença à se demander si la certitude n'était pas devenue un luxe. Un luxe qu'il ne pouvait plus se permettre.

Une voiture blanche – non, une fourgonnette –, roulant trop vite, plus vite que les autres voitures, apparut soudain. Puis une autre. Et une troisième, se garant juste devant le café.

Comme avait-il été repéré aussi rapidement ? Si le cybercafé avait enregistré l'adresse IP de son réseau privé et qu'un dispositif d'alerte numérique avait été installé dans la base de données du Département d'État, ses recherches avaient dû déclencher une contre-recherche et transmettre l'adresse physique du réseau TCP/IP qu'il avait utilisé.

Ambler se leva d'un bond, franchit une porte réservée aux employés, et fonça dans l'escalier – avec de la chance, il trouverait l'accès au toit et, de là, gagnerait l'immeuble voisin... mais il fallait faire vite, avant que l'équipe de récupération ait fini de se mettre en place. Et tandis qu'il mettait ses muscles à rude épreuve et commençait à haleter, une pensée fugace lui traversa l'esprit. *Si Ambler n'existait pas, après qui en avaient-ils ?*

Chapitre trois

UN REFUGE, c'est ce que cela avait toujours été pour lui. Une cabane d'une seule pièce, rien que du bois trouvé sur place, du faîtage à la poutre de soutènement. En tant qu'abri, il était presque aussi primitif que la nature environnante. Les plafonds et les solives du plancher, les madriers des avant-toits, même la cheminée en pisé – il avait tout fait de ses mains, pendant un mois de juin chaud et infesté de moustiques, avec guère plus qu'un tas de bois et une tronçonneuse à essence. Elle était faite pour une personne, et il y avait toujours été seul. Il n'en avait jamais parlé à ses connaissances. Contrevenant au règlement, il n'avait pas informé ses employeurs de l'acquisition de la parcelle en bordure du lac – acquisition qu'il avait réalisée par l'inter-médiaire d'une entité commerciale *offshore* difficile à retrouver. La cabane n'était à personne d'autre. Mais à lui seul. Et il lui était arrivé, en atterrissant à l'aéroport international de Dulles, d'être incapable d'affronter le monde et de rouler d'une traite jusqu'à sa modeste habitation en bois, couvrant les trois cents kilomètres en trois heures à peine. Il sortait son bateau et allait pêcher la perche noire pour essayer de sauver une partie de son âme du dédale de tromperies et de subterfuges qui constituait la trame de son métier.

Le lac Aswell justifiait à peine un petit point bleu sur une carte, mais c'était une partie du monde qui faisait battre son cœur. Situé au pied des Sourland Mountains, dans une région où les terres

50

cultivées faisaient place à un terrain densément boisé, il était entouré par des bouquets de saules, de bouleaux et de noyers, poussant au-dessus de sous-bois souvent touffus. Au printemps et en été, le feuillage était dense, regorgeant de fleurs et de baies. Mais en ce mois de janvier, la plupart des arbres étaient ternes et dénudés. Ce qui n'empêchait pas l'endroit d'être paré d'une sombre élégance : l'élégance des choses en dormance. Comme lui, la forêt avait besoin d'une saison pour récupérer.

Il était épuisé, le prix de longues heures de vigilance. Il était parti avec un vieux monospace Dodge Ram bleu, déniché à quelques blocs du cybercafé. Le trajet fut inconfortable dans cette grosse voiture mal suspendue, mais il l'avait choisie pour la simple raison que son propriétaire avait laissé une clé de rechange dans un compartiment spécial à l'intérieur du passage de roue. Un gadget stupide, utilisé par les conducteurs qui accordaient plus de prix à la possession d'une clé de rechange qu'à la sécurité de leur véhicule. La Honda Civic verte de douze ans d'âge qu'il conduisait à présent venait du parking de nuit de la gare de Trenton et avait été protégée du vol avec la même vigilance, ou le même manque de vigilance en l'occurrence. On ne faisait pas modèle plus passe-partout, et, jusqu'ici, il avait rempli son office.

Il remontait la Route 31 vers le nord en ressassant ses pensées. Qui lui avait fait ça ? C'était la même question qui le rongeait depuis des mois et des mois. Les moyens légitimes, quoique clandestins, du gouvernement des États-Unis avaient été mobilisés contre lui. Ce qui voulait dire... quoi ? Que quelqu'un avait menti à son sujet, l'avait piégé d'une manière ou d'une autre, avait persuadé les instances supérieures qu'il était devenu fou, qu'il était devenu une menace pour la sécurité. Ou bien qu'un individu, ou un groupe, ayant accès aux plus hautes autorités de l'État, avait cherché à le faire disparaître. Un individu ou un groupe qui le considérait comme une menace mais qui avait choisi néanmoins de ne pas le tuer. Il commençait à avoir des élancements dans la tête ; un mal de crâne s'ouvrait derrière ses yeux comme une fleur vénéneuse. Certains de ses collègues de l'Unité de stabilisation politique pouvaient l'aider – mais comment les trouver ? Ces hommes et ces femmes ne prenaient pas leur service derrière des bureaux ; ils se déplaçaient régulièrement, comme des pions sur un échiquier. Et il s'était retrouvé exclu on ne sait comment de tous les forums électroniques

51

qu'il connaissait. *Aucun résultat pour Harrison Ambler* –, c'était de la folie, et pourtant il y avait un plan là-dessous. Il le *sentait*, sentait la malveillance comme la douleur qui lui battait les tempes et qui faisait de toute pensée consciente une sorte de supplice. Ils avaient essayé de le perdre. Ils avaient essayé de l'enterrer. *Ils !* Ce pluriel était exaspérant. Un mot qui disait tout et rien.

Pour survivre, il fallait qu'il en sache davantage, et pour en savoir davantage, il fallait qu'il survive. Barrington Falls, dans le comté d'Hunterdon, était situé à l'écart d'une section de la Route 31 qui traversait le cœur de la campagne du New Jersey et était hachurée de petites routes transversales non signalées. Il s'arrêta à deux reprises à l'une de ces intersections pour s'assurer qu'il n'était pas suivi, mais ne vit rien de suspect. Il consultait l'horloge du tableau de bord quand il aperçut le panneau pour Barrington Falls ; il était 15 h 30. Ce matin encore il était interné dans un établissement psychiatrique de sécurité maximale. Maintenant, il était presque chez lui.

A quatre cents mètres au sud de la route conduisant au lac, il dissimula la Honda Civic dans un boqueteau de sapins et de cèdres. La parka brun clair qu'il avait achetée en chemin lui tenait chaud. Alors qu'il foulait le sol souple, faisant doucement craquer les feuilles et les aiguilles de pin sous ses pas, il sentit que la tension commençait à le quitter. En s'approchant du lac, il se surprit à reconnaître chaque arbre. Une chouette battit des ailes dans l'énorme cyprès chauve, son tronc rougeâtre, qui semblait dépourvu d'écorce, était noueux et crevassé comme le cou d'une vieille sorcière. Il parvenait tout juste à distinguer le conduit de cheminée en moellons de la cabane du vieux McGruder, dangereusement proche de l'eau sur la rive opposée. Comme si une grosse tempête pouvait l'emporter dans le lac à tout moment.

Passé un bouquet d'épicéas, il se fraya un chemin à travers l'enclave boisée et atteignit la clairière magique où, sept ans auparavant, il avait décidé de construire sa cabane. Dissimulée par de splendides vieux arbres à feuillage persistant sur trois côtés, elle offrait solitude et tranquillité : une vue paisible sur le lac, encadrée par des arbres centenaires.

Il était de retour, enfin. Prenant une respiration profonde et purifiante, il s'avança par une ouverture dans la rangée de sapins et regarda autour de lui... La petite clairière où sa cabane aurait dû se trouver était vide. La clairière qu'il avait trouvée par hasard sept ans auparavant, quand il avait décidé de construire à cet endroit.

Une vague de vertige et de désorientation le saisit; l'impression que le sol se dérobait sous ses pieds. *C'était impossible.* Il n'y avait pas de cabane, et rien qui laissait penser qu'une cabane ait jamais été construite ici. La végétation était tout à fait intacte. Il se souvenait parfaitement de l'endroit où il l'avait installée... et pourtant, il n'y avait là que des plaques de mousse, du genièvre qui courait sur le sol, et un if court, écorcé par les cerfs, qui avait l'air d'avoir au moins vingt ou trente ans. Il fit le tour de la zone, cherchant du regard le moindre vestige d'habitat humain, passé ou présent. Rien. C'était une parcelle de terre vierge, exactement dans l'état qui était le sien quand il l'avait achetée. Finalement, incapable de supporter plus longtemps son ahurissement, il se laissa tomber à genoux sur le sol froid et moussu. Le simple fait de formuler la question le terrorisait, et pourtant il fallait la poser : Pouvait-il se fier à ses souvenirs ? A commencer par ceux des sept dernières années de sa vie. Étaient-ils réels ? Ou bien ce qu'il vivait en ce moment était-il une illusion – allait-il se réveiller d'un moment à l'autre et se retrouver dans sa cellule blanche du Pavillon 4-Ouest ?

Il se rappela ce qu'on lui avait dit un jour : quand on rêve, on ne perçoit pas les odeurs. Si tel était le cas, il ne rêvait pas. Il sentait l'eau du lac, les parfums subtils de pourriture organique, d'humus et de déjections de vers de terre, la légère odeur résineuse des conifères. Non, ce n'était pas un rêve.

Ce qui précisément en faisait un cauchemar.

Il se releva et laissa échapper un rugissement de rage et de frustration. On l'avait privé de son seul et unique refuge. Un prisonnier pouvait au moins espérer s'évader; la victime de tortures – il le savait d'expérience – avait au moins l'espoir d'un répit qui soulagerait ses douleurs. Mais quel espoir restait-il à l'homme qui avait perdu son sanctuaire ?

Tout ici était familier, et rien ne l'était. C'était cela qui était tellement exaspérant. Il se mit à marcher de long en large, écoutant les pépiements et les gazouillis des oiseaux d'hiver. Puis il entendit un léger sifflement d'un genre différent et éprouva une vive sensation – mélange de douleur et impression de force percutante – juste sous le cou.

Le temps ralentit. Il tendit la main, sentit un objet faire saillie sur son corps, l'arracha d'un coup sec. C'était une longue fléchette pareille à un stylo, qui avait touché le haut de son sternum, juste sous la gorge. Elle s'était plantée là, comme un couteau fiché dans un arbre.

Cette région osseuse avait un nom, Ambler l'avait lu dans un manuel d'entraînement : *manubrium*. En combat offensif, c'était une zone bien protégée qu'il fallait mieux éviter. Ce qui signifiait qu'il avait peut-être eu beaucoup de chance. Il plongea dans les rameaux pendants d'un immense sapin du Canada et, tablant sur l'invisibilité provisoire que lui conférait sa cachette, examina le projectile métallique.

Ce n'était pas une simple fléchette, mais une seringue à barbelures, en inox et plastique moulé. Sur le corps de la seringue, une inscription en petits caractères noirs identifiait son contenu sous pression comme étant du Carfentanil – un opioïde de synthèse dix mille fois plus puissant que la morphine. Dix milligrammes suffisaient à immobiliser complètement un éléphant de six tonnes ; pour l'homme, la posologie efficace se mesurait en microgrammes. Comme le sternum affleurait la peau, les barbelures de l'aiguille n'avaient pas pu mordre dans la chair. Mais qu'en était-il du contenu de la seringue ? Elle était vide, mais cela ne lui disait pas si elle s'était vidée avant ou après l'avoir retirée. Il palpa à nouveau l'arête dure et osseuse sous sa gorge. Il sentit une vilaine lacération à l'endroit où la fléchette l'avait frappé. Pour l'instant, il se sentait encore alerte. *Combien de temps était-elle restée en lui ?* Il avait de bons réflexes ; il avait certainement dû s'écouler moins de deux secondes. Néanmoins une seule goutte pouvait suffire. Et ce type de seringue hypodermique était conçu pour libérer son contenu presque instantanément.

Alors pourquoi n'avait-il pas déjà perdu connaissance ? Il le saurait peut-être dans très peu de temps. Pour la première fois, il se rendit compte que sa pensée se brouillait, devenait confuse. Une sensation qu'il ne connaissait que trop bien : il comprit qu'on lui avait administré le même genre de narcotique sur Parrish Island. Il avait peut-être développé un seuil de tolérance.

Il y avait un second facteur de protection. Comme l'aiguille creuse de la seringue s'était plantée dans l'os, le liquide n'avait pas pu jaillir librement. De plus, la dose totale contenue dans la seringue devait nécessairement être sublétale ; autrement une balle aurait posé moins de problèmes. Ce genre de fléchette servait d'ordinaire de prélude à un enlèvement et n'était pas destinée à provoquer la mort.

Il aurait déjà dû perdre connaissance ; au lieu de quoi, il était à peine ralenti. Ralenti à un moment où il ne pouvait vraiment pas se permettre la moindre diminution de ses facultés. Le tapis d'aiguilles de pin semblait l'inviter à s'allonger pour une petite sieste. *Juste quelques minutes.* Il allait se reposer et se réveiller revigoré. *Juste quelques minutes.*

Non ! Il ne pouvait pas succomber. Il fallait qu'il ressente la peur. Le Carfentanil, se rappelait-il, avait une demi-vie de quatre-vingt-dix minutes. En cas d'overdose, le traitement optimal était une injection de naloxone, un antagoniste des opiacés. Quand on n'en avait pas, on pouvait se rabattre sur une injection d'épiné-phrine. Plus connue sous le nom d'adrénaline. Il ne s'en sortirait pas en repoussant la terreur mais en la saisissant à bras-le-corps.

Ressens la peur, se répéta-t-il à lui-même, alors qu'il sortait en rampant du tablier de l'immense conifère et tendait le cou autour de lui. Et soudain, il la sentit, en entendant à nouveau un léger sifflement, le bruit de l'air sur les ailes rigides et stabilisatrices d'un projectile lancé à toute vitesse, le manquant de quelques centimètres. L'adrénaline coula à flots dans ses veines : la bouche s'assèche, le cœur se met à battre à tout rompre, l'estomac se noue. Quelqu'un en avait après lui. Ce qui signifiait que quelqu'un devait savoir qui il était vraiment. La conscience qu'il avait de lui-même se dissipa, et des circuits profondément imprimés par l'entraîne-ment et l'instinct prirent le relais.

Les deux fléchettes étaient venues de la même direction, de plus haut sur la rive. Mais de quelle distance ? La procédure standard recommandait de ne pas opérer de trop près quand cela n'était pas nécessaire ; un homme avec un fusil hypodermique pouvait être efficace, même de loin. Mais étant donné la portée limitée des flé-chettes anesthésiantes, la distance ne pouvait pas être énorme. En imagination, Ambler marcha vers le sud-ouest, tentant de visualiser le terrain dans ses moindres détails. Il y avait un grand bouquet de sapins du Canada aux branches terminées par de petits cônes bruns ; une succession de rochers qu'on pouvait gravir comme des marches ; un ravin où, durant l'été, choux puants et sabots de Vénus fleurissaient dans l'ombre humide. Et, solidement attaché à un vieil orme mal en point, une plate-forme d'affût pour la chasse au cerf. Un solide affût portatif qui, comme tant de choses « temporaires », avait été installé il y avait des années de cela et jamais démonté. Le siège faisait un peu moins d'un mètre de côté ; les solides sangles qui le maintenaient en hauteur étaient enroulées autour de l'arbre et fixées au moyen de deux boulons à œil vissés dans le tronc. La plate-forme était placée, il s'en souvenait, à environ trois mètres cinquante du sol, qui se trouvait lui-même trois mètres cinquante plus haut que le terrain sur lequel il se tenait. N'importe quel professionnel en aurait profité. Pendant combien de temps l'homme au fusil tranquillisant l'avait-il observé avant d'appuyer sur la détente ? Et qui pouvaient bien être ces gens, de toute façon ?

Ces incertitudes commençaient à fatiguer Ambler, réactivant les microgrammes de Carfentanil dans son sang : *Je pourrais me reposer ici. Juste quelques minutes.* C'était presque comme si le puissant opiacé lui murmurait la suggestion. *Non !* Ambler se força à revenir au présent, à l'*ici* et *maintenant*. Tant qu'il était libre, il avait une chance. C'était tout ce qu'il demandait. Une chance.

Une chance de faire goûter au chasseur la peur qu'il lui avait infligée. Une chance de traquer le traqueur.

La difficulté allait consister à avancer à croupetons dans les bois sans faire de bruit, d'un pied sûr. Une technique qu'il avait rarement utilisée. Émergeant des épaisses broussailles qui le dissimulaient, Ambler souleva lentement un genou, et projeta pied et cheville en avant. Il toucha le sol du bout du pied, l'appuya légèrement sur la surface pour s'assurer qu'aucune brindille ne craquerait sous son pas. Puis il déroula le reste du pied, des orteils au talon, dans un mouvement fluide et continu.

En répartissant son poids de façon homogène sur son pied, il maximisait la surface recevant la charge, réduisant du même coup la force verticale exercée. *Lentement et sûrement*, se dit-il : mais ce n'était pas son genre. Sans les traces de Carfentanil dans son sang, il n'aurait peut-être pas pu s'empêcher de foncer.

Finalement, il décrivit une trajectoire elliptique qui le conduisit d'abord au-delà de l'orme malade avant de le faire revenir vers lui. Alors qu'il se trouvait à une dizaine de mètres de l'arbre, il aperçut une ligne de visée à travers les ronces, les troncs et les branches et regarda à l'endroit où il pensait trouver l'affût.

Mais bien que l'arbre fût tel qu'il se l'était imaginé, il n'y avait pas d'affût. Pas de plate-forme et aucune trace de plate-forme. Malgré le froid glacial, l'appréhension lui mit le feu aux joues. Si ce n'était pas le vieil affût pour la chasse au cerf...

Une rafale de vent apporta un bruit ténu mais distinct de bois frotté. Il se tourna dans la direction du bruit et finit par l'apercevoir : une autre plate-forme – plus grande, plus haute, plus récente, semblait-il, fixée au large tronc d'un vieux platane. Ambler s'approcha, aussi silencieusement que possible. Un rosier multiflore se dressait au pied de l'arbre. Si seulement ils perdaient leurs épines redoutables en même temps que leurs feuilles ! Espèce invasive originaire d'Asie, elle avait tendance à former des barbelés naturels. Et, d'un point de vue pratique, cela aurait très bien pu être du fil barbelé, enroulé autour du tronc d'un platane de trente mètres de haut.

Ambler jeta un coup d'œil à travers les branches – au-delà des petits téguments aux poils raides qui se détachaient contre le ciel, comme des oursins en breloques – et finit par distinguer la silhouette. Un homme grand et fort en treillis camouflage qui, par chance, lui tournait le dos. Ce qui signifiait qu'il n'avait pas été repéré ; l'homme au fusil devait croire qu'il était toujours quelque part sur le terrain qui descendait en pente jusqu'au lac. Ambler regarda à nouveau, s'efforçant de percer l'obscurité de la fin d'après-midi. L'homme regardait à travers des jumelles autofocus Steiner – encore une fois, un modèle militaire, équipé de lentilles traitées antireflet et d'un gainage étanche en caoutchouc vert –, scrutant les environs intensément, méthodiquement.

Il portait un long fusil en bandoulière. Ce devait être le fusil hypodermique. Mais l'homme disposait également d'une arme d'appoint. D'après sa forme, probablement un Beretta M92. Un 9 mm de l'armée américaine, réservé d'ordinaire aux unités des Opérations spéciales.

L'homme était-il seul ?

Il *semblait* l'être : pas de talkie-walkie, pas d'émetteur ni d'oreillette, comme on s'y serait attendu s'il faisait partie d'une équipe. Mais on ne pouvait préjuger de rien.

Ambler regarda encore une fois autour de lui. Sa vue du tireur était en partie masquée par une grosse branche du vieux platane à l'écorce tachetée mais lisse. *La branche* – si Ambler se déplaçait sur la gauche et sautait, il pourrait s'en saisir, à un endroit où elle était probablement assez épaisse pour supporter son poids. La branche partait directement du tronc, presque à l'horizontale, sur environ sept mètres cinquante, dont quatre mètres cinquante plus épais que sa cuisse. Il la supposa suffisamment solide pour l'usage qu'il comptait en faire. S'il arrivait à se hisser dessus, il pourrait alors avancer au-dessus des ronces et arriver à un mètre ou deux de l'affût.

Il attendit qu'une rafale de vent souffle dans la bonne direction, vers lui, et sauta aussi haut qu'il put. Ses mains saisirent la branche, sans la claquer mais en l'encerclant rapidement et sans bruit. Une nouvelle poussée d'adrénaline lui permit de se hisser dessus d'un seul mouvement.

Le bois gémit faiblement en ployant un peu sous son poids. Mais ce ne fut pas aussi bruyant que l'avait craint Ambler, et l'homme sur la plate-forme – Ambler le voyait à présent – semblait ne rien avoir remarqué. La rafale de vent, le gémissement de l'arbre, un enchaînement logique qui n'avait pas attiré l'attention du chasseur.

Ambler progressa tout doucement le long de la branche, ondulant comme un félin, jusqu'à ce qu'il se trouve enfin à portée de la lourde sangle en nylon qui maintenait la plate-forme. Il comptait la détacher pour qu'elle s'écrase au sol. Impossible. Le mousqueton avait été positionné de l'autre côté du tronc, vers l'affût. En fait, il ne pouvait guère s'approcher davantage sans faire un petit bruit qui le trahirait. Ambler serra la mâchoire, s'adjurant intérieurement de se concentrer. *Rien ne se déroule jamais comme prévu, révise et improvise.*

Ambler se hissa sur une autre branche, ferma un instant les paupières, remplit ses poumons, et se jeta sur l'homme. Le genre de plaquage qu'Ambler n'avait pas tenté depuis les matches de football américain du lycée.

C'était aussi une erreur. Alerté par le souffle d'Ambler, l'homme se retourna. Ambler, quant à lui, plaqua l'homme trop bas – au niveau des genoux, et non de la taille – et au lieu de tomber de l'affût, l'homme tomba en avant et ceintura Ambler avec une poigne de fer. Ambler eut le plus grand mal à se saisir du Beretta.

D'un coup puissant, l'homme lui arracha le pistolet des mains et l'envoya dans les ronces en dessous. Tandis que les deux hommes se faisaient face sur la plate-forme exiguë, Ambler sentit qu'il n'aurait pas le dessus. Son adversaire mesurait un mètre quatre-vingt-quinze, était extrêmement musclé et néanmoins d'une agilité étonnante. Rasée de près, sa tête prolongeait son cou épais et puissant comme un moignon. Il cognait en boxeur entraîné : chaque coup ajusté avec précision et amplifié par l'action du torse, le bras se rétractant aussitôt en position défensive. Ambler, qui faisait son possible pour protéger sa tête, découvrait son corps. Il encaissait des coups terribles, et savait que, bientôt, il allait se plier en deux.

C'est alors qu'il changea de position, se jetant violemment dos au tronc, garde baissée. Il n'aurait pas su dire pourquoi.

L'air plus satisfait que perplexe, le colosse s'avança pour le coup de grâce.

Chapitre quatre

Tandis qu'Ambler cherchait à reprendre haleine et que ses muscles tétanisés faisaient trembler tout son corps, une lueur dans les yeux du colosse lui indiqua ce qu'il avait besoin de savoir : l'homme s'apprêtait à porter le coup de grâce : un crochet circulaire à la mâchoire, asséné avec toute la force qu'il possédait.

Sauf qu'Ambler fit la seule chose qu'il était en mesure de faire, la seule chose à laquelle aucun professionnel n'aurait pensé : il se laissa tomber à terre avec un timing parfait. Et les phalanges nues de son assaillant vinrent s'écraser contre le tronc.

Tandis que l'homme hurlait de douleur, Ambler se releva d'un bond, frappant de la tête le plexus solaire de son adversaire, et alors, avant même de l'avoir entendu expirer dans un mouvement réflexe, il l'empoigna par les chevilles et le souleva. L'homme dégringola de la plate-forme, et Ambler plongea à sa suite. Sur lui. Il avait au moins de quoi amortir sa chute.

Avec des mouvements vifs et précis, Ambler arracha d'un coup sec la veste camouflage doublée en Kevlar et le gilet de combat de l'homme. Puis il détacha la bandoulière du fusil et l'utilisa pour lui lier les mains derrière le dos. Les deux phalanges centrales de sa main droite étaient rouges, ensanglantées, et commençaient à enfler, manifestement fracturées. L'homme gémit de douleur.

Ambler chercha le Beretta du regard. Il brillait sous les vrilles épineuses du rosier, Ambler décida de le récupérer plus tard.

« A genoux, soldat, vous connaissez la position. Croisez les chevilles. »

L'homme s'exécuta avec réticence mais sans hésitation, comme quelqu'un ayant déjà contraint d'autres gens à adopter la même position. Il avait manifestement subi un entraînement au combat, et certainement bien davantage.

« Je crois que je me suis cassé quelque chose », dit l'homme d'une petite voix étranglée, en se tenant les côtes. Sud profond, Mississippi, conjectura Ambler.

« Vous vivrez, rétorqua sèchement celui-ci. Ou pas. C'est vraiment à nous d'en décider, n'est-ce pas ?

— Je ne crois pas que vous saisissez la situation.

— C'est précisément là que vous intervenez », répliqua Ambler. Il se mit à lui faire les poches et en extirpa un couteau de type militaire. « Maintenant on va jouer au jeu de la vérité. » Il sortit la lame crantée du canif et la tint tout près du visage de l'homme. « Voyez-vous, je n'ai pas beaucoup de temps. Alors je vais devoir entrer dans le vif du sujet. » Ambler veillait à contrôler sa respiration. Il fallait qu'il paraisse calme, maître de lui. Et il fallait qu'il se concentre sur le visage de l'homme à genoux, tout en le tenant sous la menace du couteau. « Première question. Travaillez-vous seul ?

— Certainement pas. On est tout un groupe ici. »

Il mentait. Même engourdi par le Carfentanil, Ambler le savait ; Ambler savait toujours. Quand des collègues lui demandaient comment il faisait, il se surprenait à donner pour chaque cas des réponses différentes. Un tremblement dans la voix. Un ton trop assuré et insouciant. Quelque chose autour de la bouche. Quelque chose autour des yeux. Il y avait toujours quelque chose.

Les Opérations consulaires avaient autrefois chargé des gens d'étudier cette singulière faculté ; à sa connaissance, personne n'avait jamais réussi à la reproduire. Il appelait ça l'intuition. *L'intuition* signifiait qu'il ne savait pas. Il se demandait même parfois si ce don n'était pas plus une infirmité qu'autre chose : il était incapable de ne *pas* voir. La plupart des gens filtraient ce qu'ils voyaient quand ils dévisageaient quelqu'un : ils obéissaient à la règle de l'inférence, autrement dit, ils gommaient tout ce qui ne coïncidait pas avec l'explication qui leur paraissait la plus logique. C'était cette faculté de négliger ce qui ne coïncidait pas qui faisait défaut à Ambler.

« Donc vous êtes seul, reprit Ambler. Je m'en serais douté. »

L'homme protesta, sans conviction.

Même sans savoir qui ils étaient ni ce qu'ils voulaient, Ambler comprit qu'ils avaient dû se dire qu'il y avait très peu de chances qu'il se montre ici. Il y avait cinquante autres endroits où il aurait pu se rendre, et, supposa-t-il, il y avait aussi des gens postés à ces endroits. Étant donné les probabilités et les délais très courts, la stratégie imposait un seul guetteur à chacun d'entre eux. Question d'effectifs.

« Question suivante. Quel est mon nom ?

— Je n'en ai pas été informé », répondit l'homme avec presque du ressentiment dans la voix.

Cela paraissait incroyable, pourtant l'homme disait vrai.

« Je ne vois pas de photographie dans vos poches. Comment comptiez-vous m'identifier ?

— Pas de photo. L'ordre de mission est arrivé il y a quelques heures. Ils ont dit que vous aviez quarante ans, un mètre quatre-vingts, châtain, yeux bleus. Pour moi, vous étiez l'homme de janvier. En fait, si quelqu'un se pointait dans ce trou perdu aujourd'hui, c'était forcément vous. C'est comme ça qu'ils m'ont présenté la chose. C'est pas comme si on m'envoyait à une convention de la NRA [1], d'accord ?

— Bien joué », conclut Ambler. L'explication était étrange ; elle n'était pas trompeuse. « Vous m'avez dit la vérité. Vous voyez, on ne peut jamais me la faire.

— Si vous le dites. » L'homme était sceptique.

Ambler devait faire en sorte qu'il y croie. L'interrogatoire se passerait mieux ainsi. « Testez-moi. Je vais vous poser quelques questions pas méchantes ; vous répondez sincèrement ou non, c'est vous qui voyez. Pour voir si j'arrive à dire si vous mentez. Pour commencer, aviez-vous un chien quand vous étiez petit.

— Nan.

— Vous voyez, maintenant vous mentez. Comment s'appelait-il ?

1. *National Rifle Association*, puissant lobby américain qui milite pour la libre possession des armes à feu.

— Elmer.

— Bonne réponse. Quel était le prénom de votre mère ?

— Marie.

— Faux. Celui de votre père ?

— Jim.

— Faux. » Ambler vit que l'homme à genoux était visiblement effrayé par la facilité avec laquelle ses réponses étaient évaluées. « Comment Elmer est-il mort ?

— Renversé par une voiture.

— Bien, dit Ambler sur un ton d'encouragement. Réponse sincère. Maintenant accrochez-vous à cette idée. Parce qu'à partir de maintenant, seules les bonnes réponses seront acceptées. » Une pause. « Suite de l'examen. Pour qui travaillez-vous ?

— J'ai les côtes cassées, bordel.

— Ce n'est pas une réponse. Je vous ai prévenu, je n'ai pas de temps à perdre.

— Ils vous expliqueront. Ce n'est pas à moi de le faire. » La confiance commençait à revenir dans la voix de l'homme ; si Ambler n'arrivait pas à saper cette confiance, il allait perdre ses chances d'apprendre ce qu'il avait besoin de savoir.

« Expliquer ? C'est vous qui n'avez pas l'air de comprendre. Ce ne sont pas eux qui donnent les ordres pour l'instant. C'est moi. » Il pressa la lame crantée contre la joue droite de l'homme.

« Je vous en prie », gémit l'homme du sud.

De minuscules gouttelettes de sang apparurent en pointillé le long de la lame. « Un conseil. Si vous emportez un pistolet pour un combat au couteau, faites en sorte de gagner. » La voix d'Ambler était glaciale, pleine d'assurance. Cela faisait partie de l'art de l'interrogatoire : dégager une impression de détermination et de férocité impitoyables.

Il se concentra sur l'arme à canon long. Un Paxarms MK24B, fusil hypodermique de calibre .509.

« Joli matos, remarqua Ambler. Pas le genre de truc qu'on trouve dans le kit du GI de base. Alors, j'écoute. » Il appuya de nouveau la lame crantée.

« *Je vous en prie*, haleta l'homme, comme s'il n'avait plus d'air dans les poumons.

— On vous a chargé d'un enlèvement. Les instructions consistaient à me mettre KO, et ensuite ?

63

— Ce n'était pas exactement les instructions. » L'homme paraissait presque penaud. « On dirait que les gens pour lesquels je travaille s'intéressent vraiment à vous.

— Les gens pour lesquels vous travaillez, répéta Ambler. Le gouvernement, vous voulez dire.

— Hein ? » Une expression de perplexité, comme s'il pensait qu'Ambler était peut-être en train de le mener en bateau, mais n'en était pas sûr. « Il s'agit d'une organisation strictement privée, OK ? Je ne roule pas pour le gouvernement, ça c'est sûr. Ils ont dit que vous alliez peut-être vous pointer, auquel cas, je devais faire une approche. »

Ambler désigna le Paxarms du menton. « C'est ce que vous appelez une approche ?

— Ils m'ont dit de faire à mon idée si je pensais que vous pourriez être dangereux. » Il haussa les épaules. « Alors j'ai pris le fusil tranquillisant, au cas où.

— Et ? »

Nouveau haussement d'épaules. « J'ai pensé que vous pourriez être dangereux. »

Ambler le dévisagea sans ciller. « Dans le scénario, où devait avoir lieu le transfert ?

— On ne me l'a pas dit à l'avance. Ils allaient me communiquer l'info par radio une fois que j'aurais signalé que vous étiez maîtrisé. En supposant que vous vous montriez. Je ne sais pas s'ils y croyaient vraiment.

— *Ils ?* Il faut que je vous dise, ce n'est pas mon mot préféré.

— Écoutez, ces types font appel à moi au coup par coup, mais ils le font à distance. C'est pas comme si on se faisait un mah-jong tous les dimanches, d'accord ? L'impression que j'ai eue, c'était qu'ils venaient d'apprendre que vous étiez sur le marché, et qu'ils voulaient vous recruter avant que quelqu'un d'autre ne le fasse.

— C'est sympa de se savoir demandé. » Ambler s'efforçait de décanter ce qu'il entendait. En attendant, il était important de ne pas laisser faiblir le rythme de l'interrogatoire. « Méthode de contact ?

— On a une sorte de relation à longue distance. Ce matin j'ai reçu un mail crypté avec les instructions. Une partie du paiement a été viré sur un compte. Le contrat était validé. » Les mots se bousculaient. « Aucune rencontre. Séparation de sécurité. »

L'homme lui disait la vérité, et son vocabulaire était encore plus parlant que le contenu explicite de ses paroles. *Séparation de sécurité*. Un terme propre aux services de renseignement américains. « Vous êtes un agent américain, conclut Ambler.

— A la retraite, comme j'ai dit. Ex-MI. » Renseignements militaires, donc. « Sept ans dans les forces spéciales.

— Alors maintenant, vous travaillez en free-lance.

— Vous avez pigé. »

Ambler ouvrit la glissière d'un petit sac fixé à la veste camouflage de l'homme. Elle contenait un portable légèrement cabossé, probablement à usage personnel, qu'Ambler empocha. Il trouva également, comme il s'y attendait, une version militaire du terminal de messagerie BlackBerry. Avec système de cryptage intégré. L'homme de main et l'organisation qui l'avait recruté avaient l'habitude d'utiliser le matériel des services secrets américains.

« Bon, voilà le marché, proposa Ambler. Vous me donnez le protocole e-mail et les codes. »

Il y eut un silence. Puis, avec une détermination retrouvée, l'homme secoua lentement la tête. « Vous pouvez toujours rêver. »

Ambler sentit un petit pincement ; une fois de plus, il fallait qu'il retrouve la position dominante. Il savait, en étudiant les émotions qui se lisaient sur le visage de l'homme, qu'il n'avait pas affaire à un fanatique, à un vrai croyant. Mais à un mercenaire pur et dur. Son objectif était de conserver sa réputation de fiabilité ; ses futurs engagements en dépendaient. Ce dont Ambler devait le persuader, c'était que son avenir tout court dépendait de sa coopération. Dans des moments comme celui-ci, la modération n'était pas efficace. Il fallait plutôt se donner des airs de sadique déterminé, content d'avoir l'occasion d'exercer son art.

« Savez-vous à quoi ressemble le visage d'un homme quand on l'écorche ? demanda Ambler d'un ton égal. Moi, je sais. La matrice du derme est étonnamment coriace, mais elle n'adhère que faiblement aux couches de graisse et de muscles sous-jacentes. En d'autres mots, une fois qu'on a coupé un bout, la peau se détache relativement facilement des fascias en dessous. C'est comme d'enlever une motte de gazon. Et une fois que vous soulevez la peau, vous pouvez voir les striations incroyablement compliquées des muscles faciaux. Cette lame crantée n'est pas l'outil idéal, c'est très salissant, ça déchiquette. Mais bon, ça fera l'affaire. Vous ne

65

pourrez pas regarder, j'en ai peur, mais je vous décrirai ce que je vois. Comme ça, vous ne manquerez rien. Bon. Pouvons-nous commencer ? Il se peut que vous ressentiez un petit pincement. Disons, plus qu'un pincement. Ce sera plus comme si... eh bien, comme si quelqu'un vous arrachait le visage. »

La peur rétrécit les yeux de l'homme à genoux. « Vous parliez d'un marché, dit-il. Qu'est-ce que j'obtiens en échange ?

— Oh, ça. Vous avez une chance de... comment dire ? De sauver la face ?

— Le code est 1345GD, lâcha l'homme d'une voix rauque. Je répète : 1345GD.

— Un conseil d'ami. Si vous mentez, je le saurai immédiatement, menaça Ambler. Trompez-vous sur un seul détail, et on retourne à notre leçon d'anatomie. Mettez-vous bien ça dans le crâne.

— Je ne mens pas. »

Sourire glacial. « Je sais.

— Le cryptage des mails est automatique. L'intitulé du sujet doit être : "A la recherche d'Ulysse." En majuscules ou non. La signature est "Cyclope." » L'homme continua à donner les détails du protocole de communication qui avait été établi, et Ambler les mémorisa.

« Il faut que vous me laissiez partir », plaida l'homme du sud après qu'Ambler lui eut tout fait répéter trois fois.

Ambler ôta sa parka brun clair et enfila le gilet de combat et la veste de camouflage de l'homme, articles qui allaient sans doute lui être bien utiles. Il extirpa le sac-ceinture de son prisonnier et l'attacha à sa taille ; la plupart des agents clandestins avaient sur eux des sommes substantielles en liquide, et cela aussi pouvait s'avérer utile. Le Beretta était quelque part dans les broussailles épineuses.

Quant au fusil, son volume en ferait plus un obstacle qu'un avantage, du moins à court terme – et pour le moment, le court terme s'étendait devant lui comme une éternité. Il le démonta et balança les six fléchettes hypodermiques restantes dans les buissons. C'est alors seulement qu'il détacha les mains de l'homme et lui lança sa parka. « Pour que vous ne geliez pas. »

Ambler sentit une légère sensation de piqûre sur le côté du cou – moucheron, moustique ? – et se donna distraitement une claque, quelques secondes avant de s'aviser que la présence de ce genre d'insectes était impossible à cette période de l'année. A cet instant, il avait déjà remarqué le sang sur ses doigts. Pas un insecte. Pas une fléchette.

Une balle.

Il se retourna brusquement. L'homme qu'il venait de détacher était recroquevillé par terre, un filet de sang rouge vif au coin de la bouche, le regard fixe. Une balle de sniper – la balle qui avait effleuré le cou d'Ambler – avait dû entrer par la bouche et pénétrer l'arrière du crâne. Il avait choisi de l'épargner. Quelqu'un d'autre en avait décidé autrement.

Ou alors la balle était-elle destinée à Ambler ?

Fuir. Ambler fonça dans les bois. En lui donnant sa parka, il avait peut-être signé l'arrêt de mort de l'inconnu. Le sniper avait dû se fier à la couleur du vêtement. Mais pourquoi envoyer quelqu'un faire « une approche » si le plan consistait à le tuer ?

Il fallait qu'Ambler quitte les Sourlands. La Honda avait sans doute été déjà repérée. Quels autres véhicules y avait-il dans le coin ? Il se rappela avoir vu un transporteur Gator couvert d'une bâche, à environ quatre cents mètres en amont de la colline. Un petit utilitaire tout-terrain capable de s'affranchir de presque n'importe quel obstacle ; marais, cours d'eau, collines.

Quand il l'atteignit, il constata sans surprise qu'on avait laissé les clés sur le contact. C'était encore une partie du monde où personne ne fermait sa porte à clé. Le Gator démarra facilement, et Ambler traversa les bois aussi vite que l'engin le permettait, se cramponnant au volant quand le véhicule cahotait sur les rochers, baissant la tête pour éviter les branches basses. L'engin se jouait sans problème des ronces et des fourrés ; du moment qu'Ambler avait la place de manœuvrer entre les arbres, les broussailles ne l'arrêteraient pas. Pas plus que les ravines rocailleuses ou les ruisseaux. Ambler était chahuté par les cahots et les embardées du véhicule, comme s'il montait un cheval pas tout à fait débourré ; mais la tenue de route n'en était pas moins excellente.

Le pare-brise du Gator explosa soudain, le verre étoilé devenant opaque.

Une seconde balle avait finalement été tirée.

Ambler donna de furieux coups de volant, au hasard, espérant qu'avec les cahots de l'engin sur le terrain raboteux le sniper aurait plus de mal à le garder dans le réticule de sa lunette. En attendant, son esprit était en ébullition dans un désert d'incertitude. A en juger par sa trajectoire, la balle avait été tirée de l'autre côté du lac – quelque part dans le voisinage de la cabane de McGruder. Ou du pylône en haut de la colline. Ou alors – il balaya l'horizon dans sa tête – du silo à grain de la ferme des Stiptoe, un peu plus bas. Oui, c'est là qu'il se positionnerait s'il montait une opération. C'était en hauteur qu'il serait en sécurité – là où la pente faisait place à une zone dentelée, bordée par une route pavée. S'il pouvait l'atteindre, il serait protégé du sniper par le relief.

Faisant rugir le moteur, il constata que le véhicule était capable d'avaler les pentes les plus raides des Sourlands ; dix minutes plus tard, il rejoignait la route. Le Gator était trop lent pour suivre le trafic automobile et le pare-brise étoilé le ferait remarquer. Aussi conduisit-il l'utilitaire derrière un épais bosquet de cèdres rouges où il coupa le moteur.

Aucun signe de poursuite, pas un bruit à part le cliquetis du moteur arrêté et le flot des voitures sur la route de montagne toute proche.

Il sortit le PDA du mort. *Ils veulent vous recruter.* L'homme l'avait cru, mais était-ce une ruse ? Il était évident que quelle que fût l'organisation qui avait recruté l'ex-agent américain, elle comptait rester à distance : rupture de sécurité. Mais il fallait qu'Ambler apprenne ce qu'ils savaient. C'était maintenant à lui de tenter une « approche » mais selon ses conditions et sous une identité qui n'était pas la sienne. Pour circonvenir les mécanismes de la prudence, le message devait contenir une promesse... ou une menace. L'imagination est chose puissante : plus le message serait flou, mieux ce serait.

Après quelques instants de réflexion, il pianota avec son pouce, laconique mais savamment tourné.

La rencontre avec le sujet, expliquait-il, ne s'était pas passée comme prévu, mais il se trouvait maintenant en possession de « documents intéressants ». Un rendez-vous serait nécessaire. Il s'en tint au minimum, sans développement d'aucune sorte.

Attends instructions. Puis il envoya le message à celui qui se trouvait à l'autre bout du cryptosystème.

Il gagna ensuite le bord de la route. Dans sa veste camouflage, il aurait l'air d'un homme qui chasse hors saison. Rares seraient les gens du coin à désapprouver. Deux minutes plus tard, une femme entre deux âges au volant d'un GMC dont le cendrier débordait de mégots le prit en stop. Elle avait des tas de choses sur le cœur et parla sans discontinuer avant de le déposer au Motel 6 près de la Route 173. Ambler prit soin de ponctuer sa logorrhée de quelques murmures polis, mais c'est à peine s'il avait entendu un mot de ce qu'elle disait.

Soixante-quinze dollars la chambre. Un bref instant, il eut peur de ne pas avoir assez, puis il se rappela le sac-ceinture. Alors qu'il remplissait sa fiche – sous un nom d'emprunt choisi au hasard – il lutta contre la fatigue extrême qui menaçait de l'engloutir d'un instant à l'autre et qui l'aurait probablement fait même sans le reliquat de Carfentanil présent dans son organisme. Il avait besoin d'une chambre. Besoin de se reposer.

Il n'aurait pas pu souhaiter plus ordinaire : le style du non-style. Il fouilla à la hâte le portefeuille que le mort portait à la ceinture. Il contenait deux pièces d'identité ; la plus utile serait le permis de conduire délivré en Géorgie, où les systèmes informatiques étaient particulièrement arriérés. Le document avait l'air tout à fait banal, mais en le pliant, Ambler vit qu'il avait été conçu de manière à pouvoir être aisément falsifié. Il n'aurait aucune difficulté à faire un Photomaton dans un centre commercial et à modifier un permis qui était un faux au départ. La taille et la couleur des yeux de l'agent étaient différentes, mais pas suffisamment pour éveiller l'attention. Demain – mais il y avait tant de choses dont il faudrait s'occuper demain. Et tout de suite, il était trop épuisé pour y penser.

A vrai dire, il se sentait au bord de l'évanouissement : le mélange de stress physique et émotionnel était écrasant. Mais il se força à se traîner sous la douche, fit couler de l'eau presque brûlante, et resta sous le jet un bon moment, débarrassant son corps de la sueur, du sang et de la saleté jusqu'à épuiser la petite savonnette de motel. Alors seulement, il sortit de la douche en titubant et commença à se sécher avec les serviettes en coton blanc.

Il fallait qu'il réfléchisse à tant de choses – et pourtant il sentait qu'il ne pouvait pas s'autoriser à réfléchir. Pas maintenant. Pas aujourd'hui.

Il se sécha vigoureusement les cheveux et s'approcha du miroir au-dessus du lavabo. Il était embué, il le chauffa avec le sèche-cheveux pour faire apparaître un ovale. Il ne se rappelait plus la dernière fois qu'il avait vu son visage – cela faisait combien de mois ? Il se prépara à contempler un visage hagard.

Quand il finit par se voir dans la glace, le vertige le submergea.

C'était le visage d'un inconnu.

Ambler sentit ses genoux se dérober sous lui et tout d'un coup il se retrouva par terre.

L'homme dans le miroir lui était inconnu. Ce n'était pas lui en plus émacié ou en plus torturé. Ce n'était pas lui avec un front plissé par l'âge ou des cernes noirs sous les yeux. Ce n'était pas lui du tout.

Les pommettes hautes et anguleuses, le nez aquilin : un visage parfaitement beau – un visage que la plupart des gens trouveraient plus beau que le sien –, n'était une certaine cruauté des traits. Son nez à lui était plus rond, large et légèrement charnu au bout ; ses joues étaient plus renflées, son menton creusé d'une fossette. *Ce n'est pas moi*, constata Ambler, et le caractère aberrant de la situation le gifla comme une vague puissante.

Qui était l'homme qu'il voyait dans le miroir ?

Ce visage, il pouvait le lire à défaut de le reconnaître. Et il y lisait la même émotion qui gonflait sa poitrine : la terreur. Non, quelque chose au-delà de la terreur. De l'effroi.

L'avalanche de jargon psy auquel il avait été soumis pendant ses mois de captivité – *trouble dissociatif de l'identité, fragmentation de la personnalité*, etc., envahit soudain son esprit. Il entendait, comme un chœur de voix murmurées, les médecins répéter qu'il avait subi une rupture psychotique et endossait des identités fictives.

Pouvaient-ils avoir eu raison ?

Était-il fou après tout ?

DEUXIÈME PARTIE

Chapitre cinq

LE SOMMEIL, un sommeil agité, finit par l'emporter, mais il n'y trouva pourtant aucun refuge. Ses rêves étaient captifs des souvenirs d'un pays lointain. Une fois encore, une image se voila et scintilla comme un photogramme en celluloïd arrêté devant l'ampoule surchauffée d'un projecteur... et alors il sut où il se trouvait.

Changhua, Taiwan. La ville, vieille de plusieurs siècles, était entourée de montagnes sur trois côtés ; à l'ouest, elle faisait face au détroit de Taiwan – des centaines de milles d'eau salée formant une ligne de démarcation instable entre l'île et le continent. Les émigrants du Fujian furent les premiers à s'y installer au XVIIe siècle, pendant la dynastie Qing, suivis par de nombreuses vagues de colons. Chacune d'elles y laissa son empreinte, mais la ville elle-même, pareille à quelque organisme intelligent, choisit parmi ces adjonctions successives lesquelles seraient préservées, lesquelles seraient perdues pour l'histoire. Dans un parc situé au pied de la montagne du Bagua se dressait un imposant bouddha noir, gardé par deux énormes lions de pierre. Les visiteurs s'émerveillaient du bouddha ; les habitants, eux, témoignaient un respect presque égal pour les lions – emblèmes défensifs aux muscles noueux et aux crocs acérés. Il y avait des années de cela, Changhua était un fort important. C'était maintenant une cité populeuse, devenue un bastion d'une autre sorte. Un bastion de la démocratie.

A la périphérie de la ville, près d'une usine à papier et d'un établissement horticole, une tribune improvisée avait été montée. Wai-Chan Leung, l'homme que beaucoup considéraient comme le futur président de Taiwan, était sur le point d'apparaître devant plusieurs milliers de personnes. Ses partisans étaient venus en masse des communes de Tianwei et de Yungjing le long de la Route provinciale n° 1, et de petites voitures poussiéreuses encombraient la moindre ruelle. Jamais candidat n'avait suscité un tel engouement parmi le petit peuple de Taiwan.

C'était, à bien des égards, une personnalité improbable. En premier lieu, il était beaucoup plus jeune que la plupart des candidats : à peine trente-sept ans. Descendant d'une famille fortunée, une famille de négociants, c'était pourtant un populiste bon teint, dont le charisme dopait le moral des moins riches. Le parti qu'il avait fondé était celui qui avait connu l'essor le plus rapide parmi les nouvelles formations politiques de Taiwan, et il était personnellement responsable de sa remarquable audience. La République de l'île ne manquait pas de partis ni d'organisations politiques, mais le parti de Wai-Chan s'était immédiatement distingué du lot par sa volonté réformiste. Ayant mené avec succès des campagnes anticorruption à l'échelon local, Leung demandait maintenant à ce qu'on lui donne le pouvoir d'épurer la vie politique et le commerce de l'île, gangrenés par la corruption et le népotisme. Alors que d'autres candidats exploitaient la peur et le ressentiment qui existaient de longue date vis-à-vis de « l'Empire chinois » représenté par le continent, Leung, lui, évoquait une « nouvelle politique avec la Chine nouvelle » – une politique centrée sur la conciliation, les échanges commerciaux, et un idéal de souveraineté partagée.

Pour beaucoup de vieux sinologues du Département d'État, le jeune homme paraissait trop beau pour être vrai. D'après le dossier méticuleusement monté par l'Unité de stabilisation politique des Opérations consulaires, il l'était.

D'où l'affectation d'Ambler à Changhua, en tant que membre d'une « équipe d'intervention » dépêchée par l'USP – un des Stab Boys [1], pour reprendre l'abréviation cynique. Ce qui voulait dire qu'il n'était pas là en tant qu'Hal Ambler, mais en tant que Tar-

---

1. « Stab » est l'abréviation de *Stabilization* et signifie également « couteau » ou « poignarder ».

quin, le nom de code qu'on lui avait attribué au début de sa carrière d'agent secret. Il avait parfois l'impression que Tarquin n'était pas simplement un personnage mais une personne à part entière. Quand Ambler était sur le terrain, il *devenait* Tarquin. Une forme de cloisonnement psychique qui lui permettait de faire ce qui devait être fait.

L'un des très rares Occidentaux dans un océan de visages asiatiques – et donc, par déduction machinale, un représentant des médias étrangers –, Tarquin évoluait dans la foule compacte, le regard rivé sur la tribune. L'homme allait apparaître d'une minute à l'autre. Le grand espoir de la nouvelle génération de Taiwan. Le jeune idéaliste. Le visionnaire charismatique.

Le monstre.

Les faits étaient minutieusement consignés dans le dossier de l'USP. Ils révélaient le fanatisme meurtrier et la duplicité qui couvaient sous la pose modérée du candidat. Ils mettaient au jour ses liens idéologiques avec les Khmers Rouges. Son implication personnelle dans le trafic de drogue du « Triangle d'Or » – et dans une série de meurtres politiques commis à Taiwan.

Il était impossible de le démasquer sans compromettre une douzaine d'agents, les abandonnant à la torture et à la mort aux mains des complices secrets de Leung. On ne pouvait cependant pas le laisser triompher, prendre place à la tête du Congrès national de Taiwan. C'était pour assurer la survie de la démocratie elle-même que ce populiste malfaisant devait être éliminé de l'arène démocratique.

Ce genre de boulot, c'était la spécialité de l'USP. Le caractère impitoyable de certaines de ses opérations lui avait valu la désapprobation des analystes du Département d'État qui avaient le cœur tendre et le cerveau encore plus ramolli. En vérité, il était parfois nécessaire de prendre des mesures désagréables pour éviter des conséquences qui l'étaient plus encore. La sous-secrétaire Ellen Whitfield, qui dirigeait l'Unité, défendait ce principe avec un acharnement qui la rendait particulièrement efficace. Quand d'autres directeurs se contentaient d'analyser et d'évaluer, Whitfield agissait... en prenant les devants. « Retirer le cancer avant qu'il ne s'étende » était à la fois sa devise et sa méthode quand il était question de menaces politiques. Ellen Whitfield ne croyait pas aux atermoiements diplomatiques sans fin quand la paix pouvait être maintenue au moyen d'une intervention chirurgicale rondement menée. Rarement, toutefois, les enjeux avaient été aussi importants.

L'oreillette de Tarquin crachota doucement. « Alpha Un en position », murmura une voix. Traduction : l'expert en explosifs de l'équipe s'était positionné à distance raisonnable de l'endroit où il avait dissimulé son engin, prêt à activer le détonateur radio-commandé au signal de Tarquin. L'opération était complexe par nécessité. La famille de Leung, craignant pour sa sécurité et méfiante à l'égard de la police officielle, lui avait trouvé un service d'ordre efficace. Tous les nids de snipers avaient déjà dû être inspectés et nettoyés. D'autres gardes, à la fois spécialistes des arts martiaux traditionnels et des techniques de combat modernes, devaient scruter la foule ou, déployés au milieu du public à intervalles réguliers, étaient prêts à neutraliser un éventuel spectateur armé. Leung se déplaçait en voiture blindée, séjournait dans des hôtels jalousement gardés par des fidèles. Personne n'imaginerait que la menace était tapie à l'intérieur d'un banal podium.

Le spectacle allait bientôt commencer.

Le brouhaha croissant de la foule indiqua à Ambler que le candidat avait fait son apparition. Il leva les yeux au moment où Leung s'avançait vivement sur l'estrade.

Les applaudissements commencèrent, enflèrent, le visage du candidat s'épanouit en un large sourire. Mais il n'avait pas encore pris place devant le podium, ce qui était crucial. Afin d'éviter les dommages collatéraux, la bombe de petite taille avait été conçue de manière à exploser dans une direction précise. Tarquin attendait, étroit calepin de journaliste et stylo-bille à la main.

On attend ton signal, lui souffla une voix métallique dans l'oreillette. Un signal synonyme de mort.

On attend ton signal.

Le bruit fit place à un autre, alors que la température de l'air semblait chuter, et il entendit à nouveau un petit bruit – le même, il s'en rendait compte à présent – qui l'avait réveillé à des milliers de kilomètres de là, plus de deux ans plus tard.

Ambler s'agita dans son lit de motel, les draps bouchonnés et moites de sueur. Le bruit – une vibration provenant de la table de chevet. Le BlackBerry de l'homme des Sourlands vibrait, indiquant l'arrivée d'un message. Ambler tendit la main pour l'attraper, et, après avoir pressé quelques touches, eut la confirmation qu'on avait répondu à son mail. Le message était bref mais comportait des instructions précises. Un rendez-vous avait été fixé pour 2 heures de l'après-midi. Aéroport international de Philadelphie. Porte C19.

Ils étaient malins. Ils utilisaient le personnel de sécurité et les détecteurs de métaux de l'aéroport à leurs propres fins, pour s'assurer qu'il viendrait sans arme. Le caractère public du lieu apportait une garantie supplémentaire contre toute velléité de violence de sa part. Toutefois l'heure choisie était celle où il y aurait un minimum de personnes à l'arrivée des vols. Dans une partie largement déserte du terminal – Ambler était certain qu'ils avaient sciemment choisi cette porte en particulier –, ils bénéficieraient d'un certain isolement. Un endroit suffisamment isolé pour être à l'abri des regards, suffisamment fréquenté pour être en sécurité. Bien joué. Ils savaient ce qu'ils faisaient. Et ce n'était pas vraiment rassurant.

Clayton Caston était assis à la table du petit déjeuner, vêtu, comme à l'ordinaire, d'un de ses dix costumes gris presque interchangeables. Il les avait achetés par correspondance sur le catalogue de Jos. A. Bank, soldés à 50 %, un prix qui lui avait semblé tout à fait raisonnable, et le mélange laine-polyester limitait les plis, ce qui était très pratique. « Costume "executive" trois boutons », disait le catalogue, « mélange toute saison ». Caston prenait la description au pied de la lettre ; il portait les mêmes costumes toute l'année. Ainsi que les cravates en reps, rouges à rayures vertes, ou bleues à rayures rouges. Il avait conscience que certains de ses collègues considéraient sa tenue presque invariable comme une excentricité. Mais à quoi bon la variété pour la variété ? Vous trouviez quelque chose qui remplissait sa fonction, et vous vous y teniez.

Même chose pour le petit déjeuner. Il aimait les cornflakes. Des cornflakes, c'était ce qu'il avait toujours pris le matin ; et ce matin-là, c'étaient des cornflakes qu'il prenait.

« C'est vraiment n'importe quoi ! » explosa sa fille de seize ans, Andrea. Elle ne s'adressait pas à lui, bien sûr, mais à son frère, Max, d'un an son aîné. « Chip est *répugnant*. Et puis c'est Jennifer qui le branche, pas moi... Dieu merci !

— Tu es *trop* transparente, rétorqua Max, implacable.

— Si tu coupes un pamplemousse, sers-toi d'un couteau à pamplemousse, intervint leur mère, d'un ton légèrement réprobateur. Ils sont là pour ça ». Elle portait un peignoir en tissu éponge, des chaussons en éponge, et ses cheveux étaient retenus par un bandeau en éponge. Aux yeux de Clay Caston, elle offrait encore une vision enchanteresse.

Max accepta le couteau à pamplemousse recourbé sans broncher ; il continuait à asticoter sa sœur. « Chip déteste Jennifer et Jennifer déteste Chip, et tu as fait tout ce qu'il fallait pour ça en disant à Chip ce que Jennifer avait dit de lui à T.J. Et, à propos, j'espère que tu as mis Maman au courant de ce qui s'est passé hier pendant ton cours de français.

— Ne t'avise pas de faire ça ! » Andrea bondit de sa chaise avec toute la fureur dont une adolescente de seize ans est capable. « Et si on parlait de la petite *rayure* sur le côté de la Volvo ? Elle n'y était pas avant que tu la prennes hier soir. Tu crois que Maman a déjà remarqué ?

— Quel genre de rayure ? » interrogea Linda Caston, en posant son énorme mug de café.

Max décocha à sa sœur un regard provocant, comme s'il essayait de trouver un supplice qui lui rendrait justice.

« Disons simplement que Mad Max ne maîtrise pas encore les subtilités du créneau.

— Tu sais quoi, reprit Max sans quitter sa sœur des yeux. Je crois qu'il est temps que ton copain Chip et moi ayons une petite discussion. »

Caston leva les yeux de son *Washington Post*. Il était pleinement conscient de ne pas compter pour beaucoup dans les préoccupations immédiates de ses deux rejetons, mais cela ne le dérangeait pas le moins du monde. Qu'ils soient ses enfants était déjà pour lui quelque peu mystérieux, tant ils lui ressemblaient peu.

« Tu n'oserais pas, espèce de petit crapaud.

— Quel genre de rayure ? » répéta Linda.

Autour de la table, ils se houspillaient les uns les autres comme s'il n'existait pas. Caston avait l'habitude. Même à la table du petit déjeuner, c'était le bureaucrate le plus falot du monde, et Andrea et Max étaient légèrement absurdes et égocentriques, comme tous les adolescents. Andrea, avec son gloss parfumé à la framboise et son jean customisé au feutre ; Max, star montante de l'équipe de football du lycée qui oubliait toujours de se raser le cou correctement et mettait trop d'Aqua Velva. Caston se corrigea mentalement : la moindre goutte d'Aqua Velva était de trop.

Un duo de sales gosses indisciplinés et exubérants, qui se chamaillaient pour la moindre broutille. Mais Clayton Caston les aimait comme la vie même.

« Est-ce qu'il resterait du jus d'orange ? » Ses premières paroles à la table du petit déjeuner.

Max lui tendit le carton. La vie intérieure de son fils lui était largement obscure, mais de temps à autre, il lisait quelque chose comme de la pitié dans l'expression de Max : un jeune homme essayant de cataloguer son paternel dans les catégories anthropologiques du lycée – sportif, tombeur, débile, pauvre type, loser – et prenant conscience que s'ils étaient camarades de classe, ils ne seraient *certainement* pas copains. « Il reste un fond, Papa.

— Un fond vaut mieux que deux tu l'auras », répondit Caston.

Max lui lança un regard gêné.

« Si tu le dis.

— Il faut qu'on parle de cette rayure », rappela Linda.

Il y avait moins de cris dans le bureau de Caleb Norris deux heures plus tard, mais les voix étouffées ne faisaient qu'accentuer la tension. Norris était sous-directeur adjoint des renseignements à la CIA, et quand il avait convoqué Caston pour une réunion à 9 h 30, il ne lui avait pas dit de quoi il retournait. C'était superflu. Depuis que le bulletin d'alerte émanant de Parrish Island était arrivé la veille au matin, d'autres signaux – contradictoires et d'une imprécision exaspérante pour la plupart – leur étaient parvenus, laissant entendre que l'incident avait provoqué d'autres perturbations.

Norris avait le faciès large d'un paysan russe, le teint grumeleux et de petits yeux écartés. Il avait un torse puissant et une pilosité impressionnante ; des touffes de poils noirs dépassaient de ses manchettes de chemise et, quand il ôtait sa cravate, de son col. Bien qu'il fût l'analyste le plus gradé de l'Agence et un des proches du directeur, quelqu'un qui n'aurait vu Norris qu'en photo lui aurait attribué une tout autre profession – videur, par exemple, ou garde du corps pour la mafia. Et ses manières de délégué syndical ne donnaient pas non plus la moindre idée de son curriculum vitae : licence de physique à l'Université catholique d'Amérique ;

boursier de la Fondation scientifique nationale pour travailler sur les applications militaires de la théorie des jeux ; collaborations auprès d'organismes civils tels que l'Institut d'analyse de la Défense et la Corporation Lambda. Norris avait compris de bonne heure qu'il était trop impatient pour une carrière traditionnelle, pourtant, à l'Agence, son impatience était devenue une vertu. Il débloquait les situations là où les autres échouaient. Il avait conscience que, dans une organisation, vous aviez le pouvoir que vous assumiez, pas celui officiellement attaché à votre poste. Pour cela, il ne fallait jamais se contenter de réponses du type « on travaille encore dessus ». Caston admirait cela chez lui.

Quand celui-ci se présenta à la porte, l'agitation de Norris était manifeste ; il arpentait son bureau, ses bras solides croisés sur la poitrine. Norris était plus agacé qu'inquiété par l'incident de Parrish Island. Agacé parce qu'il lui rappelait à quel point les instances du renseignement échappaient au contrôle de son directeur officiel. C'était le problème de fond, et un problème chronique. Chaque branche de l'appareil militaire – l'armée de terre, la marine, l'armée de l'air et le corps des Marines – possédait ses propres services de renseignement, tandis qu'à un autre niveau, le ministère de la Défense prodiguait ses ressources à l'Agence de renseignement de la Défense. Le Conseil national de la Sécurité de la Maison-Blanche employait sa propre équipe d'analystes. La NSA, l'Agence nationale de sécurité, basée à Fort Meade, possédait de son côté une vaste infrastructure, laquelle se consacrait presque exclusivement au « renseignement électromagnétique » ; d'autres tâches d'interception étaient effectuées par l'Office national de reconnaissance et l'Agence nationale de renseignements géospatiaux. Le Département d'État finançait un Bureau de renseignement et de recherche, en plus de son officine secrète, les Opérations consulaires. De plus, toutes ces organisations étaient cloisonnées en interne. Les fissures et les failles étaient nombreuses, et chacune d'elles était tout à fait capable de provoquer une catastrophe.

C'est pourquoi une contrariété en apparence mineure comme ce bulletin irritait Norris à la manière d'un poil incarné. C'était une chose de ne pas savoir ce qu'il se passait dans les steppes d'Ouzbékistan, c'en était une autre d'être dans le noir quand il s'agissait de son pré carré. Comment se faisait-il que personne n'avait l'air de savoir qui s'était échappé de Parish Island ?

L'installation était utilisée en « commun » par toutes les branches des services secrets américains. Le fugitif, qui était non seulement interné à Parrish Island, mais, à ce qu'il semblait, maintenu à l'isolement dans un pavillon fermé, était vraisemblablement très dangereux, soit à cause de ce qu'il était en mesure de révéler, soit à cause de ce qu'il était capable de *faire*.

Mais quand le bureau du directeur de la CIA avait demandé à connaître son identité, personne n'avait pu répondre. C'était de la démence, d'une variété qu'on ne traitait pas sur Parrish Island, ou quelque chose qui ressemblait à de l'insubordination.

« Voilà le topo », lança le sous-directeur quand Caston entra, comme s'ils étaient déjà en pleine conversation. « Dans ce centre, on attribue à chaque patient un... comment vous appelez ça déjà ?... un code de facturation. "Ressource commune", ça veut dire que la contribution de chaque agence est fonction de l'utilisation qu'elle en fait. Si Langley fait interner un analyste timbré, Langley paye la note, ou une grosse partie. Si c'est quelqu'un de Fort Meade, c'est Fort Meade qui reçoit la facture. Donc à chaque patient correspond un code de facturation. Douze chiffres. Pour des raisons de sécurité, la procédure de paiement est séparée des fichiers opérationnels, mais les archives sont censées fournir le nom de l'agent qui a autorisé la mise en détention. Seulement pas cette fois. J'espère que vous arriverez à débrouiller ça. Les comptes de Parrish Island nous apprennent que le code de facturation du patient fonctionnait – les comptes étaient toujours à jour. Mais maintenant les comptables des Opérations consulaires disent qu'ils n'arrivent pas à retrouver le code de facturation dans leur base de données. Résultat : on n'a même pas pu savoir qui avait autorisé sa détention.

— A ma connaissance, c'est la première fois que ça arrive. »

Une autre bourrasque d'indignation vint gonfler les voiles de Norris. « Soit ils nous disent la vérité, et ils l'ont dans l'os, soit ils font de l'obstruction, et c'est eux qui nous baisent. Et si c'est le cas, j'aimerais trouver un moyen de leur retourner la pareille. » Norris avait tendance à abuser des phrases disjonctives quand il était agité. La chemise bleu clair du sous-directeur se couvrait d'auréoles sombres et humides sous les bras. « Mais c'est mon combat, pas le vôtre. Ce que j'attends de vous, Clay, c'est une lanterne dans le noir. Comme d'habitude. »

Caston inclina la tête. « S'ils font de l'obstruction, Cal, c'est au plus haut niveau. Je peux vous dire ça d'emblée. »

Le sous-directeur lui lança un regard plein d'attente, l'invitant à poursuivre d'un geste de la main. Il voulait en savoir davantage.

« Il est assez clair que le fugitif est un ex-agent de grande valeur.

— Un agent qui a perdu la boule.

— C'est ce qu'on nous dit. Les Opérations consulaires nous ont fourni des infos basiques sur le patient n° 5312. Et Parrish Island nous a expédié son profil psychologique. Des dizaines de cases, remplies de termes empruntés au *Manuel diagnostic et statistique* de l'Association psychiatrique américaine. En gros, il souffre d'un trouble dissociatif sévère.

— Ce qui veut dire ?

— Qu'il croit être quelqu'un qu'il n'est pas.

— Alors qui est-ce ?

— C'est la question du jour, n'est-ce pas ?

— Bon sang ! s'écria Norris, exaspéré. Comment peut-on égarer l'identité de quelqu'un, comme une putain de chaussette dans un sèche-linge ? » Ses yeux lançaient des éclairs. Au bout d'un moment, il tapota l'épaule de Caston, et un sourire enjôleur apparut sur son visage. Caston, il le savait, pouvait se montrer ombrageux : on sollicitait sa collaboration, on ne la décrétait pas. S'il se sentait bousculé, il réagissait mal, pouvait redevenir le bureaucrate ordinaire qu'il affectait d'être. Caleb avait appris cette leçon très tôt. A présent, le sous-directeur concentrait son charme sur le spécialiste des chiffres aux épaules tombantes. « Est-ce que je vous ai déjà dit à quel point j'aimais votre cravate ? Elle vous va parfaitement. »

Caston accueillit cette pointe affectueuse avec un sourire crispé. « N'essayez pas de me prendre par mon bon côté, Caleb. Je n'ai pas de bon côté. » Il haussa les épaules. « Voilà la situation. Comme je l'ai dit, les dossiers psychiatriques, nous les avons, tous indexés sous le matricule 5312. Mais ces informations ne permettent pas de retrouver de dossier personnel des Opérations consulaires – quel que soit le chemin que vous utilisez pour accéder au système, les données personnelles n'apparaissent pas.

— Ce qui veut dire qu'elles ont été effacées.

— Ce qui veut dire, plus probablement, qu'on les a déconnectées. Selon toute probabilité, ces données existent quelque part, mais elles ne sont reliées à aucune identité numérique accessible. L'équivalent numérique d'une rupture de la colonne vertébrale.

— On dirait que vous avez passé du temps à écumer leur système informatique.

— Les principaux systèmes du Département d'État ne sont pas intégrés, et il y a de sérieuses incompatibilités de plate-forme avec nos systèmes. Mais ils utilisent le même programme de gestion : des virgules comme séparateur pour nos fiches de paye, les déductibilités, le suivi des coûts et l'approvisionnement. » Caston débita ces catégories comptables à toute allure comme un serveur énumérant les plats du jour. « Si vous savez vous repérer dans la gestion des comptes administratifs, vous avez l'équivalent d'une planche que vous pouvez utiliser pour passer d'un bateau à l'autre.

— Comme le Capitaine Kidd chassant Barbe-Bleue le pirate.

— Je regrette de vous le dire, mais je ne suis pas sûr que Barbe-Bleue ait vraiment existé. Donc je doute sérieusement qu'il apparaisse quelque part sur le CV du Capitaine Kidd.

— Pas de Barbe-Bleue ? Bientôt vous allez me dire que le Père Noël non plus n'existe pas ?

— On dirait bien que vos parents vous ont balancé de mauvaises infos, dit Caston d'un air impassible. Il se pourrait que vous aussi ayez besoin de nettoyer vos dossiers "petite souris" pendant que vous y êtes. » Il scruta le bureau de Norris, regardant d'un air légèrement désapprobateur les piles anarchiques de mémos non triés. « Mais je crois que vous avez saisi l'idée générale. On préfère être escorté sur un bateau de la façon qui convient. Quand on n'a pas d'autre choix, une longue planche peut être d'une efficacité surprenante.

— Alors qu'avez-vous appris une fois que vous avez tiré cette planche et galopé dessus ?

— Pas grand-chose jusqu'ici. On continue d'éplucher les dossiers des patients. Et il y a un dossier partiel des Opérations consulaires, sous son nom de code, Tarquin.

— Tarquin, répéta Norris. Un alias, mais pas de nom. De plus en plus curieux. Quoi qu'il en soit, qu'est-ce qu'on sait sur ce type ?

— L'information principale, c'est que l'agent Tarquin n'était pas uniquement membre des Opérations consulaires. Il faisait partie de l'Unité de stabilisation politique.

— Si c'est le cas, c'est probablement un expert de la neutralisation physique. »

Neutralisation physique. Caston n'avait que mépris pour ce genre d'euphémismes. Tout laissait à penser que l'agent en question était un dangereux sociopathe. Un prérequis, semblait-il, pour faire carrière à l'USP. « On n'a que des fragments d'informations sur son dossier opérationnel. Grâce à la connexion avec l'USP que j'ai pu établir via le système de cryptage. Leur personnel a un suffixe en 7588 rattaché à leur numéro d'identité, et c'est le cas du patient 5312. Mais quand on interroge les bases de données du Département d'État, ça se corse : le reste a été déconnecté du dossier Tarquin.

— Alors quelle est votre réaction instinctive ?

— Ma réaction *instinctive* ?

— Ouais, votre instinct, il vous dit quoi ? »

Caston mit un moment avant de comprendre que Norris le faisait marcher. Dès le début de leur relation de travail, Caston avait exprimé haut et fort son mépris pour la notion de « réaction instinctive ». C'était, en fait, une sorte d'idée fixe chez lui. Il était profondément agacé quand des gens lui demandaient de fournir une « réponse instinctive » avant que les données aient indiqué le chemin à suivre : pour Caston, suivre son intuition, c'était courir à l'échec. Cela vous empêchait d'analyser les choses avec logique, cela faisait obstacle au travail de la raison et aux techniques rigoureuses de l'analyse probabiliste.

Caston vit le visage de Norris se fendre d'un sourire ; le sous-directeur s'amusait à pousser Caston dans ses retranchements.

« C'était juste pour vous faire bisquer, dit Norris. Mais dites-moi, qu'est-ce qu'on est censé penser de ce type ? Que dit votre... ah oui, votre matrice décisionnelle ? »

Caston réagit par un petit sourire. « Tout cela est très provisoire. Mais enfin, plusieurs éléments donnent à penser que c'est un sale type. Je suppose que vous connaissez mon opinion sur les agents qui franchissent la ligne. Si vous êtes de la maison, vous êtes censé vous conformer aux règles établies par décrets fédéraux. Il y a une raison à cela. Vous pouvez parler de "neutralisation physique". Pour moi, soit une pratique est autorisée, soit elle ne l'est pas. Il n'y a pas d'entre-deux. J'aimerais savoir pourquoi le gouvernement fédéral emploie des individus comme ce "Tarquin". Quand nos services de renseignement apprendront-ils que ça ne marche jamais ?

— Ne marche jamais ? demanda Norris en arquant un sourcil.

— Ne marche jamais comme prévu.

— Rien en ce bas monde ne marche comme prévu. Y compris la Création. Et Dieu, lui, a eu sept jours pour rectifier le tir. Je ne peux vous en accorder que trois.

— Pourquoi est-ce si pressé ?

— C'est juste une intuition que j'ai. » Norris leva la main, anticipant la réprobation de Caston. « La vérité, c'est que nous avons reçu des signaux – ils ne sont pas précis, mais suffisamment persistants pour ne pas les ignorer – à propos d'une opération financée de manière illicite ? Faite par nous ? Contre nous ? Je ne sais pas encore, pas plus que le directeur. Nous pensons que des membres haut placés du gouvernement sont mouillés, et que ça a été décidé très vite. Alors on est tous à l'affût de la moindre irrégularité – enfin, on ne peut pas savoir si ça a un rapport ou non, mais ce serait dangereux de ne pas le supposer. On a donc besoin d'un rapport définitif d'ici trois jours. Trouvez qui est vraiment ce Tarquin. Aidez-nous à le coincer. Ou à l'éliminer. »

Caston opina avec froideur. Il n'avait pas besoin d'encouragement. Caston avait les anomalies en horreur, et l'évadé de Parrish Island était une anomalie de la pire espèce. Rien ne pourrait lui apporter plus grande satisfaction que d'identifier cette anomalie... et de l'éliminer.

Chapitre six

AU MOTEL 6 près de Flemington, New Jersey, Hal Ambler passa un certain nombre de coups de fil sur le portable du mort. Le premier fut pour le Département d'État américain. A ce stade, il ne pouvait faire aucune supposition : il ne pouvait pas savoir si l'Unité de renseignement au sein de laquelle il avait effectué sa carrière était un allié ou un ennemi. Il ne pouvait pas utiliser les numéros d'urgence qu'il avait mémorisés en tant qu'agent, au cas où cela déclencherait une contre-recherche. Il était plus sûr de passer par la grande porte. C'est pourquoi il téléphona d'abord au Bureau des communications du Département d'État. Se faisant passer pour un journaliste de Reuters International, il demanda à être mis en relation avec le bureau de la sous-secrétaire Ellen Whitfield. Pouvait-elle confirmer une déclaration qu'on lui prêtait ? Son assistante, qu'il finit par avoir en ligne après un certain nombre d'intermédiaires, expliqua en s'excusant que la sous-secrétaire accompagnait une délégation à l'étranger.

Pouvait-elle être plus précise ? insista le correspondant de Reuters. L'assistante était désolée, mais elle ne le pouvait pas.

Une délégation en déplacement à l'étranger : l'info était exacte, sans aucun doute. Mais elle ne l'avançait pas beaucoup non plus.

La désignation officielle d'Ellen Whitfield – « sous-secrétaire » du Département d'État – dissimulait sa véritable fonction administrative, celle de directrice de l'Unité de stabilisation politique. Sa patronne, en bref.

Est-ce que ses collègues le croyaient mort? Fou? Disparu? Qu'est-ce qu'Ellen Whitfield savait de ce qui lui était arrivé?

Ces questions virevoltaient dans son esprit. Si elle ne savait pas, elle *voudrait* savoir, non? Il s'efforça de se rappeler la période qui avait immédiatement précédé son internement. Mais ces derniers souvenirs demeuraient opaques, enfermés, inaccessibles – cachés dans le brouillard qui avait éclipsé son existence. Il essaya d'inventorier ce qu'il arrivait à se rappeler avant que ce brouillard ne s'installe. Il se souvenait des quelques jours qu'il avait passés au Népal chez les responsables d'un groupe se désignant comme des dissidents tibétains sollicitant l'assistance des Américains. Ambler avait rapidement conclu que c'était des simulateurs : en fait, des représentants d'une insurrection maoïste désavoués par la Chine et bannis par le gouvernement népalais. L'opération de Changhua avait commencé ensuite avec pour objectif la suppression de Wai-Chan Leung – et après? Son esprit était comme une page déchirée : il n'y avait pas de frontière nette séparant le souvenir de l'oubli; ses souvenirs s'effilochaient progressivement.

Même chose quand il essayait de remonter avant ses derniers mois d'internement à Parrish Island. Beaucoup de ses souvenirs antérieurs étaient des moments brisés, sans articulation logique ou temporelle.

Peut-être fallait-il remonter plus loin – avant les semaines entourant son enlèvement, jusqu'à l'époque où les souvenirs de sa vie étaient nets, continus, aussi réels que le sol sous ses pieds. Si seulement il pouvait trouver quelqu'un qui serait susceptible de partager ces souvenirs. Quelqu'un dont les réminiscences fourniraient la confirmation dont il avait désespérément besoin : l'assurance qu'il était qui il était.

Pris d'une impulsion soudaine, Ambler appela les renseignements pour obtenir le numéro de téléphone de Dylan Sutcliffe à Providence, Rhode Island.

Dylan Sutcliffe était quelqu'un à qui il n'avait pratiquement pas pensé pendant des années, quelqu'un qu'il avait connu une demi-vie auparavant. Il l'avait rencontré en première année au Carlyle College, une petite fac de lettres du Connecticut, et ils s'étaient immédiatement bien entendus. Dylan était un pitre, avec un bagou

87

certain et tout un tas d'anecdotes sur son enfance à Peper Pike, Ohio. C'était aussi un incorrigible farceur.

Un matin de fin octobre – pendant leur deuxième année – le campus avait découvert à son réveil qu'un énorme potiron était apparu sur la flèche de la tour McIntyre. La cucurbitacée devait peser dans les trente-cinq kilos, et on n'arrivait pas à comprendre comment elle s'était retrouvée là. Cela fit la joie des étudiants et provoqua la consternation des administrateurs : comme aucun agent d'entretien n'aurait risqué sa peau pour le décrocher, on laissa donc le potiron redescendre par ses propres moyens. Le lendemain matin, une grappe de citrouilles d'Halloween apparut au pied de la tour McIntyre, positionnées de telle sorte qu'elles semblaient regarder le gros potiron ; certaines portaient l'inscription : SAUTE ! La jubilation des étudiants ne fit qu'accroître la mauvaise humeur de l'administration. Quelques mois avant la remise des diplômes, deux ans plus tard, alors que l'indignation était largement retombée, on finit par apprendre que la promo pouvait remercier Dylan Sutcliffe, varappeur chevronné et bien équipé. Sutcliffe était un farceur, mais un farceur prudent ; il n'avait jamais avoué et avait toujours apprécié la discrétion d'Ambler. Car celui-ci, ayant remarqué quelque chose sur le visage de Sutcliffe alors qu'on discutait de l'affaire, avait été le premier à le démasquer, et même s'il avait fait comprendre à Sutcliffe qu'il savait, il n'avait jamais vendu la mèche.

Ambler se souvenait des chemises à la Charlie Brown que Sutcliffe affectionnait, avec leurs larges rayures horizontales aux couleurs vives, et de sa collection de pipes en terre, rarement utilisées, mais plus intéressante que l'habituelle collection de bouteilles de bière ou de cassettes pirates de Grateful Dead. Ambler avait assisté à son mariage un an seulement après la remise des diplômes, savait qu'il avait un bon boulot dans une agence bancaire de Providence, autrefois indépendante, et qu'il faisait maintenant partie d'un réseau national.

« Dylan Sutcliffe à l'appareil, fit une voix qu'Ambler ne reconnut pas tout de suite, mais qui lui fit quand même chaud au cœur.

— Dylan ! C'est Hal Ambler. Tu te souviens ? »

Il y eut un long silence. « Désolé, répondit l'homme, qui paraissait embarrassé. Je n'ai pas bien saisi votre nom.

— Hal Ambler. On était à Carlyle ensemble il y a vingt ans de ça. Tu étais dans ma résidence, en première année. *J'étais à ton mariage*. Ça te revient maintenant ? Ça fait une paye, hein ?

— Écoutez, je n'ai pas l'habitude d'acheter quoi que ce soit à des inconnus au téléphone, rétorqua son correspondant d'un ton cassant. Vous devriez essayer avec quelqu'un d'autre. »

Pouvait-il s'agir d'un autre Dylan Sutcliffe ? Rien chez lui ne lui rappelait le Sutcliffe qu'il connaissait. « Ouah. Je me suis peut-être trompé de personne. Vous n'êtes pas allé à Carlyle, alors ?

— Si. Simplement il n'y avait personne du nom d'Hal Ambler dans ma promo. » Ambler entendit un clic ; l'homme lui avait raccroché au nez.

Exaspéré par un mélange de colère et de peur, il appela ensuite le Carlyle College et se fit passer le bureau des inscriptions. Au jeune homme qui décrocha, Ambler expliqua qu'il travaillait au Service des ressources humaines d'une grosse boîte, qui envisageait d'embaucher un certain Harrison Ambler. La politique de l'entreprise voulait qu'il vérifie certains points de son CV. Tout ce qu'on lui demandait c'était de confirmer qu'Harrison Ambler était bien diplômé du Carlyle College.

« Certainement, monsieur », acquiesça l'homme du bureau des inscriptions. Il demanda l'orthographe et saisit le nom ; Ambler entendit le cliquetis léger et rapide d'un clavier d'ordinateur. « Désolé. Vous pouvez m'épeler son nom encore une fois ? »

Avec un sentiment d'appréhension grandissant, Ambler s'exécuta.

« Je suppose que vous avez bien fait d'appeler, reprit la voix.

— Il n'a pas eu son diplôme ?

— Il n'y a jamais eu aucun étudiant inscrit sous ce nom, encore moins de diplômé.

— Est-il possible que votre base de données ne remonte pas assez loin ?

— Non. Nous sommes une toute petite fac, on n'a pas ce genre de problème. Croyez-moi, monsieur, si ce type a été inscrit ici au cours du XXe siècle, je le saurais.

— Merci, conclut Ambler d'une voix caverneuse. Merci pour votre temps. » D'une main tremblante, il pressa la touche OFF de son portable.

C'était de la folie !

Pouvait-il fantasmer tout ce qu'il pensait être ? Une telle chose était-elle possible ? Il ferma les yeux un moment et laissa quarante ans de souvenirs déferler, se répandre et tourbillonner dans son esprit, flot chaotique de libres associations. Des souvenirs, il y en avait plus qu'il ne pouvait en compter, et ces souvenirs étaient ceux d'Hal Ambler, à moins qu'il ne fût vraiment fou. La fois où, explorant son jardin quand il était encore tout petit, il avait trébuché sur un nid de guêpes souterrain – jaillissant du sol comme un geyser noir et jaune ! – et avait fini aux urgences avec trente piqûres. Ce mois de juillet brûlant où il avait appris à nager le papillon dans le lac Candaiga et surpris un bout de sein quand l'une des monitrices de la colo, Wendy Sullivan, s'était changée dans un préfabriqué dont la porte était cassée. Le mois d'août qu'il avait passé, à l'âge de quinze ans, à travailler dans un grill sur un champ de foire à quinze kilomètres au sud de Camden, dans le Delaware, apprenant à demander aux clients s'ils voulaient « des épis de maïs en accompagnement ? » quand ils avaient seulement commandé une assiette de travers de porc-purée. Ses sérieuses conversations après le travail avec Julianne Daiches, la fille crépue affectée à la friteuse, sur la différence entre pelotage et tripatouillage. Il y avait aussi des souvenirs moins agréables, certains liés au départ de son père, quand il avait six ans, et la faiblesse de ses deux parents pour le réconfort de la bouteille. Il se souvenait d'une nuit passée à jouer au poker en première année – la façon dont les étudiants de troisième et de quatrième année, surtout, avaient commencé à s'inquiéter en voyant son tas de jetons grossir régulièrement, comme s'il avait trouvé une technique de triche indétectable. Il se souvenait aussi d'un béguin de première année à Carlyle... Bon Dieu, l'excitation de leurs premiers rendez-vous, et puis les larmes, les scènes orageuses et les réconciliations, l'odeur citron-verveine de son shampooing, qui lui avait paru tellement exotique et qui, des années après, était encore capable de le laisser accablé de nostalgie et de désir.

Il se souvenait de son recrutement et de sa formation aux Opérations consulaires, la fascination croissante de ses instructeurs pour son don particulier. Sa couverture au Service de l'éducation et des affaires culturelles du Département d'État, en tant que chargé des échanges culturels, quelqu'un qui était régulièrement détaché à l'étranger. Toutes ces choses, il se les rappelait clairement et distinctement. Il avait mené une double vie. Ou était-ce simplement un double délire ? Il quitta sa chambre avec un début de migraine.

Dans un coin de la pièce faisant office de hall, un ordinateur connecté à Internet était gracieusement mis à la disposition des clients du motel. Ambler s'y installa et, utilisant un code du Bureau des analyses du Département d'État, se connecta à la base documentaire LexisNexis. Le journal local de Camden, où Ambler avait grandi, lui avait un jour consacré un petit article quand, élève de CM1, il avait remporté le concours d'orthographe du comté. *Enthalpie. Dithyrambe. Hellébore.* Ambler les avait tous orthographiés, facilement et correctement, ce qui avait fait de lui le champion d'orthographe non seulement de l'école primaire Simpson mais de tout le comté de Kent. Quand il faisait une erreur, il le savait tout de suite, d'après l'expression du juge. Sa mère – qui à ce moment-là l'élevait toute seule – était aux anges, se rappelait-il. Mais ce n'était plus seulement la vanité d'un enfant qui était en jeu.

Il fit sa recherche sur Nexis.

Rien. Rien ne correspondait à la description. Il se rappelait l'article du *Dover Post* avec une telle précision, se rappelait comment sa mère l'avait découpé et conservé sur la porte du réfrigérateur avec un aimant censé représenter une tranche de pastèque. L'avait gardé là jusqu'à ce qu'il jaunisse et commence à tomber en poussière, rongé par le soleil. LexisNexis avait en mémoire des décennies d'archives du *Dover Post*, toutes sortes de nouvelles locales ; le résultat des élections au conseil municipal, les licenciements à la Seabury Hosier Company, la remise à neuf de l'hôtel-de-ville. Mais pour Nexis, Harrison Ambler n'existait pas. Ni à cette époque. Ni maintenant.

L'aéroport offrait un spectacle familier : jungle de sols en mosaïque, d'acier et de verre où évoluait un personnel nombreux. Où que l'on se tourne, on voyait des employés des compagnies aériennes, des agents chargés de la sécurité, des bagagistes, tous portant badges et uniformes divers. Un milieu qui, de l'avis d'Ambler, tenait à la fois du centre de tri postal et du village de vacances.

Il acheta un billet pour Wilmington, aller simple, cent cinquante dollars : le prix du couvert, pour ainsi dire, de son rendez-vous. Il prit un air aussi ennuyé que la femme derrière le comptoir d'enregistrement, qui réprima un bâillement en tamponnant sa carte d'embarquement. La photo d'identité qu'il produisit – le permis de conduire délivré en Géorgie retouché pour montrer la photo de son actuel titulaire – n'aurait pas résisté à un examen minutieux, mais n'en reçut aucun.

La porte C19 se trouvait tout au bout d'un long couloir et jouxtait deux autres portes dans une disposition en étoile. Il regarda autour de lui ; il y avait moins d'une douzaine de passagers. Il était deux heures et demie. Le prochain embarquement n'aurait pas lieu avant quatre-vingt-dix minutes. D'ici trente minutes, d'autres passagers arriveraient pour un vol à destination de Pittsburgh, mais pour le moment, c'était le calme plat.

La personne qu'il devait rencontrer était-elle déjà arrivée ? Cela semblait probable. Mais qui était-ce ? *Vous saurez qui je suis*, disait le message.

Ambler fit le tour des divers salons d'attente, détaillant les traînards et les lève-tôt. La femme empâtée qui gavait de bonbons sa fille empâtée ; l'homme au costume mal coupé en train de faire défiler une présentation PowerPoint ; la jeune femme avec ses piercings et son jean décoré avec des feutres de différentes couleurs – aucun n'avait le profil. La frustration d'Ambler commença à grandir. *Vous saurez qui je suis.*

Son regard finit par se poser sur quelqu'un assis tout seul, près d'une fenêtre.

Un Sikh enturbanné, qui remuait les lèvres en lisant *USA Today*. En s'approchant de lui, Ambler remarqua qu'aucun cheveu ne semblait dépasser du turban – pas une seule mèche folle à l'horizon. Un imperceptible reflet de colle sur la joue de l'homme suggérait que la barbe avait été appliquée récemment. L'homme remuait-il vraiment les lèvres en lisant, ou communiquait-il sur un microphone à fibre optique ?

Pour n'importe qui d'autre, l'homme aurait semblé parfaitement installé, immobile dans son ennui. Aux yeux d'Ambler, il était tout sauf cela. Instinctivement, il fit volte-face et alla se poster *derrière* la silhouette assise. Puis, vif comme l'éclair, il empoigna le turban et le souleva. Dessous, il vit le crâne pâle et rasé de près et, dessus, scotché avec du sparadrap, un petit Glock.

L'arme était dans la main d'Ambler à présent, et il laissa le turban retomber. L'homme assis resta cloué sur place, avec l'immobilité et le silence tactique d'un professionnel parfaitement entraîné qui sait que la réaction prudente est de ne *pas* réagir. Seuls ses sourcils arqués manifestaient sa surprise. Ce tour de passe-passe silencieux n'avait pas pris plus de deux secondes et Ambler avait fait écran de son corps afin que personne ne puisse le voir.

Le pistolet était étonnamment léger, il reconnut le modèle aussitôt. La carcasse était en plastique et en céramique ; la culasse contenait moins de métal qu'une boucle de ceinture ordinaire. Il y avait très peu de chances qu'il déclenche un détecteur de métal ; et encore moins de chances que les agents de sécurité touchent à la coiffe religieuse d'un Sikh. Un tube d'autobronzant et un mètre de mousseline : un costume bon marché et efficace. Une fois de plus, l'habileté et l'efficacité du rendez-vous inspiraient à la fois admiration et angoisse.

« Bravo, souffla le faux Sikh à voix basse, un léger sourire étirant les commissures de ses lèvres. Joli mouvement défensif. Mais ça n'y changera rien. » Il articulait parfaitement ses consonnes comme quelqu'un ayant appris l'anglais à l'étranger, bien que très jeune.

« C'est moi qui suis armé. Ça ne change rien, ça ? D'après mon expérience, si.

— Parfois le meilleur usage d'une arme est d'y renoncer, objecta l'homme, le regard presque pétillant. Dites-moi, vous voyez le type avec l'uniforme de la compagnie, derrière le comptoir d'embarquement ? Il vient d'arriver. »

Ambler jeta un coup d'œil.

« Je le vois.

— Il est avec nous. Il est prêt à vous abattre, si cela s'avérait nécessaire. » L'homme assis leva les yeux sur Ambler, qui était toujours debout. « Vous me croyez ? » La question n'était pas un sarcasme mais une vérification.

« Je crois qu'il essaiera, répondit Ambler. Pour votre bien, vous avez intérêt à ce qu'il ne rate pas son coup. »

L'homme acquiesça d'un signe de tête. « Soit, mais contrairement à vous, je porte du Kevlar, au cas où. » Il regarda à nouveau Ambler. « Vous me croyez ?

— Non, répondit Ambler après un temps d'arrêt. Je ne vous crois pas. »

Le sourire de l'homme s'épanouit. « Vous êtes Tarquin, n'est-ce pas ? Le colis, pas le livreur. Vous voyez, votre réputation vous précède. On raconte que vous êtes rudement fort pour lire dans l'esprit des gens. Il fallait que je m'en assure. »

Ambler s'assit à côté de lui ; leur entretien serait plus discret ainsi. Quel que fût le sort qu'on lui réservait, ce n'était pas une mort rapide.

« Et si vous vous expliquiez ? » suggéra Ambler.

L'homme lui tendit la main. « Mon nom est Arkady. J'ai entendu dire qu'un agent de terrain tout à fait légendaire, alias Tarquin, serait peut-être "disponible".

— Disponible ?

— Pour être recruté. Et non, je ne connais pas votre vrai nom. Je sais que vous cherchez des informations. Ces informations, je ne les possède pas. Par contre, j'y ai accès. Ou plutôt, accès à ceux qui possèdent ces informations. » Arkady fit craquer ses phalanges. « Ou accès à ceux qui ont accès à ceux qui possèdent ces informations. Vous ne serez pas surpris d'apprendre que l'organisation à laquelle j'appartiens est soigneusement cloisonnée. L'information ne circule que là où elle doit circuler. »

Pendant qu'il parlait, Ambler le regarda avec intensité, en se concentrant. L'espoir obscurcissait parfois la perception, il le savait, de même que le désespoir. Comme il l'avait régulièrement expliqué à des collègues déconcertés par son don, *nous ne voyons pas ce que nous ne voulons pas voir*. Arrête de vouloir. Arrête de te projeter. Contente-toi de recevoir les signaux qui, bon gré mal gré, te sont envoyés. Là était la clé.

Le costume du Sikh était un artifice. Mais l'homme ne lui mentait pas.

« Je dois dire que la rapidité de l'invitation est curieuse.

— Nous n'aimons pas perdre de temps. C'est quelque chose que nous avons en commun, je suppose. Un point à temps en vaut cent, comme vous dites, vous autres Américains. En l'occurrence, la nouvelle a été diffusée hier matin sur le *squawk*. » Le squawk – un terme de métier désignant le canal commun à tous les services de renseignement du pays. Il n'était utilisé que quand l'urgence prévalait sur le secret ; une forme de communication peu fiable. Un message envoyé à tant de destinataires avait des chances de tomber aussi dans quelques oreilles indiscrètes.

« Oui, et alors ? dit Ambler.

— Je crois que vous êtes en mesure de relier les pointillés. Il est évident que vos admirateurs attendaient ce moment. Il est tout à fait probable qu'ils espéraient vous recruter avant même que vous ne disparaissiez. Et ils pensent ne pas être les seuls à vouloir s'attacher vos services, cela ne fait aucun doute. Ils ne veulent pas laisser passer l'occasion. »

Évident... tout à fait probable... aucun doute. « Ce sont des conjectures, pas des certitudes.

— Comme je vous l'ai dit, l'information est rigoureusement cloisonnée au sein de l'organisation. Je sais uniquement ce que je dois savoir. Je peux en déduire certaines choses. Mais, bien sûr, il y a beaucoup d'autres choses que je ne dois pas savoir, et c'est heureux. Le système fonctionne pour nous tous. Il nous protège. Il me protège.

— Oui, mais moi il ne me protège pas. Un de vos types a essayé de me tuer.

— J'en doute fort.

— La balle de gros calibre qui m'a effleuré le cou ne serait pas de cet avis. »

Arkady paraissait perplexe. « C'est absurde.

— Ouais, eh bien, le petit gars du Sud lui aussi avait l'air plutôt surpris, juste avant que la balle ne poursuive sa course et lui explose l'arrière du crâne. » Dans un souffle rauque, Ambler demanda : « C'est quoi ce petit jeu de dingues ?

— Nous n'y sommes pour rien », assura Arkady après un long silence. Presque pour lui-même, il murmura : « Cela ressemble à un cas d'ingérence. Ça signifie simplement que nous n'avons pas été les seuls à entendre l'alerte et à réagir.

— Vous êtes en train de me dire qu'il y avait une autre équipe.

— Nécessairement, concéda Arkady après un long silence. Nous procéderons à une analyse, nous vérifierons qu'il n'y a pas eu de fuite. Mais ça m'a tout l'air d'être une visite parasite, si l'on peut dire. Cela ne se reproduira plus. Une fois que vous serez avec nous.

— C'est une promesse ou une menace ? »

Arkady grimaça. « Oh, mon cher, décidément nous sommes partis du mauvais pied, n'est-ce pas ? Mais laissez-moi vous dire ceci : mes employeurs aimeraient vraiment vous protéger – tant qu'ils auront l'assurance que vous ferez de même avec eux. La confiance doit être à double sens.

— Ma confiance, répliqua Ambler avec fermeté, il faudra qu'ils l'acceptent sur parole.

— C'est précisément la seule chose qu'ils ne font jamais, repartit Arkady sur un ton d'excuse. C'est tout à fait fâcheux, je sais. Ils ont une autre idée. En fait, ils souhaitent faire d'une pierre deux coups. Ils ont un petit travail pour vous. » Pour la première fois, Ambler entendit les diphtongues de la langue maternelle de son interlocuteur, laquelle était manifestement slave.

« Une sorte d'audition.

— Exactement ! » Le regard d'Arkady s'illumina. « Et tout cela est vraiment "gagnant-gagnant", comme mes employeurs se plaisent à dire. Le travail que nous avons pour vous est modeste mais... délicat.

— Délicat ?

— Je ne vais pas vous mentir... à quoi cela servirait-il ? » Son visage s'épanouit en un large sourire. « C'est un petit travail, mais d'autres s'y sont cassé les dents. Pourtant il doit être fait. Voyez-vous, mes employeurs ont un problème. Ce sont des gens prudents... vous verrez, et vous leur en serez reconnaissant. Comme dit le proverbe, qui se ressemble s'assemble. Mais il se peut que tous leurs amis ne soient pas aussi prudents. Et il se peut qu'un agent ait réussi à infiltrer certains de leurs confrères. Tout ce qui brille n'est pas d'or, hélas. Peut-être que cet agent, ayant réuni quelques preuves, est sur le point de témoigner dans un procès. Une bien sale histoire.

— Un agent infiltré ? Soyons clairs. Vous parlez d'un agent du gouvernement.

— Gênant, n'est-ce pas ? Un agent de l'ATF, en fait. »

Si l'agent travaillait pour le Bureau des alcools, tabacs et armes à feu, son enquête devait très probablement concerner un trafic d'armes quelconque. Ce qui ne voulait pas dire que l'organisation pour laquelle travaillait Arkady y était mêlée ; *confrères*, c'était le mot qu'il avait employé. L'hypothèse la plus probable était que les trafiquants d'armes qui fournissaient l'organisation s'étaient fait piéger.

« Un jour cet homme mourra, poursuivit ıe faux Sikh d'un air songeur. Attaque. Crise cardiaque. Cancer. Qui peut le dire ? Mais comme nous tous, il est mortel, et un jour il mourra. Nous souhaitons simplement précipiter cette éventualité. C'est tout.

— Pourquoi moi ? »

Le Sikh fit la moue. « C'est tellement embarrassant, vraiment. »

Ambler soutint son regard.

« Eh bien, la vérité, c'est que nous ne savons pas exactement à quoi il ressemble. C'est un des risques du métier, non ? La personne avec laquelle il était en relation directe n'est pas en mesure de nous aider.

— Parce qu'elle est morte ?

— La raison est sans importance ; ne nous éloignons pas du sujet. Nous avons un lieu, nous avons une heure, mais nous ne voulons pas nous tromper de cible. Nous ne voulons pas commettre d'erreur. Vous voyez à quel point nous sommes scrupuleux ? Certaines personnes passeraient tout le monde à la mitraillette. Mais ce n'est pas notre genre.

— Mère Teresa n'a qu'à bien se tenir.

— Je ne dis pas que nous faisons un concours de sainteté, Tarquin. Mais vous non plus. » Ses yeux sombres étincelèrent. « Pour revenir à ce que je voulais dire : vous serez capable d'identifier la cible d'un coup d'œil. Parce que, étant la cible, il *sait* qu'il est marqué. C'est le genre de chose que vous serez en mesure de détecter.

— Je vois », fit Ambler, et il voyait en effet, ou commençait à voir. Une organisation criminelle voulait s'attacher ses services. Le boulot en question était bel et bien une audition – mais ce n'était pas sa capacité à lire dans les pensées des gens qu'ils cherchaient à établir. Non, en tuant un agent fédéral, il prouverait sa bonne foi, prouverait qu'il avait renoncé à toute forme de loyauté envers ses anciens employeurs, sans parler de la morale commune. Ils avaient dû avoir des raisons de penser qu'il était suffisamment aigri et remonté pour accepter la mission.

Peut-être étaient-ils mal informés. Ou bien en savaient-ils simplement plus que lui – peut-être qu'eux savaient exactement pourquoi on l'avait interné à Parrish Island. Peut-être que les torts qu'il avait subis dépassaient tout ce qu'il imaginait.

« Alors, c'est d'accord ? »

Ambler réfléchit un moment. « Si je refuse ?

— Alors, vous ne saurez jamais, répondit Arkady en souriant. Peut-être que vous *devriez* dire non. Et vous résigner à l'ignorance. Il y a pire. On dit que la curiosité a tué le chat.

— Mais que la satisfaction l'a fait revenir à la vie. » Ne pas savoir était bien la chose à laquelle il ne pourrait pas survivre. Il fallait qu'il sache, et il fallait qu'il punisse ceux qui avaient tenté de détruire sa vie. Ambler jeta un coup d'œil à l'homme en veste bleue derrière le comptoir d'enregistrement. « Je crois qu'on peut s'entendre. »

C'était de la folie, et c'était la seule chose susceptible de l'arracher à la folie. Un très lointain souvenir de classe lui revint à l'esprit, la légende grecque du labyrinthe crétois, le repaire du Minotaure. Un labyrinthe tellement élaboré que ceux qui y étaient emprisonnés n'en trouvaient jamais la sortie. Mais Thésée avait été aidé par Ariane, qui lui donna une pelote de fil et en attacha l'extrémité à la porte du labyrinthe. En suivant le fil, il avait réussi à s'échapper. A cet instant, cet homme était pour Ambler ce qui ressemblait le plus à un fil. Ce qu'il ne pouvait pas savoir, c'était vers quelle extrémité du labyrinthe il allait le conduire : la liberté ou la mort. Il préférait courir ce risque plutôt que de rester perdu dans le labyrinthe.

Finalement, Arkady se mit à parler avec le ton de voix de celui qui a appris par cœur des instructions précises. « A 10 heures demain matin, l'agent secret a rendez-vous avec le procureur du district sud de New York. Nous pensons qu'une limousine blindée le conduira à l'angle du 1, Saint Andrew's Plaza, près de Foley Square dans le bas de Manhattan. Il se peut qu'il soit accompagné, mêlé à un groupe ; il se peut qu'il soit seul. Quoi qu'il en soit, ce sera un moment de vulnérabilité unique : l'agent devra traverser une vaste zone piétonne. Vous devez être là.

— Pas de renforts ?

— Un de nos hommes sera là en soutien. Au moment opportun, il vous fera passer une arme. Pour le reste, ce sera à vous de jouer. Nous ne demandons qu'une chose : que vous suiviez les instructions à la lettre. Je sais bien que c'est comme de demander à un musicien de jazz de suivre les notes sur une partition au lieu d'improviser, mais en l'occurrence, l'improvisation n'est pas de mise. Quelle est cette expression américaine ? "Si vous n'êtes pas content, allez marcher sur l'autoroute." » Une autre locution anglo-saxonne qu'il avait manifestement apprise dans sa langue maternelle : la double traduction lui donnait du fil à retordre. « Le plan doit être respecté à la lettre.

— C'est très risqué, protesta Ambler. Il est foireux votre plan.

— Quelle que soit la valeur que nous accordons à votre expertise personnelle, rétorqua Arkady, vous devez reconnaître la nôtre. Vous ignorez les données de terrain. Mes employeurs, eux, les connaissent et les ont étudiées. La cible est un homme prudent. Il n'est pas du genre à vous faciliter la tâche. Il s'agit vraiment d'une occasion en or. Nous n'en aurons peut-être pas d'autre avant très longtemps, et alors il sera trop tard.

— Il y a des dizaines de problèmes potentiels, persista Ambler.

— Vous êtes libre de passer votre chemin, dit Arkady d'un ton froid comme l'acier. Mais si vous remplissez la mission, en suivant les instructions, vous serez présenté à l'un de mes supérieurs. Quelqu'un que vous connaissez. Quelqu'un qui a travaillé à vos côtés. »

Quelqu'un, donc, qui saurait peut-être tout ce qui était arrivé à Harrison Ambler.

« Je le ferai », promit Ambler. Il n'anticipait pas, ne pensait pas à ce qu'il était en train d'accepter. Il savait que s'il lâchait ce fil, il pourrait ne jamais le retrouver. *Le fil d'Ariane. Mais où conduisait-il ?*

Arkady se pencha en avant et tapota le poignet d'Ambler. De loin, cela aurait pu passer pour un geste d'affection. « Vraiment, nous ne demandons pas grand-chose. Seulement que vous réussissiez là où d'autres ont échoué. Ce ne serait pas la première fois. »

Non, songea Ambler, *mais ce pourrait bien être la dernière.*

Chapitre sept

C LAYTON Caston retourna à son bureau sans fenêtre, l'air pensif. Non pas *perdu* dans ses pensées, estima Adrian Choi ; *trouvé* dans ses pensées serait plus exact. Caston paraissait avoir mis le grappin sur quelque chose. *Quelque chose qui avait sans doute à voir avec un très long tableau de chiffres*, pronostiqua Adrian sombrement.

Il y avait tant de choses concernant Caston qui semblaient impliquer des tableaux. Non pas qu'Adrian estimât avoir vraiment cerné le personnage. Sa fadeur même le laissait perplexe. Il était difficile d'imaginer qu'il exerçait le même métier que, mettons, Derek Saint-John, le héros truculent des romans de Clive McCarthy dont Adrian était friand. Caston lui remonterait les bretelles s'il apprenait ça, mais Adrian avait l'édition de poche du dernier épisode de la série dans son sac à dos, et avait pratiquement lu un chapitre au petit déjeuner. Une histoire de tête nucléaire cachée dans l'épave du *Lusitania*. Adrian s'était arrêté au milieu d'une scène palpitante : Derek Saint-John, plongeant dans l'épave, venait d'éviter de justesse une grenade tirée au harpon par un agent ennemi. Adrian essaierait de lire en douce un ou deux autres chapitres pendant la pause déjeuner. Caston, de son côté, allait probablement se plonger dans le dernier numéro du *Journal de la Comptabilité, de l'Audit et de la Finance*.

Peut-être devait-il considérer son affectation auprès de cet homme, sans doute l'employé le plus rasoir de toute l'Agence, comme un juste châtiment. Il s'était fait un peu trop mousser pendant son entretien d'embauche. Quelqu'un avait dû trouver ça drôle de le placer là ; et un type des Ressources humaines devait être en train de penser à lui en ce moment même et de cracher sa soupe par le nez.

Adrian, lui, riait jaune. Chaque jour, l'homme pour lequel il travaillait s'amenait avec la même chemise blanche infroissable, une cravate presque identique, et un costard Jos. A. Bank dont les nuances allaient d'un excitant gris moyen à un extravagant gris anthracite. Adrian savait qu'il ne travaillait pas pour *Vogue Homme*, mais est-ce que ce n'était pas pousser la routine un peu loin ? Caston ne se contentait pas d'avoir l'air *fade*, il mangeait *fade* : son déjeuner ne variait jamais ; œuf mollet et pain de mie légèrement grillé, qu'il faisait descendre avec un verre de jus de tomate et une lampée de Maalox par-dessus. Au cas où. Un jour, il avait demandé à Adrian d'aller lui chercher son repas ; le jeune homme lui avait rapporté un V8 au lieu d'un simple jus de tomate, et Caston avait semblé trahi. *Hé, vis dangereusement de temps en temps*, avait été tenté de lui dire Adrian. Ce type ne semblait jamais utiliser d'arme plus dangereuse qu'un crayon HB bien affûté.

Pourtant il y avait des moments où Adrian se demandait s'il avait pris toute la mesure de l'homme, s'il n'y avait pas un autre versant à sa personnalité.

« Je peux vous aider ? » demanda Adrian à Caston, toujours plein d'espoir.

— Oui. En effet, vous pouvez faire quelque chose pour moi. Quand nous avons demandé les fichiers des Opérations consulaires se rapportant à l'alias d'accès spécial "Tarquin", on nous a fourni des infos partielles. Je vais avoir besoin de tout ce qu'ils pourront trouver dans leurs tiroirs. Autorisation de niveau DCI [1]. Dites-leur de vérifier ça avec le bureau du DCI, et que ça saute. » Il y avait une très légère trace d'accent de Brooklyn dans la voix de Caston – Adrian avait mis un moment avant de le détecter – et il maniait le jargon technique et la langue verte avec la même aisance.

« Attendez une minute, fit Adrian. Vous êtes habilité jusqu'au niveau DCI ?

---

1. Le Director of Central Intelligence, en plus d'être le directeur de la CIA, est censé superviser l'ensemble de la communauté du renseignement et conseiller le Président sur les questions relatives au renseignement.

« — Ces autorisations sont délivrées au coup par coup. Mais en règle générale, oui. »

Adrian fit de son mieux pour masquer sa surprise. Il avait entendu dire que moins d'une douzaine de personnes, dans toute l'Agence, avaient accès à ce niveau. Se pouvait-il que Caston soit l'une d'elles ?

Or si Caston avait ce privilège, on avait aussi dû se renseigner de façon approfondie sur son assistant. Adrian rougit. Les nouveaux employés exposés à des informations confidentielles de haut niveau faisaient, paraît-il, l'objet d'une surveillance automatique. Avaient-ils pu mettre son appartement sur écoute ? Le jeune homme avait signé un nombre incalculable de documents avant que sa nomination ne soit confirmée ; il avait sans doute renoncé aux droits qui protégeaient la vie privée des citoyens ordinaires. Mais pouvait-il vraiment être l'objet d'une surveillance opérationnelle ? Adrian retourna cette possibilité dans sa tête. Il la trouva... eh bien, s'il était honnête avec lui-même, il la trouva délicieuse.

« J'ai aussi besoin d'en savoir plus sur Parrish Island », poursuivit Caston. Il cligna plusieurs fois les yeux. « Je veux les dossiers de tous les employés qui ont travaillé au Pavillon 4-Ouest ces vingt derniers mois : médecins, infirmières, garçons de salle, gardiens, tout le monde.

— Si ce sont des fichiers numérisés, ils devraient être capables de les envoyer par e-mail sécurisé, fit remarquer Adrian. Ça devrait être automatique.

— Vu que les plates-formes d'exploitation gérées par le gouvernement américain sont un vrai patchwork, rien d'automatique n'est vraiment automatique. Le FBI, l'INS [1], même le foutu ministère de l'Agriculture ont leurs systèmes propriétaires. Les défaillances sont stupéfiantes.

— Sans compter que certains dossiers sont peut-être encore sur papier. Ça pourrait prendre plus longtemps.

— Le temps presse. Il faut que vous vous assuriez que tout le monde l'a bien compris. »

Adrian resta silencieux un moment. « J'ai la permission de parler librement, monsieur. »

Caston leva les yeux au ciel. « Adrian, si vous voulez qu'on vous

---

1. Services de l'immigration.

accorde la "permission de parler librement", vous auriez dû vous engager dans l'armée. Vous êtes à la CIA. Ça ne se fait pas ici.

— Vous voulez dire que je peux toujours parler librement ?

— Vous paraissez nous avoir confondus avec l'Institut culinaire américain. Ça arrive. »

Adrian était parfois persuadé que Caston n'avait aucun sens de l'humour ; à d'autres moments, il estimait qu'il était simplement pince-sans-rire, aussi glacial qu'un pasteur mormon.

« Bon, voilà, j'ai comme l'impression qu'ils traînaient les pieds aux Opérations consulaires, dit Adrian. Ils n'avaient pas l'air emballés par la demande.

— Bien sûr que non. Il faudrait pour ça qu'ils admettent que la CIA est la CIA, c'est-à-dire l'Agence centrale de renseignement de ce pays. Ça les blesse dans leur amour-propre. Mais je ne peux pas résoudre toute cette pagaille organisationnelle aujourd'hui. Il n'en reste pas moins que j'ai besoin de leur coopération. Ce qui veut dire que j'ai besoin que vous les fassiez coopérer. En fait, je compte là-dessus. »

Adrian hocha la tête avec sobriété, les cheveux agréablement hérissés sur la nuque. *Je compte là-dessus.* C'était presque comme s'il avait dit *Je compte sur vous.*

Une heure plus tard, Parrish Island leur envoyait un volumineux dossier. Après qu'on l'eut décompressé et décrypté, il s'avéra que son composant principal était une sorte de fichier audio.

« Vous savez comment ça marche, ce truc ? » grommela Caston.

Il le savait. « Ce lascar est un fichier 24 bits, au format PARIS. Système intégré professionnel d'enregistrement audio. On dirait un enregistrement de cinq minutes. » Adrian haussa les épaules, repoussant un compliment qui, en fait, ne vint pas. « Hé, j'étais président du club audiovisuel au lycée. Je suis superfort pour tous ces trucs. Si vous décidez un jour d'héberger votre propre émission de télé, je suis votre homme.

— Je tâcherai de m'en souvenir. »

Après avoir effectué quelques paramétrages de logiciel, Adrian fit lire le fichier PARIS par l'ordinateur de Caston. Il avait apparemment été enregistré au cours d'une séance avec le patient n° 5312 et témoignait de son état mental actuel.

Le patient n° 5312, ils le savaient, était un agent du gouvernement entraîné. Vingt ans de boutique en tant que superagent, cela faisait vingt ans de secrets – procédures, codes, contacts, informateurs, sources, réseaux.

Il était accessoirement – l'enregistrement le montrait clairement – fou à lier.

« Je le sens mal, ce type », se risqua Adrian.

Caston se renfrogna. « Combien de fois faudra-t-il vous le dire. Si vous voulez me parler de logique, d'informations, de preuves, je suis tout ouïe. Quand vous avez un jugement mûrement réfléchi, faites-le-moi savoir. Nous travaillons sur des *degrés de croyance*. Mais ne me parlez pas de "sentiments". Je suis heureux que vous ayez des sentiments. Il se peut que j'en aie aussi, encore que ce soit controversé. C'est simplement qu'ils n'ont rien à faire au bureau. On en a déjà parlé.

— Désolé, mais avoir un spécimen comme ça en cavale...

— Pas pour longtemps », fit Caston, surtout pour lui-même. Puis il répéta, d'une voix plus basse encore : « Pas pour longtemps. »

Pékin, Chine

En tant que directeur du Deuxième Bureau du ministère de la Sécurité d'État – le service consacré aux opérations à l'étranger – Chao Tang se rendait souvent à Zhongnanhai. Et pourtant son pouls s'accélérait toujours un peu quand il arrivait. Cet endroit était un concentré d'histoire : tant d'espoirs et tant de désillusions ; tant de réussites et d'échecs. Cette histoire, Chao la connaissait bien, et elle semblait jeter une ombre sur chacun de ses pas.

Zhongnanhai, qui signifie Lac du Milieu et du Sud, était une capitale dans la capitale. Un immense complexe, solidement gardé, où les dirigeants chinois vivaient et gouvernaient, un symbole impérial depuis que les suzerains mongols l'avaient ceint de remparts au cours de la dynastie Yuan, au XIXe siècle. Les souverains qui s'y étaient succédé au fil des siècles avaient façonné l'endroit, détruisant et construisant d'imposants édifices ; certains dédiés à l'exercice du pouvoir, d'autres à la poursuite du plaisir. Tous les bâtiments étaient disposés parmi de vastes lacs artificiels dans la splendeur sylvestre d'une Arcadie reconstituée. En 1949, l'année où Mao accéda au pouvoir suprême, le complexe, qui était tombé

104

en ruine, fut entièrement reconstruit. En très peu de temps, les nouveaux maîtres du pays avaient trouvé un nouveau toit.

Ce qui jadis était un simulacre de nature soigneusement aménagé dut satisfaire aux exigences pratiques du bitume et des parkings ; les extravagantes beautés d'autrefois firent place à un décor du bloc de l'Est sinistre et sans grâce. Mais il ne s'agissait là que de questions esthétiques ; les révolutionnaires se montrèrent d'une fidélité sans faille à l'égard des traditions, plus anciennes et plus profondes, du secret et de l'isolement. La question était de savoir, dans l'esprit de Chao, si l'emprise de ces traditions allait s'effondrer devant l'homme résolu à les renverser : le jeune président chinois, Liu Ang.

C'était lui, se souvenait Chao, qui avait décidé de résider ici. Son prédécesseur immédiat n'avait pas vécu à Zhongnanhai mais sur une propriété gardée voisine. Liu Ang avait ses raisons pour vivre dans le même complexe que les autres dirigeants. Il croyait en ses pouvoirs de persuasion, faisait grand cas de son aptitude à résilier les poches de résistance à coups de visites informelles, de promenades à travers les taillis d'ornement, de thés impromptus.

Ce soir-là, la réunion n'était pourtant ni informelle ni improvisée. En fait, elle lui avait été imposée, non par ses opposants, mais par ses fidèles. Car étaient en jeu rien de moins que sa propre survie et l'avenir du pays le plus peuplé du monde.

La peur galvanisait cinq des six hommes réunis autour de la table en laque noire au deuxième étage de la résidence de Liu. Le président, lui, refusait de prendre les menaces au sérieux. Chao lut dans son regard clair : *des vieillards apeurés*, voilà pour quoi il les prenait. Ici, dans une petite enceinte en granit à l'ombre du Palais de la Compassion, il était difficile pour Liu de prendre conscience de son extrême vulnérabilité. Il fallait lui ouvrir les yeux.

Les rapports étaient confus, certes, et encore imprécis, mais quand les renseignements des collègues de Chao, au Premier bureau qui s'occupait de la sécurité intérieure, furent recoupés avec ceux du bureau de Chao, les ombres s'épaissirent pour devenir vraiment noires.

Un homme étroit de carrure et à la voix douce, assis à la droite de Liu Ang, échangea quelques regards avec le camarade Chao avant de s'adresser au président. « Vous pardonnerez cette franchise, mais à quoi bon vos projets de réforme si vous n'êtes pas en vie pour les mener à bien ! » C'était le conseiller pour la sécurité du président ; à l'instar de Chao, il était passé par le ministère de la Sécurité d'État, mais aux Affaires intérieures. « On doit se débarrasser des tortues happeuses si l'on veut se baigner en paix. On doit curer le bassin des carpes koïs si l'on veut éclaircir les eaux. On doit arracher le sumac vénéneux dans le jardin de chrysanthèmes si l'on veut cueillir les fleurs. On doit...

— On doit faucher le bouquet de métaphores si l'on veut récolter le grain de la raison, coupa Liu avec un petit sourire. Mais je sais ce que vous essayez de dire. Ce n'est pas la première fois. Et ma réponse reste inchangée. » Son ton se fit plus ferme. « J'ai refusé d'être paralysé par la peur. Et je refuse de m'en prendre à quiconque sur la foi de simples soupçons, et non sur des preuves. Si je faisais cela, on ne pourrait plus me distinguer de mes ennemis.

— Vos ennemis vous détruiront pendant que vous êtes là à discourir sur vos nobles idéaux ! lança Chao. Et alors, la distinction sera facile à faire : ils seront les vainqueurs, et vous serez le vaincu. » Il parlait avec sincérité et avec feu. Ang avait toujours exigé la sincérité ; la chaleur venait par surcroît.

« Certains de mes opposants sont des hommes et des femmes de principe, reprit Liu Ang sans élever la voix. Des hommes et des femmes qui aiment la stabilité et qui voient en moi une menace à cette stabilité. Quand ils verront qu'ils se sont fourvoyés, leur opposition se tassera. » Le temps jouait en sa faveur, un argument qu'il avait souvent martelé. Il serait capable de susciter l'adhésion sur le rythme des réformes en mettant ses projets à exécution et en montrant qu'il n'en avait résulté aucun chaos social.

« Vous confondez une rixe au couteau avec un échange de pensées de Confucius ! rétorqua Chao. Ce sont des hommes puissants – y compris à l'intérieur des plus hauts cercles de l'État – pour qui le véritable ennemi est le changement, *n'importe quel* changement. » Ce n'était pratiquement pas la peine d'entrer dans les détails. Tout le monde connaissait ces purs et durs réfractaires à tout mouvement vers la transparence, l'équité et l'efficacité, ayant prospéré sur leur absence. Ces hiérarques avaient fait du Palais de la Compassion une parodie de son nom. Les hommes du Comité central étaient particulièrement dangereux – surreprésentés au sein de l'Armée populaire de libération et des services de la Sécurité d'État – qui avaient consenti à contrecœur à sa nomination, convaincus qu'ils pourraient le *contrôler*. On racontait que le protecteur de Liu, le vice-président du Parti communiste, avait donné de telles assurances. En découvrant que Liu n'avait rien d'un fantoche, leur mécontentement avait fait place à un sentiment de trahison. Jusqu'ici, personne n'avait osé l'attaquer de front; s'en prendre à une figure aussi populaire pouvait réveiller les forces telluriques de la révolte. Mais ils avaient observé, attendu leur heure, et ils s'impatientaient. Un petit cadre de conservateurs avait jugé que le temps rendait Liu plus puissant; il fallait agir bientôt, avant qu'il ne soit trop tard.

« Vous qui proclamez votre loyauté à mon égard, pourquoi voulez-vous faire de moi ce que précisément je méprise! protesta Liu Ang. On dit que le pouvoir corrompt, mais on ne dit pas comment. Maintenant je sais. C'est quand le réformateur commence à écouter la voix de la peur. Eh bien, je m'y refuse. »

Chao se retint de ne pas donner du poing sur la table. « Etes-vous invulnérable? interrogea-t-il, le regard noir. Si quelqu'un tire une balle dans votre cervelle de réformateur, est-ce que la balle va rebondir? Si quelqu'un tranche votre gorge de réformateur, est-ce que la lame va casser? *La voix de la peur*, dites-vous? Et si vous écoutiez *la voix de la raison*! »

Le dévouement de Chao envers le jeune président était autant personnel que professionnel, ce qui rendait perplexes beaucoup de gens. Chao, qui avait passé des dizaines d'années au cœur des services de renseignement chinois, n'avait pas le profil habituel des zélateurs de Liu. Mais avant même son accession au rang de secrétaire général du Congrès National du Peuple et président de son Comité permanent, Chao respectait chez lui ce mélange d'habileté manœuvrière et d'intégrité. Dans l'esprit de Chao, ces deux qualités représentaient ce que le tempérament chinois pouvait avoir de meilleur. Par ailleurs, une carrière passée dans les cadres du parti ne lui laissait pas la moindre illusion quant à l'appareil que Liu avait espéré démanteler. Ce système ne nourrissait pas uniquement l'oisiveté, les malversations et l'étroitesse d'esprit; il nourrissait l'aveuglement, et pour Chao, il n'y avait pas plus grand péché.

Ce qui expliquait sa véhémence à la réunion qui avait lieu ce soir-là. En dépit des protestations du président, il ne voulait pas que Liu Ang change; il voulait simplement que Liu Ang survive.

Une contre-attaque préventive pourrait passer pour du despotisme aux yeux du président, mais ce serait au profit d'un intérêt supérieur.

« Vous n'ignorez pas que le camarade Chao et moi-même avons eu de nombreux différends », intervint Wan Tsai, un quinquagénaire dont les grands yeux étaient encore grossis par ses lunettes cerclées de fer. « Pourtant, là, nous sommes d'accord. Le principe de précaution doit prévaloir. » Wan Tsai était économiste de formation et l'un des plus vieux amis de Liu. Tsai avait été le premier à persuader le jeune Liu de travailler à l'intérieur du système ; le coup porté contre le statu quo serait d'autant plus puissant s'il venait de l'intérieur. A la différence des autres conseillers de Liu, Tsai ne s'était jamais inquiété du rythme des réformes du président ; en fait, il était impatient d'aller plus loin, plus vite.

« Laissons tomber les euphémismes, gronda Liu. Vous voulez que je lance une purge.

— Simplement éliminer les traîtres ! s'écria Wan Tsai. C'est une question d'autodéfense ! »

Le président décocha à son mentor un regard acéré. « Comme le demande le sage Mencius, à quoi sert l'autodéfense si elle s'exerce au détriment du moi ?

— Vous souhaitez garder les mains propres, remarqua Chao, en rougissant légèrement. Je dis que bientôt tout le monde admirera vos blanches mains... à vos funérailles ! » Chao, qui s'enorgueillissait de son sang-froid, haletait à présent. « Je ne prétends pas être un expert en droit, en économie, ou en philosophie. Mais en matière de sécurité, je m'y connais. J'ai fait ma carrière au MSE. Mencius a aussi dit que quand un âne parle d'ânes, l'homme prudent tend l'oreille.

— Vous n'êtes pas un âne, biaisa Liu Ang avec un demi-sourire.

— Vous n'êtes pas un homme prudent », répliqua Chao sévèrement.

Comme les autres autour de la table, Chao n'avait pas seulement reconnu l'extraordinaire potentiel de Liu de bonne heure, il avait aidé Ang à le réaliser. Tous avaient personnellement intérêt à ce qu'il reste en bonne santé. Il y avait eu des hommes tels que Liu dans l'histoire de la Chine, mais aucun n'avait réussi.

Il y avait du bon et du mauvais dans la vénération que vouaient les masses, derrière les grilles de Zhongnanhai, au jeune président – à quarante-trois ans, il était bien plus jeune que tous ceux qui l'avaient précédé dans cette fonction, et faisait encore plus jeune que son âge. Car leur adoration, comme les reportages enthousiastes des médias occidentaux, ne faisait qu'accroître la suspicion instinctive des conservateurs à son égard. Même si les mesures prises par Liu auraient suffi à susciter leur inimitié. En deux ans seulement, il s'était affirmé comme une vigoureuse force de libéralisation, confirmant à des degrés divers les craintes et les espoirs de son entourage. Cela faisait de lui une personnalité particulièrement inspirante. Mais pour nombre de conservateurs, il inspirait surtout dégoût et inquiétude.

Les journalistes occidentaux, bien sûr, ne manquaient pas d'expliquer sa politique par son parcours personnel. Ils faisaient grand cas du fait qu'il avait en son temps manifesté sur la place Tiananmen, le premier homme de cette génération à gravir les échelons du Parti. Ils faisaient remarquer qu'il était le premier chef d'État chinois à avoir étudié à l'étranger, accordant une importance exagérée à l'année qu'il avait passée à suivre des cours d'ingénierie au MIT. Ils supposaient encore que ses sympathies pro-occidentales avaient été renforcées par des amitiés nouées pendant cette période. Ses camarades pleins de ressentiment craignaient a contrario que son jugement n'ait été obscurci pour les mêmes raisons. Les Chinois ayant séjourné en Occident étaient surnommés *hai gui* – un terme signifiant « tortues de mer » mais aussi « ceux qui s'en reviennent par la mer ». Par défi, les Chinois hostiles au cosmopolitisme des *hai gui* s'appelaient *tu bie*, les tortues locales. Pour beaucoup, la lutte contre l'influence des *hai gui* serait une lutte à mort.

« Comprenez-moi bien, dit Liu avec gravité. Je prends acte de vos inquiétudes. » Il fit un geste en direction de la fenêtre, vers une île ornementale sur le Lac du Sud, morne étendue de neige en cette saison, brillant sous la lumière artificielle. « Chaque jour je regarde là-bas, et je vois l'endroit où mon précurseur, l'empereur Guangxu, fut emprisonné. Son châtiment pour avoir lancé la réforme des Cent Jours. Comme moi, l'empereur emprisonné était à la fois idéaliste et réaliste. Ce qui lui est arrivé il y a un siècle peut m'arriver. C'est une pensée que j'ai constamment à l'esprit. »

109

Cela s'était passé en 1898, un renversement légendaire qui, finalement, avait ouvert la voie aux gigantesques bouleversements du siècle suivant. L'empereur, inspiré par les échecs intérieurs et le conseil du grand lettré le gouverneur Kang Youwei, avait fait preuve d'une audace qui avait toujours fait défaut à ses prédécesseurs. Cent jours durant, il fit publier une série de décrets qui auraient fait de la Chine un État constitutionnel moderne. Les grands espoirs et les nobles aspirations furent bientôt anéantis. Au bout de trois mois, l'impératrice douairière, soutenue par les gouverneurs généraux, fit emprisonner l'empereur, son neveu, sur l'île artificielle du Lac du Sud et rétablit l'ordre ancien. Des intérêts bien ancrés avaient jugé les réformes par trop menaçantes, et ces intérêts avaient prévalu – du moins jusqu'à ce que la restauration conservatrice soit balayée par des forces révolutionnaires bien plus radicales et impitoyables que tout ce qu'avaient pu imaginer l'empereur déchu et son conseiller.

« Mais Kang était un lettré sans soutien populaire, fit remarquer un homme malingre en bout de table, les yeux baissés. Vous jouissez d'une crédibilité à la fois intellectuelle et politique. Ce qui vous rend d'autant plus dangereux.

— Suffit ! s'emporta le jeune président. Je ne peux pas faire ce que vous voulez que je fasse. Vous dites que c'est une façon de protéger ma propre position. Pourtant, si je recours aux purges, si j'élimine mes adversaires parce qu'ils *sont* mes adversaires, mon gouvernement ne sera pas *digne* d'être protégé. On peut s'engager dans cette voie pour les motifs les plus nobles. Mais c'est un chemin sans issue... il ne conduit qu'à un endroit. Il conduit à la tyrannie. » Il marqua une pause. « Ceux qui s'opposent à moi pour des raisons de principe, je m'efforcerai de les convaincre. Quant à ceux dont les motifs sont moins honnêtes, eh bien, ce sont des opportunistes. Et si ma politique réussit, ils feront ce que les opportunistes font toujours. Ils verront de quel côté le vent souffle, et s'aligneront en conséquence. Vous verrez.

— Est-ce la voix de l'humilité ou d'un orgueil démesuré ? » interrogea quelqu'un à l'autre bout de la table. L'homme, Li Pei, avait les cheveux blancs et un visage aussi crevassé qu'une coquille de noix. Une génération le séparait des autres, et, à certains égards, il était l'allié le plus incongru de Liu. Li Pei était issu d'une province miséreuse et était connu sous le sobriquet de *jiaohua de nongmin*, le « paysan matois », ce qui était une manière de compliment. Passé maître dans l'art de la survie, il s'était maintenu en place dans l'enceinte de Zhongnanhai, soit au Conseil d'État ou à l'intérieur même du Parti, sous Mao et ses différents successeurs – à travers la Révolution culturelle et son démantèlement, les massacres, les répressions, les réformes, et mille changements de cap idéologique. Beaucoup voyaient en lui un cynique, qui s'accommodait du maître de la place, quel qu'il fût. Il n'était pas que cela. Comme beaucoup de cyniques, surtout les plus mordants, c'était un idéaliste blessé.

A l'extrémité de la table en laque noire, le président Liu Ang but une gorgée de thé vert. « Peut-être suis-je coupable d'humilité et d'orgueil. Mais pas d'ignorance. Je connais les risques. »

Une autre voix s'éleva doucement. « Nous ne devrions pas regarder uniquement à l'intérieur. C'est Napoléon qui disait : "Laissons la Chine dormir. Car quand elle s'éveillera, les nations trembleront." Parmi nos ennemis, il y a des étrangers qui ne souhaitent pas la réussite de l'Empire du Milieu. Ils craignent que sous votre vigilance, la Chine ne dorme plus.

— Ce ne sont pas des inquiétudes théoriques, souligna Chao Tang, exaspéré. Les rapports des renseignements sur lesquels je m'appuie sont extrêmement préoccupants. Avez-vous oublié ce qui est arrivé à Wai-Chan Leung à Taiwan ? Beaucoup considéraient le jeune homme comme votre alter ego, et voyez comment il a fini. Il se peut que vous soyez confronté aux mêmes ennemis : des gens qui redoutent plus la paix que la guerre. La menace est réelle. En fait, comme je l'ai dit, il semblerait qu'une sorte de conspiration soit déjà en train.

— Une sorte de ? répéta Liu. Vous me mettez en garde contre une conspiration internationale, mais, à la vérité, vous n'avez aucune idée de qui sont ses instigateurs ni quels peuvent être leurs objectifs. Parler de conspiration sans en connaître la nature, c'est parler dans le vide.

— Ce sont des certitudes que vous voulez ? demanda Chao. Les certitudes, on les a quand il est trop tard. Un complot dont nous connaîtrions les détails serait un complot que nous aurions déjà déjoué. Mais il y a trop de murmures, d'allusions, de références indirectes pour que nous les ignorions plus longtemps...

— Simples conjectures !

111

— A l'évidence, certains membres de votre gouvernement sont impliqués, assena Chao, qui avait bien du mal à ne pas élever la voix. Nous ne pouvons pas non plus négliger certains signes suggérant l'implication de membres du gouvernement américain.

— Vos renseignements ne sont pas *recevables*, protesta Liu. J'apprécie votre sollicitude, mais je ne vois pas ce que je peux faire qui soit compatible avec l'exemple que j'entends montrer.

— Je vous demande de réfléchir..., commença Wan.

— Je vous en prie, continuez votre discussion, dit le jeune président en se levant. Mais si vous voulez bien m'excuser, j'ai une femme là-haut qui commence à croire qu'elle a été faite veuve par la République populaire de Chine. Enfin, c'est ce qu'elle a laissé entendre récemment. Dans ce cas particulier au moins, je me contenterai de renseignements partiels pour réagir. » Les rires qui suivirent manquèrent de conviction, dissipant à peine le climat d'angoisse.

Peut-être que le jeune président ne *voulait* pas reconnaître les menaces qui pesaient sur lui ; ces menaces, il paraissait moins les craindre que les conséquences d'une paranoïa politique. Les autres ne pouvaient pas se permettre d'être aussi optimistes. Ce que Liu Ang ignorait pouvait le tuer.

Chapitre huit

A MBLER avait les yeux irrités, les muscles douloureux. Il était assis sur un banc au milieu d'une vaste esplanade en béton au pied de trois immeubles gouvernementaux aux façades de pierre grise. Comme dans la plus grande partie du bas Manhattan, les gratte-ciel géants étaient serrés les uns contre les autres, pareils aux arbres d'une forêt dense se disputant l'air et la lumière. Dans la plupart des villes du monde, n'importe lequel de ces immeubles aurait été considéré comme vraiment grandiose. Ici, aucun ne laissait la moindre impression individuelle. Ambler changea à nouveau de position, non tant pour s'installer confortablement que pour être moins mal assis. Le marteau-piqueur d'une équipe des télécom, tout à côté, commençait à lui donner la migraine. Il consulta sa montre ; il avait déjà lu le *New York Post* de la première à la dernière page. De l'autre côté de l'esplanade, un vendeur proposait des pralines sur son étal à quatre roues. Au moment où Ambler s'apprêtait à aller en acheter un cornet, histoire de s'occuper, il remarqua un homme d'âge moyen portant un blouson des Yankees sortir de l'arrière d'une limousine noire.

La cible était arrivée.

L'homme était ventripotent et transpirait en dépit du froid. Il regarda autour de lui avec agitation tandis qu'il gravissait, seul, les marches qui conduisaient du trottoir à l'esplanade. C'était quelqu'un qui se savait extrêmement vulnérable, en proie à un mauvais pressentiment.

113

Ambler se leva lentement. Et maintenant? Il s'était imaginé qu'il déroulerait le scénario d'Arkadi aussi loin que possible; que quelque chose se présenterait au moment opportun. Il semblait tout à fait possible que tout ça ne soit rien de plus qu'un galop d'essai.

Une femme en talons vêtue d'un imperméable en vinyle vert marchait rapidement dans sa direction. Cascade de boucles blondes, lèvres charnues, yeux gris-vert. Des yeux qui évoquèrent à Ambler des yeux de chat, peut-être parce que, comme le chat, elle ne semblait jamais ciller. De façon incongrue, elle tenait un sac de déjeuner en papier marron. Comme elle approchait, elle parut distraite par les portes à tambour du bâtiment fédéral côté nord de l'esplanade et se cogna à lui.

« Oh, flûte, je suis désolée », murmura-t-elle d'une voix râpeuse.

Ambler découvrit alors que ses mains tenaient fermement le sac en papier, lequel, ses doigts le confirmèrent rapidement, ne contenait pas de déjeuner.

L'homme avec le blouson des Yankees avait atteint l'esplanade et commençait à se diriger vers le bâtiment. Il restait peut-être douze secondes.

Ambler ouvrit son imperméable brun clair – il y en avait des dizaines, exactement semblables, à chaque coin de rue –, et sortit l'arme du sac. Un Ruger .44 en acier bleu, un Redhawk. Plus puissant que nécessaire et certainement trop bruyant.

Il se retourna et aperçut la blonde assise sur un autre banc, près du bâtiment. Elle s'était installée aux premières loges.

Et maintenant? Le cœur d'Ambler cognait. Ce n'était pas un test.

C'était de la folie.

C'était de la folie d'avoir accepté de faire ça. C'était de la folie de le lui avoir demandé.

La cible s'arrêta brusquement, regarda autour de lui, se remit à marcher. Il n'était plus qu'à cinquante mètres d'Ambler.

Une intuition s'alluma, puis s'embrasa dans son esprit, comme le soleil sortant de derrière un nuage. Maintenant il comprenait ce qu'il n'avait fait que supposer vaguement, de manière subconsciente. *Ils ne le lui auraient jamais demandé.*

Il ne faisait aucun doute qu'Arkady croyait ce qu'on lui avait dit, mais la sincérité n'était pas un gage de vérité. En fait, cette histoire ne tenait pas debout : une organisation ne voulant pas prendre de risques ne confierait jamais à quelqu'un à la loyauté incertaine une mission de cette nature. Ambler aurait facilement pu avertir les autorités et mettre la cible à l'abri. *Donc...*

Donc tout cet arrangement n'était qu'un test. Donc le revolver était vide.

La cible se trouvait à six mètres, marchant d'un pas ferme vers le bâtiment sur le côté est de l'esplanade. Ambler s'approcha alors rapidement de lui, sortit le Redhawk de son manteau, et, visant l'arrière du blouson de base-ball, appuya sur la détente.

On entendit le petit claquement sec d'un revolver vide, un bruit largement absorbé par le brouhaha de la circulation et le marteau-piqueur de l'équipe des télécom. Feignant la consternation, il appuya encore et encore, jusqu'à avoir percuté les six chambres.

Il était certain que la blonde avait vu le barillet tourner, le percuteur basculer sans résultat.

Détectant un mouvement soudain à la périphérie de son champ de vision, Ambler tourna la tête. Un agent de sécurité l'avait vu de l'autre côté de l'esplanade ! L'homme sortit son arme de son blouson court bleu marine et s'accroupit en tenant son pistolet à deux mains, prêt à faire feu.

L'arme du garde, bien sûr, était chargée. Ambler entendit la détonation sèche d'un calibre .38, puis le sifflement plus aigu de la balle près de son oreille. Le gardien était soit chanceux soit bon tireur ; Ambler pouvait très bien y passer avant de le savoir.

Au moment où il se mettait à courir vers l'escalier, au sud de l'esplanade, il remarqua un autre mouvement brusque : le vendeur ambulant, comme pris de panique, avait poussé son chariot sur le garde, le renversant. Ambler entendit le gémissement de douleur de l'homme à terre et le raclement métallique du pistolet qui lui avait échappé des mains.

Mais ce qu'il venait de se passer ne tenait pas debout : aucun spectateur ne se serait *approché* d'une fusillade. Le faux vendeur faisait sûrement partie du dispositif.

Ambler entendit le vrombissement d'une moto avant de la voir, quelques secondes plus tard : une puissante Ducatti Monster surgie de nulle part, le visage de son conducteur caché derrière la visière de son casque. *Ami ou ennemi ?*

« Montez ! » hurla le motard qui ralentit sans s'arrêter tout à fait.

Ambler se jeta sur la large selle, et la Ducatti repartit en rugissant. Il n'avait pas eu le temps de la réflexion, il avait dû s'en remettre à son instinct. Il sentit le puissant moteur vibrer contre ses cuisses.

« Accrochez-vous ! » cria de nouveau le motard. Quelques instants plus tard, l'engin dévalait les marches en bondissant, de l'autre côté de l'esplanade, l'arrière de la moto se soulevant dangereusement.

Sur le trottoir, les piétons s'étaient déjà dispersés, consternés. Mais le conducteur savait ce qu'il faisait, et bientôt la moto s'immisçait dans la circulation, se faufilant entre une benne à ordures, un taxi et une fourgonnette UPS. Le conducteur semblait garder un œil sur ses deux rétroviseurs, guettant l'apparition de la police. Deux blocs plus au nord, il s'engagea dans Duane Street et se rangea à côté d'une limousine à l'arrêt.

C'était une Bentley bordeaux ; son chauffeur, remarqua Ambler, était vêtu d'une livrée kaki. La portière arrière s'ouvrit, et il monta à l'intérieur, s'installant sur le siège en cuir fauve. La Bentley était admirablement insonorisée ; une fois la portière refermée dans un claquement mat, les bruits de la ville s'évanouirent. L'habitacle était spacieux ; il était aussi prudemment en retrait de la ligne de vision des piétons et des autres automobilistes.

Ambler se crut d'abord seul, mais un homme était déjà assis à l'arrière, qui ouvrit une fenêtre dans la cloison vitrée et s'adressa au chauffeur dans une langue douce et gutturale : « *Ndiq hartën. Mos ki Frikë. Paç fat të mbarë. Falemnderit.* »

Ambler jeta un nouveau coup d'œil au chauffeur : cheveux blonds sales, un visage tout en angles et en méplats. Le chauffeur se fondit en douceur dans le flot des voitures. Alors le compagnon d'Ambler se retourna et le salua d'un joyeux « Hello ! ».

Ambler eut un mouvement de surprise : il connaissait cet homme. C'était le contact promis par Arkady. *C'est quelqu'un que vous connaissez. Quelqu'un qui a travaillé à vos côtés.* Un homme qu'il n'avait connu que sous le nom d'Osiris et qui l'avait seulement connu sous celui de Tarquin.

Osiris était un homme fort d'une soixantaine d'années, chauve, à l'exception d'une tonsure rousse autour des oreilles et sur la nuque. Il était déjà gros quand ils travaillaient ensemble à l'Unité de stabilisation politique, mais était toujours d'une vivacité surprenante. Surtout lorsqu'on tenait compte de son autre handicap.

116

« Cela fait un bout de temps », dit Ambler.

Osiris bougea légèrement la tête et sourit, ses yeux d'un bleu vaporeux, accrochant, mais pas tout à fait, ceux d'Ambler. « Cela faisait longtemps qu'on ne s'était vus », acquiesça-t-il. Osiris savait s'y prendre pour faire oublier qu'il était aveugle, de naissance.

Osiris parlait en termes visuels, attentif au soleil, à la texture d'une veste, et traduisait constamment des informations tactiles ou auditives en leurs équivalents visuels. Mais il faut dire que la traduction avait toujours été son point fort. Les Opérations consulaires n'avaient jamais eu de plus brillant linguiste. Il n'était pas seulement capable de parler et de comprendre les principales langues ; il était spécialiste du créole, dialectes minoritaires, accents régionaux – les langues que les gens parlaient vraiment, et non leurs versions formatées enseignées dans les écoles. Il savait si un Allemand était originaire de Dresde ou de Leipzig, de Hesse ou de Thuringe ; il arrivait à différencier la prononciation des voyelles d'une province hanséatique à l'autre ; identifier trente variétés d'arabe vernaculaire. Dans certaines régions du tiers-monde où un grand nombre de langues coexistaient en un même quartier – au Nigeria, mettons, où igbo, hausa, yoruba, et d'étranges créoles et sabirs anglo-arabes pouvaient être parlés à l'intérieur d'un même foyer – les talents d'Osiris pouvaient s'avérer inestimables. Il était capable d'écouter des enregistrements et de fournir une traduction instantanée de palabres échangées à toute vitesse, quand les experts du Bureau africain du Département d'État levaient les mains en signe d'impuissance ou demandaient trois mois d'étude.

« Notre chauffeur ne parle pas un mot d'anglais, je le crains, dit l'homme connu sous le nom d'Osiris. Mais il parle albanais comme un prince. Je suis sûr que ses compatriotes le trouvent un peu bégueule. » Il appuya sur un bouton et un compartiment à boissons sortit de la cloison ; ses mains tâtonnèrent à peine pour en extraire une bouteille d'eau et remplir deux verres. Il attendit qu'Ambler en prenne un avant de prendre le sien. Une façon d'atténuer la suspicion.

« Nos excuses pour ce coup tordu, poursuivit Osiris. Je suis sûr que vous avez compris de quoi il retournait. Il fallait que mes employeurs s'assurent de votre fiabilité. Et ils n'étaient pas vraiment en mesure de vérifier vos références. »

Ambler hocha la tête. C'était bien ce qu'il pensait. La mise en

117

scène sur l'esplanade avait été un moyen de prouver sa bonne foi : ils n'avaient fait que le regarder tirer sur un homme dont on lui avait dit qu'il était un agent fédéral. Chose qu'il n'aurait jamais faite s'il avait toujours été au service du gouvernement.

« Qu'est-il arrivé à la cible ? Le type avec le blouson des Yankees.

— Allez savoir ? Rien à voir avec nous, vraiment. Apparemment, les Fédéraux ont lancé une enquête sur la fixation des prix dans l'industrie du bâtiment, et ce type a retourné sa veste, il a accepté de témoigner. Si vous avez eu l'impression qu'il avait la frousse, vous aviez raison. Des tas de gens effrayants voudraient avoir sa peau. Mais pas nous.

— Arkady, lui, ne savait pas.

— Arkady vous a répété ce que nous lui avions dit. Il croyait jouer franc-jeu, parce qu'il ne savait pas qu'on l'avait manipulé. » Osiris rit. « Je lui ai menti, il vous a menti, mais comme il croyait ce qu'il vous disait, son mensonge a été absous dans l'opération.

— Je saurai m'en souvenir. Comment savoir si vous aussi vous n'avez pas été manipulé... à propos d'autre chose ? » Il leva les yeux sur le rétroviseur du chauffeur, et fut pris d'un brusque vertige : Osiris, grassouillet et dégarni, était assis à côté d'un autre homme, quelqu'un qu'Ambler n'arriva pas à situer tout de suite. Cheveux bruns courts, yeux bleus et un visage... un visage aux traits symétriques, d'une beauté presque cruelle. Un visage qu'Ambler mit un moment à reconnaître.

Un visage qui était et n'était pas le sien. Un visage qu'il avait vu pour la première fois au Motel 6 et qui était encore capable de lui glacer le sang.

« La prémisse de cette question annulerait ma capacité à y répondre », déclara Osiris, d'un ton circonspect. Ses yeux bleus voilés fixaient Ambler sans le voir. « Alors fiez-vous à votre instinct. N'est-ce pas ce que vous faites toujours ? »

Ambler déglutit avec difficulté, respira à fond, se tourna vers l'agent aveugle. « Une interrogation surprise, alors. Est-ce que vous connaissez mon nom ?

— Combien de missions avons-nous fait ensemble ? Trois, quatre ? Après vous avoir fréquenté pendant toutes ces années, j'ai appris une chose ou deux, vous pensez bien. Tarquin. Véritable nom Henry Nyberg...

— Nyberg est une autre couverture, coupa Ambler. Utilisée quelquefois et abandonnée. *Quel est mon nom ?*

— Maintenant on croirait entendre un souteneur de la Neuvième Avenue, ironisa Osiris d'une voix traînante, essayant de rester jovial. "Comment je m'appelle ? Qui c'est ton Papa ?" Écoutez, je comprends que vous vous posiez des questions. Mais je ne suis pas le bureau des renseignements. Il se peut que j'aie certaines réponses. Je ne les ai pas toutes.

— Et pourquoi cela ? »

Les yeux bleu opaque d'Osiris paraissaient étrangement vifs sous ses sourcils pâles, presque porcins. « Parce que certaines réponses, eh bien, sont au-dessus de mon échelon de salaire.

— Je prendrai ce que je pourrai.

— En savoir un peu est dangereux, mon ami. Croyez-moi. Vous ne voulez peut-être pas savoir ce que vous pensez vouloir savoir.

— On verra bien. »

Les yeux aveugles d'Osiris se posèrent longuement sur lui. « Je connais un meilleur endroit pour parler », dit-il.

Chapitre neuf

Bien que le président Liu Ang se fût retiré dans ses appartements privés, dans une autre aile de l'enceinte, la conversation se poursuivit.

« Qu'en est-il des preuves photographiques dont vous avez fait mention ? » souffla le vétéran du MSE en se tournant vers Chao.

Le directeur du Deuxième Bureau, Chao Tang, hocha la tête et retira un dossier de son porte-documents noir. Il étala plusieurs clichés au centre de la table. « Il va de soi que je les ai déjà montrés à Ang, avec le résultat attendu, c'est-à-dire aucun. Je lui ai demandé d'annuler au moins ses visites à l'étranger pour sa sécurité. Il refuse. Mais vous devriez y jeter un coup d'œil. »

Il tapota l'une des photographies : une foule devant une tribune en bois.

« Prise quelques minutes avant l'assassinat de Changhua, expliqua le maître-espion Chao. Vous vous rappelez l'événement. C'était il y a un peu plus de deux ans. Je vous demande de remarquer le Blanc dans la foule. »

Il fit circuler une autre photographie, un gros plan, retouché numériquement, du même homme.

« Le meurtrier. L'homme à qui l'on doit ce forfait sanglant. Sur d'autres photos, vous le verrez sur les lieux d'autres crimes. Un véritable monstre. Nos espions ont appris une ou deux choses sur son compte.

« — Comment s'appelle-t-il ? » demanda le vieux Li Pei, avec son accent rugueux de campagnard.

Chao parut décontenancé par la question. « Nous n'avons que son alias, admit-il. Tarquin.

— Tarquin, répéta Pei, son triple menton tremblant comme la peau d'un vieux Sharpei. Un Américain ?

— Nous le pensons, bien que nous ne sachions pas au juste qui le contrôle. Il a été difficile de dissocier le signal du bruit. Mais nous avons des raisons de croire qu'il est l'un des protagonistes dans le complot visant Liu Ang.

— Alors il doit être éliminé », dit l'homme aux cheveux blancs en tapant sur la table. *Vraiment matois*, pensa Chao, mais paysan quand même.

« Nous sommes d'accord, reprit le maître-espion. Parfois je crains que Liu Ang soit trop bon pour ce monde. » Il marqua une pause. « Heureusement, je ne le suis pas. »

Il y eut des hochements de tête sinistres autour de la table.

« Des précautions ont déjà été prises pour parer à toute éventualité. Nous avons mis une équipe des transmissions du Deuxième Bureau sur la brèche. Hier, quand nous avons eu des informations crédibles sur l'endroit où il pouvait se trouver, nous avons pu agir immédiatement. Faites-moi confiance, la fine fleur du pays est sur l'affaire. »

Cela sonnait creux, songea Chao, pourtant, au sens strictement technique, il y croyait. Chao avait découvert Joe Li quand celui-ci, encore adolescent, avait remporté une compétition régionale de tir, organisée par la branche locale de l'Armée populaire de libération. Les résultats des tests indiquaient que le garçon, en dépit de ses origines paysannes, avait des aptitudes inhabituelles. Chao était constamment à l'affût du prodige caché ; il croyait que l'atout fondamental de la Chine résidait dans sa population – pas simplement la force brute de son travail bon marché mais le prodige rare que le nombre était forcément appelé à produire. Si vous ouvrez un milliard d'huîtres, vous trouverez plus d'une poignée de perles, se plaisait à dire le camarade Chao. Il avait été convaincu que le jeune Joe Li était l'une de ces perles et il s'était lui-même chargé de veiller à ce qu'il soit préparé à une carrière extraordinaire. Les cours de langues intensifs commencèrent de bonne heure. Joe Li allait non seulement maîtriser les principales langues occidentales mais devenir aussi un spécialiste des mœurs occidentales, maîtriser ce qui, dans ces pays, était de l'ordre de l'implicite. Il allait également recevoir un entraînement complet : armement, camouflage, combat au corps à corps d'inspiration occidentale et arts martiaux de style Shaolin.

Joe Li n'avait jamais déçu Chao. Il n'était pas devenu un homme de grande taille, mais sa modeste corpulence s'avéra un avantage ; elle le rendait particulièrement peu menaçant et discret, ses talents extraordinaires cachés derrière une carapace de banalité. Il était, comme Chao le lui avait confié un jour, un cuirassé déguisé en yole.

Ce n'était cependant pas tout. Bien que Joe s'acquittât de son travail avec zèle et sang-froid, en bon professionnel, sa loyauté personnelle envers son pays et Chao ne faisait pas l'ombre d'un doute. Chao y avait veillé. En partie pour des raisons de sécurité, mais aussi parce que Chao était conscient des querelles constantes qui agitaient les plus hautes sphères du gouvernement pour le contrôle des ressources. Il contrôlait de très près les mouvements de son protégé. En fait, l'agent le plus redoutable de Chine ne rendait compte qu'à Chao et à lui seul.

« Mais ce Tarquin... est-il mort ? demanda l'économiste Tsai, en tambourinant sur la table noire.

— Pas encore, répondit Chao. Bientôt.

— Dans combien de temps ? pressa Tsai.

— Une opération de ce genre en territoire étranger est toujours délicate, avertit Chao. Mais comme je vous l'ai assuré, nous avons notre meilleur élément sur place. Un homme qui ne m'a encore jamais déçu, et nous lui communiquons un flux continu d'informations en temps réel. La vie et la mort sont fixées par le destin, comme le grand sage l'a dit. Je me contenterai de dire que pour Tarquin, l'heure est très proche.

— Dans combien de temps ? » répéta Tsai.

Chao regarda sa montre et s'autorisa un sourire pincé. « Quelle heure avez-vous ? »

New York

Le Plaza Hotel, à l'angle de la Cinquième Avenue et de Central Park South, avait été construit au début du XXe siècle et, depuis lors, symbolisait l'élégance de Manhattan. Avec ses corniches gansées de cuivre et ses intérieurs d'or et de brocart, il évoquait un majestueux château français au coin de Central Park. Sa Oak Room et sa Palm Court, ainsi que ses galeries marchandes et ses boutiques de luxe, fournissaient aux visiteurs, y compris ceux qui n'avaient pas loué une de ses huit cents chambres, d'innombrables occasions de contribuer à son entretien.

Mais ce fut à la piscine olympique de l'hôtel, au quinzième étage, qu'à la demande d'Osiris, les deux hommes poursuivirent leur conversation.

Un autre rendez-vous intelligent, jugea Ambler, tandis qu'ils se déshabillaient et enfilaient les maillots de bain prêtés par le Plaza. Difficile de dissimuler un microémetteur dans ces conditions et presque impossible d'effectuer un enregistrement audible en raison du clapotis de l'eau en bruit de fond.

« Alors, pour qui travaillez-vous ces temps-ci ? » avait questionné Ambler, en barbotant dans le grand bain à côté d'Osiris. Une femme âgée nageait paresseusement dans la largeur du petit bassin. Autrement la piscine était déserte. Quelques baigneuses en maillot une-pièce sirotaient du café ou du thé, étendues sur des méridiennes au bord du bassin, réservant sans doute leur énergie pour quelques brasses différées.

« Ce sont des gens comme nous, répondit Osiris. Vraiment, juste organisés différemment.

— Je suis intrigué, poursuivit Ambler. Mais pas plus avancé. De quoi parlez-vous, bon sang ?

— Il s'agit de libérer les talents. Vous avez tous ces anciens agents des opérations clandestines, beaucoup d'ex-Stab, en fait, qui n'avaient peut-être pas exploité leurs talents au maximum. A présent ils servent toujours les intérêts américains, mais ils sont payés et missionnés par une organisation privée. » L'embonpoint d'Osiris le faisait flotter; nager sur place lui demandait un minimum d'effort.

« Une entreprise privée. Une vieille histoire dans ce pays. Aussi vieille que ces mercenaires allemands qui sont venus pimenter les choses pendant la guerre d'Indépendance.

— C'est un peu différent, peut-être, fit remarquer Osiris, respirant facilement. Nous sommes organisés comme un réseau d'associés du secteur privé. Le réseau, c'est le concept clé.

— Plus comme Avon ou Tupperware que Union Carbide, alors. Le modèle du marketing de réseau. »

Se fiant à la voix d'Ambler, Osiris tourna légèrement la tête, ses yeux aveugles semblaient presque le dévisager. « Je ne l'aurais pas dit de cette manière, mais oui, en gros, c'est ça. Des agents indépendants, travaillant indépendamment, mais coordonnés et affectés par leur *upline*. Vous comprendrez l'impatience de l'équipe à vous avoir avec eux. Ils vous veulent pour la même raison qu'ils me voulaient. J'ai un jeu de compétences unique. Tout comme vous. Et ces gens sont résolus à recruter des talents uniques. Cela vous met en position de force pour négocier. Vous savez, vous êtes une sorte de mythe chez les Stab Boys. Les patrons se sont dit que si seulement la moitié des histoires qu'ils racontent sur votre compte étaient vraies... et je vous ai vu à l'œuvre, alors je sais de quoi il retourne. Je veux dire, bon sang, ce que vous avez fait à Kuala Lumpur, ça c'était un coup de légende. Et j'étais là, vous vous rappelez. Il n'y a pas beaucoup de gens qui parlent malais dans l'Unité.

— C'était il y a longtemps », objecta Ambler en se cambrant pour faire la planche.

Kuala Lumpur. Cela faisait des années qu'il n'y avait pas pensé, mais les souvenirs revinrent assez rapidement. Le Putra World Trade Center, un centre de conférences dans le quartier financier de la ville, près du Triange d'Or et des tours jumelles Petronas. C'était un Palais des Congrès international, et officiellement, Tarquin représentait une cabinet juridique new-yorkais spécialisé dans la propriété intellectuelle : Henry Nyberg avait été son alias pour l'occasion. Les supérieurs de Tarquin avaient appris qu'un membre d'une des délégations étrangères était une taupe terroriste... mais lequel ? Tarquin avait été envoyé comme détecteur de mensonges ambulant. Ils pensaient que cela pourrait lui prendre les quatre jours que durait la conférence. En fait, il avait mis moins d'une demi-heure. Il était entré dans le lobby sans se presser le matin du premier jour, naviguant nonchalamment entre les petits groupes de conférenciers, avec leurs classeurs bleus fournis pour l'occasion, avait observé les représentants en marketing échanger leurs cartes de visite, les entrepreneurs traquer des investisseurs potentiels, et les mille autres gesticulations que pratiquent les hommes d'affaires. Une forte odeur de café et de pâtisseries chaudes flottait dans le lobby. Tarquin laissa son esprit divaguer pendant qu'il en faisait le tour. Si quelqu'un le regardait, il hochait la tête, comme pour saluer une autre personne située plus loin. Vingt-cinq minutes plus tard, il savait.

Ce n'était pas une, mais deux personnes, qui s'étaient jointes à une délégation de banquiers de Dubaï. Comment avait-il su? Tarquin ne se donnait pas la peine d'analyser les signes subliminaux trahissant la duperie et la peur; il les voyait, et il savait. C'était tout. Une équipe de renseignement de l'USP avait passé le reste de la journée à confirmer ce qu'il avait détecté d'un seul coup d'œil. Les deux jeunes hommes étaient les neveux du directeur de la banque; ils avaient également été recrutés par une confrérie jihadiste pendant leurs études à l'Université du Caire. La confrérie les avait chargés de se procurer certaines pièces de matériel industriel – du matériel qui, inoffensif en lui-même, pouvait, en association avec d'autres substances ordinaires, servir à fabriquer des munitions.

Ambler se laissa flotter paisiblement dans l'eau quelques longs moments. *Ces gens savent ce que tu sais faire. En quoi cela change-t-il la donne?*

« A Kuala Lumpur, tout le monde vous avait demandé comment vous aviez su, vous aviez répondu que c'était évident, que ces types suaient la peur. Mais pour tous les autres, cela n'avait rien d'évident. Et ils ne suaient pas la peur. Les analystes de l'USP ont repassé la vidéo plus tard. De l'avis de tous, ils se fondaient dans la foule foutrement bien. Ennuyés et consciencieux, exactement l'impression qu'ils cherchaient à donner. Seulement voilà, vous les aviez vus différemment.

— Je les ai vus tels qu'ils étaient.

— Exactement. Ce que personne d'autre n'était capable de faire. Nous n'avons jamais vraiment parlé de cela. C'est une faculté impressionnante. Un don!

— Alors j'aimerais pouvoir l'échanger.

— Pourquoi... il est trop gros pour vous? ricana Osiris. Alors, ça marche comment. Un sorcier vous a donné une amulette un jour?

— Je ne crois pas être le mieux placé pour répondre, dit sobrement Ambler. Mais je crois qu'il y a de cela : la plupart des gens voient ce qu'ils veulent voir. Ils simplifient les choses, confirment des hypothèses. Pas moi. Je ne peux pas. Ça ne se commande pas.

125

— Je ne sais pas si c'est une chance ou une malédiction. Ou alors un peu des deux. *Comme d'habitude* [1]. Ce qu'il en coûte d'en savoir trop.

— Dans l'immédiat mon problème est d'en savoir trop peu. Vous savez ce que je cherche. Des éclaircissements. » A vrai dire, c'était pour lui une question de vie ou de mort. Il fallait qu'il sache la vérité, ou alors il serait entraîné sans retour dans les abîmes de son inconscient.

« Mais les éclaircissements viennent progressivement, déclara Osiris. Comme je l'ai dit, ce que j'ai à offrir, c'est plutôt un jugement que des informations. Donnez-moi les faits pertinents, et peut-être pourrai-je vous aider à en saisir la signification. »

Ambler regarda Osiris, qui barbotait toujours presque sans effort. L'eau perlait sur ses larges épaules, mais sa tonsure rousse restait sèche. Ses yeux bleus étaient chaleureux, tendres même ; la tension qu'Ambler détectait n'était due ni à un stratagème ni à une tromperie. Ses doutes étaient automatiques, il faudrait qu'il les mette entre parenthèses. C'était une occasion qu'il ne pouvait pas laisser passer.

Le Chinois au costume de bonne coupe – un mérinos superfin à motif de tartan – passa les portes à tambour et pénétra dans le lobby du Plaza Hotel, sur la Cinquième Avenue. C'est à peine si on lui prêta attention. Il était menu, beau, les traits délicats, des yeux brillants, amicaux. Il salua de la tête l'une des réceptionnistes de l'accueil ; elle lui rendit son salut, pensant que l'homme l'avait confondue avec la fille qui lui avait fait remplir sa fiche. Il salua le concierge qui exhiba aussitôt son sourire obligeant, et passa devant la rangée d'ascenseurs sans ralentir le pas. S'il avait paru hésitant, s'il s'était arrêté pour s'orienter, un des membres du personnel moins occupé aurait pu intervenir avec un *Puis-je vous aider, monsieur ?* Mais dans un hôtel de huit cents chambres, il avait toutes les chances de se fondre dans le décor.

En quelques minutes, il s'était assuré que l'homme qu'il recherchait ne se trouvait dans aucun des lobbies ou salles à manger de l'hôtel ; quelques minutes supplémentaires lui suffirent à déterminer qu'il n'était dans aucun autre lieu public des niveaux inférieurs – galeries d'art, boutiques, salons de beauté, ou spas.

---

1. En français dans le texte.

Joe Li avait déjà éliminé la possibilité qu'il ait pris une chambre ici : un établissement de cette catégorie faisait tout un tas de demandes inopportunes : pièces d'identité, empreintes de cartes de crédit, etc. Sa cible n'était pas du genre à souhaiter laisser autant de traces de son passage. Son absence des principaux lieux publics laissait deux autres possibilités. L'une d'elles était le club de fitness de l'hôtel.

Aucun des nombreux employés préposés à l'accueil de la clientèle ne le vit emprunter un couloir moquetté entre deux rangées d'ascenseurs et franchir une entrée de service discrètement signalée. Ils ne le virent pas ouvrir sa mallette et assembler l'équipement qu'elle contenait. Ils ne le virent pas enfiler une salopette de gardien gris ardoise, laquelle dissimulait parfaitement son costume léger, et prendre place dans un ascenseur de service, équipé à présent d'un chariot de nettoyage sur roulettes.

S'ils l'avaient croisé, ils ne l'auraient pas reconnu. Avec quelques adaptations musculaires et posturales, il s'était vieilli de vingt ans ; c'était à présent un homme voûté, s'occupant de son seau et d'une liste interminable de corvées, la présence furtive du concierge que peu de gens remarquent vraiment.

Osiris commençait à donner des signes d'essoufflement, mais ce n'était pas à cause de l'effort physique. « Ne comprenez-vous donc pas, disait-il. Il y a une autre hypothèse. » Il brassait l'eau à petits mouvements gracieux, comme s'il conduisait un orchestre de chambre. Le bleu de ses yeux était assorti au bleu du bassin.

« Qui colle avec ce que j'ai vécu ces dernières vingt-quatre heures ?

— Oui, affirma son ancien collègue. Votre compte rendu était parfaitement limpide. Vous avez été déconcerté par le fait que le souvenir de celui que vous êtes ne cadre pas avec le monde dans lequel vous vivez, et vous en déduisez que c'est le monde qui a été manipulé. Et si cette hypothèse était erronée ? Si c'était votre *esprit* qui avait été manipulé ? »

Ambler écouta l'agent ventripotent commencer son explication avec un sentiment d'appréhension grandissant.

« C'est le rasoir d'Occam : quelle est l'explication la plus simple ? Il est plus facile de modifier le contenu de votre esprit que de changer le monde entier.

127

— Qu'est-ce que vous essayez de me dire ? questionna Ambler, tétanisé.

— Vous connaissez Bluebird, Artichoke, Mkultra – tous ces programmes de science du comportement des années 50 ? Ils ont été déclassifiés, disséqués en long et en large. Un drôle de petit épisode dans l'histoire des agences d'espionnage, c'est ce que les gens croient.

— A juste titre, railla Ambler. Vous parlez d'aberrations de la guerre froide, de fantasmes d'une époque révolue. Abandonnés depuis longtemps.

— Eh bien, c'est le hic. Le nom des programmes change, mais les recherches n'ont jamais été interrompues. Et c'est une histoire qu'il est bon de rappeler. A vrai dire tout commence avec le cardinal Jozsef Mindszenty – ce nom vous dit quelque chose ?

— Encore une victime des régimes communistes des années 50, dans l'immédiat après-guerre. Les Hongrois ont fait un procès pour l'exemple, lui ont fait avouer devant une caméra qu'il était coupable de trahison et de corruption. Mais c'était faux.

— Bien entendu. Seulement la CIA était intriguée. Elle avait le film de sa confession, et elle a passé l'enregistrement à travers tous les indicateurs de stress et essayé de prouver qu'il mentait. Ce qu'il y a d'étrange, c'est qu'ils en ont été incapables. Tous les tests indiquaient qu'il disait la stricte vérité. Pourtant les accusations étaient forgées de toutes pièces ; ça aussi ils le savaient. C'est ce qui leur a mis la puce à l'oreille. Est-ce que le prélat avait vraiment pu croire à ses déclarations faites sous serment ? Si c'était le cas, comment l'avait-on convaincu de cette... réalité parallèle ? S'ils l'avaient drogué, quelles drogues utilisaient-ils ? Et ainsi de suite. Tout cela a relancé nos propres expériences de contrôle mental. Les vingt premières années, c'était de la foutaise, j'en conviens. Ils mettaient quelqu'un dans le coma avec du Pentothal avant de lui injecter suffisamment de Dexedrine pour lui faire sortir les yeux de la tête. Quels seraient les effets d'un tel traitement ? Est-ce que cela rendrait le sujet réceptif aux suggestions narcohypnotiques ? Les possibilités offertes ont fasciné les plus brillants cerveaux. Bientôt, le personnel des Services techniques a été réquisitionné pour la cause. Mais comme il leur fallait encore plus de ressources, ils ont trouvé le moyen de mettre à contribution la Division des opérations spéciales de l'armée à Fort

Detrick dans le Maryland, où ils possédaient un centre de recherche biologique.

— Comment se fait-il que vous en sachiez autant ? » demanda Ambler. Un frisson le parcourut.

« Pourquoi croyez-vous qu'ils nous ont mis ensemble au début ? J'ai fait mes premières armes dans les Unités d'opérations psychologiques. Comme beaucoup de linguistes. La langue était autrefois un sérieux obstacle pendant les interrogatoires. Dans le bon vieux temps, les types de la cellule interrogeaient des transfuges russes dans une planque allemande, ou des Nord-Coréens dans un appartement de Séoul, et ils les droguaient en suivant un savant protocole. Alors ils ne tardaient pas à régresser, à dégoiser dans la langue de leur village natal, et ces singes de l'Agence, formés à la méthode Assimil, ne comprenaient pas un mot de ce qu'ils leur racontaient et étaient incapables de leur parler dans leur dialecte. C'est à ce moment-là qu'ils ont décidé qu'ils avaient besoin de gens comme moi. Ils ont mis les grands moyens pour nous trouver et nous débaucher. Alors on a participé à l'un des projets des Unités d'opérations psychologiques. Ensuite, de temps à autre, on était détachés auprès de certaines AAG. "Collégialité", ils appelaient ça. En réalité, c'était pour répartir les ressources, lisser les lignes de crédits.

— AAG, autres agences gouvernementales. Comme les Opérations consulaires. Ou son Unité de stabilisation politique.

— Vous connaissez la chanson. J'ai fini par demander ma mutation officielle au ministère parce que je pensais que ce serait plus stimulant pour le linguiste que je suis. Aux Opérations consulaires, ils étaient intrigués par la formation psychologique que j'avais reçue. A l'époque, ils avaient encore des doutes à votre sujet. Ils se sont dit que ce serait une bonne idée que je vous chaperonne sur une ou deux missions.

— Vous faisiez donc des rapports sur moi.

— Exactement. Vous, vous faisiez des rapports sur le méchant, et moi, sur le gentil qui nous aidait à coincer le méchant. Mais vous le saviez, j'en suis certain. La routine, n'est-ce pas ?

— Je crois me rappeler qu'on m'avait demandé de faire un rapport sur vous, dit Ambler. Ils avaient encore du mal à se faire à l'idée d'un agent aveugle. Ils voulaient être rassurés. »

Osiris sourit gaiement. « L'aveugle qui guide l'aveugle court à sa perte et l'y conduit. Vous deviez certainement être au courant de ma mission, comme je l'ai dit. Mais j'ai dans l'idée que vous étiez trop bien élevé pour me le reprocher.

— Je savais que vous ne me vouliez aucun mal, je suppose.

— En effet. En fait, je vous ai toujours apprécié. Depuis Kuala Lumpur.

— Vraiment, on a beaucoup trop exagéré cet épisode.

— Vous parlez des apprentis jihadistes ? Je ne vous parle pas de ça.

— Alors quoi ?

— Repensez à ce qui s'est passé juste avant.

— Vous étiez censé surveiller la porte au Putra World Trade Center. En fait, vous étiez assis au bout du bar, en train de boire une sorte de soda à la pomme. Ça ressemblait à de la bière. Je portais une oreillette, de manière à ce que le technicien puisse alterner les sources sonores dans le lobby. L'idée était que si vous entendiez quelque chose d'intéressant ou d'anormal, vous pourriez me le signaler.

— Je ne l'ai pas fait, je n'en ai pas eu besoin. Mais je vous parle de quelque chose qui s'est passé un peu avant. Nous marchions d'un bon pas vers le centre de conférences, avec nos badges. Et ces costumes Kilgour, French & Stanbury qui proclamaient "heures sup à facturer" jusqu'aux boutons de manchette. »

Ambler grogna. « Je vous crois sur parole.

— Ces doigts-là ne mentent jamais. Un très joli worsted, avec un tombé parfait. » Osiris leva les mains et remua les doigts. « Nous sommes donc sur le trottoir, non loin de notre destination, et il y a ce paysan qui est là à essayer de demander son chemin pour la gare la plus proche, et personne ne lui prête attention. Son accent me fait dire que c'est un Dayak, vous savez, une de ces ethnies assez primitives qui habitent des villages disséminés dans ce qui reste de la Malaisie rurale ; mais il faut dire qu'on est au cœur du quartier de la finance. Les gens ont fort à faire, et personne n'a de temps à perdre pour un Dayak, alors bien sûr, ils passent leur chemin, comme s'il était invisible. Ne sachant plus à quel saint se vouer, le petit homme, probablement en sandales et affublé de drôles de hardes, s'adresse alors à *vous*.

— Si vous le dites, fit Ambler.

— Bon, vous n'êtes pas du coin ; vous ne savez pas. Mais au lieu

130

de lui dire "Désolé, je ne peux rien faire pour vous", vous alpaguez un de ces hommes d'affaires qui passent au pas de course. Bien sûr, il est ravi de s'arrêter pour un Occidental d'allure prospère tel que vous. Alors, avec le petit Dayak à vos côtés, vous dites : "Pouvez-vous nous dire où se trouve la gare la plus proche ?", et vous restez là pendant que le costume explique exactement comment s'y rendre. Pendant ce temps-là, je fais craquer mes articulations dans les poches de mon pantalon, parce qu'on a un gros boulot qui nous attend, et vous, vous prenez le temps d'aider un indigène à rentrer chez lui.

— Et alors ?

— Ça ne vous est pas resté, parce que ça n'avait pas d'importance pour vous. Cela a été important pour moi, cependant. Je m'étais imaginé que vous étiez un peigne-cul de première division comme la plupart de vos collègues, et soudain, je me dis que peut-être pas.

— Même pas de seconde division ?

— Non, juste dans l'équipe de réserve. » Osiris rit à nouveau. Ambler se rappela qu'il avait le rire facile. « C'est drôle, ces choses que vous vous rappelez. Et les autres, que vous ne vous rappelez pas. Ce qui nous amène à la phase suivante des expériences psychologiques. On est encore en pleine guerre du Vietnam. Nixon n'est pas encore allé en Chine. Et ce qui se passe ensuite, c'est qu'un homme très, très dangereux, et très puissant, débarque dans l'équipe.

— C'est un cours d'histoire que vous me faites là ?

— Vous savez ce qu'on dit. Ceux qui oublient le passé...

— Sont collés à leurs examens d'histoire. La belle affaire. Parfois je crois que seuls ceux qui se souviennent du passé sont condamnés à le répéter.

— Je comprends. Vous parlez de ces gens qui n'ont jamais digéré certaines horreurs qui se sont passées il y a des siècles. Mais si je plantais une saloperie dans votre verger, de la belladone dans vos myrtilles ? Vous ne voudriez pas savoir ?

— De quoi parlez-vous ?

— Je parle de James Jesus Angleton, et d'une des nombreuses victimes qu'il a laissées derrière lui.

— Qui ça, bon sang ?

— Peut-être vous. »

Ce n'était donc pas le centre de fitness. Joe Li avait soigneusement inspecté les lieux, y compris le vestiaire. Il attirait si peu l'attention que cela en était remarquable ; comme si sa salopette de concierge l'avait rendu invisible. Il venait de pousser son seau dans les vestiaires de la piscine. Aucun signe de sa proie. Ne restait plus que la piscine elle-même. En fait, c'était un lieu de rendez-vous qui présentait de nets avantages.

De la démarche traînante qu'il avait adoptée pour le rôle, Joe Li se dirigea vers la piscine. Personne n'avait fait attention à lui ; personne non plus ne s'était penché sur le long manche de sa serpillière. Que son diamètre soit trop important pour sa fonction avouée était une pensée trop compliquée pour qu'elle se présente à l'esprit de quiconque. Tandis que Joe Li faisait rouler son chariot de ménage sur le sol en mosaïque, il regarda autour de lui avec désinvolture. L'homme qu'il recherchait lui avait échappé de peu dans les Sourlands. Cela ne se reproduirait pas.

Si sa proie était ici, son travail serait bientôt achevé.

Ambler ferma les yeux, plongea au fond de la piscine, puis se laissa remonter rapidement. Il avait besoin de faire une pause. Angleton, le grand cerveau des services de contre-espionnage de la CIA pendant la guerre froide, était un génie dont les obsessions paranoïaques avaient manqué détruire l'agence qu'il servait.

« Il n'y a pas beaucoup d'espions qu'Angleton n'a pas manipulés, poursuivit Osiris. Le résultat, c'est que quand la Commission du Sénat sur le renseignement a été constituée et que la CIA a dû mettre au placard le projet Mkultra, au début des années 70, Angleton a fait en sorte que le programme ne soit pas fermé. En fait, il a juste migré au Pentagone. Angleton se retrouve bientôt sur la touche, mais ses véritables partisans gardent la foi. Année après année, ils consacrent des millions de dollars à la recherche, à l'intérieur et à l'extérieur du gouvernement. Ils ont des scientifiques dans les entreprises pharmaceutiques et des labos universitaires sous contrat. Et ils poursuivent leurs propres travaux, sans qu'aucun comité de bioéthique vienne les emmerder. Ils travaillent sur la scopolamine, la bufonténine, la corynanthine. Excitants, tranquillisants, et tout ce qu'il y a entre les deux. Ils mettent au point des versions modifiées des vieilles machines Wilcox-Reiter, destinées aux traitements par électrochocs, en s'appuyant sur les découvertes capitales qui ont été faites en matière de "décloisonnement". Ils savent comment manipuler l'esprit de quelqu'un au point de lui faire perdre la notion de l'espace et du temps, tous ses schémas neuronaux habituels, son sentiment d'identité en somme. Vous ajoutez à cela une technique qu'ils appellent "conduite psychique", qui consiste à plonger le patient dans un état second et à le bombarder de messages passés en boucle – seize heures par jour pendant des semaines. On ne faisait pas dans la dentelle à cette époque. Mais Angleton pensait qu'il y avait une application pratique à ces expériences. Il était obsédé par les techniques de contrôle mental des Soviétiques. Il savait que nos agents pouvaient être et avaient été capturés par l'ennemi, leur esprit sondé à coups de stress, de traumatismes, et de psychopharmacologie. Mais si vous pouviez modifier le contenu de la mémoire humaine ?

— C'est impossible.

— Angleton n'était pas de cet avis. L'objectif consistait à adapter les vieilles études sur le décloisonnement et la conduite psychique pour les porter à un niveau entièrement nouveau. C'est maintenant dans le Département de neuropsychologie stratégique du Pentagone, où a été mise au point une nouvelle technique appelée *recouvrement mémoriel*, que les choses se passent. Oubliez les vieilles bandes audio passées en boucle. Ça, c'était la préhistoire. On utilise une "stimulation riche" – visuelle, auditive, olfactive – et des centaines de discrètes vignettes mémorielles. Les sujets sont ainsi soumis à l'influence de toutes sortes de substances psycho-mimétiques avant d'être exposés à la *stimulation*, une succession d'épisodes très réalistes, présentés pêle-mêle, selon un ordre toujours différent, du nourrisson qui défèque sur son pot en plastique à une séance de pelotage poussé avec la petite voisine de treize ans... une scène de remise de diplôme à la fin du lycée... une beuverie à la fac... Un nom, celui de l'identité de substitution, est répété encore et encore. Résultat : une identité d'emprunt dans laquelle l'agent se réfugie en situation de stress extrême ou d'état de conscience altéré. L'idée était de créer un agent résistant aux interrogatoires. Mais vous savez comment fonctionnent les services secrets. Une fois qu'on a mis au point une technique, impossible de prévoir l'usage qui en sera fait.

— Et vous suggérez...

133

— Oui, admit l'aveugle. Je suggère. Je n'affirme pas, parce que je ne sais pas. Je vous présente la chose. Est-ce que ça vous paraît coller avec ce que vous savez ? »

Ambler commençait à se sentir fiévreux, malgré la fraîcheur de l'eau. *Fragmentation identitaire... égodystonie abréactive...* le jargon psychiatrique se rappela à lui en tessons pointus et acérés.

Folie !

Pour tenter d'affirmer l'immédiateté de ses sensations – de s'ancrer dans le réel – il se laissa pénétrer par la fraîcheur de l'eau autour de lui, la douleur de ses muscles. Il tendit le cou, enregistrant les plus petits détails composant son environnement. La vieille femme faisant ses largeurs de bassin, elle devait être octogénaire. La fille – sa petite-fille sans doute – en maillot de bain rouge à dentelle. Les buveuses de café empâtées installées au bord de la piscine sur des chaises-longues, dans leur décent une-pièce, discutant sans doute régimes et exercices. De l'autre côté du bassin carrelé, un concierge voûté avec un seau et une serpillière. Chinois, âge indéterminé... sauf qu'il y avait un truc qui ne collait pas.

Ambler plissa les yeux. La voussure n'était pas vraiment convaincante... la serpillière non plus.

Oh, nom de Dieu !

Était-il en train d'halluciner ? Cédait-il à des délires paranoïaques ?

Non... il ne pouvait pas se laisser aller à penser ça.

« Osiris, dit brusquement Ambler. Il y a un gardien, là. Chinois. C'est un des vôtres ?

— Aucune chance, répondit Osiris. La décision de venir ici a été prise sous l'impulsion du moment. Personne n'a été prévenu.

— Il a quelque chose de bizarre. Quelque chose... je ne sais pas trop. Mais on ne peut pas rester ici. » Ambler plongea sous l'eau, avec l'intention de refaire surface quelques mètres plus loin, de manière à pouvoir jeter un nouveau coup d'œil au gardien sans se faire remarquer. Il ne parvenait pas à se défaire de l'impression qu'il y avait quelque chose d'anormal chez cet homme.

Quelques instants plus tard, l'eau autour de lui était devenue trouble, sombre.

Instinctivement, Ambler s'empêcha de refaire surface, plongea au fond du bassin avant de lever les yeux.

Du sang s'écoulait du corps d'Osiris – la vitesse et la pression

134

indiquaient que la balle avait dû sectionner une carotide – et il se répandait dans l'eau chlorée comme un gros nuage.

Kevin McConnelly essayait d'être patient avec les m'as-tu-vu entre deux âges qui fréquentaient ce que le Plaza tenait à appeler *Les Cabines. Vestiaires* faisait trop peuple, supposait-il. Vestiaires évoquait mycoses et slip de sport ; le Plaza, c'était des gens riches qu'on dorlotait et qui aimaient à penser que le monde était fait juste pour eux, comme si un tailleur de Savile Row, armé de ses ciseaux et de ses aiguilles, avait remodelé tout l'hémisphère occidental à leur convenance. Est-ce que Cincinnati vous gêne, monsieur ? On va le déplacer. Le lac Michigan n'est pas assez grand ? On va l'étirer un peu, monsieur. C'était leur façon de parler. C'était leur façon de *penser*. Et s'il y avait un endroit au monde où l'on pouvait satisfaire leurs caprices, c'était bien le Plaza.

« Pas du tout, répondit McConnelly à l'homme rougeaud dépourvu de cou. Si vous pensez que quelqu'un vous a volé votre portefeuille, nous devons prendre ça au sérieux. Je dis simplement que nous avons très rarement eu de problème de vol dans le vestiaire.

— Il y a un début à tout, grommela l'homme.

— Vous avez vérifié dans la poche de votre veste ? » demanda McConnelly en désignant le renflement dans la poche inférieure gauche du blazer marine.

L'homme lui lança un regard noir mais tapota sa poche. Puis il en sortit le portefeuille et alla même jusqu'à l'ouvrir, comme pour s'assurer que c'était bien le sien.

Tu t'attendais à trouver le portefeuille de qui, gras-double ? McConnely réprima un sourire ; il aurait pu être mal interprété. « Alors, tout va bien, dit-il.

— Je ne mets jamais mon portefeuille ici, remarqua l'homme avec humeur. Bizarre. » Il lança à McConnelly un regard soupçonneux, comme si celui-ci était le coupable, comme s'il était homme à faire ce genre de blague. Un sourire en lame de rasoir. « Désolé de vous avoir fait perdre votre temps, alors. » Mais le ton disait que, d'une certaine manière, la faute en revenait à McConnelly.

Il est gratiné, celui-là, pensa McConnelly en se contentant d'un haussement d'épaules. « Il n'y a pas de mal. Ça arrive souvent. » *Surtout avec des salauds arrogants dans votre genre qui ne veulent jamais admettre qu'ils ont merdé.* C'était un problème auquel il n'était jamais confronté quand il était MP. La police militaire s'occupait de gens qui n'avaient pas à établir leur place. Leur place, elle était spécifiée précisément sur leurs épaulettes.

Il se préparait à aller chercher un bloc-notes et remplir une fiche d'incident – sauf qu'il faudrait les appeler fiches de non-incident, parce que la plupart du temps, c'était ça, des plaintes immotivées – quand il entendit des cris provenant de la piscine.

Une autre balle fendit l'eau dans une traînée de bulles pareille à un chapelet de perles, manquant Ambler de quelques centimètres. Le tireur avait manqué sa cible à cause de l'indice de réfraction. Mais il n'allait pas commettre deux fois la même erreur. Quel était son angle de tir – à quelle distance était le « gardien » du bord de la piscine ? Restant au fond du bassin, se propulsant avec de puissants mouvements des bras et des jambes, Ambler gagna rapidement le côté le plus proche du tireur ; plus il serait proche de lui, plus il serait en sécurité. Il faudrait que le tireur se repositionne pour avoir un nouvel angle de tir sur Ambler.

Ambler jeta un coup d'œil à la masse rouge au milieu du grand bain : il constata qu'Osiris était déjà mort, flottant à la surface bras et jambes écartés.

Oh, mon Dieu, non !

Où chercher refuge ? Ambler était sous l'eau depuis peut-être quinze secondes. Il était capable de retenir sa respiration pendant encore cinquante, soixante secondes. Dans l'eau cristalline, il n'y avait nulle part où se cacher. Sauf... le sang, le nuage sanglant à quelques mètres de lui... Le corps sans vie d'Osiris offrait la seule protection disponible. Cela ne durerait pas longtemps, et Ambler, vêtu seulement du maillot de bain fourni par l'hôtel, était on ne peut plus vulnérable. Il brisa la surface du côté du bassin le plus proche du tueur, prit quelques inspirations profondes, en ouvrant grand la bouche pour diminuer le bruit. L'air était plein de cris. Ceux qui se trouvaient dans la piscine et sur la terrasse hurlaient et prenaient la fuite. La sécurité de l'hôtel n'allait pas tarder, mais il serait trop tard pour Ambler, et d'ailleurs, il se dit que les vigiles ne feraient pas le poids contre le tueur chinois.

Sans protection – ce n'était pas tout à fait vrai. L'eau elle-même était une sorte d'armure. Le grand bain faisait quatre mètres de profondeur, et l'eau, mille fois plus dense que l'air, offrait une résistance mille fois supérieure. Les balles ne pouvaient y parcourir plus de quelques mètres sans perdre vitesse et trajectoire.

Il plongea au fond et quand il remonta vers la surface, il se cacha dans le nuage de sang en expansion sous le corps sans vie de son ancien collègue. Il traîna ensuite le cadavre vers les plongeoirs. Une autre balle déchira la surface, manquant l'épaule d'Ambler de quelques centimètres. Un fusil qu'on pouvait facilement démonter et remonter, et dont le canon pouvait être confondu avec le manche d'un balai, était une arme peu fiable. Très probablement une structure démontable avec une culasse mobile devant être rechargée après chaque tir. D'où les quatre ou cinq secondes de battement entre les balles.

A travers l'eau ensanglantée, il distingua le grand plongeoir, maintenant au-dessus de sa tête. Le montant en béton qui le soutenait allait lui offrir une certaine protection.

Le Chinois tenait le long fusil qu'on aurait dit assemblé avec des goujons, crosse contre la joue. Cela ressemblait à une arme de petit calibre, peut-être un AMT Ligtthning modifié, un de ces modèles à crosse repliable conçus pour le tir furtif.

Un autre *crack*; Ambler, qui était capable d'anticiper les tirs quelques instants avant que le tueur ne presse la détente, avait fait quelques brasses vigoureuses pour se repositionner et esquiver la trajectoire de la balle. Il plongea à nouveau au fond du bassin.

Tout était une question de timing. Il lui faudrait quatre ou cinq secondes pour réarmer. Ambler arriverait-il jusqu'au pilier en béton à temps ? Et si oui, que ferait-il ensuite ?

Il n'avait pas le temps de planifier. Il fallait qu'il agisse dans la seconde ou bien il mourrait dans la seconde. Il n'avait pas le choix. *Maintenant !*

Ce n'était pas des cris de douleur, décida Kevin McConnelly, mais de panique. Il était avachi et en mauvaise forme physique – le miroir ne mentait jamais –, mais les quinze ans qu'il avait passés dans la police militaire lui avaient inculqué l'instinct de survie. Il passa la tête à l'intérieur du *Centre nautique*, comme le panneau appelait pompeusement la piscine, et battit en retraite. Il venait de voir un professionnel faire usage d'un curieux fusil paramilitaire ; pas le genre de client à affronter avec une arme de poing. Il fonça dans le vestiaire et regarda autour de lui avec désespoir. Il transpirait, son estomac était noué, et il se rappela pourquoi il avait quitté l'armée. N'empêche qu'il fallait faire quelque chose, et que c'était à lui de le faire.

Quelque chose. Mais quoi ?

Il ne se considérait pas comme une lumière, mais ce qu'il fit ensuite, il s'en rendit compte plus tard, était très, très malin. Il trouva le disjoncteur et éteignit toutes les lumières. Une noirceur d'encre enveloppa tout, ainsi qu'un étrange silence, tandis que les ventilateurs et les moteurs cessaient de fonctionner, le genre de mécanisme dont on n'a pas conscience avant qu'ils ne s'arrêtent. Il s'avisa que la fuite du tueur pourrait s'en trouver facilitée, mais ce n'était pas son principal problème. Il fallait qu'il fasse taire la fusillade. Personne ne tirait dans le noir, non ? Bon, il devait bien y avoir une torche quelque part.

Il entendit quelqu'un courir vers lui. Il tendit la jambe, le fit trébucher.

Le coureur s'effondra dans une rangée de vestiaires. McConnelly ralluma les lumières, et découvrit un homme d'un mètre quatrevingts en maillot de bain. Cheveux châtains courts, musculature harmonieuse – trente-cinq, quarante ans, le genre d'âge difficile à déterminer pour peu qu'on se maintienne en forme.

« Pourquoi vous avez fait ça, bon sang de merde ? » L'homme lui jeta un regard furieux en massant son épaule endolorie.

Ce n'était pas le tireur. Le gibier, plus vraisemblablement.

McConnelly jeta un rapide coup d'œil à la ronde ; aucun signe du tireur. Aucun signe de l'arme.

Le méchant avait quitté les lieux : ils le savaient tous les deux. McConnelly, n'importe comment, était soulagé.

« Voilà ce qu'on va faire. » McConnelly aimait prononcer ces mots. C'était la voix de l'autorité, une voix étonnamment persuasive même pour les grandes gueules. « Je vais demander à la police de venir tout de suite sécuriser la zone. Ensuite il faudra que vous nous expliquiez exactement ce qui s'est passé. » Il était campé les mains sur les hanches, le blouson ouvert, exhibant son étui à la ceinture.

« C'est ce que vous croyez ? » L'homme alla droit à son vestiaire, où il se sécha la tête avec une serviette, et commença à enfiler ses vêtements.

« C'est ce que je sais », affirma McConnelly d'un ton égal, en le suivant.

Alors une chose curieuse se produisit ; l'homme surprit son reflet dans le miroir mural et blêmit d'un coup, comme s'il avait vu un fantôme. Au bout d'un moment, il se détourna et prit une grande inspiration.

« Appelez un de ces tabloïds, suggéra l'homme d'un ton dur. J'aimerais leur raconter ce qui s'est passé. "Fusillade à la piscine du Plaza" – la Une s'écrit presque toute seule.

— Ce n'est pas nécessaire », repartit McConnelly, la mort dans l'âme. Ce n'était pas le genre d'événement qu'il avait envie d'expliquer à la direction de l'hôtel. En fait, son boulot n'en valait pas la peine. Et ils lui colleraient probablement ça sur le dos, comme ce trouduc rougeaud, et avec autant de logique.

« Comment ça se fait que ce soit vous qui décidiez ce qui est nécessaire ?

— Je dis juste que la police peut mener son enquête sans faire de vagues.

— A mon avis, les tabloïds peuvent faire mieux. Peut-être "Bain de sang au Plaza".

— Il est vraiment important que vous restiez ici », insista McConnelly d'un ton qui manquait de conviction, parce qu'au fond, il n'y croyait pas lui-même.

« Voilà ce qu'on va faire, dit l'homme par-dessus son épaule, tandis qu'il s'éloignait. Vous ne m'avez jamais vu. »

Langley, Virginie

Caston scrutait d'un air maussade une liste de couvertures civiles d'agents du Département d'État.

Le problème, évidemment, c'était qu'elle ne contenait certainement pas le nom qu'il recherchait. Ce nom avait été effacé. Comment trouver quelque chose qui n'existait pas ?

Son regard dériva jusqu'au *Financial Times* du matin, qui reposait dans la corbeille à papier près de son bureau. Pour autant qu'il s'en souvienne, c'était la première fois qu'il faisait une erreur en remplissant sa grille de mots croisés, c'est dire à quel point il était distrait. La définition était *Qui ont du mordant*. Il avait écrit *caus-*

139

tiques et il fallait qu'il l'efface ; *corrosives* était à l'évidence la bonne réponse. Il sortit le journal roulé de la corbeille et jeta un regard furieux à la grille. Des petites miettes de gomme étaient encore collées à la page.

Caston laissa tomber le journal, mais les rouages de son esprit commençaient à tourner. Effacer, c'était enlever quelque chose. Mais quand on faisait cela, ne finissait-on pas toujours par *ajouter* quelque chose ?

« Adrian ! appela-t-il.

— Maître », répondit le jeune assistant en inclinant la tête avec une ironie enjouée. Moins affectueuse, elle aurait frisé l'insubordination.

« Préparez-moi un formulaire 1133A, voulez-vous ? »

Adrian fit la moue. « C'est genre une demande pour récupérer des archives *offline*.

— Très bien, Adrian. » Le jeune homme avait appris ses leçons.

« Les employés détestent carrément faire ça. C'est chiant au possible. »

Ce qui expliquait certainement pourquoi ils y mettaient toujours un temps infini. Pour Adrian, Caston fut glacial : « C'est ce que dit le manuel ? »

Adrian Choi s'empourpra. « Je connais quelqu'un qui travaille là-bas.

— Et on peut savoir qui ?

— Une nana, marmonna Adrian, regrettant d'avoir ouvert la bouche.

— Une nana, vous voulez dire une jeune femme qui appartient à peu près à votre génération ?

— Je suppose, dit Adrian, les yeux baissés.

— Eh bien, Adrian, je suis vraiment très pressé pour ma demande 1133A

— OK.

— Diriez-vous de moi que je suis un homme charmant ? »

Adrian le regarda comme une biche paralysée par la lumière des phares. « Euh, non ? » finit-il par dire, ayant manifestement réalisé qu'il ne pouvait pas dire oui et garder son sérieux.

« Exact, Adrian. Je suis content de voir que vous n'avez pas perdu le contact avec la réalité. C'est l'avantage d'être un nouveau. Quelqu'un d'ici a un jour dit de moi, à juste titre, que j'avais un

140

"déficit de charme", quelqu'un qui m'aimait bien en fait. Bon, j'ai des instructions très précises pour vous. Je veux que vous appeliez votre amie des Archives et – il s'éclaircit la gorge – que cette petite génisse soit prête à vous donner son pucelage. Vous pensez que c'est dans vos cordes ? »

Adrian inclina la tête, l'air surpris. « Je... je crois, ouais. » Il avala sa salive : son pays le réclamait ! Avec davantage de conviction, il ajouta : « Tout à fait !

— Et occupez-vous de ma 1133A plus vite qu'aucune 1133A n'a été traitée dans l'histoire de l'Agence. » Il sourit. « Considérez ça comme un défi.

— Super », dit Adrian.

Alors Caston tendit le bras pour s'emparer du téléphone ; il fallait qu'il parle à l'ADDI. Il n'avait quitté son fauteuil depuis des heures. Mais il progressait.

Chapitre dix

C'ÉTAIT une maison de style ranch, de plain-pied, banale, que seuls les buissons de houx soigneusement taillés poussant autour de ses fondations distinguaient des habitations voisines, douves de verdure aux feuilles épineuses, même en hiver. Ce n'était pas vraiment le genre d'endroit que l'on choisirait pour trouver refuge, mais Ambler devait s'en assurer.

Il sonna à la porte et attendit. Elle n'était peut-être même pas chez elle.

Il entendit des bruits de pas, et une autre question prit forme dans son esprit : serait-elle seule ? Il n'y avait qu'une seule voiture dans le garage, une vieille Corolla, et aucune dans l'allée. Il n'avait entendu aucun bruit de cohabitation. Mais cela ne prouvait rien.

La porte d'entrée s'entrebâilla de quelques centimètres, une chaîne tirée dans l'ouverture.

Une paire d'yeux croisèrent les siens et s'agrandirent.

« S'il vous plaît, ne me faites pas de mal », souffla Laurel Holland d'une voix calme, mais apeurée. « *Je vous en prie, allez-vous-en.* »

Et l'infirmière qui avait aidé Ambler à s'échapper de Parrish Island lui claqua la porte au nez.

Il s'attendait à l'entendre courir, composer un numéro. La porte était en aggloméré bon marché peint en marron avec des placards collés. La chaîne de sûreté était une plaisanterie. Un coup d'épaule,

142

et elle casserait net. Mais ce n'était pas une solution. Ambler n'avait qu'une chance ; il ne fallait pas la gâcher.

Elle s'était éloignée de la porte, mais il sentait qu'elle n'était pas loin, comme paralysée par l'incertitude.

Il sonna une nouvelle fois. « Laurel », dit-il.

La maison était plongée dans le silence, la jeune femme écoutait. Ses prochaines paroles seraient décisives.

« Laurel, je vais m'en aller si c'est ce que vous voulez. Je vais m'en aller, et vous ne me verrez jamais plus. Je vous le promets. Vous m'avez sauvé la vie, Laurel. Vous avez su voir ce que personne n'a vu. Vous avez eu le courage de m'écouter, de risquer votre carrière... de faire ce que personne n'a fait. Et je ne l'oublierai jamais. » Il s'interrompit un bref instant. « Mais j'ai besoin de vous, Laurel. J'ai encore besoin de votre aide. » Il attendit quelques longues secondes. « Pardonnez-moi, Laurel. Je ne vous embêterai plus. »

Il se détourna de la porte, découragé, et descendit les deux marches de la véranda en scrutant la rue. Il semblait impossible qu'il ait pu être suivi, car il n'y avait aucune raison de croire qu'il rendrait visite à un membre du personnel de Parrish Island, mais il voulait s'en assurer encore une fois. Il avait fait le trajet de New York en utilisant un taxi et deux voitures de location, et, pendant tout le voyage, il n'avait eu de cesse de surveiller la circulation. Il avait soigneusement exploré le lotissement où elle vivait avant de faire son approche. Et il n'y avait rien remarqué d'anormal. C'était le milieu de l'après-midi, la rue était pratiquement déserte. Quelques voitures de gens qui, comme Laurel Holland, travaillaient de très bonne heure le matin et étaient chez eux, attendant que leurs enfants reviennent de l'école. Des échos de jeux télévisés parvenaient de certaines fenêtres ; ailleurs, on entendait des radios passer du soft rock pendant que des femmes au foyer – une espèce résistante malgré les communiqués pronostiquant leur extinction prochaine – repassaient ou vaporisaient de l'encaustique sur des meubles préfabriqués.

Il entendit la porte s'ouvrir derrière lui avant qu'il n'ait atteint l'allée. Il se retourna.

Lauren Holland secouait la tête d'un air contrit. « Dépêchez-vous d'entrer avant que je revienne à la raison. »

Sans un mot, Ambler pénétra dans le modeste foyer et regarda autour de lui. Rideaux en dentelle. Un tapis d'importation bon marché sur un parquet flottant en chêne. Un canapé ordinaire, mais recouvert d'un intéressant tissu oriental brodé. La cuisine n'avait pas été changée depuis la construction de la maison. Comptoirs en linoléum, électroménager jaune safran ; une sorte de vinyle arlequin au sol.

Laurel Holland avait l'air effrayée, en colère contre lui mais plus encore contre elle-même. Elle était belle aussi. Sur Parrish Island, c'était l'infirmière brusque et jolie ; chez elle, les cheveux dénoués, en pull et en jean, elle était plus que jolie. Elle était ravissante, élégante même, ses traits forts adoucis par ses boucles auburn ; elle se mouvait avec une grâce naturelle. Sous son pull ample, elle était ferme, douce et souple. Elle avait la taille fine, et pourtant la rondeur de ses seins avait quelque chose de presque maternel. S'avisant qu'il la fixait, Ambler détourna le regard.

Il eut un coup au cœur en apercevant un petit revolver – un Smith & Wesson .22 – accroché au mur près de l'étagère à épices. Sa présence était lourde de sens. Que Laurel Holland ne s'en soit pas approchée plus significatif encore.

« Que faites-vous là ? demanda-t-elle en posant sur lui un regard blessé. Vous vous rendez compte de ce qui pourrait m'arriver ?

— Laurel...

— Si vous avez de la reconnaissance pour moi, sortez ! Laissez-moi tranquille. »

Ambler tressaillit, comme si on l'avait giflé, et inclina la tête. « Je vais partir, dit-il d'une voix mourante.

— Non, dit-elle. Je ne veux pas... je ne sais pas ce que je veux. » Il y avait de l'angoisse dans sa voix, de la gêne aussi, parce qu'il en était témoin.

« Vous avez eu des embêtements à cause de moi, c'est ça ? A cause de ce que vous avez fait. Je veux vous remercier et vous dire que je suis désolé. »

Distraitement, elle passa une main nerveuse dans ses cheveux soyeux. « La carte magnétique ? Ce n'était pas la mienne, en fait. L'infirmière de nuit laisse toujours la sienne dans le tiroir de la pharmacie.

— Ils en ont donc déduit que je m'étais débrouillé pour la lui subtiliser.

— Tout juste. La vidéo ne laisse guère de doute, enfin, c'est ce qu'ils croient. Tout le monde a eu droit à un blâme, et ça a été fini, à part pour les deux types en arrêt maladie. Donc, vous êtes parti. Et vous voilà de retour.

— Pas vraiment de retour, corrigea Ambler.

— Ils nous ont dit que vous étiez dangereux. Psychotique. »

Le regard d'Ambler effleura le revolver fixé au mur. Pourquoi ne l'avait-elle pas saisi, pourquoi ne s'était-elle pas armée? Il n'était pas certain que se soit elle qui l'ait mis là. Quelqu'un avait dû s'en charger. Un mari, un petit ami. Ce n'était pas une arme d'homme. Mais c'était l'arme qu'un homme se serait procurée pour une femme. Un certain type d'homme, en tout cas.

« Ils vous ont dit ces choses, et vous ne les avez pas crues, poursuivit Ambler. Autrement vous n'auriez pas laissé entrer le dangereux psychopathe chez vous. Surtout que vous vivez seule.

— Ne le dites pas si vite.

— Vous viviez avec quelqu'un. Parlez-moi de votre ex.

— Vous qui semblez en savoir tant, allez-y!

— C'est, ou c'était, un double ex. Un ex pour vous et un ancien de l'armée. »

Elle acquiesça de la tête, légèrement interloquée.

« Un ancien combattant, en fait. »

Elle hocha de nouveau la tête, son visage commençant à pâlir.

« Peut-être un peu parano sur les bords, précisa Ambler en inclinant la tête vers le pistolet. Examinons les choses par le menu. Vous êtes une infirmière psychiatrique, dans un établissement sécurisé appartenant au complexe Walter Reed. Pourquoi cela? Peut-être parce que votre homme est rentré au pays après une période de service – Somalie, Tempête du Désert? – un peu perturbé.

— Syndrome de stress post-traumatique, confirma-t-elle d'une voix douce.

— Alors, vous avez essayé de le soigner, de le reconstruire.

— J'ai essayé, dit-elle avec un tremblement dans la voix.

— Et vous avez échoué, continua Ambler. Et ce n'est pas faute d'avoir ménagé vos efforts. Alors vous faites des études, peut-être dans une des écoles professionnelles de l'armée, et ils vous poussent à vous spécialiser, et vous vous lancez à fond dans le sujet, et comme vous êtes intelligente, vous réussissez. Infirmière psychiatrique, formation militaire. Walter Reed. Parrish Island.

145

— Vous êtes bon, fit-elle d'un ton brusque, piquée au vif d'avoir été réduite à une étude de cas.

— C'est vous qui êtes bonne... et c'est ce qui vous a mis dans le pétrin. Une bonne action ne reste jamais impunie, comme on dit.

— C'est pour cela que vous êtes ici? dit-elle en se raidissant. Pour veiller à l'exécution du châtiment?

— Mon Dieu, non!

— Alors, qu'est-ce qui vous prend de venir...

— Parce que... » Des pensées tourbillonnaient dans sa tête. « Peut-être parce que j'ai peur d'être fou. Et parce que vous êtes la seule personne que je connaisse qui a l'air de croire que je ne le suis pas. »

Laurel secoua lentement la tête, mais il voyait bien que la peur commençait à la quitter. « Vous voulez que je vous dise que vous n'êtes pas psychotique? Je ne crois pas que vous le soyez. Mais mon avis ne vaut pas un clou.

— Pour moi, si.

— Café?

— Si vous en faites.

— De l'instantané, ça ira?

— Vous n'avez rien de plus rapide? »

Elle le dévisagea longuement, calmement. Une fois encore, on aurait dit qu'elle voyait à travers lui, jusqu'au noyau dur de son individualité, celle d'un homme foncièrement sain d'esprit.

Ils s'assirent ensemble, en buvant leur café, et, d'un coup, il sut exactement pourquoi il était venu. Il y avait une chaleur et une humanité chez elle dont il avait désespérément besoin à cet instant précis, comme un besoin d'oxygène. L'exposé d'Osiris sur le *recouvrement mémoriel* – l'arsenal des techniques de contrôle mental – avait été particulièrement éprouvant; comme si le sol s'était dérobé sous ses pieds. Le spectacle de sa mort violente, pénible, lui aussi, n'avait fait qu'ajouter à l'autorité de sa voix.

Alors que d'autres, semblait-il, cherchaient à le recruter, Laurel Holland était la seule personne au monde qui, quelles qu'en soient les raisons, croyait en lui, comme il voulait croire en lui-même. L'ironie de la situation était douloureuse : une infirmière psychiatrique, qui l'avait vu au plus bas, était la seule à pouvoir témoigner de sa santé mentale.

« Je vous vois, dit-elle lentement, et c'est comme de me voir. Je

146

sais que tout nous oppose. » Elle ferma les yeux un instant. « Mais il y a quelque chose que nous avons en commun. Je ne sais pas quoi.

— Vous êtes mon port dans la tempête.

— Je pense parfois que les ports accueillent les tempêtes.

— Nécessité fait loi ?

— Quelque chose comme ça. A propos, c'était Tempête du Désert.

— Votre ex.

— Ex-mari. Ex-Marine. C'est une sorte d'identité en soi, d'être un ex-Marine. Ça ne vous quitte jamais vraiment. Ce qui lui est arrivé pendant Tempête du Désert ne l'a jamais quitté non plus. Alors, qu'est-ce qu'il faut en conclure ? Que je suis juste attirée par les ennuis ?

— Il n'était pas malade quand vous vous êtes rencontrés ?

— Non, pas à l'époque. C'était il y a longtemps. Mais il a été envoyé à l'étranger, a enchaîné deux périodes de service, et il en est revenu changé.

— Et pas dans le bon sens.

— Il s'est mis à boire, beaucoup. Il a commencé à me battre, un peu.

— Un peu, c'est déjà trop.

— J'ai continué à essayer de maintenir le contact, comme si à l'intérieur de lui il y avait un petit garçon brisé que je pourrais guérir pour peu que j'arrive à l'aimer suffisamment. Je l'ai aimé. Et lui aussi. Le problème, c'est qu'il voulait me protéger. Il est devenu parano, s'est mis à voir des ennemis partout. Mais il avait peur pour moi, pas seulement pour lui. La seule chose qui ne lui soit jamais passée par la tête, c'est que pour moi, c'était de lui qu'il fallait avoir peur. Cette arme sur le mur, c'est lui qui l'a mise là pour moi, il a insisté pour que j'apprenne à m'en servir. La plupart du temps, j'oublie qu'elle est là. Mais il m'arrive de penser à m'en servir pour me protéger...

— ... de lui. »

Elle ferma les yeux, hocha la tête, embarrassée. Elle resta silencieuse un moment. « Vous devriez me terrifier. Je ne sais pas pourquoi je ne le suis pas. Ça me fait presque peur de ne pas avoir peur de vous.

— Vous êtes comme moi. Vous marchez à l'instinct. »

Elle désigna la pièce d'un geste. « Voyez où ça m'a menée.

— Vous êtes quelqu'un de bien », assura Ambler simplement. Sans réfléchir, il tendit le bras et posa une main sur les siennes.

« C'est ce que vous dit votre instinct.

— Oui. »

La jeune femme aux yeux noisette pailletés de vert se contenta de secouer la tête. « Alors, dites-moi, est-ce que vous aussi vous avez un vétéran traumatisé dans votre passé ?

— Mon style de vie ne prédisposait pas aux relations sérieuses. Ni aux relations superficielles, d'ailleurs. Difficile de faire durer une relation quand vous disparaissez sept mois au Sri Lanka, à Madagascar, en Tchétchénie, ou en Bosnie. Difficile d'avoir des amis dans le civil quand vous savez que vous les condamnez à une intensive période de surveillance. C'est le protocole, et quand vous faites partie d'un programme d'accès spécial, un contact civil est soit quelqu'un que vous utilisez, soit, c'est à craindre, quelqu'un qui *vous* utilise. C'est une vie agréable pour un solitaire. Une vie agréable si vous vous accommodez de relations assorties d'une date de péremption, comme un carton de lait. Ça a été un sacrifice. Un gros sacrifice. Mais c'était censé vous rendre moins vulnérable.

— Et ça a marché ?

— J'en suis venu à penser que ça a eu l'effet inverse.

— Je ne sais pas, commenta Laurel, ses cheveux ondulés brillaient sous les plafonniers encastrés. Avec la chance que j'ai, j'aurais mieux fait de rester toujours seule. »

Ambler haussa les épaules. « Je sais ce que c'est que de voir quelqu'un changer. J'avais un père qui buvait. Il tenait vraiment bien... en général.

— Il était violent ?

— A la fin de la journée, la plupart le sont.

— Il vous battait ?

— Pas beaucoup.

— Pas beaucoup, c'est déjà trop. »

Ambler détourna le regard. « Je suis devenu doué pour interpréter ses humeurs. Avec les alcooliques, c'est périlleux, ils sont très versatiles. Légers, rieurs, et tout à coup, *paf*, main ouverte ou poing fermé, ça dépend, et le visage devient une grimace haineuse.

— Mon Dieu.

— Il était toujours désolé après coup. Vraiment, vraiment désolé. Vous savez ce que c'est – le type promet qu'il va changer cette fois, et vous, vous le croyez parce que vous avez envie de le croire. »

Elle hocha la tête. « Vous êtes obligé de le croire. Comme vous croyez que la pluie finira bien par s'arrêter. Voilà qui s'appelle avoir de l'instinct !

— J'appellerais ça de l'aveuglement. Le fait d'*ignorer* son instinct. Voyez-vous, si vous êtes ce petit garçon, vous devenez vraiment doué pour scruter le visage de votre paternel. Vous apprenez à reconnaître quand il est de mauvais poil, mais seulement parce qu'il culpabilise. Alors vous lui demandez si vous pouvez avoir votre argent de poche, s'il peut vous acheter une nouvelle figurine, et il vous regarde comme si vous lui rendiez un service. Il vous tend un billet de cinq dollars, de dix peut-être, et vous dit "Fais-toi plaisir". Que vous êtes un gentil gamin. D'autres fois, il a l'air d'humeur légère, heureux, et vous le regardez en louchant et soudain, les coups pleuvent, et vous êtes bon pour une dérouillée.

— Vous ne saviez donc jamais comment cela allait tourner. Il était totalement imprévisible.

— Non, justement. J'ai *appris*. J'ai appris à faire la différence, les subtilités. J'ai appris à distinguer les systèmes climatiques. A six ans, je connaissais ses humeurs comme je connaissais l'alphabet. Je savais quand c'était le moment de me carapater hors de sa vue. Je savais quand il était d'humeur généreuse. Je savais quand il était en colère, agressif, et quand il était passif et apitoyé sur lui-même. Je savais quand il mentait, à ma mère ou à moi.

— C'est lourd à porter pour un gosse.

— Il est parti l'année de mes sept ans.

— Ça a été un soulagement pour vous et votre mère ?

— Ça a été plus compliqué que ça. » Il s'interrompit.

Laurel se tut un moment, tandis qu'ils buvaient leur mauvais café. « Vous n'avez jamais eu d'autre métier ? A part espion, je veux dire.

— Deux ou trois jobs d'été. Serveur dans un snack de champ de foire, à l'extérieur de la ville. Je croisais les doigts pour que les clients mangent leurs travers de porc *après* leur tour de montagnes russes. J'étais assez doué en dessin. J'ai passé ma troisième année de fac à Paris dans le cadre d'un échange universitaire, j'ai essayé de gagner de l'argent comme artiste de rue. Vous savez, vous croquez les passants et vous essayez de leur soutirer quelques francs.

149

« — La route vers la richesse, hein ?

— J'ai dû prendre la première sortie. Les gens étaient incroyablement vexés quand ils voyaient mes dessins.

— Ce n'était pas ressemblant ?

— Ce n'était pas ça. » Il s'interrompit. « Bon sang, ça faisait des années que je n'y avais pas pensé. J'ai mis un moment avant de comprendre où était le problème. En gros, la façon dont je voyais ces gens ne correspondait pas forcément à la façon dont ils avaient envie d'être vus. Je ne sais pas pourquoi, mais sur mon carnet de croquis ils finissaient par avoir l'air effrayés, rongés par le doute ou bien désespérés. Et c'était peut-être la vérité. Mais ce n'était pas une vérité qu'ils voulaient voir. Très souvent, ils paniquaient ou devenaient furax. Je leur donnais le croquis, et ils devenaient dingues, ils le froissaient et le déchiraient en morceaux avant de le mettre à la poubelle. Il y avait presque de la superstition là-dedans. Comme s'ils voulaient que personne d'autre ne les voie, n'entrevoie leur âme. A l'époque, comme je l'ai dit, je ne comprenais pas très bien ce qui se passait.

— Et maintenant, vous comprenez ce qui se passe ? »

Il la regarda fixement. « Vous n'avez jamais l'impression de ne pas vraiment savoir qui vous êtes ?

— Ça m'arrive tout le temps, avoua-t-elle en l'attirant avec ses yeux de lynx. Qu'est-ce qu'ils vous ont fait ? »

Il répondit avec un misérable demi-sourire. « Vous ne voulez pas le savoir.

— Qu'est-ce qu'ils vous ont fait ? » répéta-t-elle. Elle posa une main sur la sienne, la chaleur du contact sembla irradier le long de son bras.

Lentement, il se mit à lui parler de son effacement des bases de données et des archives électroniques, puis, à grands traits, de ce qu'Osiris lui avait dit. Elle l'écouta d'un air pensif, son calme était contagieux.

« Vous voulez savoir ce que j'en pense ? » finit-elle par dire.

Il acquiesça d'un signe de tête.

« Je pense qu'ils ont essayé de trafiquer votre esprit quand vous étiez interné. En fait, j'en suis sûre. Médicaments, électrochocs, et Dieu sait quoi encore. Mais je ne crois pas qu'on puisse vraiment changer quelqu'un.

— Quand j'étais... interné... j'ai entendu un enregistrement, dit-

150

il calmement. Un enregistrement de ma voix. » Il en donna une description détachée.

« Comment savez-vous que c'était vraiment vous ?

— Je le sais, c'est tout. »

Le regard de Laura se fit tranchant comme un rasoir. « Tout ça peut s'expliquer.

— S'expliquer ? *Comment ?*

— J'ai suivi une UV de pharmacologie à l'école d'infirmière. Laissez-moi aller chercher mon manuel, je vais vous montrer. »

Elle revint quelques minutes plus tard avec un gros volume portant un titre en lettres gaufrées dorées sur fond bordeaux. « La psychose dont vous parliez, elle peut être d'origine médicamenteuse. » Elle tourna les pages jusqu'au chapitre consacré aux anticholinergiques. « Regardez ici, la discussion sur les symptômes de surdosage. Il est dit que les anticholinergiques peuvent induire une psychose.

— Mais je ne me rappelle rien. Je ne me rappelle pas la psychose. Je ne me rappelle pas avoir été drogué.

— Ils ont pu associer l'anticholinergique avec un autre médicament comme le Versed. » Elle feuilleta les pages en papier bible. « Écoutez ça. » Elle tapota du doigt un passage signalé par une puce. « Les médicaments comme le Versed affectent la formation de la mémoire. Il y a tout une mise en garde sur les risques d'"amnésie antérograde" – c'est-à-dire l'amnésie des événements postérieurs à l'injection. Ce que je dis, c'est qu'avec le bon cocktail médicamenteux, on a pu provoquer une crise de démence sans que vous en gardiez le souvenir. Vous avez été fou à lier pendant quelques heures... »

Ambler hocha lentement la tête. Sur sa nuque, ses cheveux se hérissèrent d'excitation.

« Et ils vous enregistrent pendant que vous êtes dans cet état, poursuivit-elle. Et vous font passer pour fou. Essayent de vous persuader que vous êtes fou. Quelles que soient leurs raisons. »

Leurs raisons.

Les questions plus vastes – *Qui ? Pourquoi ?* – s'ouvraient comme un abîme qui détruirait ceux qui y regarderaient de trop près. Se colleter avec la question élémentaire du *Quoi ?* était déjà suffisamment éprouvante.

Leurs raisons.

Imputer une raison à la folie n'était un paradoxe qu'en apparence. Provoquer artificiellement la folie faisait partie des techniques perverses du contre-espionnage. Un moyen de discréditer quelqu'un. Il suffisait de faire circuler un enregistrement pour persuader les parties intéressées que le sujet était fou à lier et ainsi enterrer rapidement les enquêtes.

Cette perspective était effrayante. Mais alors pourquoi Hal Ambler se sentait-il étrangement euphorique ? Parce qu'il n'était pas seul. Parce qu'il réunissait les pièces du puzzle avec quelqu'un d'autre.

Quelqu'un qui le croyait. Qui croyait en lui. Et dont la confiance l'aidait à reprendre confiance en lui. Il était peut-être encore perdu dans un labyrinthe, mais Thésée avait trouvé son Ariane.

« Comment expliquez-vous que je ne figure pas sur les bases de données ? insista Ambler. C'est comme si je n'avais jamais existé.

— Vous savez ce dont sont capables les gens puissants. Moi aussi. J'entends des rumeurs au travail, le genre de trucs dont on n'est pas censé parler, mais dont on parle quand même. A propos de dossiers créés de toutes pièces pour des personnes n'ayant jamais existé. Il n'est pas plus difficile d'effacer le passé de quelqu'un qui, lui, a vraiment existé.

— Vous savez que ça paraît complètement dingue.

— Moins que l'autre hypothèse », répliqua Laura avec fermeté. Il y avait de la conviction dans sa voix, une conviction qui écartait d'emblée la théorie d'Osiris. « S'ils vous enterrent dans le système psychiatrique, c'est pour décourager toute enquête fortuite. Un peu comme repousser l'échelle du pied après que vous êtes passé par la fenêtre.

— Et ce que j'ai vu dans les Sourlands ? Il n'y avait pas trace de mon chalet, rien n'indiquant qu'il ait vraiment existé.

— Et vous croyez que ce petit remaniement paysager n'est pas dans les cordes de quelqu'un capable de s'assurer le concours d'une puissante agence gouvernementale.

— Laurel, écoutez-moi, dit-il d'une voix presque brisée. Je regarde le miroir et *je ne me reconnais pas.* »

Elle se pencha, lui effleura la joue. « Alors ils vous ont changé.

— Comment est-ce possible ?

— Je ne suis pas chirurgien. Mais j'ai entendu parler de techniques de chirurgie plastique capables de transformer quelqu'un de manière à ce que la personne elle-même ignore qu'elle a été opérée. Je sais qu'on peut garder quelqu'un sous anesthésie pendant des semaines. Ils le font parfois pour éviter aux grands brûlés de souffrir le martyre. Aujourd'hui, il existe tout un tas de techniques chirurgicales non invasives. Ils ont pu modifier votre visage, puis vous anesthésier jusqu'à ce que vous ayez cicatrisé. Même si vous avez eu des périodes de lucidité, le Versed a pu empêcher la formation des souvenirs. Comment le sauriez-vous ?

— C'est dingue », répéta Ambler.

Elle s'approcha de lui, tout près, et posa les mains sur son visage. Elle examina la peau le long de sa mâchoire, de ses oreilles, puis tâta son cuir chevelu à la recherche de cicatrices. Elle inspecta attentivement ses paupières, ses joues, son nez. Il sentait la chaleur de son visage près du sien, puis, comme elle faisait courir ses doigts sur ses traits, quelque chose s'éveilla en lui. *Mon Dieu, qu'elle était belle.*

« Vous voyez quelque chose ? » demanda l'agent secret.

Laurel secoua la tête. « Je n'ai pas trouvé de cicatrices... mais ça ne veut rien dire, insista-t-elle. Il y a des techniques dont je n'ai jamais entendu parler si ça se trouve. Le scalpel peut entrer par la muqueuse nasale, l'envers des paupières, toutes sortes de voies chirurgicales possibles. Ce n'est pas mon domaine.

— Vous n'avez aucune preuve de ce que vous avancez. C'est juste une hypothèse. » Malgré cette démonstration de scepticisme, Ambler se sentit momentanément regonflé par l'assurance inébranlable de la jeune femme.

« C'est la seule explication qui tienne la route, dit-elle avec feu. C'est la seule chose qui puisse expliquer ce que vous avez subi.

— Cela suppose, bien sûr, de se fier à mon expérience... à ma mémoire. » Il se tut. « Bon sang, j'ai l'impression d'être une foutue *victime.*

— C'est peut-être ce qu'ils voulaient. Écoutez, les gens qui vous ont fait ça... ce ne sont pas des tendres. Ce sont des *manipulateurs.* Je ne pense pas qu'ils vous aient envoyé à Parrish Island parce que vous étiez faible. Ils vous y ont probablement mis parce que vous étiez trop fort. Parce que vous avez commencé à entrevoir quelque chose que vous n'étiez pas censé entrevoir.

— Vous commencez à paraître aussi dingue que moi. » Il sourit.

« Je peux vous poser une question personnelle ? demanda-t-elle, presque timidement.

— Allez-y.

— Comment vous appelez-vous ? »

Pour la première fois de la journée, il rit – un rire tonitruant monté de son ventre, de son âme. Il tendit la main, faussement cérémonieux. « Ravi de faire votre connaissance, Laurel Holland. Je m'appelle Harrison Ambler. Mais vous pouvez m'appeler Hal.

— Je préfère ça à patient n° 5312 », dit-elle. Elle enfonça les deux mains dans ses courts cheveux châtains, et, une fois encore, effleura son visage. Elle tourna sa tête d'un côté, de l'autre, comme si elle jouait avec un mannequin. Puis elle se pencha en avant, caressa sa joue.

Il mit quelques instants avant de réagir. Quand il le fit, ce fut à la façon d'un voyageur mort de soif qui arrive dans une oasis. Des deux bras, il la serra contre lui, elle était ferme et douce, elle était tout ce qu'il avait au monde et elle lui suffisait.

Quand ils se séparèrent, ils avaient tous deux des larmes dans les yeux.

« *Je te crois*, dit-elle d'une voix tremblante mais résolue. Je crois que tu es toi.

— Tu es peut-être la seule, dit-il doucement.

— Et tes amis ?

— Je te l'ai dit, ces vingt dernières années, j'ai plus ou moins vécu en marge. Protocole professionnel. Mes amis étaient mes collègues, et il n'y a aucun moyen de les localiser – à cet instant, ils peuvent être n'importe où à la surface du globe, ça dépend de la mission. De toute façon, entre agents, on ne se connaissait pas par nos vrais noms. C'était une règle de base.

— Oublie ça, et tes amis d'enfance, de fac ? »

Il frissonna en se rappelant brutalement son appel à Dylan Sutcliffe.

Après qu'il lui en eut fait part, la jeune femme resta un moment interdite, un moment seulement. « Peut-être qu'il nous fait un Alzheimer précoce. Peut-être qu'il a eu un accident de voiture, que ça lui a mis la tête à l'envers. Peut-être qu'il t'a toujours détesté. Ou alors il a peut-être cru que tu cherchais à lui taxer de l'argent. Qui sait ? » Elle se leva, alla chercher un crayon et une feuille de papier, et les posa devant lui. « Écris le nom des gens dont tu te

154

souviens et qui sont susceptibles de se souvenir de toi. Un gamin qui a grandi avec toi dans ton quartier. Un coturne à la fac. Peu importe. Commence par les noms les moins courants, qu'on ne fasse pas trop de mauvaises pioches.

— Je ne sais pas du tout comment joindre ces gens maintenant...

— Écris », ordonna-t-elle d'un geste autoritaire.

Ambler s'exécuta. Une douzaine de noms au hasard – de son quartier de Camden, du lycée, de la colo, de Carlyle. Elle lui prit la feuille, et ils allèrent ensemble jusqu'à une niche près de la cuisine, où elle avait installé un ordinateur qui paraissait légèrement déglingué ; comme si elle l'avait acheté dans un surplus de l'armée.

« C'est une connexion par modem, s'excusa-t-elle, mais c'est incroyable ce qu'on peut trouver en ligne.

— Écoute, avança-t-il avec précaution. Je ne suis pas sûr que tu veuilles vraiment faire ça. » Il l'avait déjà entraînée plus loin dans son propre cauchemar qu'il n'en avait eu l'intention ; il craignait de l'impliquer davantage.

« C'est ma maison. Je fais ce que je veux. »

Comme il regardait par-dessus son épaule, elle s'assit devant l'ordinateur et saisit les noms dans un moteur de recherche de type People Finder. Cinq minutes plus tard, elle avait trouvé la moitié des douze numéros qu'elle transcrivit d'une écriture soignée.

Puis elle lui tendit le combiné d'un téléphone. « *Le bonheur, c'est simple comme un coup de fil* », lui dit-elle. Il y avait de la certitude dans son regard.

« Non. Pas de ton téléphone.

— C'est le prix des appels longue distance qui t'inquiète ? C'est mignon. Tu peux laisser 25 *cents* sur mon bureau, comme Sidney Poitier dans *Devine qui vient dîner ?*.

— Ce n'est pas ça. » Ambler marqua une pause ; il ne voulait pas avoir l'air paranoïaque, il savait que ces précautions, une seconde nature chez les agents, pouvaient déconcerter un civil. « C'est juste que je ne suis pas absolument sûr que...

— Mon téléphone ne soit pas sur écoute ? » Cette possibilité semblait la laisser de marbre. « Est-ce qu'il y a un moyen de vérifier ?

— Pas vraiment. »

Elle secoua la tête. « Dans quel monde vis-tu ! » Il la regarda taper négligemment son nom dans le moteur de recherche. Le résultat qui s'afficha avait désormais une aura de fatalité :

VOTRE RECHERCHE – HARRISON AMBLER – NE CORRESPOND À AUCUN DOCUMENT.

« Je vais utiliser un portable, dit Ambler en le sortant de sa poche. C'est plus sûr. » Il respira à fond et appela le premier numéro de la liste.

« Je suis bien chez Elaine Lassiter ? demanda-t-il en conservant un ton égal.

— Ma femme est décédée l'année dernière, répondit une voix murmurante.

— Je suis navré d'entendre ça », s'empressa de dire Ambler. Pour le second numéro, celui de Gregson Burns, on décrocha immédiatement.

« Je cherche un certain Gregson Burns, commença Ambler.

— Lui-même.

— Greg ! C'est Hal Ambler. Ça fait un bail, je sais...

— Si c'est du démarchage téléphonique, soyez gentil, rayez-moi de vos listes, intima une voix de ténor que l'agacement rendait nasillarde.

— Vous avez bien grandi dans Hawthorn Street, à Camden ? » insista Ambler.

Un « oui » méfiant. Une voix de femme grincheuse se fit entendre dans le fond. « C'est qui ? »

« Et vous ne vous rappelez pas Hal Ambler, votre voisin d'en face ? Ou quelqu'un s'appelant Ambler ?

— Eric Ambler, l'écrivain, j'ai entendu parler. Il est mort. N'hésitez pas à le rejoindre, parce que vous me faites perdre mon temps. » L'homme raccrocha.

Le sol sembla se dérober sous les pieds d'Ambler. Il appela rapidement le numéro suivant sur la liste. Julianne Daiches – ou Julianne Daiches Murchison, le nom qui figurait maintenant dans l'annuaire, toujours domiciliée dans le Delaware. Mais la femme qui répondait à ce nom ne manifesta aucune espèce de réaction. A la différence de Gregson Burns, elle se montra cordiale, détendue et peu méfiante, apparemment déconcertée par la confusion de son interlocuteur. « Vous n'avez pas dit que vous vous appeliez *San-*

156

dler ? demanda-t-elle, s'efforçant d'être obligeante. Parce que j'ai bien connu un garçon qui s'appelait Sandler. »

Arrivé au milieu de la liste, Ambler avait du mal à déchiffrer les numéros ; son visage était couvert de sueur froide. Il fixa la liste un long moment et la froissa en boule, l'écrasant dans son poing. Peu de temps après, il tomba à genoux et ferma les yeux.

Quand il les rouvrit, il vit Laurel debout devant lui, les traits tirés.

« Tu ne vois donc pas ? Ça ne sert à rien. » Les mots sortirent d'Ambler comme un gémissement jailli du plus profond de lui-même. « Je ne peux plus faire ça.

— Laisse tomber, dit-elle. Tout le monde est dans le coup. Ou... ou je ne sais pas. Ça ne fait rien. On n'a pas besoin de s'occuper de ça tout de suite. Je n'aurais pas dû te forcer la main.

— Non. » Sa voix était voilée. « Désolé, mais je ne peux pas...

— Et tu ne le feras pas. Plus maintenant. Ne t'excuse pas. Ils n'auront pas ce plaisir.

— *Ils*. » Encore ce mot vide, désagréable à entendre.

« Oui, ils. Les responsables de cette foutue comédie. Tu ne vas pas leur faire ce plaisir. Ils essaient peut-être de te rendre dingue. Eh bien, on s'en tape. On ne rentre pas dans leur petit jeu. D'accord ? »

Ambler se releva en chancelant. « D'accord », dit-il d'une voix chargée d'émotions qu'il n'était plus en mesure de contrôler.

Elle le prit dans ses bras, et cette étreinte sembla lui redonner des forces.

« Écoute, on est peut-être tous une idée dans l'esprit de Dieu. J'ai eu un petit copain qui avait l'habitude de dire que notre meilleure chance d'être immortels, c'était de prendre conscience que nous n'existions pas. Bon d'accord, il était défoncé à l'époque. » Elle appuya son front contre le sien, et il devina qu'elle souriait. « Je dis simplement que nous devons parfois choisir ce que nous devons croire. Et merde, je t'ai choisi, moi. L'instinct, pas vrai ?

— Mais Laurel...

— Tais-toi, d'accord ? Je te crois, Harrison Ambler. Je te crois. »

Ce fut comme si le soleil, chaud et radieux, était soudain apparu dans la nuit.

Chapitre onze

ALORS qu'il sortait de son lotissement au volant de sa Pontiac de location et tournait à gauche pour rejoindre la route qui le bordait, une deux-voies fréquentée, il se sentit étrangement regonflé, vaisseau avarié dansant sur une vague. Le soulagement était réel ; il était aussi précaire. Il aurait été gêné de prolonger sa visite, même s'il en avait très envie. Laurel Holland avait déjà tant fait pour lui : il ne pouvait pas la laisser faire d'autres sacrifices.

Au carrefour suivant, quelques kilomètres plus loin, il attendait patiemment au feu rouge, passant de pleins phares en codes, quand une fourgonnette s'approcha de l'intersection en sens inverse. Le feu passa au vert, et au moment où il franchissait le carrefour, il fut pris d'un frisson soudain. Il s'assura de la main gauche que l'air chaud passait par les aérations en même temps qu'il jetait un coup d'œil dans le rétroviseur et...

Oh, nom de Dieu ! Nom de Dieu – la fourgonnette ! Le chauffeur au visage en lame de couteau. Une équipe de récupération.

Ou pire.

Il voulut faire immédiatement demi-tour, mais une file de voitures embouteillait à présent la voie d'en face. Il était en train de perdre du temps et ce n'était pas le moment.

Comment cela s'était-il passé ? *C'est ma maison. Je fais ce que je veux.* L'ordinateur de Laurel Holland. Son foutu ordinateur : ses recherches avaient dû déclencher quelque chose. Diverses agences gouvernementales étaient dotées de programmes de type *sniffer* – le plus connu étant Carnivore, le logiciel du FBI – qui surveillaient le trafic Internet. Ces systèmes utilisaient des « sniffers de paquets » pour surveiller des points ou des nœuds spécifiques sur la toile. Comme l'ordinateur qu'il avait utilisé dans le cybercafé de Dupont Circle, la machine de Laurel avait une adresse numérique unique, qui pouvait être exploitée pour récupérer ses informations d'inscription... et l'adresse de son propriétaire.

Il y eut une interruption dans la file de voitures venant en sens inverse, et, dans un crissement de pneus, Ambler effectua un virage à 180 degrés. Il entendit le klaxon strident de la voiture à laquelle il venait de couper la route, ses pneus déraper alors qu'elle ralentissait juste assez pour éviter la collision. Au carrefour, le feu était au rouge, ce qui ne l'aurait pas arrêté si des voitures ne filaient pas à toute allure sur la route transversale. Si elles avaient roulé plus lentement, il aurait essayé de passer, mais sur une double voie, le risque d'accident était trop important. Mieux valait être retardé d'une minute ou deux que ne pas arriver du tout. Mais chaque seconde semblait s'écouler avec une lenteur atroce. Finalement, le trafic s'éclaircit, et là, *maintenant*, une brèche entre deux voitures, trois secondes peut-être. Ambler grilla le feu en trombe dans un concert de klaxons et de crissements de pneus.

Quelques instants plus tard, il se retrouva derrière un break qui lambinait à cinquante à l'heure dans une section limitée à soixante-dix. Il s'arc-bouta sur le klaxon – *Dépêche, merde !* –, mais la voiture maintint son allure, comme par défi. Ambler déboîta brusquement sur une double ligne jaune, et dépassa le break dans un *vroum* retentissant. En virant dans Orchard Lane, il remarqua que sa chemise était trempée de sueur. Filant à toute allure dans la paisible rue résidentielle, la berline s'arrêta en trépidant devant le pavillon de Laurel Holland, où...

Oh, bon Dieu ! La fourgonnette était déjà rangée devant la maison, en travers de l'allée, la double porte arrière entrouverte face à la véranda. Il entendit des cris – Laurel – et la porte de devant qui s'ouvrait violemment. Deux hommes corpulents, muscles saillants sous leurs polos noirs, l'avaient ligotée dans une civière en toile et étaient en train de la hisser, ballot pâle et remuant, à l'arrière de la fourgonnette. *Non ! Mon Dieu, non !*

Ils n'étaient que deux, mais – *oh non !* – l'un d'eux sortait une grosse seringue, l'aiguille scintillant dans la lumière des réverbères, prêt à endormir Laurel. Ce qui terrifiait surtout Ambler, c'était le calme résolu et professionnel qui se lisait sur le visage de ces hommes.

Il connaissait la suite. Il n'aurait jamais dû sortir de sa prison à la blancheur aveuglante, ce *trou* psychiatrique stérile où ils l'avaient enterré. C'était le même sort qu'on préparait à Laurel. Elle en savait trop à présent. On ne la relâcherait jamais. S'ils étaient cléments, ils la tueraient ; s'ils ne l'étaient pas, elle subirait pendant le restant de ses jours le traitement qu'ils avaient réservé à Ambler. Moins internée qu'enterrée vive. Traitée comme un cobaye, puis vouée au dépérissement, tandis qu'on effacerait du monde des vivants les traces de son existence.

Non – bon Dieu, non ! Il ne pouvait pas laisser faire ça.

L'un des deux ravisseurs, le chauffeur au visage en lame de couteau, se mit à courir en direction d'Ambler.

Celui-ci appuya à fond sur l'accélérateur, au point mort, puis, alors que le moteur s'emballait et rugissait, débraya et se mit en prise. La voiture bondit littéralement, toute sa puissance libérée d'un coup par la transmission, et fonça sur la fourgonnette, à une dizaine de mètres de là. L'homme au visage en lame de couteau se retrouva sur la gauche d'Ambler, comme s'il se préparait à l'extirper de la voiture. Au dernier moment, Ambler ouvrit brusquement la portière, l'entendit heurter l'homme de plein fouet et l'assommer. Puis il pila et braqua à fond sur la gauche. L'arrière de la voiture chassa dans la direction opposée, heurtant la fourgonnette qui absorba le choc et laissa Ambler indemne.

Les cris étaient toujours audibles quand Ambler s'extirpa de la voiture ; il en éprouva un étrange soulagement : cela signifiait qu'elle respirait encore, qu'elle était encore hors d'atteinte de la seringue étincelante. Il fonça vers l'arrière du véhicule, où Laurel, ligotée par des bandes de toile, battait furieusement des bras et des jambes, en prise avec son ravisseur tout en muscles. Ambler se plaça derrière la portière avant, qui s'était ouverte sous le choc.

« Écarte-toi ou tu es mort, salopard. Une balle dans la tête, une balle dans le ventre. » Il savait que cette précision emporterait le morceau. Dans l'obscurité, on le supposerait armé, même sans vérification visuelle. Ces hommes étaient des professionnels, pas des fanatiques : leur boulot, ils le faisaient pour l'argent. « Exécution ! » brailla Ambler.

L'homme obtempéra. Levant les mains dans une attitude de soumission, il commença à faire lentement le tour de la fourgonnette. Alors qu'il passait devant, il fit ce qu'Ambler avait prévu : il plongea soudainement dans l'habitacle et, gardant la tête baissée, fit rugir le moteur. Survivre : c'était son unique préoccupation à présent. Alors qu'Ambler sautait d'un bond vers l'arrière de la fourgonnette pour s'assurer que Laurel était saine et sauve à l'extérieur du véhicule, l'homme emballa le puissant moteur, écarta la Pontiac, traversa la pelouse en faisant des embardées et disparut dans la rue.

Il avait pris le large, mais d'autres ne tarderaient pas à arriver.

« Laurel, fit Ambler, tandis qu'avec des mouvements rapides et adroits, il défaisait ses liens.

— Ils sont partis ? demanda-t-elle d'une voix tremblante.

— Il faut qu'on file d'ici », se contenta-t-il de dire.

Tout à coup, elle se jeta sur lui, l'agrippant de ses bras tremblants. « Je savais que tu viendrais, répétait-elle sans cesse, soufflant son haleine chaude contre sa gorge. Je savais que tu viendrais.

— Il faut partir d'ici, coupa Ambler sur un ton d'urgence. Est-ce qu'il y a un endroit où tu pourrais rester, un endroit où tu serais en sécurité ?

— Mon frère vit à Richmond.

— Non ! Il est certainement fiché, ils te retrouveraient en un instant. Quelqu'un d'autre, quelqu'un qu'ils n'auront pas fiché. »

Laurel avait les traits tirés. « Il y a une femme qui est comme une tante pour moi, c'était la meilleure amie de ma mère quand j'étais petite. Elle habite en Virginie Occidentale maintenant. Vers Clarksburg.

— Ça ira.

— S'il te plaît... », commença-t-elle, et il vit le désespoir et la peur gravés sur son visage. Elle ne voulait pas rester seule.

« Je t'y conduirai. »

Le trajet jusqu'à Clarksburg prit quelques heures, principalement sur les autoroutes 68 et 79 ; ils avaient pris sa voiture à elle, une vieille Mercury, et Ambler resta à l'affût du moindre signe de filature. Laura passa la moitié du temps à pleurer, l'autre moitié dans un mutisme glacial. Elle était en train de digérer quelque chose qui était étranger à son champ d'expérience, de réagir à un traumatisme, avec fureur et détermination. Ambler, pendant ce temps-là, s'admonestait en silence. Dans un moment de faiblesse, une infirmière lui avait tendu la main : à présent sa vie était en danger... et ne serait peut-être plus jamais la même. Il sentait que la femme assise à côté de lui le considérait comme son sauveur, un rempart de sécurité. La vérité était tout autre, voire opposée. Mais on ne pourrait jamais l'en persuader. La logique était dépourvue de vérité émotionnelle pour elle.

Quand ils se séparèrent – il avait fait le nécessaire pour qu'un taxi l'attende à un carrefour près de la destination de Laurel –, elle grimaça, comme si on lui arrachait un pansement recouvrant une plaie. Il avait un peu la même impression.

« C'est moi qui t'ai mêlée à ça, murmura-t-il, autant pour lui que pour elle. C'est ma faute.

— Non, rétorqua-t-elle d'un ton féroce. Ne redis plus jamais ça. Ce sont eux, merde. Des gens comme ça...

— Ça va aller ? »

Elle hocha lentement la tête. « Attrape ces salauds », siffla-t-elle entre ses dents avant de tourner les talons et de diriger ses pas vers la maison victorienne tarabiscotée d'« Aunt Jill ». La véranda diffusait une lumière jaune, chaleureuse. Comme si Laurel pénétrait dans un autre monde – un monde sûr. Un monde qu'il n'habitait pas.

Il n'osait pas l'exposer davantage à ses ennuis. Quelque part dans le labyrinthe le monstre était tapi. Ils ne seraient jamais en sécurité si Thésée ne tuait pas le Minotaure.

Cette nuit-là, dans un motel bon marché proche de Morgantown, Virginie Occidentale, il eut du mal à trouver le sommeil. De vieux souvenirs s'infiltrèrent dans les cavités de son esprit comme du gaz radon. Des images fragmentaires de son père : un beau visage carré, pas si beau que cela à y regarder de plus près, car des années d'ivrognerie lui avaient couperosé et épaissi la peau. L'odeur de réglisse des pastilles Sen-Sen qu'il faisait fondre dans sa bouche pour essayer de masquer son haleine alcoolisée. L'expression de résignation blessée caractéristique de sa mère – il avait mis un moment à déceler la colère qui la sous-tendait comme une basse continue. Son visage toujours couvert de poudre et de fond de teint, dont elle faisait un usage quotidien pour que personne ne remarque parfois un bleu.

C'était quelques semaines avant son septième anniversaire. « Pourquoi il s'en va, Papa ? » avait demandé Hal. Sa mère et lui étaient dans l'espace sombre près de la cuisine qu'ils appelaient la pièce familiale, bien qu'ils s'y fussent rarement tenus ensemble. Elle était assise, tricotant un cache-nez que personne ne porterait jamais, ses lourdes aiguilles claquant au-dessus d'une pelote de fil rouge sang. Elle avait levé les yeux et pâli sous son épais fond de teint. « Qu'est-ce que tu racontes ? » Il y avait de la douleur et de la confusion dans sa voix.

« Papa ne part pas ?

— C'est Papa qui t'a dit ça ? Il t'a dit qu'il partait ?

— Non, répondit le petit garçon. Il n'a rien *dit*.

— Alors, je ne comprends vraiment pas ce qui t'a pris. » La colère enfla dans sa voix.

« Je suis désolé, Maman, s'empressa de dire le jeune Hal.

— Tu es piqué, ma parole. Qu'est-ce qui te prend de raconter une chose pareille ? »

Mais ça saute aux yeux, non ? voulut-il lui dire. *Tu ne le vois donc pas, toi aussi ?*

« Je suis désolé », avait répété le garçon.

Mais ses excuses ne suffirent pas quand, une semaine plus tard, Papa eut effectivement fiché le camp. Ses penderies avaient été débarrassées, ses babioles – épingles de cravate, briquet en laiton, cigares – vidées des placards, sa Chevrolet absente du garage : Papa était sorti de leur vie.

La mère de Hal était passée le prendre à l'école où avait eu lieu un événement quelconque, après avoir été au centre commercial de Camden pour y acheter des cadeaux d'anniversaire. Quand ils étaient arrivés chez eux et avaient compris ce qu'il s'était passé, la mère de Hal s'était mise à pleurer.

Malgré ses propres larmes, il avait tenté, maladroitement, de la consoler, mais elle s'était dérobée en frissonnant à sa caresse d'enfant. Il devait toujours se souvenir du regard qu'elle lui avait lancé. Elle était en train de se rappeler ce qu'il lui avait dit quelques jours auparavant, et une expression d'horreur distendait ses traits.

Avec le temps, elle avait essayé de faire bonne figure, comme

163

elle l'avait fait lors de son anniversaire. Mais les choses ne furent jamais pareilles entre eux. Son regard la troublait et elle commença à l'éviter. Pour Hal, ce moment fut le premier d'une longue série. Tous étaient porteurs du même message : qu'il valait mieux être seul qu'abandonné.

Puis le petit garçon de sept ans en avait eu trente-sept, et cette fois, le regard pénétrant appartenait à quelqu'un d'autre. A un candidat taiwanais – autre moment, autre endroit.

Vous avez commencé à entrevoir quelque chose que vous n'étiez pas censé entrevoir.

Il était à nouveau à Changhua, au milieu de la foule compacte, attendant que le candidat atteigne la position optimale pour faire signe à l'expert en munitions de déclencher l'engin explosif.

Un vocabulaire bien neutre pour un carnage. Peut-être était-ce ce qui leur permettait de faire leur boulot.

Wai-Chan Leung était moins impressionnant qu'il ne l'aurait cru, svelte et plutôt petit. Pourtant, la foule ne voyait rien de petit en lui, et, quand il prit la parole, Tarquin aussi oublia sa modeste corpulence.

« Mes amis », commença l'homme politique. Il portait un micro-cravate sans fil au revers de sa veste et marchait librement, sans lire de discours. « Puis-je vous appeler mes amis ? Je crois que je le peux. Et mon plus grand espoir est que, vous aussi, puissiez m'appeler votre ami. Pendant de trop nombreuses années, en République de Chine, nos dirigeants n'ont pas été véritablement nos amis. Peut-être ont-ils été les amis des capitales étrangères. Les amis de riches souverains. Les amis d'autres dirigeants. Les amis du Fonds monétaire international. Mais j'ai l'impression qu'ils n'ont pas toujours été *vos* amis. »

Il fut interrompu par une salve d'applaudissements. « Vous connaissez la vieille histoire chinoise sur les trois sobres compères passant devant un débit de boisson. Le premier dit : "Je suis tellement sensible que si je bois un seul verre de vin, je deviens tout rouge et je tourne de l'œil." Le deuxième dit : "Ce n'est rien. Moi, il me suffit de sentir le vin pour devenir tout rouge, vaciller sur mes jambes et m'écrouler." Et le troisième dit : "Et moi, il me suffit de voir quelqu'un qui a senti du vin..." » La foule accueillit l'anecdote familière avec des gloussements appréciateurs. « A l'ère de la mondialisation, il y a des pays qui sont plus vulnérables que d'autres. Taiwan est ce troisième homme. Quand il y a une fuite de capitaux, quand le cours du dollar américain fait le yo-yo, quand nous assistons à la survenue de tels événements dans le monde, notre système politique et économique devient écarlate et commence à vaciller. » Il marqua une pause et s'avança vers le podium.

Tarquin – il *était* Tarquin à présent – ne le quittait pas des yeux, comme hypnotisé. Rien chez l'homme qui se tenait à vingt mètres de lui ne correspondait au dossier que l'Unité avait fourni à son équipe ; Tarquin ne disposait d'aucun fait, juste une intuition, mais pour lui, l'intuition avait force de vérité. Le dossier décrivait un individu rusé et calculateur, enclin à des colères vengeresses et mortelles, dévoré par le cynisme et le ressentiment. Quelqu'un dont les démonstrations publiques de compassion n'étaient que fourberies. Tarquin ne décela aucun de ces travers : pas une trace d'artifice ni de cynisme, pas l'ombre de la gêne qui trahit parfois l'imposteur. Le tribun prenait plaisir à son éloquence, mais il croyait aussi ce qu'il disait – dans son importance, son caractère d'urgence.

Vous avez commencé à entrevoir quelque chose que vous n'étiez pas censé entrevoir.

« Ils appellent Taiwan "le petit tigre", poursuivait Wai-Chan d'une voix fervente. Ce qui m'inquiète, ce n'est pas que nous soyons petits, mais que le tigre soit une espèce menacée. » Une nouvelle pause. « L'autosuffisance est un noble idéal. Mais est-il réaliste ? Nous avons besoin des deux choses – nous avons besoin d'idéaux et nous avons besoin de réalisme. Certains vous diront qu'il faut choisir. Pourtant ce sont les mêmes qui soutiennent que vous pouvez profiter de la démocratie, du moment que vous les laissez vous dicter votre conduite. Vous savez à qui ils me font penser ? Rappelez-vous cet homme qui, au temps jadis, tenait boutique dans un village et vendait à la fois une lance qui, à l'en croire, était capable de transpercer n'importe quoi, et un bouclier, que rien ne pouvait transpercer. »

Rires et tonnerre d'applaudissements.

« Le peuple de Taiwan – *tous* les Chinois – ont un avenir merveilleux devant eux, s'ils le choisissent. Un avenir que nous créerons nous-mêmes. Alors faisons preuve de discernement. Le continent est en train de changer. Serons-nous les seuls à ne pas bouger ? » Il se trouvait à présent à moins d'un mètre du podium en

165

bois foncé. A quelques dizaines de centimètres de la mort, et Tarquin sentit son pouls s'emballer. Toutes les fibres de son corps lui disaient que l'opération était une *erreur*. Mal conçue. Mal engagée. Mal ciblée. Wai-Chan Leung n'était pas leur ennemi.

Le candidat tendit ses avant-bras devant lui, perpendiculaires à son corps, poings serrés. Il les rapprocha l'un contre l'autre. « Vous voyez? La simple opposition – comme ceci – conduit à l'immobilité. A la paralysie. Est-ce vraiment ainsi que nous devons envisager nos relations avec nos cousins de l'autre côté du détroit? » Puis il entrelaça ses doigts pour illustrer sa vision, fondée sur la coexistence possible de la souveraineté et de l'intégration régionale. « C'est dans la coopération, l'unité, que nous pourrons puiser notre force. C'est par l'intégration que nous pourrons regagner notre intégrité. »

L'oreillette de Tarquin grésilla. « Je n'ai pas ton angle de vision, mais on dirait que la cible est en position, non? J'attends ton signal. »

Tarquin ne dit rien. Il était temps de déclencher la bombe, de mettre un terme au rôle du jeune homme dans le monde – mais il regimbait de tout son instinct. Il était parfaitement lucide, au milieu de plusieurs milliers de Taiwanais, portant polos ou chemises, avec l'inévitable maillot de corps blanc en dessous, comme c'était l'usage. Si au moins il voyait le moindre indice corroborant le dossier... Mais rien.

Grésillement d'insecte dans l'oreillette. « Tarquin, tu dors? C'est fini les préparatifs. Je vais appuyer...

— Non, chuchota Tarquin dans le micro à fibre optique dissimulé dans son col. *Ne le fais pas.* »

Mais l'expert en explosifs était impatient, il en avait assez, on ne le ferait pas reculer. Quand il répondit, Tarquin décela le cynisme amer d'un homme qui avait passé quelques années de trop sur le terrain : « *One for the money, two for the show, three to get ready, now go, cat, go...* »

L'explosion, quand elle retentit, fut beaucoup plus étouffée que Tarquin ne s'y attendait. Le bruit d'un sac en papier qu'un gamin a gonflé et fait éclater avec impatience. Les côtés intérieurs du podium avaient été renforcés avec des tôles d'acier afin de limiter les dommages collatéraux, d'étouffer le son et de concentrer la force de l'explosion vers l'homme qui se tenait derrière.

Comme au ralenti, Tarquin vit Wai-Chan Leung, le grand espoir de tant de Taiwanais – citadins, fermiers, étudiants, et commerçants favorables aux réformes – se raidir brusquement, puis s'écrouler sur l'estrade, son corps détouré par les projections de ses propres viscères. Les débris calcinés du podium, d'où s'élevait une mince volute de fumée, formaient maintenant un tas à ses pieds.

Pendant quelques instants, l'homme étendu face contre terre demeura immobile. Puis Tarquin le vit relever la tête et regarder la foule devant lui. Ce qu'il se passa ensuite le cloua sur place et le transforma : le regard du mourant, dans ses derniers instants, vint se poser sur lui.

Il faisait chaud et humide ce jour-là à Taiwan, et pourtant Ambler avait l'impression d'avoir la peau desséchée et glacée ; il savait, d'une certaine manière, que tout ce qu'il voyait resterait à jamais gravé dans sa mémoire et dans ses rêves.

Il était venu à Changhua pour tuer un homme, et, comme prévu, l'homme avait été tué. Un homme qui, à travers l'intensité de son regard, dans un étrange moment d'intimité, partageait avec Tarquin les derniers instants de sa vie.

Le visage du mourant n'exprimait ni haine ni colère. On y lisait de la perplexité, et de la tristesse. Le visage d'un homme empreint d'un idéalisme tempéré. Un homme qui savait qu'il était en train de mourir et se demandait pourquoi.

Tarquin, aussi, se demandait maintenant pourquoi.

La foule hurlait, gémissait, criait, et, dans tout ce vacarme, il distingua on ne sait comment le chant d'un oiseau. Il s'arracha à ce spectacle de destruction et se tourna vers un palmier, où un loriot trillait bruyamment. Sans arrêt.

A l'autre bout de la terre, par-delà les années, Ambler s'agita dans son lit, soudain conscient de l'odeur de renfermé de sa chambre de motel. Il ouvrit les yeux : le trille continuait.

Le portable qu'il avait pris au tueur dans les Sourlands.

Il appuya sur la touche ON et le colla à son oreille. « Oui ?

— Tarquin, braya une voix retentissante.

— Qui est-ce ? » fit Ambler, soudain sur ses gardes. Une peur froide le submergea.

« Je suis le contrôleur d'Osiris.

— Il y a mieux comme recommandation.

167

— A qui le dites-vous. Cette défaillance dans la sécurité nous a terriblement inquiétés.

— Quand quelqu'un ouvre vos mails, c'est une défaillance. Quand quelqu'un abat vos agents, c'est un peu plus sérieux.

— Très juste. Et nous avons quelques idées sur ce qui s'est passé. Le fait est que nous avons besoin de vous, et que nous avons besoin de vous maintenant.

— Je ne sais même pas qui vous êtes, bon sang. Vous dites qu'Osiris travaillait pour vous. Pour ce que j'en sais, le type qui travaille pour vous, c'est celui qui l'a tué.

— Tarquin, écoutez-moi. Osiris était un élément extraordinaire. Je déplore sa perte... comme nous tous.

— Et vous espérez que je vais vous croire sur parole.

— En effet. Je connais vos aptitudes. »

Ambler marqua une pause. Comme Arkady, comme Osiris, l'homme avait confiance en la faculté d'Ambler de détecter le mensonge. L'honnêteté n'était pas un gage de vérité, se rappela-t-il. L'homme lui-même pouvait être trompé. Mais Tarquin – Ambler – n'avait pas d'autre choix que d'entrer dans le jeu. Plus il pourrait creuser dans l'organisation, plus grandes seraient ses chances de connaître la vérité sur ce qui lui était arrivé – et sur l'homme qu'il était vraiment.

Une pensée le rongeait. Au cours de sa carrière il lui était arrivé de participer à ce qu'on appelait une opération-séquence : une information conduisant à une autre, chacune plus cruciale que la précédente, de manière à attirer et à piéger un adversaire. Chacune de ces opérations, il le savait, reposait sur la crédibilité ; plus l'adversaire était doué, plus grand était le degré de crédibilité requis. Les sujets les plus avertis, cependant, étaient précautionneux ; ils employaient des intermédiaires aveugles, en leur confiant des questions auxquelles il fallait répondre sur-le-champ. Les réponses n'avaient pas besoin d'être parfaites – ce qui aurait éveillé les soupçons du sujet de l'opération –, mais elles devaient convaincre. Un seul faux pas, et l'opération était par terre.

Les sujets les plus malins tentaient *d'inverser* la séquence, comme une queue remue le chien. Des leurres étaient programmés avec des informations spécialement conçues pour intriguer les services de renseignement américains ; l'opération-séquence fonctionnait, mais à l'envers. Un zèle nouveau pour une moisson d'informations inattendue faisait oublier les objectifs de départ ; le chasseur devenait la proie.

Ce qu'Ambler n'arrivait pas à déterminer, c'était s'il n'était pas, en réalité, pris au piège d'une opération de ce type, et, dans ce cas, s'il serait en mesure de l'exploiter à son profit. Il n'y avait pas jeu plus dangereux. Mais avait-il d'autre choix ?

« Très bien, reprit Ambler. J'écoute.

— Nous allons nous rencontrer demain à Montréal. Utilisez n'importe quelle identité en votre possession – celle que vous a donnée Osiris devrait parfaitement faire l'affaire. A vous de voir. » L'homme lui fournit ensuite des instructions plus détaillées : il devait prendre l'avion pour Montréal Dorval le matin même.

Peu avant de se mettre en route, le téléphone sonna dans la chambre du motel : Laurel. Elle paraissait plus calme, plus elle-même, mais il y avait de l'inquiétude dans sa voix – de l'inquiétude pour lui, pas pour elle. Il expliqua rapidement qu'il devait se rendre à un rendez-vous, qu'il avait reçu un appel du contrôleur d'Osiris.

« Je ne veux pas que tu partes, dit-elle, et il entendit à la fois sa peur et sa détermination.

— Tu as peur pour moi. Moi aussi, j'ai peur. Mais plus encore de ne pas partir » Il s'interrompit. « Je suis comme un pêcheur dans une barque, et j'ai ferré quelque chose. Espadon ? Grand requin blanc ? Je ne sais pas, je ne peux pas savoir, et je n'ose pas lâcher prise. »

Il y eut un long silence avant qu'elle ne se remette à parler. « Même s'il coule ton bateau ?

— Je ne peux pas lâcher prise, répondit Ambler. Même si. »

Discovery Bay, Nouveaux-Territoires

La luxueuse villa de Hong Kong comptait douze chambres, toutes magnifiquement meublées dans l'esprit des années 20, époque de sa construction – beaucoup de splendides meubles français en bois doré et toile damassée ; des murs tendus de soie moirée – mais son véritable joyau était sa terrasse fleurie, avec sa vue sur les eaux calmes de Discovery Bay. Surtout à cette heure, quand la mer miroitait sous le soleil rosé du début de soirée. A l'une des ex-

169

trémités de la terrasse, deux dîneurs étaient attablés ; sur la nappe en lin blanc était disposée une douzaine de plats, mets rares et délicats confectionnés par des mains expertes. Alors que leurs arômes se mêlaient dans la brise légère, un Américain aux cheveux argentés et au front proéminent huma l'air et se dit que dans les siècles passés, en dehors des cours impériales chinoises, seuls quelques privilégiés auraient eu droit à pareil festin.

Ashton Palmer goûta un plat préparé avec de jeunes bulbuls ; les os du minuscule oiseau chanteur étaient aussi peu développés que le squelette d'une sardine, procurant sous la dent une agréable texture. Comme pour la recette des ortolans parfaite par Escoffier – un autre petit oiseau que les gourmets français tenaient par le bec et dégustaient entier, derrière une serviette – on mangeait les oisillons bulbuls en une seule bouchée, en croquant et en savourant leur squelette quasi embryonnaire qui résistait légèrement sous la dent comme l'exosquelette d'un crabe à carapace molle. En mandarin, ce plat s'appelait *chao niao ge* – littéralement, oiseau chanteur sauté.

« Extraordinaire, ne trouvez-vous pas ? », dit Palmer à son unique compagnon de table, un Chinois à la large face burinée, aux yeux durs et perçants.

L'homme, un vieux général de l'Armée populaire de libération, sourit, sa peau parcheminée formant des stries profondes de la joue à la bouche. « Extraordinaire, convint-il. Mais venant de vous, on ne s'attend à rien de moins.

— Vous êtes trop aimable », dit Palmer, remarquant l'expression d'incompréhension du personnel. Car Palmer ne s'adressait au général Lam ni en mandarin ni en cantonais mais dans le dialecte hakka parlé dans le village natal de l'officier. « Je sais que, comme moi, vous avez le souci du détail. Ce plat, *chao niao ge*, a été servi pour la dernière fois, pour autant qu'on le sache, dans les dernières décennies de la dynastie Qing. Je crains que vos amis de Wanshou-lou – il faisait référence à une banlieue de Pékin fortement gardée où de nombreux dignitaires avaient élu domicile – ou de Zhong-nanhai ne le trouvent *décadent*.

— Ils préfèrent le Burger King, grommela le général Lam. Du Pepsi-Cola servi dans des coupes en argent.

— Obscène, déplora l'érudit Américain. Mais hélas, ce n'est que trop vrai. »

— Ce n'est pas que j'aie passé beaucoup de temps à Zhongnanhai, déclara le général.

— Si on laissait faire Liu Ang, tous les guerriers seraient exilés en province. Il considère l'APL comme un ennemi, et c'est ce qu'elle est devenue. Mais enfin, comme le montre l'histoire de la Chine, c'est dans l'exil que résident les opportunités.

— Cela a été le cas pour vous », opina le général.

Palmer sourit mais ne démentit pas. Son parcours professionnel n'avait pas été celui qu'il aurait choisi quand il s'était lancé dans la vie, mais il en était le premier responsable. Alors qu'il n'était encore qu'un jeune diplômé employé au Service de prospective du Département d'État, les milieux bien informés avaient vu en lui le futur Henry Kissinger – et le conseiller politique le plus prometteur de sa génération. Mais il s'avéra qu'il avait un défaut rédhibitoire pour faire carrière au ministère américain des Affaires étrangères. Il avait, pensait-il, la passion de la vérité. Avec une soudaineté surprenante, le prodige adulé devint l'enfant terrible qu'on évitait : les médiocres avaient prononcé leur sentence, excluant celui qui menaçait leur confort intellectuel. A certains égards, se disait Palmer, son exil avait finalement été la meilleure chose qui lui soit jamais arrivée. A en croire le récit de son ascension et de sa chute qu'en avait donné *The New Republic*, il s'était « retiré » dans les bosquets du monde universitaire après avoir été chassé avec perte et fracas des couloirs du pouvoir. Si tel était le cas, ce fut une retraite stratégique : un regroupement plutôt. Car petit à petit, ses disciples – les Palmeriens, comme les surnommaient ses ennemis avec sarcasme – avaient pris position au ministère de la Défense et au Département d'État, y compris au Service diplomatique et dans les « think tanks » qui comptent à Washington. Il leur avait inculqué de sévères leçons de discrétion, et ces leçons avaient été apprises. Ses protégés occupaient à présent des postes névralgiques. Au fil des années, leur gourou, pareil à un Cincinnatus retiré sur la Charles, avait patiemment attendu son heure.

Maintenant, il comptait les jours.

« Pour ce qui est de Zhongnanhai, poursuivit Palmer, je suis content que nous partagions toujours le même point de vue. »

Le général se toucha une joue, puis l'autre, en récitant un dicton hakka : « Œil droit, œil gauche. » Cela signifiait qu'ils étaient aussi proches dans leurs opinions que deux yeux sur un visage.

« Œil droit, œil gauche, répéta Palmer dans un murmure. Bien entendu, *voir* est une chose. *Agir* en est une autre.

— Tout à fait exact.

— Vous n'avez pas exprimé d'hésitations », dit rapidement Palmer, guettant le moindre fléchissement dans la détermination du général.

Celui-ci répondit avec un proverbe hakka : « Le vent ne déplace pas la montagne.

— Je suis ravi de vous l'entendre dire. Car ce qui nous attend va mettre à l'épreuve la détermination de tous. Du vent, il y en aura, et il soufflera en tempête.

— Ce qui doit être fait doit être fait, assura le général.

— De grandes perturbations sont parfois nécessaires pour permettre une plus grande stabilité.

— Exactement. » Le général porta l'oisillon bien épicé à ses lèvres. Il plissa les yeux en savourant sa croustillante perfection.

« On doit abattre un arbre pour chauffer la marmite de riz », dit Palmer : un autre dicton hakka.

Le général n'était plus surpris par la connaissance intime que le professeur avait de sa région natale. « L'arbre à abattre n'est pas un arbre ordinaire.

— La marmite de riz non plus. Vos hommes connaissent leurs rôles. Ils doivent savoir à quel moment passer à l'action, et le faire sans faillir.

— Certainement », acquiesça le général Lam.

Mais l'érudit à la chevelure argentée continua à le dévisager. « *Il reste six jours*, dit-il avec une sourde insistance. Chacun doit jouer son rôle à la perfection.

— Sans faillir, promit le général avec une détermination qui crispa ses traits burinés. Après tout, le cours de l'histoire est en jeu.

— Et nous pouvons convenir que le cours de l'histoire est bien trop important pour être livré au hasard. »

Le général hocha gravement la tête et leva à nouveau le doigt. « Œil droit, œil gauche », dit-il calmement.

Chapitre douze

L'HOMME qui l'avait appelé sur son portable lui avait donné rendez-vous à l'angle nord-ouest de Dorchester Square à 11 heures. Arrivé de bonne heure, Ambler prit un taxi jusqu'au carrefour de la rue Cypress et de la rue Stanley, à un pâté de maisons de là, et alla reconnaître les lieux. L'édifice de la Sun Life sur Dorchester, un monstre de style beaux-arts, était autrefois le plus grand bâtiment de tout l'Empire britannique. A présent il était écrasé par les gratte-ciel modernes, concentrés en grand nombre autour de la place. En fait, c'était la raison pour laquelle Dorchester Square rendait Ambler nerveux : il était dominé par trop de bâtiments.

Ses sacs de la place Montreal Trust à la main, un appareil photo en bandoulière, il avait tout, espérait-il, du parfait touriste. Après avoir traîné dans les rues adjacentes, il s'assura qu'il n'y avait aucun individu suspect sur la place proprement dite avant de s'y aventurer. Les allées étaient parfaitement déneigées – plusieurs chemins rectilignes croisant un rond central, où se dressait la statue d'un certain Sir John A. Macdonald, le tout Premier ministre du pays. Un autre monument célébrait les morts canadiens de la Guerre des Boers, non loin d'un cimetière catholique où reposaient les victimes d'une épidémie de choléra survenue au XIXe siècle. Les tombes moussues étaient érodées par les intempéries, leurs teintes sombres

173

rehaussées par la blancheur de la neige. Dominant le cimetière, la silhouette d'acier et d'ardoise de l'Imperial Bank. Un bus rouge portant l'inscription LE TRAM DE MONTRÉAL était à l'arrêt devant le Dominion Square Building, une structure massive de facture néo-Renaissance.

Reconnaissance ou pas, il était clair que la situation était susceptible de changer à tout moment. Était-ce la raison pour laquelle le contrôleur d'Osiris avait choisi cet endroit? A travers l'objectif de son appareil photo, Ambler scruta les centaines de fenêtres des différents immeubles de bureaux. La plupart d'entre elles étaient conçues pour ne pas s'ouvrir; les autres étaient fermées, à cause du temps. Bien qu'il se fût habillé chaudement, il faisait dans les moins cinq degrés, et ses oreilles commençaient à geler. Il entendit des pas venant dans sa direction, des pas décidés, et se retourna brusquement.

« Excusez-moi, monsieur. »

Ambler vit un couple âgé vêtu de doudounes aux couleurs vives, leurs cheveux blancs ébouriffés par le vent.

« Oui, répondit Ambler en s'efforçant de conserver un ton neutre, sans curiosité.

— Cela ne vous ennuierait pas de nous prendre en photo? » L'homme lui tendit un appareil jetable jaune, le genre de modèle vendu dans n'importe quel drugstore. « Avec Sir John Macdonald en arrière-plan, d'accord?

— Pas de problème, acquiesça Ambler, embarrassé par sa suspicion. Vous êtes américains?

— De Sacramento. Mais on est ici en voyage de noces. Devinez à quand ça remonte?

— Je donne ma langue au chat. » Ambler s'efforçait de ne pas paraître distrait.

« Quarante ans! glapit la femme.

— Eh bien, félicitations », fit Ambler en appuyant sur le déclencheur en haut à droite de l'appareil. En s'avançant pour cadrer la photo, il avait remarqué quelque chose; un individu qui s'abritait derrière la statue, trop vite, comme s'il ne voulait pas être vu. Ambler était perplexe; c'était une erreur d'amateur, et il n'avait certainement pas affaire à des amateurs.

Il rendit l'appareil jetable au vieux couple et, brusquement, se dirigea à grandes enjambées vers le socle de la statue.

Un jeune homme – non, plutôt un adolescent de quatorze, quinze ans – se mit à battre en retraite.

« Hé ! l'apostropha Ambler d'une voix la plus neutre possible.

— Hé, fit l'adolescent.

— Alors, c'est quoi le deal ?

— Je crois que j'ai merdé », admit le garçon avec un léger accent québécois. Il avait un nez fort qui serait peut-être un jour en harmonie avec son visage et des cheveux courts et hérissés manifestement blondis à l'eau oxygénée.

« Tu vas pouvoir rattraper le coup, je parie. » Ambler ne quittait pas le gamin des yeux, guettant le moindre changement d'expression.

« Vous n'étiez pas censé me voir. Pas avant 11 heures.

— Qui le saura ? »

Le visage de l'adolescent. « Alors vous ne direz rien ?

— Pourquoi faire ? Tu ne crois pas que je suis déjà au courant ?

— C'est juste que votre ami m'a dit que c'était une surprise d'anniversaire. Genre chasse au trésor, peut-être ?

— Dis-moi ce que tu étais supposé me dire. Je ferai semblant d'être surpris. Promis.

— Y a intérêt, dit le garçon, inquiet.

— Combien il te paye ? Je te donnerai la même chose. »

Le garçon retrouva le sourire. « Combien il me paye ? répéta-t-il, histoire de gagner du temps.

— Oui.

— Quarante. » C'était un piètre menteur. Ambler arqua un sourcil. « Trente ? »

Ambler conserva son air sceptique.

« Vingt », finit par rectifier lui-même le garçon.

Ambler détacha un billet de vingt et le lui donna. « Bon, alors, c'étaient quoi les instructions ?

— Les instructions, c'est que le rendez-vous a changé. Vous êtes censés vous retrouver dans la ville souterraine.

— Où ça ?

— Les Promenades de la Cathédrale. Mais s'il y a une surprise qui vous attend, n'oubliez pas d'avoir l'air surpris. »

Un esprit porté à la métaphore trouverait soit naturel soit ironique que les sous-sols de la cathédrale Christ Church abritent une vaste et luxueuse galerie marchande, les Promenades de la Cathédrale. Il était bien connu que le diocèse anglican, désargenté, avait renfloué ses caisses en vendant le terrain situé en dessous. La parole de l'Évangile *Sur cette pierre tu bâtiras mon Église* avait était traduite dans la langue d'une époque mercantile, où une église devait subvenir à ses besoins en vendant le rocher qui la soutenait.

Ambler venait de prendre les escalators qui descendaient dans les galeries et essayait de s'orienter dans le gigantesque centre commercial, quand il sentit deux mains s'abattre sur ses épaules et le retourner.

Un grand gaillard rouquin lui souriait joyeusement. « Face à face, enfin. »

Ambler dut y regarder à deux fois. Il connaissait cet homme – pas personnellement mais de réputation. Comme beaucoup de gens. Il s'appelait Paul Fenton, et sa réputation était aussi trouble que son regard était clair.

Paul Fenton. Un important industriel texan, qui s'était d'abord fait un nom en tant que fondateur d'une compagnie d'électronique ayant passé de gros contrats avec le ministère de la Défense. Mais ses affaires s'étaient considérablement étendues depuis, et à la fin des années 80, il s'était fait connaître de certains cercles pour avoir financé des insurrections et des contre-insurrections droitières un peu partout dans le monde. Parmi les bénéficiaires de ses largesses, les Contras au Salvador, la Renamo au Mozambique, et l'Unita en Angola.

Pour certains, c'était un patriote, un homme dont la loyauté allait à son pays plutôt qu'au dieu dollar. Pour d'autres, c'était un dangereux fanatique qui détournait la législation régissant l'exportation des munitions, rappelant les hommes d'affaires qui avaient soutenu financièrement la désastreuse invasion de la Baie des Cochons au début des années 60. En revanche, personne ne contestait le fait que Fenton était un entrepreneur avisé et agressif.

« Vous êtes Tarquin, n'est-ce pas ? » demanda Fenton. Il considéra le silence d'Ambler comme un acquiescement et lui tendit la main. Mais la question n'était pas de pure forme – elle comportait un certain degré d'incertitude. *Fenton ne savait pas à quoi il ressemblait.*

Ambler serra la main tendue et s'approcha, murmurant d'une

voix dure : « C'est stupide de me rencontrer en public de cette manière. Vous êtes bien trop facilement reconnaissable. »

Fenton se contenta de cligner de l'œil. « Je constate que les gens ne voient pas ce qu'ils ne s'attendent pas à voir. Et je ne suis pas exactement une star d'Hollywood. De plus, le meilleur endroit où se cacher est parfois au milieu d'une foule, ne pensez-vous pas ? » Il recula d'un pas, embrassant les lieux d'un grand geste : « Bienvenue dans le plus vaste réseau piétonnier souterrain du monde. » Il avait une voix suave de baryton. Sa peau, bien que rougeaude, burinée, aux pores dilatés, était étrangement lisse, peut-être le résultat d'une dermabrasion. Ses cheveux étaient plantés en V sur un front dégarni, et les espaces découverts parsemés de minuscules mèches de cheveux disposées de manière presque géométrique, comme une chevelure de poupée. Un homme qui donnait dans le culte de l'amélioration personnelle.

Il avait l'air athlétique, solide. L'air riche, aussi. Il y avait quelque chose de trop soigné chez lui ; un guerrier qui passerait un week-end à jouer au polo en Argentine, un autre à faire passer des chars Abraham en contrebande au Tchad, et le suivant à se faire faire des gommages aux sels minéraux dans un spa de Carrot Cay. Rude, buriné, mais... hydraté. L'archétype du milliardaire baroudeur.

« La Ville Souterraine, dit Ambler. L'endroit parfait pour l'homme souterrain. »

Il savait que Fenton n'avait pas exagéré : ce qu'on appelait la Ville Souterraine consistait en trente kilomètres de galeries et hébergeait six mille boutiques, environ deux cents restaurant, des dizaines de cinémas. Malgré les températures polaires en surface, l'endroit était agréablement chauffé et bien éclairé. Il regarda autour de lui. De grands puits de lumière voûtés, plusieurs niveaux d'escalators, et des balcons en mezzanine contribuaient à donner à l'ensemble une impression de volume. La Ville Souterraine reliait les galeries commerçantes haut de gamme des Cours Mont-Royal au Centre Eaton, et s'étendait jusqu'au Complexe Desjardins et même jusqu'au Palais des Congrès, imposant édifice qui enjambait l'autoroute Ville Marie tel un géant d'acier, de verre et de béton.

Ambler comprit pourquoi Fenton avait choisi cet endroit : c'était pour le rassurer, un mauvais coup étant peu probable dans un lieu aussi fréquenté.

« Dites-moi, reprit Ambler. Vous êtes vraiment ici tout seul ? Un homme de votre... stature ?

— Pourquoi ne me le dites-vous pas ? »

Ambler jeta un coup d'œil à la ronde, balayant du regard des dizaines de visages. Un homme au visage carré dans un duffle-coat en coton huilé terne, quarante, quarante-cinq ans, cheveux courts. Un autre, à six mètres sur sa gauche, ayant l'air beaucoup moins à l'aise dans des vêtements bien plus coûteux – pardessus croisé en poil de chameau, pantalon de costume en flanelle sombre. « J'en vois juste deux. Et l'un d'eux n'est pas habitué à ce genre d'affectation. »

Fenton acquiesça. « Gillespie est avant tout un secrétaire. Son truc à lui, c'est les maîtres d'hôtel et consorts. » Fenton adressa un signe de tête à l'homme au pardessus en poil de chameau, qui hocha la tête à son tour, en rougissant légèrement.

« Mais vous alliez me parler d'Osiris. Et je n'ai pas l'impression que ce soit le cadre idéal pour un tête-à-tête.

— J'ai l'endroit qu'il nous faut », roucoula Fenton, et il conduisit Ambler vers une boutique de vêtements d'aspect extrêmement sélect, un peu plus loin dans la galerie au sol de mosaïque. La vitrine n'exposait qu'une seule robe, pièce de soie d'un mauve iridescent aux coutures apparentes, ainsi que les faufils qui retombaient négligemment en boucles vertes. On aurait dit un vêtement à l'état d'ébauche, le genre de chose que les tailleurs montraient parfois dans leurs échoppes, mais Ambler comprit que c'était le vêtement achevé : un style haute couture « destructuré » qui emballerait sans doute la presse spécialisée quand il serait porté par un mannequin anorexique ondulant sur un podium. Une petite plaque de cuivre gravée donnait son nom à la boutique : SYSTÈME DE LA MODE.

Une fois encore, Ambler fut impressionné par la façon dont Fenton choisissait le lieu de ses réunions : celui-ci était astucieusement conçu pour offrir à la fois sécurité et intimité. La boutique, avec sa marchandise intimidante et recherchée, était visible de tous, mais pas un chaland sur mille n'aurait osé en franchir le seuil.

A l'entrée, il y avait l'habituel portail antivol, deux bornes gainées de plastique, encore que placées un peu plus loin de la porte que d'habitude. Un bip discret se fit entendre à l'approche d'Ambler.

« Désolé pour ça, fit Fenton. C'est votre appareil photo qui doit lui déplaire. »

Ce qui voulait dire que cela n'avait absolument rien à voir avec un portail antivol. Ambler se délesta de son appareil et passa à travers.

« En fait, si vous pouviez rester là un petit instant », demanda Fenton sur un ton d'excuse.

Ambler s'exécuta. La porte se ferma derrière lui.

« Vous êtes *clean*, annonça l'industriel fortement charpenté. Bienvenu dans mon humble échoppe. Vous allez peut-être penser que ce n'est pas mon genre, mais si vous étiez une fashionista vous seriez sacrément impressionnée. Ici, pas une étiquette à moins de quatre chiffres.

— Vous avez beaucoup de clients ?

— Pas un seul, répondit Fenton, ses joues s'élargissant en un sourire hydraté. Nous ne sommes presque jamais ouverts. Et quand nous le sommes, j'ai la vendeuse la plus effrayante du monde – une dénommée Brigitte. Sa spécialité, c'est de donner aux gens l'impression qu'ils ont de la merde sous leurs chaussures. Mais là elle est partie déjeuner, et je regrette que vous ne puissiez pas faire sa connaissance. Parce que c'est un phénomène, cette Brigitte. Elle ne dit pas explicitement aux clients qu'ils ne méritent pas d'être ici, mais c'est tout comme.

— Je vois. Pour monter une planque, je suppose que c'est plus discret qu'un grand panneau DÉFENSE D'ENTRER ! Et laissez-moi deviner, le portail ne sert pas vraiment à surveiller l'inventaire. C'est un antimouchard.

— Spectre ultralarge. Vraiment puissant. On le teste tout le temps, on n'a jamais pu passer un seul microémetteur. C'est plus agréable que de devoir mettre les gens à poil pour une fouille au corps. Plus efficace, aussi. Allez donc jeter un coup d'œil à la vitrine. »

Ambler s'approcha de la devanture ; en l'examinant de près, il distingua un treillis métallique très fin à l'intérieur du vitrage. Cela semblait décoratif ; c'était en fait fonctionnel. « Cet endroit est une cage de Faraday géante », s'émerveilla-t-il. Une cage de Faraday est une enceinte revêtue d'un grillage ou d'une gaze ferromagnétique reliée à la terre, empêchant la transmission de toute fréquence radioélectrique.

« Vous avez pigé. Vous voyez ce mur brillant au fond ? Douze couches de laque – douze – chaque couche poncée avant d'appliquer la suivante, tout ça effectué par de vrais artisans. Et sous ces douze couches ? Plâtre et treillis métallique.

— Vous êtes un homme prudent.

— C'est la raison pour laquelle nous nous rencontrons face à face. Quand vous parlez à quelqu'un au téléphone, vous ne pouvez jamais savoir si vous parlez simplement à lui, ou bien à lui et à son magnétophone, ou encore à lui et à quiconque équipé d'un intercepteur numérique. Je suis un fervent partisan de la compartimentation, voyez-vous. Je fais tout ce que je peux pour assurer le cloisonnement de l'information, comme les compartiments d'un plateau-télé. » Le nabab gloussa avec contentement. Il était important pour lui qu'Ambler soit impressionné par ses mesures de sécurité.

Garde-le sur la défensive. « Dans ce cas, comment expliquez-vous ce qui est arrivé à Osiris ? » La voix d'Ambler vibrait de colère.

Le visage rougeaud de Fenton pâlit légèrement. « J'espérais que nous ne nous appesantirions pas là-dessus. » Ambler avait devant lui un vendeur dont on avait interrompu le boniment – mais que vendait-il ? « Écoutez, ce qui est arrivé à Osiris est une foutue tragédie ! J'ai mis une équipe d'experts sur le coup, nous n'avons pas encore de réponse, mais ça ne saurait tarder. L'homme était un prodige, l'un des agents les plus remarquables qu'il m'a été donné de connaître.

— Gardez votre oraison pour les funérailles, railla Ambler.

— Et il était l'un de vos plus grands admirateurs – vous devriez le savoir. Dès qu'on a su que Tarquin était à nouveau dispo, Osiris a été le premier à dire qu'il fallait que j'entre en contact avec vous et que je vous recrute. Il savait qu'en ce qui me concerne, "en cavale" signifie simplement "sur le marché". »

Le fil d'Ariane. Vois où il te mène.

« Vous semblez en savoir beaucoup sur mon compte », dit Ambler pour le faire parler. Que savait au juste Paul Fenton ?

« Tout et rien, on dirait. Tarquin est le seul nom qu'on vous connaisse. Vous mesurez exactement un mètre quatre-vingt-deux, plus l'épaisseur de vos talons de chaussure. Vous pesez quatre-vingt-six kilos. Age : quarante ans. Cheveux châtains, yeux bleus. » Il sourit.

180

« Mais ce ne sont là que des faits. Des données. Et ni vous ni moi ne sommes du genre à nous laisser impressionner par les données. »

Continue à le faire parler. Ambler songea aux longues après-midi qu'il passait à pêcher – donner de la ligne et la ramener, fatiguer le poisson en le laissant nager à contre-courant. Ambler continua à le titiller : « Vous êtes trop modeste. Je crois que vous en savez bien plus que vous ne dites.

— J'ai entendu des histoires venant du terrain, d'accord.

— D'Osiris.

— Lui, et d'autres. J'ai beaucoup de contacts. Vous l'apprendrez. Il n'y a pas beaucoup de gens que je ne connaisse pas – parmi ceux qui comptent, s'entend. » Fenton marqua une pause. « A l'évidence, vous avez des ennemis puissants... et quelques amis qui ne le sont pas moins. J'aimerais être de ceux-là. » Il sourit à nouveau en secouant la tête. « Vous m'impressionnez bigrement, et peu de gens peuvent s'en vanter. A mon avis, vous êtes un foutu magicien. Un enchanteur. *Pouf* – l'éléphant disparaît de la scène. *Pouf* – le magicien a disparu, avec sa cape, sa baguette et tout le reste. Comment diable avez-vous réussi à faire ça ? »

Ambler s'assit sur un tabouret en acier brossé, étudiant le visage lisse et rougeaud de l'industriel. *Es-tu mon ennemi ? Ou vas-tu me conduire à lui ?* « Comment ça ? » Ambler conservait un ton contenu, ennuyé.

« Secret professionnel, hein ? Ils m'ont dit que Tarquin était un homme aux talents multiples, mais j'étais loin du compte. *Incognito ergo sum*, c'est ça ? Vous savez qu'on a analysé vos empreintes ? »

Ambler revit soudain le verre d'eau qu'Osiris lui avait tendu à l'arrière de la Bentley.

« Et ?

— Et *rien*. Nada. Tripette. Zéro. Vous avez été effacé de toutes les bases de données existantes, sans exception. On a utilisé les mesures biométriques standard – tous les marqueurs digitaux habituels – et ça n'a rien donné. » Il s'arrêta et se mit à réciter :

> *En montant l'escalier, j'ai croisé un homme qui n'était*
> *pas là...*
> *Aujourd'hui non plus il n'y était pas...*
> *J'aimerais, j'aimerais qu'il vienne jouer !*

L'homme aux cheveux roux sourit en détournant les paroles de la vieille comptine. « Vous ne serez pas surpris d'apprendre que nous avons accès à *tous* les fichiers du personnel du Département d'État. Vous vous rappelez Horus ? »

Ambler acquiesça. Horus était un géant qui faisait trop de musculation – quand il marchait, ses bras se balançaient loin de son torse, de façon simiesque, et son dos criblé d'acné trahissait un abus de stéroïdes – mais sa brutalité pouvait s'avérer utile lors d'opérations montées à la six-quatre-deux. Ambler avait travaillé avec lui trois ou quatre fois. Ils n'étaient pas amis, mais s'entendaient bien.

« Vous connaissez son vrai nom ?

— Bien sûr que non. C'était le règlement. On le respectait.

— Moi je le connais. Harold Neiderman. Champion de lutte de son lycée de South Bend. Passe chez les SOLIC – Opérations spéciales, combat de faible intensité – se marie, obtient un diplôme de commerce dans une fac de Floride, divorce, rempile... mais les détails importent peu. Le fait est que je peux disserter sur Harold Neiderman. Et Triton, vous vous rappelez ? »

Cheveux cuivrés, taches de rousseur, attaches étrangement fines, et d'une adresse néanmoins remarquable pour les techniques silencieuses : il n'avait pas son pareil pour étrangler les sentinelles, trancher les gorges – le genre de procédés auquel on avait recours quand une arme même équipée d'un silencieux aurait été trop bruyante. Ambler hocha la tête.

« Triton, Ferrel W. Simmons de son vrai nom, W pour *Wyeth*. Père militaire de carrière, passe sa prime jeunesse à Wiesbaden, et la plus grande partie de son adolescence au lycée public de Lawton, près de Fort Sill, Oklahoma. Ces infos personnelles sont tout ce qu'il y a de plus confidentielles, soit dit en passant, pas le genre de trucs qu'on obtient en allant à la pêche aux renseignements. Mais j'ai des privilèges d'initié. Je suppose que c'est assez clair. Je ne devrais donc pas avoir de problème pour me rancarder sur Tarquin, pas vrai ? Mais je n'ai rien obtenu. Parce que vous êtes un magicien. » Le ton d'émerveillement dans sa voix était sincère. « Ce qui, naturellement, vous rend d'autant plus précieux en tant qu'agent. Si vous êtes capturé – non pas que vous le serez, mais si cela arrivait – vous ne seriez rien d'autre qu'un chiffre. Un rond de fumée. Une poussière dans l'œil. Clignez les yeux et elle disparaît.

Voilà [1] : l'Homme qui n'était pas là. Absolument rien ne vous lierait à qui que ce soit d'autre. Génial ! »

Ambler garda le silence ; il n'allait pas détromper Fenton. L'homme d'affaires n'était pas un petit joueur. *J'ai beaucoup de contacts*, une affirmation bien en deçà de la vérité.

« Bien sûr, un bon magicien est aussi capable de faire réapparaître les choses », objecta prudemment Ambler. Il se tourna pour jeter un coup d'œil à l'extérieur : les gens défilaient, sans un bruit, sans un regard. Il pouvait *utiliser* Fenton... mais Fenton avait-il été utilisé par d'autres ? Si les types de l'équipe de récupération avaient eu vent du rendez-vous... mais jusqu'ici, ils ne s'étaient pas manifestés.

« Et vous l'avez fait, vous êtes ici, non ? Mais avez-vous la moindre idée de ce que vous valez à mes yeux ? D'après vos anciens collègues, vous êtes ce qui se rapproche le plus d'un télépathe. Et officiellement, vous n'existez pas !

— C'est donc pour ça que je me sens tellement vide, commenta Ambler d'un ton pince-sans-rire.

— Moi ce qui m'intéresse, c'est d'avoir ce qu'il y a de mieux, poursuivit Fenton. Je ne sais pas au juste ce que vous avez fait pour vous attirer des ennuis. Je ne sais pas dans quel genre de pétrin vous vous étiez fourré. Je m'en fous un peu, d'ailleurs.

— J'ai du mal à le croire. » Pourtant Ambler y croyait.

« Vous voyez, Tarquin, j'aime m'entourer de gens qui sont vraiment, vraiment excellents dans ce qu'ils font. Et vous, mon ami, vous êtes hors concours. Je ne sais pas comment vous vous êtes débrouillé pour faire ce que vous avez fait, mais vous êtes un homme selon mon cœur.

— Vous pensez que je suis quelqu'un qui enfreint la loi.

— Je *sais* que vous l'êtes. La grandeur consiste à savoir quand enfreindre les règles. Et savoir comment.

— On dirait que vous avez réuni les Douze Salopards.

— Nous sommes plus nombreux que cela. Vous avez entendu parler du Strategic Services Group. »

Ambler acquiesça. *Le fil d'Ariane. Vois où il te mène.* Avec McKinsey, Bain, KPMG, Accenture, et des dizaines d'autres, c'était un de ces cabinets de conseil en management qui semblaient

---

1. En français dans le texte.

offrir de fausses solutions à de faux problèmes. Il se souvenait des affiches qu'on voyait de temps à autre dans les grands aéroports. *SSG* en grandes lettres, et les mots *Strategic Services Group* bien plus petits en dessous. Au-dessus d'une scène représentant des cadres à l'air perplexe, était blasonné le slogan suivant : CELA NE SERT À RIEN D'AVOIR LES BONNES RÉPONSES SI VOUS NE VOUS POSEZ PAS LES BONNES QUESTIONS.

« Je suis content de vous l'entendre dire, parce que je crois que votre avenir est là.

— Je n'ai pas vraiment le profil MBA.

— Je ne vais pas tourner autour du pot avec vous. Nous sommes ici, dans un espace spécialement insonorisé, notre intimité étant garantie par une cage de Faraday et des intercepteurs de fréquences radio à large spectre. On ne serait pas plus isolés si on était sur la Lune.

— Et l'atmosphère est plus respirable. »

Fenton hocha la tête avec impatience. « Le SSG, c'est un peu comme cet endroit. Officiellement, c'est un prestataire de service, mais ce n'est pas sa raison d'être. Peut-être qu'Osiris vous a donné un début d'explication. Voyez-vous, moi, je suis le *showrunner*, le superviseur du spectacle. C'est comme ça qu'ils m'appellent.

— De quel spectacle s'agit-il ?

— Un cabinet international de conseil en management, qu'est-ce que c'est, en fait ? Une bande de types en costard-cravate qui voyagent partout dans le monde en accumulant les points-ciel. N'importe quel grand aéroport grouille de ces types. N'importe quel fonctionnaire des douanes ou de la police des frontières est capable de repérer un consultant à deux kilomètres à la ronde : ce sont des pros, on dirait qu'ils ont appris à vivre dans des avions. Mais vous vous rappelez la "différence SSG" dans la publicité ? »

Ambler récita le slogan : « *Poser les bonnes questions, ne pas se contenter de fournir les bonnes réponses.*

— La vraie différence, pourtant, c'est que le noyau de l'équipe est en fait constitué d'anciens agents clandestins. Et pas le genre tocards. J'ai sélectionné la crème de la crème. J'ai recruté une masse de Stab Boys.

— Une sorte de retraite anticipée ? » La provocation était délibérée.

« Ils ne sont pas à la retraite, Tarquin. Ils font ce qu'ils ont l'habitude de faire. *En mieux*. La différence étant qu'ils ont maintenant la possibilité de faire leur boulot... leur vrai boulot.

— Qui est de travailler pour vous.

— Qui est de travailler pour la liberté. Pour la vérité, la justice, et notre putain de mode de vie.

— Je demandais juste.

— Mais travailler vraiment. Pas remplir de la paperasse en triple exemplaire et se faire hara-kiri chaque fois qu'ils écrasent l'orteil d'un foutu ressortissant étranger – comme le voudraient les bureaucrates de Washington. Quand il faut faire de la casse, il y a de la casse. Pas besoin d'excuses. Vous avez un problème avec ça ?

— Pourquoi en aurais-je ? » *Laisse filer la ligne.*

« Je n'ai jamais rencontré d'agent à qui ça posait problème. Ce que je veux dire, c'est que je suis patriote jusqu'au bout des ongles. Mais ce qui m'a toujours rendu dingue, c'est la façon dont on se laisse entraver par la réglementation, la mainmise de l'État fédéral, les accords de l'ONU, les traités internationaux, et j'en passe. La circonspection, le caractère timoré des agents américains est *obscène*. Une forme de trahison, ou peu s'en faut. Nos agents sont les meilleurs, et les bureaucrates leur mettent les fers aux pieds ! Moi, je vous retire ces fers et je vois ce que vous avez dans le ventre. »

Ramène ta ligne. « Pourquoi vous faire un ennemi du gouvernement que vous essayez de protéger ? » Les paroles d'Ambler étaient lourdes de sous-entendus, sa voix égale.

« Vous me demandez si je joue sur les plates-bandes du gouvernement ? » Fenton haussa les sourcils, son front buriné arborant quatre rides étonnamment régulières, aussi droites que les plis d'une chemise revenant du pressing. « La réponse est oui et non. Il y a des tas de gratte-papier qui désapprouvent, ça ne fait aucun doute. Mais il y a aussi des hommes et des femmes bien à Washington. Les gens qui comptent vraiment.

— Les gens qui comptent sur vous.

— Vous avez pigé. » Fenton regarda sa montre. Il s'était inquiété de l'heure, s'était assuré qu'il restait dans les temps. Mais quel était son programme ? « Écoutez, il y a un modèle bien établi pour ce genre de relation. Je pense que vous êtes au courant du rôle crucial joué par les sociétés militaires privées, les SMP, ces dernières vingt ou trente années.

— Pour des missions auxiliaires, du soutien, oui, bien sûr.

185

— Conneries ! » Fenton frappa du poing sur la table ridiculement fragile à côté de sa chaise. « Je ne sais pas exactement combien de temps vous êtes parti, mais vous êtes largué, on dirait. Parce qu'on a fait de sacrés progrès ! On est passés à l'échelle planétaire quand Defense Service Limited – des Engliches, vous savez, surtout des SAS – a fusionné avec Armor Holdings, une compagnie américaine. Ils gardaient des ambassades, des mines, et des installations pétrolières en Afrique du Sud, entraînaient les Forces spéciales en Indonésie, en Jordanie, aux Philippines. Ensuite ils achètent Intersec et Falconstar. Ils achètent DSL, se lancent dans les services de gestion du risque sur une grande échelle, tout, du déminage aux renseignements. Puis Armor achète la compagnie russe Alpha. »

Le personnel d'Alpha, Ambler le savait, était essentiellement composé d'anciens membres d'une division d'élite soviétique, l'équivalent russe de la Delta Force américaine. « L'élite du Spetsnaz », nota Ambler.

Fenton acquiesça d'un signe de tête. « Ils achètent Defense Systems Columbia, surtout des anciens militaires d'Amérique du Sud. Cela devient bientôt l'une des entreprises qui connaissent la plus forte croissance du marché. Et puis vous avez le Group 4 Flack, une société danoise, qui possède Wackenhut. Vous avez Levdan et Vinnel. Et, dans le groupe L-3 Communications, vous avez MPRI, qui a été ma première source d'inspiration. Military Professional Resources, Incorporated – c'est cette entreprise, basée en Virginie, qui a maintenu la paix et la stabilité en Bosnie. Vous pensiez que c'étaient les Casques bleus ? Non, c'était MPRI. Du jour au lendemain, le conseiller spécial du ministère de la Défense pour la Fédération de Bosnie prend sa retraite et se retrouve à travailler dans les Balkans, mais pour MPRI. On est en 1995, et tout à coup, les Croates foutent la pâtée aux Serbes. Que s'est-il passé ? Comment ce ramassis d'incompétents s'y prend pour, d'un coup, effectuer une série d'attaques modèles contre les positions serbes ? La réponse : MPRI. C'est ce qui a poussé les Serbes à la table des négociations, autant que les raids aériens de l'OTAN. Il ne s'agit pas simplement de privatiser la guerre, mais de privatiser la paix. Des hommes du secteur privé travaillant pour le bien commun.

— Je crois me souvenir qu'on les appelait des "mercenaires".

— Qu'est-ce que ça a de nouveau ? Après tout, quand Ramsès II

186

se battait contre les Hittites, il a fait appel à des conseillers militaires spéciaux recrutés chez les Numides. Et les Dix Mille de Xénophon ? Finalement, une bande de guerriers grecs à la retraite qui ont loué leurs services pour botter le cul des Perses. Même pendant la guerre du Péloponnèse, il y a eu beaucoup de sous-traitance confiée aux Phéniciens.

— Vous êtes en train de me dire qu'elle a été *externalisée*?

— Vous pardonnerez les digressions d'un vieux mordu d'histoire. Mais comment peut-on croire au génie du marché et à l'importance de la sécurité sans vouloir unir les deux ? »

Ambler haussa les épaules. « Je comprends la demande. Qu'en est-il de l'offre ? » Une fois encore, son regard balaya la galerie au sol de mosaïque devant la boutique avant de revenir sur l'industriel assis en face de lui. Pourquoi Fenton regardait-il sa montre avec une telle intensité ?

« Vous ne vous êtes jamais demandé ce qui était arrivé au "déficit de paix" ? L'armée américaine n'a plus qu'un tiers des troupes dont elle disposait au plus fort de la guerre froide. Vous parlez d'une démobilisation ! Ailleurs aussi, Afrique du Sud, Grande-Bretagne, surtout. Des régiments entiers ont été cassés. Que reste-t-il ? Les Nations unies ? L'ONU est une farce. C'est comme les papes du Moyen Age : beaucoup d'encycliques, pas un lot complet de baïonnettes.

— On a donc une armée d'anciens combattants ?

— C'est plus compliqué que ça, mon gars. Je ne suis plus dans le secteur militaire – le marché est devenu trop encombré à mon goût. Paul Fenton aime avoir le sentiment qu'il apporte une contribution unique.

— Et c'est ce que vous faites en ce moment ?

— Bien sûr. Parce que le SSG n'est pas en concurrence avec les SMP. Ils opèrent au grand jour. Nous, nous nous spécialisons dans les opérations clandestines. C'est ça qui est formidable, voyez-vous ? Notre rôle est encore plus important. La clandestinité est notre métier. Considérez-nous comme les Opérations consulaires, SA.

— Des espions à louer.

— Nous accomplissons l'œuvre de Dieu, Tarquin. Nous rendons les États-Unis d'Amérique aussi forts qu'ils devraient l'être.

— Ainsi vous êtes à la fois dans et à l'extérieur du gouvernement américain.

— Nous sommes capables de faire ce que les États-Unis ne peuvent pas faire. » Les yeux de Fenton étincelèrent. Au début, ces yeux ne semblaient être d'aucune couleur particulière ; en regardant plus attentivement, Ambler remarqua que l'un était gris, l'autre vert. « Oh bien sûr, il ne manque pas de bureaucrates à Fort Meade et à Langley, sans parler des Affaires étrangères, pour me calomnier, comme j'ai dit. Mais au fond, ils sont contents de ce que je fais.

— Avec certains d'entre eux, pas besoin de creuser aussi profond, j'imagine. Vous devez avoir des liens étroits avec des officiers plutôt haut placés. *Des haut gradés : y compris ceux qui savent ce qu'on m'a fait... et pourquoi.*

— Absolument. Des officiers qui font un usage actif de nos services. En détachant des agents auprès du SGG.

— Tout le goût, sans les calories », plaisanta Ambler, ravalant son écœurement. Des fanatiques tels que Paul Fenton étaient d'autant plus dangereux qu'ils se voyaient eux-mêmes sous un éclairage héroïque. Non seulement leur noble rhétorique pouvait justifier n'importe quelle sorte de barbarie, mais ils perdaient rapidement la faculté de pouvoir distinguer leur intérêt personnel de la Grande Cause à laquelle ils s'étaient voués. Ils finançaient leurs entreprises avec des deniers publics tout en prêchant les vertus de la libre entreprise. Des fanatiques tels que Fenton se plaçaient au-dessus des lois humaines, au-dessus de la justice elle-même, ce qui faisait d'eux une menace pour la sécurité à laquelle ils attachaient tant de prix.

« Tout le monde sait que les ennemis de la liberté – y compris de l'économie de marché – sont les ennemis de Paul Fenton. » Une expression de gravité passa sur le visage de l'industriel. « Un grand nombre de nos opérations peuvent sembler modestes. Mais nous traquons du plus gros gibier à présent. » Il y avait de l'excitation dans sa voix. « On nous a passé une très grosse commande.

— Vraiment ? » Ambler devait la jouer fine avec Fenton : il ne pouvait pas paraître trop intéressé, ni trop distant non plus. Un calme étudié, voilà ce qu'il visait. Laissons le poisson nager à contre-courant.

« C'est pourquoi nous avons besoin de vous.

— Qu'est-ce qu'on vous a raconté sur mon compte ? interrogea Ambler en le dévisageant intensément.

— Des tas de choses. J'ai même entendu dire que certaines personnes vous prenaient pour un fou dangereux, répondit Fenton avec franchise.

— Alors pourquoi voudriez-vous avoir affaire à moi?

— Peut-être parce que l'idée que le gouvernement se fait d'un fou dangereux n'est pas forcément la mienne. Ou peut-être parce que seul un fou dangereux accepterait la mission que j'ai pour vous. Et que seul un fou dangereux avec votre jeu de compétences a une chance de la mener à bien. » Fenton se tut. « Alors, où est-ce que j'en suis avec vous? Est-ce qu'on peut s'entendre? Est-ce qu'on peut faire quelque chose pour réparer ce monde déglingué ensemble? Que pensez-vous de mon entreprise? Soyez franc! »

Le fil d'Ariane – où allait-il mener?

« Avant de vous rencontrer, dit Ambler en palpant une robe accrochée à un portant, j'ignorais totalement ce qu'on pouvait faire avec du voile plissé. »

Le rire de Fenton fut nasal et strident, presque un gloussement. Puis il fixa Ambler un long moment.

« Tarquin, j'aimerais maintenant que vous m'accompagniez. Vous feriez ça? J'ai quelque chose à vous montrer.

— Ravi d'entendre ça, fit Ambler, en considérant l'élégance glacée de la boutique, tout en acier brossé et en moquette grise. Parce qu'il n'y a rien à ma taille ici. »

Les deux hommes quittèrent la boutique et rejoignirent l'immensité bruyante de la Ville Souterraine. Tandis qu'ils descendaient un escalator à trois niveaux, Ambler songea à la curieuse équation personnelle de Fenton, faite de zèle, de ruse et de franchise. Rares étaient les gens aussi fortunés à se promener sans une escorte de bonne taille; Fenton, lui, semblait s'enorgueillir de son autonomie. C'était le même curieux mélange d'individualisme farouche et d'amour-propre soigneusement entretenu qu'il avait manifesté d'autres façons. D'ailleurs, c'était peut-être ce qui avait fait de lui un magnat.

Une affiche Gap géante était suspendue sous la lumière très haut au-dessus de leurs têtes. Où que se portait le regard, il y avait des kiosques, des boutiques, des lumières et des gens qui faisaient leurs courses. Au milieu de la foule, Fenton et Ambler parcoururent l'équivalent de plusieurs pâtés de maisons. Ils finirent par atteindre la sortie du Palais des Congrès au niveau de l'autoroute Ville Marie. Quand ils eurent gravi deux ou trois volées d'escalators et atteint la surface, ce fut comme s'ils étaient revenus sur une planète de froid et de glace. Le Palais des Congrès lui-même était un édifice froid, monstre de verre, d'acier et de béton.

Fenton conduisit Ambler sur le trottoir d'en face. Un important cordon de sécurité ceinturait le bâtiment.

« Que se passe-t-il ?

— Une réunion du G7, expliqua Fenton. G7 plus un, en fait. Des ministres du Commerce des quatre coins du monde. États-Unis, Canada, France, Angleterre, Italie, Allemagne, Japon, et quelques invités spéciaux. Un gros machin. Ils n'annoncent jamais l'emplacement, pour éviter les manifestations antimondialisation. Mais d'un autre côté, ce n'est pas vraiment un secret.

— Je ne me rappelle pas avoir été invité.

— Vous êtes avec moi, dit Fenton en clignant de l'œil. Allez, venez. Il va y avoir du spectacle. »

Au sommet de la tour de bureaux jouxtant le Complexe Guy-Favreau entièrement vitré, Joe Li ajusta ses puissantes jumelles. Il avait été informé que sa proie allait peut-être tenter de se mêler à la réunion internationale. Un fusil de précision chinois de Type 95, 7,62 mm, était posé près de lui. L'arme avait été soigneusement positionnée le matin même. A cet instant, l'homme connu sous le nom de Tarquin était visible, vulnérable ; n'était le vent qui soufflait en rafales irrégulières, Joe Li avait une assez bonne fenêtre de tir.

Mais avec qui était Tarquin ? Avec ses jumelles, Joe fit le point sur son compagnon, un homme rubicond de forte carrure.

Agir ou analyser ? C'est un vieux dilemme : on pouvait facilement mourir, ou laisser les autres mourir, en analysant les options. Mais dans ce cas précis, Joe Li se demanda s'il ne faudrait pas collecter d'autres renseignements avant de passer à l'action. Cela allait à l'encontre de tout son être, contre le grain de sa conscience : il avait été façonné – sélectionné et entraîné – pour *agir*. Une arme humaine, l'avait un jour appelé le camarade Chao. Mais pour être efficace, il fallait se garder de toute précipitation ; le timing était crucial, ainsi que la faculté de s'adapter et de réagir aux changements de situation.

Il retira son doigt de la sous-garde du fusil et s'arma d'une caméra numérique, affinant la mise au point jusqu'à ce que l'image de l'homme au visage rougeaud soit nette et cadrée. Il la ferait analyser.

Joe Li avait rarement peur, mais il éprouva néanmoins un pincement d'inquiétude. Les ennemis de Liu Ang, il paraissait raisonnable de s'en inquiéter, s'étaient peut-être trouvés un nouvel atout redoutable.

Il jeta un nouveau coup d'œil au fusil, ses doutes grandissant à chaque seconde.

Analyser ou agir ?

Chapitre treize

A MBLER suivit Fenton à l'intérieur du centre de conférences.
Tout le corps du Texan semblait frémir d'impatience.
Le hall du Palais, un atrium de plusieurs étages avec
verrière et dalles de granit hexagonales, le lobby, ainsi que les trois
balcons au-dessus baignaient dans la lumière hivernale gris terne.
Un de ces vieux panneaux au charme désuet, avec ses lettres blanches laborieusement fixées sur un plateau en plastique noir perforé
– indiquait l'attribution des salles pour les différentes réunions.

« D'un instant à l'autre, murmura Fenton, vous allez avoir la
preuve de ce dont notre organisation est capable. »

Du hall attenant parvenait le brouhaha des conversations entre-
mêlées – le bruit d'une réunion en voie de dispersion. Les gens se
levaient ; des chaises étaient légèrement déplacées, certains participants s'empressaient de se présenter ou de se représenter. D'autres
allaient prendre un café ou sortaient fumer une cigarette à
l'extérieur.

« Vous avez quelle heure, Tarquin ?

— 11 h 59... Midi. »

Soudain, des hurlements retentirent dans l'atrium de granit et de
verre. Le brouhaha des conversations cessa immédiatement, remplacé par des exclamations terrorisées : *Oh mon Dieu ! Oh mon
Dieu !* Cris et gémissements enflèrent. Fenton se tenait près d'un
escalier moquetté, le bras passé autour des épaules d'Ambler.

192

Des gardes en blouson noir chargés de la sécurité déboulèrent, suivis, quelques minutes plus tard, par des ambulanciers. Quelqu'un avait été tué à la réunion.

Contrôlant ses émotions, Ambler se tourna vers Fenton. « On peut savoir ce qui s'est passé ? »

Fenton parla un bref instant dans un portable, hocha la tête. « Le nom du mort est Kurt Sollinger, souffla-t-il à Ambler. Un négociateur européen pour le commerce établi à Bruxelles.

— Et ?

— D'après nos renseignements, il représente – représentait - une vraie menace. Il avait commencé à fréquenter des survivants du Baader-Meinhof en troisième cycle d'université, et, depuis, menait une double vie. Un économiste de la plus belle eau, et un type incroyablement attachant – tout le monde vous le dira. En attendant il profitait de sa position à l'UE pour monter des IBC, des sociétés *offshore*, partout dans le monde, blanchissant l'argent d'États voyous et détournant des sommes importantes au profit de cellules terroristes triées sur le volet. Ils le surnommaient le Trésorier. Et il payait pour des attentats à la bombe et, surtout, des assassinats

— Mais pourquoi feriez-vous...

— Aujourd'hui est un jour spécial, vous ne le saviez pas ? poursuivit Fenton avec un regard dur. Un anniversaire en quelque sorte. Vous vous rappelez l'assassinat du secrétaire d'Etat adjoint au Trésor ? »

Ambler hocha lentement la tête. Il y avait plusieurs années de cela, dans un palace de São Paolo, le secrétaire d'Etat adjoint – qui avait été en son temps le plus jeune titulaire de la chaire d'économie d'Harvard, et l'artisan de deux sauvetages monétaires en Amérique du Sud – avait été abattu en pleine foule. L'un des plus brillants esprits du gouvernement américain. Mais le meurtrier n'avait jamais été appréhendé. Bien que les autorités aient soupçonné la participation d'extrémistes antimondialisation, une enquête internationale approfondie n'avait conduit nulle part.

« Cela s'est passé il y a cinq ans jour pour jour. A midi exactement. Dans la salle de bal d'un hôtel. En public. Ses tueurs étaient des mercenaires fiers de pouvoir choisir leur moment avec précision, et d'exécuter leur contrat effrontément. Kurt Sollinger était le Trésorier. C'est lui qui a financé le contrat par l'intermédiaire d'anciens membres de la Fraction Armée Rouge. On l'a appris il y a peu. Pas le genre de preuve qu'on peut utiliser devant un tribunal, vous comprenez, mais du sûr à cent pour cent.

— Bon Dieu, souffla Ambler.

— Exactement cinq ans aujourd'hui, à midi. Croyez-moi, ces salopards vont piger le message. On vient d'envoyer un signal sur leur fréquence radio. Ils vont comprendre qu'ils ont été découverts et vont paniquer – ils vont se disperser et essayer de se regrouper plus tard. Des opérations en cours vont être interrompues. Leur réseau de contacts actuel va devenir suspect. Et leur propre paranoïa va causer plus de dégâts qu'on aurait été capables d'en faire. Ces hurlements, ces cris – exactement la même bande-son qu'à São Paolo. Il y a une justice, putain ! » Fenton alluma une cigarette.

Ambler déglutit avec difficulté. Le fait que Fenton soit là à traîner autour d'un assassinat qu'il avait lui-même orchestré ressemblait fort à de la vantardise.

Fenton lut dans ses pensées. « Vous vous demandez ce que je fous là ? Je suis là parce que je le peux. » Son regard était inflexible. « On n'est pas des froussards à la SSG. Il faut que je vous fasse bien comprendre ça. Notre travail est peut-être clandestin, mais on n'est pas des putains de hors-la-loi. La loi, c'est nous. »

Fenton croyait vraisemblablement ce qu'il disait. L'industriel savait que personne ne ferait le lien entre lui et le crime qui venait de se commettre à quelques mètres de là.

« Mais nous avons un bien plus gros poisson pour vous. » Fenton lui tendit une feuille de papier, un papier bizarrement fin et transparent, entre la pelure d'oignon et les vieux papiers thermosensibles pour fax. L'odeur indiqua à Ambler que c'était un papier de sécurité hautement inflammable, conçu pour se consumer en quelques secondes. « Ou requin, devrais-je dire.

— Le type que vous voulez que j'élimine ? » Le cœur d'Ambler se serra, mais il s'efforça de garder un ton égal. *Le fil d'Ariane. Vois où il te mène.*

Fenton hocha la tête avec gravité.

Ambler parcourut le document. La cible s'appelait Benoît Deschesnes, un nom qu'il connaissait. C'était le directeur général de l'Agence internationale de l'énergie atomique. Un très gros contrat, en effet. D'autres détails professionnels et privés étaient fournis, ainsi qu'une description de ses habitudes.

« C'est quoi le problème avec ce type ? s'enquit Ambler avec une décontraction forcée.

— Deschesnes travaillait autrefois sur l'armement nucléaire pour le gouvernement français. Maintenant il profite de sa position à la tête de l'AIEA pour faire du transfert de compétence nucléaire à des pays comme l'Iran, la Syrie, la Libye, l'Algérie, et même le Soudan. Il estime peut-être que les règles doivent être les mêmes pour tout le monde, question d'égalité. Il veut peut-être faire fortune. Peu importe. Le fait est qu'il est marron. Qu'il est dangereux. Et qu'il faut qu'il disparaisse. » Fenton tira une autre bouffée de cigarette. « Vous avez mémorisé ce qu'il y a sur la feuille ? »

Ambler acquiesça d'un signe de tête.

Fenton reprit le document et l'effleura avec le bout de sa cigarette. Pendant un bref instant, la feuille se transforma en flamme rosée – comme une fleur apparue dans la paume d'un magicien –, puis disparut totalement. Ambler regarda autour de lui ; personne n'avait rien remarqué.

« N'oubliez pas, Tarquin, on est du bon côté. » Son haleine était visible dans le froid. « Vous me croyez, n'est-ce pas ?

— Je crois que vous croyez en vous, rectifia Ambler habilement.

— Faites-moi confiance, ça va être le début de quelque chose de tout à fait spécial. Occupez-vous de Benoît, et vous n'aurez plus à vous soucier de votre avenir. On se revoit après. A ce moment-là vous serez tout en haut de l'affiche. »

Ambler ferma un instant les yeux. Sa situation était intenable. Il pouvait alerter le gouvernement au sujet de Deschesnes, mais à quoi bon ? C'était des membres du gouvernement qui avaient commencé par « sous-traiter » la mission à Fenton. De plus, il n'avait aucune crédibilité. Ses anciens patrons croyaient que Tarquin était fou, et rien ne prouvait qu'Harrison Ambler ait jamais existé. Ses ennemis ne se seraient pas donné la peine de lui faire traverser une crise psychotique s'ils n'avaient pas eu l'intention de s'en servir. L'enregistrement des délires paranoïaques d'Ambler avait certainement été communiqué aux principaux dirigeants des services de renseignement. Et puis si Ambler refusait la mission, Fenton trouverait quelqu'un d'autre.

Soudain, un agent de police s'approcha d'eux à grandes enjambées. « Vous, monsieur, aboya l'homme en uniforme au cou épais à l'adresse de Fenton.

— Moi ?

— Oui, vous ! » Le policier s'avança d'un air outragé. « Vous vous croyez au-dessus des lois ? C'est ce que vous croyez ? »

Fenton paraissait l'innocence incarnée. « Je vous demande pardon ? »

Le policier approcha son visage de celui de Fenton avec une moue méprisante. « On ne fume pas à l'intérieur du centre de conférences. On ne fume dans aucun bâtiment public, par décret municipal. Et ne faites pas comme si vous n'étiez pas au courant. Il y a des panneaux partout ! »

Ambler se tourna vers Fenton en secouant la tête. « Pris la main dans le sac, mon ami. »

Quelques minutes plus tard, les deux hommes empruntaient une allée déneigée en pierre bleue devant le centre de conférences. Une épaisse couche de neige tapissait le sol, glaçant des rangées de buissons taillés au cordeau de part et d'autre de l'allée.

« Alors, vous marchez ? » demanda Fenton.

C'était de la folie – il n'y avait aucun sens, aucune logique à se joindre à une entreprise dont il rejetait la légitimité. Mais refuser ce serait laisser tomber le fil... et c'était quelque chose qu'il ne pouvait pas faire. Pas tant qu'il restait à l'intérieur du labyrinthe. Perdre le fil, c'était se perdre lui-même.

« Vous me paierez en *informations*, s'entendit dire Ambler.

— C'est la rengaine habituelle, hein ? Quelqu'un vous a embrouillé. Vous voulez savoir qui, et pourquoi. C'est ça ? »

Il n'y a rien d'habituel dans cette histoire, faillit rétorquer Ambler. « C'est ça », confirma Ambler à voix basse.

Le ciel s'était assombri ; il était maintenant de ce gris définitif qui faisait qu'on ne pouvait imaginer qu'il ait été, ou pourrait être, d'une autre teinte.

« Avec vos compétences, vous ne devriez avoir aucune difficulté, affirma Fenton, péremptoire. Et si vous avez un problème, si vous êtes capturé, eh bien, vous êtes l'Homme qui n'était pas là, non ? Officiellement, vous n'existez pas ! Personne n'en saura rien.

— Ça me semble être un bon deal, dit Ambler d'un ton morne. Sauf pour l'Homme qui n'était pas là. »

196

Clay Caston regardait d'un air désapprobateur la moquette beige du bureau de Caleb Norris; il y avait une tache de café à quelques dizaines de centimètres du sofa en cuir brun clair. Elle était déjà là lors de sa précédente visite. Elle le serait sans doute la prochaine fois. Caleb Norris avait certainement cessé de la voir. Il y avait beaucoup de choses comme ça. On ne les voyait plus non pas parce qu'elles étaient cachées mais parce qu'on y était habitué.

« Je crois que jusqu'ici, je vous suis, disait Norris. Vous trouvez la date d'admission du patient, et ensuite vous faites une...

— Une analyse de variance.

— C'est ça. Une analyse de variance. Vous passez au crible les sorties d'argent. Comme une sorte de remous financier autour de l'événement. C'est bien raisonné. » Un silence plein d'espoir. « Et qu'est-ce que vous avez trouvé ?

— Rien.

— Rien, répéta Norris, découragé.

— Ce que je trouve plutôt fascinant. »

Norris lui jeta un regard hésitant.

« C'est comme le chien qui n'aboie pas, Cal. Une opération spéciale de niveau inférieur nécessite un tas de paperasserie pour être autorisée, et toutes sortes de demandes spécifiques, même pour quelques dollars prélevés sur les dépenses courantes. Dès qu'un employé subalterne fait quoi que ce soit qui engage les ressources de l'Agence, il doit remplir des formulaires de demande. Des petits cailloux dans la forêt, une piste. Plus on s'élève dans la hiérarchie, moins il y en a. Parce que vous avez déjà les ressources à votre disposition. Ce que j'essaye de vous dire, Cal, c'est que l'absence totale d'irrégularité suggère l'intervention d'un personnage haut placé. Personne ne se fait interner à Parrish Island de son propre chef. Ce sont des hommes en blouse blanche qui vous y emmènent en camisole. Ce qui implique le redéploiement de véhicules, de possibles heures supplémentaires, etc. Mais quand je suis allé chercher des *traces*, je n'ai rien trouvé.

— Ça monte jusqu'où, à votre avis ?

— Un niveau E17 au moins, répondit Caston. Quelqu'un de votre grade, ou plus haut.

197

— Ça devrait limiter les recherches.

— Ah bon? Le gouvernement aurait suivi une brusque cure d'amaigrissement pendant que j'étais aux toilettes?

— *Hum.* Ça me rappelle la façon dont vous aviez coincé le type du Directorat des Opérations, celui qui avait fait ce voyage secret en Algérie. Il avait utilisé un faux passeport et tout, et parfaitement brouillé les pistes. Pour ce qu'on en savait, il avait passé la semaine dans les Adirondacks. J'ai adoré le truc qui vous a mis la puce à l'oreille : consommation excessive de papier-toilette dans les cabinets près de son bureau!

— Il ne faut pas exagérer, ce n'était vraiment pas discret. Il consommait un rouleau par jour.

— Diarrhée du voyageur. Giardiase, une parasitose intestinale endémique à Alger. On a eu ses aveux deux jours plus tard. Bon Dieu, vous aviez eu du nez.... » L'administrateur ricana dans sa barbe. « Et le suivi de sa carrière? Vous avez appris autre chose sur notre virtuose de l'évasion?

— Une chose ou deux.

— Parce que je me dis qu'il faut trouver un moyen de l'attirer, lui faire des avances.

— Ça ne va pas être facile, prévint Caston. On a affaire à un client inhabituel. Je vais vous donner un détail que je trouve parlant. Il semblerait que sur le terrain personne ne voulait jouer aux cartes avec lui.

— Il trichait? » Caleb Norris dénoua sa cravate sans la retirer, à la manière d'un rédacteur de tabloïd. Des touffes de poils noirs frisés dépassaient de son col ouvert.

Caston secoua la tête. « Vous connaissez le mot allemand *Menschenkenner*? »

Norris plissa les yeux. « Quelqu'un qui connaît les hommes? Qui connaît beaucoup de gens?

— Pas exactement. Un *Menschenkenner*, c'est quelqu'un qui a la faculté de comprendre les gens, de les jauger.

— Qui peut lire dans les pensées, quoi.

— Comme dans un livre. Le genre de type que vous ne voudriez pas approcher si vous aviez quelque chose à cacher.

— Un détecteur de mensonges ambulant. Ça me plairait bien comme gadget.

— Les gens à qui j'ai parlé doutent que Tarquin lui-même sache comment il fait. Mais, comme on pouvait s'y attendre, ils ont planché sur le sujet.

— Et ? » Norris s'affala sur le canapé.

« Il y a quantité de variables en jeu. Mais leurs recherches indiquent que les gens comme Tarquin sont particulièrement réceptifs aux "microexpressions" ; ces expressions faciales qui ne durent pas plus de trente millisecondes. Le genre de subtilités qui échappe au commun des mortels. Les spécialistes parlent de "fuites" ou de "marqueurs". Il semblerait que les émotions cachées se révèlent de toutes sortes de façons. Pour ce qui est du visage humain, il existe quantité d'informations auxquelles nous ne faisons tout simplement pas attention. Probablement qu'on ne tiendrait pas la journée autrement.

— Je ne vous suis plus, Clay. » Norris posa ses pieds sur une table basse délabrée. Caston supposa qu'elle n'était pas dans cet état quand le Département des fournitures l'avait livrée. Dans le bureau de Norris tout paraissait un peu plus défraîchi et éraflé que ne le voudrait le simple état d'usage.

« Une fois encore, tout ça, je viens de le découvrir. Apparemment, différents psychologues ont fait une étude sur le sujet. Vous filmez quelqu'un en train de parler, puis vous ralentissez la bande, la visualisez image par image, et parfois, vous voyez une expression qui ne colle pas avec le discours. Le sujet a l'air mélancolique, et là, l'espace d'un instant, il a une expression triomphante. Mais c'est tellement rapide qu'en général on ne le voit pas. Il n'y a rien de surnaturel là-dedans. C'est juste que Tarquin réagit à des choses qui sont tellement fugaces que sur la plupart d'entre nous, elles ne s'impriment pas.

— Donc il voit plus. Mais qu'est-ce qu'il voit ?

— C'est une question intéressante. Les gens qui étudient le visage humain ont identifié certaines combinaisons musculaires intervenant dans l'expression d'émotions réprimées. Quelqu'un commence à sourire, et aussitôt abaisse la commissure des lèvres. Mais quand vous faites cela consciemment, vous actionnez aussi le muscle du menton. Quand les commissures sont abaissées involontairement – sous le coup d'une émotion sincère – le muscle du menton ne bouge pas. Ou si vous arborez un sourire artificiel, il y a certains muscles du front qui ne se contractent pas comme ils le devraient. Et puis il y a des muscles dans les sourcils et les paupières qui se contractent involontairement sous le coup de la colère ou de la surprise. A moins d'être un adepte de la méthode Stanislavski et d'éprouver sincèrement ces émotions, il y aura de subtiles différences musculaires quand vous simulez. Dans la plupart des cas, on ne les voit pas. Elles sont trop subtiles pour nous. Les muscles du visage peuvent interagir de centaines de façons différentes, mais c'est comme si nous étions des daltoniens devant une toile aux tonalités riches, et que nous voyions tout en dégradé de gris. Alors qu'un type comme Tarquin distingue toutes les couleurs.

— Ça fait de lui une arme redoutable. » Les sourcils fournis de Norris se transformèrent en paire d'accents circonflexes. Ce qu'il apprenait ne lui plaisait pas.

« Cela ne fait aucun doute », admit Caston. Il tut un soupçon encore mal défini dans son esprit : qu'il y avait un lien entre le don étrange de Tarquin et son internement... et même, l'effacement de sa vie civile. Caston n'avait pas encore saisi la logique de ce rapport. Mais tout vient à point à qui sait attendre.

« Il a travaillé pour nous pendant vingt ans.

— C'est exact.

— Et maintenant, il faut supposer qu'il travaille contre nous. » Norris secoua vigoureusement la tête, comme pour effacer une sorte d'ardoise magique interne. « Ce n'est pas le genre d'homme qu'on souhaite avoir contre son camp.

— Quel que soit ce camp », souligna Caston d'un air sombre.

Chapitre quatorze

LA MOROSITÉ de l'après-midi montréalais s'éclaircit momentanément quand Lauren l'appela sur son portable.
« Tu vas bien ? demanda Ambler aussitôt.

— Je vais bien, Hal, très bien, assura-t-elle avec une décontraction forcée. Tout va bien. Tante Jill va bien. Je vais bien. Ses
soixante bocaux de pêches vont très bien aussi, non pas que tu aies
demandé ou que quelqu'un les mangera en fait. » Elle étouffa le
combiné de la main un moment, échangeant quelques mots avec
quelqu'un à côté d'elle, puis demanda : « Tante Jill veut savoir si
tu aimes les pêches en conserve. »

Ambler se raidit. « Qu'est-ce que tu lui as dit...

— A propos de toi ? Pas un mot. » Elle baissa la voix. « Elle
croit que je parle à un petit ami. Un "galant", comme elle dirait.
Imagine.

— Et tu es sûre de ne rien avoir remarqué d'anormal. N'importe
quoi.

— Rien. *Rien*, répéta-t-elle, trop vite.

— Parle-moi de ce *rien*.

— C'est juste... je t'assure, ce n'est rien. Un type de la société
qui livre le fioul a appelé tout à l'heure. Ils mettaient à jour leurs
fichiers clients, il m'a posé toutes sortes de questions idiotes, et
puis il a commencé à parler de consommation de fioul et du type
de chaudière qu'on utilisait, je suis allée vérifier et j'ai vu que

Tante Jill utilisait du gaz naturel, pas du fioul, et quand j'ai repris le téléphone, il avait raccroché. Il a dû y avoir une confusion.

— Quel était le nom de la société ?

— Le nom ?... Tu sais, ils ne l'ont pas dit en fait. »

Ambler se sentit comme pris dans une gangue de glace. Il avait reconnu la façon de faire : la confusion innocente en apparence, le coup de fil professionnel agréable – ils en avaient probablement passé des dizaines d'autres – avec un analyseur d'empreinte vocale au bout de la ligne.

C'était une tentative de localisation.

Il garda le silence quelques instants, ne voulant pas parler avant de pouvoir le faire *calmement*. « Laurel, dit-il. C'était quand ?

— Il y a vingt minutes peut-être. » Le sang-froid avait déserté sa voix.

Douze couches de laque. Douze couches de terreur. « Écoute-moi très attentivement. Il faut que tu partes.

— Mais...

— Tu dois partir *immédiatement*. » Il lui donna ensuite des instructions précises. Elle devait apporter sa voiture dans un garage, leur dire que le parallélisme avait besoin d'être réglé, et repartir avec une voiture de prêt. C'était un moyen bon marché et facile d'obtenir un véhicule qui permettrait difficilement de remonter jusqu'à elle.

Ensuite elle devait rouler, aller dans un endroit, peu importe lequel, où elle n'avait aucun lien.

Elle écouta, répéta l'étrange procédure : il sentait qu'elle enregistrait tout et que traduire la menace en une série d'actions à exécuter la calmait.

« Je le ferai, promit-elle en respirant un grand coup. Mais il faut que je te voie.

— Ça ne va pas être possible, dit-il avec autant de douceur que possible.

— Je ne vais pas y arriver autrement, dit-elle : c'était un fait, pas une supplication. Je... je ne peux vraiment pas, bredouilla-t-elle.

— Je quitte le pays demain.

— Je te verrai ce soir, alors.

— Laurel, je ne crois pas que ce soit une bonne idée.

— Il faut que je te voie ce soir », répéta-t-elle d'un ton sans réplique.

Tard ce soir-là, dans un motel proche de Kennedy Airport, Ambler se trouvait dans sa chambre, au vingtième étage – il avait insisté pour être à un étage élevé exposé au nord –, observant la circulation sur la 140ᵉ dans le quartier de Jamaica, Queens, à travers un rideau de pluie. Une heure qu'il pleuvait des trombes d'eau, qui faisaient déborder les caniveaux et formaient des nappes glissantes sur les routes. Ce n'était pas Montréal, mais il faisait vraiment froid, dans les cinq degrés, et l'humidité renforçait cette sensation. Laurel avait dit qu'elle viendrait en voiture, et ce n'était pas un temps pour prendre le volant. Cependant il se faisait une joie de la voir. Avoir vraiment froid, c'est se demander si on aura chaud un jour. A cet instant précis, il sentait qu'elle seule avait le pouvoir de le réchauffer.

A 23 heures, il repéra la berline à la jumelle, une Chevrolet Cavalier battue par l'averse. Il sut que c'était Laurel avant même d'avoir entraperçu ses cheveux auburn ébouriffés à travers le pare-brise. Elle suivit ses instructions : attendre une minute devant l'hôtel, reprendre la route, rouler jusqu'à la prochaine sortie, et revenir en sens inverse. De son perchoir il était en mesure de scruter les mouvements des voitures autour d'elle. Si elle avait été suivie, il le saurait.

Dix minutes plus tard, elle était de retour devant la porte cochère en béton de l'hôtel. Après qu'il l'eut appelée sur son portable pour lui dire qu'elle n'était apparemment pas suivie, elle sortit de la voiture, tenant un paquet emballé dans du plastique comme elle l'aurait fait d'un objet précieux. Elle frappa à sa porte quelques minutes après. Dès que la porte fut refermée, elle laissa tomber sa parka bleue par terre – aussi détrempée que seuls les vêtements soi-disant imperméables peuvent l'être –, et posa son paquet sur le tapis. Sans un mot, elle s'avança vers lui, se fondit en lui, et ils s'étreignirent, sentant les battements de leurs deux cœurs. Il s'accrochait à elle comme un homme qui se noie à son sauveteur. Pendant un long moment, ils restèrent là, presque immobiles, serrés l'un contre l'autre. Puis elle pressa ses lèvres sur les siennes.

Il se dégagea après quelques instants. « Laurel, après tout ce qui s'est passé... il faut que tu prennes tes distances. Il faut que tu sois prudente. Ce n'est pas... ce que tu veux. » Les mots se bousculaient.

Elle le regarda, les yeux implorants.

« Laurel, dit-il d'une voix sourde. Je ne suis pas sûr que nous... »

Il savait qu'un traumatisme était susceptible de produire certaines formes de dépendance, d'altérer les perceptions, les émotions. Elle voyait encore en lui l'homme qui l'avait sauvée ; ne pouvait accepter que c'était d'abord lui qui l'avait mise en danger. Il savait aussi qu'elle avait désespérément besoin d'être consolée : d'être possédée même. Il ne pouvait pas la repousser sans la blesser, et, en vérité, il ne le voulait pas.

Un mélange de culpabilité et de désir lancinant l'envahit brutalement, et bientôt, tous les deux se jetèrent sur le lit, deux corps nus, tendus, frissonnants, fiévreux, créant ensemble la chaleur dont chacun avait un besoin terrible. Quand leurs corps finirent par se séparer – épuisés, hors d'haleine, luisants de sueur – leurs mains se cherchèrent, leurs doigts s'entrelacèrent, comme s'ils ne supportaient pas d'être tout à fait séparés. Pas maintenant. Pas tout de suite.

Après plusieurs minutes de silence, Laurel se tourna vers lui. « Je me suis arrêtée en route », murmura-t-elle. Elle roula hors du lit, se leva, alla chercher le paquet avec lequel elle était arrivée. Le pouls d'Ambler s'accéléra en voyant sa silhouette nue qui se découpait contre les rideaux tirés. *Mon Dieu qu'elle était belle.*

Elle sortit un objet d'un sac plastique et le lui tendit. Un grand volume épais.

« Qu'est-ce que c'est ? » s'enquit Ambler.

Elle réprimait un sourire. « Regarde. »

Il alluma la lampe de chevet. C'était un annuaire relié toile, avec le logo du Carlyle College frappé sur la couverture brun clair, encore emballé dans son papier cristal, d'aspect légèrement cassant. Ses yeux s'agrandirent.

« En parfait état, dit-elle. Intact, non modifié, non falsifié. C'est ton passé. Ce qu'ils n'ont jamais pu atteindre. »

C'était au Carlyle College qu'elle s'était arrêtée. « Laurel », murmura-t-il. Il sentit une bouffée de gratitude monter en lui, et autre chose, quelque chose d'encore plus fort. « Tu as fait ça pour moi. »

Elle le dévisagea, il y avait de la douleur dans ses yeux et aussi quelque chose qui ressemblait à de l'amour. « Je l'ai fait pour nous. »

Il lui prit le livre des mains. Il était solide, un volume relié fait pour durer des dizaines d'années. La confiance de Laura était évidente dans le fait qu'elle n'avait même pas ressenti le besoin d'ouvrir l'annuaire elle-même.

Il avait la bouche sèche. Elle avait trouvé un moyen de couper court aux mensonges, de dénoncer cette astucieuse mascarade pour ce qu'elle était. Laurel Holland. *Mon Ariane.*

« Mon Dieu », dit-il. Il y avait de l'émerveillement dans sa voix.

« Tu m'as dit où tu étais allé en fac, les cours que tu avais suivis, alors j'ai réfléchi à la façon dont ils avaient essayé d'effacer ton passé et je me suis dit qu'ils en avaient fait suffisamment pour décourager un enquêteur un peu paresseux. Mais qu'ils n'avaient pas pu en faire plus. »

Le panache vaporeux de la troisième personne du pluriel : *ils.* Un placard verbal sur un abîme d'incertitude. Ambler hocha la tête de manière encourageante.

« C'est juste qu'il y a trop de *trucs*, pas vrai ? Je pensais à cet aspect des choses. C'est comme quand tu cours dans la maison avec un aspirateur parce que tu attends de la visite. Tout a beau avoir l'air vraiment rangé, il y a toujours des trucs, de la poussière sous le tapis, une boîte de plats à emporter sous le canapé. Il suffit de regarder. Ils ont très bien pu effacer les fichiers informatiques dans le bureau du doyen. Mais je suis allée au bureau des anciens élèves, vois-tu, et j'ai acheté un exemplaire de ton annuaire. L'objet matériel, véritable. Ça m'a coûté soixante dollars.

— Mon Dieu », répéta Ambler, une boule dans la gorge. Il fendit le film plastique durci par le temps d'un coup d'ongle et se cala contre la tête du lit. L'annuaire dégageait l'odeur des impressions coûteuses ; odeur d'encre et de papier glacé. Il feuilleta en souriant ce catalogue des bons moments : la fameuse farce du potiron ; la vache qu'ils avaient fait entrer dans la bibliothèque, où sa queue avait fait voler les fiches. Ce qui l'étonna le plus, c'était la maigreur de la plupart des gamins. Lui aussi devait être maigrichon.

« Ça rappelle des souvenirs, hein ? » Laurel se blottit contre lui.

Le cœur d'Ambler se mit à battre la chamade comme il continuait à feuilleter lentement l'album. Son poids et sa solidité avaient quelque chose de rassurant. Il repensa au visage ouvert de ses vingt et un ans et à la citation qu'il avait fait inscrire sous sa photo, une citation de Margaret Read qui l'avait profondément marqué à l'époque. Il la connaissait encore par cœur : « Ne doutez jamais

205

qu'un petit groupe de citoyens réfléchis et volontaires puisse changer le monde. En réalité, il en a toujours été ainsi. »

Ambler arriva aux pages des A et fit courir son doigt sur la colonne de petites photos rectangulaires noir et blanc, éventail de cheveux en bataille et d'appareils dentaires. ALLEN, ALGREN, AMATO, ANDERSON, ANDERSON, AZARIA. Son sourire s'évanouit.

Il y avait cinq colonnes de photographies par page, quatre par rangées. La photographie de HARRISON AMBLER aurait dû y être.

Rien. Pas un espace vide. Pas un avis PHOTO NON DISPONIBLE. Juste le visage d'un autre étudiant, dont il se souvenait vaguement.

Ambler se sentit pris de vertiges, légèrement nauséeux.

« Qu'est-ce qui ne va pas ? » s'enquit Laurel. Quand elle regarda l'endroit où était posé son doigt, elle aussi parut affligée.

« Je me suis trompée d'annuaire, dit-elle. J'ai confondu l'année, c'est ça ? Quelle gourde je fais.

— Non, fit Ambler d'une voix voilée. « Ce n'est pas l'année qui ne va pas, c'est moi. » Il soupira bruyamment, ferma les yeux, les rouvrit, s'adjurant intérieurement de voir quelque chose qu'il n'avait pas vu auparavant. Quelque chose qui n'était pas là.

Ce n'était pas possible.

En hâte, désespérément, il se reporta à l'index. ALLEN, ALGREN, AMATO, ANDERSON.

Pas de AMBLER.

Il feuilleta rapidement l'annuaire jusqu'à ce qu'il tombe sur une photo de l'équipe d'aviron de Carlyle. Il se rappelait les uniformes, le foutu bateau – un *huit* Donoratico légèrement cabossé visible à l'arrière-plan. Mais quand il examina le cliché, il n'était nulle part. En tee-shirt jaune et short Carlyle, ses équipiers étaient tous là, des garçons pleins d'assurance, épaules jetées en arrière et torses bombés pour la photo. Une équipe de – il les compta – vingt-trois étudiants. Que des visages familiers. Hal Ambler n'était pas parmi eux.

Il continua à feuilleter l'annuaire, machinalement, découvrant d'autres photos de groupe – équipes, événements, activités – où il s'attendait à figurer. Il n'était nulle part.

Les paroles d'Osiris lui revinrent. *C'est le rasoir d'Occam : quelle est l'explication la plus simple ? Il est plus facile de modifier le contenu de votre esprit que de changer le monde entier.*

Harrison Ambler était... un mensonge. Une brillante interpolation. Une vie concoctée à partir d'une lacune, un assemblage de milliers de fragments de réalité injectés dans la tête d'un autre. *Un bourrage de crâne.* Une vie artificielle supplantant l'authentique. *Un flot d'épisodes frappants, présentés pêle-mêle et dans un ordre constamment modifié.* Une ardoise effacée, puis réécrite.

Ambler se prit la tête à deux mains, frappé de terreur et de confusion, par le sentiment qu'on lui avait pris quelque chose qu'il ne retrouverait jamais : son identité.

Quand il leva les yeux, Laurel le regardait fixement, son propre visage baigné de larmes.

« Ne capitule pas, dit-elle d'une voix étouffée.

— Laurel...

— Ne t'inflige pas ça », reprit-elle d'une voix dure comme l'acier.

Il se sentit s'effondrer sur lui-même, pareil à un corps céleste écrasé par sa propre gravité.

Laurel l'enlaça, lui parla à voix basse. « Comment c'est ce poème déjà ? "Je ne suis Personne ! Et toi, tu n'es Personne non plus ? Ainsi nous serions deux ?''

— Laurel, je ne peux pas te faire ça.

— C'est à toi que tu ne peux pas faire ça. Parce qu'alors ils auraient gagné. » Elle l'empoigna par les épaules, comme pour le ramener des lointains vers lesquels ils avaient dérivé. « Je ne sais pas comment dire ça. C'est une question d'instinct, non ? Parfois on sait ce qui est vrai même si on ne peut pas le prouver. Eh bien, laisse-moi te dire ce que je crois être vrai. Je te regarde, et je ne me sens plus seule, et je ne peux pas te dire à quel point c'est un sentiment rare pour moi. Je me sens en sécurité quand je suis avec toi. Je sais que tu es un type bien. Je le sais parce que, crois-moi, je ne connais que trop bien l'autre sorte. J'ai un ex-mari qui a fait de ma vie un enfer – j'ai dû demander une ordonnance au juge pour qu'il ne puisse plus m'approcher, ce qui n'a eu aucun effet. Ces types, hier soir, j'ai vu comment ils me regardaient, comme un morceau de viande. J'aurais pu crever, ils s'en foutaient. L'un d'eux a dit qu'il se paierait bien une "tranche de mon cul" dès que je serais endormie. L'autre a dit qu'il en prendrait bien une portion aussi. Personne n'en saurait rien, ils étaient d'accord là-dessus. C'est la *première* chose qui allait m'arriver. Seulement, ils ne comptaient pas sur *toi*.

— Mais si je n'avais pas...

— Arrête ! Dire ça, ça revient à dire qu'ils ne sont pas coupables. Mais ils le sont, et ils vont payer. Écoute ton instinct, et tu sauras ce qui est vrai.

— Ce qui est vrai », répéta-t-il. Les mots sonnaient creux dans sa bouche.

« Toi, tu es vrai. Commençons avec ça. » Elle l'attira contre elle. « Je crois. Il faut que tu croies aussi. Pour moi. »

La chaleur de son corps le fortifia, comme une armure. Elle était forte – *Bon sang qu'elle était forte*. Il fallait que lui aussi recouvre sa force.

Pendant un long moment, aucun des deux ne parla.

« Il faut que j'aille à Paris, Laurel, finit-il par dire.

— Fuite ou poursuite ? » C'était à la fois une question et un défi.

« Je n'en suis pas sûr. Les deux, peut-être. Il faut que je suive le fil, où qu'il mène.

— J'accepte cela.

— Mais, Laurel, nous devons nous préparer. A la fin, je vais peut-être découvrir que je ne suis pas celui que je pense être. Que je suis un autre. Quelqu'un d'étranger à nous deux.

— Tu me fais peur.

— Tu as sans doute raison d'avoir peur », dit Ambler en prenant ses deux mains dans les siennes, avec douceur. Peut-être que nous devrions tous les deux avoir peur. »

Le sommeil fut long à venir, et quand il vint, il libéra spontanément des images d'un passé qu'il croyait encore être le sien.

Le visage de sa mère, le fond de teint qui masquait ses ecchymoses violettes, le chagrin et la confusion de sa voix.

« C'est Papa qui t'a dit ça ? Il t'a dit qu'il partait ?

— Non, il n'a rien dit...

— Tu es piqué, ma parole. Qu'est-ce qui te prend de raconter une chose pareille ? »

Sa réponse muette : Mais ça saute aux yeux, non ? Tu ne le vois donc pas, toi aussi ?

Le chagrin et l'ahurissement sur le visage maternel disparurent pour faire place à l'expression intense, respectueuse et calculatrice, de Paul Fenton.

Vous êtes un foutu magicien. Un enchanteur... Pouf ! Le magi-

cien a disparu, avec sa cape, sa baguette et tout le reste. Comment diable avez-vous réussi à faire ça ?

Comment, en effet ?

Un autre visage se dessina, d'abord juste les yeux, des yeux compréhensifs et sereins. Les yeux de Wai-Chan Leung.

Rappelez-vous ce marchand qui, au temps jadis, tenait boutique dans un village et vendait à la fois une lance qui, à l'en croire, était capable de transpercer n'importe quoi et un bouclier que rien ne pouvait transpercer.

Il était de retour à Changhua, précipité à toute vitesse dans les méandres les plus intimes de son esprit. Des souvenirs qui avaient disparu de sa conscience le submergeaient à présent, comme un geyser jaillissant d'une source cachée.

Il ignorait pourquoi il ne pouvait pas se les rappeler avant ; pourquoi il se les rappelait maintenant. Les souvenirs revenaient, brûlants, la douleur réveillant d'autres douleurs plus lointaines...

Il avait assisté au carnage et, en soutenant le regard du mourant, il n'avait rien ressenti de sa sérénité spirituelle. En fait, il était possédé par la rage, une rage plus grande que toutes celles qu'il avait jamais éprouvées. Ses collègues et lui avaient été *manipulés* — c'était évident. Le dossier : un tissu de mensonges, des centaines de fils fragiles qui, noués ensemble, étaient devenus solides.

Vous avez commencé à entrevoir quelque chose que vous n'étiez pas censé entrevoir.

A la fin de la journée, le gouvernement taiwanais avait annoncé qu'il avait procédé à l'arrestation de certains membres d'une cellule gauchiste radicale, laquelle, avait-il prétendu, était derrière l'assassinat ; la cellule en question figurait sur une liste officielle d'organisations terroristes. Tarquin connaissait bien cette soi-disant cellule : une douzaine d'étudiants attardés qui ne faisaient guère plus que distribuer des photocopies d'opuscules maoïstes des années 50 et débattre d'obscurs points de doctrine en buvant du thé vert léger.

Pendant les quatre jours qui avaient suivi, alors que ses coéquipiers s'étaient dispersés pour rejoindre le site de leurs prochaines missions, Tarquin avait mené une contre-attaque contrôlée, déterminé à faire éclater la vérité. Les pièces du puzzle ne furent pas difficiles à rassembler. Il écuma les différents centres de pouvoir de l'île, Taiwan elle-même se réduisant à un brouillard de pagodes, de toits de temples finement peints et sculptés, de paysages urbains denses et tentaculaires regorgeant de marchés et d'échoppes. Mais l'île grouillait surtout de *gens*, familles entières se déplaçant à moto, voitures et bus minuscules bondés, mangeurs de bétel expectorant bruyamment leurs crachats rouge sang sur le trottoir. Les « sources » qu'il avait rencontrées dans l'armée taiwanaise dissimulaient à peine leur jubilation après le meurtre de Leung. Il alla rendre visite aux hommes de main et aux complices des politicards corrompus, des courtisans, des hommes d'affaires qui tenaient les véritables rênes du pouvoir, obtenant parfois des informations au moyen d'une sympathie feinte, ou bien les arrachant par la terreur et une brutalité qu'il ne se savait pas posséder. Il ne connaissait que trop bien leur espèce. Même quand ils choisissaient leurs mots avec circonspection, leurs visages exprimaient clairement leurs sournoises intentions. Oui, ils connaissaient ces gens.

Et maintenant, ils allaient apprendre à le connaître.

Le troisième jour, le Metropolitan Rapid Transit l'avait conduit à Peitou. Située à une quinzaine de kilomètres au nord de Taipei, Peitou était autrefois une ville thermale. Plus tard, elle était devenue un quartier chaud sordide. C'était maintenant un entre-deux. Juste après une maison de thé et un hôtel, il avait trouvé un « musée » des sources d'eau chaude, sorte de bains publiques haut de gamme. Au quatrième étage, il avait coincé le jeune homme potelé qu'il recherchait – le neveu d'un puissant général qui trempait dans le trafic de drogue en aidant à organiser des transports d'héroïne en provenance de Birmanie et de Thaïlande, et ensuite, via Taiwan, vers Tokyo, Honolulu et Los Angeles. Un an auparavant, le jeune homme avait décidé de briguer un siège au Parlement, et bien que le playboy fût plus au fait des différentes variétés de cognac que des problèmes politiques de ses futurs électeurs, son élection semblait acquise grâce au soutien du KMT. Il avait alors appris que Leung avait été en pourparlers avec un autre candidat à la députation. Cette nouvelle l'avait contrarié : si Leung appuyait son rival, son avenir politique était compromis. D'ailleurs, si la campagne anticorruption de Leung réussissait à l'échelle nationale, ou même poussait un autre gouvernement à en adopter une pour prévenir les critiques, son oncle risquait d'être anéanti.

L'homme se prélassait dans un bain fumant, de l'eau jusqu'aux tétons, regardant une KTV, une télévision karaoké, avec une expression hébétée. Il se secoua un peu quand Tarquin s'approcha de lui, tout habillé, et sortit un poignard de combat doté d'une lame crantée en titane de quinze centimètres de long de son étui en Hytrel. Le neveu se montra plus loquace après que quelques incisions furent pratiquées dans son cuir chevelu et que le sang provenant de cette région très vascularisée s'était mis à ruisseler sur son visage. Tarquin connaissait la terreur particulière qui submerge un homme aveuglé par son propre sang.

C'était bien ce que Tarquin avait commencé de soupçonner. Les « renseignements » du dossier avaient été fabriqués de toutes pièces par les rivaux politiques de Leung – rassemblant habilement assez de détails précis concernant d'*autres* malfaiteurs pour créer une plausibilité de surface. Mais un mystère plus grand restait irrésolu. Comment cette grossière désinformation avait-elle abusé le réseau de renseignement des Opérations consulaires ? Comment l'Unité de stabilisation politique avait-elle été amenée à cautionner ce tissu de mensonges ?

C'était le piège que connaissaient le mieux les professionnels du renseignement : quand un homme avait des ennemis, ils étaient prêts à dire n'importe quoi pour lui nuire. En l'absence de confirmation de la part de tiers désintéressés, ce genre d'allégations ne pouvait prétendre à la vérité. Il était presque attendu que ceux qui étaient menacés par une personnalité politique réformiste cherchent à la saper en répandant des calomnies. Ce qui n'était pas prévu, ce qui était inexplicable, c'était l'erreur d'analyse de l'Unité.

Les émotions qu'il ressentait étaient explosives et dangereuses. Dangereuses pour les autres, dangereuses, s'avisa-t-il vaguement, pour lui-même.

Quand il se réveilla, il se sentait peut-être encore moins dispos que quand il s'était couché, et cela n'avait rien à voir avec le rugissement étouffé des réacteurs qui parvenaient de l'aéroport voisin. Il avait le sentiment d'avoir failli découvrir quelque chose, quelque chose d'une portée considérable ; cette certitude flotta dans son esprit comme une brume matinale avant de se dissiper tout aussi vite. Il avait les yeux enflammés et le sang lui battait les tempes comme s'il avait la gueule de bois, bien qu'il n'ait rien bu.

Laurel était déjà levée et habillée ; elle portait un pantalon kaki et un chemisier bleu ciel légèrement plissé. Il jeta un coup d'œil à la pendule de chevet pour s'assurer qu'il était toujours dans les temps.

« Tu as tout le temps... on ne ratera pas notre avion », dit-elle quand il finit par tituber jusqu'à la salle de bains.

« *Notre* avion ?

— Je pars avec toi.

— Je ne peux pas accepter. Je ne sais pas ce qu'on risque, et je ne peux pas t'exposer à...

— J'accepte les risques, coupa Laurel. C'est pour ça que j'ai besoin de toi. C'est pour ça que tu as besoin de moi. Je peux t'aider. Je peux surveiller tes arrières. Être une paire d'yeux supplémentaire.

— C'est hors de question, Laurel.

— Je suis une amatrice, je sais. Mais justement, ils ne feront pas attention à moi. Et puis, tu n'as pas peur d'eux. Tu as peur de toi. Et c'est peut-être là que je peux faciliter les choses.

— Comment pourrais-je me regarder dans la glace si quelque chose devait t'arriver là-bas ?

— Comment réagirais-tu s'il m'arrivait quelque chose ici et que tu n'étais pas là ? »

Il lui lança un regard perçant. « C'est moi qui t'ai fait ça », dit Ambler une fois de plus, d'une voix glacée d'horreur. Il ne formula pas la question qui le taraudait en silence : *Quand cela cessera-t-il ?*

« Ne me laisse pas, d'accord ? » dit Laurel avec douceur mais avec une fermeté inébranlable.

Ambler prit le visage de la jeune femme dans ses mains. Ce qu'elle proposait était de la folie. Mais cela pourrait bien le sauver d'une autre forme de folie. Et elle disait vrai : sur un autre continent, il ne pourrait pas la protéger de ceux qui la menaçaient sur celui-ci.

« S'il devait t'arriver quelque chose... » commença-t-il. Inutile de terminer la phrase.

Le regard de Laurel était calme et sans peur. « J'achèterai une autre brosse à dents à l'aéroport. »

Chapitre quinze

T ANDIS que le train entrait en gare du Nord, Ambler éprouva à la fois un frémissement d'angoisse et une bouffée de nostalgie. L'odeur de l'endroit – il se rappelait chaque ville par ses odeurs – le ramena brutalement aux neuf mois qu'il y avait passés dans sa jeunesse, neuf mois au cours desquels il avait mûri plus vite, semblait-il, que pendant les cinq années précédentes. Il laissa sa valise à la consigne et entra dans la Ville Lumière par le grand portail de la gare.

Par mesure de sécurité, ils avaient voyagé séparément. Il avait pris l'avion pour Bruxelles, en utilisant les papiers d'identité fournis par Fenton au nom d'un certain « Robert Mulvaney », et était arrivé ici par le Thalys qui partait toutes les heures. Laurel voyageait avec un passeport acheté à la sauvette sur Tremont Avenue dans le Bronx et ensuite retouché : le nom, Lourdes Esquivel, n'était pas idéal pour une Américaine aux yeux couleur d'ambre, mais il savait qu'il passerait dans un aéroport bondé. Il consulta sa montre et se fraya un chemin dans la foule. Laurel était assise dans une salle d'attente, comme convenu, et ses yeux s'éclairèrent en le voyant.

Le cœur d'Ambler bondit dans sa poitrine. Elle était visiblement fatiguée par le voyage, et pourtant il la trouva plus belle que jamais.

Alors qu'ils sortaient ensemble sur la place Napoléon-III, il

213

regarda Laurel s'émerveiller de la magnifique façade et ses colonnes corinthiennes.

« Ces neuf statues représentent les grandes villes du Nord de la France, expliqua Ambler en parfait guide touristique. Cette gare a été construite pour être la porte du nord : Nord de la France, Belgique, Hollande, et même Scandinavie.

— C'est incroyable », souffla Laurel. Des mots souvent entendus. Mais dans sa bouche, ils n'avaient rien de convenu ni de superficiel ; ils venaient du cœur. Le regard neuf qu'elle posait sur ces lieux familiers leur redonnait toute leur fraîcheur.

Ces portes symboliques étaient une parfaite distillation de l'histoire humaine. Il y avait toujours ceux qui cherchaient à ouvrir les portes et ceux qui cherchaient à les cadenasser. Ambler, au cours de son existence, avait fait les deux.

Une heure plus tard, il laissa Laurel à son café favori, Les Deux Magots, devant un grand capuccino, un *Guide Bleu*, avec vue, comme il lui apprit, sur la plus vieille église de Paris. Il lui expliqua qu'il avait à faire et serait de retour d'ici peu.

Ambler se dirigea d'un bon pas vers le VIIe arrondissement. Il fit quelques détours, vérifiant dans les vitrines qu'il n'était pas suivi, scruta les visages qu'il croisait. Aucun signe de surveillance. Tant qu'il n'avait pas établi le contact avec les hommes de Fenton à Paris, il pouvait espérer que personne ne saurait qu'il se trouvait ici avec Laurel. Il finit par se présenter devant un élégant immeuble XIXe de la rue Saint-Dominique et sonna à la porte.

Le logo du Strategic Services Group était gravé sur une plaque rectangulaire en laiton posée sur la porte. Il y aperçut le visage d'un inconnu et sentit une décharge d'adrénaline ; l'instant d'après, il se rendit compte qu'il s'agissait de son propre reflet.

Il se ressaisit, examina la porte de plus près. Un carré de verre réfléchissant et sombre comme un écran de télévision éteint était monté sur le dormant. Ambler savait qu'il s'agissait d'un élément nouvelle génération de portiers vidéo ; noyées dans la plaque en silicate, des centaines de microlentilles capturaient la moindre parcelle de lumière dans un rayon de 180 degrés. Le résultat était une sorte d'œil composé, comparable à l'œil à facettes des insectes. Les informations fournies par les centaines de capteurs visuels séparés étaient intégrées par ordinateur en une unique image mobile, qu'on pouvait faire pivoter et regarder à partir d'angles de vue très différents.

214

« *Est-ce que vous avez rendez-vous ?* » interrogea une voix d'homme dans l'interphone.

« Je m'appelle Robert Mulvaney », dit Ambler. C'était presque plus réconfortant d'avoir un nom qu'il savait faux qu'un nom dont il pouvait seulement espérer qu'il existait.

Au bout de quelques instants, durant lesquels un ordinateur compara certainement son image à la photo numérique que Fenton avait dû leur fournir, la porte bourdonna et Ambler pénétra dans un hall sans charme d'aspect institutionnel. Une grande pancarte en plastique, au niveau des yeux, portait le même logo que celui gravé sur la plaque en laiton, en plus grand. A un factotum atteint d'une calvitie naissante, Ambler dressa la liste du matériel et des documents dont il aurait besoin – y compris un passeport, daté de l'année précédente, avec les tampons ad hoc, au nom de Mary Mulvaney. La page avec la photographie serait laissée vierge et la pellicule de sécurité non appliquée. Ambler fournirait lui-même la photo et la collerait à chaud. Une demi-heure plus tard, on lui remit une mallette rigide. Ambler ne se donna pas la peine d'inspecter son contenu. Il n'avait aucun doute quant à l'efficacité des hommes de Fenton. Pendant qu'on remplissait sa « commande », il avait étudié le dossier actualisé de Benoît Deschesnes. Il en repassa le contenu dans sa tête en retournant aux Deux Magots.

Trois photos haute résolution montraient un homme d'une cinquantaine d'années, grisonnant, les traits anguleux. Il avait les cheveux longs et brillants, et sur l'un des clichés portait un pince-nez qui lui donnait un air légèrement prétentieux. Il y avait également quelques pages résumant sa vie.

Deschesnes, dont le domicile actuel était un appartement de la rue Rambuteau, était à l'évidence un homme brillant. Il avait étudié la physique nucléaire à Polytechnique, l'établissement scientifique le plus prestigieux du plus élitiste des pays, et avait ensuite travaillé dans un laboratoire du CERN, le Centre européen de recherche nucléaire à Genève. Après quoi, à un peu plus de trente ans, il y avait de cela une quinzaine d'années, il était retourné en France pour rejoindre la faculté de Paris VII, où il avait manifesté un intérêt croissant pour la politique nucléaire. Quand un poste d'inspecteur en armements nucléaires s'était ouvert à l'Agence internationale de l'énergie atomique des Nations unies, il avait présenté sa candidature et avait été aussitôt accepté. Il se montra très vite d'une adresse inhabituelle pour naviguer parmi les hauts-fonds de la bureaucratie onusienne et révéla un vrai don pour l'administration et la diplomatie internes. Son ascension fut rapide, et quand on le proposa au poste de directeur général de l'AIEA, il travailla dur pour s'assurer le soutien sans réserve des membres de la mission française.

Que Deschesnes se soit engagé dans sa jeunesse aux côtés de l'Action des Français pour le désarmement nucléaire, une ONG qui militait pour l'abolition totale des armes nucléaires, avait suscité quelques inquiétudes, notamment chez les hauts fonctionnaires du ministère français de la Défense. Quand il avait été nommé à l'AIEA, le ministère des Affaires étrangères avait mis en doute « l'objectivité de son jugement ». Deschesnes avait, apparemment, survécu à cet orage. Sans le soutien de son pays, il n'aurait pas été pressenti pour un poste aussi renommé et influent.

Dans l'ensemble, on considérait qu'il n'avait pas usurpé sa nomination. Bien que le secrétariat de l'AIEA ait son siège au Centre international de Vienne, sur Wagramer Strasse, où étaient regroupés les cadres dirigeants de l'organisation, rares étaient ceux à s'étonner que le Français passe pratiquement la moitié de l'année dans les bureaux parisiens de l'AIEA. C'était comme ça avec les Français ; tout le monde le savait aux Nations unies. Il effectuait de fréquents déplacements à Vienne, et s'efforçait également de faire des apparitions régulières dans les laboratoires de l'AIEA à Seibersdorf, en Autriche, et à Trieste, en Italie. Pendant les trois années qu'il avait passées au poste de directeur général, Deschesnes avait su éviter les controverses inutiles, tout en cultivant avec soin le prestige et la crédibilité de l'agence. Un court article du *Time*, reproduit dans le dossier, le surnommait « Docteur Chien de garde ». A en croire le magazine, il n'était pas « un simple bureaucrate mangeur de brie », mais plutôt un « Français cérébral avec un cœur aussi gros que son QI », qui « s'attaquait avec un panache inédit au problème des armes nucléaires en déshérence, la plus grande menace pesant sur la sécurité mondiale ».

Mais l'opinion publique n'avait aucune idée de la véritable version de l'histoire : environ un an auparavant, la CIA avait vu le directeur général de l'AIEA rencontrer en secret un physicien nucléaire libanais. L'enregistrement que l'Agence avait réalisé de la conversation était suffisamment long pour en déduire que le rôle très en vue de Deschesnes en tant que premier inspecteur international antiprolifération n'était qu'une couverture pour une activité secondaire lucrative consistant à aider certains États à acquérir les technologies nécessaires à la fabrication d'un arsenal nucléaire. Son travail au service de la non-prolifération était une façade ; les diatribes antiaméricaines de ses premiers discours de l'AFDN ne l'étaient pas.

Ambler avait appris par Fenton que l'information émanait d'un haut fonctionnaire de la communauté du renseignement américain. L'analyse portait en effet toutes les marques d'un rapport de la CIA, jusqu'aux formulations guindées, aux qualifications prudentes et aux mots ambigus. Les preuves n'« attestaient » jamais la véracité d'une conclusion, mais « laissaient craindre que », « rendaient plausible la supposition que », ou « fournissaient d'autres éléments à l'appui » de l'hypothèse avancée. Fenton n'en avait cure. La CIA, prisonnière de la culture légaliste de Washington, ne défendait pas le pays, et c'était là que Fenton s'imaginait devoir intervenir. Il pouvait faire pour son pays ce dont étaient incapables ses défenseurs officiels, trop timorés.

Trois quarts d'heure après être parti, Ambler était de retour aux Deux Magots. A l'intérieur, l'air chaud embaumait le café et la cigarette, la cuisine du café n'était pas encore prête pour le service du soir. Laurel fut visiblement soulagée en l'apercevant. Elle appela un serveur et sourit à Ambler. Il s'installa à sa table, posa sa mallette près de sa chaise, et prit sa main dans la sienne, sentant sa chaleur.

Il lui expliqua pour les papiers. Plastifier sa photo dans le passeport serait l'affaire d'une minute. « Maintenant que monsieur et madame Mulvaney ont leurs papiers en règle, nous pouvons nous comporter comme un couple marié.

— En France ? Ça ne veut pas dire que tu dois prendre une maîtresse ? »

Ambler sourit. « Parfois, même en France, votre femme *est* votre maîtresse. »

Alors qu'ils se dirigeaient tous deux vers une station de taxis au coin de la rue, Ambler eut la nette impression qu'ils étaient suivis. Il tourna brusquement l'angle et remonta une rue adjacente ; Laurel lui emboîta le pas sans poser de questions. La présence d'une patrouille n'avait, en soi, rien d'inquiétant. Il ne faisait aucun doute que les hommes de Fenton voulaient s'assurer qu'il ne disparaîtrait pas une nouvelle fois. Pendant les cinq minutes suivantes, Ambler et Laurel empruntèrent plusieurs rues, au hasard, pour se retrouver avec le même homme large d'épaules à leur remorque, de l'autre côté de la rue, une centaine de mètres derrière eux.

Cette filature tracassait Ambler de plus en plus, et il comprit d'un coup pourquoi : l'homme rendait les choses trop faciles. Il n'arrivait pas à rester à bonne distance de sa cible ; de plus, il était habillé comme un Américain. Avec son costume sombre style Brooks Brothers et sa cravate à rayures multicolores, il avait l'air d'un conseiller municipal de Cos Cob [1]. L'homme *voulait* être vu. Ce qui voulait dire qu'il était là pour faire diversion – procurer une fausse impression de sécurité quand on lui aurait échappé –, et Ambler n'avait pas encore repéré celui qui les filait pour de bon. Il mit encore plusieurs minutes pour y parvenir. C'était une brune sophistiquée dans un manteau sombre mi-long. Inutile de les semer. Si l'homme voulait être vu, Ambler, lui, voulait que les hommes de Fenton connaissent sa destination ; il était même allé jusqu'à appeler l'hôtel Debord depuis la succursale du SSG, confirmant ostensiblement sa réservation.

Finalement, Laurel et lui grimpèrent dans un taxi, récupérèrent leurs bagages à la consigne de la gare du Nord, et prirent possession de leur chambre au troisième étage de l'hôtel Debord.

L'hôtel était un peu froid et humide, une légère odeur de moisi émanait des moquettes. Mais Laurel ne manifesta aucune hésitation. Ambler dut l'arrêter avant qu'elle ne se mette à défaire sa valise.

Il ouvrit la mallette que le factotum dégarni lui avait remise. Les pièces du fusil TL7 qu'il avait demandées – une arme de sniper pliante utilisée par la CIA – étaient bien disposées dans des compartiments découpés dans de la mousse noire dense. Le Glock 26 – un 9 mm compact – était également à sa place. Les documents demandés se trouvaient dans un compartiment séparé.

Ce qu'Ambler cherchait était précisément ce qu'on ne voyait pas. Il allait mettre un certain temps à le trouver. Il examina d'abord l'extérieur de la mallette avec soin. Ensuite il retira la mousse d'emballage, et palpa chaque centimètre carré de la dou-

---

1. Banlieue huppée de New York.

blure. Il ne détecta rien qui sorte de l'ordinaire. Il tapota la poignée avec ses ongles et examina la couture le long de l'ouverture, pour voir si elle n'avait pas été trafiquée. Enfin, il s'attaqua à la mousse noire, la pressant entre ses doigts jusqu'à ce qu'il sente une petite grosseur. Avec un couteau, il sépara les deux couches de mousse et finit par découvrir ce qu'il cherchait. Un petit objet brillant et ovale, comme un comprimé de vitamines emballé dans du papier d'aluminium. Un transpondeur GPS miniature. Le minuscule appareil était destiné à le localiser en émettant des impulsions radio sur une fréquence spéciale.

Sous le regard perplexe de Laurel, Ambler étudia la chambre d'hôtel. Il y avait un petit canapé à motif floral vert sous la fenêtre, avec un coussin au-dessus de ses pieds-griffes. Il souleva le coussin et y dissimula le transpondeur. Il était probablement la première personne à le soulever depuis un an, à en juger par l'accumulation de pièces de monnaie et de poussière, et il faudrait sans doute attendre un an de plus pour que quelqu'un le soulève à nouveau.

Puis il prit la mallette et son sac de voyage et fit signe à Laurel de prendre ses affaires. Ils quittèrent la chambre sans prononcer un mot. Laurel le suivit comme il passait devant les ascenseurs réservés à la clientèle et tournait un angle, jusqu'à un ascenseur de service dont le plancher était revêtu d'acier antidérapant et non de moquette. Au rez-de-chaussée, ils se retrouvèrent près d'une aire de livraison. Déserte à cette heure. Il la guida à travers une large porte coupe-feu en acier et au sommet d'une rampe débouchant sur une ruelle.

Quelques minutes plus tard, ils montèrent dans un autre taxi pour un court trajet jusqu'à l'hôtel Beaubourg, rue Simon-Lefranc, à deux pas du centre Pompidou. L'endroit idéal pour les visiteurs américains amateurs d'art moderne, et tout près de l'appartement de Deschesnes. Une fois encore, ils n'eurent aucun problème pour trouver une chambre – c'était le mois de janvier – et, une fois encore, Ambler paya en liquide, avec les dollars pris à son agresseur des Sourlands ; utiliser les cartes de crédit de Mulvaney aurait donné l'alerte. L'hôtel n'était pas un palace. Il n'avait pas de restaurant, seulement une salle de petit déjeuner au sous-sol. Mais la chambre avait des poutres apparentes en chêne et une salle de bains confortable avec une grande baignoire à pattes de lion. Ambler s'y sentit en relative sécurité, la sécurité de l'anonymat. Il devina que Laurel éprouvait la même chose.

Elle rompit le silence la première. « J'allais te demander à quoi tout cela rimait. Mais je devine plus ou moins.

— Une précaution inutile, espérons-le.

— J'ai l'impression que tu me caches beaucoup de choses. Et je devrais probablement t'en être reconnaissante. »

Dans un silence décontracté, ils prirent possession des lieux. La journée avait été longue, mais Laurel voulait sortir dîner. Pendant qu'elle prenait un bain en vitesse, Ambler fit chauffer le petit fer à repasser fourni par l'hôtel et plastifia la photographie dans le passe-port. C'était simplement le matériel avec lequel ils étaient fabri-qués qui rendait les passeports américains difficiles à contrefaire – le papier, le film transparent, la bande holographique métallique, tout cela faisait l'objet d'un contrôle rigoureux. Fenton se fournissait très probablement auprès de ses collaborateurs du gouvernement.

Laurel sortit de la salle de bains, se couvrant pudiquement avec sa serviette. Ambler l'embrassa doucement dans le cou.

« On va dîner et se coucher tôt. Demain on pourrait prendre le petit déjeuner dans un des cafés du coin. L'homme que je cherche vit à quelques pâtés de maisons d'ici. »

Elle se retourna et le regarda, hésitant, pensa Ambler, à lui demander quelque chose. Quelque chose d'important pour elle. Il l'encouragea du regard. « Allez. Tu peux me demander n'importe quoi, pourvu que ça fasse disparaître cette petite mine inquiète.

— Tu as tué des gens, n'est-ce pas? Je veux dire, quand tu tra-vaillais pour le gouvernement. »

Il hocha gravement la tête, le visage figé.

« C'est... difficile? »

Était-ce difficile de tuer? Cela faisait des années qu'Ambler ne s'était pas posé la question. Mais d'autres questions connexes le hantaient. Quel était le prix à payer pour tuer... quel était le prix pour l'âme humaine? Combien cela lui avait-il coûté? « Je ne sais pas trop comment répondre à cela », dit-il doucement.

Laurel paraissait confuse. « Désolée. C'est juste que j'ai eu affaire à des patients qui paraissaient, eh bien, *abîmés*, abîmés à cause du mal qu'ils avaient infligé à d'autres. Ils n'avaient pas l'air vulnérables – la plupart d'entre eux ont dû passer des examens psy-chologiques approfondis avant d'être recrutés. Mais c'est comme une céramique fêlée. Rien ne paraît plus solide, et puis, d'un coup, elle se fracasse en mille morceaux.

— C'était à ça que ressemblait Parrish Island, une boîte remplie de soldats en céramique cassés ? »

Elle ne répondit pas tout de suite. « Parfois, oui, ça y ressemblait.

— J'étais comme eux ?

— Cassé ? Non, pas cassé. Meurtri, peut-être. Comme s'ils essayaient de te broyer, mais que tu ne cédais pas. C'est difficile à formuler. » Elle le regarda dans les yeux. « Mais au cours de ta carrière, tu as dû... faire des choses qui ne devaient pas être évidentes.

— Aux Opérations consulaires, j'ai eu un instructeur qui avait coutume de dire qu'il y avait en fait deux mondes, commença-t-il lentement, doucement. Il y a le monde des agents, et c'est un monde de meurtre, de destruction, de toutes les magouilles imaginables. C'est un monde d'ennui, aussi – l'ennui interminable de l'attente, de la planification, des imprévus qui n'entrent jamais en jeu, des pièges qui ne fonctionnent jamais. Mais la violence est réelle, aussi. Et la vivre au quotidien n'y change rien.

— Tout ça paraît tellement impitoyable. Tellement froid, souffla Laurel d'une voix entrecoupée.

— Et il y a un autre monde, Laurel. C'est le monde normal, le monde de tous les jours. L'endroit où les gens se lèvent le matin pour une honnête journée de travail, cherchent à obtenir une promotion, font les magasins pour le cadeau d'anniversaire de leur fils, ou modifient leur abonnement téléphonique pour pouvoir appeler leur fille étudiante moins cher. C'est le monde dans lequel on renifle les fruits au supermarché pour voir s'ils sont mûrs, où l'on cherche une recette de dorade, parce qu'elles étaient en promotion, et où l'on s'inquiète d'arriver en retard à la communion de son petit-fils. » Il marqua une pause. « Le problème, c'est que parfois, ces deux mondes se croisent. Imagine qu'un homme soit prêt à vendre une technologie susceptible d'être utilisée pour tuer des centaines de milliers, voire des millions de gens. Pour garantir la sécurité du monde normal, le monde des gens ordinaires, il faut faire en sorte que les méchants n'arrivent pas à leurs fins. Parfois, cela implique de prendre des mesures extraordinaires.

— Des mesures extraordinaires. Tu parles comme si c'était de la médecine.

— C'est peut-être bien une espèce de médecine. C'est davantage de la médecine que du travail de police en tout cas. Parce que dans la boutique pour laquelle je travaillais, il y avait un principe tout simple : opérer en suivant les règles de la police, c'était perdre le terrain que nous ne pouvions pas nous permettre de perdre. C'était perdre la guerre. Et nous étions en guerre. Sous la surface de toutes les grandes villes du monde – Moscou, Istanbul, Téhéran, Séoul, Paris, Londres, Pékin –, des batailles avaient lieu chaque minute de chaque jour. Si les choses fonctionnent comme elles sont censées le faire, c'est parce que des gens comme moi passent leur vie à travailler pour des gens comme toi, en empêchant cette guerre d'émerger au grand jour. » Ambler s'arrêta.

Il y avait tant d'autres questions qui restaient sans réponse, des questions auxquelles il était peut-être impossible de répondre. Benoît Deschesnes faisait-il partie de cette guerre ? Ambler était-il capable, en fait, de tuer cet homme ? *Devait-il* le faire ? Si les renseignements de Fenton étaient exacts, Benoît Deschesnes ne trahissait pas seulement son propre pays, ou les Nations unies, mais tous les gens dont la vie serait menacée par des armes nucléaires tombées aux mains de petits dictateurs.

Laurel brisa le silence. « Et si les choses ne fonctionnent pas comme elles devraient ?

— Alors le Grand Jeu, les guerres secrètes du renseignement, devient un jeu comme un autre, seulement un jeu qui se joue avec des vies humaines.

— Tu crois toujours à ça, insista Laurel.

— Je ne sais plus ce que je crois. A ce stade, j'ai l'impression d'être un animal de dessins animés tombé d'une falaise : s'il ne veut pas s'écraser en bas, il doit continuer à battre des jambes dans le vide.

— Tu es en colère, remarqua-t-elle, et perdu. »

Il acquiesça d'un signe de tête.

« C'est aussi ce que je ressens, dit-elle, et c'était comme si elle pensait tout haut. Seulement je sens aussi autre chose. J'ai l'impression d'avoir un but maintenant. Absolument rien ne se tient, et, pour la première fois de ma vie, c'est comme si tout se tenait. Parce qu'il y a eu de la casse, et qu'il faut réparer, et que si nous ne le faisons pas, personne ne le fera. » Elle s'interrompit. « Ne m'écoute pas... je ne sais même pas ce que je raconte.

— Et moi, je ne sais même pas qui je suis. On fait une sacrée paire. » Il chercha son regard, et, ensemble, partagèrent un petit sourire.

« Bats des jambes, reprit Laurel. Ne regarde pas en bas, regarde devant. Tu es venu ici pour une raison précise. Ne l'oublie pas. »

Une raison. Il espérait vraiment que ce fût la bonne.

Au bout d'un moment, ils décidèrent d'aller prendre l'air et se retrouvèrent sur l'esplanade du centre Pompidou. Laurel était enchantée par le bâtiment, énorme monstre de verre aux entrailles révulsées. Alors qu'ils s'en approchaient, au milieu des gens qui allaient et venaient dans le froid hivernal, la jeune femme parut retrouver sa bonne humeur.

« C'est comme une boîte lumineuse géante qui flotte au-dessus de la place. Un jouet gigantesque, avec tous ces tuyaux de couleur vive autour... Je n'ai jamais rien vu de pareil. On fait le tour ?

— Bien sûr. » Sa joie lui faisait plaisir. Mais il appréciait aussi de pouvoir se servir des surfaces vitrées interminables pour surprendre le reflet de l'homme au costume Brooks Brothers et de la femme au manteau mi-long. En vain. Il y eut seulement un instant où Ambler entendit résonner un tocsin intérieur : le reflet d'un homme, aperçu fugitivement – cheveux courts, visage d'une beauté presque cruelle, et des yeux qui cherchaient avec une fébrilité maladive.

Il ne fut pas vraiment rassuré en se rendant compte que c'était son propre reflet.

A 7 h 30, le lendemain matin, le couple salua la réceptionniste d'un joyeux « *Bonjour* ». On les invita à descendre dans la salle du petit déjeuner au sous-sol, mais Ambler déclina, expliquant qu'ils allaient prendre « *un vrai petit déjeuner américain* ». Ils partirent pour le café qu'il avait repéré la veille au soir à l'angle de la rue Rambuteau. Une fois installés à une table donnant sur la rue, Ambler s'assura qu'il pouvait voir l'entrée de l'immeuble, au 120. Alors la surveillance commença.

Ils avaient bien dormi. Laurel paraissait pleine d'entrain et reposée, prête à affronter ce qui les attendait.

Ils commandèrent un copieux petit déjeuner au café Saint-Jean. Croissants, œufs à la coque, jus d'orange, café. Ambler s'éclipsa un instant pour acheter l'*International Herald Tribune* dans un kiosque à journaux.

« On en a peut-être pour un moment, dit Ambler à voix basse. Inutile de se presser. »

Laurel hocha la tête et déplia le journal sur la table en fer forgé.

« Les nouvelles du monde, dit-elle. Mais de quel monde, je me le demande. Lequel des deux mondes dont tu m'as parlé ? »

Il jeta un coup d'œil aux gros titres. Divers dirigeants politiques et grands patrons assistaient à la réunion annuelle du Forum économique mondial à Davos, en Suisse, leurs plates-formes et leurs doléances consciencieusement notées et analysées. Une grève avait touché Fiat, paralysant la production des usines de Turin. Une bombe avait explosé pendant un festival religieux au Cachemire, on soupçonnait des extrémistes hindous. Échec des négociations à Chypre.

Rien de nouveau sous le soleil, songea Ambler, acerbe.

Finalement, leur attente fut de courte durée. Deschesnes apparut vers huit heures, serviette à la main, et scruta la rue quelques instants avant de monter à bord d'une limousine noire qui était arrivée pour lui.

Ambler, masqué par la réverbération du soleil sur la vitrine du café, regarda fixement ce visage. Mais il en apprit peu de chose.

« Désolé, chérie, fit-il d'une voix forte. Je crois que j'ai laissé mon guide à l'hôtel. Finis ton petit déjeuner, je vais le chercher. »

Laurel, qui n'avait pas vu les photos de Deschesnes, parut un moment perplexe – mais rien qu'un moment. Puis elle tourna vers lui un visage rayonnant. « Eh bien, merci, c'est vraiment gentil. » Elle avait l'air de prendre plaisir à faire ça, pensa Ambler. Il lui donna une liste de courses – des vêtements qui leur seraient bien utiles –, et s'en alla.

Deux minutes plus tard, Ambler s'engouffra dans la station de métro Rambuteau ; Deschesnes devait être en route pour le bureau – rien dans son expression n'indiquait que cette journée sortirait de l'ordinaire. Ambler descendit à la station École-Militaire. Il sortit près des bureaux de l'AIEA, hébergés dans un imposant immeuble moderniste de la place de Fontenoy, un arc de cercle jouxtant l'avenue de Lowendal, à l'autre bout du Champ-de-Mars par rapport à la tour Eiffel. Si le cadre était spectaculaire, ce n'était pas le cas du bâtiment. Aménagé en grande partie pour répondre aux exigences des Nations unies, il était ceinturé par une grille en acier et présentait l'aspect rébarbatif du modernisme des années 50 : une association de poutrelles, de pierre et de verre conçue non pour accueillir mais pour intimider.

Ambler, transformé en ornithologue amateur sur la place Cambronne, regardait autour de lui avec des jumelles compactes, nourrissant de temps en temps les pigeons avec les miettes d'une pâtisserie achetée dans la rue. En dépit de son air oisif et distrait, personne ne quitta le 7, place de Fontenoy, sans qu'il le remarque.

A 13 heures, Deschesnes sortit du bâtiment, l'air résolu. Se rendait-il dans un des restaurants du quartier ? En fait, il pénétra dans la station École-Militaire : curieuse initiative de la part du directeur général d'une puissante agence internationale. Deschesnes, supposait Ambler, était quelqu'un qui avait l'habitude d'être accompagné – dignitaires en visite, membres du personnel, collègues réclamant un peu de son temps – et qui, d'ordinaire, se déplaçait en grande pompe. Sa fonction onusienne faisait de lui un personnage public. Quand quelqu'un de cette stature disparaissait dans le métro, cela sentait le subterfuge.

Ambler repensa au visage de l'homme aperçu ce matin-là de l'autre côté de la rue· rien ne permettait de penser qu'il était particulièrement stressé, préoccupé par un rendez-vous dangereux.

Ambler fila Deschesnes jusqu'à la station Boucicaut. L'administrateur des Nations unies sortit du métro, tourna l'angle d'un pâté de maisons sur la gauche, et, parvenu au milieu d'une paisible rue résidentielle bordée d'hôtels particuliers de style classique, sortit son trousseau de clés et s'introduisit dans l'un d'eux.

C'était donc une version décalée du *cinq à sept*, la forme classique de l'adultère à la française. Un passe-temps qui nécessitait dissimulation et routine. Il entretenait une liaison, certainement de longue date. Sur le trottoir d'en face, Ambler sortit ses jumelles et scruta les fenêtres de l'immeuble en pierre, grisé par les intempéries. Un éclair de lumière derrière les rideaux d'une fenêtre du troisième trahit la présence de Deschesnes. Il regarda sa montre. 13 h 20. Il aperçut la silhouette de Deschesnes se découper derrière les rideaux sans doublure. Il était seul ; sa maîtresse devait travailler et n'était pas encore arrivée. Elle arriverait peut-être à la demie et, en attendant, Deschesnes ferait ses ablutions. Cela faisait trop de *peut-être*. Instinctivement, Ambler sentit qu'il devait intercepter Deschesnes maintenant. Il palpa le petit Glock 26 niché à sa taille dans un étui invisible. Il avait remarqué un fleuriste au coin de la rue ;

quelques minutes plus tard, il sonnait à l'interphone de l'appartement du troisième, un bouquet de fleurs élégamment emballé à la main.

« *Oui ?* » fit une voix une seconde ou deux plus tard. Malgré le grésillement de l'interphone, Ambler y décela de la méfiance.

« *C'est pour une livraison.*

— *De quoi ?*

— *De fleurs.*

— *De la part de qui ?*

Ambler affecta une voix blasée, impassible. « *J'ai des fleurs pour monsieur Benoît Deschesnes, si vous n'en voulez pas..*

— *Non, non.* » L'interphone sonna. « Troisième étage droite. » Ambler était dans la place.

L'immeuble était en mauvais état, des générations d'occupants avaient creusé les marches, la rampe d'escalier était cassée en plusieurs endroits. Ce n'était pas le genre d'immeuble que Deschesnes ou sa maîtresse aurait choisi comme résidence, Ambler en était sûr, mais c'était abordable, un pied-à-terre dont la location ne devait pas grever sensiblement le budget familial de l'un ou de l'autre.

Quand Deschesnes vint ouvrir, il vit un homme vêtu d'un manteau d'hiver décent tenant un bouquet de fleurs de la main gauche. Ambler n'avait pas précisément l'air d'un livreur, mais son sourire ouvert et engageant rassura le Français, qui ouvrit la porte en grand pour prendre le bouquet.

Ambler laissa tomber les fleurs et coinça son pied droit dans l'encadrement de la porte. Sa main droite tenait le Glock, pointé sur le ventre de Deschesnes.

Celui-ci poussa un cri, et, en reculant, tenta de claquer la lourde porte en bois. Mais Ambler bondit, épaule en avant, et le battant vint cogner vainement contre le butoir de la porte.

Repoussé avec violence, le Français était livide. Ambler le vit parcourir fébrilement des yeux la pièce derrière lui à la recherche d'une arme, d'un abri. Ambler ferma prestement la porte derrière lui, et mit la chaîne de sûreté et le verrou de sa main libre ; ils ne seraient pas dérangés.

Il s'avança alors vers Deschesnes, le forçant à reculer dans le salon. « Taisez-vous ou je vais m'en servir », dit Ambler en anglais. Il devait dégager une impression de force irrépressible.

Comme il l'avait pensé, Deschesnes était seul. Le soleil d'hiver entrait à flots par la grande fenêtre en face de la porte et inondait d'un éclat argenté un salon chichement meublé. Une étagère contenant quelques livres, une table basse couverte de journaux, de textes dactylographiés et de revues. Que l'ensemble de la pièce soit visible de la rue avait été un avantage ; ce n'était plus le cas.

« La chambre ? » interrogea Ambler.

Deschesnes pointa le menton vers une porte, sur la gauche, et Ambler l'y conduisit.

« Vous êtes seul ? » demanda Ambler en inspectant la pièce.

Deschesnes hocha la tête. Il disait la vérité.

L'homme était de forte carrure, mais ramolli, avec un tour de taille en expansion ; trop de repas gastronomiques, trop peu d'exercice. Le dossier de Fenton présentait cet homme comme un véritable fléau pour le monde. *Occupez-vous de Benoît, et vous n'aurez plus à vous soucier de votre avenir. On se revoit après.* Si Fenton avait raison, le dignitaire des Nations unies *méritait* la mort, et en exécutant la sentence, Ambler pourrait s'infiltrer au cœur de l'organisation de Fenton. Il obtiendrait les informations qu'il cherchait. Il apprendrait qui il était vraiment... et qui il n'était pas.

Gardant le physicien dans sa ligne de mire, il baissa les stores à enrouleur de la chambre et s'assit sur l'accoudoir d'un canapé, près de la fenêtre, où s'entassaient des vêtements en désordre. « Asseyez-vous », ordonna-t-il en pointant l'arme vers le lit. Puis il se tut un moment, dévisageant Deschesnes intensément.

Avec des gestes lents, le Français sortit son portefeuille de sa poche.

« Rangez-moi ça », fit Ambler.

Deschesnes se figea, sa peur se teintant de confusion.

« Vous parlez plutôt bien anglais, à ce qu'on m'a dit, poursuivit Ambler, mais s'il y a quelque chose que vous ne comprenez pas, dites-le.

— Qu'est-ce que vous faites ici ? » Ce furent les premières paroles de Deschesnes.

« Vous ne saviez pas que ce jour finirait par arriver ? demanda posément Ambler.

— Je vois », fit Deschesnes. Une expression triste passa d'un coup sur son visage. Il s'assit comme s'il avait la respiration coupée. « Alors, c'est vous, Gilbert. C'est drôle, mais j'ai toujours supposé que vous étiez français. Elle ne m'a jamais dit que vous ne l'étiez pas. Non pas qu'on parlait de vous. Je sais qu'elle vous aime, qu'elle vous a toujours aimé. Joëlle a toujours été franche à ce sujet. Notre histoire... notre histoire est différente. Ce n'est pas *sérieux*. Je n'attends ni excuse ni pardon, mais je dois vous dire...

— Monsieur Deschesnes, coupa Ambler, je n'ai aucun lien avec Joëlle. Cela n'a rien à voir avec votre vie privée.

— Mais alors...

— Cela a tout à voir avec votre vie professionnelle. Votre vie professionnelle occulte. Là, on peut vraiment parler de *liaisons dangereuses*. Je fais allusion à vos relations avec ceux qui veulent à tout prix des armes nucléaires. Ceux à qui vous ne demandez qu'à rendre service. »

Une expression ahurie apparut sur le visage de Deschesnes – le genre de perplexité qu'il était extrêmement difficile de feindre. Était-ce parce que son anglais était limité ? Il semblait parfaitement bilingue, mais peut-être ne comprenait-il pas tout.

« *Je voudrais connaître votre rôle dans la prolifération nucléaire* », articula clairement Ambler.

Deschesnes répondit en anglais. « Mon rôle dans la prolifération nucléaire est connu de tous. J'ai passé ma carrière à la combattre. » Il s'interrompit, soudain sur la défensive. « Un voyou investit mon domicile, me tient sous la menace d'un revolver, et je suis censé parler de ma vocation ? Qui vous envoie ? De quoi s'agit-il, pour l'amour du ciel !

— Appelez ça une analyse de performance. Répondez sans détour ou vous ne parlerez plus jamais. Pas de petits jeux. Pas d'hésitations. »

Deschesnes plissa les yeux. « C'est l'Action des Français qui vous envoie ? demanda-t-il, se référant à l'organisation antinucléaire. « Vous vous rendez compte à quel point ceci est contre-productif, vous vous comportez comme si j'étais l'ennemi ?

— Venez-en aux faits, aboya Ambler. Parlez-moi de votre rencontre avec le Dr Abdullah Alamoudi à Genève au printemps dernier. »

Le physicien de renom parut déconcerté. « De quoi parlez-vous ?

— C'est moi qui pose les questions, nom de Dieu. Vous prétendez ne pas savoir qui est le Dr Alamoudi ?

228

— Je sais certainement qui c'est, rétorqua le Français avec une dignité blessée. Vous parlez d'un physicien libyen qui figure sur notre liste noire. Nous pensons qu'il participe à un programme d'armement secret impliquant plusieurs pays de la Ligue arabe.

— Dans ce cas pourquoi le directeur général de l'Agence internationale de l'énergie atomique rencontrerait ce genre d'individu ?

— Pourquoi, en effet ? bredouilla Deschesnes. Alamoudi n'a pas plus envie d'être surpris dans la même pièce que moi qu'une souris a envie de se pelotonner dans les pattes d'un chat. » Ambler ne détecta pas la moindre tromperie.

« Et comment expliquez-vous votre voyage à Harare l'année dernière ?

— J'en serais bien incapable, répondit simplement Deschesnes.

— Voilà qui est mieux.

— Pour la bonne et simple raison que je ne suis jamais allé à Harare. »

Ambler le dévisagea. « Jamais ?

— Jamais, affirma Deschesnes, catégorique. D'où tenez-vous ces informations ? Qui vous a fourni de tels mensonges ? J'aimerais bien le savoir... C'est l'Action des Français, n'est-ce pas ? » Une expression rusée passa furtivement sur son visage. « Ils ont joué un rôle utile autrefois. Maintenant ils me considèrent comme un renégat. Ils doutent de tout ce qu'ils voient, de tout ce qu'ils entendent. La vérité, c'est que s'ils voulaient connaître ma position, mon action, ils n'avaient qu'à lire les journaux ou allumer la radio.

— Les discours et les actes ne concordent pas toujours.

— *Exactement*. Dites à vos amis de l'Action des Français qu'ils seraient plus avisés d'exercer une pression honnête sur nos élus.

— Je ne fais pas partie de leur groupe », répliqua Ambler avec fermeté.

Le regard de Deschesnes se reposa sur le pistolet d'Ambler. « Non, dit-il au bout d'un moment. Bien sûr que non. Ces xénophobes ne confieraient jamais quelque chose d'important à un Américain. Alors vous êtes quoi... de la CIA ? Je suppose que leurs renseignements sont suffisamment mauvais pour expliquer une telle bourde. » Ambler devinait que Deschesnes était tiraillé entre son indignation et son désir de calmer un intrus qui le menaçait d'une arme dans son pied-à-terre. La volubilité et l'indignation parurent prendre le dessus. « Vous devriez peut-être donner à vos employeurs un message de ma part. Remplissez leurs dossiers avec la vérité, pour changer. Parce que la vérité, c'est que les grandes nations occidentales ont été d'une négligence criminelle par rapport à la plus grande menace qui pèse sur le monde aujourd'hui. Et l'Amérique ne fait pas exception : c'est le premier coupable.

— Je ne me souviens pas vous avoir entendu parler avec une telle franchise devant les membres du Conseil de sécurité de l'ONU, persifla Ambler.

— Mes rapports aux Nations unies exposent clairement les faits. Je laisse la rhétorique à d'autres. Mais le simple énoncé des faits est suffisamment humiliant. La Corée du Nord a assez de plutonium pour fabriquer plusieurs têtes nucléaires L'Iran également. Plus de vingt autres pays possèdent de prétendus réacteurs de recherche et largement assez de plutonium enrichi pour fabriquer leurs propres bombes nucléaires. Et parmi les bombes qui existent déjà, des centaines sont stockées dans des conditions de sécurité *risibles*. Un chemisier en soie à la Samaritaine est mieux protégé que beaucoup de têtes nucléaires russes. C'est une *obscénité* morale. Le monde devrait être terrifié, et pourtant vous vous en fichez pas mal ! » Le haut fonctionnaire haletait, exprimant la rage qui avait été le fil conducteur de sa carrière. Il en avait presque oublié sa peur et sa confusion.

Ambler était secoué ; il ne pouvait plus douter de la sincérité du physicien... sans douter de ses propres facultés de perception.

Quelqu'un avait piégé Deschesnes.

Mais à quel niveau ? Fenton n'avait pas émis le moindre doute quant à « l'intégrité de ses sources ». Jusqu'où – en haut ou en bas – allait le complot ? Et qu'est-ce qui le motivait ?

Il fallait qu'Ambler sache *qui*, et il fallait qu'il sache *pourquoi*. Mais le Français ne lui était pas d'un grand secours.

A ce moment-là, il aperçut par la fenêtre une petite brune qui s'approchait de l'entrée donnant sur la rue. Joëlle, sans doute.

« Il y a quelqu'un dans l'appartement du dessus ? demanda Ambler.

— Les voisins sont tous au travail, répondit Deschesnes. Il n'y a jamais personne avant 18 heures. Mais qu'est-ce que ça change ? Je n'ai pas la clé. Et Joëlle...

— Je crains que nous n'ayons pas fini notre conversation. Je préférerais ne pas y mêler Joëlle. Si vous êtes d'accord... »

Deschesnes acquiesça, livide.

Son pistolet toujours en main, Ambler suivit le Français à l'étage du dessus. La porte était effectivement fermée, mais ce n'était qu'une simple formalité. Ambler avait remarqué à quel point les serrures étaient peu solides dans l'immeuble, de fines plaques de cuivre vissées dans du bois pourrissant. D'un violent coup de hanche, il enfonça la porte, qui céda dans une petite explosion d'éclats de bois. Les deux hommes pénétrèrent à l'intérieur. A l'étage du dessous, Joëlle devait approcher du palier. Elle s'étonnerait de l'absence de Deschesnes, mais il y avait un tas d'explications possibles. Ambler laisserait à Deschesnes le soin d'en trouver une.

L'appartement du quatrième semblait à peine habité – un tapis de jute ovale, quelques meubles en piteux état indignes d'un marché aux puces – mais cela ferait l'affaire. A la demande d'Ambler, les deux hommes poursuivirent leur conversation à voix basse.

« Supposons, commença Ambler, qu'on m'ait effectivement fourni de fausses informations. Que vous avez des ennemis qui ont la ferme intention de vous piéger. La question est alors pour nous de savoir *pourquoi*.

— La question pour moi c'est de savoir pourquoi vous ne fichez pas le camp », rétorqua Deschesnes dans un accès de fureur froide. Il avait dû juger qu'il ne courait plus le risque d'être abattu immédiatement. « La question pour moi, c'est de savoir pourquoi vous tenez absolument à agiter cette arme sous mon nez. Vous voulez savoir qui sont mes ennemis ? Alors regardez-vous dans la glace, espèce de cow-boy ! L'ennemi, c'est vous.

— Je vais ranger mon arme », dit Ambler. Ce faisant, il ajouta : « Mais vous ne serez pas plus en sécurité.

— Je ne comprends pas.

— Parce que des cow-boys, il y en a beaucoup plus là d'où je viens. »

Deschesnes blêmit. « Et vous venez... d'où ?

— C'est sans importance. L'important, c'est qu'on a convaincu des gens très haut placés que vous posiez un risque majeur pour la sécurité internationale. Encore une fois, comment expliquez-vous cela ? »

Deschesnes secoua la tête. « Je ne vois aucune raison, finit-il par dire. En tant que directeur général de l'AIEA, je suis considéré

231

comme un symbole de l'intransigeance internationale sur cette question – en laissant de côté le fait que cette intransigeance est, trop souvent, de pure forme. Mes opinions sur la menace nucléaire sont de bon sens, partagées par des millions de gens et des milliers de physiciens.

— Mais une partie de votre travail n'est certainement pas publique. Je suis sûr qu'il implique des négociations confidentielles.

— En règle générale, nous ne publions pas les résultats provisoires. Mais presque toutes nos études sont destinées à devenir publiques, au moment opportun. » Il marqua une pause. « La principale étude non publiée sur laquelle je travaille en ce moment est un rapport sur le rôle de la Chine dans la prolifération.

— Qu'avez-vous découvert ?

— Rien.

— Comment ça, rien ? » Ambler s'approcha de la fenêtre, observa la petite brune quitter l'immeuble avec hésitation et s'éloigner sur le trottoir. Elle aurait des questions ; on y répondrait plus tard.

« Quoi qu'en disent le gouvernement américain, le gouvernement français et l'OTAN, absolument rien ne permet d'affirmer que la Chine participe actuellement à la prolifération. D'après tout ce que nous avons été en mesure de déterminer, Liu Ang a fermement renoncé à la prolifération de la technologie atomique. La seule question est de savoir si nous serons en mesure de tenir en bride les militaires chinois.

— Combien de gens travaillent sur ce rapport ?

— Une poignée de collaborateurs, à Paris et à Vienne, même si nous traitons des informations émanant d'une vaste équipe d'inspecteurs et d'analystes en armement. Mais je suis le principal auteur. Moi seul suis en position de lui conférer l'entière crédibilité de ma fonction. »

Ambler sentit croître sa frustration. Deschesnes était peut-être un homme innocent, mais il devenait, du même coup, hors sujet. Ce n'était qu'un Français vieillissant, à la moralité douteuse, peut-être, mais d'une probité publique indéniable.

Il devait pourtant y avoir une raison pour que quelqu'un – ou un groupe – ait ordonné sa mort. Et si Ambler ne s'acquittait pas de sa mission, d'autres n'hésiteraient pas à s'en charger.

Ambler ferma un moment les yeux, et vit ce qu'il avait à faire.

« *Vous êtes fou ! Complètement fou !* » fut la première réaction de Deschesnes quand Ambler eut expliqué la situation.

« Peut-être », répondit Ambler avec placidité. Il savait qu'il devait gagner la confiance du Français. « Mais réfléchissez. Les gens qui m'envoient ne plaisantent pas. Ils ont les moyens. Si je ne vous tue pas, ils enverront quelqu'un d'autre. Mais si nous arrivons à les convaincre que vous êtes mort, et que vous pouvez disparaître quelque temps, j'ai une chance de découvrir qui vous a piégé. C'est le seul moyen d'assurer votre sécurité. »

Deschesnes le regarda fixement. « Folie ! » Il se tut. « Et comment comptez-vous vous y prendre au juste ?

— Je vous contacterai dans quelques heures quand j'aurai régle les détails. Y a-t-il un endroit où vous pouvez vous mettre au vert une semaine ou deux, un endroit où on ne vous trouvera pas ?

— Ma femme et moi avons une maison à la campagne.

— Près de Cahors, coupa Ambler avec impatience. Ils sont au courant, vous ne pouvez pas aller là-bas.

— Joëlle a une maison de famille près de Dreux. Ils n'y vont jamais en hiver... Non, non. Je ne peux pas la mêler à ça. Je ne veux pas la mêler à ça.

— Écoutez-moi, reprit Ambler après un long silence. Ça ne devrait pas me prendre plus d'une semaine ou deux. Je vous suggère de louer une voiture ; ne prenez pas la vôtre. Roulez vers le sud et restez quelque part en Provence pendant une quinzaine de jours. Si le plan fonctionne, ils ne vous chercheront pas. Envoyez-moi un numéro de téléphone à cette adresse mail. » Ambler la nota sur un bout de papier. « Je vous appellerai quand le danger sera écarté.

— Et si vous n'appelez pas ? »

Alors je serai mort, pensa Ambler. « J'appellerai », assura-t-il. Il sourit froidement. « Vous avez ma parole. »

Chapitre seize

C LAYTON Caston ne put s'en empêcher; son regard dériva vers la tache de café sur la moquette beige de Caleb Norris. Elle ne partirait peut-être jamais. Peut-être que la solution était d'attendre que le reste de la moquette soit taché de café, donnant à l'ensemble une teinte uniforme. Un moyen parmi d'autres de cacher quelque chose : changer la nature de son environnement. Il y avait là une idée à creuser.

La voix de Norris coupa court à ses méditations. « Alors, quoi de neuf ? »

Caston cligna les yeux. Des grains de poussière dansaient dans la lumière du matin qui filtrait par la fenêtre. « Eh bien, comme vous le savez, il a fait équipe avec différentes personnes au gré de ses affectations. J'ai donc essayé de déterminer quelle avait été la dernière mission de terrain confiée à notre homme. Il se trouve que c'était à Taiwan. Reste à savoir qui était l'officier responsable ? Parce que sa signature aurait dû valider le rapport final. Je suppose que l'OIC saura qui était Tarquin avant qu'il ne devienne Tarquin. C'est peut-être lui qui l'a recruté.

— Qui a signé, alors ?

— Personne. L'autorisation était codée. Le nom de code de l'officier était Transience.

— Alors qui est Transience ?

— Je n'ai pas pu le savoir.

234

— Notre boulot serait grandement facilité si l'on confiait à la CIA l'identité des agents des Opérations consulaires, commenta Norris d'un ton maussade. Eux et leur sacro-saint "principe de cloisonnement" – bien trop souvent, ça veut dire se foutre la queue de l'âne au cul. »

Caston se tourna pour le regarder droit dans les yeux. « Comme je l'ai dit, je n'ai pas pu avoir l'info. Alors vous allez l'obtenir. Je veux que vous appeliez la personne qui dirige l'Unité de stabilisation politique, Ellen Whitfield, et demandiez à lui parler directement. Vous êtes directeur adjoint ; elle ne pourra pas faire la sourde oreille.

— Transience, répéta Caleb Norris. Je commence à avoir un mauvais pressentiment au sujet de cette affaire... » Il s'arrêta devant la moue lourde de sous-entendus de Caston. « Je veux juste dire qu'il y a beaucoup d'inconnues. Comme vous dites toujours, il y a une différence entre le risque et l'incertitude, pas vrai ?

— Bien sûr. Le risque est quantifiable. L'incertitude, non. C'est une chose de savoir qu'il y a 50 % de chances qu'une chose tourne mal. C'en est une autre de ne pas savoir du tout quelles sont les chances.

— Savoir ce qu'on ne sait pas. Et ne pas savoir. » Norris prit une grande inspiration et se tourna vers Caston. « Ce qui m'inquiète, c'est que nous sommes dans une situation où nous ne savons même pas ce que nous ne savons pas. »

En retournant à son bureau, Caston fut gagné par un sentiment grandissant de... eh bien, d'incertitude, supposa-t-il. Adrian paraissait d'une humeur inopportunément optimiste, comme à son habitude, mais le bureau bien rangé de Caston avait quelque chose de reposant : le stylo et le crayon posés l'un à côté de l'autre, sans se toucher, la mince chemise en papier Kraft à cinq centimètres sur leur gauche, l'écran de son ordinateur aligné exactement sur le bord du bureau.

Caston s'assit lourdement, les doigts suspendus au-dessus du clavier. Risque, incertitude, ignorance : ces notions germaient dans son esprit comme chiendent dans des semis.

« Adrian, appela-t-il brusquement. J'ai une urne en céramique remplie de boules blanches et noires.

— Ah bon ? » Le jeune homme jeta un regard prudent dans le bureau de Caston.

— Faites comme si, grommela le vérificateur.

— Super.

— Vous savez que la moitié des boules exactement sont noires, l'autre moitié, blanches. Il y en a mille. Cinq cents noires, cinq cents blanches. Vous tirez une boule au hasard. Quelle est la probabilité pour qu'elle soit noire ?

— Cinquante-cinquante, non ?

— Maintenant, disons que j'ai une autre urne, remplie dans la même usine de boules. Dans ce cas-ci, vous savez qu'elle contient des boules noires, des boules blanches, ou bien les deux. Mais c'est tout. Vous ne savez pas du tout si la majorité des boules sont blanches ou noires. Elles sont peut-être toutes noires. Peut-être toutes blanches. Peut-être sont-elles réparties en nombre égal. Peut-être qu'il n'y a qu'une seule boule dans l'urne. Peut-être mille. Vous ne savez pas.

— Alors là, je sèche lamentablement, concéda Adrian. A part savoir qu'il y a des boules noires et/ou des boules blanches dans l'urne, je ne sais rien. C'est ça ?

— Exactement. Quelle est la probabilité pour que vous en tiriez une noire ? »

Adrian plissa son front sans rides. « Mais comment puis-je le savoir ? Ça peut être du 100 %. Du 0 %. Et toutes les possibilités entre les deux. » Il passa la main dans sa tignasse noire.

« Juste. Et si vous *deviez* déterminer une probabilité ? Est-ce que vous diriez que la boule que vous tirez a neuf chances sur dix d'être noire ? Une chance sur dix ? Une chance sur combien ? »

Le jeune homme haussa les épaules. « Je serais obligé de dire... cinquante-cinquante encore. »

Caston acquiesça d'un signe de tête. « C'est ce que dirait n'importe quel expert. Vous seriez obligé de vous comporter de la même manière dans le second cas, quand vous ne savez pratiquement rien, que dans le premier, quand vous en savez beaucoup. Dans les années 20, un économiste du nom de Frank Knight distinguait le "risque" de l'"incertitude". Pour ce qui est du risque, disait-il, on peut apprivoiser l'aléatoire avec des probabilités. Avec l'incertitude, on n'a même pas la connaissance des probabilités. Mais voilà, comme von Neumann et Morganstern l'ont vu, même l'ignorance finit par être quantifiée. Nos systèmes ne pourraient pas fonctionner autrement.

« — Cela a un rapport avec une urne appelée "Tarquin", maître ? » Le piercing qu'il portait à la lèvre scintilla sous l'éclairage au néon.

Caston émit un bruit, entre le grognement et le rire. Il se saisit de la photocopie d'un quotidien taiwanais que contenait la chemise Kraft arrivée ce matin-là. Caston était incapable de le lire, et on n'avait pas fourni de traduction. « Vous ne parlez pas chinois, j'imagine ? demanda-t-il, plein d'espoir.

— Laissez-moi réfléchir. *Dim sum*, ça compte ?

— Désolé, c'est le coréen que vous parlez, n'est-ce pas ? bredouilla Caston.

— Pas un traître mot, lâcha Adrian d'un ton serein.

— Vos parents étaient bien des immigrants coréens ?

— Justement. » Un sourire lent. « Ils ont dû apprendre à dire "Range ta chambre" en anglais. Ça m'a fait gagner *beaucoup* de temps.

— Je vois.

— Désolé de vous décevoir. Je n'aime même pas le *kimchi*[1]. Difficile à croire, je sais.

— Nous avons donc au moins un point commun », dit Caston d'un ton pince-sans-rire.

Paris

Il y avait beaucoup à faire et peu de temps pour le faire. Ambler ne pouvait plus avoir recours aux hommes de Fenton pour les fournitures – pas en jouant un double jeu avec eux. Ingéniosité et opportunisme devraient se substituer au magasin bien approvisionné.

A la fin de l'après-midi, Ambler avait commencé à réunir le matériel dont il allait avoir besoin. Il décida de s'approprier le pied-à-terre du directeur général Deschesnes près de la station Boucicaut ; comme atelier de fortune, cela ferait l'affaire. Il ouvrit trois boîtes de consommé, produisant trois pièces circulaires en acier qu'il doubla avec de la colle caoutchouc et une mince couche de mousse prélevée sur l'emballage d'un petit radio-réveil bon marché. Il confectionna les poches de sang avec des préservatifs en

_____

1. Condiment à base de chou fermenté, d'ail et d'épices, très populaire en Corée.

237

latex extra-fin et un flacon de faux sang visqueux acheté dans une boutique de déguisements, Les Ateliers du Costume, dans le IXe arrondissement.

Pour finir, il ôta laborieusement l'amorce de deux cartouches du fusil à percussion centrale, calibre .7,21 mm, fournies par l'armurier de Fenton. Ce fut plus dur qu'il ne l'avait imaginé. Avec les cartouches Lazzaroni, il était ardu d'enlever l'amorce, qui était au même niveau que la base de la cartouche. Il fut obligé de travailler sans les outils adaptés, se débrouillant avec la clé à molette et les pinces qu'il avait pu dénicher dans la *quincaillerie* la plus proche. S'il exerçait une pression trop forte sur le bourrelet du culot, il risquait de faire exploser la charge et de se blesser. Le travail était lent, minutieux. La charge d'amorçage contenait moins d'un milligramme de mélange explosif ; il faudrait récupérer les amorces de quatre cartouches pour fabriquer un pétard exploitable.

Il lui fallut encore une heure et demie pour achever le montage : coller la poche de sang en latex sur la charge d'amorçage ; fixer le petit fil qui serait relié à une pile de neuf volts.

Quand Ambler retrouva Laurel dans la galerie du dernier étage du centre Pompidou, il s'était absenté pendant des heures, réunissant les accessoires du drame – une mise en scène de la mort censée se substituer à la mort elle-même.

La réaction de Laurel à sa longue explication fut d'abord l'incrédulité, mais son remarquable sang-froid eut tôt fait de prendre le dessus. Mais il y avait un problème avec le plan, comme il devint de plus en plus évident quand il en discuta en détail avec elle. Elle s'en rendit compte aussi.

« Si les gens voient un homme à terre, dit-elle, ils vont appeler une ambulance. »

Ambler fronça les sourcils ; il n'arrêtait pas de retourner la difficulté dans son esprit. « Un infirmier mettrait deux secondes à découvrir la supercherie. La ruse serait éventée. Et ça, on ne peut pas l'envisager. » Il fallait qu'il trouve une solution, ou tout le plan devrait être abandonné. « *Bon sang*, dit-il tout bas. Il faut qu'on utilise notre propre ambulance. Tout organiser à l'avance. Se débrouiller pour trouver un chauffeur.

— *Se débrouiller ?* s'étonna Laurel. C'est un terme de métier chez les espions, ça ?

— Tu ne m'aides pas, Laurel, dit-il d'un ton hésitant entre la supplique et le reproche.

— Là est le problème, dit-elle. Ou peut-être la solution. Il faut que tu me laisses t'aider. C'est moi qui vais la conduire, l'ambulance. »

Son regard dur se fit admiratif. Il n'essaya même pas de parlementer. Elle avait raison. C'était la seule solution. Ils examinèrent les détails de façon plus approfondie en marchant d'un pas tranquille, bras dessus, bras dessous, vers le sud et la Seine. Le costume Brooks Brothers était réapparu. Il était important qu'ils n'aient pas l'air pressé ; Fenton ne devait pas se douter de ce qu'il projetait.

Il se tourna vers Laurel, embrassant du regard son corps agile, ses cheveux châtains ondulés, ses yeux noisette chaleureux, pailletés de vert comme des inclusions dans une topaze. Chaque regard, chaque question qu'elle posait, chaque pression légère sur son bras, lui disait qu'elle avait confiance en lui et qu'elle était prête à faire tout ce qu'il demanderait.

« Bon, résuma-t-elle. Tout ce qu'il nous reste à faire maintenant, c'est de réquisitionner une ambulance. »

Ambler la regarda avec une tendre admiration. « Est-ce qu'on t'a déjà dit que tu apprenais vite ? »

La Clinique du Louvre était hébergée dans un immeuble élégant occupant presque la totalité d'un pâté de maisons – de larges baies en arche au rez-de-chaussée, une rangée de fenêtres à guillotine plus petites au-dessus, de grosses pierres de taille beiges faisant place à de petites briques de même couleur – et était située entre le Louvre et la Samaritaine. En face, vers le nord, l'église Saint-Germain-l'Auxerrois ; à un pâté de maisons au sud se trouvait le quai du Louvre, lui-même à quelques centaines de mètres du Pont-Neuf. Un emplacement central et facilement accessible de plusieurs directions à la fois. C'était aussi l'endroit idéal pour chercher une ambulance. En exécution d'un décret municipal, la clinique s'était dotée d'une flotte de véhicules d'urgence – sans parler d'une réserve d'infirmiers urgentistes – sans commune mesure avec ses besoins réels.

Ambler alla se poster seul près de la clinique, s'adjurant intérieurement à un calme glacial. Il respira l'odeur de goudron de la chaussée, les effluves métalliques des gaz d'échappement, et, plus vague, la puanteur organique des excréments canins, car à Paris, on aimait les chiens mais on semblait ignorer totalement les lois réglementant leurs déjections. Il était maintenant temps que le rideau se lève.

Au signal d'Ambler, Laurel s'approcha du garde assis dans une cabine vitrée à l'entrée du parking circulaire. Une touriste égarée. Le garde – un homme peu avenant avec un nez de perroquet et une sorte de tache de vin sur son crâne dégarni – était seul, n'était le téléphone, un ordinateur hors d'âge, et un calepin spiralé sur lequel il notait les entrées et les sorties des véhicules. Il lança à la jeune femme un regard prudent mais pas hostile. Pour un homme confiné dans une cabine, une jolie femme offrait une diversion bienvenue. Le français de Laurel était aussi rudimentaire que l'anglais de l'homme. Bientôt elle dépliait un énorme plan de la ville et le lui mettait sous le nez.

Pendant que la vue du garde au nez crochu était occultée par ce qui semblait être un hectare de carte Michelin, Ambler sauta sans un bruit au-dessus de la barrière de sécurité et gravit à grands pas la rampe en béton courbe qui conduisait au niveau du parking et, de là, à une petite flotte d'ambulances Renault peintes d'un blanc austère et hygiénique, avec une bande orange et des caractères bleus. La plupart des véhicules évoquaient des caisses à savon avec des capots raccourcis et des châssis surbaissés. Il s'agissait d'ambulances de remplacement, rarement utilisées, mais elles avaient visiblement été régulièrement briquées et entretenues, et elles brillaient d'un blanc éclatant dans la faible lumière. Il choisit celle qui paraissait la plus vieille du lot. Il démonta le cylindre du contacteur en un tournemain. Il mit plus de temps à limer une clé vierge avec les indentations correspondantes. Mais dix minutes plus tard, le travail était terminé. Il essaya la clé à plusieurs reprises, certain que le bruit du moteur se perdrait dans celui, moins discret, des autres voitures à l'intérieur et à l'extérieur du garage.

Mais sa satisfaction fut vite éclipsée par la reconnaissance des difficultés qui l'attendaient. Trop de choses pouvaient mal tourner.

Deux heures plus tard, à l'hôtel Beaubourg, Ambler démonta complètement le fusil TL7, s'assurant que toutes les pièces étaient convenablement lubrifiées et nettoyées. Puis il le remonta, à l'exception du canon. Une fois la crosse repliée, l'objet passait inaperçu dans un sac de sport. Il enfila un survêtement et des baskets, comme s'il partait pour son club de gym. Dans le hall, il salua le concierge à la réception de l'hôtel d'un geste de la main. « *Le jogging* », dit-il en souriant.

Le concierge ricana en haussant les épaules. On lisait facilement dans ses pensées. *Ces Américains, obsédés par leur forme.* « A tout à l'heure, monsieur Mulvaney. »

Laurel le rejoignit quelques minutes plus tard sur l'esplanade du centre Pompidou, et discrètement, hâtivement, ils révisèrent point par point la séquence qui les attendait, tandis qu'Ambler ne cessait de surveiller les alentours avec une vigilance accrue. Rien ne semblait détonner – rien qu'il puisse détecter, en tout cas. La séquence opérationnelle avait été établie ; elle ne pouvait être interrompue sans risque.

A cinq heures moins le quart, Benoît Duschesnes apparut, comme il le faisait presque tous les soirs, pour une promenade dans les jardins du Luxembourg, trente hectares de paix et de détente dans le VIe arrondissement. Ambler l'observa à la jumelle, soulagé que ses mouvements fussent naturels et fluides. Il semblait perdu dans ses pensées, et peut-être l'était-il.

Il y avait des dizaines d'années de cela, avait-on dit un jour à Ambler, les membres de la Génération Perdue attrapaient des colombes dans les jardins du Luxembourg pour tromper leur faim. Il y avait maintenant plus d'enfants que d'artistes. Dans la plus pure tradition du jardin à la française, les arbres étaient disposés en motifs géométriques. Même en hiver, les enfants pouvaient monter sur un vieux manège ou regarder un spectacle de Guignol.

Ce genre de scènes voltigeaient dans l'esprit d'Ambler mais ne s'y imprimaient guère, trop absorbé qu'il était à monter son propre spectacle de Grand-Guignol. Il s'était déjà assuré qu'il avait repéré ses suiveurs, comme il l'avait espéré ; l'Américain en costume Brooks Brothers faisait mine de lire les plaques sur les socles de différentes statues. Quelques dizaines de mètres plus loin, un petit groupe de Français en jean disputaient une partie de pétanque, tandis que d'autres étaient réunis autour de tables d'échecs. Malgré cela, le parc était relativement désert.

Deschesnes, comme le confirma un autre coup d'œil, marchait comme on le lui avait demandé, son manteau ouvert au vent, découvrant sa chemise blanche. Il s'assit un moment sur un banc, faisant semblant d'admirer la fontaine, qui fonctionnait encore en plein hiver. Le ciel était dégagé et le soleil du soir étirait ses ombres sur les parterres nus. Le physicien frissonna.

Ambler espérait que Deschesnes s'était rappelé toutes ses instructions. Sa chemise blanche portait des incisions invisibles pratiquées à la lame de rasoir au niveau des poches de sang, de manière à ce que le tissu se déchire quand les minuscules charges exploseraient.

« N'oubliez pas, avait mis en garde Ambler, quand les pétards exploseront, n'en faites pas des tonnes. Ne vous jetez pas en arrière ; ne tombez pas en avant ; ne croisez pas les mains sur votre poitrine. Oubliez ce que vous avez vu au théâtre ou au cinéma. Contentez-vous de tomber doucement à terre, comme si vous étiez frappé par une immense vague de somnolence. » Ambler savait que même protégé par le métal, Deschesnes serait réellement surpris par l'explosion, qui serait forcément douloureuse, quelles que soient les précautions prises. C'était une bonne chose ; cela rendrait sa réaction aux « coups de feu » d'autant plus convaincante.

Ambler mit quelques minutes pour repérer l'homme en train d'observer la scène à la jumelle d'une fenêtre d'un des immeubles cossus donnant sur les jardins. L'homme ne pourrait voir que le dos de Deschesnes, mais cela suffirait. Seul un autre professionnel était capable de deviner qu'Ambler était autre chose qu'un sportif assidu, en survêtement, revenant de sa gymnastique, son sac de sport à l'épaule. Ambler continua à scruter les environs jusqu'à ce qu'il repère la brune au manteau mi-long. Puis il attendit le déroulement des événements.

Il avait repéré ses spectateurs, bien qu'il ne pût jurer qu'il n'y en avait pas d'autres. Quand il fut certain qu'aucun civil ne regardait, il disparut silencieusement dans les buissons à feuillage persistant à soixante mètres de la fontaine et monta le fusil. Deschenes était à nouveau parfaitement visible. Ambler alluma le petit talkie-walkie qu'il avait rangé dans son sac. Tenant le micro près sa bouche, il se mit à parler à voix basse.

« Deschesnes. Si vous m'entendez, grattez-vous l'oreille. »

Une seconde plus tard, le physicien s'exécuta.

« Je vais compter à rebours à partir de cinq. A un, appuyez sur le boîtier dans votre poche et fermez le circuit. Ne vous en faites pas.

Ce sera bientôt fini. » Il regarda autour de lui. Une jeune femme passa près du banc et poursuivit son chemin. Un autre groupe de gens approchait à une trentaine de mètres. Ils feraient de bons témoins. Il épaula le fusil et laissa le canon dépasser des buissons de quelques centimètres. Il voulait que la brune le voie. « Cinq, quatre, trois, deux, un... » Il tira à deux reprises, puis une troisième fois. Un crépitement caractéristique ponctua chaque pression sur la détente, le bruit d'un fusil équipé d'un silencieux. On avait dû voir un discret panache de gaz sortir du canon ; ce que l'œil ne pouvait voir, c'était qu'aucun projectile n'en était sorti.

Dans un enchaînement parfait, un jet rouge jaillit sur le devant de la chemise de Deschesnes, puis deux autres. L'homme grogna bruyamment – à travers la lunette, Ambler vit une expression de surprise passer dans son regard – et tombant du banc, il s'effondra sur le sol froid. Des auréoles rouges s'étendaient sur sa chemise empesée.

Voyant ce qu'il s'était passé, les joueurs de pétanque coururent d'abord vers le corps, puis, comme l'un d'eux prenait conscience du danger, se sauvèrent. Ambler démonta rapidement le fusil, le remit dans le sac. Il attendit. Pendant une longue minute, rien ne se passa. Puis il entendit la sirène d'une ambulance. Il sortit une blouse blanche du sac de sport et l'enfila. Laurel arrêta l'ambulance, comme convenu, et courut vers le corps.

Ambler se précipita vers l'ambulance, sa blouse lui battant les flancs, et se saisit d'un brancard. Cela lui prit une trentaine de secondes. Quand il rejoignit Laurel, également en blouse, elle était muette et pâle, les yeux rivés sur Benoît Deschesnes. « Il est mort, dit-elle d'une voix chevrotante.

— Exact », fit Ambler avant de soulever le corps sur le brancard. *Quelque chose clochait.*

« Non, je veux dire, il est vraiment mort. » Laurel lui lança un regard affligé.

Ambler avait la sensation d'avoir avalé de la glace. *C'était impossible.*

Pourtant le corps avait la mollesse, la lourdeur de la mort.

« Il faut qu'on le sorte d'ici », murmura Ambler, concentrant toute son attention sur l'homme à terre. Ce fut alors qu'il le vit.

Le mince filet rouge qui coulait sur son front, le minuscule cercle de cheveux poissés de sang. Ambler palpa le crâne du bout des doigts et fut submergé par le vertige. Il y avait un impact de balle de petit calibre à quelques centimètres au-dessus de son front. Le genre de blessure qui saignait très peu et provoquait une mort instantanée. La balle avait pu être tirée d'en haut. Un tireur isolé n'aurait eu aucun mal à s'embusquer. Quelqu'un, quelque part dans le parc ou dans les immeubles voisins, avait abattu l'inspecteur en chef des Nations unies d'une balle dans la tête.

Hébétés, ils transportèrent le corps aussi vite qu'ils purent jusqu'à l'ambulance. S'ils le laissaient là, les pétards révéleraient la mise en scène ratée d'Ambler. Mais il s'était écoulé trop de temps. Le véhicule avait déjà attiré l'attention d'un groupe de badauds. Ambler ferma le haillon et se mit à déshabiller Deschesnes. Il ôta le gilet explosif qu'il avait bricolé et essuya le faux sang sur sa poitrine.

A ce moment-là, Ambler entendit frapper à la portière de l'ambulance. Il leva les yeux.

« *Ouvrez ! Police !* »

Pourquoi ? Est-ce qu'un policier voulait les escorter jusqu'à l'hôpital ? Était-ce la procédure standard ? C'était hors de question. Ils étaient deux Américains dans une ambulance volée, avec un cadavre. Ambler se glissa prestement à l'avant du véhicule, s'installa au volant. Le moteur tournait toujours. Ils avaient prévu de sortir de Paris par le bois de Boulogne, où Deschesnes avait garé une voiture de location. C'était inutile à présent. Mais il fallait qu'ils aillent *quelque part*. Il enclencha la première. Ce n'était pas le moment de discuter avec la maréchaussée.

Ambler jeta un coup d'œil dans le rétroviseur. Un policier vociférait dans son talkie-walkie. En bordure du parc, un peu à l'écart, la brune au manteau parlait dans son portable. Ambler espérait qu'elle ne faisait que rapporter le succès de sa mission. Mais ce fut alors qu'il remarqua quelque chose par-dessus son épaule qui le fit frissonner.

Là, dix mètres derrière l'agent de Fenton, au milieu des curieux, un visage qu'il aurait aimé ne pas reconnaître. Un visage chinois. Un bel homme au corps fluet.

Le tueur du Plaza Hotel.

Chapitre dix-sept

Washington, D.C.

L E BÂTIMENT principal du Département d'État américain, 2201 C Street, était en fait composé de deux constructions attenantes, l'une achevée en 1939, à la veille d'un conflit mondial, l'autre en 1961, au plus fort de la guerre froide. Chaque organisation possède une histoire locale, une mémoire institutionnelle pieusement entretenue entre ses murs, même si elle est oubliée au-delà. Au Département d'État, certains auditoriums et salles de réunion destinés aux événements publics portaient le nom de dignitaires décédés – il y avait, par exemple, la Loy Henderson Room, en hommage à un directeur vénéré chargé du Proche-Orient et des Affaires africaines dans les années 40 ; et une vaste salle portait le nom de John Foster Dulles, secrétaire d'Etat pendant les années critiques de la guerre froide. En revanche, dans les entrailles du bâtiment le plus récent, on trouvait des salles de conférences sécurisées qu'on identifiait uniquement au moyen de chiffres et de lettres. La plus sécurisée d'entre elles était la 0002A, et un visiteur non averti aurait pu supposer qu'elle servait au stockage des produits d'entretien, comme ses deux voisines. La pièce se trouvait dans un long corridor souterrain ; murs de parpaings peints en gris, tuyaux de cuivre, conduites en aluminium, et tubes au néon apparents. Les réunions qui s'y tenaient n'étaient jamais « ravitaillées » : quand on allait dans une des salles triple zéro, on pouvait faire une croix sur les pâtisseries, les cookies ou les sandwiches.

245

Ces réunions, il fallait les subir, et tout ce qui était susceptible de les prolonger était à éviter.

Il était évident que l'objet de la réunion qui avait lieu ce matin-là n'enchantait personne.

Ethan Zackheim, le responsable de l'équipe récemment mise sur pied, dévisagea les huit personnes assises autour de la table, guettant des signes de dissentiment inexprimé. Il se méfiait de l'unanimisme, de la tendance des groupes à s'aligner, à adopter une interprétation unitaire quand les preuves elles-mêmes étaient équivoques, lacunaires, ambiguës.

« Est-ce que tout le monde ici est sûr des évaluations que nous avons entendues jusqu'ici ? » demanda-t-il. Il ne reçut que des murmures d'acquiescement.

Zackheim se tourna alors vers une femme solidement charpentée portant un chemisier à haut col : « Abigail, êtes-vous certaine de votre lecture des infos fournies par le Service des interceptions ? »

Elle hocha la tête sans faire bouger sa frange brune laquée. « C'est probant, tempéra-t-elle, pas concluant. Mais corrélé aux autres flux de données, cela augmente la crédibilité de l'évaluation.

— Et votre équipe, Randall ? » Il se tourna vers un jeune homme fluet au teint crayeux vêtu d'un blazer bleu, qui était assis à la table, les épaules voûtées.

« Ils ont fait une vingtaine de vérifications différentes, répondit Randall Denning, l'expert en imagerie. C'est authentique. On voit un sujet que les hommes de Chandler ont identifié comme étant Tarquin arriver à l'aéroport de Montréal-Dorval quelques heures seulement avant l'assassinat de Sollinger. On a confirmé l'authenticité de la vidéo de sécurité. La marge d'incertitude est minime. » Il fit passer les photographies de Montréal à Zackheim, qui les survola, sachant pertinemment que ce n'était pas à l'œil nu qu'il verrait quelque chose qui aurait échappé aux experts en imagerie avec leurs techniques d'analyse assistée par ordinateur.

« Même chose pour ce cliché pris dans les jardins du Luxembourg, il y a environ quatre heures, poursuivit le spécialiste.

— Les images sont parfois trompeuses, non ? » Zackheim lui lança un regard interrogateur.

« Il ne s'agit pas simplement d'images, mais de notre capacité à les interpréter, laquelle est devenue infiniment plus sophistiquée ces dernières années. Nos ordinateurs sont capables d'analyser le "seuillage", le contour, la saturation de gradients de toutes sortes, et de détecter des variations que la plupart des experts ne remarqueraient même pas.

— Arrêtez avec ce charabia, bon sang ! » éructa Zackheim.

Denning haussa les épaules. « Considérez cette seule image comme un paquet d'informations d'une immense richesse. La structure des brindilles, les écoulements de sève, la croissance des mousses – toutes ces choses changent jour après jour. Un arbre n'est jamais le même à deux jours d'intervalle. Ici vous avez un champ complexe d'objets, un terrain caractérisé par un contour très particulier, des ombres différentes, ce qui non seulement identifie le moment de la journée mais fournit également des informations sur la configuration de milliers d'objets discrets. » Il tapota le quadrant inférieur avec un stylet noir. « Au microscope, on voit qu'il y a une capsule à environ trois centimètres de l'allée de gravier. Une capsule d'Orangina. Elle n'y était pas la veille. »

Zackheim se surprit à pianoter des doigts sur la table. « Ça me paraît plutôt mince comme info...

— *Détritus diurnes*, c'est le terme de métier que l'on donne à ce genre de détail dans mon département. C'est précisément ce qui rend possible l'archéologie en temps réel. »

Zackheim le fixa d'un regard dur. « On est sur le point de faire quelque chose qui est aussi sérieux qu'un pontage coronarien, tout ce qu'il y a d'irréversible. Il faut que je sois sûr qu'on a serré les boulons. Avant de déclarer Tarquin "irrécupérable", il faut que nous soyons sûrs de ne pas nous décider sur des demi-certitudes.

— La certitude est possible dans les manuels d'arithmétique de lycée. » L'homme était bedonnant, avec une tête sphérique et des lunettes à grosse monture. Il s'appelait Matthew Wexler, et cela faisait vingt ans qu'il travaillait au Bureau de renseignement et de recherche du Département d'État. Un type au physique ingrat et d'allure négligée. Il possédait par contre un formidable intellect, qu'un secrétaire d'Etat avait comparé à une moissonneuse-batteuse : une faculté stupéfiante à assimiler d'énormes quantités d'informations complexes et à les distiller de façon limpide, point par point. Il était capable de transformer les données en actes, et ne craignait pas de prendre une décision. A Washington, cette qualité était rare, très demandée, et appréciée en conséquence. « La certitude n'existe pas dans l'univers réel de la prise de décision. Si l'on devait attendre une certitude totale, les actions seraient retardées au point de devenir hors de propos, le vieux dicton selon lequel "L'indécision est une décision" est là pour nous le rappeler douloureusement. On ne peut décider sans informations. Mais on ne peut pas attendre d'avoir toutes les informations. Il y a un gradient entre ces deux bornes, et l'intégrité procédurale réside dans la capacité à choisir le point optimal d'information partielle. »

Zackheim s'efforça de masquer son agacement. Depuis que quelqu'un avait baptisé ce credo le principe de Wexler, l'analyste ne manquait pas une occasion de l'énoncer. « A votre avis, nous avons atteint ce point ?

— A mon avis, nous l'avons largement dépassé. » Il s'étira en étouffant un bâillement. « J'attirerai aussi votre attention sur les zones d'ombre entourant certaines de ses missions précédentes. C'est quelqu'un qui doit être stoppé. Discrètement. Avant qu'il ne jette le discrédit sur ses employeurs.

— J'espère que vous voulez dire ses *anciens* employeurs. » Zackheim se tourna à nouveau vers le jeune homme livide au blazer bleu. « Et l'identification est bonne ?

— Très, affirma Randal Denning. Comme nous l'avons dit, Tarquin a eu recours à la chirurgie pour modifier sa physionomie...

— Expédient typique de l'agent devenu franc-tireur, pointa Wexler.

— Mais les caractéristiques fondamentales du visage sont inchangées, poursuivit Denning. Vous ne pouvez pas modifier l'écartement des cavités orbitales ni l'inclinaison du foramen suborbital. Vous ne pouvez pas changer la courbure des maxillaires sans détruire la dentition.

— Ça veut dire quoi ce baragouin ? » aboya Zackheim.

Le spécialiste en imagerie jeta un coup d'œil à la ronde. « Simplement que la chirurgie esthétique ne peut pas altérer la structure osseuse du crâne. Le nez, les joues, le menton ne sont que des protubérances superficielles. Il est possible de paramétrer les lociciels d'identification faciale de façon à ce qu'ils ignorent ces éléments et se concentrent sur ce qui ne peut être modifié. » Il tendit à Zackheim une autre photographie. « Si ça c'est Tarquin... – l'image montrait un homme d'une trentaine d'années, un visage typiquement occidental dans une foule d'Asiatiques – alors ça aussi. » Il tapota son stylet en caoutchouc dur sur la photographie de surveillance de l'homme à l'aéroport de Montréal.

Le sous-directeur des Opérations consulaires, Franklin Runciman, n'avait pas dit grand-chose jusqu'ici. Un homme d'aspect rugueux, des yeux bleus perçants, des arcades sourcilières proéminentes, des traits puissants. Son costume avait l'air cher, un worsted bleu-gris avec un motif à carreaux. Il avait à cet instant le regard noir. « Je ne vois aucune raison de retarder la décision », finit-il par dire.

Zackheim avait été étonné, agacé même, que Runciman ait décidé d'assister à la réunion; on lui avait confié la tâche de diriger l'équipe, or la présence d'un supérieur ne pouvait que saper son autorité. Il lança au sous-directeur un regard plein d'attente.

« L'ensemble de nos stations et de nos postes sera alerté, grommela l'homme des Opérations consulaires. Et une équipe d'"extraction" – il prononça l'euphémisme avec un vague dégoût – devra être missionnée et déployée. Capture ou élimination.

— Je suis d'avis de mettre les autres agences sur le coup, proposa Zackheim, mâchoires serrées. FBI, CIA. »

Runciman secoua lentement la tête. « On externalisera si besoin est, mais on ne mêle pas nos collègues américains à cette affaire. Je suis de la vieille école. J'ai toujours cru au principe de l'auto-correction. » Il se tut et darda son regard perçant sur Ethan Zackheim. « Aux Opérations consulaires, on nettoie nos propres ordures. »

Chapitre dix-huit

Q UAND cela s'était-il passé – et que s'était-il passé exacte‑ ment ? On allait de surprise en surprise. L'une d'elles était Laurel. Une fois de plus, elle avait subi une expérience traumatisante et en était sortie indemne. Cette résilience était remarquable et réconfortante. La proximité de la mort n'avait fait qu'intensifier des émotions latentes en eux. La peur était l'une d'elles, mais il y en avait d'autres. De plus en plus il pensait à la première personne du pluriel : il y avait un *nous* là où il y avait eu autrefois un simple *moi*. C'était un sentiment fait de mots et de regards, d'euphorie et d'abattement. De douleur et de répit. Et de rires légers. C'était aussi fragile qu'un voile de tulle, et il ne con‑ naissait rien de plus solide.

Cela ressemblait à un petit miracle. Ils créaient une normalité qui n'avait jamais existé ; ils bavardaient comme s'ils se connais‑ saient depuis des années. Quand ils dormaient – ils s'en étaient rendu compte la nuit précédente – leurs corps s'épousaient naturel‑ lement, membres doucement imbriqués, comme s'ils avaient été faits pour cela. Quand leurs corps s'unissaient dans l'amour, c'était divin, et parfois, c'était quelque chose d'encore plus insaisissable... quelque chose qui ressemblait beaucoup à la sérénité.

« Avec toi, je me sens en sécurité, confia Laurel au bout d'un moment alors qu'ils étaient allongés sous les draps. C'est insultant à entendre ?

— Non, même si c'est peut-être une façon de tenter le destin »,
répondit Ambler avec un petit sourire. Il avait, en fait, envisagé de
changer d'hôtel et s'était ravisé ; il était plus risqué de remplir une
nouvelle fiche dans un autre établissement que de rester dans
l'ancien.

« Mais bon, tu savais déjà que c'était ce que j'éprouvais, non ? »
Ambler ne répondit pas.

« C'est drôle, reprit-elle. J'ai l'impression que tu sais tout ce
qu'il y a à savoir sur moi, même si c'est impossible. »

Mon Ariane, ma belle Ariane. « Il y a les faits, et il y a les vérités. Je ne connais pas les faits. Mais il se pourrait bien que je
connaisse quelques vérités.

— C'est ta façon de regarder les gens. Ça doit en mettre certains
mal à l'aise. Cette impression d'être transparent. » Elle se tut. « Je
suppose que je devrais éprouver la même chose. Comme si on
voyait mes dessous, en mille fois pire. Mais ce n'est pas le cas. Ça
ne l'a jamais été. C'est carrément dingue. Peut-être que ça m'est
égal que tu voies mes dessous. Peut-être que je veux que tu voies
ce que je suis vraiment. Peut-être que j'en ai assez d'être regardée
par des hommes qui ne voient que ce qu'ils ont envie de voir. C'est
presque un plaisir d'être transparente à tes yeux.

— Il y a beaucoup de choses à voir », dit Ambler en souriant et
en l'attirant contre lui.

Elle entrelaça à nouveau ses doigts dans les siens. « Ça me rappelle ce que les gamins disent parfois : "Je sais que tu sais que je
sais que tu sais..." Un sourire s'épanouit lentement sur ses lèvres,
comme si le sourire sur le visage d'Ambler s'était étendu au sien.
« Dis-moi quelque chose sur moi.

— Je pense que tu es l'une des personnes les plus sensibles que
j'aie jamais rencontrées, déclara Ambler.

— Tu devrais sortir plus souvent.

— Quand tu étais petite, tu n'étais pas comme les autres, pas
vrai ? Peut-être un peu en retrait. Pas vraiment spectatrice, mais tu
étais peut-être capable de voir des choses que les autres ne
voyaient pas, y compris toi-même. La faculté, tu sais, de mettre la
caméra un peu en arrière. »

Laurel ne souriait plus. Elle le regardait à présent, fascinée.

« Tu es quelqu'un de bienveillant, quelqu'un d'honnête, mais tu
ne te laisses pas approcher facilement, tu ne laisses pas les gens

connaître la vraie Laurel Holland. Mais quand tu finis par le faire, c'est plus ou moins pour toujours, en ce qui te concerne. C'est ta façon à toi d'être fidèle. Tu ne te lies pas d'amitié rapidement, mais quand tu as des amis, c'est du solide, parce que c'est pour de bon, pas pour la galerie. Et parfois, peut-être, tu voudrais te lier plus facilement, passer d'une relation à l'autre comme le font les gens. » Ambler marqua une pause. « Tu te retrouves dans ce que je dis ? »

Elle hocha la tête sans mot dire.

« Je pense que tu es vraiment digne de confiance. Pas une sainte ; tu peux être égoïste ; tu peux avoir mauvais caractère aussi parfois et t'en prendre aux gens qui sont proches de toi. Mais quand ça compte vraiment, tu es là. Tu connais la valeur de l'amitié. C'est important pour toi de donner l'impression de maîtriser la situation, mais souvent, ce n'est pas ce que tu *sens*. C'est presque pour toi un acte de volonté, de discipline, de rester calme et maîtresse de la situation, ce qui veut aussi dire te maîtriser toi-même. »

Elle cligna lentement les yeux mais garda le silence.

« Il y a eu des périodes dans le passé où tu as été trop honnête avec tes sentiments, poursuivit Ambler. Où tu sentais que tu t'exposais trop. Et ça t'a rendue prudente parfois, même un peu réservée. »

Laurel respira à fond, souffla de façon mal assurée. « Il y a juste une chose que tu as oubliée – ou que tu n'as pas mentionnée par politesse », dit-elle doucement d'une voix entrecoupée. Ses yeux étaient à quelques centimètres des siens, il vit ses pupilles se dilater.

Ambler pressa sa bouche contre la sienne et la prit dans ses bras, une lente et longue étreinte, presque comme s'il lui avait fait l'amour. « Il y a certaines choses qui se passent de mots », chuchota-t-il au bout d'un moment, et il devina – il *sut* – que cet embrasement qui l'envahissait, l'envahissait elle aussi : brillant et chaud, comme une aube intérieure.

Plus tard, alors qu'ils étaient couchés tous les deux, le corps luisant de sueur, dans un enchevêtrement de draps, elle leva les yeux au plafond et se mit à parler : « Mon père était un ancien du Vietnam, dit-elle d'une voix qui semblait venir de loin. C'était un type bien, je pense, mais cassé, presque comme le serait mon mari. Tu vas penser que j'étais attirée par ce type d'homme, mais je ne le crois pas. C'était juste mon lot dans la vie.

— Il battait ta mère ?

— Jamais, dit-elle avec brusquerie. *Jamais.* Il l'aurait perdue pour toujours s'il avait levé la main sur elle, ne serait-ce qu'une fois, et il le savait aussi. Les gens parlent de colères incontrôlables. Très peu sont vraiment incontrôlables de bout en bout. La marée balaye la plage, mais elle s'arrête à la digue. La plupart des gens ont des digues dans leur vie. Les choses qu'on ne dit pas, les choses qu'on ne fait pas. Mon père a grandi dans un élevage de vaches laitières, et s'il n'avait tenu qu'à lui, j'aurais grandi avec un bidon de lait dans les mains. Mais il fallait qu'il fasse vivre sa famille. Et il fallait affronter certaines réalités économiques. Du coup j'ai grandi dans une banlieue résidentielle de Virginie, à l'extérieur de Norfolk. Il travaillait dans une usine d'équipement électrique ; Maman était réceptionniste dans un cabinet médical.

— Un autre élément qui t'aura attirée vers les professions médicales ?

— Les faubourgs de la médecine en tout cas. » Laurel ferma un moment les yeux. « L'endroit où j'ai grandi ne valait pas grand-chose, mais il y avait de bonnes écoles, pour les enseignements artistiques, je suppose, et c'était important pour eux. Ils ont cru que je réussirais. Maman se souciait beaucoup de ça. Peut-être trop. On voyait bien qu'elle pensait que Papa ferait quelque chose de sa vie. Elle n'arrêtait pas de lui dire de demander une augmentation, une promotion. Et puis un jour elle s'est retrouvée à parler avec des gens de l'usine – peut-être bien pendant une vente de gâteaux à l'école, ce genre de truc – et bon, je n'ai pas saisi tout de suite, mais j'imagine qu'elle a fini par comprendre que l'usine ne gardait Papa que par charité. Parce qu'il avait fait le Vietnam et tout ça. Alors pour la promotion.... Maman a changé après ça. Elle était un peu triste au début, et puis elle s'est blindée. Comme si elle n'attendait plus rien de lui, mais comme on fait son lit on se couche.

— Restait toi...

— Pour garder espoir ? Ouais. » Un soupçon d'amertume passa dans sa voix. « Et quand j'ai remporté mon premier Oscar et que je l'ai remerciée devant un milliard de téléspectateurs, eh bien, tous ses rêves se sont réalisés.

253

— Elle est morte, n'est-ce pas? questionna Ambler avec douceur. Ils sont morts tous les deux?

— J'imagine qu'elle n'a jamais été aussi fière que quand ils m'ont vue jouer Maria dans le *West Side Story* qu'on avait monté au lycée. » Sa voix devenait plus épaisse. Ambler vit que ses yeux s'étaient mouillés de larmes. Elle se tourna vers lui, et dans sa voix il y avait la distance d'un souvenir lointain qui vient de refaire surface. « J'entends toujours mon père crier et siffler quand le rideau est tombé, et taper du pied. Mais c'est en rentrant à la maison que c'est arrivé.

— Tu n'es pas obligée d'en parler, Laurel. »

Des larmes roulaient sur ses joues, mouillant l'oreiller sous sa tête. « Il y avait une plaque de verglas à un carrefour et une benne à ordures a chassé, et Papa ne faisait pas attention, il avait bu quelques bières et ils étaient heureux tous les deux, il conduisait une fourgonnette de la compagnie quand il s'est encastré dans la benne, elle était remplie de matériel électrique. La fourgonnette a été stoppée net; le matériel a été projeté en avant. Ça les a écrasés. Ils sont restés deux jours à l'hôpital, dans le coma, et puis ils sont morts, à moins d'une heure d'intervalle. »

Elle ferma les paupières pour les assécher, pour reprendre le contrôle. « Peut-être que ça m'a changée. Peut-être que non. Mais ça fait partie de moi, tu sais? »

Ambler savait que le temps avait pansé et cicatrisé la blessure, mais c'était le genre de blessure qui ne guérissait jamais complètement. Ambler savait aussi exactement pourquoi il était important pour elle qu'il sache. Elle voulait qu'il la connaisse – il le fallait –, pas simplement qui elle était mais comment elle était devenue celle qu'elle était. Sa véritable *identité*, voilà ce qu'elle cherchait à partager avec lui. Une identité composée d'une centaine de milliers de fragments, d'une centaine de milliers d'incidents et de souvenirs, et qui pourtant constituait un tout homogène, une chose indiscutable. Une entité qui était à elle... non, qui était *elle*.

Ambler se sentit remué par un sentiment qu'il n'identifia pas tout de suite, un sentiment d'envie.

Pouvait-on se sentir protégé sans souffrir d'isolement? C'était une sorte de koan zen, pensa le président Liu Ang. Il était évident que la ville dans la ville qu'était Zhongnanhai lui semblait souvent isolée. A l'instar de l'empereur Kuang-hsü, dans sa magnifique prison, le président se demandait s'il ne résidait pas dans une cage dorée ou, du moins, laquée. Il serait cependant égoïste de ne pas prendre quelques précautions élémentaires: les enjeux étaient énormes, plus importants que sa vie personnelle. Mais il ne pourrait jamais se laisser lier les mains par ceux qui lui suggéraient de renoncer aux déplacements à l'étranger, comme sa prochaine intervention au Forum économique mondial. S'il écoutait le conseil de la peur, il perdrait la dynamique nécessaire à la réussite de ses réformes. Le président laissa son regard se porter à l'extérieur. En hiver les lacs du Nord et du Sud paraissaient ternes, sans vie – comme les yeux d'un géant mort, se dit Liu Ang. Ils le firent frissonner; la familiarité des lieux n'arrivait pas à assourdir le pouls sinistre de l'histoire.

Oui, il devait se préoccuper avant tout de la sécurité de son programme – son héritage – plutôt que de sa vie. Ce serait de la folie de sacrifier la première sur l'autel de la seconde. Si sa mort pouvait inaugurer la nouvelle ère de liberté et de démocratie qu'il désirait si ardemment, il espérait avoir le courage physique de l'accepter. Pour l'heure, cependant, il semblait que sa survie avait plus de chance de garantir cette transition: il espérait que cette conviction n'était pas pure vanité. Du reste, s'il succombait à la vanité, le *jiaohua de nongmin* serait toujours là pour le reprendre. Tout le monde redoutait la langue acérée du paysan matois – d'autant plus acérée, raillaient certains plaisantins, qu'il avait passé de longues années à se la mordre – mais le *jiaohua de nongmin* ne craignait plus personne.

Le jeune président regarda les visages familiers réunis autour de la table en laque noire – des visages familiers marqués par une inquiétude familière.

Chao Tang, le ministre de la Sécurité intérieure, Deuxième Bureau, avait l'air particulièrement grave ce matin-là.

255

« Nous avons de nouveaux renseignements, disait-il.

— Vrais ou simplement nouveaux ? demanda Liu Ang d'un ton léger.

— Les deux, j'en ai peur. » Le camarade Chao n'était pas d'humeur à plaisanter, mais il faut dire que c'était rarement le cas. Il sortit une série de photos d'une mince serviette en cuir, les montra à Liu Ang avant de les faire passer aux autres.

« Voici l'homme qu'ils appellent Tarquin, expliqua Chao. Au Canada, à la réunion du G7 il y a quelques jours. Vous remarquerez la date inscrite sur cette photo. A peine quelques minutes auparavant, un membre de la délégation européenne était assassiné. Kurt Sollinger. Un allié, économiquement parlant – quelqu'un qui travaillait dur sur un accord économique qui aurait facilité les échanges commerciaux entre notre pays et l'Union européenne. »

L'homme à la voix douce assis à la gauche de Liu Ang, son conseiller spécial pour les affaires de sécurité intérieure, secoua la tête d'un air sombre. « Quand le hibou tue le poulet, le bon fermier doit prendre les armes contre le hibou.

— Je croyais que l'espèce avait disparu, ironisa le président.

— Pas encore, mais ça ne saurait tarder, si des mesures ne sont pas prises. Vous avez *ça* en commun », grogna le mentor irascible et vieillissant du président, ses gros yeux clignant derrière ses lunettes à monture métallique.

« Et voici une autre photo de Tarquin, poursuivit Chao, prise dans les jardins du Luxembourg, à Paris, quelques minutes avant l'assassinat de Benoît Deschesnes, le directeur général de l'AIEA. Il se trouve que le Dr Deschesnes préparait un rapport d'inspection qui aurait disculpé ce régime des rumeurs selon lesquelles nous aurions contribué à la prolifération nucléaire. »

Le conseiller à la sécurité parut encore plus affligé. « Voilà un assassin qui a la future sécurité de la Chine dans sa ligne de mire.

— La question vitale est *pourquoi*, dit Liu Ang.

— Voilà qui est optimiste. La question vitale est peut-être *quand*. » Le camarade Chao disposa deux photographies de Tarquin côte à côte. « Voici un agrandissement de Tarquin, photographié pendant l'attentat de Changhua. Et un autre au Canada.

— Voyons, ce sont deux hommes différents, observa le président.

— Non, rectifia le camarade Chao. Nos analystes ont minutieusement examiné les images pour s'intéresser aux aspects de la physionomie qui ne peuvent être altérés – comme l'écartement des yeux, l'espace entre l'œil et la bouche, etc. – et ils en ont conclu qu'il s'agissait du même homme. Il a modifié son apparence, manifestement pour échapper à ses ennemis. D'après certains rapports, il aurait eu recours à la chirurgie esthétique et se serait mis à son compte. D'autres assurent qu'il continue de travailler pour son gouvernement.

— Il y a bien des façons de travailler pour son gouvernement », fit valoir le *jiaohua de nongmin* d'un air sévère.

Le président jeta un coup d'œil à sa montre. « Je vous remercie pour cette mise au point, messieurs. Mais je ne peux pas me mettre en retard pour ma réunion avec le Comité industriel de l'APL. Ils le prendraient mal. » Il se leva, et, sur un bref salut, prit congé.

La réunion ne fut pas levée pour autant.

« Revenons-en à la question du président, proposa Wan Tai. Elle ne doit pas être éludée. Demandons-nous simplement : *Pourquoi ?*

— C'est là en effet une question importante, souligna l'homme aux cheveux blancs, le paysan matois, en se tournant vers le camarade Chao. Notamment pourquoi l'assassin est-il encore en vie ? Lors de notre dernière réunion, vous disiez avoir pris des dispositions.

— Peut-être est-il encore plus rusé que vous », souffla le camarade Chao.

Paris

Le XIVe arrondissement, bordé par le boulevard de Montparnasse, était jadis le quartier préféré de la communauté américaine à Paris. Ce n'était sans doute pas pour cette raison que Fenton avait choisi d'y installer sa planque, du moins une de ses planques, car Ambler le soupçonnait d'en posséder beaucoup. Coupant à travers l'habituel dédale de rues à sens unique, les avenues du quartier canalisaient un flot continu de voitures vers Orly et les zones industrielles plus au sud. Les manifestants, aussi indissociables de Paris que l'étaient les sans-abri de New York, avaient une prédilection de longue date pour Denfert-Rochereau, point d'intersection des grandes artères. Même les rues moins encombrées offraient un large éventail de crêperies bretonnes, de discothèques et de cafés. Il fallait s'enfoncer dans l'arrondissement pour se retrouver dans les zones résidentielles, au calme. Le 45 de la rue Poulenc était situé dans l'une d'elles. Fenton avait donné l'adresse à Ambler quand ils s'étaient vus à Montréal. C'était là qu'Ambler devait venir faire son rapport, après la mission Deschesnes. Après son unique visite, il n'était plus question de remettre les pieds à l'annexe du Strategic Services Group.

Le 45 de la rue Poulenc n'avait rien de remarquable, n'était son côté peu engageant. On aurait pu prendre l'adresse pour un cabinet médical – ophtalmo ou dentiste. On apercevait des stores vénitiens poussiéreux au niveau de l'entresol ; aux autres fenêtres, des chlorophytums en pots n'arrivaient pas à égayer les lieux. Ambler sonna à la porte, puis attendit près d'une minute, durant laquelle son visage fut certainement examiné minutieusement, soit par le judas soit au moyen d'une caméra cachée. Un bourdonnement indiqua que la porte était ouverte. Il tourna la poignée et pénétra dans un vestibule moquetté. Personne en vue dans le couloir. Un escalier étroit sur la droite était tapissé d'un chemin d'escalier d'apparence luxueuse maintenu par des tringles en cuivre fixées au coin de chaque contremarche. Il entendit une voix dans un interphone au pied de l'escalier, la voix de baryton de Fenton, qui semblait métallique à travers le petit haut-parleur. « Je suis en bas. Au fond du couloir. »

Ambler ouvrit une porte et descendit un autre escalier étroit. En bas, il vit une porte à deux battants et frappa.

Paul Fenton ouvrit et l'introduisit dans ce qui ressemblait à une bibliothèque privée. Toute la surface disponible était tapissée de livres. Pas le genre de livres qu'on achète pour la déco mais des ouvrages abondamment consultés : des livres aux tranches usées, jaunies par les ans.

« Asseyez-vous », dit Fenton sans préambule. Il désigna un tabouret de bureau monté sur roulettes, puis s'assit à côté sur une chaise pliante en métal.

« J'adore ce que vous avez fait de cet endroit », commenta Ambler. Il était étrangement calme. Ils avaient laissé l'ambulance dans un parking ; quand ils étaient retournés à l'hôtel Beaubourg, personne ne les avait regardés de travers. D'un coup, ils avaient été replongés dans la plus totale normalité. A présent, en pénétrant dans l'empire discrètement excentrique du milliardaire, Ambler se sentait paralysé.

« Vous plaisantez, reprit Fenton, mais c'est presque une réplique exacte du bureau de Pierre du Pré au Collège de France. En haut, c'est une réplique presque parfaite du cabinet d'un *dentiste* de Montmartre. Ça pourrait être un décor de cinéma. Je l'ai fait faire par deux de nos techniciens, simplement pour voir si c'était possible. Ça n'a pas été facile, je peux vous le dire.

— On dit que deux têtes valent mieux qu'une, dit Ambler en pivotant lentement sur son tabouret recouvert de vinyle. Je suppose que vous vous êtes dit que quatre mains valaient mieux que deux.

— Comment ça ? »

Avec une nonchalance étudiée, Ambler se tourna pour faire face au magnat. « J'ai juste été surpris que vous ayez décidé de poster un second tireur dans les jardins du Luxembourg... enfin, sans me le dire. Vous avez peut-être considéré ça comme un soutien, mais, à mon avis, c'est contestable d'un point de vue opérationnel. J'aurais pu le descendre par erreur. Le cataloguer, à tort, comme hostile.

— Je ne vous suis pas », déclara Fenton d'un air légèrement interrogateur.

Ambler enfonça le clou. « Je dis simplement que je ne travaille pas avec des auxiliaires si je ne suis pas au courant.

— Quels auxiliaires ? »

Ambler scruta les traits de Fenton à l'affût de la moindre trace de dissimulation, de la plus légère tension. Il n'y en avait absolument aucune. « Et pour ce qui est du Chinois...

— Quel Chinois ? »

Ambler marqua une pause, puis demanda : « Vous n'avez aucune idée de ce que je raconte, n'est-ce pas ?

— J'en ai peur, admit Fenton. Il y avait quelqu'un d'autre à votre rendez-vous, Tarquin ? Quelque chose dont il faudrait que je m'inquiète ? Si vous avez une raison quelconque de soupçonner une défaillance dans la sécurité, il faut que je le sache.

— Je vous crois, si c'était le cas, vous seriez le premier informé, répondit l'agent américain d'un ton mielleux. Non, rien de ce genre. Je comprends votre besoin d'avoir des observateurs en position.

— Mais ça fait partie du protocole standard, protesta Fenton.

— Pas de problème. A l'Unité, je connaissais toute l'équipe en général, mais c'était à l'époque. Pardonnez à un vieux tigre d'être sur ses gardes. Vraiment, il n'y a pas lieu de s'inquiéter.

— Bon », fit Fenton. Il devait sa réussite à sa capacité d'attention limitée, qui faisait qu'il ne se laissait pas distraire par les détails qu'il jugeait sans importance. « Vous m'avez inquiété un moment. Mais vous avez été à la hauteur de votre réputation. Je suis très content. Vous avez fait le boulot, vite et bien. Vous avez fait preuve d'ingéniosité, de rapidité, d'une réactivité de premier ordre. Vous avez de l'étoffe. En fait, je crois que vous avez un avenir dans mon petit cercle. Au sommet de l'organigramme. Remarquez, il n'y a pas de pousse-papier au SSG. Les gens qui sont dotés d'un regard d'aigle devraient eux-mêmes être des rapaces. C'est ma philosophie. » Il s'interrompit, leva la main. « Mais je n'ai pas oublié notre conversation devant le Palais des Congrès. Il y avait des choses que vous vouliez trouver. Je vous avais dit que vous aviez des ennemis et des amis puissants, et j'avais raison, on dirait. J'ai parlé à mon principal contact au Département d'État.

— Et ?

— Il est évident qu'il y a une histoire à raconter, mais ils refusent de me la dire. Question de cloisonnement de l'information... ce qui est parfait, je respecte ça. La bonne nouvelle, c'est que mon contact a accepté de vous rencontrer en personne, il a promis de tout vous dire. On organisera ça dès que possible. Ici même, peut-être.

— Qui est-ce ?

— J'ai promis de ne pas le dire. Pas encore. S'il y a quelque chose que vous apprendrez à mon sujet, Tarquin, c'est que je suis un homme de parole.

— Je vous prends au mot, dit Ambler avec brusquerie. Bon sang, Fenton... Je vous ai dit que je devais être payé en *informations*. Vous croyez que vous allez vous en tirer avec ce genre de faux-fuyant. ? »

Le visage rougeaud de Fenton se colora davantage. « Ça ne marche pas comme ça, Tarquin, dit-il avec fermeté. Mon contact tient beaucoup à vous rencontrer. Encore plus maintenant. C'est une question de jours. Et ce n'est pas comme si vous alliez vous tourner les pouces en attendant. Je sais qu'un agent tel que vous doit être impatient de retourner au charbon. A ce stade, il n'y a pas de mission que je ne vous confierais pas. Il n'y a pas beaucoup de gens dans ce monde qui soient à la hauteur de leur réputation. Mais vous l'êtes, Tarquin. Vous l'êtes.

— Qu'est-ce que je peux dire ? » dit Ambler d'un ton neutre. *Le fil d'Ariane. Vois où il te mène.*

« J'ai un projet vraiment excitant pour vous. Mais ne préparez pas vos skis tout de suite. Il y a encore une dernière mission pour vous ici.

— Une de plus ?

— Un homme qu'il faut vraiment abattre, dit Fenton. Excusez mon franc-parler. Mais là, ça va être délicat.

— Délicat...

— L'ordre a déjà été donné par les Opérations consulaires d'éliminer ce type catalogué comme irrécupérable. Ils ont mis leurs meilleurs hommes sur le coup. Mais quand il s'agit de passer à la vitesse supérieure, ils font quand même appel à moi. Parce qu'ils ne peuvent rien laisser au hasard. Avec Fenton, vous êtes assuré des résultats. Alors maintenant, c'est à moi de mettre mes meilleurs hommes sur le coup... et ça veut dire, vous.

— Dites-m'en plus sur la cible.

— Notre homme est surqualifié et surentraîné. Un crack des opérations secrètes qui a mal tourné.

— De gros ennuis en perspective.

— Je ne vous le fais pas dire. On peut difficilement faire pire.

— Qui est-ce ? demanda simplement Ambler.

— Un sociopathe qui se trouve avoir des tonnes de renseignements dans la tête, à cause de son expérience sur le terrain et dans les bureaux. » Fenton avait l'air vraiment inquiet. « Des informations de première main sur toutes sortes de secrets d'Etat, codes, procédures opérationnelles, j'en passe et des meilleures. Et il est complètement *cinglé*. Tant que ce type respire, son pays sera en danger.

— Merci pour ces précisions, mais il va me falloir un nom pour commencer.

— Bien sûr. Le nom de la cible est Harrison Ambler. »

L'agent blêmit.

Fenton arqua un sourcil. « Vous le connaissez ? »

Ambler s'efforça de respirer normalement. « Disons simplement que nous avons un passé commun. »

TROISIÈME PARTIE

Chapitre dix-neuf

C LAYTON Caston retourna à la « chemise » du patient, qui venait d'arriver le matin même, et étudia rapidement la copie couleur de la photo d'identité. Un visage beau mais quelconque, même si la régularité anguleuse de ses traits avait quelque chose de presque cruel. Caston ne s'attarda pas longtemps sur l'image. Certains enquêteurs aimaient mettre un « visage » sur leur proie ; il n'était pas de ceux-là. Signatures numériques, schémas de dépenses – voilà qui était bien plus parlant que les détails contingents de ce qu'on connaissait déjà : que la personne en question avait deux yeux, un nez et une bouche.

« Adrian ? appela-t-il.

— Oui, *Shifu* », répondit le jeune homme, joignant les mains dans un geste de fausse dévotion. *Shifu* signifiait « instructeur », un terme honorifique utilisé dans les films de kung-fu. Les jeunes avaient un curieux sens de l'humour, se dit Caston.

« Du nouveau avec la liste du personnel du Pavillon 4-Ouest ?

— Non. Mais vous avez eu la 1133A, non ?

— En effet. Expédiée avec une incroyable célérité.

— Et puis vous avez vu, j'ai eu une copie de la "chemise" du dossier, avec même la photo du patient.

— J'ai vu.

— Mais pour ce qui est des listes du personnel... eh bien, ils disent qu'elles sont en cours d'actualisation.

— On prendra ce qu'ils auront.

265

— C'est ce que je leur ai dit. Rien à faire. » Adrian se mordit la lèvre inférieure d'un air pensif, et son piercing doré scintilla sous le néon du plafonnier. « Je dois dire que ça a été coton. Ma parole, ils ferment les écoutilles, littéralement. »

Caston arqua un sourcil, faussement sévère : « Littéralement littéral ou figurativement littéral ?

— Ne vous inquiétez pas. Je n'ai pas abandonné. »

Caston secoua la tête avec un sourire moribond et se rencogna dans son fauteuil. Son malaise allait croissant. Les données qu'il avait reçues paraissaient, d'une certaine manière, prédigérées. Préparées. Comme si elles étaient destinées à des yeux comme les siens. On lui avait communiqué de plus en plus d'informations sur Tarquin – concernant les missions qu'il avait effectuées pour l'Unité de stabilisation politique des Opérations consulaires. Mais pas un mot sur son identité civile. Et rien du tout sur la manière dont il avait été interné à Parrish Island. Généralement, c'était un processus qui générait quantité d'écritures administratives. Or, bizarrement, la paperasserie se rapportant à l'internement de Tarquin n'était pas disponible. Parrish Island était un établissement fédéral sécurisé ; chaque employé avait fait l'objet d'une sélection rigoureuse. Mais toutes les tentatives de Caston pour obtenir les dossiers du personnel travaillant dans le pavillon de Tarquin avaient été bloquées. Il ne pensait pas que les employés administratifs fussent complices ; il doutait même que ses homologues du Département d'État oseraient lui mettre des bâtons dans les roues. Cela signifiait donc que l'agent ou les agents responsables se situaient à un autre niveau : soit plus bas, sous le radar, soit plus haut, à l'abri des regards.

C'était *exaspérant*, vraiment.

Le téléphone de Caston pépia sur deux tons ; un appel interne. Caleb Norris était au bout du fil. Il n'avait pas l'air content. Caston devait passer le voir immédiatement.

Quand il arriva dans le bureau du sous-directeur, celui-ci avait l'air aussi morose qu'au téléphone.

Il croisa ses bras noueux sur sa poitrine, des touffes de poils noirs frisés dépassant de ses manchettes, une expression distraite sur le visage. « Ça vient d'en haut. Il faut mettre un terme à cette enquête. » Les yeux de Norris ne croisèrent pas ceux de Caston. « C'est comme ça.

« — Qu'est-ce que vous racontez ? » Caston contrôla sa surprise.

« Il y a eu des contacts au plus haut niveau entre le Département d'État et le DCI », expliqua Norris. Son front couvert de sueur brillait dans la lumière oblique de la fin d'après-midi. « Le message, c'est que l'enquête perturbe une opération d'accès spécial en cours.

— Et quels sont les détails de cette opération ? »

Norris haussa les épaules avec tout le haut du corps. Son visage était assombri par un mélange d'agacement et de dégoût, qui n'était pas dirigé contre Caston. « Opération d'accès spécial, d'accord ? On ne nous a pas confié les détails, dit-il avec énervement. Ils disent que Tarquin est à Paris, qu'ils le cueilleront là-bas.

— Qu'ils le cueilleront ou qu'ils l'élimineront ?

— On n'en sait foutre rien. C'est comme si on nous avait claqué la porte au nez. A part ce que j'ai dit, on sait que dalle.

— La réaction appropriée à un outrage, c'est d'être outragé, déclara Caston.

— Merde, Clay. On n'a pas voix au chapitre. Ce n'est pas un jeu. Le DCI en personne dit bas les pattes. Vous entendez ? Le DCI en personne.

— Ce fils de pute ne saurait pas faire la différence entre un polynôme et un polype, rétorqua Caston. C'est *mal*.

— Je sais que c'est mal, s'emporta Norris. Un putain de jeu de pouvoir. Personne dans la communauté du renseignement ne veut reconnaître la primauté de la CIA. Et tant qu'on n'aura pas le soutien du commandant en chef et du Sénat, ça n'arrivera pas.

— Je n'apprécie vraiment pas d'être interrompu, insista Caston. Une fois que j'ai commencé une investigation... »

Norris lui lança un regard exaspéré. « Ce que vous pensez, ou ce que je pense, tout le monde s'en fout. Il y a des principes procéduraux en jeu. Mais le fait est que le directeur adjoint s'est dégonflé, le DCI a pris sa décision, et c'est notre boulot de nous aligner. »

Caston resta silencieux un long moment. « Ne trouvez-vous pas toute cette affaire *irrégulière* ?

— Bien sûr. » Norris se mit à faire les cent pas d'un air malheureux.

« C'est foutrement irrégulier, renchérit Caston. J'ai du mal à l'accepter.

— Moi aussi. Et ça n'y change absolument rien. Vous classez

l'affaire, et moi aussi. Et puis on brûle les dossiers. Et on oublie qu'on les a ouverts un jour. Voilà notre feuille de route.

— Foutrement irrégulier, martela Caston.

— Clay, on doit choisir ses batailles, conclut Norris d'un ton de défaite.

— Ne pensez-vous pas, objecta le vérificateur, que ce sont toujours nos batailles qui nous choisissent ? » Il tourna les talons et sortit du bureau de l'ADDI. Mais, bon sang, qui était derrière tout ça ?

Caston continua à ruminer en retournant à son bureau. Peut-être qu'une irrégularité en méritait une autre. Son regard alla des dossiers sur son bureau à ceux posés sur l'espace de travail moins ordonné d'Adrian, et les rouages de son cerveau continuaient à tourner.

Ils disent que Tarquin est à Paris. Ils le cueilleront là-bas.

Finalement, il se munit d'un bloc-notes jaune et commença à dresser une liste. Pepto-Bismol. Ibuprofen. Maalox. Immodium. On ne voyageait pas sans cette prophylaxie. Il avait entendu parler de la « diarrhée du voyageur ». Il frissonna en pensant à la perspective de monter dans un avion. Ce n'était pas l'altitude, la peur du crash, ou la sensation de confinement. C'était la perspective de respirer l'haleine continuellement recyclée des autres passagers... dont certains pouvaient très bien avoir la tuberculose ou une autre infection mycobactérienne. Tout ça était tellement *malsain*. On lui attribuerait un siège où un steward avait épongé du vomi plus tôt dans la journée. Des parasites intestinaux pouvaient se tapir dans chaque fissure. On distribuerait des couvertures et avec elles, des *poils* pleins de spirochètes fixés par l'électricité statique.

Il conservait un *Manuel Merck* dans un tiroir du bas de son bureau, et fut à deux doigts de commencer à en feuilleter l'index.

Il souffla bruyamment, en proie à une appréhension grandissante, posa son crayon.

Une fois sur place, il lui faudrait surmonter sa répugnance des nourritures étrangères. La France avait son propre éventail d'abominations ; impossible d'y couper. Escargots. Cuisses de grenouille. Fromages marbrés de moisissures. Foies distendus d'oies gavées. Ne parlant pas la langue, il serait constamment en butte à des problèmes de communication. Il pourrait commander du poulet et se voir servir à la place la chair de quelque créature répugnante ayant exactement le goût de la volaille. Son organisme, affaibli par les miasmes de la tuberculose, pourrait payer de telles mésaventures au prix fort.

Il frissonna. Il endossait là un très lourd fardeau. Il ne le ferait pas s'il n'était pas convaincu que l'enjeu était de taille.

Il reprit son crayon et se remit à prendre des notes.

Enfin, après avoir noirci la plus grande partie de la première page de son écriture appliquée, il leva les yeux, la gorge serrée. « Adrian, je vais partir en voyage. A Paris. En vacances, annonça-t-il en s'efforçant de parler d'une voix sereine.

— C'est super, commenta Adrian avec un enthousiasme hors de propos. Une ou deux semaines ?

— Je pense. Qu'est-ce qu'on emporte d'habitude pour ce genre de voyage ?

— C'est une question-piège ? s'enquit Adrian.

— Si c'est le cas, le piège ne vous concerne pas. »

Adrian se pinça les lèvres d'un air songeur. « Qu'est-ce que vous emportez d'habitude en vacances ?

— Je ne pars pas en vacances, répondit Caston avec une dignité blessée.

— Alors, quand vous voyagez.

— Je déteste voyager. Je ne voyage jamais. Enfin, à part pour aller chercher les gosses en colonie, si ça compte.

— Non, je ne crois pas que ça compte. Paris, c'est génial, vous allez adorer.

— J'en doute fort.

— Alors pourquoi partez-vous ?

— Je vous l'ai dit, Adrian, dit Caston en découvrant ses dents dans une sorte de rictus. Des vacances. Rien à voir avec le travail. Rien à voir avec notre enquête, qui, je viens de l'apprendre officiellement, doit être abandonnée. »

Le visage d'Adrian s'éclaira. « Vous devez trouver ça... *irrégulier*.

— Extrêmement.

— A la limite de l'*anormal*.

— Exactement.

— Vous avez des instructions pour moi ? » Adrian brandit un stylo-bille. « *Shifu ?* » Il y avait une lueur d'excitation dans ses yeux.

« J'en ai quelques-unes, puisque vous en parlez. » Caston s'autorisa un petit sourire en se laissant aller en arrière dans son fauteuil. « Écoutez attentivement, Petit Scarabée. »

Chapitre vingt

A QUELQUES centaines de mètres de la place de la Concorde, la rue Saint-Florentin étirait ses élégants immeubles de style haussmannien, avec ses grêles balcons en fer forgé ornant de hautes fenêtres à petits bois. Des bannes rouges abritaient les vitrines de luxueuses librairies et parfumeries, lesquelles alternaient avec des représentations diplomatiques étrangères. Dont celle située au n° 2. La section consulaire de l'ambassade des États-Unis. Le dernier endroit où Ambler aurait dû se montrer. Pourtant, c'était précisément cette imprudence apparente qui avait motivé sa décision.

Après ce qu'il s'était passé dans les jardins du Luxembourg, Ambler était pratiquement certain que les postes des Opérations consulaires, ici et partout dans le monde, participaient activement à la recherche de Tarquin. Paradoxalement, c'était une donnée qu'il pouvait exploiter.

Il s'agissait en partie de savoir ce qu'on cherchait, et Ambler le savait. Il savait que les services administratifs de la « section consulaire » de la rue Saint-Florentin étaient une parfaite couverture pour le poste des Opérations consulaires. Au rez-de-chaussée, d'infortunés touristes ayant perdu leurs passeports faisaient la queue et remplissaient des formulaires distribués par un fonctionnaire aussi vif qu'un entrepreneur de pompes funèbres. Quant aux non-ressortissants, mieux valait ne pas leur donner de faux espoirs.

Les demandes de visa étaient traitées avec une lenteur d'escargot parkinsonien.

Aucun visiteur ni membre du personnel permanent n'avait jamais pensé à se demander ce qu'il se passait aux étages ; pourquoi ils exigeaient d'avoir un personnel d'entretien différent de celui employé par le Service des visas et des passeports et utilisaient des sorties et des entrées séparées. Les étages supérieurs : Secteur Paris, Opérations consulaires. Un univers où, comme l'avait prouvé la dernière requête de Fenton, il avait été décidé qu'un ancien agent de grande valeur, connu sous le nom de Tarquin, était irrécupérable.

Il allait tenter d'entrer dans l'antre du lion, mais seulement quand il aurait eu la certitude que le lion l'avait quittée.

Le fauve en question était un certain Keith Lewalski, un homme corpulent d'une soixantaine d'années qui dirigeait le Secteur Paris des Opérations consulaires avec une main de fer et un niveau de paranoïa plus en phase avec le Moscou des années 50 qu'avec l'Europe occidentale actuelle. Le ressentiment, voire le mépris, qu'il inspirait à ses subalternes lui était indifférent ; ceux à qui il rendait compte le considéraient comme un directeur solide, qui n'avait connu aucun échec notable. Il s'était élevé aussi haut qu'il l'avait souhaité et n'avait jamais nourri d'autres ambitions. Ambler ne le connaissait que de réputation, or celle-ci était redoutable, et il n'avait aucunement l'intention de la mettre à l'épreuve.

Tout était entre les mains de Laurel.

Est-ce que cela avait été une erreur ? La mettait-il en danger ? Mais il ne voyait pas d'autre moyen d'accomplir ce qu'il devait accomplir.

Il s'attabla dans un café voisin et regarda sa montre. Si Laurel avait réussi, il devrait en avoir confirmation d'un instant à l'autre.

Et si elle avait échoué ? Une peur froide le saisit soudain.

Il lui avait donné des instructions précises, qu'elle avait entièrement mémorisées. Mais ce n'était pas une professionnelle ; serait-elle capable d'improviser, de composer avec l'imprévu ?

Si tout s'était déroulé selon leur programme, elle avait déjà passé un coup de téléphone depuis l'ambassade américaine, 2 avenue Gabriel ; il l'aurait fait lui-même, mais les standards du consulat étaient peut-être équipés d'analyseurs d'empreintes vocales, et c'était un risque qu'il ne pouvait prendre. Mais avait-elle pu le faire ?

Ils avaient envisagé différents scénarios, différents prétextes, différentes éventualités. Elle devait se présenter au Service des affaires publiques en tant qu'assistante personnelle d'un conservateur de musée bien connu, engagé dans le programme de partenariat international inter-musées et qui l'avait chargée d'obtenir un ordre du jour pour une réunion à venir. Le prétexte était aussi simple et vague que cela. Il avait été relativement facile de réunir assez de détails plausibles sur le site web de l'ambassade. Ambler tablait également sur la mauvaise organisation du service culturel de l'ambassade et sur les dysfonctionnements qui en résultaient. Son personnel se marchait continuellement sur les pieds, répétant ou abandonnant certaines tâches administratives. L'assistante du conservateur avait dû être envoyée au quatrième étage, pendant que l'on s'occupait du problème. Là, elle avait dû demander à utiliser un téléphone privé pour appeler son patron et expliquer la confusion.

Ses instructions consistaient ensuite à composer le numéro qu'il lui avait donné, en utilisant l'argot particulier auquel il l'avait familiarisée, pour adresser une convocation à Keith Lewalski. Un dignitaire du Département d'État était arrivé à l'ambassade en provenance de Washington. Un debriefing avec monsieur Lewalski était demandé, immédiatement. Le standard du consulat avait dû authentifier l'appel comme émanant de l'ambassade des États-Unis ; les mots et les expressions ad hoc avaient dû traduire l'urgence de la situation.

La mission de Laurel n'exigeait pas un grand talent d'actrice mais une grande précision. En était-elle capable ? L'avait-elle fait ?

Ambler regarda une nouvelle fois sa montre, essayant de ne pas penser à tout ce qui avait pu mal tourner. Cinq minutes plus tard, un bureaucrate obèse et vieillissant sortit du 2, rue Saint-Florentin, l'air soucieux, et monta dans une limousine. Ambler éprouva un immense soulagement. Elle avait réussi.

Et *lui*, réussirait-il ?

Dès que la limousine eut tourné l'angle, Ambler pénétra dans le bâtiment à grandes enjambées, l'air blasé mais déterminé. « Demandes de passeport à gauche, demandes de visa à droite », indiqua un homme en uniforme avec une expression ennuyée. Il était installé devant ce qui ressemblait à un pupitre d'écolier, sur lequel était posé un gobelet rempli de crayons prétaillés de neuf centimètres de long sans bout gommé. Ils en usaient probablement deux douzaines par jour.

« Affaire officielle », grogna Ambler à l'adresse de l'homme en uniforme, qui l'aiguilla vers l'arrière d'un brusque hochement de tête. Ignorant les gens qui patientaient aux autres guichets, Ambler se présenta au bureau des « Renseignements officiels ». Une jeune femme solidement charpentée était assise derrière le comptoir, une liste de fournitures de bureau préimprimée étalée devant elle. Elle cochait des cases.

« Est-ce qu'Arnie Cantor est dans les parages ? » demanda Ambler.

— Une seconde », répondit la femme. Il la regarda disparaître d'un pas nonchalant derrière une porte. Un jeune homme d'allure efficace revint prestement au guichet quelques instants après.

« Vous vouliez voir Arnie Cantor ? Qui le demande ? »

Ambler leva les yeux au ciel. « Il est là ou il n'est pas là ? dit-il avec une expression d'ennui suprême. Commencez par ça.

— Il n'est pas là pour le moment », dit le jeune homme avec circonspection. Il avait les cheveux courts – une coupe de jeune cadre, pas de militaire – et l'attitude ouverte que les jeunes agents s'efforçaient de cultiver.

« Ça veut dire qu'il est à Milan, en train de trousser la *principessa* ? Non, inutile de répondre à ça. »

Le jeune homme ne put s'empêcher d'esquisser un sourire. « Je ne l'ai jamais entendu appeler comme ça », murmura-t-il. Il gratifia Ambler d'une expression, légèrement trop travaillée, de parfaite candeur. « Je peux peut-être vous aider.

— C'est au-dessus de votre échelon de salaire, croyez-moi », répondit-il avec irritation. Il consulta sa montre. « Oh, merde. Vous êtes de vrais marioles.

— Je vous demande pardon ?

— C'est à genoux que vous allez demander pardon.

— Si vous vouliez me dire qui vous êtes...

— Vous ne savez pas qui je suis ?

— Je crains que non.

— Alors la supposition que vous devez faire, c'est que vous n'êtes pas *censé* savoir qui je suis. On dirait que ça fait à peine quelques semaines que vous êtes sorti de l'incubateur. Rendez-vous service. Quand vous êtes largué, appelez un sauveteur. »

L'incubateur – le terme de métier pour désigner le programme de formation spéciale que devait subir tous les agents de terrain des Opérations consulaires. Le jeune homme gratifia Ambler d'un petit sourire en coin. « Que voulez-vous que je fasse ?

— Vous avez deux possibilités. Joindre Arnie au téléphone – je vous donnerai le numéro de Francesca si vous ne l'avez pas. Ou me dénicher un de vos branquignoles à l'étage. J'apporte des nouvelles, *vous comprenez ?* Et plus tôt vous me sortirez de la ligne de mire des pékins là-bas, mieux ça sera. En fait, allons-y mainte-nant. » Il regarda une nouvelle fois sa montre, dramatisant son impatience. « Parce que je n'ai vraiment plus le temps. Si vous étiez à la hauteur, bande de rigolos, je n'aurais pas eu à traîner mon cul jusqu'ici.

— Mais je vais devoir contrôler votre identité ? » La demande se fit supplique ; le jeune agent était pris au dépourvu, hésitant.

« Purée, ça fait la troisième fois que vous vous plantez. Des pa-piers, c'est pas ça qui me manque, de cinq identités différentes. Je vous dis que j'étais en opération avant d'être traîné ici. Vous croyez que j'ai mes vrais papiers sur moi ?... Hé, ne me laissez pas vous pourrir la vie. J'ai été autrefois exactement là où vous êtes maintenant, vous savez ça ? Je sais ce que c'est. »

Ambler passa derrière le guichet et appuya sur le bouton commandant la porte en accordéon de l'ascenseur à quelques mètres de là.

« Vous ne pouvez pas monter tout seul, avertit le jeune homme.

— Je ne suis pas seul, répliqua Ambler jovialement. Vous venez avec moi. »

Perplexe, le jeune homme suivit quand même Ambler dans l'as-censeur. L'autorité et l'assurance dans la voix de l'inconnu étaient bien plus efficaces que n'importe quel certificat ou pièce d'identité. Ambler appuya sur le bouton du troisième. Malgré l'aspect ancien de la cabine : la grille en accordéon, la porte revêtue de cuir avec la petite lucarne – la machinerie était récente, comme Ambler s'y attendait, et quand l'ascenseur s'ouvrit de nouveau, il eut l'impression de pénétrer dans un bâtiment totalement différent.

Qui ne lui était pas étranger, cependant. Il ressemblait à un cer-tain nombre de services du Bureau de renseignement et de recherche du Département d'État. Des rangées de bureaux, des ordinateurs à écran plat, des téléphones. Des rangées de déchiqueteuses cylindriques – protocole standard du Département d'État après la prise de l'ambassade des États-Unis en 1979 à Téhéran. Plus que tout, c'était le personnel qui lui paraissait familier : pas tant les individus que le type humain qu'ils représentaient. Chemises blanches, cravates en reps : avec de menues retouches, ils auraient pu être employés par IBM au début des années 60, l'âge d'or de l'ingénieur américain.

Ambler balaya rapidement la pièce du regard, identifiant le fonctionnaire le plus haut placé quelques instants avant que celui-ci – torse bombé, hanches larges, visage étroit et moralisateur, épais sourcils noirs, mèche romantique sur le front qui avait jadis dû faire fureur à la fac – ne se lève. L'adjoint de Keith Lewalski. Il était assis à un bureau d'angle dans une vaste salle en *open space*.

Ambler prit les devants. « Vous, lança-t-il brusquement à l'homme au torse bombé. Venez par ici. Il faut qu'on parle. »

L'homme s'approcha, l'air perplexe.

« Ça fait combien de temps que vous êtes affecté ici ? » demanda Ambler.

Un bref silence avant que l'intéressé ne réponde. « Qui êtes-vous au juste ?

— Combien de temps, bon sang.

— Six mois », répondit-il prudemment.

Ambler poursuivit à voix basse : « Vous avez été alerté pour Tarquin ? »

Infime hochement de tête.

« Alors vous savez qui je suis... qui nous sommes. Et vous devez savoir qu'il ne faut pas poser d'autres questions.

— Vous faites partie de l'équipe de récupération ? » L'homme parlait d'une voix étouffée. Son expression trahissait une certaine anxiété, une dose d'envie aussi ; celle du bureaucrate en conversation avec un tueur professionnel.

« Il n'y a pas d'équipe de récupération, et vous ne m'avez jamais vu, rappela Ambler, d'une voix râpeuse, alors qu'il répondait à la question d'un imperceptible hochement de tête. C'est comme ça qu'on va la jouer, vous comprenez ? Si vous avez un problème avec ça, un problème avec *nous*, vous irez en causer avec la sous-secrétaire, pigé ? Mais si vous êtes intéressé par la longévité de votre carrière, j'y réfléchirais à deux fois. Il y a des gens qui risquent leur peau dehors pour que vous puissiez rester assis sur vos gros culs ici. J'ai perdu un homme aujourd'hui. Si notre enquête nous apprend que vous avez bâclé le boulot, je vais être fumard. Moi et toute ma hiérarchie. Laissez-moi vous rappeler une chose : le temps presse. »

L'homme au poitrail de pigeon tendit la main. « Je m'appelle Sampson. Qu'est-ce qu'il vous faut ?

— C'est plié à l'heure qu'il est, répondit Ambler.

— Vous voulez dire... ?

— La cible a été éliminée à 9 h 00.

— Du travail vite fait.

— Plus vite qu'on ne le craignait. Plus sanglant qu'on l'aurait souhaité.

— Je comprends.

— Ça, j'en doute fort, Sampson, décréta Ambler d'une voix impérieuse, autoritaire. C'est votre petite entreprise qui nous inquiète. On se demande s'il n'y a pas des fuites chez vous.

— *Quoi ?* Vous n'êtes pas sérieux.

— Aussi sérieux qu'un putain d'anévrisme. Ce n'est qu'une possibilité – mais il faut qu'on vérifie. Tarquin en savait trop. Comme je l'ai dit, ça a mal tourné. Je vais avoir besoin d'une ligne temporaire sécurisée avec Washington. Sécurisée de bout en bout, s'entend. Pas de petites oreilles roses collées au mur.

— On devrait vraiment en parler avec...

— *Maintenant*, bon sang.

— Alors c'est le donjon qu'il vous faut ; la chambre de données sécurisée, à l'étage. Nettoyée chaque matin. Conçue pour garantir une parfaite isolation acoustique, visuelle et électronique, en conformité avec les spécifications du département.

— J'ai participé à la rédaction de ces spécifications, fit valoir Ambler d'un ton plein de mépris. Les spécifications sont une chose. Leur exécution une autre.

— Je garantis sa sécurité personnellement.

— J'ai un rapport à transmettre. Ce qui veut dire que je vais avoir besoin de faire aussi quelques recherches. Ensuite on laissera les choses suivre leur cours.

— Bien sûr, affirma Sampson.

Ambler lui lança un regard dur. « Allons-y. »

La plupart des grands consulats contenaient une version ou une autre du « donjon », où les renseignements étaient stockés, traités, et transmis. Au cours de ces dernières décennies, les installations du CENTCOM, le Commandement central des États-Unis, étaient devenues particulièrement importantes pour la projection de la puissance américaine, au détriment du Département d'État, qui se soumettait à l'ascendant pris par les ressources militaires sur les ressources diplomatiques dans une conjoncture d'après-guerre froide. C'était le monde tel qu'il était, mais ce n'était pas le monde dans lequel vivaient des individus tels que Sampson, qui rédigeaient consciencieusement leurs rapports analytiques et se croyaient au cœur de l'action, alors même que l'action leur échappait depuis longtemps.

La chambre informatique sécurisée était située derrière deux portes séparées, et le système de ventilation était conçu de manière à ce que la pression soit légèrement positive par rapport aux pièces extérieures ; ainsi était-on immédiatement alerté si l'une des deux portes était ouverte. Les portes elles-mêmes étaient en acier épais pour résister aux explosions, et un boudin caoutchouté assurait leur isolation phonique. Conformément au cahier des charges, les murs étaient faits de couches alternées de fibre de verre et de béton.

Ambler pénétra dans la pièce et appuya sur le bouton qui commandait la fermeture magnétique des portes. Pendant un moment, tout fut silencieux, il faisait désagréablement chaud et la pièce était mal éclairée. Puis on entendit le sifflement discret du système de ventilation qui se mettait en branle, et l'éclairage halogène qui s'allumait. La pièce faisait environ trente-cinq mètres carrés. Il y avait deux postes de travail, disposés côte à côte, recouverts d'une sorte de stratifié blanc, et une paire de fauteuils de bureau à l'assise et au dossier ovales, revêtus d'un tissu synthétique noir. Les postes de travail étaient équipés d'écrans plats comme ceux qui se trouvaient en bas et de claviers noirs ; des tours d'ordinateur beiges étaient posées sur un rack en hauteur. La connexion continue à haut débit par fibre optique permettait d'échanger des données hautement cryptées avec le centre de stockage numérique de Washington ; des installations lointaines comme celle-ci étaient mises à jour – synchronisées – toutes les heures.

La configuration offrait trois baies en façade avec une capacité de stockage de quatre-vingt-quatre térabits, un monitoring proactif, ainsi qu'un logiciel de détection et de correction d'erreurs. Il était également équipé, Ambler le savait, d'un programme d'auto-effacement en cas de perturbation. Toutes les précautions avaient été prises pour garantir que ce vaste stock de données ne tombe jamais entre de mauvaises mains.

Ambler alluma l'écran et attendit quelques instants qu'il s'éclaire ; la connexion était déjà établie. Il se mit alors à taper les mots clés de sa recherche. Il s'était introduit au culot dans l'endroit le plus sensible du poste des Opérations consulaires ; sa ruse pouvait être découverte d'un moment à l'autre. Il supposait que le trajet de Lewalski jusqu'à l'avenue Gabriel prendrait vingt minutes, peut-être moins s'il y avait peu de circulation. Il faudrait qu'il gère son temps avec sagesse.

Il tapa *Wai-Chan Leung*. Quelques secondes plus tard, une biographie standard apparut, préparée par l'INR, le Bureau de renseignement et de recherche du Département d'État. Des liens hypertextes permettaient d'ouvrir des fichiers séparés sur la famille de l'homme politique, ses intérêts commerciaux, ses origines, ses liens politiques. Cette évaluation était de peu d'intérêt. Leurs affaires n'étaient pas irréprochables – des parlementaires accommodants avaient reçu des dons ; on supposait, quand ce n'était pas avéré, que des petits pots-de-vin avaient été distribués à des responsables étrangers en position de hâter certaines transactions –, mais eu égard aux usages en vigueur dans cette région du monde, la famille de Leung conduisait ses affaires avec une certaine probité. Il parcourut avec impatience la biographie de Wai-Chan, reconnaissant les différentes étapes d'un tableau chronologique bien connu.

Il n'y avait pas trace des allégations figurant dans le dossier préparé par l'Unité de stabilisation politique – et il connaissait bien les méthodes d'insinuation et les circonvolutions utilisées par les analystes professionnels du renseignement. Elles consistaient généralement en de tièdes démentis précédés de : « Malgré des rumeurs de contacts avec... » ou bien : « Bien que certains aient conjecturé que... » Or il n'y avait rien de la sorte ici. Les analystes voulaient surtout savoir comment ses perspectives d'avenir en tant qu'homme politique d'envergure nationale avaient été affectées par sa « rhétorique résolument antibelligérante » sur le sujet des relations avec la Chine. Les yeux d'Ambler bondissaient de paragraphe en paragraphe, comme une voiture de course sur une route de montagne cahoteuse. De temps à autre, il marquait une pause, aux passages potentiellement intéressants.

> *Wai-Chan Leung avait une grande confiance dans un avenir de « libéralisation convergente ». Il croyait que l'émergence d'une Chine continentale plus démocratique conduirait à des relations politiques plus étroites. Ses adversaires, en revanche, conservaient une posture de suspicion et d'hostilité inconditionnelles – une posture qui a sans doute renforcé l'hostilité et la suspicion viscérales de leurs homologues du Parti communiste chinois et de l'Armée populaire de libération. La position de Wai-Chan Leung sur cette question aurait sans doute été politiquement intenable pour tout homme politique n'ayant pas son énorme charisme personnel.*

Les mots étaient arides, choisis avec soin, mais ils évoquaient le jeune candidat idéaliste qu'Ambler avait vu – quelqu'un qui avait défendu ses idéaux, indépendamment de tout opportunisme politique, et avait été d'autant plus respecté pour cela.

Le dossier de Kurt Sollinger était bien plus superficiel. Négociateur commercial, il avait passé quinze ans à défendre les intérêts économiques de l'Europe, sous ses diverses désignations – Marché commun européen, Communauté européenne, Union européenne. Né en 1953, il avait grandi à Deurne, Belgique, dans une banlieue pour classes moyennes d'Anvers. Père ostéopathe formé à Lausanne ; mère bibliothécaire. Il y avait les habituelles sympathies gauchistes pendant ses années de lycée et d'université – passées au Lyceum van Deurne, et à la Katholieke Universiteit de Louvain – mais rien d'extraordinaire pour sa génération. Il avait été photographié avec un groupe manifestant contre le déploiement de missiles de moyenne portée en Allemagne au début des années 80, avait signé diverses pétitions diffusées par des membres de Greenpeace et autres activistes écologistes. Mais ce militantisme n'avait pas survécu au cap de la trentaine. En fait, il était entré dans les hautes sphères de l'université avec une détermination certaine, travaillant à un doctorat sur les économies locales et l'intégration européenne avec le professeur Lambrecht. Le regard d'Ambler balaya cette prose aride, cherchant... quoi, au juste ? Il n'en était pas sûr. Mais s'il y avait un fil rouge à découvrir, c'était le seul

279

moyen d'y parvenir. Il fallait qu'il reste ouvert et réceptif. Il le verrait. Ou il ne le verrait pas.

Ambler continua à faire défiler les pages, parcourant une liste ennuyeuse à mourir des différentes promotions et avancements bureaucratiques du docteur polyglotte. Une progression régulière à défaut d'être spectaculaire, mais dans le monde de la haute fonction publique, il s'était lentement construit une réputation d'intégrité et d'intelligence. La section suivante de la minibiographie de Sollinger était intitulée « L'équipe de l'Est » ; ce rapport concernait sa présidence d'un comité spécial chargé des questions commerciales Est-Ouest. Ambler lut plus lentement. Le groupe avait obtenu des avancées notables en réussissant à imposer un accord commercial entre l'Europe et la Chine, un accord qui, cependant, avait capoté suite à la mort du principal négociateur européen, Kurt Sollinger.

Le cœur battant, Ambler saisit le nom de Benoît Deschesnes. Il passa rapidement sur les renseignements relatifs à sa formation scolaire et universitaire, ses postes d'enseignant, les détails bureaucratiques du travail de consultant que le Français avait effectué pour l'UNMOVIC, la Commission d'inspection des Nations unies, puis sa rapide ascension à la tête de l'Agence internationale de l'énergie atomique.

Il trouva ce qu'il cherchait vers la fin du dossier. Deschesnes avait nommé une commission spéciale chargée d'enquêter sur les allégations selon lesquelles le gouvernement chinois avait engagé une politique de prolifération nucléaire. Beaucoup avaient le sentiment que ces accusations avaient été portées pour des raisons politiques ; d'autres s'inquiétaient au motif qu'il n'y avait peut-être pas de fumée sans feu. En tant que directeur général de l'AIEA, Deschesnes avait une réputation de rectitude et d'indépendance. Les propres analystes du Département d'État avaient conclu, sur la base d'un examen réunissant toutes les sources d'information, que le rapport, qui avait nécessité un an de travail, disculperait le gouvernement chinois. La dernière mise à jour, soumise et déposée quelques heures auparavant seulement, indiquait que la publication des conclusions de la commission spéciale était reportée à une date indéterminée en raison de la mort violente de l'enquêteur principal.

La Chine.

L'œil de la toile était centré au-dessus de la Chine. Un mot qui lui disait tout et rien. Ce qui était parfaitement limpide, c'était que l'assassinat de Wai-Chan Leung ne devait rien au hasard ; il ne résultait pas des fausses informations propagées par ses adversaires. Au contraire, la désinformation avait été exploitée à dessein. Tout indiquait que la mort de Wai-Chan Leung faisait partie d'un plan plus vaste pour éliminer différentes personnalités influentes qui semblaient bien disposées à l'égard du nouveau dirigeant chinois. Mais *pourquoi ?*

Plus de questions, plus de conclusions. S'il avait été habilement manipulé, il n'était sans doute pas le seul. Son fanatisme rendait Fenton facile à utiliser. Des exaltés de son acabit risquaient toujours d'être manipulés quand leur fanatisme prenait le pas sur leur méfiance instinctive. Il serait facile d'en appeler à son patriotisme et de lui fournir de fausses informations... puis d'attendre tranquillement le résultat des courses.

Mais encore une fois, *pourquoi ?*

Ambler regarda sa montre. Il était déjà resté trop longtemps ; chaque seconde qui passait augmentait le risque. Mais avant d'éteindre l'écran, il saisit un dernier nom.

Dix secondes s'écoulèrent, pendant que les disques durs de quatre-vingt-quatre térabits tournaient en vain avant d'admettre leur impuissance.

AUCUN DOCUMENT TROUVÉ POUR HARRISON AMBLER.

Chapitre vingt et un

L A BERLINE Daimler qui avait conduit Ellen Whitfield jusqu'au domaine alla attendre sur l'aire de stationnement
gravillonnée tandis que la sous-secrétaire entrait d'un pas
énergique dans le somptueux bâtiment.

Le château de Gournay, situé à seulement quarante minutes du
nord-ouest de Paris, était un joyau d'architecture du XVIIᵉ siècle,
bien moins ostentatoire que Versailles, tout proche, mais tout aussi
impressionnant dans ses détails. Dessiné par François Mansart pour
un duc de la cour de Louis XIV, le château figurait parmi les plus
remarquables constructions de ce type en France, du hall marquant
l'apothéose du style classique à son buffet d'eau en pierre taillée si
souvent photographié. Les onze chambres étaient d'époque ; le
court de tennis et les bassins étaient des adjonctions plus récentes.
Ces cinquante dernières années, il avait accueilli des conférences
internationales d'organisations gouvernementales et non gouvernementales, des assemblées confidentielles de grands industriels et
de leurs successeurs de l'âge de l'information. Pour l'heure, il avait
été loué par un « think tank » conservateur très généreusement
financé, basé à Washington, à la demande du professeur Ashton
Palmer, qui dirigeait son programme pour la zone pacifique et
préférait toujours les décors exprimant ce que la civilisation avait
de mieux à offrir.

Un valet de chambre en livrée accueillit la sous-secrétaire Whitfield dans le hall.

« Monsieur Palmer vous attend dans le salon bleu, madame », lui annonça le domestique français. Un homme proche de la soixantaine, le nez cassé, la mâchoire carrée, au physique maigre et nerveux, un homme, soupçonnait-on, dont l'expérience et les compétences étaient supérieures aux seules exigences de son emploi. Whitfield n'aurait pas été surprise que Palmer ait engagé un ancien membre de la Légion étrangère ; il croyait profondément aux employés à « double casquette », valet-traducteur ou majordome-garde du corps. Le penchant de Palmer pour la multiplicité était lié à une esthétique de l'efficacité : il admettait qu'un individu puisse jouer plus d'un rôle sur la scène de l'histoire, et l'action la mieux choisie produire plus d'un effet. Cette doctrine de la multiplicité jouait en fait un rôle clé dans le scénario qui était en train de se dérouler.

Le salon bleu s'avéra être une baie octogonale donnant sur les écuries. Un plafond en voûte de près de cinq mètres de hauteur, de grands tapis d'époque magnifiques, des chandeliers dignes d'un musée. La sous-secrétaire se mit à la fenêtre, contemplant le magnifique paysage parfaitement dessiné. Même les écuries, une élégante construction de brique et de bois, auraient pu être transformées en somptueuse demeure.

« Ces artisans connaissaient leur métier, n'est-ce pas ? »

La voix d'Ashton Palmer.

Ellen Whitfield se retourna et vit Palmer entrer par une discrète rangée de petites portes. Elle sourit. « Comme vous le dites toujours : "Ce ne sont pas les compétences, mais le degré de compétence." »

— C'est ce qui était frappant à la cour du Roi Soleil : le plus haut degré de civilité, le culte des lettres, de l'art, des sciences naturelles et de l'architecture. En même temps, une grande indifférence, une sorte de cécité vis-à-vis des instabilités cataclysmiques de l'ordre social sur lequel était assise leur prospérité. Les bases de la révolution qui allait dévorer leurs enfants un siècle plus tard. Leur paix était une paix trompeuse, qui contenait les ferments de sa propre destruction. Les gens oublient facilement ce que Héraclite nous a enseigné : "La guerre est commune, la justice une lutte, et tout devient dans la lutte et la nécessité."

— Cela fait plaisir de vous voir, Ashton, confia Withfield avec chaleur. Oserai-je invoquer la vieille malédiction chinoise en disant que nous vivons des moments intéressants [1] ? »

Ashton Palmer sourit. Ses cheveux argentés étaient plus fins qu'ils ne l'étaient quand Whitfield était son étudiante, mais pas moins soignés, le front haut, impressionnant ; un air de pure intelligence émanait de ses yeux bleu ardoise. Il y avait quelque chose d'intemporel chez lui, quelque chose qui transcendait le quotidien. Au cours de sa carrière, Whitfield avait croisé bien des personnalités considérées comme historiques, mais elle avait la conviction qu'il était le seul véritable grand homme qu'elle eût jamais rencontré, un visionnaire dans tous les sens du terme. Cela avait été un privilège de faire sa connaissance – elle en était déjà consciente à l'époque, alors qu'elle n'avait qu'une vingtaine d'années. Elle en était tout aussi consciente maintenant.

« Qu'avez-vous à me dire ? » demanda le sage. Whitfield savait qu'il arrivait tout droit de Hong Kong, mais il paraissait incroyablement dispos.

« Jusqu'ici, tout s'est passé exactement comme vous l'aviez prédit. » Une lueur éclaira le regard de la sous-secrétaire. « Comme vous l'aviez *imaginé*, devrais-je dire. » Elle se regarda dans l'élégant miroir vénitien. La lumière d'étain de l'hiver français filtrait à travers la fenêtre à petits carreaux, accentuant ses hautes pommettes et ses traits puissants. Ses cheveux châtains, partagés par une raie, étaient coiffés avec soin ; elle portait une jupe-tailleur cerise et une unique rangée de perles autour du cou. Une discrète touche de fard faisait ressortir l'iris de ses yeux bleus. « C'est un endroit étonnant que vous avez là.

— Le Centre de politique comparée est sur le point d'organiser une conférence ici. "Régulation des changes : une perspective Est-Ouest." Qu'avez-vous dit à votre personnel ?

— Le château de Gournay est sur l'itinéraire, il n'y a pas à s'inquiéter. Une rencontre avec des universitaires sur la libéralisation des changes.

— Parce qu'il faut encore prendre des précautions.

— J'en suis bien consciente », dit la sous-secrétaire. Elle prit place à la table en bois doré, et Palmer se joignit à elle.

---

1. Allusion à un discours célèbre de JFK.

« Je me rappelle la première fois que je vous ai vu enseigner, dit-elle en regardant par la fenêtre. J'étais en licence à Radcliffe, vous donniez un cours d'initiation sur "la domination mondiale" dans l'amphithéâtre Sanders, et vous avez écrit trois mots allemands au tableau : *Machtpolitik*, *Geopolitik* et *Realpolitik*. Quelqu'un au fond de la salle a crié : "Est-ce qu'on va devoir parler allemand ?" Et vous avez répondu non, mais que c'était une langue qu'il nous faudrait connaître, et que seul un petit nombre d'entre nous réussiraient à la maîtriser : la langue de la politique. »

A ce souvenir, Palmer plissa les yeux. « J'estimais juste d'avertir les étudiants.

— C'est exact. Vous avez prédit que la plupart d'entre nous n'y arriveraient simplement jamais. Que seule une petite minorité la maîtriserait à un haut niveau, alors que les autres tomberaient dans les clichés de l'insignifiance historique – le point de vue de l'échevin local sur l'univers, comme vous l'appeliez, je crois. C'était dur pour de jeunes esprits.

— Vous aviez un mental à toute épreuve, même à l'époque. Le genre de force de caractère que l'on possède ou pas.

— Je me rappelle ce que vous disiez de Gengis Khan, qu'en utilisant des concepts modernes, on serait forcé d'admettre qu'il était très attaché à la libéralisation des échanges et à la liberté religieuse, car c'était ainsi qu'il dirigeait son empire.

— Ce qui, précisément, le rendait si dangereux. » Il étala ses doigts sur la marqueterie en poirier.

« Exactement. Et sur la carte, vous aviez montré l'étendue de l'empire de Khan, comment en 1241, son fils et héritier, Ogödei, avait pris Kiev, défait une armée germanique à l'est, et s'était ouvert un chemin à travers la Hongrie jusqu'aux portes de Vienne. C'est là que ses hordes s'étaient arrêtées. Les frontières de l'Empire mongol recouvraient presque exactement celles du bloc soviétique. Cela a été une véritable révélation. Vous nous avez montré les deux zones, l'Empire mongol d'un côté, l'Empire communiste de l'autre, s'étendant de la Corée du Nord à la Chine et jusqu'en Europe orientale. C'était la même région, vous appeliez ça "l'empreinte de l'histoire". Et si les Mongols se sont arrêtés à Vienne, c'est un pur hasard.

— Un pur hasard, répéta Palmer. Ogödei mort, les chefs de l'armée ont voulu rentrer pour choisir son successeur.

— Vous nous avez montré qu'il y avait une mécanique propre aux grands empires. Au XVIᵉ siècle, Sulaiman le Magnifique était le plus puissant sultan ottoman, c'était aussi celui qui était le plus attaché aux principes fondamentaux de l'égalité devant la loi, de l'équité procédurale et du libre-échange. En tant que proposition historique, vous avez prouvé que la dangerosité des empires orientaux vis-à-vis de l'Occident était proportionnelle à leur degré de libéralisme interne.

— Un grand nombre de personnes n'ont pas su lire ce qui était écrit sur les murs, développa Palmer. Surtout quand c'était du chinois.

— Et vous avez expliqué à ces gamins somnolents comment, au cours des sept derniers siècles, la Chine – l'Empire du Milieu – n'avait jamais menacé l'hégémonie occidentale, même si, en principe, elle aurait pu être son plus grand rival. Le vrai tigre de papier, c'était le président Mao. En Chine, plus le régime est totalitaire, plus sa posture militaire est prudente, purement défensive, tournée vers l'intérieur. C'était une théorie puissante, exprimée avec force. Quand ils ont pris conscience des implications de ce que vous disiez, les gamins intelligents ont ouvert les yeux. Je me rappelle en avoir eu la chair de poule.

— Pourtant certaines choses ne changent pas. Vos collègues du Département d'État refusent encore de voir la vérité en face : que plus le régime chinois s'occidentalise, plus il devient une menace, sur le plan militaire aussi bien qu'économique. Le président chinois a un visage avenant, et ce visage a aveuglé notre gouvernement au point qu'il ne voit plus la réalité, à savoir qu'il est, plus que quiconque, déterminé à réveiller un dragon endormi. » Il jeta un coup d'œil à son élégante montre Patek Philippe. Whitfield remarqua qu'elle affichait le temps sidéral, l'heure de l'est, ainsi que l'heure de Pékin.

« Même quand j'étais étudiante, vous sembliez comprendre bien plus de choses que n'importe qui d'autre. Pendant le séminaire de relations internationales de ma première année de troisième cycle, on avait l'impression de faire partie des *illuminati*.

— Cinquante étudiants s'étaient inscrits, j'en ai admis douze seulement.

— Un groupe incroyable. Je n'étais certainement pas la plus brillante.

— Non, admit-il, mais vous étiez la plus... *capable*. »

Elle se rappelait le premier jour du séminaire. Le professeur Palmer avait parlé du monde tel que le percevait le Premier ministre britannique, Benjamin Disraeli, à la fin du XIXe siècle, à l'apogée de la toute-puissante Pax Britannica. Disraeli avait dû croire que son empire était impérissable, que le prochain siècle appartiendrait aux Anglais et à leur puissante flotte. Dans les premières décennies du siècle suivant, la Grande-Bretagne avait été réduite à une puissance de second rang. Une transformation, disait Palmer, comparable à la réduction de l'Empire romain à l'Italie.

Le XXe siècle avait été le siècle de l'Amérique; sa suprématie industrielle et économique était incontestée au lendemain de la Seconde Guerre mondiale, et les rouages complexes de son appareil militaire projetaient sa puissance jusqu'aux confins du globe. Mais ce serait une erreur de supposer, avertissait Palmer, que le siècle suivant serait américain de droit. En réalité, si l'Empire du Milieu devait vraiment se réveiller, le prochain siècle pourrait lui appartenir, le centre de la prééminence mondiale se déplacer vers l'est. Et les politiques d'« engagement constructif » étaient précisément de nature à renforcer les Chinois et à accélérer leur ascension.

Faisant écho à la condamnation par Marx des « marxistes » français des années 1870, Ashton Palmer avait un jour plaisanté en disant qu'il n'était pas un « palmérien ». Il désavouait les malentendus vulgaires touchant ses principales doctrines – les gens qui tiraient des perspectives historiques inéluctables de son travail. Sa méthode mêlait l'histoire de *longue durée* à la microhistoire s'intéressant au très court terme. Elle n'était pas réductible à des slogans, des dictons, des formules. Et *rien* n'était inévitable : c'était un point fondamental. Croire au déterminisme historique, c'était céder à la passivité. L'histoire du monde était faite des décisions prises par des êtres humains. Des décisions qui faisaient l'histoire humaine. Des décisions qui pouvaient la refaire.

Le valet en livrée s'éclaircit la gorge.

« Professeur Palmer, dit-il. Vous avez reçu une transmission. »

Palmer se tourna vers Whitfield avec un air contrit. « Si vous voulez bien m'excuser. »

Il disparut au fond d'un long couloir. Quand il revint, quelques minutes plus tard, il paraissait à la fois anxieux et plein d'énergie.

287

« Tout est en train de se mettre en place, annonça-t-il à Whit-field. Ce qui fait monter la pression.

— Je comprends.

— Qu'en est-il de Tarquin et de son nouveau "compagnon", des soucis de ce côté-là ?

— Il n'y a pas lieu de s'inquiéter. Nous restons vigilants.

— Il faut absolument que vous compreniez ceci : il reste soixante-douze heures. Tout le monde doit jouer son rôle à la perfection.

— Jusqu'ici, lui assura la sous-secrétaire Whitfield, tout le monde l'a fait.

— Y compris Tarquin ? » demanda Palmer, dont les yeux gris ardoise étincelèrent.

Whitfield opina, avec une ébauche de sourire. « Surtout Tar-quin. »

Ambler regarda droit devant lui en sortant de l'immeuble de la rue Saint-Florentin ; il voulait avoir l'air d'un homme qui n'avait pas de temps à perdre. Ce ne lui fut pas bien difficile, car c'était effectivement le cas. Une fois dans la rue, loin du consulat, il adopta le pas nonchalant du flâneur, passant devant les bannes rouges et les vitrines scintillantes. Il s'éloignait de la place de la Concorde, vers la rue Saint-Honoré – de la paix à l'honneur, supposa-t-il –, parfaitement attentif à ce qui l'entourait tout en feignant d'être perdu dans ses pensées.

Cette vigilance n'était pas uniquement visuelle. Elle mobilisait également son sens auditif : être attentif au suiveur invisible qui réglait son pas de manière à maintenir une distance constante avec vous.

Car il était suivi, quoique d'une manière peu orthodoxe. Ambler entendit le pas de quelqu'un se hâtant dans sa direction, quelqu'un dont les jambes étaient sensiblement plus courtes que les siennes, et, à en juger par son léger halètement, quelqu'un dont la condition physique laissait à désirer.

Ambler aurait dû être sur le qui-vive, mais l'homme lui filait le train avec la discrétion d'un serveur poursuivant un client ayant oublié de payer l'addition. Peut-être était-ce justement le but de la ruse ; neutraliser les soupçons d'un agent expérimenté par un excès de présence ?

Ambler allongea le pas, prit à gauche à l'angle du pâté de maisons, dans la rue Cambon, plus étroite, et, peu après, rue du Mont-Thabor. Quinze mètres devant lui, une ruelle desservait quelques boutiques. Il s'arrêta devant et fit mine de consulter sa montre. Le reflet de son poursuivant s'inscrivit sur le cadran. Il fit brusquement volte-face et empoigna l'inconnu, le poussant violemment dans la ruelle contre un mur de parpaings couvert de graffitis.

L'homme était un spécimen singulièrement terne d'humanité : visage terreux, à bout de souffle, cheveux noirs clairsemés, cernes légers sous les yeux, petite bedaine. Son front luisait de sueur. Il mesurait dans les un mètre soixante-dix, et paraissait totalement hors de son élément. Ses vêtements – imperméable beige bon marché, chemise blanche synthétique, costume gris très quelconque de coupe carrée – étaient américains, vendus sinon fabriqués outre-Atlantique. Ambler surveilla ses mains au cas où il aurait tenté d'attraper une arme ou un objet dissimulé dans ses habits.

« Vous êtes Tarquin, n'est-ce pas ? » haleta l'inconnu blafard.

Ambler le plaqua brutalement contre le mur. « Aïe », protesta l'homme. Ambler fit courir ses mains sur ses vêtements, cherchant du bout des doigts tout type d'arme : le stylo un peu trop épais, un peu trop long, le portefeuille un tantinet trop volumineux pour ne contenir que des billets et des cartes de crédit.

Rien.

Ambler le dévisagea alors intensément, de façon pénétrante, à l'affût de la moindre trace de dissimulation. « Ça intéresse qui ?

— Lâchez-moi, espèce de connard », cracha l'inconnu. Il y avait une trace d'accent de Brooklyn dans sa voix, juste une trace.

« J'ai dit, ça intéresse qui ? »

L'homme se dressa de toute sa hauteur, une expression de dignité blessée sur le visage.

« Mon nom est Clayton Caston. » Il ne lui tendit pas la main.

Chapitre vingt-deux

NE ME DITES rien, dit Ambler avec un mépris et une méfiance non dissimulés. Vous êtes un *ami*. Vous êtes ici pour *m'aider*.

— Vous plaisantez ou quoi, répliqua l'homme avec irritation. Je ne suis pas votre ami. Et je suis ici pour m'aider, moi.

— Vous êtes avec qui ? » demanda Ambler. L'homme était un incapable : son incompétence pour les manœuvres de base n'était pas de celles qu'on pouvait simuler. En revanche, il avait tout à fait sa place au sein d'une équipe, faisant parler Ambler, l'endormant dans une fausse confiance pendant que les autres venaient donner le coup de grâce.

« Où est-ce que je travaille, vous voulez dire ?

— Je veux dire ici et maintenant. Il y a qui d'autre ? Et où sont-ils, bon sang ? Parlez maintenant, ou je vous promets que vous ne parlerez plus jamais.

— Et moi qui me demandais pourquoi vous ne sembliez avoir aucun ami. »

Ambler raidit ses doigts en forme de lance et arma son bras, histoire de lui faire comprendre qu'il pouvait lui briser le cou dans la seconde.

« Qui d'autre est là ? Onze millions de Français environ, si vous comptez toute l'agglomération.

— Vous êtes en train de me dire que vous opérez seul ?

« — Eh bien, pour l'instant », dit l'homme, comme à regret.

Ambler se surprit à commencer à se détendre ; le visage de l'inconnu ne portait pas la moindre trace de dissimulation. Il opérait seul. En le disant, il ne rassurait pas un sujet anxieux, devina Ambler ; il admettait une vérité gênante.

« Mais vous devriez savoir que je roule pour la CIA, avertit l'homme, agacé. Alors ce n'est même pas la peine d'y penser. Si vous me faites du mal, vous le regretterez. La Compagnie déteste payer les frais médicaux. Ils ne resteraient pas là sans réagir. Alors, enlevez-moi... cette main. C'est vraiment une mauvaise initiative. Et du coup, ça pourrait être mauvais pour moi aussi. Un scénario perdant-perdant, je vous assure.

— Vous plaisantez.

— Hypothèse fréquente, mais fréquemment erronée, dit-il. Écoutez, il y a un McDonald près de l'Opéra. Peut-être pourrait-on s'y parler. »

Ambler le regarda fixement.

« Quoi ?

« *McDonald ?* » Ambler secoua la tête. « C'est un nouveau lieu de rendez-vous ?

— Je n'en sais rien. C'est juste que je ne suis pas sûr de pouvoir digérer la bouffe locale. Au cas où vous ne l'auriez pas déjà deviné, je ne suis pas vraiment – il remua les doigts – dans le trip *barbouze*. Ce n'est pas mon truc. »

Ambler lançait régulièrement des regards nerveux pour scruter la rue. Jusqu'ici, il n'avait détecté aucune de ces subtiles altérations dans le va-et-vient des piétons indiquant le positionnement d'une patrouille à pied – une escouade de « promeneurs ». « Très bien, on se retrouve dans un McDonald. » *Ne jamais accepter un rendez-vous fixé par l'autre partie.* « Mais pas celui-là. » Tarquin plongea la main dans la poche-poitrine de l'homme et en retira son portable. Un Ericksson multistandard. Une inspection rapide révéla la présence d'une carte SIM française prépayée. L'appareil avait probablement été loué à Roissy. Tarquin pressa quelques touches, et le téléphone afficha son numéro, qu'il apprit aussitôt par cœur.

« Je vous appelle dans un quart d'heure avec une adresse. »

L'homme regarda sa montre, une Casio à affichage digital. « Très bien », dit-il avec un léger raclement de gorge.

Douze minutes plus tard, Ambler sortit du métro Pigalle. Le

McDonald se trouvait en face de la station ; la foule grouillante faciliterait la surveillance discrète des lieux. Ambler téléphona à l'homme qui prétendait s'appeler Caston et lui communiqua l'adresse.

Puis il attendit. Des centaines de méthodes permettaient aux « promeneurs » de se mettre discrètement en position. Le couple qui riait près du kiosque à journaux ; l'homme solitaire au teint cireux regardant d'un air renfrogné la vitrine d'une boutique d'« aides » érotiques en latex et en cuir ; le jeune homme aux joues roses vêtu d'une veste en jean avec un col en fourrure, un appareil photo autour du cou ; tous pouvaient *planquer* un moment et être remplacés par des gens ayant un profil similaire, qui éviteraient de se regarder mais seraient liés de manière invisible par un même coordinateur.

Or un tel dispositif générait immanquablement d'infimes perturbations, qu'un observateur vigilant était en mesure de détecter. Les êtres humains se partagent l'espace en obéissant à des lois dont ils n'ont pas conscience mais qui modèlent néanmoins leur comportement.

Deux personnes dans un ascenseur se répartissent l'espace ; s'ils sont plus de trois, les échanges de regard sont soigneusement évités. Quand un passager supplémentaire entre dans la cabine, les occupants se repositionnent de manière à maximiser l'espace entre eux. C'est une petite danse, répétée heure après heure, jour après jour, dans les ascenseurs du monde entier : les gens se comportent comme si on les avait entraînés à cette manœuvre, et sont pourtant inconscients de ce qui les pousse à se déplacer un peu vers l'arrière, la gauche, la droite, ou l'avant. Des schémas évidents une fois qu'on y est habitué. On retrouve des configurations analogues – fluctuantes et aléatoires, mais non moins réelles – sur les trottoirs, dans la façon dont les passants se regroupent devant une vitrine ou font la queue devant un kiosque à journaux. La présence de quelqu'un *posté* là où l'humanité ordinaire vaque à ses occupations produit un subtil bouleversement de l'ordre naturel. Un observateur suffisamment attentif n'aurait pas pleinement conscience de ces perturbations. Expliquer ce qui n'allait pas, Ambler le savait, était plus difficile que de le *sentir*, simplement et instantanément. La pensée consciente est logique et lente. L'intuition est fugace, irraisonnée, et d'ordinaire plus précise. En l'espace de quelques minutes, Ambler s'était assuré qu'aucune équipe ni patrouille de surveillance n'était arrivée.

L'homme au teint terreux arriva en taxi, s'arrêtant à l'angle juste avant le McDonald. Une fois descendu, il tendit vivement le cou pour regarder autour et au-dessus de lui, geste superflu qui avait plus de chances de le faire repérer que de l'aider à identifier d'éventuels suiveurs.

Après que l'homme de la CIA fut entré dans le restaurant, Ambler attendit de voir le taxi s'éloigner dans la rue et tourner à l'angle. Il attendit encore cinq minutes. Toujours rien.

Il traversa alors la rue animée et entra dans le fast-food. L'intérieur était sombre, éclairé par des lumières rougeâtres qui lui parurent dignes d'un lupanar dans un quartier chaud. Assis dans un box d'angle, Caston sirotait un café.

Ambler acheta deux « Royal au bacon » et s'installa à une table située au fond du restaurant mais offrant une vue dégagée sur la porte. Puis il croisa le regard de Caston et lui fit signe de venir le rejoindre. A l'évidence, Caston avait choisi son box parce que c'était le moins visible. Le genre d'erreur défensive qu'aucun agent de terrain n'aurait commise. Si des ennemis entraient dans votre arène, c'était parce qu'ils savaient que vous étiez là. Il valait bien mieux se rendre compte de leur présence le plus tôt possible, afin de maximiser votre propre réceptivité. Seuls les amateurs s'empêchaient de voir pour rester hors de vue.

Caston prit place en face d'Ambler à la petite table en bois blond. Il n'avait pas l'air content.

Ambler continua à scruter la salle. Il ne pouvait éliminer la possibilité que Caston fût manipulé à son insu ; s'il y avait un transpondeur dans la semelle de sa chaussure, par exemple, il serait facile de rassembler une équipe à distance, la surveillance visuelle devenant superflue.

« Vous êtes plus grand que sur votre photographie, commença Caston. Mais bon, elle ne faisait que sept centimètres sur douze. »

Ambler l'ignora. « Qui sait que vous êtes ici avec moi ? demanda-t-il avec impatience.

— Juste vous », répondit l'homme. Il maugréait mais aucune trace de dissimulation ni de ruse dans sa voix. Les menteurs vous regardent souvent avec attention quand ils ont fini de parler ; ils veulent voir si vous avez gobé leur mensonge ou s'ils doivent en faire plus pour vous persuader. Ceux qui disent la vérité, dans une conversation ordinaire, supposent simplement qu'on les croira. Le regard de Caston se posa sur les hamburgers d'Ambler. « Vous allez manger les deux ? »

Tarquin secoua la tête.

L'Américain se saisit d'un sandwich et se mit à l'engloutir. « Désolé, dit-il au bout d'un moment. Ça faisait longtemps que je n'avais pas mangé.

— Difficile de faire un bon repas en France, hein ?

— Ne m'en parlez pas, dit l'homme avec sérieux, inconscient du sarcasme d'Ambler.

— Bon, dites-moi. Qui êtes-vous au juste ? Vous ne m'avez pas l'air d'être un agent de la CIA. Vous n'avez rien d'un agent de terrain ou d'un flic. » Il considéra l'homme bedonnant aux épaules voûtées devant lui. Il n'était manifestement pas en forme. Ni à sa place. « Vous avez une tête de comptable.

— C'est exact », acquiesça l'homme. Il sortit un porte-mine mécanique et le pointa sur Ambler. « Alors ne m'embêtez pas. » Il sourit. « En fait, j'étais CIA avant de rejoindre la CIA. Contrôleur Interne et Auditeur, ou, pour faire simple, vérificateur. Mais cela fait trente ans que je travaille pour l'Agence. C'est juste que je suis le genre d'employé qui ne sort pas d'habitude.

— Intendance ?

— C'est ce que diraient les soldats dans votre genre ?

— Comment vous êtes-vous retrouvé à la Compagnie ?

— On a vraiment le temps pour ça ?

— Dites-moi », dit Ambler avec une insistance qui n'était pas loin de la menace.

L'homme hocha la tête ; il comprit que celui qu'il connaissait sous le nom de Tarquin ne posait pas la question par simple curiosité mais comme mesure de vérification. « Pour faire court, j'ai commencé à travailler sur la délinquance financière pour la Commission des opérations boursières. Ensuite, j'ai passé un certain temps chez Ernst & Young, sauf que bizarrement, j'avais un peu trop l'impression d'*être* un délinquant financier. Pendant ce temps, un petit futé de Washington s'est dit que la Compagnie était somme toute une entreprise, dans ses rouages élémentaires. Ils ont décidé qu'il fallait faire appel à quelqu'un ayant mon profil particulier. » Il finit son café. « Et ils voulaient vraiment dire particulier. »

Ambler l'examina pendant qu'il parlait, et, une fois encore, ne décela aucune duplicité. « Alors, c'est un parfait amateur qui m'a retrouvé. Un gratte-papier. Je ne sais pas si je dois en rire ou être mortifié.

— Je suis peut-être un parfait gratte-papier, Tarquin. Ça ne fait pas de moi un parfait imbécile.

— Bien au contraire, j'en suis sûr. Racontez-moi comment vous m'avez retrouvé, et *pourquoi.* »

Un sourire étira brièvement les lèvres de Caston, fugitive manifestation de vanité refoulée. « Ça a été simple, vraiment, dès que j'ai appris que vous étiez en partance pour Paris.

— Comme vous l'avez fait remarquer, cette région compte onze millions d'habitants.

— Eh bien, j'ai commencé par réfléchir aux probabilités. Paris n'est pas une bonne planque : c'est encore une ville importante pour les services de renseignement de plusieurs pays. En fait, c'est pratiquement le dernier endroit où vous devriez être. Donc vous n'étiez pas ici pour vous terrer. Peut-être aviez-vous un boulot à faire ; mais alors pourquoi ne pas lever le camp à la première occasion. Ce qui laissait de bonnes chances pour que vous soyez ici à la poursuite de quelque chose... d'informations. Bon, quel serait le dernier endroit au monde où un ancien agent des Opérations consulaires, désormais catalogué comme « incontrôlable », ferait une apparition ? A l'évidence, les bureaux parisiens des Opérations consulaires ; du moins, c'est ce que se diraient mes collègues. Le dernier endroit où vous devriez être.

— Donc vous avez aussitôt rappliqué et monté la garde sur le banc de l'autre côté de la rue.

— Parce que les informations dont vous aviez besoin devaient concerner les Opérations consulaires d'une façon ou d'une autre, et c'est l'univers qui vous était le plus familier.

— Alors, comme ça, vous avez eu une impression ?

Le regard de Caston étincela. « Une *impression* ? » Il était majestueux dans son mépris. « Une *impression* ? Clay Caston n'agit pas par impression. Il ne fait pas dans le pressentiment, l'intuition, ou l'instinct, ou...

— Vous voulez bien baisser d'un ton ?

— Excusez-moi, dit Caston en rougissant. Je crains que vous n'ayez touché un point sensible.

— Bon, grâce à votre extraordinaire enchaînement de déductions logiques...

— A dire vrai, il s'agit davantage d'une matrice probabiliste que d'une logique strictement syllogistique...

— Quel que soit le rite vaudou tordu sur lequel vous vous basez, vous avez décidé de surveiller une porte en particulier. Et vous avez eu de la chance.

— De la *chance*? Manifestement vous n'avez pas écouté un mot de ce que j'ai dit. Il s'agissait d'appliquer le théorème de Bayes afin d'estimer les probabilités conditionnelles, en tenant compte des probabilités *antérieures* et, ainsi, éviter l'erreur d'un...

— Mais la question plus difficile est *pourquoi*. Pourquoi me cherchiez-vous?

— Des tas de gens vous cherchent. Je ne peux parler qu'en mon nom. » Caston marqua une pause. « Et c'est suffisamment dur. Il y a quelques jours, une seule chose m'intéressait : vous trouver pour que vous soyez mis hors d'état de nuire... une irrégularité éliminée. Mais réflexion faite, je crois que nous sommes aux prises avec une plus grande irrégularité. Je suis en possession de certaines données. Je crois que vous êtes en possession de données quelque peu différentes. En regroupant nos informations – en établissant un *espace de probabilité* plus grand, pour utiliser le terme technique – nous allons peut-être progresser.

— Je ne comprends toujours pas pourquoi vous n'êtes pas dans votre bureau à tailler des crayons. »

Caston grogna. « En résumé, on m'a mis des bâtons dans les roues. Il y a des vilains qui veulent vous trouver. Moi, je veux les trouver, eux. Voilà qui va peut-être nous donner un intérêt commun.

— Voyons voir si j'ai bien tout compris », reprit Ambler. Il continua à parler à voix basse, sur le ton de la conversation, sachant qu'au-delà d'un mètre, elle se perdrait dans le brouhaha général. Ses yeux continuaient à scruter les environs. « Vous vouliez me retrouver pour m'éliminer. Maintenant vous voulez retrouver ceux qui veulent me retrouver.

— Exactement.

— Et après?

— Après? Eh bien, ce sera votre tour. Quand je les aurai livrés, je vous livrerai, vous. Après ça, retour au taillage de mes crayons HB.

— Vous êtes en train de me dire qu'au final vous comptez me *livrer*? Me mettre "hors d'état de nuire"? Pourquoi me dire une chose pareille?

— Parce que c'est la vérité. Voyez-vous, vous représentez tout ce que je *déteste*.

— La flatterie ne vous mènera nulle part.

— Le problème, c'est que les gens de votre espèce sont un véritable fléau. Vous êtes un cow-boy, et vous êtes utilisé par d'autres cow-boys, par des gens qui n'ont aucune considération pour les règles, des gens qui vont biaiser à chaque fois. Mais ce n'est pas tout. Je sais aussi que vous savez pratiquement toujours quand quelqu'un vous ment. Alors pourquoi me fatiguer?

— Ce que vous avez entendu est exact. Ça ne vous fait pas peur?

— Telles que je vois les choses, ça me facilite la vie. Les faux-fuyants n'ont jamais été mon fort.

— Je vous le demande encore une fois : avez-vous dit à quelqu'un où j'étais?

— Non, répondit Caston.

— Alors dites-moi pourquoi je ne devrais pas vous tuer.

— Je vous l'ai dit. A court terme, nous partageons certains intérêts. A long terme... eh bien, comme le disait Keynes, à long terme, on est tous morts. J'imagine que vous prendrez le risque d'une alliance temporaire.

— L'ennemi de votre ennemi est votre ami?

— Bon sang, non. Quelle *détestable* philosophie. » Il entreprit de confectionner une grue en origami avec les emballages en papier. « Que les choses soient bien claires. Vous n'êtes pas mon ami. Et je suis tout à fait certain de ne pas être le vôtre. »

Washington, D.C.

Ethan Zackheim regarda le visage des analystes et des techniciens spécialisés réunis autour de la table dans la salle de conférences 0002A et se demanda vaguement combien de tonnes de pierre et de béton reposaient au-dessus de sa tête; les six étages de la construction de 1961, la masse imposante du 2201 C Street. A cet instant, il était suffisamment oppressé par le poids sur ses épaules.

297

« Très bien tout le monde, nous n'avons manifestement pas atteint nos objectifs, alors, s'il vous plaît, dites-moi au moins que nous avons appris deux ou trois trucs. Abigail ?

— Eh bien, nous avons analysé les téléchargements effectués au consulat », répondit la spécialiste du renseignement électronique, en lançant des regards nerveux sous sa frange brune. Que Tarquin ait réussi à pénétrer une installation soi-disant sécurisée à Paris était un sujet qu'il fallait mieux éviter – un coup d'éclat à la fois remarquable et humiliant, et l'occasion de récriminations tous azimuts – et aucun d'entre eux n'avait envie de remettre cette discussion sur le tapis. « Trois de ses recherches concernaient Wai-Chan Leung, Kurt Sollinger et Benoît Deschesnes.

— Ses victimes », grommela Matthew Wexler. Après vingt ans de service au Bureau de renseignement et de recherche du Département d'État, l'analyste en recherche stratégique revendiquait le privilège d'intervenir librement. « Le criminel qui se repasse ses crimes. »

Zackheim desserra sa cravate. *Il fait chaud ici ou c'est moi ?* se demanda-t-il sans oser poser la question tout haut. Il avait l'impression que c'était lui. « Ce qui nous dit quoi ?

— Ça rend le lien entre lui et ses victimes plutôt limpide s'il ne l'était pas déjà. » Wexler se pencha en avant, sa bedaine pressée contre la table. « Je veux dire qu'avant, on avait de fortes présomptions, mais que maintenant, le doute n'est plus permis.

— Je ne crois pas que l'analyse d'image puisse être qualifiée de simple *présomption* », déclara calmement Randall Denning, l'expert en imagerie, comme s'il voulait simplement que l'on prenne acte de son objection. Son blazer bleu flottait autour de son corps fluet. « Cela le situe sur la scène. De manière irréfutable.

— Matthew, vous partez d'une hypothèse à laquelle nous avons tous souscrit, reprit Zackheim. Mais il y a quelque chose dans ces téléchargements qui me fait tiquer. Pourquoi quelqu'un enquêterait sur le passé des gens qu'il a tués ? Je veux dire, n'est-ce pas le genre de chose qu'on fait *avant* de descendre quelqu'un ? »

A l'autre bout de la table, Franklin Runciman, le directeur adjoint des Opérations consulaires, semblait gêné par la direction que prenait Zackheim. Il s'éclaircit la gorge. « Ethan, vous avez raison, nous sommes confrontés à des interprétations multiples. » Ses yeux paraissaient particulièrement perçants sous son front proéminent. « C'est toujours le cas. Mais on ne peut pas lever plusieurs lièvres à la fois. Il faut choisir une ligne de conduite, en nous basant sur notre meilleure interprétation des preuves... de toutes les preuves. Nous n'avons pas le temps d'envisager toutes les hypothèses qui vont à l'encontre des faits. »

Zackheim serra les mâchoires. Le raisonnement fallacieux de Runciman l'exaspérait : ce qui était factuel et ce qui était contraire aux faits, voilà exactement quel était le problème à résoudre. Mais inutile de protester. Runciman avait raison, de toute façon, de dire que de multiples interprétations étaient possibles. N'empêche que les conclusions d'Abigail perturbaient Zackheim pour des raisons qu'il avait du mal à exprimer clairement. Tarquin, qui qu'il soit, semblait faire ce qu'ils étaient en train de faire – il se comportait comme s'il menait une enquête, et non comme s'il était la cible d'une enquête. Zackheim avait la gorge serrée. Il n'était pas convaincu.

« La grosse surprise, c'est Fenton », poursuivit Wexler. Zackheim remarqua que l'analyste avait oublié de boutonner son col de chemise. Bien entendu, l'esprit remarquablement bien organisé de Wexler faisait que personne ne se souciait de son négligé personnel.

« L'identification est formelle, intervint Denning. C'est bien l'homme qui accompagnait Tarquin dans le périmètre immédiat de l'assassinat de Sollinger. Paul Fenton.

— Personne ne conteste ce fait, concéda Wexler, comme s'il s'adressait à un étudiant lent d'esprit. Nous savons qu'il était là. La question est de savoir ce que ça signifie. » Il se tourna vers les autres. « Qu'est-ce qu'on a de nouveau là-dessus ?

— On a eu des problèmes d'autorisation, informa Abigail avec précaution.

— Des problèmes d'autorisation ? » Zackheim était incrédule. « On est qui, nous, le comité de rédaction du *Washington Post* ? Il ne devrait y avoir aucun obstacle interne. Autorisation, mon cul, oui ! » Il se tourna vers Wexler. « Et vous, vous avez décortiqué les fichiers de Fenton ? »

Wexler leva les bras, montrant ses paumes charnues. « Mis sous séquestre, dit-il. Le protocole d'accès spécial est inviolable, apparemment. » Il lança à Ranciman un regard furtif.

« Expliquez-vous. » Zackheim s'adressa directement à Runciman. La logique bureaucratique impliquait que le directeur adjoint

299

des Opérations consulaires avait soit avalisé ces blocages soit participé activement à leur mise en place.

« C'est sans rapport avec les objectifs de cette équipe », décréta Runciman, imperturbable. Même sous les néons bon marché, son costume sombre – une sorte de flanelle anthracite avec un motif discret – avait l'air lisse, brillant, luxueux.

« *Sans rapport?* » Zackheim en bafouillait presque. « N'est-ce pas à l'équipe d'en juger? Merde, Franck! Vous m'avez demandé de mener cette enquête, on a mis nos meilleurs analystes sur le coup, et vous ne voulez pas nous laisser faire notre boulot? »

Les traits taillés à la serpe de Runciman ne trahirent pas la moindre tension, mais son regard pesait lourdement sur Zackheim. « Nous n'en sommes plus à collecter les faits. Maintenant le boulot consiste à exécuter la mission qui a été décidée d'un commun accord. Pas à convoquer une discussion entre hommes, pas à spéculer sur des hypothèses, pas à fouiller dans les archives ou à satisfaire votre vaine curiosité. Quand une mission a été fixée, notre boulot consiste à faire en sorte qu'elle réussisse. A fournir un soutien opérationnel et des renseignements fiables à nos agents afin qu'ils puissent faire ce pour quoi on les a missionnés.

— Mais le tableau de la situation...

— Le tableau? coupa Runciman, avec un mépris non déguisé. Notre job, Ethan, c'est d'effacer cette saloperie de tableau. »

Paris

Une demi-heure plus tard, les deux hommes, agent et vérificateur, arrivèrent séparément à l'hôtel où séjournait Caston, le Sturbridge, établissement curieux et exigu appartenant à une chaîne américaine. Caston essayait manifestement de se soustraire autant que possible à l'environnement local, et sa chambre était spacieuse, selon les critères parisiens, même si elle avait autant de charme qu'une turne d'internat. Cela aurait pu être un motel de Fort Worth. Caston invita Ambler à s'asseoir dans un fauteuil Louis XV, tapissé de veloutine moutarde, pendant qu'il se mettait à disposer des papiers sur un petit bureau plaqué en bois verni, le genre de meuble qui proclamait sa mauvaise qualité par sa vaine ambition à vouloir paraître chic.

Caston adressa à Ambler quelques questions sans fioritures sur ce qu'il avait vécu après avoir quitté Parrish Island ; les réponses d'Ambler furent tout aussi directes.

« Une situation... étrange, commenta Caston après un moment. La vôtre, je veux dire. Toute cette histoire d'effacement. Si je n'étais pas dans le dernier décile pour ce qui est de l'empathie, j'inclinerais à penser que cette expérience a dû être plutôt *perturbante.* Comme une étrange crise d'identité et tout ce qui s'ensuit.

— *Une crise d'identité ?* railla Ambler. Je vous en prie. Ça c'est bon pour un ingénieur en informatique qui va se terrer dans une bicoque en pisé au Nouveau Mexique et fait une cure de Carlos Castaneda. Ou quand un cadre marketing du Fortune 500 plaque son boulot pour vendre des muffins végétaliens à des magasins bio. Nous sommes bien au-delà... On peut en convenir, non ? »

Caston haussa les épaules d'un air mi-contrit. « Écoutez, j'ai passé ces derniers jours à rassembler toutes les données que je pouvais, avec l'aide de mon assistant. J'ai récupéré une bonne partie de vos états de service à l'Unité de stabilisation politique, enfin, ce qui est censé être vos états de service. » Il tendit une liasse de pages agrafées à Ambler.

Ambler les feuilleta. C'était une étrange sensation de voir, sous une forme aride et abrégée, le fruit du sang, de la sueur et des larmes. Cela l'emplit d'un sentiment de découragement. Sa vie, comme celles de tant d'autres, était exempte de toute publicité ; sa parfaite obscurité devait être compensée par l'héroïsme clandestin de ses actions. C'était la promesse, le contrat : vos actes, quoique anonymes, pourront peut-être changer le cours de l'histoire. Vous serez la main invisible de l'histoire.

Et si ce n'était qu'illusion ? Si cette vie occultée – une vie qui l'avait contraint à sacrifier les liens intimes qui donnent sens à tant d'existences – n'avait pas vraiment eu d'effets durables, ou en tout cas aucun effet positif ?

Caston croisa son regard. « Concentrez-vous, d'accord ? Si vous voyez quelque chose qui paraît bidon, vous me le dites. »

Ambler acquiesça d'un signe de tête.

« Donc un profil se dégage : vous avez une facilité extraordinaire pour la "déduction affective". Un polygraphe ambulant. Ça vous donne une grande valeur sur le terrain. L'équipe de l'Unité de stabilisation politique vous met le grappin dessus au début de votre

301

carrière dans les Opérations consulaires. Vous allez au charbon. Engagé dans le genre de missions où l'unité aime se fourrer. » Il ne fit aucun effort pour cacher son dégoût. « Et puis nous avons l'opération à Changhua. Exécutée avec succès si l'on en croit les dossiers. Après quoi vous disparaissez de la circulation. Pourquoi ? Que s'est-il passé ? »

Ambler lui fit un rapide résumé, sans cesser de le dévisager.

Caston mit un moment avant de reprendre la parole, le regard aiguisé. « Racontez-moi exactement ce qui s'est passé le soir de votre enlèvement. Tout ce que vous avez dit, tout ce qui a été dit. Tout et tous ceux que vous vous rappelez avoir vus.

— Je suis désolé, je ne me... » Sa voix s'estompa. « C'est le trou noir. Laurel dit que c'est une amnésie rétrograde provoquée par les drogues.

— Ça doit être quelque part dans votre tête, non ?

— Je n'en sais rien. Il y a ma vie, et puis ça s'effiloche, pendant un moment, c'est le vide.

— Un week-end de perdu.

— C'est d'une autre ampleur.

— Peut-être que vous y mettez de la mauvaise volonté, grommela Caston.

— Merde, Caston. J'ai perdu *deux* ans de ma vie. Deux ans de lavage de cerveau. Deux ans de solitude. Deux ans de désespoir. »

Caston plissa les yeux. « Ça fait six.

— Si vous songez un jour à vous reconvertir chez les bons samaritains, renoncez-y. Vous n'avez aucune idée de ce que j'ai subi...

— Vous non plus. C'est ce que j'essaye de découvrir, justement. Alors gardez vos jérémiades pour quelqu'un qui prétendra en avoir quelque chose à faire.

— Vous ne comprenez pas. Je me suis projeté dans le passé, et il n'y a rien, d'accord ? Rien que de la neige sur l'écran. Pas d'image. » L'épuisement s'empara de lui. Il était fatigué. Trop fatigué pour parler. Pour penser.

Il s'avança jusqu'au lit, s'allongea, fixant le plafond d'un air malheureux.

« Laissez tomber le tableau d'ensemble, grogna Caston. Commencez par les petits faits. Comment êtes-vous rentré de Taiwan ?

— Aucune idée.

— Par quel moyen de transport ?

— Mais merde à la fin, je vous ai dit que je ne savais pas ! » explosa Ambler.

Caston ne se laissa pas décourager, apparemment sourd aux émotions d'Ambler, au supplice provoqué par son interrogatoire. « Vous êtes rentré à la nage ? Vous avez pris un bateau à vapeur ? »

L'agent avait des élancements dans la tête ; il luttait pour se contrôler, réguler sa respiration. « Allez vous faire foutre, dit-il plus doucement. Vous avez entendu ce que j'ai dit ?

— Quel moyen de transport ? » répéta Caston. Il n'y avait aucune tendresse dans sa voix, seulement de l'impatience.

« Il est clair que j'ai dû prendre l'avion.

— Donc vous avez une vague idée, espèce de pleurnichard. D'où avez-vous décollé, exactement ?

Ambler haussa les épaules. « De l'aéroport Tchang-Kaï-chek, je suppose, à l'extérieur de Taipei.

— Quel vol ?

— Je ne... » Il cligna les yeux. « Cathay Pacific, s'entendit-il dire.

— Un vol commercial, alors. » Caston ne manifesta aucune surprise. « Vol commercial. Douze heures. Vous avez bu un verre à bord ?

— Sans doute.

— Qu'est-ce que vous auriez pris ?

— Un Wild Turkey, j'imagine. »

Caston décrocha le téléphone et appela le service d'étage. Cinq minutes plus tard, une bouteille de Wild Turkey arriva à la porte.

Il en versa deux doigts dans un verre à whisky, qu'il tendit à Ambler. « Détendez-vous, buvez un verre », dit le vérificateur avec raideur. Il fronçait les sourcils d'un air sinistre, et l'offre était un ordre : le comptable s'était transformé en un barman de cauchemar.

« Je ne bois pas, protesta Ambler.

— Depuis quand ?

— Depuis...

— Depuis Parrish Island. Pourtant vous buviez autrefois, et vous allez boire maintenant. Cul sec !

— Qu'est-ce que ça veut dire ?

— C'est une expérience scientifique. Faites-le. »

Ambler s'exécuta, le bourbon lui brûlant légèrement le gosier. Il

303

ne sentit aucune euphorie, juste une sensation de vertige, de confusion et de nausée grandissante.

Caston lui versa un autre verre, et Ambler le vida.

« A quelle heure a atterri l'avion ? demanda le vérificateur. Le soir ou le matin ?

— Dans la matinée. » Telle une anguille, le malaise fouaillait ses intestins. Les souvenirs lui revenaient, comme d'une autre dimension. Mais ils n'étaient pas à sa disposition ; il ne pouvait pas les convoquer à sa guise. Pourtant ils avaient bien été appelés, et ils étaient apparus.

« Avez-vous fait un debriefing avec l'officier responsable de l'opération ? »

Ambler se figea. Il avait dû en faire un.

« Question suivante », poursuivit Caston avec acharnement. Comme s'il déroulait un vaste inventaire de petites questions, à la manière d'un oiseau s'attaquant à une falaise à coups de bec. « Qui est Transience ? »

Ambler sentit la pièce tourner autour de lui, et quand il ferma les yeux, la pièce tournoya encore plus vite. Il resta silencieux un long moment. Comme un coup de feu tiré dans les montagnes, la question avait provoqué une coulée de neige qui se transforma en avalanche. Les ténèbres s'abattirent sur lui.

Et alors, dans l'obscurité, une lueur.

Chapitre vingt-trois

U NE FOIS encore, il était à Changhua. Un passé qui jetait une ombre sur son présent. Dans une sorte de brouillard confus, il prit conscience d'un tourbillon d'activité, un raid destructeur à travers l'île. Il avait trouvé ce qu'il redoutait.

Ensuite, une série d'images fugitives, aléatoires. L'hôtesse sur le vol de la Cathay Pacific, geisha des airs ; il suffisait d'un geste pour avoir un autre bourbon, et elle veillait à ce que son verre soit toujours rempli. Le chauffeur de taxi à Dulles, un Trinidadien aux joues creuses et aux idées bien arrêtées sur l'itinéraire le plus court. L'appartement d'Ambler, à Baskerton Towers, qui ce jour-là avait l'air si petit, si stérile. Guère plus qu'un endroit où se laver, s'habiller, et se préparer, à ce qu'il semblait, au combat.

Au combat.

Quel combat ? Un étrange brouillard recouvrit à nouveau ses souvenirs, une opacité flottante. Mais Ambler... non, *Tarquin* – il était Tarquin – avait éprouvé une étincelle d'émotion. S'il était capable de retrouver cette émotion, il pourrait retrouver les souvenirs qui lui étaient associés. Cette émotion était un composé particulier et particulièrement puissant : mélange de culpabilité et de fureur, surtout.

Le brouillard se leva. Constructions et gens apparurent ; des voix, se perdant d'abord dans un flux de bruit blanc, devinrent audibles et distinctes. L'urgence qui l'animait devint vive, réelle, *présente*.

Tarquin manquait de narcissisme moral pour supposer qu'il avait les mains toujours propres, mais il était révolté de découvrir qu'elles venaient d'être salies par un inexplicable manque de professionnalisme.

Transience devait être informé.

Toujours bouillonnant de rage et d'incrédulité, Tarquin retourna au quartier général, à Washington. Un homme cravaté, comme des milliers d'autres, dans un grand immeuble de pierre, comme des milliers d'autres. Il alla directement au sommet, jusqu'à la sous-secrétaire chargée de l'Unité de stabilisation politique – jusqu'à Transience.

Et là, l'inexplicable devint l'impardonnable. La sous-secrétaire Ellen Whitfield, l'aristocratique directrice de l'USP, était quelqu'un qu'il connaissait bien, sans doute trop bien. C'était une femme séduisante ; menton fort, petit nez droit et pommettes hautes. Ses cheveux châtains mettaient en valeur ses yeux bleus qu'elle soulignait d'une touche de fard. Elle était désirable ; autrefois, il l'avait presque trouvée belle. Il y avait des années de cela, au début de sa carrière, quand elle participait encore aux opérations de terrain, et leur liaison, consommée surtout dans des huttes préfabriquées dans le Nord des Mariannes, n'avait duré qu'un mois. *Ce qui s'est passé à Saipan*, lui avait-elle dit avec un sourire, *restera à Saipan.*

Peu après, elle avait posé sa candidature à un poste administratif au Département d'État ; il avait accepté sa mission suivante – ses aptitudes spéciales le rendaient indispensable, lui avait-on dit. Au cours des années qui suivirent, leurs carrières respectives avaient suivi des chemins tantôt divergents, tantôt convergents. Aux Opérations consulaires, elle devint connue pour son incomparable sens de l'organisation : peu d'administrateurs étaient aussi doués qu'elle pour traiter et hiérarchiser les différents niveaux d'informations et de décisions. Elle s'avéra également douée pour la politique de couloir ; flattant ses supérieurs sans avoir l'air d'y toucher, prenant à contre-pied ceux qui faisaient obstacle à son avancement, là encore, sans trahir ses intentions. Un an après avoir reçu sa première affectation à Washington, elle avait été nommée directrice adjointe aux Affaires pour le Sud-Est asiatique et le Pacifique ; deux ans

306

plus tard, elle avait été détachée auprès du sous-directeur des Opérations consulaires; trois ans après, elle était devenue directrice de division à part entière et avait rapidement redynamisé l'Unité de stabilisation politique, étendant ses compétences et son champ d'opérations.

Au sein des Opérations consulaires, l'Unité était déjà considérée comme extrêmement « active » – « irresponsable » auraient dit certains – et elle le devint plus encore. Pour ses critiques, les agents de l'Unité violaient le règlement et étaient trop agressifs, traitant le droit international avec le respect que les Bostoniens accordent aux panneaux de signalisation. Que quelqu'un qui paraissait aussi guindé et sous contrôle qu'Ellen Whitfield ait orchestré cette transformation prit certains de ses collègues par surprise. Pas Ambler. Il connaissait sa propension à la violence, un mélange d'impétuosité, de calcul et de ce qu'on aurait jadis appelé malignité. Autrefois, au cours d'un mois d'août humide à Saipan, il avait trouvé cela excitant.

Mais Whitfield – qui avait acquis le grade civil de sous-secrétaire – se montrait à présent curieusement fuyante. Ambler s'était parfois demandé si leur « histoire » lui rendait sa présence inconfortable, mais en vérité, elle n'avait jamais été du genre à rougir de ce genre de chose, et n'avait jamais paru considérer cette liaison comme autre chose qu'un agréable passe-temps pendant une affectation par ailleurs assommante. Un agréable passe-temps, qui s'était agréablement terminé. Quand, pour la quatrième fois, on annonça à Ambler que la sous-secrétaire Whitfield était « en réunion », il comprit qu'il était indésirable. Il avait déjà rédigé et transmis son rapport sur le fiasco Leung. Ce qu'il voulait à présent, c'était établir les responsabilités. Il voulait l'entendre dire qu'elle diligenterait une enquête en bonne et due forme sur cet échec désastreux. Il voulait qu'elle reconnaisse que l'Unité avait dérapé et qu'elle prendrait des mesures pour y mettre bon ordre.

C'était certainement trop demander.

Cinq jours après son arrivée à Foggy Bottom, le ministère des Affaires étrangères, Ambler apprit de sources officieuses que Whitfield n'avait même pas rédigé de note officielle concernant sa plainte, comme le stipulait le protocole normal. C'était un *scandale*. Whitfield était connue, applaudie même, pour ses tendances perfectionnistes. Était-elle à ce point embarrassée par son échec qu'elle refusait de décharger sa conscience devant le directeur des Opérations consulaires et le secrétaire d'Etat ? Croyait-elle pouvoir étouffer l'affaire après tout ce qu'il avait découvert ? Il fallait qu'il la voie, qu'il entende ses explications.

Il fallait qu'il l'entende face à face.

Il sentit la fureur qu'il avait éprouvée à Changhua monter en lui. La fureur de la trahison. C'était un vendredi après-midi, la fin d'une semaine de travail à Washington, mais pas de la sienne. *Je suis désolée, la sous-secrétaire Whitfield est en réunion. Vous pouvez laisser un autre message, si vous voulez.* Quand il avait rappelé une heure plus tard, la réponse de l'assistante fut tout aussi imperturbable, une sous-fifre à qui l'on avait demandé de repousser un casse-pieds. *Je suis désolée, la sous-secrétaire Whitfield est partie.*

Folie ! Croyait-elle vraiment pouvoir l'éviter – éviter la vérité – éternellement ? Furieux, il grimpa dans une voiture et roula jusqu'à la maison de Whitfield, à la périphérie de Fox Hollow, un village situé à l'ouest de Washington. Il savait où elle habitait, et là, elle ne pourrait pas s'esquiver.

Une demi-heure plus tard, il longeait une barrière blanche à petite vitesse et s'engageait dans une longue allée aux courbes douces et harmonieuses bordée de poiriers. La maison elle-même était une imposante bâtisse néo-classique, avec d'élégantes façades à corniches et pierres d'angle en briques rouges patinées, et de vastes baies vitrées. Elle était entourée de magnolias habilement taillés et de hauts massifs de rhododendrons. Un large escalier de pierre conduisait de l'allée circulaire à la porte d'entrée en chêne sculpté.

Les Whitfield, se rappelait-il, avaient fait plusieurs fortunes industrielles au cours du XIXe siècle, que ce soit dans les fonderies d'acier et les traverses de chemin de fer, ou dans l'exportation de ces mêmes produits. La fortune familiale avait quelque peu décliné après la guerre, tandis que les rejetons Whitfield investissaient des secteurs plus réputés pour leur prestige culturel ou intellectuel que pour leur rentabilité – il y avait un Whitfield au Metropolitan Museum, à la National Gallery, à l'Institut Hudson, ainsi que quelques-uns qui avaient rejoint l'univers plus aseptisé de la finance internationale. Mais des fonds en fidéicommis bien gérés les mettaient tous largement à l'abri du besoin et, à l'instar des

Rockefeller, une éthique familiale tournée vers le bien commun avait, d'une certaine manière, persisté au fil des décennies. Le fait que le souci du bien commun n'impliquait pas le renoncement aux richesses de ce monde se voyait dans la magnificence de la maison d'Ellen Whitfield. Plus majestueuse qu'ostentatoire, mais certainement hors de portée d'un salaire de sous-secrétaire.

Ambler se rangea devant les larges portes à deux battants au milieu de la maison, descendit de voiture. Il sonna à la porte. Quelques instants plus tard, une soubrette en uniforme, laine peignée noire et tablier en dentelle – une Philippine ? – vint lui ouvrir.

« Je m'appelle Hal Ambler, je suis ici pour Ellen Whitfield, dit-il d'une voix mordante.

— Madame ne reçoit personne », lui répondit la domestique. Puis, plus froidement, elle ajouta : « Madame n'est pas ici. »

Elle mentait, évidemment. Si Ambler ne l'avait pas déjà deviné, la voix de Whitfield s'entendait dans la pièce adjacente. Ambler bouscula la bonne malgré ses protestations, franchit le vestibule dallé à grandes enjambées, et fit irruption dans une bibliothèque lambrissée, avec une large baie vitrée et des rayonnages disposés sur deux niveaux.

Ellen Whitfield était là, assise devant un étalage de documents en compagnie d'un homme plus âgé. Ambler les fixa du regard. Le visage de l'homme lui disait quelque chose. Cheveux argentés, physique d'érudit, avec un front proéminent ; sa cravate en soie rouge était nouée serrée et disparaissait dans un gilet sans manches boutonné sous une veste en tweed. Tous deux étaient plongés dans les papiers devant eux.

« Madame, j'ai dit que vous n'êtes pas... » Alors que la Philippine brisait le silence de ses bruyantes protestations, Whitfield et l'homme à la chevelure argentée levèrent soudain les yeux, surpris et consternés.

« Bon sang, Ambler ! hurla Whitfield, sa surprise se muant en colère noire. Qu'est-ce que vous foutez ici ? » L'homme plus âgé s'était détourné de lui, comme pris d'un soudain intérêt pour les livres sur les rayonnages.

— Vous savez pertinemment ce que je fais ici, sous-secrétaire Whitfield, rétorqua-t-il en prononçant son titre avec un mépris cinglant. Je veux des réponses, j'en ai assez de vos tactiques dilatoires. Vous croyez pouvoir m'échapper ? Qu'essayez-vous de cacher ? »

La rage marbrait le visage de Whitfield. « Espèce de fils de pute paranoïaque ! Sortez de ma maison ! Sortez immédiatement ! Comment osez-vous violer mon intimité de cette manière ? Comment osez-vous ? » Un bras tendu était pointé vers la porte. Ambler remarqua qu'il tremblait. De rage ? De peur ? Les deux, semblait-il.

« Vous avez eu mon mémo, répondit Ambler d'un ton glacial. Il contient la vérité. Vous croyez que vous pouvez enterrer cette vérité ? Vous croyez pouvoir m'enterrer ? Eh bien, n'y comptez pas. Croyez-moi, j'ai pris mes précautions.

— Regardez-vous. *Écoutez-vous*. Vous manquez totalement de professionnalisme. Vous êtes *limite*, Ambler. Vous ne vous entendez pas parler, on dirait un fou. Dans mon boulot, je dois faire face à plus de choses que vous ne pouvez l'imaginer. Si vous désirez un entretien, on peut se voir lundi à la première heure. Mais écoutez-moi, écoutez-moi bien. Si vous ne sortez pas de cette maison sur-le-champ, je vous ferai exclure des forces armées de ce pays – de façon définitive et irrévocable. Maintenant tirez-vous, je ne veux plus vous voir ! »

Ambler se tenait là, haletant, sa propre colère quelque peu refroidie par la sortie violente de sa supérieure. « Lundi », dit-il d'une voix accablée avant de tourner les talons.

A quelques kilomètres de la sortie de Fox Hollow, une ambulance, lumières clignotantes et sirène hurlante, apparut soudain derrière lui, et il se rangea sur le côté de la route. Le véhicule s'arrêta aussitôt devant lui, et une autre voiture, une lourde Buick, s'immobilisa derrière lui, le prenant en étau. Plusieurs hommes – des infirmiers urgentistes ? – descendirent de l'ambulance, mais quelque chose clochait. D'autres émergèrent de la berline derrière lui. Pendant qu'ils le sortaient de sa voiture, une seringue plantée dans le bras, il tenta de comprendre ce qu'il lui arrivait. Ces hommes agissaient à titre officiel, exécutaient des ordres, se comportaient avec l'efficacité exercée de professionnels. Mais qui étaient-ils... et que voulaient-ils de lui ?

Le brouillard ne s'était pas dissipé tout à fait dans son esprit ; il planait sur ce qu'il était advenu après, de la même manière qu'il avait plané sur ce qui avait précédé. Sanglé sur un brancard, il avait entendu les infirmiers s'entretenir à voix basse, tendue. Puis sa conscience s'était mise à vaciller et à faiblir. Le début d'un long crépuscule.

C'était également le crépuscule quand Ambler rouvrit les yeux.

Quelques jours auparavant, il était interné dans un établissement de haute sécurité. A présent, un océan les séparait. Et il n'était toujours pas libre.

Chapitre vingt-quatre

AMBLER ouvrit les yeux, fixa son regard sur le vérificateur au teint blafard, et se mit à parler, fournissant un récit aussi circonstancié que possible de ses déplacements et de ses observations. Le temps avait voilé des milliers de détails, mais néanmoins, les linéaments de ce qu'il avait vécu lui apparaissaient clairement à présent.

« J'ai eu peur que vous restiez dans les vapes, dit Caston après qu'Ambler eut parlé pendant cinq minutes sans s'arrêter. Content de vous voir de retour parmi les vivants. » Il posa la publication qu'il avait lue. Le journal de mathématiques appliquées et d'analyse stochastique. « Maintenant, si vous voulez bien foutre le camp de mon lit.

— Désolé. » Ambler s'étira, se leva, s'assit dans le fauteuil couleur moutarde. Il avait dû s'endormir. D'après sa montre, quatre heures s'étaient écoulées.

« Transience était donc Ellen Whitfield ?

— C'est l'alias qu'elle utilisait à l'époque où elle était sur le terrain. Quand on a numérisé les fichiers, tout a été perdu. Aucun dossier officiel n'a été conservé. Surtout s'agissant de ses propres dossiers – elle voulait un effacement complet. Elle disait que c'était une mesure de sécurité.

— Ça explique pourquoi le nom n'a rien donné », remarqua

Caston. Il considéra l'agent en silence un moment. « Vous voulez un autre verre ? »

Ambler haussa les épaules. « Il y a de l'eau minérale dans le minibar ?

— Oh, bien sûr, de l'Evian. Avec le taux de change en vigueur, ça revient à 9,25 dollars les 500 millilitres. Ce qui fait dans les 6 dollars les 33 centilitres d'*eau*. C'est assez pour me donner envie de vomir. »

Ambler soupira. « Je suppose que je devrais admirer votre précision.

— Qu'est-ce que vous racontez ? J'arrondis carrément, là.

— S'il vous plaît, dites-moi que vous n'avez pas de famille. »

Caston rougit.

« Vous devez les rendre dingues.

— Pas du tout, dit le vérificateur, presque souriant. Parce que, voyez-vous, ils n'écoutent pas un traître mot de ce que je raconte.

— Ça doit *vous* rendre dingue.

— En fait, ça me va très bien. » Une expression bizarre passa sur son visage, et Ambler saisit au vol une attitude qui était presque de vénération ; le fonctionnaire ennuyeux comme la pluie était un père aimant, réalisa Ambler avec surprise. Puis, retrouvant brusquement son sérieux, Caston revint au vif du sujet. « L'homme qui était avec la sous-secrétaire Whitfield, assis dans la bibliothèque, décrivez-le-moi de manière aussi détaillée que possible. »

Ambler regarda au loin et convoqua dans son esprit l'image d'un homme d'une soixantaine d'années. Cheveux argentés, bien coiffés, sur un front haut. Un front étonnamment lisse, un visage aux traits délicats, l'expression est studieuse, les pommettes sont hautes, le menton volontaire. Ambler se mit à décrire la silhouette de son souvenir.

Caston écouta et se tut à nouveau. Puis il se leva, agité ; une veine battait sur son front. « C'est impossible, murmura-t-il.

— C'est ce dont je me souviens, assura Ambler.

— Vous décrivez... mais c'est impossible.

— Allez, crachez le morceau. »

Caston tripota son ordinateur portable, qu'il avait connecté à la prise téléphonique. Après avoir pianoté quelques commandes dans le moteur de recherche, il s'écarta et fit signe à Ambler de venir jeter un coup d'œil. La photographie d'un homme remplissait l'écran. Celui-là même qu'Ambler avait vu dans la maison de Whitfield.

« C'est lui, confirma Ambler d'une voix tendue.

— Vous savez qui c'est ? »

Ambler secoua la tête.

« Son nom est Ashton Palmer. Whitfield a été son étudiante en troisième cycle.

— Et alors ?

— Plus tard elle l'a renié, lui et tout ce qu'il représentait. N'a plus eu aucun contact avec lui. Elle n'aurait pas fait carrière autrement.

— Je ne comprends pas.

— Ashton Palmer, ce nom ne vous dit rien ?

— Vaguement.

— Vous êtes peut-être trop jeune. A une certaine époque, il y a vingt, vingt-cinq ans, c'était l'esprit le plus brillant de l'establishment diplomatique. L'auteur d'articles largement repris dans *Foreign Affairs*. Les deux partis politiques le courtisaient. Il a donné des séminaires dans le Old Executive Office Building, dans la West Wing, dans le foutu Bureau ovale. Les gens buvaient ses paroles. On l'a nommé à un poste honoraire au Département d'État, mais il valait mieux que cela. Il était destiné à devenir le prochain Kissinger : un de ces hommes dont la vision marque l'histoire, pour le meilleur ou pour le pire.

— Et que s'est-il passé ?

— Beaucoup de gens diraient qu'il s'est sabordé. Ou peut-être s'est-il simplement trompé. On en est venu à le considérer comme un extrémiste, un dangereux fanatique. Il s'était peut-être imaginé que son magistère politique et intellectuel avait atteint un niveau tel qu'il pouvait exprimer ses opinions sans détour, et convaincre les gens du simple fait que c'était lui qui avançait les arguments. Si tel était le cas, il a commis une erreur d'appréciation. Ses opinions étaient dangereuses, et auraient conduit ce pays à une catastrophe historique inévitable. Il a donné un discours particulièrement incendiaire à l'Institut Macmillan de politique étrangère à Washington, après quoi, un certain nombre de pays, estimant qu'il représentait le gouvernement, ou une faction du gouvernement, ont carrément menacé de rappeler leurs ambassadeurs. Vous imaginez ça ?

— J'ai du mal.

— Le secrétaire d'Etat a passé la nuit au téléphone. Pratiquement du jour au lendemain, Palmer est devenu persona non grata. Il a accepté d'enseigner dans les facs prestigieuses de la côte Est, a lui-même créé un centre universitaire, a été nommé au conseil de direction d'un « think tank » quelque peu marginal à Washington. Mais au Département d'État, tous ses proches sont devenus suspects.

— Donc aucun de ses adeptes n'a fait carrière.

— En fait, il y a beaucoup de palmériens, partout dans le gouvernement. Des étudiants brillants, sortant de la Kennedy School d'Harvard ou de son troisième cycle en administration. Mais bon, si vous voulez faire carrière, impossible de se déclarer palmérien. Et pas question d'entretenir la moindre relation avec la vieille fripouille.

— Ça paraît logique.

— Pourtant vous les avez vus ensemble, et ça, ce n'est pas logique.

— Vous allez trop vite.

— Une des principales personnalités du Département d'État en compagnie du professeur Ashton Palmer. Vous réalisez à quel point c'est explosif ? Vous réalisez que cela aurait pu être complètement dévastateur pour elle ? Comme l'a dit un jour un grand juriste américain : "La lumière du soleil est le meilleur des désinfectants." Et c'était la seule chose qu'ils ne pouvaient pas se permettre. »

Ambler plissa les yeux, se remémora le visage ulcéré d'Ellen Whitfield : à présent il comprenait la peur qu'il avait détectée chez elle. « C'était donc ça.

— Je ne me risquerai pas à dire que ça explique *tout*. » Caston était précis, comme toujours. « Mais pour un haut fonctionnaire du Département d'État, maintenir des liens avec Palmer était suicidaire. En tant que directrice de l'Unité de stabilisation politique, surtout, Whitfield ne pouvait tout simplement pas se permettre d'avoir la moindre relation suivie avec lui. »

Ambler se laissa aller en arrière et réfléchit. Whitfield, qui avait le mensonge facile, aurait probablement pu expliquer la présence de Palmer à n'importe qui d'autre. Mais Ambler était la seule personne qu'elle ne pouvait espérer tromper.

C'était pour cela qu'on l'avait enlevé. C'était l'information dont elle ne pouvait se permettre la fuite. L'enregistrement de ses délires paranoïaques était donc une police d'assurance, établissant que tout ce qu'il disait était à prendre avec des pincettes.

Ce soir-là elle avait dû paniquer et activer un 918PSE, le protocole, rarement utilisé, pour une urgence psychiatrique concernant un agent clandestin. Comme il avait déclaré avoir pris ses *précautions* – sous-entendant que des informations compromettantes seraient diffusées s'il venait à mourir – elle avait dû en arriver à la conclusion que la seule solution était de l'enfermer. Pour essayer ensuite de le faire disparaître.

Le cœur battant, Ambler s'efforçait de comprendre comment un incident aussi insignifiant avait conduit à bouleverser si radicalement son existence. Mais que couvrait-elle ? Une simple relation personnelle... ou autre chose ?

Il s'excusa et utilisa son portable pour appeler Lauren. Il lui donna le nom des deux principaux responsables ; ils convinrent qu'à la colossale Bibliothèque de France, dans le XIIIᵉ arrondissement, elle pourrait éplucher les archives spécialisées pour y trouver des documents utiles, documents qui ne seraient pas facilement accessibles par d'autres moyens. Quand il raccrocha, il se sentait un peu plus calme, et comprit pourquoi il l'avait appelée. Il fallait qu'il entende sa voix. C'était aussi simple que cela. Laurel Holland s'était dressée entre lui et le désespoir complet ; elle demeurait une petite lumière de santé mentale dans un monde qui semblait vraiment déboussolé.

Au bout d'un moment, Caston se tourna vers lui. Il était préoccupé. « Je peux vous poser une question personnelle ? »

Ambler hocha la tête d'un air distrait.

« Quel est votre nom ? »

Paul Fenton ne se refuse rien, songea la sous-secrétaire Whitfield tandis qu'il l'invitait à entrer dans la suite Empire de l'élégant hôtel George-V. L'établissement de huit étages, situé entre l'Arc de Triomphe et la Seine, était peut-être le plus réputé de la capitale, et à juste titre. La plupart des chambres étaient élégamment décorées dans une version allégée, claire, et spacieuse du style Louis XVI. Mais comparées à la suite Empire, elles semblaient avoir l'austérité du Bauhaus. Ici, un vaste vestibule ouvrait sur un spacieux salon et une salle à manger contiguë. Il y avait même des toilettes attenantes au salon pour que les invitées s'y repoudrent le nez. La décoration était chargée, avec des peintures et des sculptures à la gloire de Napoléon et Joséphine. A l'exception des murs, tapissés d'un tissu jaune d'or, le thème Empire était décliné en camaïeu de vert et bois sombre. Bronzes et vases de fleurs étaient partout, en profusion arborescente. De la fenêtre, la vue était époustouflante : la ligne des toits de la Ville Lumière avec les Invalides, la tour Montparnasse, et, bien sûr, la tour Eiffel, parfaitement visible.

Ellen Whitfield apprécia la vue. Quant à la suite, elle la trouva épouvantable. Pour son œil exercé, c'était terriblement chargé, fouillis, criard – une grandiloquence du dernier mauvais goût. Cependant toute la carrière de Fenton témoignait de l'idée selon laquelle l'excès était ce qui marchait le mieux.

L'homme d'affaires – rougeaud, rouquin, un physique d'ours – la conduisit dans le salon, où ils s'assirent dans des fauteuils à rayures vertes disposés de part et d'autre d'une petite table en verre. Elle fit courir le bout de ses doigts sur les accoudoirs, lesquels étaient en bois décoré d'ornements en bronze doré évoquant des motifs vaguement égyptiens.

« Je ne sais pas si je vous ai jamais dit combien je vous suis reconnaissante – combien nous le sommes tous – de tout ce que vous avez fait pour nous au cours des années. » La voix de Whitfield était chaleureuse, ses yeux s'agrandissant de façon presque sensuelle. Elle se pencha en avant comme pour lui glisser une confidence. De près, elle remarqua à quel point la figure de Fenton était rebondie, rose et lisse, comme s'il avait passé la matinée à se faire un masque à l'argile. Il avait les pectoraux et les biceps surdéveloppés de quelqu'un qui passe des heures à soulever de la fonte. Fenton était homme à mener plusieurs projets à la fois ; l'un d'eux, manifestement, était son propre corps.

Il haussa les épaules avec modestie. « Désirez-vous du café ? »

La sous-secrétaire tourna la tête vers un buffet en ébène.

« J'ai remarqué que vous aviez un plateau de café tout prêt, comme c'est gentil à vous. Mais laissez-moi m'en occuper. » Elle se leva, revint avec le plateau. Il y avait une cafetière – argent poli, parois en verre – remplie de café fraîchement passé, un pot à lait en céramique, et un sucrier. « Je vais faire le service », dit Whitfield en versant le café dans deux délicates tasses en porcelaine de Limoges.

317

Elle s'adossa dans son fauteuil Empire et but une gorgée de café, préparé à la perfection ; elle le prenait noir. Fenton, elle le savait, le préférait très sucré, et elle le regarda remplir sa tasse de pelletées de sucre, comme à son habitude.

« Tout ce sucre, murmura-t-elle avec un ton de reproche maternel. Cela vous tuera. »

Fenton but une gorgée et sourit. « Nous vivons des moments excitants, n'est-ce pas ? Vous savez, j'ai toujours été honoré de collaborer dans la mesure de mes moyens. C'est un plaisir de travailler avec quelqu'un qui voit le monde comme je le vois. Nous comprenons tous les deux que l'Amérique mérite un avenir plus sûr. Nous comprenons tous deux que la menace du lendemain doit être combattue aujourd'hui. Détection précoce, n'est-ce pas ?

— Détection précoce, traitement précoce, acquiesça-t-elle. Et personne ne fait cela mieux que vos équipes. Sans vos agents et vos systèmes d'information, nous n'aurions jamais été en mesure de faire tant de progrès décisifs. Nous ne vous considérons pas simplement comme un entrepreneur privé. Vous êtes un partenaire à part entière dans la mission consistant à maintenir la suprématie de l'Amérique.

— Nous avons beaucoup de points communs, reprit Fenton. Nous aimons tous les deux gagner. Et c'est ce que nous avons fait : gagner. Gagner pour l'équipe à laquelle nous croyons tous les deux. »

Whitfield regarda Fenton finir son café et reposer la tasse vide sur sa soucoupe. « Il est plus facile de gagner, dit-elle, quand vos adversaires ne savent même pas que vous êtes de la partie. » Son expression de gratitude ne faiblissait pas.

Fenton hocha la tête d'un air vague ; il ferma les yeux et les rouvrit ; comme s'il avait du mal à accommoder. « Mais je sais que vous ne vouliez pas me rencontrer ici uniquement pour me féliciter, dit-il en mangeant légèrement ses mots.

— Vous alliez me donner un compte rendu sur Tarquin. Il ignore que vous êtes descendu dans cet hôtel, j'imagine. Vous avez pris vos précautions ? »

Fenton acquiesça, l'air endormi. « Je l'ai rencontré dans une planque. Mais il a fait de l'excellent travail. » Il bâilla. « Excusez-moi, je suppose que le décalage horaire est en train de me rattraper. »

Elle remplit à nouveau sa tasse. « Vous devez être épuisé, avec tout ce qui s'est passé ces derniers jours », dit Whitfield, le regard vigilant. Elle avait remarqué ses consonnes pâteuses, la façon dont sa tête commençait à baller.

Fenton bâilla et remua lentement sur le canapé. « C'est vraiment bizarre, murmura-t-il. Je n'arrive pas à garder les yeux ouverts.

— Ne luttez pas. Laissez-vous aller. » Ses agents n'avaient eu aucune difficulté à mélanger au sucre un dépresseur du système nerveux central à action rapide – un dérivé cristallin de gamma hydroxybutyrate – qui, à des doses suffisamment fortes pour entraîner la perte de connaissance, passerait inaperçu à l'autopsie, car ses métabolites sont naturellement présentes dans le sérum sanguin.

Fenton ouvrit les yeux un moment, réagissant peut-être au froid glacial qu'avait revêtu la voix de la sous-secrétaire. Il émit une sorte de grognement étouffé.

« Je suis vraiment navrée. » Elle regarda sa montre. « La décision a été difficile pour Ashton et moi. Non pas que nous doutions de votre loyauté. Pas du tout. C'est juste que, eh bien, vous savez qui je suis. Vous seriez capable de relier les pointillés... et nous n'étions pas certains que vous auriez aimé le résultat final. » Elle jeta un regard à Fenton, à présent avachi dans une position suggérant la perte de conscience. Était-il même capable d'entendre ses paroles ?

Ce qu'elle disait, cependant, n'était rien moins que la vérité. Il y avait un risque que Fenton se sente trahi s'il apprenait la véritable nature de l'opération pour laquelle il avait été engagé – et la trahison engendrait trop souvent la trahison. Le prochain coup à jouer était trop important pour tolérer la moindre anicroche. Chacun devait jouer son rôle à la perfection.

Tandis qu'elle regardait le corps inerte devant elle, elle se dit que Paul Fenton avait déjà joué le sien.

Chapitre vingt-cinq

« J'AI UN MAUVAIS pressentiment », déclara Ambler. Les deux hommes marchaient sur le boulevard Bonne-Nouvelle, le vérificateur gardant ses deux mains au chaud dans son pardessus. Chose que ni Ambler, ni aucun agent, d'ailleurs, n'aurait faite, mais il faut dire que les mains de Caston n'étaient pas bonnes à grand-chose en dehors d'un bureau. Il gardait les yeux baissés, guettant les crottes de chien sur le trottoir, tandis que le regard d'Ambler balayait discrètement la rue, à l'affût du moindre signe de surveillance.

« Vous avez *quoi* ? » Le vérificateur lui lança un regard de profond mépris.

« Vous m'avez entendu.

— Votre horoscope vous a dit que vos planètes étaient dans une mauvaise conjonction ? Un marabout a trouvé quelque chose de désagréable en lisant dans les abats ? Je veux dire, si vous savez quelque chose que je devrais savoir, parlons-en. Si vous avez une conviction justifiée de façon rationnelle, tant mieux pour vous. Mais combien de fois faudra-t-il subir ça ? Nous sommes adultes. Nous devrions être réceptifs aux faits. Pas aux pressentiments.

— Redescendez sur terre, Caston : vous n'avez pas l'avantage de jouer sur votre terrain, ici. On n'est pas à Excel-land. Les immeubles autour de vous sont bien en verre et en pierre, pas en colonnes de chiffres. Et si on nous canarde, ce sera une vraie balle, pas la

320

foutue trajectoire d'une balle théorique. De toute façon, comment quelqu'un comme vous pourrait même savoir à quoi ressemble une planque de l'Agence ? En vertu du cloisonnement de l'information, ça ne devrait pas être sur votre écran radar. Parce que ce n'est certainement pas le genre d'info que possède un gratte-papier dans votre genre.

— Vous n'avez pas encore pigé. Qui paye le loyer ? Qui s'occupe des factures ? Rien de ce qui coûte de l'argent à l'Agence n'échappe à ma détection. Je suis un vérificateur. Rien de ce qui est vérifiable ne m'est étranger. »

Ambler se tut un moment. « Comment savez-vous que l'endroit ne sera pas occupé ?

— Parce que le bail arrive à expiration à la fin du mois et qu'on ne le renouvelle pas. Et parce qu'on a un budget pour l'équipe de nettoyage dont l'arrivée est prévue la semaine prochaine. Par conséquent, c'est vide, mais encore équipé. J'ai passé en revue les demandes de crédit pour Paris avant de partir. Et je suis en mesure de vous dire que le coût mensuel moyen de la résidence de la rue Bouchardon pour les quatre dernières années a été, en dollars constants, de deux mille huit cent trente dollars. Les charges variables additionnelles comprennent, par ordre décroissant, les frais de télécommunications, lesquelles, à leur tour, varient de...

— OK, c'est bon. Vous m'avez convaincu. »

L'immeuble de la rue Bouchardon paraissait étrangement désolé, façade en pierre tachetée de lichen et de suie, fenêtres crasseuses, et, à l'entrée, la grille en métal noir était cabossée et écaillée. Non loin de là, un réverbère au mercure jetait des étincelles et bourdonnait.

« On entre comment ? demanda Ambler à Caston.

— C'est pas mon rayon. » Caston avait l'air outragé. « Quoi, vous croyez que je vais tout faire ? C'est vous l'agent. Alors agissez.

— Merde. » Ce n'était pas comme le parking de la Clinique du Louvre ; le site était exposé, ce qui signifiait qu'il allait devoir trouver une solution rapide. Ambler s'agenouilla et dénoua le lacet d'une de ses chaussures. Quand il se releva, il tenait une mince clé plate munie de cinq dents seulement. On appelait ça une clé à percussion, et son fonctionnement nécessitait à la fois adresse et chance ; il n'était pas sûr d'avoir assez des deux. « Restez ici », dit-il à Caston.

Ambler courut jusqu'à un container à ordures au bout de la petite rue et revint quelques minutes plus tard avec un livre de poche défraîchi que quelqu'un avait jeté. Il était néanmoins épais et sa tranche était solide. De quoi en faire un petit maillet.

Il fallait frapper la clé, à l'intérieur du cylindre avec suffisamment de force pour qu'elle chasse les goupilles vers le haut et dépasse la ligne de césure de la serrure et, au même instant, la tourner avant que les ressorts ne repoussent les goupilles vers le bas.

En théorie.

La réalité était rarement à la hauteur. Si les colonnes de goupilles n'étaient pas soulevées assez haut, cela ne marchait pas. Si elles étaient repoussées trop haut, cela ne marchait pas. Si on tournait la clé une seconde trop tard, ça ne marchait pas.

Ambler positionna la clé juste en face de l'entrée du barillet et la frappa avec la tranche du livre, la propulsant dans le passage aussi fort que possible, puis la tournant aussitôt insérée.

Il n'en crut pas ses yeux. Cela avait marché – du premier coup ! Ça n'arrivait presque jamais. La clé tourna, rétracta la clenche, et il poussa la porte. Sa dextérité l'emplit de fierté, et, souriant, il se tourna vers Caston.

Le vérificateur réprimait un bâillement.

« Enfin, rouspéta Caston. Je n'arrive pas à croire que ça vous ait pris si longtemps. »

Ambler fit un gros effort pour rester coi.

Une fois à l'intérieur de l'immeuble, Ambler pourrait crocheter la porte de l'appartement sans craindre d'être observé ; le bâtiment paraissait totalement inoccupé. Mais les types de la CIA qui avaient équipé la planque avaient également pris soin de la pourvoir d'une serrure encastrée convenable.

Ambler examina attentivement la gâche quelques minutes avant de renoncer. Avec un bon pied de biche, il aurait pu arriver à quelque chose, mais il ne disposait pas des outils adéquats.

Caston ne cacha pas son mépris. « Vous n'êtes pas foutu de faire quelque chose correctement ? C'est vous qui êtes censé être l'agent d'élite. Vingt ans à l'USP. Et maintenant... »

Ambler lui coupa la parole. « Caston ? Mettez-la en veilleuse. »

Il finit par gagner la cour exiguë de l'immeuble sur laquelle donnaient deux fenêtres de l'appartement du rez-de-chaussée. Un mode d'effraction peu élégant, mais il faudrait s'en contenter.

Se servant à nouveau de la tranche du livre comme d'un marteau, Ambler cassa un carreau rectangulaire, et, méthodiquement, enleva tous les éclats de verre restants. Il resta un moment parfaitement immobile, aux aguets. Mais il n'y avait pas un bruit. Aucun signe d'habitation. Rien ne laissait penser que quelqu'un avait entendu le bris de verre.

« Vous venez de faire perdre quatre cents dollars aux États-Unis d'Amérique, dit Caston à voix basse. Au *minimum*. Je ne parle pas des frais de remplacement. Les vitriers parisiens pratiquent des tarifs astronomiques. »

Ambler posa les deux mains sur l'appui de fenêtre en pierre et, d'un mouvement rapide, se hissa à travers la fenêtre brisée. Un meuble-bibliothèque d'aspect robuste dépassait en dessous, il réussit à faire la culbute par-dessus et à se réceptionner sur ses pieds.

Marchant prudemment dans l'obscurité, il s'approcha de la porte, alluma quelques lumières, puis tira le verrou.

Enfin, il ouvrit la porte d'entrée à Caston, qui, les bras croisés sur la poitrine, les épaules voûtées, attendait avec impatience.

« En plus, ça gèle dehors, dit-il. Et il a fallu que vous cassiez une foutue fenêtre.

— Entrez. » Il ferma la porte derrière Caston et, d'instinct, la verrouilla à nouveau. Une planque n'avait généralement pas de système d'alarme ; l'irruption possible de la police était plus à craindre qu'un cambriolage.

Les deux hommes errèrent dans l'appartement jusqu'à ce qu'ils trouvent une petite pièce abritant un grand poste de télévision. Dessous, se trouvait ce qui de prime abord ressemblait à un boîtier USB ordinaire. Ambler savait à quoi s'en tenir. Le toit de l'immeuble était certainement doté d'un récepteur satellite, connecté au rez-de-chaussée par un câble optique sécurisé ; le boîtier contenant un matériel complexe de décryptage.

Ce n'était pas un appareil de haute sécurité et il n'était pas destiné à recevoir des informations sensibles. Mais de toute façon, les documents auxquels ils accéderaient étaient techniquement non confidentiels, sinon largement disponibles.

Caston ouvrit les tiroirs du meuble un par un, jusqu'à ce qu'il trouve un clavier. Il lui sourit, comme à un ami. Il alluma l'écran et s'activa sur le clavier pendant quelques minutes.

L'écran s'anima, mais ne montra que de la neige. « Voyons si je me rappelle comment ça marche », dit Caston, surtout pour lui-même, tandis qu'il tripotait la télécommande. Soudain, l'écran se remplit de chiffres, correspondant à la taille et à la durée de téléchargement d'une série de gros fichiers.

Caston n'avait plus l'air grincheux ; il l'avait l'air grave.

« Ces fichiers sont en libre accès, expliqua-t-il à l'agent, ce sont des documents non classifiés, dans le domaine public pour la plupart. Je veux juste que vous voyiez Ashton Palmer dans son élément. C'est vous le physionomiste, non ? Je veux que vous voyiez ce visage grandeur nature, en couleur, et en haute résolution. » Il pianota sur le clavier une minute de plus, ajustant différents paramètres. Soudain l'écran fit apparaître l'image vivante de Palmer en train de parler derrière un lutrin.

« Ça remonte à 1995 environ, poursuivit Caston. Un discours donné à une conférence sponsorisée par le Centre d'études stratégiques. Un des articles de journal que votre amie a trouvé à la BNF y faisait référence. Palmer est poli, mais je ne pense pas que vous aurez à beaucoup tendre l'oreille pour saisir la véritable nature de son discours. »

Sur l'écran, Ashton Palmer paraissait sûr de lui, doctoral, presque serein. Des tentures sombres étaient visibles derrière lui. Il était élégamment vêtu d'un costume marine, d'une cravate rouge foncé et d'une chemise bleu pâle.

« La forme traditionnelle de l'habitation urbaine chinoise était le *siheyuan* – littéralement, "un jardin entouré de quatre bâtiments". Il était composé d'habitations tournées vers l'intérieur, dessinant un espace parfaitement clos. Dans d'autres civilisations, les centres urbains étaient animés d'une curiosité cosmopolite – le désir de regarder vers l'extérieur pour la conquête ou la découverte. Il n'en a jamais été ainsi avec les Chinois. En fait, l'architecture même du *siheyuan* s'est avérée un symbole pertinent de l'esprit national. » Ashton leva les yeux du lutrin, ses yeux gris ardoise étincelants. « L'Empire du Milieu a été, un millénaire durant, dynastie après dynastie, un royaume profondément replié sur lui-même. Une xénophobie omniprésente a peut-être été l'élément le plus profond et le plus constant de cette superposition de coutumes et d'habitudes de pensée que nous appelons la culture chinoise. L'histoire chinoise ne compte aucun Pierre le Grand, aucune impératrice

Catherine, aucun Napoléon, aucune reine Victoria, aucun Kaiser Guillaume, aucun Tojo. Depuis l'effondrement du joug tatar, il n'y a rien eu qui puisse être qualifié d'Empire chinois : il n'y a jamais eu que la Chine. Vaste, certes. Puissante, assurément. Mais au bout du compte, une enceinte fermée des quatre côtés. Au bout du compte, un gigantesque *siheyuan*. On peut discuter pour savoir si cette xénophobie viscérale a servi ou non le peuple chinois. Ce qui ne fait aucun doute, c'est qu'elle a servi *nos* intérêts. »

Ambler s'approcha de l'écran cinquante-six pouces haute définition, fasciné par l'éloquence de l'universitaire, l'intelligence ardente qu'il semblait irradier.

« Certains politologues ont cru que la Chine changerait une fois les Communistes au pouvoir, poursuivit Palmer après avoir bu une gorgée d'eau dans le verre posé sur le lutrin. Le communisme international était effectivement cela – international dans son orientation. Ses visées expansionnistes devaient ouvrir la Chine vers l'extérieur, à tout le moins aux pays frères du bloc de l'Est. C'était le raisonnement que tenaient les étudiants en sciences politiques. Bien entendu, les choses ne se sont pas passées ainsi. Le président Mao a exercé sur ses compatriotes le contrôle le plus rigoureux qu'un chef d'État ait jamais exercé dans l'histoire ; il s'est érigé en divinité. Et malgré le caractère éminemment belliqueux de sa rhétorique, il n'a pas seulement isolé ses compatriotes des vents puissants de la modernité, mais il s'est montré foncièrement conservateur, réactionnaire même, dans ses conceptions stratégiques. A l'exception de quelques escarmouches mineures, on compte seulement deux épisodes vraiment marquants. Le premier a été le conflit dans la péninsule coréenne au début des années 50, au cours duquel, notez-le bien, les Chinois croyaient en fait à l'imminence d'une invasion américaine. L'impasse nord-coréenne est le fruit d'une posture défensive, et non offensive. Le fait est que le président Mao a vraiment été le dernier empereur, un homme dont les obsessions étaient tournées vers l'intérieur et concernaient la pureté idéologique de ses partisans. »

Palmer conservait un visage froid tandis qu'il développait sa vision, mais ses paroles coulaient avec une aisance fascinante. « Ce n'est qu'au cours de ces dernières années que nous avons commencé à assister à un changement radical à l'intérieur de la Chine ; une véritable ouverture vers l'extérieur, alimentée par son intégration incroyablement rapide dans le système capitaliste mondial. C'était précisément le changement que les gouvernements américains successifs n'ont cessé d'appeler de leurs vœux. Mais comme le diraient les Chinois, on doit faire attention à ce que l'on désire. Nous avons réveillé le tigre, en espérant le chevaucher. » Il marqua une pause, et sa bouche s'étira en un faible sourire. « Et tout à notre rêve de chevaucher le tigre, nous avons oublié ce qu'il arrivait en cas de chute. Les stratèges de la politique se sont persuadés que la convergence économique conduirait à la convergence politique, à une harmonisation des intérêts. Mais la réalité est presque contraire. Deux hommes amoureux de la même femme : le secret d'une coexistence pacifique ? Je ne le crois pas. » On entendit quelques rires dans le public. « Il en va de même quand deux entités visent le même objectif, qu'il s'agisse de la domination économique dans tel ou tel domaine ou de la suprématie politique dans la région Pacifique. Plus la Chine s'est intégrée à l'économie de marché, plus elle est devenue belliqueuse. Un état de fait qui semble avoir échappé à l'attention de nos leaders politiques, frappés de myopie. Une décennie après la mort de Mao, les Chinois coulaient trois bâtiments vietnamiens dans la région des îles Spratly. En 1994, on assistait à un accrochage entre des vaisseaux américains et un sous-marin chinois en mer Jaune, et dans les années qui ont suivi, à la prise de Mischief Reef, possession philippine, à des tirs de missiles près de la côte de Taiwan, dans une voie navigable internationale, etc. La marine chinoise a acheté un porte-avions aux Français, et une série de systèmes de radar de surveillance aux Anglais, tandis que la Chine construisait un passage de la province du Yunnan au golfe du Bengale, se garantissant ainsi un accès à l'océan Indien. Il est facile d'ignorer les actions auxquelles nous avons assisté jusqu'à maintenant, car elles semblent mineures, mais il ne faut pas s'y fier. En fait, il s'agit ni plus ni moins de *coups de sonde*, de tentatives visant à évaluer la détermination de la communauté internationale. A plusieurs reprises, ils ont pu mesurer l'impuissance de leurs concurrents, de leurs rivaux. Et ne vous y trompez pas, nous sommes, pour la première fois dans l'histoire, rivaux. »

Le regard de Palmer se chargea d'une intensité inquiétante tandis qu'il développait son argument. « La Chine est en feu, et c'est l'Occident qui a fourni le combustible. En faisant un pas vers la libéralisation économique, la Chine a gagné des centaines de milliards de dollars en capitaux étrangers. Elle enregistre des taux de croissance de 10 % par trimestre – la croissance la plus rapide qu'un pays ait connue sans bouleversement majeur. On assiste également à une croissance gigantesque de sa consommation : le tigre qui se réveille absorbera d'ici quelques années 10 % de la production pétrolière mondiale, le tiers de la production d'acier. En tant que simple consommatrice, elle exerce une influence disproportionnée sur les nations du Sud-Est asiatique, sur la Corée, le Japon, et, de fait, Taiwan. Nos conglomérats dépendent de plus en plus de la dynamo chinoise pour leur propre croissance. Est-ce que ces propos vous paraissent familiers, mesdames et messieurs ? »

Une fois encore, Palmer se tut, son regard balayant le public invisible devant lui. Son sens du rythme était magistral. « Laissez-moi développer mon raisonnement. Prenez un pays qui a connu ce qu'on pourrait appeler une seconde révolution industrielle. Un pays où le travail était bon marché, les capitaux et les ressources abondants ; un pays qui a été capable de faire de son économie la plus efficace et celle connaissant la plus forte croissance au monde. Je vous parle – il éleva la voix de façon subtile – des États-Unis d'Amérique, tels qu'ils apparaissaient au tout début du XXᵉ siècle. Nous savons tous ce qui est arrivé par la suite. Une période de suprématie militaire, industrielle, économique et culturelle incontestée ; une période de puissance et de prospérité que nous désignons, pour faire vite, comme le siècle de l'Amérique. » Il baissa les yeux sur le lutrin avant de reprendre. « Ce siècle a été une chose formidable. Mais personne n'a jamais promis qu'il durerait toujours. En fait, nous avons tout lieu de croire que ce ne sera pas le cas, que le XXIᵉ siècle sera, rétrospectivement, identifié comme le siècle de la Chine. »

On entendit des murmures dans le public.

« Que ce soit une situation qu'il faille célébrer ou déplorer, ce n'est pas à moi, intellectuel impartial, de le dire. Je relèverai simplement l'ironie de la chose qui est que cette évolution aura été le fruit de notre propre travail. Des Américains bien intentionnés, en position de force parmi ceux qui décident de notre politique étrangère, n'ont eu de cesse de réveiller le tigre. De tourner vers l'extérieur un royaume replié sur lui-même. Ce seront nos enfants

qui vivront avec ce qu'il en résultera. » A voix basse, il ajouta :
« Ou en mourront. »

Ambler frissonna ; il essaya de se rappeler d'autres moments où il avait vu des visages respirer autant de certitude et de ferveur. Les exemples qui se présentèrent à son esprit n'étaient pas rassurants : le Dr Abimael Guzmán, le fondateur meurtrier de la guérilla péruvienne du Sentier lumineux, était l'un d'eux. David Koresh, le prétendu messie de la secte des davidiens, en était un autre. Pourtant Ashton Palmer possédait un vernis d'urbanité, de civilité, qui le distinguait de ces fanatiques... et qui, potentiellement, le rendait plus dangereux encore.

« Maintes et maintes fois, nos soi-disant sinologues du ministère ont mal interprété les feuilles de thé vert. Tout le monde se souviendra de l'émoi considérable suscité par le bombardement de l'ambassade de Chine à Belgrade au cours d'une frappe aérienne américaine. Des millions de citoyens chinois ont refusé de croire qu'il pouvait s'agir d'un accident. Washington s'est répandu en lamentations. La résurgence de l'antiaméricanisme étant largement considérée comme une mauvaise chose. Ces experts n'avaient pas appris ce que le sage chinois Chung-wen appelait, simplement, *shuangxing*, ou "duplicité". En fait, cette poussée de xénophobie aurait pu être bénéfique pour l'Amérique. Tout ce qui ralentit l'intégration de la Chine dans la communauté des nations, nous le savons, agira aussi comme un frein sur les moteurs de sa croissance. Un sceptique pourrait soutenir qu'une telle évolution est profitable pour l'Amérique, profitable pour le monde. En tant que savant impartial et objectif, ce n'est pas à moi, bien entendu, d'encourager tel ou tel résultat. Mais si, comme je le crois, nous sommes à la croisée des chemins, peut-être puis-je attirer votre attention sur ce qui nous attend, dans un cas comme dans l'autre. L'affrontement avec la Chine est inévitable. Mais pas notre défaite. Cela dépendra de nos choix, des choix que nous faisons aujourd'hui. »

Clay Caston s'agenouilla et tapa une nouvelle série de commandes sur le clavier, jusqu'à ce qu'un autre extrait vidéo commence à défiler. L'image était plus floue, probablement repiquée sur C-Span [1], deux ou trois ans auparavant.

---

1. Chaîne publique américaine retransmettant conventions politiques, discours de campagne électorale et sessions du Congrès.

« Tenez, vous allez l'entendre chanter une autre chanson, prévint Caston. Bien sûr, la conférence du Centre des Études stratégiques s'est tenue à huis clos – Palmer s'adressant principalement à des acolytes. Sur cet autre extrait diffusé par C-Span, il s'agit d'un panel réuni à Washington par un autre "think tank", représentant diverses sensibilités. Il est possible qu'il ait décidé de présenter un autre visage. »

Au milieu des cinq sinologues présents, Ashton Palmer sortait du lot; il affichait un calme imperturbable; son front haut et son regard gris et clair respiraient l'intelligence et le sérieux.

L'extrait débutait par une question posée par un jeune homme dégingandé du public, barbe épaisse et lunettes plus épaisses encore. « N'avez-vous pas le sentiment, professeur Palmer, que la politique américaine à l'égard de la Chine est insuffisamment sceptique, insuffisamment à l'écoute de nos propres intérêts? Car beaucoup de gens au Département d'État aujourd'hui seraient portés à considérer l'ascension du président Liu Ang comme un grand succès, et le résultat de leur politique d'"engagement constructif". »

Palmer souriait quand la caméra revint vers lui. « Et cela est très bien, dit-il. Liu Ang est un homme politique extrêmement attachant. J'espère simplement qu'il représente l'avenir. »

Palmer sourit à nouveau, découvrant des dents blanches, régulières. En dépit de cette déclaration mielleuse et du ton désinvolte, Ambler eut un frisson : alors qu'il examinait le visage de Palmer, il décela – non, il *vit* simplement – un mépris et une hostilité profonde et bouillonnante à l'égard du chef d'État dont il parlait. A l'instant même où il prononça le nom de Liu Ang, une expression fugitive passa sur son visage qui démentait complètement ses paroles.

« ... Je peux donc juste dire que j'espère sincèrement que les triomphalistes du Département d'État ont raison, conclut Palmer. De toute façon, nous devons travailler avec lui. »

Caston grogna. « Le type a l'air parfaitement crédible, là aussi. Difficile de savoir à quoi s'en tenir avec lui. »

Ce fut au tour d'Ambler de manœuvrer le clavier. Le logiciel vidéo avait une icône permettant d'avancer ou de revenir en arrière, et il revint en arrière jusqu'au moment où Ashton Palmer articulait le nom du président chinois. Puis Ambler fit défiler la vidéo image par image. *Là*. Dans le micro-intervalle entre les deux parties du nom chinois, le visage de Palmer arborait une expression radicalement différente. Les yeux étaient tirés, les commissures des lèvres baissées, les narines dilatées : un visage qui exprimait à la fois l'indignation et le dégoût. Une image ou deux après, elle avait disparu, remplacée par un air artificiel d'approbation souriante.

« Bon sang », lâcha Caston.

Ambler ne dit rien.

Caston secoua la tête. « Je n'aurais jamais relevé ça.

— Il y a beaucoup de choses dans le ciel et sur la terre qui ne figurent pas sur vos sacro-saints tableaux, fit remarquer Ambler.

— Ne me sous-estimez pas. J'arrive au même résultat au bout du compte.

— Juste à temps pour ramasser les douilles quand la fusillade est terminée, j'en suis sûr. J'ai connu quelques analystes et comptables. Vous travaillez avec du papier, des ordinateurs, vous vous plongez dans des sorties d'imprimante – tableaux, graphiques, diagrammes, mais vous n'avez jamais affaire aux gens. Vous êtes plus à l'aise avec les octets. »

Caston pencha la tête. « Mouais, John Henry a effectivement manié le marteau... autrefois [1]. Peut-être que vous dormiez quand l'âge de l'information est apparu. Aujourd'hui, la technologie déborde les frontières. Elle regarde. Elle entend. Elle enregistre des constantes, des perturbations statistiques, et si nous voulons bien tendre l'oreille...

— Elle entend, mais elle ne peut pas *écouter*. Elle regarde, mais elle ne peut pas *observer*. Elle n'est certainement pas foutue de s'entretenir avec les hommes et les femmes avec qui nous devons traiter. Il n'existe pas de substitut pour ça, bon Dieu.

— J'estime que les pistes financières sont souvent bien plus précieuses et parlantes que la plupart des gens.

— Sans blague », coupa Ambler. Il se leva et se mit à faire les cent pas. La pièce était confinée, étouffante. « D'accord, vous voulez discuter logique et "inférence probabiliste" ? Que se passe-t-il en Chine ces temps-ci, qu'est-ce que cela signifie pour un

_____

1. Hercule de légende qui, à la grande époque de la construction des chemins de fer, aurait défié et battu le marteau-piqueur, mais en serait mort d'épuisement.

type comme Ashton Palmer ? Pourquoi déteste-t-il Liu Ang à ce point ?

— Je suis un homme de chiffres, Ambler. Je ne fais pas de géopolitique. » Il haussa les épaules. « Mais je lis les journaux. Et nous avons tous les deux entendu la causerie de Palmer à cette réunion des Études stratégiques. Puisque vous posez la question, ce qui ressort à propos de Liu Ang, c'est qu'il est extrêmement populaire dans son pays, et qu'il représente une incroyable force de libéralisation. Il a ouvert des marchés, établi des réseaux de commerce équitable, a même sévi contre le piratage et la contrefaçon, et des choses du même genre.

— Mais c'est du gradualisme, non ? C'est la méthode chinoise.

— Du gradualisme, oui, mais à un rythme accéléré.

— C'est une contradiction dans les termes.

— Liu Ang est un personnage paradoxal à bien des égards. Quel est le mot que Palmer a utilisé ? Duplicité. Suivez la logique de son argumentation, tout ce qu'il raconte sur le siècle chinois, sur ce qui pourrait arriver si un royaume replié sur lui-même commençait à devenir grégaire, commençait à s'intégrer à la communauté des nations. Si vous êtes Palmer, Liu Ang est votre pire cauchemar.

— Si vous êtes Palmer, plaça Ambler, vous voudriez faire quelque chose.

— J'ai lu quelque part que Liu Ang venait en visite officielle le mois prochain en Amérique », dit Caston. Il se tut un long moment. « Je vais devoir passer quelques coups de fil. »

Ambler se concentra à nouveau sur l'image figée du savant, s'efforçant d'extraire tout ce qu'il pouvait de son visage. *Qui êtes-vous ? Que voulez-vous ?* Il baissa la tête, absorbé dans ses pensées.

Puis l'image s'évanouit.

Ambler vit l'écran exploser, se transformer en un nuage de verre brisé, avant même d'entendre la détonation sèche qui accompagna l'explosion.

Le temps ralentit.

Que s'était-il passé ? Une balle. Gros calibre. Fusil. Silencieux.

Il se retourna brusquement, vit un homme vêtu de noir, accroupi en position commando, au fond du couloir à l'extérieur de la pièce. L'homme était armé d'un fusil d'assaut militaire, un modèle qu'Ambler reconnut. Un Heckler & Koch G36. Le chargeur courbe monté devant la sous-garde contenait trente cartouches de 5,56 x 45 mm OTAN ; système de visée avec réticule rouge. Carcasse réalisée en polymère noir ultrarésistant et ultraléger. Extrêmement maniable, extrêmement meurtrier

Le modèle standard des Opérations consulaires.

Chapitre vingt-six

AMBLER se jeta à terre une fraction de seconde avant qu'une triple rafale soit tirée dans sa direction. Il vit que Caston avait détalé de l'autre côté de la pièce, hors de la ligne de mire du commando.

Pour l'instant.

Le tireur n'était pas seul ; Ambler le voyait dans ses yeux. Il avait l'assurance d'un type qui opère en équipe.

Une équipe utilisant l'arsenal des Opérations spéciales. Combien ? De quatre à six, c'était la norme pour un commando ayant un civil pour cible. En cas d'intervention rapide, cependant, ils pouvaient n'être que deux ou trois. Ils avaient dû arriver par des accès différents – certains par la porte, d'autres par la fenêtre. Avec un détecteur thermique, ils n'avaient eu aucun mal à déterminer leur position exacte à l'intérieur de la planque.

La question était de savoir pourquoi Ambler n'était pas déjà mort.

Tandis que le premier commando restait en position, un deuxième homme en noir le dépassa en courant : manœuvre de contournement classique.

D'un mouvement brusque, Ambler ferma la porte du bureau d'un coup de pied.

« Je sais ce que vous pensez », souffla Caston. Il était recroquevillé, son visage d'ordinaire blafard à présent blanc comme un linge. « Mais croyez-moi, je n'ai rien à voir avec ça.

« — Je sais. L'un des téléchargements a dû déclencher une alarme. L'identificateur I/O a dû donner l'emplacement. Comme vous le disiez, cet endroit était censé être inoccupé.

— Qu'est-ce qu'on fait maintenant ?

— C'est mal barré. On a affaire à des pros. Armés de fusils H&K G36. Vous avez une idée de ce que ça veut dire.

— Le H&K G36, répéta Caston en battant des paupières. Pour les commandes de plus de mille pièces, on paye un prix négocié à l'unité de huit cent quarante-cinq dollars. Mais le coût non amortissable des cartouches...

— Des G36 équipés de silencieux, coupa Ambler. Ces types sont des nettoyeurs. »

Une rafale arracha la partie supérieure de la porte, remplissant l'air d'échardes et de l'odeur du bois carbonisé. La porte ne tiendrait pas longtemps.

Ambler se leva d'un bond et éteignit les lumières dans la pièce avant de se jeter de nouveau à terre.

Pourquoi était-il en vie ?

Parce qu'ils étaient deux. C'était ce que les détecteurs infrarouges avaient dû leur dire. Ils n'avaient pas abattu Ambler parce qu'ils n'avaient pas pu vérifier que c'était bien lui. Identifier, puis tuer : ça devait être l'ordre de marche. Leurs instructions n'incluaient pas la présence d'une seconde personne.

« Nous n'avons rien pour les tenir à distance, dit Caston. Il faut se rendre. »

Trois autres rafales avaient ouvert un trou béant dans la porte ; des dégâts bruyants pour un fusil d'assaut équipé d'un silencieux.

Ambler connaissait la suite. Les commandos s'approcheraient de l'ouverture pratiquée dans la porte, puis braqueraient leurs fusils sur les deux hommes ; ce qui leur donnerait tout le temps nécessaire pour vérifier l'identité de leur cible.

Il n'avait que quelques secondes pour déjouer leur plan.

La seule arme d'Ambler était le petit Glock 26 ; parfaitement inutile contre un fusil d'assaut, un pistolet à eau comparé à des lances à incendie. Pas de mire, imprécis de loin, et, avec ses balles de petit calibre, incapable de pénétrer les gilets pare-balles ultralégers en Monocrys des commandos. Dans la situation présente, il était pratiquement dépourvu de valeur offensive.

Révise et improvise.

« A vrai dire, il y a bien un truc que vous pouvez utiliser. »
Ambler parla au vérificateur tourmenté à voix basse.

— Je ne crois pas. La télécommande ne marche pas contre ces types. J'ai déjà essayé le bouton PAUSE.

— Ce que vous avez, c'est un otage.

— Vous êtes malade.

— Fermez-la et écoutez, murmura Ambler. Il va falloir que vous criiez, le plus fort possible, que vous avez un otage et que vous allez le descendre s'ils font un pas de plus. *Exécution*.

— Je ne peux pas faire ça.

— Vous pouvez, et vous allez le faire. » Ambler articula le mot *Maintenant* en silence.

Pâle comme la mort, Caston hocha la tête et prit une grande inspiration. « J'ai un otage ! hurla-t-il aux commandos, d'une voix étrangement posée. Un pas de plus et je l'abats. »

Quelques secondes de silence. Puis un échange à peine audible entre les deux assaillants.

Ambler retira le petit Glock 26 de son holster porté sur les reins et le colla dans la main du vérificateur. « Vous le pointez sur ma nuque, d'accord ?

— Pour vous, c'est facile à dire, chuchota Caston. C'est moi qu'ils vont descendre.

— Il va falloir que vous me fassiez confiance sur ce coup-là. Vous vous êtes bien débrouillé jusqu'ici. »

L'angoisse et la confusion de Caston étaient visibles, pourtant Ambler voyait bien qu'il avait été rasséréné par ses paroles.

« Vous allez vous servir de mon corps comme d'un bouclier. Ce qui veut dire que vous ne les laisserez pas vous voir, si vous pouvez l'éviter. Et que vous me garderez entre vous et eux tout le temps. Je vous aiderai pour ça, mais il faut que vous compreniez la manœuvre.

— Sauf que c'est après vous qu'ils en ont. Ça n'a pas de sens.

— Contentez-vous de me suivre », répéta Ambler. Il aurait été trop long de lui expliquer que c'était moins insensé que cela en avait l'air. Les otages compliquaient toujours ce genre de mission. Au beau milieu d'une opération tendue, personne ne songerait à mettre en doute l'identité de l'otage et du preneur d'otage. Que le commando ait reçu des photos de bonne qualité avec leurs instructions n'y changeait rien ; ils n'étaient pas tranquillement en train

335

d'étudier des photos sur une table lumineuse. Il s'agissait d'hommes armés, gonflés à l'adrénaline, essayant d'exécuter les ordres sans commettre d'erreur fatale à leur carrière. Laisser l'otage mourir pouvait être cette erreur. La distribution effective des rôles s'imposerait à eux comme un fait, et elle balaierait d'autres considérations, des détails comme la couleur des cheveux ou la taille.

Ambler murmura d'autres instructions à l'oreille de Caston.

Finalement, celui-ci reprit une grande inspiration. « Laissez-moi parler à votre commandant », rugit-il. A un volume normal, sa voix aurait peut-être tremblé ; forcé de crier, Caston dégageait une impression d'assurance et d'autorité.

Aucune réponse.

Affectant une expression de pure terreur, Ambler se rua vers la porte dévastée, comme si on l'y avait poussé, Caston caché derrière lui. « Ne le laissez pas me tuer, gémit-il en collant son visage contre le large trou déchiqueté. Je vous en prie, ne le laissez pas me tuer. Ne le laissez pas me tuer. » Les yeux écarquillés, il jetait des regards affolés avec l'hystérie d'un civil pris dans un cauchemar dépassant son imagination.

Il vit les deux commandos : mâchoires carrées, cheveux noirs, musculature puissante, manifestement surentraînés. Ils essayaient de voir *derrière* lui, dans la pièce obscure, inconscients du fait que leur proie était, littéralement, sous leur nez.

« Je veux parler à votre commandant, répéta Caston d'une voix forte et assurée. *Maintenant.* »

Les deux hommes échangèrent des regards, Ambler sentit son pouls s'accélérer. *Il n'y avait pas de commandant sur place.* Pas encore. Ils étaient seuls. La rapidité de l'intervention s'était faite au détriment de l'effectif. Les renforts arriveraient sous peu, cela ne faisait aucun doute, mais pour le moment, le duo opérait sans soutien.

« Par pitié, ne le laissez pas me tuer, répéta Ambler dans une litanie de terreur pleurnicharde.

— Vous allez vous en sortir, assura l'un des commandos, le plus grand des deux, à voix basse.

— Laissez partir l'otage, cria l'autre. Et on parlera.

— Vous me prenez pour un abruti ? » repartit aussitôt Caston. Ambler était soufflé : le vérificateur était en train d'improviser.

« Si vous le blessez, c'est terminé pour vous », avertit le second commando. Il avait dû étudier la négociation avec les preneurs d'otages au début de sa formation, mais de manière superficielle. Il essayait manifestement de se rappeler les techniques de base.

Ambler s'accroupit brusquement, hors de vue du commando. « Aïe ! » beugla-t-il, comme si on venait de le frapper.

Caston et lui conférèrent à voix basse, à la hâte. Ce qui allait suivre se devait d'être exécuté à la perfection. La précision était quelque chose dont Caston faisait grand cas ; son air d'intense concentration montrait qu'il lui ferait honneur même maintenant, même ici.

Une fois de plus, Ambler montra son visage par le trou, poussant brusquement la tête en avant comme si on lui poussait un canon sur la nuque. « S'il vous plaît, laissez-moi partir, gémit-il. Je ne sais pas qui vous êtes. Je ne veux pas le savoir. Mais ne le laissez pas me tuer. » Il contorsionna ses traits dans une expression au-delà de la terreur et laissa ses yeux s'embuer. « Il a un fusil vraiment grand avec un paquet de balles. Il dit qu'il me mettra en pièces. J'ai une femme, des gosses. Je suis américain. » Il bredouillait, parlant en phrases courtes, fébrilement, l'image de la panique. « Vous aimez les films ? Je suis dans le cinéma. Je suis venu faire des repérages. D'ailleurs l'ambassadeur est un bon ami à moi. Et puis ce type me dit ; il me dit, oh, *nom de Dieu, nom de Dieu...*

— Voilà ce qu'on va faire, fit Caston d'une voix tonitruante, invisible dans l'obscurité. L'un de vous va s'approcher à un mètre cinquante du seuil. Un pas de plus, et il est mort. Je vais laisser le civil marcher vers vous pour que vous voyiez qu'il va bien. Mais je garderai un point rouge sur lui, compris ? Un geste de travers et mon .338 Lapua Magnum va vous montrer ce qu'il a dans le ventre. »

Ambler ouvrit la porte en grand et, d'une démarche raide et mal assurée, fit quelques pas dans le couloir. A nouveau, son visage était un modèle de terreur. Les commandos supposeraient que leur cible se trouvait dans un coin obscur de la pièce, hors de portée, armée d'un fusil à longue portée sophistiqué. L'angle lui permettait de tuer son otage sans s'exposer lui-même. Les deux hommes n'avaient pas d'autre choix que d'obtempérer. Le temps était de leur côté ; leur plan consistait à présent à temporiser le plus longtemps possible, afin de permettre à leurs coéquipiers de se rassembler. Ambler le voyait sur leurs visages. Peut-être que la mort de l'otage était un coût acceptable pour exécuter la sanction réservée à Tarquin, mais cette décision ne pouvait être prise que par leur supérieur.

Ambler fit un autre pas en direction du second commando, plus corpulent, vit ses yeux vert glauque, ses cheveux noirs, et sa barbe de trois jours. Pour lui, l'otage n'était guère plus qu'un obstacle, une nuisance – une inconnue qu'on ne pouvait pas encore éliminer de l'équation. Il ne tenait plus son G36 en position de tir ; cela semblait inutile.

Ambler se mit à trembler de peur. Il jeta un regard en arrière, dans la pièce obscure, fit mine de voir un fusil braqué sur sa tête, prit une brusque inspiration pour manifester sa terreur, se tourna d'un air suppliant vers l'agent en noir.

« Il va me tuer, répéta Ambler. Je le sais, je le sais. Je le vois dans ses yeux. » Les mots se bousculaient dans une hystérie croissante, et il joignit le geste à la parole en agitant les bras en l'air comme un forcené. « Il faut m'aider. Mon Dieu, s'il vous plaît, aidez-moi. Appelez l'ambassadeur, Sam Hurlbut répondra de moi. Je suis un type bien, vraiment. Mais par pitié, ne me laissez pas avec ce dingue. » Tout en parlant, il se pencha en avant, vers le commando, comme pour essayer de lui glisser quelque chose à l'oreille.

« Il faut que vous vous calmiez », aboya l'homme à mi-voix, masquant à peine son dégoût pour ce civil jacassant et paniquant, qui s'approchait trop près et parlait trop en continuant à agiter les bras dans tous les sens, jusqu'à ce que...

Ta chance viendra. Saisis-la.

« Et il faut que vous m'aidiez il faut que vous m'aidiez il faut que vous m'aidiez... » Dans l'affolement, les mots se pressaient, indépendamment de toute logique. Ambler se laissa tomber en avant, assez près du commando pour sentir l'odeur rance de sa transpiration, l'odeur du stress.

Attrape l'arme par la crosse, pas par le chargeur. Le chargeur peut se détacher, laissant les balles déjà chambrées dans le fusil. Sa main ne serre pas la sous-garde. Prends-le maintenant...

Vif comme le cobra, Ambler arracha le G36 des mains du commando et le frappa violemment à la tête avec le silencieux du canon. Alors que le colosse s'effondrait à terre, Ambler braqua le fusil d'assaut sur son partenaire médusé.

338

Il vit l'homme réexaminer toutes ses suppositions, complètement abasourdi. Ambler mit le G36 en position feu continu.

« Laissez tomber le vôtre immédiatement », ordonna-t-il.

L'homme s'exécuta, en reculant lentement.

Ambler savait ce qu'il se préparait à faire. « Pas un geste », cria-t-il.

Mais l'homme continua à reculer, mains levées. Quand une opération avait mal tourné, on évacuait. C'était la règle à suivre avant toutes les autres.

Ambler regarda l'homme se retourner brusquement, sortir de l'appartement en courant, descendre la rue à toute vitesse, et disparaître, sans doute pour rejoindre son escouade. Ambler et Caston devraient aussi évacuer immédiatement pour se regrouper à leur façon. En l'occurrence, tuer le commando aurait été inutile.

Trop d'agents attendaient de prendre sa place.

Pékin

Chao Tang était un lève-tôt et, comme beaucoup de lève-tôt en position d'autorité, obligeait ceux qui travaillaient pour lui à devenir aussi des lève-tôt ; il suffisait pour cela de programmer des réunions à l'aube. Les membres de son équipe au ministère de la Sécurité d'État s'étaient pliés à ses manières ; petit à petit, ils avaient renoncé aux soirées passées à boire de l'alcool de riz jusqu'à des heures indues, à la vie nocturne insouciante, privilège exclusif des plus hauts dirigeants du gouvernement. Ces petits plaisirs ne valaient pas les migraines de 6 heures du matin. Peu à peu, les yeux chassieux s'étaient éclaircis pour revêtir une expression de calme vigilance, et les réunions matutinales ne paraissaient plus une corvée si terrible.

Mais la réunion de ce matin-là – bilan des objectifs atteints et restant à accomplir – était le cadet de ses soucis. Il se trouvait dans la salle des communications sécurisées, absorbé dans la lecture d'un communiqué ultraconfidentiel arrivé pour lui pendant la nuit, et ce qu'il avait appris était des plus inquiétants. Si la dépêche de Joe Li était exacte, la situation à laquelle ils étaient confrontés était encore plus désastreuse qu'il ne l'avait imaginé. Car la description que le camarade Li donnait de l'incident des jardins du Luxembourg contredisait leurs hypothèses; il fallait réévaluer les scénarios, et vite. La question du *pourquoi* était particulièrement lancinante pour Chao Tang.

Joe Li avait-il pu se tromper? Chao Tang ne pouvait pas le croire. Impossible d'écarter le rapport. Il y avait beaucoup d'ennemis à combattre, mais leur plus grand ennemi, pour l'instant, était le temps. Chao ne pouvait pas attendre plus longtemps que Liu Ang revienne à la raison.

Il devait agir de sa propre initiative. Certains y verraient une trahison, une transgression inadmissible et impardonnable.

Mais le caractère récalcitrant de Liu Ang ne lui avait pas laissé le choix.

Il respira à fond. Le message devait être remis avec célérité et en secret. Et devait être de nature à garantir son acceptation et son exécution. Les règles opérationnelles normales devaient être suspendues. Les enjeux étaient trop importants pour cela.

Alors qu'il transmettait ses instructions codées, il essaya de se rassurer en se disant qu'il avait recouru aux mesures désespérées que la situation exigeait. Mais s'il s'était trompé, il venait de commettre la plus grosse erreur de sa vie. Angoisses et appréhensions se bousculaient dans son esprit.

Ainsi que les mots de la dépêche de Joe Li. Qui d'autre était au courant? Le jeune homme qui la lui avait remise, Shen Wang, était aussi fringant ce matin-là que tous les matins. Au début, le camarade Chao s'était méfié de lui. Il était en réalité « prêté » par l'Armée populaire de libération; une terminologie trompeuse. Afin de promouvoir le développement d'une culture gouvernementale commune – ou, ce qui revient au même, décourager les divisions entre les services –, l'APL avait commencé à « détacher » des officiers subalternes dans les branches civiles du gouvernement. L'entourloupe était qu'on ne pouvait refuser ces jeunes recrues sans s'exposer à de graves mécontentements. Ainsi, un jeune factotum de l'APL venait passer un an en tant qu'agent de l'administration centrale du ministère de la Sécurité d'État. Le MSE, en échange, plaçait l'un des siens dans l'armée, mais de l'avis général, c'était l'armée qui sortait gagnante de ce marché.

Au MSE, on soupçonnait bien sûr l'interne de l'APL de faire son rapport à ses supérieurs. Shen Wang était connu pour être un protégé du général Lam, un personnage buté que Chao considérait

340

avec une certaine répugnance. Pourtant, malgré ses préventions, le jeune homme au visage juvénile avait progressivement gagné sa sympathie. Shen Wang était infatigable, assidu, totalement dénué de cynisme. Chao dut admettre que le jeune homme – il ne devait pas avoir plus de vingt-cinq ans – semblait être un vrai idéaliste, le genre de jeune homme que Chao avait été autrefois.

A cet instant, Shen Wang apparut dans l'encadrement de la porte, s'éclaircissant discrètement la gorge.

« Si vous voulez bien pardonner mon audace, monsieur, dit-il. Vous m'avez l'air préoccupé. »

Chao regarda l'interne zélé. Avait-il pris connaissance du communiqué ? Son expression était tellement limpide qu'il semblait incapable d'une telle indiscrétion.

« Cela fait un moment que les choses sont compliquées, répondit Chao. Ce matin, elles le sont plus encore. »

Shen Wang inclina la tête et resta silencieux un moment. « Vous travaillez tellement dur. Je crois que vous êtes l'homme le plus travailleur que je connaisse. »

Chao sourit faiblement. « Vous êtes bien parti pour surpasser votre aîné.

— Je ne suis pas en mesure de connaître les complexités des affaires d'Etat qui vous accablent, reprit Shen Wang. Mais je sais que vos épaules sont plus larges que n'importe quel fardeau. » Il faisait allusion à un vieux proverbe, ses paroles de réconfort n'allant pas jusqu'à la flatterie.

« Espérons-le.

— Le camarade Chao se souvient de son rendez-vous à déjeuner ? »

Chao sourit d'un air distrait. « Il va falloir que vous me le rappeliez. »

Shen Wang jeta un coup d'œil à l'emploi du temps de son supérieur. « Un déjeuner en l'honneur des Héros du Peuple. Au Palais de la Péninsule.

— Je suppose que je ferais bien de me mettre en route alors. » Ni l'un ni l'autre n'avait besoin de déplorer tout haut la congestion impossible du trafic. Même un court trajet demandait énormément de temps. Quelqu'un dans la position de Chao ne pouvait pas non plus se déplacer sans la protection d'une voiture blindée et d'un chauffeur spécialement entraîné.

Quelques minutes plus tard, en grimpant à l'arrière de sa limousine noire, Chao songea à la perspicacité et aux manières élégantes de Shen Wang. Il s'enorgueillissait de reconnaître les talents prometteurs, et il estimait que le jeune homme était destiné à un avenir extraordinaire.

Après dix minutes de trajet au ralenti, la berline finit par franchir un pont autoroutier à une vitesse raisonnable.

Quelques centaines de mètres plus loin, sur la file opposée, un énorme bulldozer jaune apparut. Des travaux, pensa Chao, bloquant encore davantage la circulation. Il était malheureux qu'on n'ait pas pu remettre ça à une heure plus judicieuse. Au moins l'engin se trouvait-il dans la file opposée.

« Ça roule plutôt pas mal de notre côté, non? » commenta le chauffeur.

Le directeur du MSE n'eut jamais l'occasion de répondre, sinon pour laisser échapper un cri au moment du choc. Un choc terrible, soudain et imprévisible. L'énorme bulldozer, godet baissé, avait déboîté dans leur file, et la berline s'était retrouvée coincée par les voitures circulant de chaque côté. Le pare-brise éclata, ses échardes de verre transperçant yeux et artères; dans un hurlement de tôle, la voiture se tordit, se recroquevilla sur elle-même, et quitta brusquement la route, soulevée par le godet. Puis l'engin l'écrasa contre le rail de sécurité et la fit basculer dans le vide. La voiture s'écrasa sur un vaste bassin en ciment, et prit feu.

Là-haut dans la cabine où on ne le voyait pas, le conducteur parla dans un téléphone portable. « Le nettoyage est terminé », dit-il dans le dialecte rude des campagnes du nord.

« Merci », lui dit Shen Wang. Étant donné la forte hausse des accidents de la circulation à Pékin ces derniers temps, la mort survenue sur le pont autoroutier serait consternante mais pas vraiment surprenante. « Le général sera très content. »

Paris

« Qu'est-ce que c'est? » demanda Laurel, les yeux agrandis par l'inquiétude. Elle se trouvait avec Ambler dans la chambre d'hôtel, et il venait d'ôter sa chemise. Elle s'approcha de lui, fit courir ses doigts le long d'une ecchymose violacée sur le côté de son épaule.

« La planque de Caston n'était pas si sûre que ça, finalement.

— Tu peux vraiment te fier à cet homme ? demanda la jeune femme avec un regard pénétrant. Elle paraissait mal à l'aise, effrayée pour lui.

— Il faut croire.

— Pourquoi, Hal ? Comment peux-tu en être si sûr ?

— Parce que si je ne peux pas lui faire confiance, je ne peux pas me faire confiance. » Il s'arrêta. « C'est difficile à expliquer. »

Elle hocha lentement la tête. « Tu n'es pas obligé. Je comprends... je ne sais pas pourquoi je m'inquiète. Ça fait longtemps que le monde n'a plus de sens.

— Quelques jours, corrigea Ambler.

— Plus longtemps.

— Depuis que je m'y suis invité. » Une giclée de bile lui éclaboussa l'arrière-gorge. « Un inconnu. Un inconnu à *moi-même*.

— Arrête », dit-elle sur un ton d'avertissement. Elle caressa sa poitrine, ses épaules, ses bras, comme pour confirmer le fait qu'il était réel, un être de chair et de sang, pas un fantasme. Quand elle croisa à nouveau son regard, ses yeux étaient humides. « Je n'ai jamais rencontré quelqu'un comme toi.

— Estime-toi heureuse. »

Elle secoua la tête. « Tu es une bonne personne. » Elle le tapota au centre de la poitrine. « Avec un bon cœur.

— Et la tête de quelqu'un d'autre.

— Laisse courir, dit-elle avec une hargne feinte. Ils ont essayé de t'effacer, mais tu sais quoi ? Tu es plus réel que tous les hommes que j'ai rencontrés.

— Laurel... » Il s'interrompit en entendant sa voix se briser.

« Quand je suis avec toi, c'est comme... c'est comme découvrir que j'ai été seul toute ma vie sans vraiment m'en rendre compte, parce que je n'ai jamais su ce que c'était d'être ensemble avec quelqu'un... *vraiment* ensemble. C'est ce que je sens quand je suis avec toi. Comme si j'avais toujours été seul et que je ne l'étais plus. Je ne peux pas revenir en arrière. Je ne peux pas revenir à ma vie d'avant. » L'émotion épaissit sa voix. « Tu veux parler de ce que tu m'as fait, ce que tu m'as fait subir ? C'est ça ce que tu m'as fait. Et je ne veux surtout pas qu'on le défasse. »

Ambler reprit la parole, la bouche sèche. « Rien ne m'effraie davantage que de te perdre.

— Je ne suis plus perdue. » Ses yeux d'ambre semblaient éclairés de l'intérieur ; les petites taches vertes étincelaient. « Tu m'as sauvé la vie de plus d'une façon.

— Il n'y a que toi, Laurel. Rien n'a de sens sans toi. Pas pour moi. Je suis juste...

— Harrison Ambler. » Elle sourit en prononçant son nom à voix haute. « Harrison Ambler. »

Chapitre vingt-sept

L E MUSÉE Armandier ne « méritait pas le détour », pour reprendre l'expression du *Guide Michelin*. Ambler s'en souvenait bien pour avoir passé un an à Paris dans sa jeunesse et doutait qu'il eût beaucoup changé. C'était l'un des rares musées privés de la capitale, et, afin de conserver son statut fiscal de musée, observait consciencieusement des heures de visite régulières. Il était toutefois largement désert; on y circulait probablement moins qu'à la fin du XIXe ou au début du XXe siècle, quand c'était une résidence privée. En tant que demeure privée – une villa de style néo-italien, avec de majestueuses fenêtres en voûte profondément encastrées dans du calcaire de Purbeck, et une cour en partie fermée – elle ne laissait pas indifférent. Construite par un banquier protestant qui avait énormément profité de marchés contractés pendant le Second Empire, elle était située dans le secteur de la plaine Monceau, dans le VIIIe arrondissement, un quartier très calme, encore aujourd'hui, autrefois prisé par la noblesse bonapartiste et une nouvelle classe de financiers. De temps à autre, le musée Armandier était loué par des équipes de cinéma tournant des drames en costumes. Autrement, il faisait partie des lieux publics les moins visités de Paris. Un endroit parfait pour un rendez-vous galant, peut-être – Ambler sourit à l'évocation de ce lointain souvenir – mais de peu d'intérêt pour les amateurs de musées. C'était la collection qui posait problème. La femme de Marcel Armandier, Jacqueline, avait un faible pour l'art rococo du début du XVIIIᵉ siècle, une école de peinture franchement passée de mode depuis un demi-siècle. Pis encore, elle avait un faible pour l'art rococo médiocre – des toiles d'artistes aussi mineurs que François Boucher, Nicolas de Largillière, Francesco Trevisani, et Giacomo Amiconi. Elle aimait que ses cupidons fussent potelés et épanouis, s'ébattant dans des cieux parfaitement turquoise, et que ses bergers d'Arcadie fussent aussi arcadiens que possible. Elle évaluait les paysages comme si c'était la propriété dépeinte, et non le tableau, qu'elle achetait.

En transformant officiellement l'hôtel particulier en musée, Jacqueline, qui survécut dix ans à son mari, avait dû penser que ses possessions seraient célébrées par les générations suivantes. Au lieu de quoi, le rare historien d'art en visite saluait généralement la collection avec des sifflets muets ou, pire, en affectant une adoration hystérique et moqueuse.

Ambler appréciait ce musée pour d'autres raisons ; son impopularité en faisait un bon endroit pour un entretien privé, et l'abondance de fenêtres, combinée au calme de la rue, lui permettait de détecter le moindre dispositif de filature. De plus, la fondation Armandier, chargée de gérer un budget restreint, n'employait qu'un seul gardien, et celui-ci s'aventurait rarement plus haut que le deuxième étage.

Ambler gravit l'escalier jusqu'au quatrième, longea un couloir riche en dorures et orné d'une peinture en longueur représentant des déesses pinçant la lyre et s'ébattant sur ce qui ressemblait à un parcours de golf, et déboucha dans une vaste salle, où Caston et lui étaient convenus de se retrouver.

Le bruit de ses pas était étouffé par la moquette couleur pêche, et il entendit la voix de Caston en s'approchant.

Ambler se figea, un picotement d'appréhension courut sur sa nuque. Caston était-il accompagné ?

Sans faire de bruit, il se rapprocha, jusqu'à pouvoir discerner ses paroles.

« Bien... disait Caston. C'est vrai ?... Ils vont bien, alors. » Un homme parlant dans un portable. Il y eut un long silence. « Bonne nuit, mon lapin. Moi aussi je t'aime. » Il referma son téléphone et l'empocha au moment où Ambler entrait dans la pièce.

« Content que vous ayez pu venir, dit Caston.

346

— Mon lapin ? » demanda Ambler.

Le rouge aux joues, le vérificateur se retourna et regarda par la fenêtre. « J'ai demandé à mon bureau de vérifier la base de données de la police des frontières, déclara Caston au bout d'un moment. Le Dr Ashton Palmer a débarqué à Roissy hier. Il est ici.

— Votre bureau... Pouvez-vous vous fier à leur discrétion ?

— Je dis "mon bureau", mais il s'agit d'une personne en fait. Mon assistant. Et oui, je lui fais confiance.

— Qu'est-ce que vous avez appris d'autre ?

— Je n'ai pas dit que j'avais appris autre chose.

— Si », le corrigea Ambler.

Caston jeta un coup d'œil aux murs surchargés de toiles, et fit la moue. « Le problème, c'est que c'est confus, et je ne sais pas trop quoi en penser. C'est ce qu'ils appellent du "bavardage" ; de petites interceptions, fragmentaires pour certaines, aucune n'étant probante prise séparément.

— Mais quand on les additionne ?

— Il se passe quelque chose, ou peut-être devrais-je dire que quelque chose est sur le point de se passer. Quelque chose impliquant...

— La Chine.

— Eh bien, ça, c'est la partie la plus facile de l'énigme.

— Vous aussi, vous parlez par énigmes.

— Le gros morceau, c'est vous. Si l'on veut procéder logiquement, c'est par là qu'il faut commencer. Appelez ça une variante du principe anthropique. Ce que nous appelons l'effet de sélection des observations.

— Écoutez, Caston, vous voulez bien essayer de parler de manière intelligible ? »

Caston lui lança un regard furieux. « Les effets de sélection des observations sont tout ce qu'il y a de plus banal. Au supermarché, n'avez-vous jamais remarqué que vous vous retrouviez souvent dans la file d'attente la plus longue ? Pourquoi cela ? *Parce que ce sont les files où il y a le plus de monde*. Imaginons que je vous aie dit que monsieur Smith, dont vous ignorez tout, faisait la queue devant une de ces caisses, et que vous deviez dire laquelle, en sachant seulement le nombre de personnes qu'il y a dans chaque file.

— Il n'y aurait pas moyen de le savoir.

— Sauf que les déductions sont une question de probabilités. Et le résultat le plus probable, évidemment, c'est qu'il se trouve dans la file où il y a le plus de gens. Une fois que vous prenez du recul et que vous vous considérez vous-même comme étranger à la scène, ça crève les yeux. La file la plus lente est celle où il y a le plus de voitures. Les lois de la probabilité nous disent que n'importe quel conducteur a plus de chances de se trouver dans cette file. Ce qui veut dire vous. Ce n'est pas le manque de chance ou l'illusion qui vous font croire qu'on roule plus vite sur les autres voies. La plupart du temps, c'est vrai.

— D'accord, acquiesça Ambler. C'est évident.

— En effet. Une fois qu'on l'a fait remarquer. C'est exactement comme si vous ne saviez rien d'une personne sinon qu'il ou elle habite sur cette planète aujourd'hui, et qu'on vous demandait de deviner son pays d'origine, vous devriez deviner que cette personne est chinoise. Vous auriez moins souvent tort que si vous nommiez n'importe quel autre pays, pour la seule et simple raison que la Chine est le pays le plus peuplé au monde.

— Flash spécial : je ne suis pas chinois.

— Non, mais vous vous êtes laissé embarquer dans une affaire qui concerne la politique chinoise. La question est de savoir pourquoi vous ? Dans le cas de la ligne de caisse, il n'y a pas grand-chose qui vous distingue d'un autre client. Mais dans le cas qui nous intéresse, la population – la liste des candidats éligibles – est bien plus limitée.

— Je n'ai pas choisi. J'ai été choisi.

— Une fois encore, la question est pourquoi ? insista le vérificateur. De quelles informations disposaient-ils sur votre compte ? Lesquelles étaient pertinentes ? »

Ambler se rappelait ce que les différentes personnes travaillant pour le Strategic Services Group lui avaient dit. Qu'il était *spécial*, de leur point de vue. « Paul Fenton m'a dit qu'ils estimaient que j'étais un magicien parce que je m'étais moi-même "effacé".

— Quand, en réalité, on vous a effacé, si vous voulez formuler les choses ainsi. Mais cela donne à penser qu'ils avaient particulièrement besoin d'un agent ne pouvant être identifié. Et pas n'importe quel agent, d'ailleurs. Un agent doté de dons spéciaux, un agent ayant un don extraordinairement affûté pour décrypter les émotions. Un détecteur de mensonges ambulant.

— Fenton possédait mes dossiers, du moins certains d'entre eux. Il ne connaissait pas mon nom, mon vrai nom, mais il connaissait mes missions, ce que j'avais fait, où j'étais allé.

— Alors prenez également ce facteur en considération. Il y a vos caractéristiques intrinsèques, et il y a ces caractéristiques historiques : qui vous êtes et ce que vous avez fait. Les unes ou les autres, ou les deux, ont peut-être leur importance.

— Vous ne voulez pas passer à la conclusion ? »

Caston sourit faiblement. Son regard s'attarda sur une peinture représentant un paysage verdoyant et vallonné avec quelques vaches tachetées dispersées de façon pittoresque et une fermière aux cheveux de lin qui portait un seau et souriait béatement. « Vous connaissez la vieille histoire de l'économiste, du physicien et du mathématicien qui traversent l'Écosse en voiture ? Ils aperçoivent une vache marron par la vitre, et l'économiste dit : "Tiens, les vaches écossaises sont marron, c'est fascinant." Le physicien dit : "J'ai bien peur que vous n'extrapoliez. Tout ce que nous savons, c'est que certaines vaches écossaises sont marron." Finalement, le mathématicien secoue la tête et déclare : "Vous vous êtes encore trompés. Votre déduction est parfaitement injustifiée. Tout ce que nous pouvons conclure, logiquement, c'est qu'il existe au moins une vache dans ce pays, dont l'un des côtés au moins est marron." »

Ambler roula des yeux. « J'avais tort quand je disais que vous étiez le type qui arrive sur les lieux de la fusillade à temps pour ramasser les douilles. En fait, vous êtes le type qui, mille ans plus tard, ramasse les douilles sur un site de fouilles archéologiques. »

Caston se contenta de le regarder. « J'essaye simplement de vous inciter à chercher les schémas récurrents. Parce que le fait est qu'il y a un schéma. Changhua. Montréal. Et maintenant Paris – l'incident Deschesnes.

— Changhua... j'ai essayé de l'arrêter. Trop tard, mais j'ai essayé.

— Mais vous avez échoué. Et vous étiez là.

— Ce qui veut dire ?

— Qu'il y a très probablement des preuves photographiques de votre présence. Vous ne pouvez pas déduire grand-chose d'une seule vache marron. Mais trois vaches marron de suite ? C'est là que les lois de la probabilité entrent en jeu. La question est de savoir pourquoi ils vous voulaient, vous. Et qu'est-ce qu'ils attendaient vraiment de vous. Changhua. Montréal. Paris. Ce n'est pas simplement une suite d'événements, Ambler. C'est une *séquence*.

— Parfait », commenta l'agent avec irritation. Le musée surchauffé le faisait transpirer. « C'est une séquence. Et ça veut dire quoi ?

— Ça veut dire qu'on doit faire le calcul. Zéro, un, un, deux, trois, cinq, huit, treize, vingt et un, trente-quatre, cinquante-cinq... c'est la séquence de Fibonacci. Un enfant peut regarder ces chiffres et ne pas voir le schéma. Mais le schéma, lui, le regarde droit dans les yeux. Chaque nombre de la série est la somme des deux nombres précédents. Chaque série est comme ça, aussi aléatoire qu'elle puisse paraître. Il y a un schéma, une règle, un algorithme, qui donne un ordre au chaos apparent. C'est de ça dont nous avons besoin. Il faut qu'on comprenne comment chaque événement est lié à celui qui le précède, parce qu'alors on pourra prévoir le prochain. » Caston avait l'air grave. « Remarquez, on peut juste attendre le prochain événement. Ça pourrait tout expliquer. D'après toutes les indications dont nous disposons, on est sur le point de voir où tout ça nous mène.

— Auquel cas il est probablement trop tard, grogna Ambler. C'est donc une suite. Ce qui veut dire, en gros, que vous n'avez aucune idée de la logique.

— Ce qui veut dire qu'il faut la trouver. » Caston lui lança un regard qui était à la fois ironique et glacial. « Si j'étais superstitieux, je dirais que vous portez la poisse.

— La chance peut tourner. »

Le vérificateur grimaça. « Les vraies séquences ne changent pas. A moins que vous ne les changiez. »

Langley, Virginie

Adrian Choi tripotait sa boucle d'oreille, assis derrière le bureau du patron. Il se sentait bien, assis là, et il n'y avait aucun mal à cela. Et puis, jamais personne ne passait par là ; le couloir où Caston avait son bureau n'était pas zone interdite, mais il était isolé. Un petit coin de Sibérie. Adrian passa un autre coup de fil.

Caston s'était cassé les dents en essayant d'obtenir les fichiers du personnel de Parrish Island, et quand Adrian lui avait demandé comment il pouvait espérer réussir là où lui avait échoué, son patron avait dit ce truc sur le *charme*. Adrian n'avait pas l'autorité de Caston, mais il y avait des chemins de traverse. Arborant son sourire le plus radieux, il appela une assistante du Centre des Services Communs, quelqu'un de son niveau. Caston avait parlé à son patron en pure perte. Il avait maugréé, protesté, fulminé. Adrian, lui, essaierait une autre approche.

La femme qui répondit était du genre bloc de glace. Elle parut immédiatement sur ses gardes.

« Dossiers du personnel de Parrish Island, Pavillon 4-Ouest... oui, je sais. Il va falloir que je traite les formulaires de demande.

— Non, vous n'y êtes pas, vous nous avez déjà donné une copie des fichiers, mentit Adrian.

— Nos services ?

— Mouais, acquiesça Adrian jovialement. Je demande juste une *autre* copie.

— Ah bon, fit la jeune femme, un peu moins froidement. Désolée. La bureaucratie, hein ?

— Ne m'en parlez pas, susurra Adrian sur un ton aussi doucereux et complice que possible. J'aimerais vous dire que c'est une question de sécurité nationale. Mais en fait, il s'agit de sauver ma tête.

— Qu'est-ce que vous voulez dire ?

— Eh bien, Caitlin... vous vous appelez bien Caitlin ?

— Tout à fait », dit-elle. Était-ce son imagination, ou se dégelait-elle un chouia ?

« Comme vous m'avez l'air d'être quelqu'un qui ne se trompe jamais, je n'attends pas beaucoup d'indulgence de votre part.

— Moi ? » Elle pouffa. « Vous voulez rire ?

— Non, je connais votre genre. Vous contrôlez tout. Il n'y a pas un bout de papier qui traîne sur votre bureau.

— Pas de commentaire, dit-elle, et il entendit le sourire dans sa voix.

— Hé, c'est important d'avoir un modèle. Je vous ai là, devant les yeux... Ne m'enlevez pas cette image.

— Vous êtes un marrant.

— Alors je devais être en train de faire le mariole quand j'ai fait suivre le dossier directement au bureau du DDI sans en garder une

351

copie pour mon patron. » La voix d'Adrien était enjôleuse, il flirtait même un peu. « Ce qui signifie que le boss va péter un câble et que je peux commencer à me chercher un autre boulot, mon diplôme de Stanford sous le bras. » Il marqua une pause. « Écoutez, c'est mon problème, pas le vôtre. Je n'avais pas l'intention de vous imposer ça. Ça ne fait rien. Vraiment. »

La jeune femme au bout du fil soupira. « C'est juste que ça les a rendus supernerveux. On se demande pourquoi. Tout est dans une base de données verrouillée au niveau Oméga.

— Les rivalités internes sont toujours les plus féroces, pas vrai ?

— Je suppose, dit-elle d'un ton sceptique. Écoutez, je vais voir ce que je peux faire, d'accord ?

— Vous me sauvez la vie, Caitlin. Je le pense vraiment. »

Paris

Burton Lasker regarda sa montre une fois de plus et arpenta le salon Air France. Cela ne ressemblait pas à Fenton d'être en retard. L'embarquement avait déjà commencé, et il ne s'était toujours pas manifesté. Lasker interrogea le personnel du regard. Ils répondirent d'un simple mouvement de tête ; c'était la troisième ou quatrième fois qu'il leur demandait. Il sentit monter une bouffée d'agacement. Il y avait tout un tas de raisons susceptibles de retarder un passager, mais Fenton était le genre de personne à se préparer aux nécessités et aux désagréments habituels du voyage. Il avait un sens très développé des contraintes de la vie quotidienne et savait jusqu'où les mettre à l'épreuve. Alors où était-il ? Pourquoi était-il injoignable sur son portable ?

Cela faisait dix ans que Lasker était au service de Fenton, et depuis quelques années, il pouvait se considérer comme son plus fidèle lieutenant. Tout visionnaire avait besoin de quelqu'un pour se consacrer entièrement à la tâche précise de l'*exécution*, du *suivi*. Lasker y excellait. Bien que vétéran des Forces spéciales, il n'avait jamais éprouvé le mépris de certains militaires à l'égard des civils : Fenton protégeait les agents comme d'autres protègent les artistes. Et Fenton était un visionnaire, au vrai sens du terme, qui comprenait vraiment de quelle manière un partenariat public-privé pouvait améliorer l'efficacité de l'Amérique dans la conduite des opéra-

352

tions clandestines. Fenton, de son côté, respectait Lasker pour sa connaissance de première main du service commandé et des opérations plus subtiles menées par les escadrons antiterroristes qu'il avait contribué à entraîner. Lasker considérait les années qu'il avait passées auprès de Fenton comme les plus précieuses et les plus gratifiantes de toute sa vie d'adulte.

Où était-il ? Tandis que le personnel d'Air France, haussant les épaules d'un air d'excuse, fermait les portes d'accès, Lasker sentit un glaçon de peur dans ses entrailles. Il y avait un problème. Il appela la réception de l'hôtel où Fenton et lui étaient descendus. « Non, monsieur Fenton n'a pas réglé sa note. » Un gros problème.

Laurel Holland finit par rejoindre les deux hommes au quatrième étage toujours désert du musée Armandier avec quelques minutes de retard sur l'horaire prévu – ses commissions lui avaient pris plus longtemps qu'elle ne le pensait, expliqua-t-elle.

« Vous devez être Clayton Caston », dit-elle au vérificateur avant de tendre la main. Son attitude, ainsi que ses paroles, étaient légèrement guindées. Elle semblait encore craindre ce qu'il était, ce qu'il représentait en tant que haut fonctionnaire de la CIA. En même temps, elle se fiait totalement au jugement d'Ambler. Il avait pris la décision de traiter avec Caston ; elle ferait de même. Il fallait espérer qu'Ambler ne s'était pas trompé.

« Pour vous, ce sera Clay, répondit le vérificateur. Ravi de faire votre connaissance, Laurel.

— C'est votre premier séjour en France, m'a dit Hal. Vous n'allez pas le croire, mais pour moi aussi, c'est une première.

— Mon premier, et, si j'ai de la chance, mon dernier. Je déteste ce pays. A l'hôtel j'ai tourné le robinet de la douche sur C[1] et j'ai failli m'ébouillanter. Je jure que j'entendais cinquante millions de Français en train de rigoler.

— Cinquante millions de Français ne peuvent pas avoir tort, déclara Laurel d'un ton solennel. Ce n'est pas ce qu'ils disent ?

— Cinquante millions de Français, rétorqua Caston avec un air réprobateur, peuvent se tromper de cinquante millions de façons.

— Mais qui tient les comptes ? » intervint Ambler d'un ton léger, scrutant le visage des rares piétons dans la rue. Il avisa le journal

---

1. En anglais, C pour « Cold », froid.

que Laurel avait apporté pour donner le change. *Le Monde diplomatique*. A la Une, un article signé par un certain Bertrand Louis-Cohn, un intellectuel éminent apparemment. Ambler le parcourut rapidement ; il y était question du Forum économique mondial de Davos, mais l'article semblait être une suite de généralisations fumeuses sur la conjoncture économique actuelle. Sur la « pensée unique », laquelle, écrivait Louis-Cohn, pouvait être définie par ses détracteurs comme « la projection idéologique des intérêts financiers du capital international » ou « l'hégémonie des riches ». L'article se poursuivait, recyclant à l'envi les critiques gauchistes de l'orthodoxie libérale sans y souscrire ni les rejeter. Tout cela évoquait un bizarre exercice de style, un kabuki intellectuel.

« Qu'est-ce que ça raconte ? demanda Laurel en désignant l'article.

— C'est au sujet de la réunion des maîtres du monde à Davos. Le Forum économique mondial.

— Ah bon. Le type est pour ou contre ?

— Je n'en sais foutre rien.

— J'y suis allé une fois, expliqua le vérificateur. Le Forum avait besoin de mon expertise pour une sorte de commission d'enquête sur le blanchiment d'argent. Ils aiment bien avoir quelques personnes qui savent vraiment de quoi elles parlent. Comme le feuillage dans une composition florale. »

Ambler regarda à nouveau par la fenêtre pour s'assurer qu'aucun individu suspect n'était entré dans le voisinage. « Bon, je suis fatigué de jouer aux devinettes. Nous savons qu'il y a un schéma... une progression ou une séquence, comme vous dites. Mais cette fois j'ai besoin de connaître la prochaine étape à l'avance.

— Mon assistant est en train de récupérer davantage d'informations des Services communs, fit savoir Caston. Je crois qu'on devrait attendre de voir ce qu'il a trouvé. »

Ambler lança au fonctionnaire un regard dur. « Vous êtes venu pour voir, Caston. Rien de plus. Comme je dis, *ce n'est pas votre monde*. »

Wu Jingu était un homme à la voix douce, mais qui avait rarement du mal à se faire entendre. Sa carrière au ministère de la Sécurité d'État lui avait valu une réputation d'analyste pondéré, ni optimiste béat ni alarmiste. Quelqu'un qu'on écoutait. Mais le président Liu Ang, lui, restait sourd à ses conseils, ce qui était frustrant. Aussi n'était-il guère étonnant que les muscles des épaules étroites de Wu soient noués par la tension.

Couché à plat ventre et immobile sur l'étroite table matelassée, il se préparait à son massage bihebdomadaire, essayant de chasser le stress de son esprit.

« Vos muscles sont tellement noués », dit la masseuse tandis que ses doigts puissants s'attaquaient à la chair autour des épaules.

Il ne reconnut pas la voix – ce n'était pas la même fille que d'habitude. Il se dévissa le cou pour jeter un coup d'œil à sa remplaçante. « Où est Mei ?

— Mei n'était pas dans son assiette aujourd'hui, monsieur. Je m'appelle Zhen. Cela pose un problème ? »

Zhen était encore plus belle que Mei, et elle avait une poigne ferme et pleine d'assurance. Wu hocha la tête avec contentement. Le Caspara Spa, un établissement sélect, récemment ouvert à Pékin, n'employait que les meilleures : cela ne faisait aucun doute. Il se retourna, s'appuya sur le repose-tête, et écouta la musique préenregistrée : mélange de gazouillis aquatiques et de notes de *guzheng* délicatement pincées. Il avait l'impression que les doigts de Zhen faisaient disparaître la tension où qu'ils s'aventurent.

« Excellent, murmura-t-il. Pour le bien du navire, il faut calmer les mers turbulentes.

— C'est notre spécialité, monsieur, susurra Zhen. Comme vos muscles sont noués... Vous devez avoir beaucoup de fardeaux et de responsabilités sur les épaules.

— Beaucoup.

— Mais je sais exactement ce qu'il vous faut, monsieur.

— Je m'en remets à vos mains. »

La belle masseuse entreprit de lui masser la plante des pieds, et une sensation de bien-être envahit peu à peu son corps. A moitié somnolent, le conseiller à la sécurité ne réagit pas tout de suite quand une aiguille hypodermique s'enfonça sous le gros orteil de son pied gauche – la sensation était tellement incongrue qu'au début du moins, elle passa inaperçue. Puis, quelques instants plus tard, une immense torpeur se répandit dans son corps comme une vague irrépressible. Pendant quelques secondes, il put encore faire la distinction entre relaxation et paralysie. Il ne sentait plus son corps.

Puis, comme le confirma Zhen sans s'émouvoir, il était mort, simplement.

Burton Lasker monta dans l'ascenseur du George-V avec le gérant en service, un jeune homme au visage glabre. Une fois au septième étage, le gérant frappa à la lourde porte en chêne, puis l'ouvrit avec une clé à carte spéciale. Les deux hommes firent rapidement le tour des pièces, sans y trouver le moindre signe de présence. L'hôtelier entra alors dans la salle de bains, en ressortit livide. Lasker se précipita aussitôt et vit ce que l'autre homme avait vu. Il ouvrit la bouche toute grande. Il avait l'impression d'avoir un ballon dans la poitrine, l'empêchant de respirer.

« Vous étiez un de ses amis ? demanda le gérant.

— Ami et associé, confirma Lasker.

— Je suis désolé. » L'homme observa un silence gêné. « Les secours vont bientôt arriver. Je vais appeler. »

Cloué sur place, Lasker essayait de se calmer. Paul Fenton. Son corps rougi et couvert de cloques gisait dans la baignoire, nu. Lasker remarqua le bain encore fumant, la bouteille de vodka vide appuyée contre le lavabo – une mise en scène qui pourrait peut-être embrouiller la police mais ne trompa pas Lasker une seule seconde.

Un homme remarquable – un grand homme – avait été assassiné.

Lasker avait de fortes présomptions sur l'identité du coupable, et quand il parcourut le palm de son patron, ses soupçons furent confirmés. C'était l'homme que Fenton avait appelé Tarquin. Un homme que Lasker ne connaissait que trop bien.

Tarquin avait servi dans l'Unité de stabilisation politique, et Lasker – nom de code Cronus – avait eu la malchance de servir avec lui sur deux ou trois missions. Tarquin se croyait, d'une certaine manière, supérieur à ses collègues et ne faisait aucun cas du soutien désintéressé qu'ils lui apportaient. Tarquin était connu pour son don particulier, celui de lire dans les pensées des gens, un don qui en imposait à certains stratèges des Opérations consulaires. Ceux-là ne pouvaient comprendre ce que savait d'instinct un agent aguerri comme Cronus : que la réussite d'une opération se réduisait toujours à une question de puissance de feu et de muscles.

Et voilà que Tarquin avait tué l'homme le plus remarquable que

Lasker eût jamais rencontré, et il allait payer. Il allait payer avec la seule monnaie que Lasker accepterait : sa vie.

Ce qui le rendait malade, c'était qu'il lui avait autrefois sauvé la vie ; mais Tarquin était du genre ingrat. Lasker se rappelait une nuit moite, bourdonnante de moustiques, presque dix ans auparavant, dans les jungles de Jaffra, au Sri Lanka. Cette nuit-là, il avait risqué sa propre vie pour charger sous le feu, et arracher Tarquin à un groupe de terroristes décidés à le tuer. Avec amertume, Lasker se remémora le vieil adage : *une bonne action ne reste jamais impunie.* Il avait sauvé la vie d'un monstre ; une erreur qu'il allait maintenant corriger.

Fenton n'expliquait pas tout ce qu'il préparait – on ne pouvait attendre ça d'un visionnaire. Un jour que son lieutenant l'avait interrogé sur les raisons d'un dispositif particulier, celui-ci lui avait répondu d'un ton léger : « Votre rôle à vous, c'est d'obéir et de tuer. »

Ce n'était plus une plaisanterie.

Lasker parcourut rapidement le journal du PDA sans fil de Fenton. Il allait envoyer un message au condamné. Mais avant cela, il appellerait la douzaine d'« associés » dont le SSG disposait à Paris. Ils seraient immédiatement mis en alerte, leur ordre de mobilisation suivrait peu après.

Un accès de profonde tristesse secoua Lasker, mais il ne pouvait se laisser aller au chagrin avant d'avoir goûté la vengeance. Il en appela à la discipline de sa corporation très fermée. Un rendez-vous avec Tarquin serait fixé à la tombée de la nuit.

Ce serait, décida Lasker, son dernier coucher de soleil.

Caleb Norris pressa le bouton OFF de son portable, songeant qu'il était stupide que la CIA permette l'utilisation des portables dans l'enceinte du quartier général. Leur présence réduisait à néant une bonne partie du dispositif de sécurité – autant imperméabiliser une passoire. Mais à cet instant, cela l'arrangeait bien.

Il passa divers documents dans la déchiqueteuse près de son bureau, récupéra son manteau, et, pour finir, ouvrit un étui doublé d'acier caché dans sa crédence informatique. Le pistolet à long canon rentrait parfaitement dans son porte-documents.

« Profitez bien de votre voyage, monsieur Norris », lança Brenda Wallenstein de sa voix nasale familière. Cela faisait cinq ans qu'elle était la secrétaire de Norris et suivait avec zèle les modes des pathologies du travail. Quand on avait commencé à parler des problèmes de santé liés aux mouvements répétitifs, on l'avait vue équipée de bracelets spéciaux et de bandes de contention. Plus récemment, elle s'était mise à porter des écouteurs, comme une opératrice de téléphonie, afin d'épargner à son cou le danger d'y coincer un combiné. Il y eut une époque, se rappelait vaguement Norris, où elle avait commencé à développer des allergies olfactives ; que ces allergies ne se soient pas aggravées s'expliquait simplement par sa faculté de concentration quelque peu limitée.

Norris en avait depuis longtemps conclu qu'elle préférait s'imaginer son travail – lequel consistait pour une bonne part à rester assise devant un clavier et à répondre au téléphone – comme étant, à sa manière, aussi périlleux qu'une période de service chez les Marines. Dans son esprit, du moins, elle s'attribuait manifestement autant de médailles pour « blessures reçues ».

« Merci, Brenda, répondit l'ADDI chaleureusement. J'en ai bien l'intention.

— N'allez pas attraper des coups de soleil, avertit sa secrétaire, avec son instinct infaillible pour identifier les côtés négatifs de toute situation. Parce que voyez-vous, là-bas, ils ont même des petites ombrelles pour que les boissons n'en attrapent pas des coups de soleil. C'est vous dire s'il tape fort. J'ai regardé la météo sur Internet pour Saint-John et les îles Vierges, ils prévoient rien que du grand beau temps.

— Exactement ce qu'on aime entendre.

— Joshua et moi, on est allés à Sainte-Croix une année. » Elle prononçait *Croaxe*. « Il s'est pris un si gros coup de soleil le premier jour, qu'il se tartinait la figure avec du dentifrice à la menthe rien que pour se rafraîchir. Vous imaginez un peu ?

— Je ne préfère pas, si ça ne vous fait rien. » Norris se demanda brièvement s'il devait prendre des munitions supplémentaires, mais décida de ne pas le faire. C'était un excellent tireur, chose que peu de gens savaient.

Brenda continua à caqueter. « Un homme averti en vaut deux, non ? Mais Saint-John doit offrir tout ce que le docteur a prescrit. Ciel bleu, mer bleue, sable blanc. Et je viens de vérifier, votre taxi vous attend, parking 2A, avec votre valise. Vous ne devriez pas mettre plus d'une demi-heure pour aller à Dulles à cette heure de la journée. Ça devrait rouler tout seul. »

Elle avait raison – en dépit de sa logorrhée et des mortifications qu'elle s'infligeait, elle était somme toute relativement efficace ; toutefois Cal Norris s'était gardé une bonne marge à l'aéroport. Même si tous ses papiers étaient en règle, l'enregistrement d'une arme pouvait prendre pas mal de temps.

En l'occurrence, la file d'attente de la Business Class avançait vite.

« Bonjour, lui dit l'employé de la compagnie aérienne derrière le comptoir. Et où allons-nous aujourd'hui ? »

Norris fit glisser son billet sur le comptoir. « Zurich.

— Pour skier, je parie. » L'employé jeta un coup d'œil au passeport et à la facture du billet avant de tamponner son passeport.

Norris regarda sa montre à la dérobée. « Quoi d'autre ? »

Alors qu'une bourrasque de vent s'engouffrait dans la rue devant le musée Armandier, Ambler sentit le BlackBerry vibrer dans une poche intérieure de son manteau. Ce devait être un message de Fenton ou d'un des affidés qui lui avait donné l'appareil. Il consulta le petit écran rapidement. Un adjoint de Fenton avait appelé pour fixer un rendez-vous le soir même, un rendez-vous à l'extérieur cette fois. En rempochant l'appareil, Ambler éprouva une légère sensation de malaise.

« Où ? s'enquit Laurel.

— Le Père-Lachaise, répondit l'agent. Pas l'endroit le plus original, mais je vois les avantages. Et Fenton ne donne jamais rendez-vous deux fois au même endroit.

— Ça m'inquiète. Je n'aime pas ça.

— Parce que c'est un cimetière ? Ça pourrait très bien être un parc d'attractions. C'est un coin plutôt fréquenté. Fais-moi confiance, je sais ce que je fais.

— J'aimerais être aussi confiant que vous, dit Caston. Fenton est carrément imprévisible. Son arrangement avec le gouvernement fédéral est un vrai sac de nœuds. J'ai demandé à mon service d'y jeter un coup d'œil, et on dirait qu'ils ont camouflé ça sous des dotations occultes. Des magouilles au plus haut niveau – rien que je puisse éclaircir tant que je suis ici. Mais j'aimerais vraiment avoir l'occasion de fourrer mon nez dans ces chiffres. C'est fou-

359

trement irrégulier, je parie. » Il cligna les yeux. « Quant à ce rendez-vous au Père-Lachaise avec des gens comme ça ? Alors là, on passe de la catégorie du risque au sombre royaume de l'incertitude.

— Bon sang, Caston, le sombre royaume de l'incertitude, j'y vis déjà, s'emporta Ambler. Vous n'avez pas remarqué ? »

Laurel lui toucha la main. « Je dis simplement qu'il faut être prudent. Tu ne sais toujours pas ce que ces gens ont vraiment derrière la tête.

— Je serai prudent. Mais on n'est plus très loin.

— De découvrir ce qu'ils t'ont fait ?

— Oui. Et ce qu'ils ont peut-être prévu pour le reste du monde.

— Fais attention à toi, Hal », dit-elle. Lançant un regard de biais à Caston, elle se pencha et murmura à l'oreille d'Ambler : « J'ai *vraiment* un mauvais pressentiment. »

Pékin

« Il faut avertir le président Liu », déclara Wan Tsai, l'horreur qui se lisait dans son regard était grossie par les verres convexes de ses lunettes cerclées de métal.

« Et si la mort du camarade Chao était vraiment accidentelle ? » objecta Li Pei. Les deux hommes s'étaient réunis dans le bureau de Wan Tsai, au Hall du Gouvernement Diligent. « Et si c'était le cas, en effet ?

— Vous y croyez ? » demanda Wan Tsai.

Le plus âgé des deux souffla en faisant entendre une respiration crépitante. « Non, dit-il. Je n'y crois pas. » Li Pei, bientôt octogénaire, parut soudain plus vieux encore.

« Nous sommes tous passés par les canaux appropriés, déplora Wan Tsai pour la énième fois. Nous avons tiré toutes les sonnettes d'alarme. Mais j'apprends qu'il est déjà dans l'avion, déjà à mi-chemin. Il faut que nous le fassions revenir.

— Sauf qu'il ne voudra pas, dit Li Pei de sa voix rauque. Nous le savons tous les deux. Il est aussi sage qu'un hibou... et aussi têtu qu'une mule. » Une expression mélancolique passa sur son visage marqué par les ans. « Et qui sait s'il ne serait pas confronté à de plus grands dangers encore en restant ici.

— Avez-vous parlé à Wu Jingu, le collègue de Chao ?

— Personne ne semble savoir où il se trouve en ce moment. » La gorge de l'économiste se serra.

« Comment est-ce possible ? »

Wan Tsai secoua la tête en frémissant. « Personne ne le sait. J'ai parlé à tous les autres pourtant. Nous voudrions tous penser que ce qui est arrivé à Chao était un accident. Mais aucun d'entre nous n'en est vraiment capable. » L'économiste passa la main dans ses épais cheveux grisonnants.

« Il n'est pas trop tôt pour commencer à s'interroger aussi sur Wu Jingu », suggéra le vieil homme.

Une expression de tourment menaça ce qui subsistait de la contenance de Wan Tsai. « Qui est responsable de l'escorte de Liu Ang ?

— Vous le savez », répondit le paysan matois.

Wan Tsai ferma les yeux un court instant. « L'APL, vous voulez dire.

— Une unité sous le contrôle de l'APL. Ce qui revient au même. »

Wan Tsai regarda autour de lui ; son vaste bureau, le majestueux Hall du Gouvernement Diligent, les façades de Zhongnanhai qu'on apercevait par la fenêtre. Les portes, les murs, les grilles, les barreaux – chaque équipement de sécurité lui sembla être un instrument d'emprisonnement.

« Je parlerai au général responsable, dit Wai Tsai d'un ton brusque. J'en appellerai personnellement à lui. Beaucoup de ces généraux sont des hommes d'honneur, sur un plan personnel, quelles que puissent être leurs opinions politiques. »

Quelques minutes plus tard, il était en ligne avec l'homme chargé d'assurer la sécurité du président Liu Ang. Wan Tsai ne fit pas mystère de ses angoisses, admit qu'elles n'étaient pas encore fondées sur des preuves irréfutables, mais supplia le militaire de demander à son escorte de transmettre à Liu Ang un message urgent.

« N'ayez aucune inquiétude à ce sujet, assura le gradé de l'APL dans un mandarin rugueux ponctué d'inflexions hakka. Rien ne peut être plus important pour moi que la sécurité de Liu Ang.

— Je ne saurais trop insister sur le fait que nous tous qui travaillons avec Liu Ang sommes *extrêmement* inquiets, répéta l'économiste.

— Nous sommes parfaitement d'accord, déclara le général Lam d'un ton rassurant. Comme on dit dans mon village : "Œil droit, œil gauche." Soyez sûr que je ferai de la sécurité de notre leader bien-aimé ma priorité personnelle. »

Du moins c'est ce que crut entendre Wan Tsai. Avec son fort accent, le général avait prononcé le mot « priorité » presque comme un autre vocable mandarin, rarement utilisé, qui signifiait « jouet ».

Chapitre vingt-huit

L E CIMETIÈRE du Père-Lachaise, aménagé au début du XIXe siècle sur la colline de Champ-l'Évêque, portait le nom du confesseur de Louis XIV. C'était à présent la dernière demeure de personnalités légendaires : Colette, Jim Morrison, Marcel Proust, Oscar Wilde, Sarah Bernhardt, Edith Piaf, Chopin, Balzac, Corot, Gertrude Stein, Modigliani, Stéphane Grappelli, Delacroix, Isadora Duncan, et tant d'autres. *La nécropole des morts riches et célèbres*, songea Ambler en entrant.

Le cimetière était vaste, bien plus d'une cinquantaine d'hectares – et sillonné d'allées pavées. Il faisait penser à un arboretum de pierres tombales, surtout en hiver.

Il consulta sa montre. Le rendez-vous était fixé à 17 h 10. A Paris, le soleil se couchait à environ 17 h 30 à cette époque de l'année. Déjà la lumière déclinait rapidement. Il frissonna, mais ce n'était pas seulement à cause du froid.

Ne jamais accepter un lieu de rendez-vous choisi par la partie adverse. Protocole de base. Mais en l'occurrence il n'avait pas le choix. Il ne pouvait pas lâcher le fil.

Sur le plan, le Père-Lachaise était découpé en quatre-vingt-dix-sept « divisions », pareilles à des comtés miniatures. Les allées principales avaient des noms, et les instructions reçues stipulaient celles qu'il fallait emprunter. Un sac à dos noir sur l'épaule, Ambler s'engagea consciencieusement dans l'avenue Circulaire, qui ceinturait le cimetière, jusqu'à l'avenue de la Chapelle, et prit à gauche dans l'avenue Feuillant. Toutes les routes et allées, bordées de mausolées et de pierres tombales semblables à de petites maisons, évoquaient un village. Un village de morts. Certaines tombes étaient en granit rouge, mais la plupart étaient taillées dans des blocs de calcaire clair, de travertin et de marbre. La morosité du début de soirée ajoutait à l'atmosphère sépulcrale.

Il ne se rendit pas immédiatement au point de rendez-vous spécifié, préférant explorer les allées qui l'entouraient. Il y avait beaucoup d'arbres, mais étant largement dénudés, ils auraient fait une piètre cachette. Fenton avait très bien pu positionner des gardes derrière les plus grands édifices. Ils avaient pu aussi se fondre, habillés en civil, dans la foule des touristes et des visiteurs.

Ambler s'approcha d'un banc voisin, fait de lames en acier recouvertes de peinture émaillée verte, et, d'un mouvement discret, laissa son sac à dos noir dessous. Il s'éloigna sans se presser et vint se poster de l'autre côté d'une allée en diagonale, derrière l'un des plus grands monuments funéraires. Puis il s'engouffra à l'intérieur d'un kiosque marqué WC, retira son blouson, enfila un sweat-shirt. Il sortit vivement, contourna le kiosque et se plaça derrière le monument de trois mètres de haut consacré à Gabriel Lully, d'où il pouvait voir sans être vu.

Un peu plus de soixante secondes plus tard, un jeune homme vêtu d'un jean, d'un blouson en cuir marron et d'un tee-shirt noir passa en titubant, s'assit sur le banc, bâilla, puis se remit à marcher, apparemment au hasard. Mais comme il s'éloignait, Ambler remarqua que le sac avait disparu.

Le jeune homme au blouson en cuir était un des guetteurs et avait fait ce qu'Ambler avait prévu, quoique avec une fluidité et une économie de mouvements surprenantes. Ils avaient vu Ambler abandonner le sac à dos, et, résolus à savoir pourquoi, avaient envoyé quelqu'un le récupérer.

L'objet était en fait rempli de graines pour les oiseaux. C'était un clin d'œil à un terme de métier : les *graines* désignaient tout objet sans véritable valeur susceptible d'attirer l'attention des agents ennemis. Ils comprendraient la ruse dès que le sac serait ouvert et le sachet de graines de tournesol et de millet inspecté.

En attendant, Ambler avait identifié une des sentinelles, un des guetteurs. Il allait filer le jeune homme et voir s'il le conduirait aux autres.

Suivant une autre allée pavée, Ambler portait maintenant un jean, un sweat-shirt gris, et des lunettes à monture d'écaille avec des verres sans correction. Ses autres vêtements étaient bien pliés dans le petit sac à poche zippée en nylon qu'il portait à l'épaule. Il passait parfaitement inaperçu.

Du moins l'espérait-il.

Il marchait à la même allure que le guetteur en tee-shirt noir, une dizaine de mètres derrière lui, sur sa gauche, et le suivit à travers une autre division, un espace où toutes sortes de visiteurs – excursionnistes, touristes, historiens d'art, et même riverains – étaient concentrés. Le jeune homme en blouson de cuir et tee-shirt noir marchait avec une nonchalance étudiée. Il jeta un coup d'œil sur sa gauche et sur sa droite ; peu de gens, même professionnels, auraient détecté l'expression presque imperceptible de connivence d'une grosse femme sur sa gauche et d'un petit homme d'aspect malingre sur sa droite. Ambler, si. D'autres guetteurs. Ambler jeta un regard furtif à la grosse femme. Elle avait des cheveux d'un brun terne, coupés court, et portait une veste en jean doublée. Comme beaucoup de personnes dans le cimetière, elle était munie d'un gros bloc à dessin et d'une pastille de charbon de bois, le matériel nécessaire pour réaliser des « frottis » sur les pierres tombales. Mais il vit d'un seul coup d'œil qu'elle faisant semblant ; elle jetait des regards furtifs, attentive à ce qui l'environnait mais pas à la pierre taillée devant elle.

Même chose pour l'homme d'aspect malingre, avec ses longs cheveux noirs séparés par une raie au milieu, aux pointes grasses, presque feutrées. Lui aussi était un guetteur. Il portait des écouteurs et remuait la tête, comme en rythme. Ambler savait que la transmission audio qu'il écoutait n'avait rien de musical. On pouvait lui transmettre des instructions à tout moment, au moyen d'un récepteur camouflé, et la femme aux cheveux brun terne le suivrait. Alors qu'Ambler dirigeait ses pas vers le monument aux morts suivant, sa nuque se mit à le picoter de manière désagréable.

Il y en avait d'autres.

Il le *sentait* plus qu'autre chose. C'était dans le regard trop appuyé sur les passants – le regard trop vite détourné. Le regard faussement désinvolte qui s'attardait trop longtemps ou s'arrêtait trop vivement. C'était dans l'échange fugace de regards entre deux personnes qui étaient, selon toute apparence, d'horizons différents, des gens qui n'auraient pas dû se connaître.

Il avait l'impression de traverser un *organisme* social – un ensemble hétéroclite de personnes liées entre elles par des fils invisibles, alors même que ces fils étaient manipulés par un marionnettiste lui aussi invisible.

Ambler commençait à avoir la chair de poule. Il n'avait pas été surpris en repérant un petit nombre d'agents de sécurité en civil ; ce genre de précaution était pratique courante pour un membre du gouvernement aussi éminent que la sous-secrétaire Whitfield.

Mais le dispositif sur lequel il était tombé était *complètement* inadapté : inadapté pour le genre de rendez-vous qu'on lui avait promis. Bien trop de monde en place, pour commencer. Un maillage bien trop élaboré. Les agents n'étaient pas en position défensive, mais déployés comme en prévision d'une action rapide. Ces caractéristiques lui étaient bien trop familières ; en tant qu'agent de l'USP, il avait lui-même dû organiser ce genre de déploiement, toujours en préparation d'actions agressives ; enlèvement ou assassinat.

Le sang d'Ambler se figea. Il mobilisa toutes ses facultés, se forçant à se concentrer. Devant lui, l'homme en blouson de cuir et tee-shirt noir était en train de passer le sac en nylon à deux hommes au visage impassible dans des pardessus en laine sombre. Ils réceptionnèrent le paquet et s'éloignèrent d'un pas pressé, sans doute vers un véhicule de confinement.

Il y avait deux possibilités. La première était que la rencontre avait été compromise ; que des ennemis communs en avaient eu connaissance et qu'ils organisaient une interception. La seconde possibilité – et Ambler devait l'admettre, la plus probable – était que le rendez-vous était un traquenard depuis le début.

Fenton lui avait-il menti sur toute la ligne ? Cette hypothèse porta un coup sévère au sentiment d'identité d'Ambler, mais il ne pouvait pas écarter cette possibilité. Peut-être Fenton était-il un acteur extraordinaire – un adepte de la méthode Stanislavski capable d'*éprouver* les émotions qu'il affichait. Les pouvoirs de perception affective d'Ambler étaient peut-être, comme le laissait penser une vie d'expériences, inhabituels et mystérieux, mais il ne se faisait aucune illusion sur leur infaillibilité. On pouvait le duper.

Peut-être que Fenton lui-même avait été mal renseigné. Cela semblait plus vraisemblable. Il aurait été largement plus facile de mentir à Fenton que de lui mentir à lui.

Dans tous les cas, Ambler savait que la seule décision sûre était de battre en retraite immédiatement. Cela lui coûtait : chaque membre de l'équipe mobilisée ici était susceptible de savoir quelque chose qu'il avait besoin de connaître. Chaque ennemi était une source potentielle. Cependant, ce savoir ne lui serait d'aucune utilité quand il serait mort. Il fallait, au moins, accepter cette vérité.

Ambler pressa le pas et prit tout de suite sur la droite, en direction de la station de métro Père-Lachaise. Sur l'allée pavée rectiligne, il marcha encore plus vite, comme un homme d'affaires qui vient de réaliser qu'il va être en retard à un rendez-vous.

Il comprit ce qu'il se passait avec un temps de retard : les deux hommes corpulents qui avaient récupéré le sac à dos, tous deux vêtus de pardessus sombres semblables, s'approchaient de deux directions opposées, puis, arrivés à sa hauteur, l'accrochèrent de leurs larges épaules et le firent pivoter dans un mouvement fluide, bien chorégraphié.

Ils se répandirent en excuses d'une voix forte. Un témoin n'y aurait vu que du feu ; une collision sans conséquence entre des hommes d'affaires pressés et distraits. Ambler se débattit furieusement, en vain. Les deux hommes étaient plus costauds que lui, et leur corpulence masqua la violence contrôlée avec laquelle ils le poussèrent hors du pavé, vers l'arrière d'un mausolée tout proche. Quelques instants plus tard, dissimulés par l'édifice tarabiscoté, ils l'immobilisèrent en lui tenant les bras. L'homme sur sa droite tenait un objet dans sa main libre, une chose en plastique et en acier qui miroitait faiblement. Une seringue, en fait, contenant un liquide ambré visible à travers le piston gradué.

« Pas un mot, ordonna l'homme d'une voix étouffée, ou je vous enfonce ça dans le bras. » C'était un Américain, baraqué, le visage large, et une haleine qui sentait le bouillon comme celle d'un culturiste qui suit un régime hyperprotéiné.

C'est alors qu'un troisième homme apparut, quelques secondes avant qu'Ambler ne le reconnaisse. Le cheveu frisé, rare, et grisonnant ; les yeux rapprochés, un front creusé de rides profondes. A l'époque où Ambler le connaissait, son visage était lisse, sa chevelure abondante et indisciplinée. Ce qui n'avait pas changé, c'était

367

son nez long, droit et large, et ses narines dilatées, qui conféraient à son visage un aspect chevalin. Il ne faisait aucun doute que c'était l'homme qu'il avait connu sous le nom de Cronus.

Celui-ci souriait, un sourire tellement dépourvu de chaleur qu'il en était menaçant. « Ça fait un bout de temps, n'est-ce pas? fit-il, faussement désinvolte. Trop longtemps, Tarquin.

— Ou peut-être pas assez », répliqua Tarquin d'un ton neutre. Son regard passait rapidement d'un homme à l'autre. Il était déjà évident que Cronus était le détenteur de l'autorité; les autres attendaient son signal pour passer à l'action.

« Il y a dix ans, je t'ai fait un cadeau. Maintenant j'ai peur de devoir le reprendre. Est-ce que cela fait de moi un donneur indien?

— Je ne sais pas de quoi tu parles.

— Vraiment? » Les yeux de Cronus étincelèrent d'une haine sans mélange.

« C'est une expression bizarre, tu ne trouves pas? » Ambler avait besoin de plus de temps, de plus de temps pour comprendre la situation. « Bizarre, je veux dire, qu'on parle de "don indien" quand on pense à ces centaines de traités que l'homme blanc a passé avec le Peau-Rouge, toutes ces promesses et ces garanties, toutes trahies. L'expression devrait plutôt être "preneur Indien", c'est-à-dire accepter quelque chose qui sera repris. Ce serait plus logique, non? »

Cronus le dévisagea. « Tu croyais vraiment t'en tirer?

— Me tirer de quoi?

— Espèce de salopard. » Sa haine explosa en sourdine. « Tuer un grand homme ne te rend pas moins insignifiant. Tu es toujours un ver. Et tu seras écrasé comme un ver. »

Ambler sonda les noires profondeurs des yeux de Cronus. La rage y brillait, mais autre chose aussi : la peine. Le chagrin.

« Cronus, que s'est-il passé? demanda Ambler doucement, intensément.

— Tu as tué Paul Fenton? La question est pourquoi. »

Fenton, *mort?* Le cerveau d'Ambler se mit à tourner à plein régime. « Écoute, Cronus, commença-t-il. Tu fais une grosse erreur... » Ce rendez-vous, il le comprenait maintenant, n'était rien d'autre qu'un piège mortel. La revanche préparée par un lieutenant fidèle à moitié fou de chagrin.

« Non, putain, c'est toi qui m'écoutes. Tu vas me dire ce que tu sais. Par la manière forte ou la manière douce. En fait, j'espère que ce sera par la manière forte. » Un sadisme vengeur déforma son visage en un rictus sinistre.

Le majestueux tombeau à quatre colonnes du général et homme d'État Maximilien Sébastien Foy était pourvu d'un socle massif et d'une statue finement ouvragée de son occupant. Pour l'objectif que poursuivait Joe Li, son principal intérêt résidait cependant dans le toit pentu au-dessus du fronton et de l'entablement. Allongé sur le toit, caché par le parapet décoratif, Joe Li s'étira comme un chat et regarda à travers ses jumelles. La vue était vaste : la tombe était un des points les plus élevés dans le voisinage immédiat, et l'hiver avait transformé la plupart des arbres et des arbustes en squelettes dénudés. Son fusil, une version modifiée du fusil d'assaut QBZ-95, était de conception et de fabrication chinoises ; ses cartouches de 5,8 x 42 mm exclusivement fabriquées pour les forces spéciales chinoises. Le modèle Norinco – mis au point par China North Industries Corporation – n'était pas une simple copie des prototypes russes mais offrait une conception améliorée ; les balles avaient un coefficient de pénétration supérieur, conservant leur énergie pendant une plus grande partie de leur trajectoire. Joe Li lui-même avait encore modifié le fusil, afin de le rendre plus mobile, plus facile à démonter et à dissimuler.

A travers ses puissantes jumelles, il examina le petit comité agglutiné autour de Tarquin. Celui-ci avait fait preuve d'un talent remarquable pour se tirer de situations difficiles – en faisant preuve d'objectivité professionnelle, Joe Li devait lui reconnaître ça. Mais il était mortel. De chair et de sang. Selon toute probabilité, on verrait beaucoup de chair et de sang, et ce, avant le coucher du soleil.

Le dernier contact de Joe Li avec Pékin n'avait pas été satisfaisant. Son contrôleur s'impatientait ; dans le passé, Joe Li avait toujours atteint ses objectifs avec une diligence remarquable. Il n'avait pas l'habitude d'avoir à justifier ses retards. Et il était encore moins habitué au genre de complications que sa mission lui avait apportées. Mais Joe Li n'était pas qu'une boule de muscles, exécutant les ordres d'un autre ; il avait un cerveau. Il recueillait et fournissait des renseignements. Il avait une faculté de jugement extrêmement développée. Ce n'était pas un simple *shashou* – un simple tueur à gages. Tarquin constituait une cible trop redoutable pour un tireur ordinaire, et les enjeux étaient trop élevés pour la moindre erreur.

Pourtant la voie du succès, pour cette mission, s'avérait plus tortueuse que Joe Li l'avait d'abord supposé.

Il regarda une nouvelle fois dans la lunette, grâce à la mise au point électronique, l'image était parfaitement nette au centre du réticule.

« Simple curiosité. Combien d'*associés* as-tu ici ? demanda Ambler.

— Treize à la douzaine, répondit Cronus.

— Placement réticulaire », conjectura Ambler, à moitié pour lui-même. C'était une configuration standard pour l'Unité, une configuration dont Cronus et lui avaient une longue expérience. Chaque agent était en liaison – visuelle, auditive ou électronique – avec au moins deux autres. Un petit nombre d'agents étaient reliés à distance avec une autre unité. La redondance des connexions assurait une réaction coordonnée, même si l'un des participants était éliminé. La structure de commandement pyramidale traditionnelle s'était avérée vulnérable en cas de décapitation stratégique. Avec le système réticulaire, c'était impossible.

« Pas mal pour un dispositif de dernière minute, admit Ambler, sincèrement impressionné.

— Le Strategic Services Group a des ressources partout. L'héritage de Fenton. On donnerait tous notre vie pour lui. C'est ce que les gens comme toi ne pourront jamais comprendre.

— Des gens comme moi ? » Avec prudence et désinvolture, Ambler recula d'un pas. Sa meilleure chance de s'échapper consistait à occuper le sommet d'un triangle, faire en sorte que les trois autres s'alignent au même niveau. Il se composa une expression résignée, jeta un coup d'œil à l'homme sur sa gauche. Celui-ci regardait Cronus, dans l'attente d'un signe. Il faudrait employer l'autorité du chef contre lui.

Ambler se mit alors à parler avec emportement, irritation ; le genre de protestation verbale en général incompatible avec une agression physique. « Tu fais beaucoup de suppositions, Cronus. Tu l'as toujours fait. Tu te trompes au sujet de Fenton, mais tu es trop aveugle ou trop bête pour admettre ton erreur.

— La plus grosse erreur que j'aie jamais faite, ça a été de te sauver la mise, à Vanni. » Il faisait référence à la région du nord du Sri Lanka qui était le bastion des Tigres tamoul, les terroristes du LTTE.

« Tu crois m'avoir sauvé la vie ? C'est ce que tu penses ? Tu as failli me faire tuer, oui, espèce de cow-boy.

— Conneries ! » Cronus parlait à voix basse, mais son indignation était perceptible. « Le rendez-vous était un guet-apens. Il y avait une demi-douzaine de Tigres tamouls présents, armés pour tuer. Pour te tuer, Tarquin. »

Ambler se rappelait parfaitement la scène. Après de nombreuses semaines de négociations, il avait fini par organiser une rencontre avec quelques membres des Tigres Noirs, des rebelles qui avaient fait vœu de commettre des attentats-suicides, technique que les Tamouls avaient été les premiers à utiliser. Tarquin croyait qu'il était possible d'opérer une séparation des factions, un peu comme ce qu'il s'était passé avec le Sinn Féin, en isolant les jusqu'au-boutistes. Le chef des rebelles qu'il rencontrait à cette occasion, Arvalan, en était venu à reconnaître l'absurdité de la terreur. Lui et ses proches partisans pensaient pouvoir rallier les autres, à condition que certaines ressources soient mises à leur disposition. Tarquin pensait connaître un moyen de satisfaire leur demande.

Cronus faisait partie d'un petit groupe de soutien imposé par les supérieurs de Tarquin au sein de l'Unité de stabilisation politique. La veste de treillis de Tarquin était équipée d'un microphone à fibre optique censé leur fournir des informations en temps réel. Plusieurs minutes après le début de la réunion, comme Tarquin s'y attendait, Arvalan avait commencé à admonester l'Américain. Une oreille indiscrète ignorant la situation aurait pu croire Tarquin menacé. Mais celui-ci avait deviné à l'expression étrangement fixe de l'homme qu'il se contentait de jouer la comédie devant ses frères d'armes. Il jouait son texte. Tarquin connaissait le sien.

Et puis, tout à coup, la porte en chaume de la hutte fut enfoncée, et Cronus fit irruption, ouvrant le feu à l'arme automatique. Un autre fusil d'assaut – brandi par quelqu'un placé sous le commandement direct de Cronus – fut enfoncé à travers la porte opposée, mitraillant sans discontinuer les responsables du LTTE. Quelques secondes après, le bain de sang était terminé. Arvalan et la plupart de ses partisans gisaient morts ; un membre de son escorte avait pris la fuite dans la jungle.

Tarquin était hors de lui. Tous ses efforts avaient été anéantis par l'intervention d'une tête brûlée de l'Unité. En fait, c'était plus grave encore ; la nouvelle du massacre se propagerait rapidement parmi le LTTE. L'espoir de toute médiation ou intervention occidentale devenant abruptement compromis. Aucun Tigre n'accepterait de reconduire ce genre de réunion ; les conséquences étaient désormais parfaitement claires.

Mais Cronus était là, au milieu du carnage, rayonnant de fierté et déclinant avec un petit sourire suffisant ce qu'il imaginait être la gratitude de Tarquin. Après cela, Tarquin avait fait quelque chose dont il n'avait pas l'habitude. Il câbla Whitflied et, expliquant ce qui s'était passé, lui dit que Cronus constituait une menace, qu'il devait être retiré du terrain immédiatement, et mis à la retraite d'office. Au lieu de quoi Whitfield avait relégué Cronus à un emploi de bureau chez les analystes, au motif que son expérience considérable du terrain était tout bonnement trop précieuse pour être gaspillée. Tarquin comprit ses raisons, mais ne pardonna jamais à Cronus ses manières de pirate et sa suffisance.

« Tu étais trop imbu de toi-même pour savoir ce que tu faisais là-bas à Jaffna, assena Tarquin. Tu étais un vrai danger. C'est pour ça qu'ils t'ont fait quitter le terrain.

— Tu es malade. J'aurais dû te laisser crever dans le repaire des Tigres. Comme je l'ai dit, j'ai fait une erreur. Mais ça ne se reproduira pas deux fois.

— Tu crois m'avoir sauvé la peau. La vérité, c'est que tu as failli me faire tuer et tu as foutu par terre toute l'opération par-dessus le marché. Si ça n'avait pas mis en péril la clandestinité de l'unité, tu était bon pour le tribunal. Et ces pauvres types sont à tes ordres ?! » Tarquin savait que l'astuce consistait à continuer à parler tout en attaquant.

« Tu crois que tu as mérité – Tarquin pivota avec aisance – ma gratitude ? Ça prouve bien... » Avec une force détonante, il envoya une manchette dans la gorge du géant à la mâchoire carrée sur sa gauche. « ... à quel point tu as la mémoire courte. » Malgré l'effort, Tarquin fit de son mieux pour continuer à parler normalement. Le contraste entre sa voix et ses actes embrouillerait ses assaillants, lui permettant de gagner quelques précieuses secondes. Il sentit l'impact de ses phalanges contre le cartilage. Les tissus lésés entourant la trachée allaient commencer à gêner sa respiration, mais en attendant, Tarquin allait devoir utiliser l'homme touché comme un bouclier contre les deux autres. Au moment où la seringue tomba à terre, Tarquin s'en prit à l'autre homme de main, mais celui-ci esquiva le coup et plongea la main dans son blouson pour se saisir d'une arme. Un second coup, à la tempe, porta, et sous le choc, le bras d'Ambler fut parcouru d'une douleur fulgurante. Pourtant, l'homme n'était que provisoirement sonné. Cronus et lui foncèrent alors tête baissée, en direction opposée ; un sursis qui n'en était pas un du tout, réalisa Ambler. Cela signifiait qu'il était dans le champ de tir.

Tandis que Tarquin plongeait à terre, il entendit quatre détonations étouffées... D'où venaient les tirs ? Marbre et poussière volèrent tout autour de lui. Il s'obligea à scruter le terrain en face, aperçut un massif dense de rhododendrons aux feuilles lourdes et coriaces, insensibles au froid, et, fugitivement, l'arrondi d'une épaule revêtue de kaki.

Le temps ralentit. Il arracha le pistolet à canon long de l'étui d'épaule de l'homme à terre, visa avec application, et tira trois balles en rafale.

Surpris par le crépitement discret qui sortit de l'arme, il se rendit compte que ce qu'il avait pris pour un pistolet à canon long était en fait un Beretta 92 Centurion – un 9 mm compact avec une culasse et un canon raccourcis. C'était le silencieux qui allongeait le canon.

Il vit alors un bras ensanglanté jaillir de la haie de rhododendrons, et, quelques instants plus tard, un homme blessé sortir en titubant du feuillage pour aller se mettre à couvert derrière les statues.

Tarquin, lui, n'était pas en sûreté. Il fallait qu'il bouge – chaque seconde d'immobilité était une seconde passée dans la ligne de mire de quelqu'un. Il s'élança dans la direction qu'avait prise Cronus, sentit des éclats de marbre lui brûler l'oreille. Une autre balle l'avait pris pour cible, celle-ci, devina-t-il, tirée par un sniper embusqué en hauteur. Tarquin regarda autour de lui en courant : il y avait bien trop d'endroits susceptibles de cacher un tireur isolé.

Treize à la douzaine, avait dit Cronus, et il n'avait pas bluffé.

Des tueurs expérimentés, tous programmés pour l'abattre. Il fallait qu'il fasse pencher la balance de son côté, qu'il utilise les particularités du terrain à son avantage. Mais comment ?

373

L'ironie de défendre sa vie dans un cimetière ne le faisait plus du tout sourire. Le Père-Lachaise était plus que cela : c'était un gigantesque échiquier, un dédale de sentiers, d'allées et de monuments qui pouvaient servir d'obstacles ou de points d'attaque. Ses ennemis étaient déployés en réseau à l'intérieur d'un réseau.

Il fallait qu'il réussisse à le pénétrer. Courant d'une tombe à l'autre, il attirait moins l'attention qu'il ne l'aurait cru.

Il fallait qu'il réfléchisse... non, il fallait qu'il *sente*, qu'il se laisse guider par son instinct. Comment aurait-il disposé l'équipe si cela avait été à lui de le faire ? Il aurait placé quelques hommes en position offensive, d'autres simplement en position d'observation, quitte à les déployer offensivement en dernier ressort. Il fallait qu'il utilise ses talents particuliers – son avantage comparatif – pour sa propre défense, où il mourrait ici. Et il était allé trop loin pour ça. La seule émotion plus puissante que la peur le submergea : la rage.

Rage pour ce qu'on lui avait fait, à commencer par Changhua. Rage parce qu'on avait essayé de lui voler son âme entre les murs stériles de Parrish Island. Rage à l'égard de l'arrogance des stratèges qui déployaient des êtres humains comme autant de pions sur l'échiquier de la géopolitique.

Il ne mourrait pas ici. Pas maintenant. Pas ce soir. D'autres allaient mourir. Car pour ceux qui voulaient le tuer, il serait sans pitié.

Il courut le long d'une allée marquée CHEMIN DU QUINCONCE, franchit une pelouse détrempée jusqu'à une autre allée pavée, l'avenue Aguado. Il approchait à présent de la section nord du vaste cimetière où se dressait une grande chapelle de style mauresque, avec un dôme soutenu par un énorme portique. En fait, c'était un columbarium, un bâtiment érigé pour accueillir les urnes cinéraires. Devant l'entrée principale, un escalier raide conduisait à un caveau souterrain ouvert, pareil à un sombre abîme rectangulaire.

Un refuge qui pouvait tout aussi bien servir de piège mortel. Il était impossible que l'équipe du SSG l'ait laissé sans surveillance. A une vingtaine de mètres de là, se dressait ce qui ressemblait à une arcade semi-ouverte, une galerie de pierre calcaire et d'ardoise ponctuée de colonnes. Tarquin s'y engouffra, le regard aux aguets. Sur sa gauche, il vit un Japonais avec un tout petit appareil photo numérique, le regard mauvais. Il ne fit guère attention à lui ; le touriste était agacé parce que Tarquin venait de gâcher sa photo.

Une jeune femme blonde et un homme plus âgé, teint olivâtre et tempes grisonnantes, se tenaient dans l'alcôve voisine, en une étreinte timide ; elle le regardait d'un air tendre, tandis que l'homme lançait à Tarquin des regards furtifs et inquiets. Ce n'était cependant pas l'angoisse de quelqu'un décidé à voir, mais celle d'un homme qui ne veut pas être vu. Peut-être trompait-il sa femme ou – on était en France – sa maîtresse, ce qui était encore pire. Les deux alcôves voisines étaient vides. Dans la suivante, une femme au visage large lisait ce qui ressemblait à un recueil de poésie. Elle leva un instant les yeux sur Tarquin, sans intérêt manifeste, et se replongea dans sa lecture.

Une ruse qui aurait été plus convaincante dix ou quinze minutes auparavant, quand il y avait encore assez de lumière pour lire confortablement. L'inconnue avait un visage large, masculin, et ses jambes épaisses étaient bien campées, le genou légèrement fléchi, à la manière d'un agent entraîné. Il la vit glisser une main dans sa parka en nylon, comme pour l'y réchauffer. Les derniers doutes de Tarquin s'évanouirent.

Pour l'instant, cependant, il ne pouvait pas se découvrir. Au lieu de quoi, il regarda délibérément droit devant lui en tournant dans l'alcôve. Il fit comme s'il avait remarqué quelque chose dans le renfoncement et plissait les yeux pour le distinguer. En passant devant la femme, il changea brutalement de direction, la bouscula violemment, et les deux tombèrent lourdement sur le dallage en pierre. Il la retourna dans sa chute, et enfonça le canon de son Beretta contre sa gorge.

« Pas un mot, ordonna-t-il.

— *Fuck you* », siffla-t-elle entre ses dents. Une autre anglophone. Son visage était distendu comme la gueule d'un serpent prêt à frapper.

Il lui enfonça le genou dans le ventre, ce qui la fit suffoquer. Il y avait de la fureur sur son visage, fureur largement dirigée contre elle-même, contre son incapacité à avoir anticipé la manœuvre de Tarquin. Celui-ci saisit son livre – *Les Fleurs du mal*, disait la couverture en caractères bordeaux – et l'ouvrit. Comme il s'y attendait, un radiotransmetteur miniaturisé était logé dans un espace rectangulaire découpé dans les pages. « Dites-leur que vous m'avez vu, chuchota Tarquin. Dites-leur que je suis descendu ici, dans le columbarium souterrain. »

Voyant une lueur d'hésitation dans ses yeux, Tarquin se fit insistant. « Sinon je laisserai votre cadavre ici rejoindre les autres. » Il accentua la pression du Beretta sur sa gorge, et vit la femme craquer. « Essayez quelque chose, je le saurai », la prévint-il.

Elle appuya sur un bouton du transmetteur. « Constellation. Constellation 87. » Le cimetière était divisé en près de 90 zones, la chapelle se trouvant au milieu de la division 87. Tarquin fut soulagé qu'elle ne s'identifie pas comme 87A ou 87E, ce qui aurait signifié que d'autres avaient été déployés dans cette division.

Il arracha la petite oreillette sans fil de son oreille droite et plaça le morceau de plastique couleur chair dans sa propre oreille.

« Quel est votre rapport? » crachota une voix métallique. Il adressa un signe à la femme.

— Il se cache dans le caveau souterrain », dit-elle.

Il chuchota dans son oreille : « *Et il est armé.* »

« Et il est armé », ajouta-t-elle.

Ils le savaient déjà; ce détail offert de manière spontané ajouterait probablement à la crédibilité de son rapport. Il tira brusquement sur le manteau en nylon de la femme, lui immobilisant les bras.

Une voix forte se fit entendre dans l'allée centrale : « *Ce type vous ennuie, mademoiselle?* » La question bien intentionnée d'un passant qui n'avait rien à voir là-dedans. Tarquin lui jeta un rapide coup d'œil. Maigre, dégingandé, avec une expression trop zélée et un air d'intellectuel – un étudiant en fac, peut-être. On se faisait une première impression en une fraction de seconde, Tarquin le savait, impression qui pouvait être effacée la seconde d'après. Il pressa son visage contre celui de la femme, écrasant sa bouche contre la sienne. « Ma chérie, s'écria-t-il en anglais. Alors, c'est oui! Tu veux bien m'épouser? Tu fais de moi le plus heureux des hommes! » Il haussa le ton, tout à sa joie et à son exaltation, l'étreignant avec passion. Peu importe que le jeune homme ne parle pas anglais; le sens de la scène était suffisamment clair.

« *Excusez-moi* », souffla l'étudiant, rougissant et tournant les talons.

Tarquin s'essuya la bouche avec sa manche et avisa ce qui ressemblait à une petite boîte à outils clipsée à la ceinture de la femme. Il la décrocha, repoussant ses mains alors qu'elle s'en saisissait.

Il identifia l'objet à la seconde : un *Kleinmaschinenpistole* – une mitraillette pliable appelée couramment « mitraillette de l'homme d'affaires ». Cet engin mortel était dérivé d'un modèle en tôle emboutie mis au point par les ingénieurs du KGB à Tula, le PP-90, capable de vider tout son chargeur quasi instantanément, comme un rayon de plomb mortel. Une merveille de miniaturisation : sousgarde à charnière, mentonnet à ressort assurant le pliage de l'arme. Elle mesurait moins de trente centimètres, avec un chargeur contenant trente balles de 9 mm parabellum. Dans un coin de l'objet oblong en métal, un bouton à ressort. Tarquin appuya dessus, et une partie de l'étui métallique se déplia vers l'arrière, formant une crosse.

Alors, sans crier gare, il prit la nuque de la femme en étau et bascula violemment sa tête en avant. Elle resterait sans connaissance plusieurs minutes. Il l'assit sur le banc en marbre, laissant sa tête dodeliner contre le mur, comme si elle piquait un petit somme. Puis il retira ses lacets et confectionna une boucle qui encerclait sa cheville gauche, passait deux fois autour de la détente de la mitraillette, puis autour de ses poignets. Dès qu'elle tenterait de se mettre debout ou de se redresser, la boucle se tendrait.

Il s'approcha d'une autre alcôve, une trentaine de mètres plus loin. Plongée dans l'ombre, elle permettait de voir l'escalier qui descendait au columbarium.

Il n'eut pas à attendre longtemps.

Le premier à apparaître fut le jeune au blouson de cuir qui avait récupéré son sac à dos. Il descendait les marches quatre à quatre, une main dans son blouson, comme s'il se tenait le ventre. Il fut suivi d'un homme chauve entre deux âges, le visage grêlé, bedonnant. Il ne descendit pas, préférant se poster près de la chapelle, en haut des marches, d'où il pouvait surveiller le palier en contrebas. Une position de soutien sensée.

Un troisième homme arriva deux minutes plus tard. L'une des deux brutes qui avaient empoigné Tarquin alors qu'il tentait de quitter le cimetière. Il avait le visage rouge et luisant de sueur, à cause du stress, de l'effort physique, ou bien des deux.

Tarquin entendit un signal sourd dans la petite oreillette caoutchoutée, puis à nouveau la voix métallique. « Constellation 87, confirmez la position du sujet. » Tarquin, les yeux rivés sur l'homme en nage, constata que ses lèvres bougeaient en même temps que lui parvenait la voix ; c'était manifestement lui qui parlait au moyen d'un discret micro à fibre optique.

Une expression de perplexité passa sur son visage. « Constellation 87, répondez. »

Tarquin posa le Beretta sur le rebord en pierre de l'ouverture la plus proche, scrutant l'obscurité de plus en plus épaisse, la peur au ventre. Même s'il avait été un tireur d'élite – ce qui n'était pas le cas – la distance était trop grande pour un tir de précision avec une arme de poing. Il avait plus de chance de révéler sa position que d'abattre un de ses ennemis.

Il attendit qu'un autre membre de l'équipe apparaisse dans la division 87 avant de battre en retraite à pas furtifs, se glissant à travers une ouverture basse puis une zone envahie par les ronces du quadrant nord. Il voyait la maison du gardien, le grand plan pour les touristes, les hautes portes vertes qui ouvraient sur la ville. En plissant les yeux, il distingua les plaques décolorées vertes et blanches des rues de Paris. Leur apparente proximité était trompeuse.

Dans le lointain, il entendit le crépitement d'une arme automatique et des cris de panique. L'amatrice de poésie s'était levée ; les trente balles avaient dû se ficher dans le renfoncement en pierre sous le banc en marbre sans blesser personne. Pour les agents présents dans la zone, cependant, cela avait dû avoir l'effet d'un cri de ralliement, les poussant tous vers l'espèce d'abside qu'il avait abandonnée depuis longtemps.

Accélérant le rythme, il passa devant d'innombrables tombes et statues, arbres dénudés et arbustes persistants qui bruissaient au vent, alors que les ombres s'allongeaient et que le rougeoiement du soleil commençait à faiblir, comme une flamme mourante. Ses muscles étaient bandés, tous ses sens en alerte. Son stratagème avait, dans le jargon du métier, « réduit la pression » des forces ennemies, mais d'autres devaient être à l'affût, scrutant le terrain à la jumelle. Le danger était particulièrement grand aux points de sortie, comme celui vers lequel il se dirigeait. Il serait naturel d'y poster des sentinelles.

Il fit une autre pointe de vitesse. Il trébucha brièvement sur le sol inégal, jurant intérieurement, puis il sentit, plus qu'il n'entendit, les deux petits coups : pluie de pierre, éclats pointus et piquants. S'il avait eu le pied ferme – s'il n'avait pas trébuché – une de ces balles l'aurait touché à la poitrine.

378

Il roula sur le sol et alla se cacher derrière un obélisque de moins de deux mètres de haut. Où était le tireur ? Encore une fois, il y avait trop de possibilités.

Une autre détonation étouffée fit éclater la pierre ; le tir venait de l'autre côté cette fois-ci. Du côté où il s'était réfugié. *Où pouvait-il être en sûreté ?*

Il regarda vivement autour de lui ; étant donné les obstacles qui l'entouraient et l'angle de tir, le tireur ne devait pas être loin.

« Montre-toi si tu es un homme ? »

La voix de Cronus.

L'agent de forte carrure sortit d'une flaque d'ombre derrière un grand monument funéraire.

Tarquin scruta la zone devant lui avec désespoir. Il vit le dos d'un agent d'entretien en uniforme vert avec l'inscription *Père-Lachaise Équipe d'Entretien* sur les épaules et l'arrière de sa casquette. A travers les grandes portes vertes – si proches et pourtant à des millions de kilomètres, semblait-il – Tarquin entendit le bruissement sourd d'une rue parisienne le soir. Les quelques rares touristes – la lumière était maintenant trop faible pour prendre de bonnes photos – n'avaient pas conscience du jeu mortel qui se déroulait à quelques pas de là.

Le pistolet de Cronus était braqué sur lui ; Tarquin pouvait essayer de saisir son Beretta, mais le long silencieux ajouterait une fraction de seconde fatale au temps nécessaire pour le dégainer.

Tout autour de lui, la vie suivait son cours ordinaire. Le gardien du cimetière, à moins que ce ne soit un employé de la voierie, continuait d'actionner sa pince à détritus, le visage masqué par la visière de sa casquette. Les touristes commençaient à refluer vers les portes, cherchant un taxi ou essayant de localiser la bouche de métro, bavardant entre eux avec des voix lasses de fin de journée.

Cronus fit signe à quelqu'un de l'autre côté de l'allée – le sniper, en déduisit Tarquin. « Ne t'en fais pas pour notre tireur, lança Cronus avec une hargne glaçante. Il est juste là pour te bloquer le passage. Le coup de grâce, c'est moi qui m'en charge. Tout le monde sait ça. »

L'homme de la voierie avançait tranquillement, se rapprochant, et Tarquin se surprit à penser que sa présence pourrait le gêner dans ses déplacements. L'homme n'avait rien à voir dans cette affaire, un quidam, encore que Tarquin doutât fort qu'un individu du genre de Cronus s'embarrasse de cette distinction. L'espace d'un instant, Tarquin sentit un danger planer... la façon dont l'homme marchait.

Soudain, le soleil couchant envoya un trait de lumière se réfléchir sur le pare-brise d'une voiture qui passait par là, éclairant brièvement le visage du gardien. Tarquin se sentit à nouveau terrifié. Il se rappela la piscine du Plaza. Le visage aperçu dans les jardins du Luxembourg.

Le tueur chinois.

Ses chances de survie venaient encore de chuter.

« La chose que tu ne comprendras jamais, Cronus, dit Tarquin, essayant désespérément de gagner du temps, c'est que...

— Je t'ai assez entendu », coupa le colosse, son doigt s'enroulant autour du pistolet équipé d'un silencieux. Tout à coup, l'expression d'hostilité quitta son visage, remplacée par un regard étrangement vide.

Au même instant, un panache de gouttelettes rouges jaillit brusquement de l'oreille gauche de Cronus. Le Chinois avait mis un genou à terre, sa pince à débris remplacée par un long fusil équipé d'un silencieux. Cela était arrivé si vite que Tarquin ne put reconstituer l'enchaînement des événements qu'après coup.

Le Chinois se retourna brusquement, vers Tarquin, et tira un coup de feu... et l'espace d'un instant, Tarquin se demanda si c'était la dernière chose qu'il verrait... Sauf que l'homme visait à travers sa lunette, et un professionnel n'utilisait pas sa lunette pour une cible située à cinq mètres de lui. Tarquin entendit le *plink* d'une cartouche éjectée.

Le tueur n'avait pas tiré sur lui mais sur le sniper.

Tarquin réfléchit à toute vitesse. *Ça n'avait aucun sens.*

L'homme mit à nouveau en joue. Seul quelqu'un d'extraordinairement adroit tenterait de toucher un sniper embusqué en position accroupie, sans la stabilité que procure un bipode.

Deux détonations sèches : deux *plink* – deux cartouches de plus éjectées. A quelque distance de là, Tarquin entendit le gémissement d'un homme blessé.

Le tireur d'élite en uniforme vert se releva et plia la crosse de son fusil.

Tarquin n'en revenait pas, la situation lui échappait totalement.

Le tueur lui laissait la vie sauve.

380

« Je ne comprends pas », dit-il d'un air hébété.

Le tueur se tourna vers Tarquin, ses yeux bruns emprunts de gravité. « Je le sais maintenant. C'est pour cela que vous êtes encore en vie. »

Tarquin le regarda à nouveau et vit un homme qui s'acquittait de son devoir, un homme fier de ses dons exceptionnels mais qui ne prenait aucun plaisir à leurs conséquences mortelles. Un homme qui se considérait moins comme un guerrier que comme un *gardien* ; il savait que l'histoire humaine avait toujours compté des hommes tels que lui – préfet prétorien, Templier, ou samouraï – qui se transformaient en instrument d'acier pour que les autres n'aient pas à le faire. Des hommes qui étaient durs pour que les autres fussent doux. Des hommes qui tuaient pour que les autre pussent vivre en sécurité. La *protection* était son maître mot ; la *protection* était son credo.

Une fraction de seconde plus tard, la gorge du Chinois explosa en un nuage de sang. Le sniper invisible, bien que sérieusement touché, avait trouvé la force de tirer une dernière cartouche, et il l'avait destinée à l'homme qui représentait pour lui la plus grande menace.

Tarquin se leva d'un bond. Pendant un bref laps de temps seulement, il serait hors d'atteinte des autres assaillants, gênés par les pierres et les tombeaux de ce jardin de mort : il fallait qu'il saisisse sa chance ou la perde à jamais. Il fonça vers la double porte verte ouvrant sur la rue, ne s'arrêtant qu'après avoir retrouvé la voiture de location qu'il avait laissée à un pâté de maisons de là. Il se faufila dans le tohu-bohu de la circulation parisienne, s'assura qu'il n'avait pas été suivi, et tenta d'assimiler ce qu'il avait appris.

Les éléments se bousculaient, se heurtaient, mettaient son esprit au supplice. Quelqu'un avait tué Fenton. Un membre de son organisation... une taupe ? Quelqu'un qui travaillait avec Fenton... un membre du gouvernement américain ?

Et le tueur chinois : un adversaire devenu un allié... quelqu'un qui avait été jusqu'à donner sa vie pour le protéger.

Pourquoi ?

Pour qui travaillait-il ?

Il y avait trop de possibilités, trop d'impossibilités qui étaient devenues des possibilités. Tarquin... non, il fallait qu'il redevienne

Ambler maintenant, il avait atteint un stade où les conjectures pouvaient l'égarer sérieusement.

Quelque chose d'autre l'effrayait : la décharge d'adrénaline n'avait pas été une sensation entièrement déplaisante. Quel genre d'homme était-il, après tout ? Il frissonna, considérant son propre caractère. Il avait tué et failli être tué ce soir-là. Pourquoi, alors, se sentait-il si vivant ?

« Je ne comprends pas », répéta Laurel. Tous trois étaient réunis dans la chambre d'hôtel beigeasse d'Ambler.

« Moi non plus, dit Ambler. Je ne le sens pas.

— Ça ne concorde pas, renchérit Caston.

— Attendez une minute, reprit Laurel. Vous avez dit que les crimes avaient tous un lien avec la Chine. Que ça ressemblait à une progression, une séquence, comme si cela conduisait à quelque chose d'imminent. Vous avez supposé que Liu Ang était la cible probable.

— Il est censé venir à la Maison-Blanche le mois prochain, précisa Caston. Le genre visite historique, avec dîners officiels, et tout ça. Ça fait des tas d'occasions. Mais...

— Mais quoi ?

— C'est le timing qui ne colle pas. Le délai est trop important par rapport à la densité événementielle.

— Il n'y a pas de délai », déclara Laurel en ouvrant son grand sac à main pour en extraire un exemplaire roulé de l'*International Herald Tribune*. Tu as dit un truc au sujet de l'article du *Monde diplomatique*, ça m'a mis la puce à l'oreille.

— Comment ça ?

— Demain soir. C'est la grande soirée du président Liu Ang.

— De quoi parles-tu ? demanda Ambler.

— Je parle du Forum économique mondial. Je parle de ce qui se passe à Davos cette semaine. »

Ambler se mit à faire les cent pas en raisonnant tout haut. « Liu Ang quitte la sécurité de son cocon pékinois pour la première fois depuis son entrée en fonction. Il vient en Occident faire son grand discours censé endormir tout le monde vis-à-vis du grand tigre.

— Palmer ne l'aurait pas mieux dit lui-même, ironisa Caston d'un ton acerbe.

— Et au milieu de tout ça, on l'abat.

« — Rayé de l'équation. » Caston prit un air songeur. « Mais par qui ? »

La voix de Fenton : *J'ai un projet vraiment excitant pour vous. Mais ne préparez pas vos skis tout de suite.*

Ambler garda le silence un long moment. « Fenton a-t-il pu croire que je le ferais ?

— Est-ce possible ?

— Voilà comment je vois les choses. J'ai beaucoup réfléchi à la mort de Fenton. Pour moi, ce meurtre est la *preuve* de quelque chose. C'est exactement le genre d'élimination qui se commet quand une opération est proche du point de non-retour.

— Quelle froideur, dit Caston. Vous êtes sûr que vous n'avez jamais été comptable.

— Mettez ça sur le compte d'une carrière passée au service de l'Unité de stabilisation politique. C'est une indication importante. L'autre est que l'assassin est peut-être quelqu'un que je connais. Quelqu'un avec qui j'ai déjà travaillé sur une opération.

— Ça n'a pas de sens, dit Laurel.

— L'Unité s'enorgueillissait de recruter la crème de la crème. Fenton s'enorgueillissait de recruter la crème de l'Unité. Si vous confiiez à quelqu'un l'assassinat du président chinois, ne recruteriez-vous pas la personne la mieux entraînée ?

— Et si c'était un agent de l'Unité, dit Laurel lentement, il y a de fortes chances que tu aies été en contact avec lui.

— Absolument, acquiesça Ambler.

— Ben, merde, nous voilà bien avancés. Est-ce que l'un de vous a la moindre idée de ce qu'on cherche ? Si c'est Davos, on arrive trop tard.

— Il faut qu'on arrive à comprendre...

— Il faut qu'on arrive à comprendre ce qui se passe *après*, dit Caston d'un air sombre. Parce que les conséquences... Mon Dieu. Les conséquences. Le président Liu est une personnalité incroyablement aimée en Chine ; c'est comme JFK, le pape, et John Lennon réunis. Quand il sera tué, un pays d'un milliard quatre cents millions d'habitants va bouillir d'indignation. Je veux dire, le genre d'hystérie collective à vous rendre sourd de l'autre côté de la planète, et cette hystérie va se transformer en colère en une fraction de seconde si quoi que ce soit – et je dis bien *quoi que ce soit* – devait lier l'assassinat au gouvernement américain. Avez-vous la moindre idée du genre de soupape de sécurité qu'il faudrait pour faire barrage à un milliard quatre cents millions de citoyens indignés ? Cela pourrait précipiter les nations dans la guerre. Les belligérants pourraient s'emparer du Zhongnanhai du jour au lendemain.

— Pour risquer ça, il faut être un fanatique, fit valoir Laurel.

— Comme Ashton Palmer et ses disciples. » Ambler sentit le sang quitter son visage.

Le regard perdu à mi-distance, Laurel répéta les mots qui avaient jadis traduit les aspirations du jeune Ambler. « Ne doutez jamais qu'un petit groupe de citoyens réfléchis et volontaires puisse changer le monde. En réalité, il en a toujours été ainsi.

— Bon sang, tant que ce n'est pas fini, il reste un espoir », dit Ambler. La rage enflait dans sa voix. « Je ne vais pas les laisser s'en tirer. »

Caston bondit de sa chaise et se mit à arpenter la chambre. « Ils auront examiné tous les détails. Sous tous les angles. Qui sait depuis combien de temps ils se préparent ? Pour une opération de cette envergure, il y aura un agent en place, et un soutien, aussi. J'ai audité suffisamment d'opérations pour savoir que les redondances opérationnelles sont la règle. Une opération comme celle-ci doit comporter un mécanisme de sécurité intégré. Un code d'annulation. Et une stratégie quelconque de diversion. Il y a toujours nécessairement un fusible. » Son regard se fit plus perçant. « Cela simplifierait les choses si c'était aussi le tireur, bien sûr. Mais nous devons supposer qu'ils ont effectué une analyse approfondie des paramètres. De tous les paramètres.

— Une opération concerne toujours des êtres humains, rappela Ambler avec une pointe de défi dans la voix. Et les êtres humains ne se comportent jamais tout à fait comme des nombres entiers dans une matrice, Caston. Vous ne pouvez pas quantifier le facteur humain, pas de manière précise du moins. C'est ce que les types comme vous ne comprennent jamais.

— Et ce que les types comme vous ne comprennent jamais, c'est que...

— Oh, les gars, intervint Laurel avec impatience, en tapotant le journal. *Ohé*. Ils disent ici qu'il prendra la parole à Davos demain à 5 heures. Soit dans moins de vingt-quatre heures.

— Oh, mon Dieu », murmura Ambler.

Le regard de Laurel passa d'Ambler à Caston et revint se poser sur Ambler. « On ne peut pas juste alerter tout le monde ?

— Crois-moi, ils sont déjà sur alerte maximale, assura Ambler. C'est comme ça qu'ils fonctionnent. Le problème, c'est que ce type a fait l'objet de tellement de menaces de mort qu'on a un peu trop crié au loup. Ils connaissent les risques. Il n'y a rien de nouveau. Et Liu Ang refuse de se laisser immobiliser. »

Laurel avait l'air abasourdie, désespérée. « Vous ne pouvez pas expliquer que cette fois la menace est vraiment, vraiment sérieuse ? »

Caston lui décocha un regard. « C'est ce que je ferais. Si j'étais sûr que ça changerait quelque chose. » Il se tourna vers Ambler. « Vous croyez vraiment qu'il y a une chance pour que vous reconnaissiez l'assassin ?

— Oui, répondit Ambler simplement. Je pense qu'ils avaient l'intention de me recruter pour le contrat. Mais vous avez raison, bien sûr : Fenton ne travaille pas sans un "receveur". C'est une doublure qui a hérité du boulot maintenant. Et il fait nécessairement partie de la même pépinière. »

Pendant un moment, ils se turent tous les trois.

« Même s'il n'en faisait pas partie, reprit Laurel avec hésitation, tu serais capable de le repérer. Tu l'as déjà fait... Tu as ce don.

— Je l'ai déjà fait, admit Ambler. Simplement, les enjeux n'ont jamais été aussi élevés. Mais est-ce qu'on a le choix ? »

Laurel rougit. « Tu ne dois rien à personne, Hal, dit-elle avec une agitation soudaine. Ne joue pas au héros. On peut juste disparaître, d'accord ?

— C'est vraiment ce que tu veux ?

— Oui, dit-elle avant de murmurer : Non. » Ses yeux s'embuèrent. « Je ne sais pas, dit-elle d'une voix sourde. Tout ce que je sais, c'est que... là où tu iras, j'irai. Il n'y a pas d'autre endroit où je me sente en sécurité. Tu le sais. »

Ambler l'attira contre lui, pressa son front contre le sien, la serra fort. « OK, chuchota-t-il, et il ne savait pas si le tremblement de sa voix était dû à la joie ou au chagrin. OK. »

Au bout d'un moment, Caston se retourna. « Avez-vous une idée de la manière dont vous allez pouvoir faire ça ?

— Bien sûr », répondit Ambler d'une voix caverneuse.

Caston s'assit dans un fauteuil moutarde et considéra Ambler d'un œil froid. « Alors comme ça, tout vous paraît évident. Vous avez moins de vingt-quatre heures pour déjouer ce que mijotent les tueurs du SSG ou de nos bien-aimées Opérations consulaires, entrer en Suisse, infiltrer une réunion de l'élite internationale très bien gardée, et identifier le tueur avant qu'il ne frappe. »

Ambler hocha la tête.

« Eh bien, laissez-moi vous dire quelque chose. » Caston arqua un sourcil. « Ça ne va pas être aussi facile que ça en a l'air. »

QUATRIÈME PARTIE

Chapitre vingt-neuf

Q UAND un panneau indiqua la frontière suisse à trente kilomètres, Ambler quitta impulsivement la nationale pour s'engager sur une petite route de campagne. Avait-il été suivi ? Bien qu'il n'ait détecté aucun signe évident, la prudence élémentaire lui disait qu'il ne pouvait se permettre de passer le poste-frontière dans son coupé Opel de location.

Laurel Holland et Clayton Caston se rendaient à Zurich en TGV, ce qui leur prendrait un peu plus de six heures, le trajet en car jusqu'à Davos-Klosters peut-être deux heures de plus. C'était une ligne très fréquentée ; ils embarqueraient séparément et ne rencontreraient probablement aucune difficulté majeure. Mais ils n'étaient pas dans le viseur des Opérations consulaires, d'une vengeance non moins meurtrière du SSG, d'adversaires sans nom et sans nombre. Les transports publics le conduiraient dans la nasse. Aussi n'avait-il pas d'autre choix que de conduire, chercher l'anonymat parmi les centaines de milliers de voitures circulant sur l'autoroute du Soleil. Jusqu'ici, aucun problème. Mais le poste-frontière serait la partie la plus périlleuse du trajet. La Suisse s'était tenue à l'écart de l'intégration européenne, et n'avait pas assoupli la surveillance de ses frontières.

Dans le Haut-Rhin, à Colmar, Ambler trouva un chauffeur de taxi, qui, sitôt qu'il lui eut mis un éventail de dollars sous le nez, accepta de le conduire par Samoëns jusqu'au hameau de Saint-

Martin, côté suisse. Le chauffeur, prénommé Luc, était un homme grassouillet avec des épaules en quilles de bowling, le cheveux gras et triste, et cette odeur – crayon taillé, beurre rance, lisier – de chair mal lavée qui triomphe de l'eau de Cologne. Il était cependant sans malice et direct, y compris dans son avarice. Ambler savait qu'il pouvait lui faire confiance.

Il entrouvrit la vitre alors qu'ils se mettaient en route, laissant l'air froid de la montagne lui gifler la figure. Son sac de voyage était posé sur le siège à côté de lui.

« Vous êtes sûr que vous voulez baisser la vitre ? demanda le chauffeur, qui n'avait pas conscience de l'odeur suffocante qui régnait dans sa voiture. Ça caille, *mon frère*. Comme vous dites en Amérique, il fait plus froid que dans le cul d'un foreur de puits.

— Ça va, répondit poliment Ambler. Un peu d'air frais va m'aider à rester éveillé. » Il remonta la glissière de son blouson de ski doublé polaire. Un vêtement choisi avec soin, qui le protégerait efficacement du froid.

A onze kilomètres de la ville frontalière de Saint-Morency, Ambler éprouva à nouveau un certain malaise, commença à relever les signes – équivoques, ambigus, loin d'être concluants – d'une possible filature. Simple paranoïa ? Il y avait une Jeep bâchée qui maintenait une distance constante derrière eux. Un hélicoptère, à un endroit et à un moment où il n'aurait pas dû y avoir d'hélicoptère. Cependant un esprit hypervigilant pouvait toujours relever des incongruités dans les circonstances les plus ordinaires. Lequel de ces éléments, s'il y en avait un, était vraiment significatif ?

A quelques kilomètres de la frontière suisse, Ambler remarqua un fourgon bleu-vert avec une immatriculation familière ; il l'avait déjà vu. Il se demanda une fois encore s'il n'était pas paranoïaque. Impossible de distinguer le conducteur dans la lumière oblique du petit matin. Ambler demanda à Luc de lever le pied ; le fourgon l'imita presque en même temps, conservant la même distance entre eux, une distance bien plus grande que ne l'aurait exigé la prudence d'un routier professionnel. Le malaise se mua en angoisse. Ambler devait se fier à son instinct. *C'est la foi qui nous a menés jusqu'ici.* La foi qui avait préservé la vie d'Ambler jusqu'ici était la variété la plus austère de toutes : la foi en soi-même. Ce n'était pas maintenant qu'il allait chanceler. Il devait accepter une vérité profondément troublante.

On l'avait trouvé.

Le soleil luisait sur l'horizon, un ruban de rouge ; l'air était à la température d'une chambre froide. Ambler informa Luc qu'il avait changé d'avis, qu'il avait envie d'aller faire une randonnée au petit matin ; oui, ici même, quel endroit pouvait être plus joli ?

Un supplément de dollars adoucit l'expression de Luc, qui passa de la suspicion non dissimulée à un scepticisme amusé et ironique. Le chauffeur savait qu'on ne s'attendait pas à ce qu'il gobe ce subterfuge, mais si le prétexte était fallacieux, l'argent était authentique. Il ne protesta pas. D'ailleurs, ce petit jeu semblait l'amuser. Il y avait d'innombrables raisons de vouloir éviter le contrôle frontalier, beaucoup ayant à voir avec le paiement des taxes de luxe. Tant que Luc n'utilisait pas son véhicule pour convoyer des marchandises non déclarées, il ne risquait rien.

Ambler serra les lacets de ses grosses chaussures de randonnée en cuir, empoigna son sac, et sortit du taxi. Passer la frontière à pied faisait partie des éventualités. En quelques minutes, il avait disparu au milieu des sapins, des pins et des mélèzes chargés de neige, marchant parallèlement à la route, mais bien à deux cents mètres en retrait. Au bout de huit cents mètres, il aperçut deux réverbères plantés de part et d'autre de la route : lumières puissantes avec des globes ronds en verre dépoli. La douane – bois brun foncé, volets vert forêt, et, à l'étage couronné par un énorme toit en pente raide, des fenêtres à treillis façon maison en pain d'épice – ressemblait à un chalet modifié. A travers les arbres, il aperçut à la fois le drapeau français tricolore – bleu, blanc, rouge – et la croix blanche sur blason rouge de l'emblème helvète. En bordure de route, des blocs de rocher étaient disposés le long des lignes blanches, à peine visibles sur la chaussée couverte de neige, ajoutant un obstacle physique à un obstacle légal. Une barrière basse orange vif était censée réguler le flot de véhicules. Des cabines sans porte étaient posées de chaque côté de la route. Un peu après la douane, le chauffeur d'un camion de traiteur avait manifestement profité d'un large accotement bitumé pour garer son véhicule défaillant. Ambler parvenait juste à distinguer le ventre et les jambes d'un mécanicien petit et ventripotent penché au-dessus des entrailles du moteur. Différentes pièces étaient éparpillées sur la chaussée déneigée le long du camion. De temps en temps parvenait un juron marmonné en français.

391

De l'autre côté de la douane, un parking avait été aménagé en contrebas de la route. Ambler plissa les yeux pour mieux voir : un nuage avait voilé le lever de soleil étincelant ; il vit une allumette s'enflammer, un garde-frontière allumant une cigarette. Le genre de chose que l'obscurité rendait en fait plus visible. Il jeta un coup d'œil à sa montre. Huit heures passées de quelques minutes ; le soleil se levait tard en janvier, et le terrain montagneux retardait encore son apparition.

Il vit la Jeep bâchée, maintenant garée sur le parking couvert de plaques de neige en contrebas, son toit de toile frémissant dans la brise froide. Elle avait dû transporter les gardes-frontière pour la relève de huit heures. Leurs collègues suisses avaient dû arriver dans l'autre direction. Ambler se positionna derrière un taillis de jeunes épicéas. La plupart des pins avaient perdu leurs branches inférieures. En revanche, les épicéas conservaient un tablier bien feuillu, offrant un abri qui partait près du sol. Ambler souleva ses jumelles compactes et regarda à travers une trouée entre deux épicéas entrelacés. Le garde-frontière qui venait d'allumer une cigarette tira une longue bouffée, s'étira, regarda autour de lui, détendu. Un homme, Ambler le devinait, qui n'attendait rien d'autre qu'une morne journée de travail au poste-frontière.

A travers les fenêtres de la douane, Ambler vit d'autres gardiens en train de prendre le café, et, à en juger par leur expression, de parloter. Assis parmi eux, l'air content de lui, se trouvait un homme en chemise de flanelle rouge vif avec un physique piriforme dénotant une existence sédentaire : le chauffeur du camion, supposa Ambler.

La circulation était sporadique ; quoi qu'en dise le règlement, il était difficile de persuader des hommes de rester dehors dans le froid glacial quand la chaussée restait vide, à l'exception du vent. Même sans entendre leurs plaisanteries, Ambler devinait à leurs visages qu'il régnait entre eux une atmosphère de virile jovialité.

Un homme, cependant, restait à l'écart, son langage corporel indiquant qu'il était étranger au petit comité. Ambler braqua ses jumelles sur lui. Il portait l'uniforme d'un haut fonctionnaire des douanes françaises : un visiteur officiel, quelqu'un dont le travail consistait à effectuer des inspections sporadiques dans ce genre de poste-frontière. Si les autres étaient à l'aise en sa compagnie, ce devait être parce qu'il avait manifesté son indifférence pour ce qui ne pouvait être qu'une corvée ingrate. Sa hiérarchie l'avait peut-être envoyé là dans le cadre d'une tournée d'inspection régulière, mais qui surveillait le surveillant ?

Tandis qu'Ambler réglait la mise au point de ses jumelles, le visage de l'homme apparut plus distinctement, et Ambler réalisa qu'il avait tout faux.

L'homme n'était absolument pas un fonctionnaire des douanes. Une cascade d'images défila dans son esprit : ce visage, il le reconnaissait. Après quelques longs moments, il finit par l'identifier. Le nom de cet homme... mais qu'importe son nom ; il utilisait un nombre incalculable d'alias. Il avait grandi à Marseille, servi d'homme de main pour un gang de trafiquants alors qu'il n'était encore qu'adolescent. Quand il avait fini par se vendre en tant que mercenaire en Afrique du Sud et dans la région de la Sénégambie, c'était un tueur aguerri. A présent il travaillait en free-lance, employé pour des missions exigeant beaucoup de doigté... et une grande létalité. C'était un tueur efficace, qu'il manie une arme à feu, un couteau, ou un garrot : un homme des plus utiles pour les assassinats discrets. Ce que les gens de la profession appelaient platement un *spécialiste*. La dernière fois qu'Ambler l'avait vu, il était blond ; maintenant il était brun. Les joues creuses sous les hautes pommettes saillantes et la bouche pareille à une balafre n'avaient pas changé, bien qu'un peu plus marquées. Soudain, le regard de l'homme croisa celui d'Ambler. Celui-ci sentit une décharge d'adrénaline – avait-il été vu ? C'était impossible. L'angle de vue, la luminosité : tout garantissait sa dissimulation. Le tueur regardait simplement le paysage à la fenêtre ; un contact momentané et accidentel.

Il aurait dû être rassurant que le tueur reste à l'intérieur. Ça ne l'était pas. Le spécialiste n'avait pas été envoyé seul. S'il était à l'intérieur, cela voulait dire que d'autres étaient déployés dans les bois alentour. Le petit avantage qu'Ambler avait cru détenir s'évanouit aussitôt. Il était traqué par des professionnels, comme lui ; ils allaient anticiper ses manœuvres et les contrer. Le spécialiste commandait peut-être, mais les autres n'étaient pas loin. On ferait venir le chef quand le besoin s'en ferait sentir.

Le piège était admirablement conçu, exploitant la nature du terrain ainsi que le poste de contrôle officiel. Ambler fut forcé d'admirer leur professionnalisme. Mais de qui s'agissait-il, de l'équipe du SSG ou de celle des Opérations consulaires ?

A ce moment-là, deux gardes apparurent côté suisse ; une petite fourgonnette Renault blanche arrivait devant le bâtiment, s'arrêtant à la barrière orange. L'un des gardes se pencha pour parler à la conductrice, lui posant les questions réglementaires. On compara un visage à une photographie de passeport. C'était aux gardes de décider d'effectuer ou non des vérifications supplémentaires. Le douanier français se tenait à proximité, les deux hommes échangèrent un regard. La conductrice avait été jaugée, une décision prise. La barrière orange se releva, et, d'un geste indifférent de la main, on fit signe à la fourgonnette blanche d'avancer.

Devant la cabine, les deux hommes s'assirent sur des chaises en plastique, ajustant leurs protège-oreilles, leurs blousons matelassés.

« La bonne femme dans la Renault, elle était tellement grosse, on aurait dit ta femme », dit l'un d'eux en français. Il parlait fort pour être entendu malgré le vent et les protège-oreilles de son collègue.

Ce dernier prit un air faussement indigné. « Ma femme, ou ta mère ? »

Le genre de plaisanterie grasse qui suffisait à remplir leurs longues journées. Le tueur de Marseille sortit alors de la douane et regarda autour de lui. *Suis les yeux.*

Ambler suivit sa ligne de vision : l'homme scrutait un affleurement rocheux de l'autre côté de la route. Un autre membre de l'unité y était sûrement posté. Il devait y en avoir un troisième. Quelqu'un envoyé en tant qu'observateur, ne devant intervenir qu'in extremis.

Le spécialiste s'approcha du réverbère, puis du parking en contrebas, où il disparut derrière une structure en brique – le genre d'endroit où l'on stockait le matériel d'entretien. Parlait-il avec quelqu'un ?

Ambler n'avait pas le temps d'analyser ses options ; il fallait agir. La lumière du jour ne ferait qu'avantager ses ennemis. *C'est la foi qui nous a menés jusqu'ici.* Il pourrait atteindre l'affleurement rocheux gris en zigzaguant en diagonale. Le danger était souvent atténué par la proximité. Il quitta précipitamment le boqueteau d'épicéas et, quelques centaines de mètres en amont de la route, dissimula son sac sous un autre boqueteau, en le recouvrant d'un tas de neige. Puis il grimpa sur une crête étroite que le vent avait déneigée. A longues enjambées, il gravit la pente. Il empoigna ensuite la branche d'un arbre rabougri pour se hisser plus haut, jusqu'à une autre crête qui lui servirait de sentier. Dans un grand craquement, la branche cassa sous son poids, et Ambler tomba à la renverse, évitant la chute en mettant les bras en croix. Il essaya de se relever, mais le relief et les clous de ses semelles ne pouvaient rien dans la poudreuse fraîche. Le simple fait de chercher un appui lui coûtait beaucoup d'efforts. Le moindre faux pas, il le savait, l'enverrait dévisser quinze mètres plus bas, voire plus. Il se servit des arbres rabougris comme d'une balustrade, sauta par-dessus des rochers, força ses jambes à fonctionner plus vite quand une plaque de neige instable menaçait de l'entraîner. Il n'allait pas se laisser tirer comme un lapin en rase campagne. Il se rappela les paroles d'adieu sincères de Laurel, elles lui donnèrent de la force. *Fais attention à toi*, avait-elle dit. *Pour moi.*

Caleb Norris ne faisait jamais de rêves agités ; sous pression, il semblait même dormir d'un sommeil plus profond et plus paisible. Une heure avant l'atterrissage à Zurich, il se réveilla et se dirigea vers les toilettes de l'avion, où il s'aspergea le visage et se brossa les dents. Après le débarquement, alors qu'il parcourait les vastes salles illuminées de l'aéroport, il n'avait pas l'air plus fripé que les autres jours.

Bizarrement, son arme lui permit de récupérer son bagage plus rapidement qu'il n'aurait dû. Il se présenta au bureau spécial de Swiss Air qui s'occupait exclusivement de ces questions et put s'émerveiller, une nouvelle fois, de l'efficacité helvétique. Il apposa sa signature sur deux feuilles et on lui remit son arme et son nécessaire de voyage. D'autres envoyés du gouvernement étaient également réunis dans le bureau : quelques fonctionnaires chargés de la protection du Président, un type qu'il reconnut vaguement pour avoir participé à des conférences communes avec le service antiterroriste du FBI. De dos, il reconnut un homme, vêtu d'un costume rayé gris foncé et pourvu d'une tignasse dont la teinte tirait, de manière peu plausible, sur l'orange. L'homme se retourna, sourit à Norris, trop décontracté pour manifester sa surprise. Il s'appelait Stanley Grafton, et était membre du Conseil de la sécurité nationale. Norris se souvenait de lui pour l'avoir croisé à différents briefings sur la sécurité à la Maison-Blanche. Grafton savait mieux

395

écouter que la plupart des membres du Conseil, et Norris le soupçonnait aussi d'avoir plus de choses à dire.

« Caleb, fit Grafton en tendant la main. Je n'ai pas vu votre nom
sur l'ordre du jour.

— Et je n'ai pas vu le vôtre, répondit Norris, doucereux.

— Substitution de dernière minute, expliqua Grafton. Ora Suleiman s'est cassé un truc. » Suleiman, la directrice en exercice du
Conseil, avait un faible pour les déclarations solennelles, comme si
elle s'imaginait en permanence en train de jouer un rôle dans un
téléfilm historique.

« Ça peut pas être les zygomatiques. C'est un truc qui lui manque. »

Grafton sourit malgré lui. « Alors, bon, ils ont sorti la doublure.

— Même chose pour nous. Désistement de dernière minute,
remplacement de dernière minute. Qu'est-ce qu'on peut y faire ?
On est tous venus aligner des platitudes grandiloquentes.

— C'est ce qu'on fait le mieux, pas vrai ? » Le rire amena des
rides d'expression aux yeux de Grafton. « Hé, vous voulez que je
vous dépose ?

— Bien sûr. Vous avez une limousine ? »

L'autre homme souffla avec une moue dédaigneuse. « Un aéro-
nef, mec. Un hélico. Je suis du CNS, faut qu'on voyage avec
classe.

— Content de voir à quoi sert l'argent de nos impôts, plaisanta
Norris. Passez devant, Stan, je vous suis. » Il souleva son bagage et
emboîta le pas à l'homme du CNS. En fait, il trouvait son sac
mieux équilibré avec son 9 mm à canon long à l'intérieur.

« Il n'y a pas à dire, Cal. Pour quelqu'un qui débarque d'un
avion, vous avez l'air frais comme un gardon. Enfin, pas plus
décalqué que d'habitude.

— Hé, comme dit le poète, j'ai des kilomètres à faire avant de
dormir [1]. » Norris haussa les épaules. « Sans parler des promesses à
tenir. »

Quand Ambler eut atteint un perchoir qui lui donnait une bonne
vue sur le poste-frontière, il prit une minute pour regarder à travers
les branches enneigées et effectuer un état des lieux. Le spécialiste

---

1. Allusion à un célèbre poème de Robert Frost.

de Marseille avait pris position au milieu de la route, d'où il surveillait le trafic et le terrain adjacent, guettant le moindre signe d'activité. Les gardes dans la cabine avaient toujours l'air de s'ennuyer, les officiers des douanes un peu moins ; comme on faisait la révision du camion, le chauffeur était toujours dans les parages pour les régaler avec ses histoires.

La descente fut plus aisée que la montée. Quand le terrain était trop pentu, il se laissait glisser ou rouler, contrôlant sa vitesse avec ses mains et ses pieds mais exploitant la gravité pour accélérer sa descente. Enfin, il retourna au boqueteau d'épicéas.

A quelques mètres de là, il entendit un homme parler à voix basse. « Ici Bêta Lambda Epsilon. Vous avez localisé le sujet ? » Un Américain, avec un accent texan. « Parce que, bon, je suis pas sorti du lit pour me geler les burnes. »

La réponse fut inaudible, sans doute transmise à travers des écouteurs. Il parlait donc sur une sorte de talkie-walkie. Le Texan bâilla et se mit à faire les cent pas sur le bas-côté de la route, sans autre raison que de se réchauffer les pieds.

On entendit des cris – mais de plus loin, du poste de contrôle. Ambler regarda la voiture à l'arrêt devant la barrière de sécurité orange. Un passager furieux – chauve, le visage rose, habillé avec recherche – avait reçu l'ordre de sortir d'une limousine avec chauffeur pendant que l'on procédait à l'inspection du véhicule. « Délire bureaucratique », protestait l'homme riche. Il faisait le trajet tous les jours, et n'avait jamais été victime d'un tel *harcèlement*.

Les gardes s'excusèrent mais restèrent fermes. Ils avaient eu des informations. On leur avait demandé de prendre des précautions spéciales. Il pouvait s'en plaindre à l'administration des douanes – en fait, il y avait un inspecteur en visite aujourd'hui. L'homme pouvait s'en remettre à lui.

L'homme d'affaires au visage rose se tourna vers l'inspecteur en uniforme et buta contre son regard dur, plein d'indifférence et de morgue. Il soupira, ravala ses protestations et se contenta d'afficher un air grincheux. Quelques instants plus tard, la barrière orange se leva, le moteur vrombit et la voiture poursuivit sa route, les mots « dignité blessée » presque gravés sur sa calandre.

Les bruyantes récriminations de l'homme avaient néanmoins permis à Ambler de se cacher.

Même s'il ne pouvait pas retourner la situation à son avantage, il pouvait la rendre moins défavorable. Il suivit discrètement un sentier en direction de la route, jusqu'à apercevoir un homme de forte carrure portant une montre de prix, son bracelet en or étincelant au moment où le soleil du matin apparut derrière un nuage. Le parfait Texan. La montre était un accessoire mal choisi pour ce genre d'affectation ; elle suggérait un agent ultraprivilégié avec un compte de notes de frais peu surveillé, quelqu'un qui ne faisait plus de terrain depuis longtemps et qu'on avait enrôlé à la dernière minute pour la simple raison qu'il était du coin. Émergeant d'une congère, Ambler bondit sur lui, lui ceintura le cou avec le bras droit, et joignit ses mains sur son épaule gauche. Puis il lui serra la nuque juste en dessous de la mâchoire entre le biceps et l'avant-bras, comprimant les artères carotides et provoquant une rapide perte de connaissance. L'homme – sans doute posté pour compter les points – toussa une fois et s'effondra. Ambler le fouilla rapidement, cherchant son émetteur-récepteur.

Il le trouva dans la poche basse de son manteau en cuir – un vêtement coûteux, avec une doublure en fourrure, mais guère adapté à une surveillance prolongée pendant un hiver alpin. Si le vêtement n'était pas adapté à la mission, il était bien assorti à l'Audermas Piguet et son bracelet en or. L'émetteur-récepteur, en revanche, lui avait été manifestement confié le matin même. Un petit modèle, dans une coque en plastique noir, portée limitée mais signal puissant. Ambler enfonça les écouteurs miniatures dans ses oreilles, respira à fond, et se rappela la manière de parler du Texan. Puis il appuya sur SPEAK, et avec une voix nasillarde et traînante convaincante, dit : « Bêta Lambda Epsilon au rapport... »

On l'interrompit aussitôt. « On vous a dit de cesser les communications. Vous compromettez la sécurité de l'opération. On n'a pas affaire à un amateur ! Ou alors, c'est vous l'amateur. »

Ce n'était pas la voix du tueur de Marseille, mais celle d'un homme parlant avec l'accent rugueux des Savoyards. C'est lui qui semblait diriger l'opération.

« Fermez-la et écoutez bien », reprit Ambler avec colère. Les voix sortaient parfaitement claires et métalliques de l'appareil, privilégiant l'audibilité sur les différences de timbres. « J'ai vu le salopard. De l'autre côté de la route. Il a détalé sur le parking comme un putain de renard. Il nous *nargue*, l'enfoiré. »

Il y eut un silence à l'autre bout de la ligne. Puis, prudemment, sur un ton insistant, la voix revint : « Où est-il exactement ? »

Que devait-il répondre ? Ambler n'avait pas pensé à tout, et là, il avait un trou. « Il a grimpé dans la Jeep, lâcha-t-il. Il a soulevé la bâche et s'est fourré à l'intérieur.

— Il y est toujours ?

— Je l'ai pas vu en sortir en tout cas.

— OK... Bon travail. »

S'il n'avait pas eu les joues engourdies par le froid, Ambler aurait souri. Ces types étaient des pros ; tout ce qu'il pensait, ils le penseraient aussi. Le seul moyen de leur damer le pion était justement de ne pas penser, agir à l'instinct, improviser au coup par coup. *Rien ne se passe jamais comme prévu. Révise et improvise.*

Le tueur de Marseille sortit de la cabine et se dirigea à grandes enjambées vers le parking, où le véhicule bâché était stationné. Une arme impressionnante équipée d'un silencieux à la main. Une nouvelle bourrasque de vent balaya les ravines et la chaussée en hurlant, s'écrasant contre le dos d'Ambler.

Et maintenant ? Le tueur serait dans un état d'hypervigilance explosive. Il fallait qu'Ambler en profite, provoque une réaction disproportionnée. Il chercha des yeux un caillou, quelque chose qu'il pourrait lancer fort, qui atterrirait de l'autre côté de la route en décrivant un arc de cercle. Mais un vernis de glace avait cimenté tout ce qui traînait sur le sol : cailloux, graviers, rochers. Ambler sortit le Magnum du Texan et retira une lourde balle en plomb de la chambre. Il la lança d'un geste vif. Comme le vent diminuait, le projectile retomba sur la bâche du véhicule. Le bruit qu'elle produisit fut d'une faiblesse décevante, un petit bruit sec pas franchement menaçant. La réaction du spécialiste n'en fut pas moins extrême. Sans crier gare, l'homme tomba à genoux, et, soutenant son bras droit avec le gauche, tira à plusieurs reprises sur la Jeep, perforant la bâche, les coussins, d'une rafale silencieuse de balles à haute énergie.

Ambler observa à la jumelle ce déluge de violence infligé au véhicule vide. Mais où était l'autre homme, le Savoyard ? De lui il n'y avait aucune trace. Le mécanicien, abrité du vent par le capot relevé du camion, continuait à manier la clé à molette avec inefficacité, sachant sans doute que plus il y passerait de temps, plus il serait payé. Dans la cabine extérieure, le douanier suisse et son collègue français étaient assis sur leurs chaises en plastique, le regard noir, sirotant leur café et échangeant des insultes avec l'ennui exercé de deux vieux jouant aux échecs.

Ambler déglutit avec difficulté. Tout était question de timing. Pendant quelques secondes, il pourrait traverser la route sans se faire repérer, et, impétueusement, il se décida à le faire. Le Marseillais était impitoyable, implacable, acharné : si sa proie réussissait à échapper à ses filets, il la traquerait avec une ténacité redoublée. Il en allait de son orgueil ; c'était lui, réalisait Ambler, qui avait conçu l'embuscade à son intention.

Ambler allait lui rendre la pareille.

Il se précipita derrière le bâtiment de stockage en brique, puis s'approcha du parking. Après avoir réduit la bâche en lambeaux, le spécialiste s'était assuré que personne ne s'y trouvait finalement. Alors qu'il s'éloignait à reculons du véhicule, il pivota la tête, et se retourna vers Ambler. Celui-ci le tenait dans la mire du .44 pris au Texan mais, sachant que la bruyante détonation du pistolet donnerait l'alerte, il hésita. Au lieu de tirer, il utiliserait son arme pour le menacer.

« Pas un geste.

— Comme vous voudrez », répondit le spécialiste dans un anglais passable.

Descends-le maintenant. C'est ce que criait presque la voix intérieure d'Ambler.

« C'est vous qui commandez maintenant », dit le spécialiste d'un ton conciliant. Mais Ambler savait qu'il mentait, l'aurait su même s'il n'avait pas en même temps levé son arme dans un mouvement fluide.

« Qu'est-ce qui se passe ici ? » Une voix retentissante se fit entendre derrière eux. Un des douaniers suisses s'était aventuré jusqu'au parking, peut-être alerté par le bruit de l'impact des balles sur la Jeep. Le spécialiste se retourna, presque par curiosité.

« C'est quoi ce cirque ? » demanda le garde suisse en français.

Un petit cercle rouge se matérialisa soudainement sur son front, pareil à un *bindi*, et il s'effondra sur le sol.

Un instant plus tard – un instant trop tard – Ambler pressa la détente.

Et rien ne se passa. Il se rappela la balle qu'il avait lancée, se rappela trop tard que la chambre avait été laissée vide. A ce moment-là, le spécialiste s'était retourné vers Ambler, son pistolet muni d'un long canon tenu parfaitement horizontal, parfaitement immobile, et braqué sur le visage de sa cible. Un tir pour débutant, et le spécialiste de Marseille était tout sauf un débutant.

Chapitre trente

L A VOIX intérieure d'Ambler hurlait, mais c'était des paroles de reproche à présent plutôt que d'avertissement. Si seulement il avait écouté son instinct, le douanier suisse ne serait pas mort et lui-même ne serait pas en train de regarder la mort en face. Il ferma un instant les yeux. Quand il les rouvrit, il se força à *voir*, au prix d'un effort comparable à un épaulé-jeté. Il verrait; il parlerait. Sa contenance – sa voix, son regard – seraient ses armes. Tout allait se jouer dans les prochaines secondes.

« Combien vous payent-ils?

— Suffisamment, répondit le spécialiste, imperturbable.

— Faux, reprit Ambler. Ils vous prennent pour un imbécile, *un con.* »

Ambler jeta le lourd .44 par terre, avant même de se rendre compte qu'il avait décidé de le faire. Bizarrement, il se sentit bien plus en sécurité. Le fait qu'il soit désarmé allait faire tomber la pression, retarder son exécution. *On fait parfois un meilleur usage d'une arme en s'en débarrassant.*

« Ne parlez pas », intima le tueur. Mais il tirait vanité de son bon sens financier, Ambler le savait; la raillerie avait prolongé sa vie de quelques instants.

« Parce que quand vous m'aurez tué, ils vous tueront. Cette opération, c'est un FAN. Vous saisissez? »

Le spécialiste fit un pas dans sa direction, ses yeux reptiliens fixés sur lui sans ciller, avec toute la chaleur d'un cobra avisant un rongeur.

« Un four autonettoyant, reprit Ambler. C'est quand on monte une opération de manière à ce que tous les participants opérationnels s'éliminent les uns après les autres. Une simple précaution, un FAN, une sorte d'effacement automatique. »

Le tueur de Marseille le dévisageait d'un air morne, avec un intérêt minimal.

Ambler émit un ricanement bref, une sorte d'aboiement. « C'est pour cette raison que vous êtes parfait... pour leurs objectifs. Assez malin pour tuer. Trop stupide pour vivre. Le casting idéal pour un FAN.

— Vous me fatiguez avec vos mensonges. » Pourtant il allait écouter Ambler jusqu'au bout, impressionné par l'effronterie de sa victime.

« Croyez-moi, j'ai participé à l'organisation de suffisamment d'opérations de ce type. Je me souviens de l'époque où on avait envoyé un spécialiste comme vous éliminer un mollah dans une île malaisienne – le type avait blanchi de l'argent pour des jihadistes, mais comme il faisait l'objet d'un véritable culte parmi la population, on ne pouvait pas se permettre de laisser des traces. On a envoyé un autre type, un expert en munitions, pour poser un pain de Semtex sur le petit Cessna turbopropulsé que le spécialiste devait utiliser pour son exfiltration, un pain de Semtex avec un détonateur relié à l'altimètre. Ensuite le spécialiste a reçu l'ordre d'éliminer le technicien. Ce qu'il a fait, juste avant de décoller à bord du Cessna. Trois moins trois égale zéro. L'équation a fonctionné à la perfection. Comme toujours. Ici, c'est le même topo. Et quand vous verrez le signe moins, il sera trop tard.

— Vous êtes prêt à raconter n'importe quoi, dit le spécialiste pour le tester. C'est ce que font toujours les hommes dans votre situation.

— Les hommes qui font face à la mort ? Ça vaut pour nous deux, mon ami... et je peux le prouver. » Il y avait plus de dédain que de crainte dans le regard qu'Ambler lança au tueur.

Une micro-seconde de confusion et d'intérêt : « Comment ça ?

— D'abord, laissez-moi vous montrer la transmission Sigma A23-44D. J'en ai une copie dans la poche intérieure de mon blouson.

— Pas un geste. » Les yeux caves du spécialiste s'étirèrent en fentes, sa bouche en rictus méprisant. « Vous devez me prendre pour un amateur. Vous n'allez rien faire du tout. »

Ambler haussa les épaules et leva les mains. « Sortez-le de ma poche vous-même, alors, proposa Ambler d'un ton égal. Poche intérieure droite, en haut – tirez le zip. Je laisserai mes mains en vue. Vous n'êtes pas du tout obligé de me croire sur parole. Mais si vous tenez à votre misérable existence, vous allez avoir besoin de mon aide.

— J'en doute fort.

— Croyez-moi, vous pouvez vivre ou mourir, je n'en ai rien à secouer. C'est juste que le seul moyen de sauver mon cul, c'est de sauver le vôtre.

— Encore des foutaises.

— Très bien, répondit Ambler. Vous savez ce qu'un président américain avait coutume de dire : "Faites confiance, mais vérifiez." Essayons une variante : Ne faites pas confiance, mais vérifiez. Mais vous avez peut-être peur de découvrir la vérité ?

— Un geste et je vous fais sauter la cervelle, aboya le spécialiste en s'avançant d'un air menaçant, tenant le pistolet de la main droite, tendant la main vers la fermeture de la main gauche. Le curseur métallique était dissimulé à l'intérieur de la glissière, juste sous le col du blouson d'Ambler. Il dut s'y prendre à deux fois pour faire jouer la fermeture. L'homme se rapprocha encore, tâtonnant dans la doublure du blouson, cherchant la poche intérieure. La chair de son visage semblait recouvrir son crâne comme une couche de caoutchouc dur. Ambler sentait l'odeur carnée, légèrement aigre, de son haleine. Ses yeux qui paraissaient dépourvus de paupières étaient plus froids que l'air de la montagne.

Le timing était tout. Ambler se calma pour entrer dans un état de sérénité forcée, un état de pure attente. Il serait facile, et fatal, d'agir trop tôt ou trop tard. Il fallait se défier de toute pensée rationnelle. Être attentif tout en chassant la réflexion, la connaissance, et le calcul – les béquilles encombrantes de la pensée consciente. Le monde n'existait plus : les montagnes, l'air, le sol sous ses pieds, et le ciel au-dessus de sa tête avaient disparu. La réalité consistait en deux paires d'yeux, deux paires de mains. La réalité consistait en tout ce qui bougeait.

Le spécialiste s'était aperçu que la poche intérieure était elle-même zippée, horizontalement, et il n'était pas assez habile de la

404

main gauche pour l'ouvrir. En tirant sur le curseur, il coinça la bande de tissu dans lequel la glissière était cousue. Alors qu'il s'escrimait sur la fermeture, Ambler fléchit légèrement les genoux, en homme épuisé se diminuant davantage.

Puis il ferma les yeux, avec une résignation lente de migraineux. Le spécialiste avait affaire à un homme qui s'était non seulement débarrassé de son arme mais ne le regardait même plus. *On fait parfois un meilleur usage d'une arme en s'en débarrassant.* C'était une manière de garantie, à la fois profonde et subliminale – un geste de reddition pour un mammifère, comme le chien qui découvre sa gorge pour apaiser un congénère plus agressif.

Le timing – frustré, le spécialiste retira sa main, sa main gauche malhabile. Ambler, fléchissant encore les genoux, se baissa un peu plus. *Le timing* – le spécialiste n'avait pas d'autre solution que de prendre son arme dans la main gauche, une opération qui ne prendrait pas plus d'une seconde. Même les yeux fermés, Ambler *sentit* et *entendit* le tueur commencer à changer de main. Le temps se comptait en millisecondes. Le pistolet était en train de passer dans la main gauche de l'homme ; son index gauche devait se tendre vers la garde, cherchant la virgule d'acier qui s'y trouvait, à l'instant même où Ambler fléchissait les genoux un tout petit peu plus, la tête baissée, comme un enfant timide. Il ne pensait plus, s'abandonnant totalement à son instinct, et *maintenant !!!*

Ambler se redressa avec toute la force accumulée dans ses jambes, sa tête baissée éperonnant la mâchoire de son adversaire. Il sentit et entendit les dents de l'homme s'entrechoquer, la vibration se communiquant avec force à travers sa boîte crânienne, puis, juste après, le cou qui revenait brusquement en place, le réflexe de sursaut lui faisant ouvrir brusquement la main. Ambler entendit le pistolet cliqueter sur la chaussée, et – *maintenant !!!*

La tête d'Ambler s'abattit vers le bas dans un puissant mouvement d'arc inversé, fracassant du front le nez de son adversaire.

Celui-ci s'écroula par terre, le rictus de surprise sur son visage faisant place à l'abandon de la perte de conscience. Ambler ramassa le pistolet, se faufila dans les bois derrière la douane, ses pas étouffés par la neige, puis revint à pas de loup jusqu'au bas-côté de la route. Techniquement, supposa-t-il, il venait de passer la frontière entre la France et la Suisse. Le long de l'accotement bitumé, l'assortiment de pièces de camion était encore plus fourni qu'auparavant. Mais le mécanicien bedonnant et râblé n'était plus penché au-dessus du moteur. Il était un peu plus loin, un doigt pressé contre son oreille, marchant calmement vers Ambler, son bleu maculé de graisse tendu par sa bedaine.

Son visage était flasque et mal rasé, son expression, le familier mélange d'ennui et de ressentiment qu'on trouve chez les *hommes à tout faire*[1] français. Il sifflotait faux une chanson de Serge Gainsbourg. Il leva les yeux, comme s'il venait juste de remarquer Ambler, et lui adressa un hochement de tête empreint d'ironie.

Une terreur subite s'empara d'Ambler. Dans les situations extrêmes, il s'était très souvent surpris à agir avant d'avoir décidé consciemment de le faire ; c'était un de ces moments. Il sortit vivement le pistolet de son anorak et le braqua... à l'instant même où son regard venait buter contre le canon d'un gros calibre que le mécanicien – avec la dextérité d'un prestidigitateur sortant des pièces de monnaie de derrière son oreille – avait fait apparaître dans sa paume charnue.

« *Salut* », lança l'homme en bleu de garagiste. Il prononçait les voyelles à la façon légèrement teutonique des Savoyards français.

« *Salut* », fit Ambler à l'instant où il plongeait de côté, et, dans sa chute, appuyait sur la détente non pas une, mais trois fois, la détonation discrète et crépitante de chaque balle accompagnée par un recul d'une puissance incongrue. Presque simultanément, la balle crachée par le Magnum du Savoyard traversa exactement l'endroit où se trouvait la tête d'Ambler l'instant d'avant.

Ambler se reçut lourdement, mais avec davantage de grâce que le tueur en bleu de travail. Le sang dégouttait de sa poitrine, et, au-dessus, de minces volutes de vapeur se formaient dans l'air froid. Après une quinte de toux spasmodique, l'homme s'immobilisa.

Ambler détacha alors le porte-clés de sa ceinture et trouva la clé du fourgon. Il était garé à trente mètres à l'est du poste de contrôle, décoré d'un logo en français et en allemand : GARAGISTE/ AUTOMECHANIKER. Quelques secondes plus tard, Ambler faisait route vers la ville helvète de Saint-Martin, s'arrêtant un court instant pour récupérer son sac de voyage caché sous un tas de neige en bordure de route. Le poste de contrôle – la France elle-même – avait rapidement disparu dans son rétroviseur.

---

1. En français dans le texte.

Il s'aperçut que le fourgon était d'une puissance surprenante – son moteur d'origine avait dû être gonflé ou remplacé par un autre. S'il ne se trompait pas sur la manière de travailler de ces professionnels, le garage existait seulement sur le papier ; les plaques devaient être dûment enregistrées, tandis que les inscriptions sur le véhicule lui permettaient d'apparaître n'importe où et n'importe quand sans éveiller les soupçons. Là où il y avait des voitures, une panne pouvait survenir. Quant à la police, elle ne serait pas tentée d'arrêter ce genre de véhicule pour excès de vitesse. Bien que ce ne fût pas une ambulance, ce type de dépanneuse était généralement envoyée en urgence, y compris sur le lieu des accidents. La couverture était bien choisie.

Ambler ne risquait rien, du moins pour le moment. Tandis qu'il filait dans la campagne, le temps qui passait était un montage changeant de lumière et d'ombre, de rues pleines de gens et de routes pleines d'automobilistes. Virant d'un côté, puis de l'autre, il doublait de petites voitures trop zélées et de gros tracteurs qui faisaient trembler la chaussée. Tout semblait conspirer pour le ralentir, ou c'était plutôt que sa conscience enregistrait peu de chose à part ce genre d'obstacles. En attendant, le fourgon avalait les plus forts dénivelés avec facilité, ses pneus neige et ses quatre roues motrices s'agrippant au bitume sans faillir. Il avait beau pousser les vitesses et solliciter le moteur aux limites de sa capacité, la mécanique ne regimbait jamais.

Par moments, il avait vaguement conscience de la beauté éblouissante du paysage ; les pins imposants devant lui que l'hiver avait transformés en châteaux de neige, en *Neuschwanstein* de branchages ; la cime des montagnes ponctuant l'horizon comme des voiles de navire dans le lointain ; les ruisseaux de bord de route, alimentés par les torrents, qui continuaient à bouillonner alors que tout était gelé autour d'eux. Cependant Ambler était obsédé par l'impératif du mouvement – de la *vitesse*. Il avait estimé qu'il pouvait conduire sans risque pendant deux heures, et pendant ces deux heures, il fallait qu'il se rapproche le plus possible de sa destination. Au bout de la route, le danger l'attendait ; des dangers à affronter, des dangers à éviter, mais il y avait de l'espoir aussi.

Et il y avait Laurel. Elle était là-bas, sans doute déjà arrivée. Son cœur se gonfla douloureusement en pensant à elle, son Ariane. *Oh, mon Dieu, il l'aimait tant.* Laurel, la femme qui lui avait sauvé la vie avant de sauver son âme. La beauté du paysage n'avait aucune importance ; tout ce qui le séparait de Laurel était, de fait, détestable.

Il regarda sa montre, comme il le faisait de manière compulsive depuis qu'il était passé en Suisse. Le temps filait. Une autre montée raide de la route alpine, suivie d'une descente moins escarpée. Il conduisait pied au plancher, ou peu s'en fallait, effleurant la pédale de frein en cas d'absolue nécessité. Si proche et pourtant si loin ; tant de gouffres derrière lui, tant de gouffres devant.

Chapitre trente et un

Davos

P EU D'ENDROITS au monde étaient à la fois aussi immenses dans l'imaginaire collectif et dérisoirement petits du point de vue de la géographie ; environ un kilomètre et demi de maisons et de bâtiments regroupés pour la plupart le long d'une rue unique. D'imposants conifères ployant sous la neige entouraient la ville telles des sentinelles blanches. Les géographes savaient que c'était la villégiature la plus haute d'Europe, mais ce n'était pas uniquement vrai de son élévation physique. Chaque année, pendant quelques jours, Davos représentait également le sommet du pouvoir financier et politique. En fait, la ville était devenue le synonyme de la réunion annuelle du Forum économique mondial, qui rassemblait les élites internationales la dernière semaine de janvier, à la morte-saison, permettant ainsi aux prestigieux visiteurs de briller encore davantage. Bien que le forum eût pour vocation de promouvoir la libre circulation du capital, du travail et des idées, il était solidement gardé. Des centaines d'agents de la police militaire suisse étaient déployés autour de l'enceinte du Palais des Congrès, un vaste complexe de demi-sphères et d'immeubles, où la conférence se tenait ; des barrières provisoires en acier condamnaient tous les points d'accès non officiels.

Ambler abandonna le fourgon sur un parking, derrière une vieille église austère au clocher semblable à un chapeau de sorcière, et remonta péniblement une rue étroite, Reginaweg, jusqu'à

409

la Promenade, l'artère principale de la ville. Les trottoirs avaient été soigneusement déneigés, au prix d'efforts incessants ; le vent n'arrêtait pas de ramener de la neige des montagnes, même quand il ne tombait pas un seul flocon. La Promenade était une sorte de galerie marchande, une succession de boutiques, interrompue ici ou là par un hôtel ou un restaurant. Des vitrines qui n'avaient rien de pittoresque. On y trouvait les boutiques de luxe de marques internationales comme Bally, Chopard, Rolex, Paul & Shark, Prada. Il passa devant un magasin qui vendait du linge de maison appelé Bette und Besser et un grand bâtiment moderne exhibant trois drapeaux, à la manière d'un consulat ; en fait, une succursale de l'USB, avec les drapeaux de l'État, du canton, et de la société. Ambler n'avait aucun doute sur celui qui traduisait sa véritable allégeance. Seuls les hôtels – le Posthotel, avec son cor emblématique au-dessus de ses lettres capitales géantes, ou bien le Morosani Schweizerhof avec sa marquise surmontée d'une image verte et blanche des chaussures de montagne traditionnelles – avaient un semblant de caractère local.

Davos aurait pu être l'un des endroits les plus isolés au monde, mais le monde était là, dans son plus beau plumage de métal. Des voitures équipées de pneus à clous – une Honda bleu foncé, une Mercedes gris métallisé, un SUV Opel au châssis carré, un minivan Ford – roulaient pleins phares dans les rues à des vitesses ridiculement élevées. Autrement, la rangée de vitrines lui faisait penser à un décor hollywoodien, la reconstitution d'une ville de western : on avait constamment à l'esprit l'étroitesse de la ville parce que l'immensité enveloppante des pentes montagneuses était presque toujours visible, une cataracte glacée d'arbres se déversant d'un sommet indiscernable. Les plis de la terre elle-même – un dédale incompréhensible et menaçant de crêtes, de spires, d'arches, pareilles aux empreintes de Dieu – donnaient à tout le reste un caractère inauthentique, provisoire. Le plus ancien bâtiment qu'il croisa était une construction en pierre d'une sobre élégance portant l'inscription KANTONSPOLIZEI. Mais ses occupants n'étaient, eux aussi, que des invités, contrôleurs de ce qui ne pouvait être contrôlé – les sommets couverts de neige, l'âme humaine ingouvernable.

Et qu'en était-il de son âme à lui ? La vérité était qu'Ambler était épuisé, submergé d'informations qui pouvaient vouloir dire tout et son contraire. Son moral était aussi sombre et glacé que le

410

temps. Il se sentait insignifiant, impuissant, isolé. *L'homme qui n'était pas là.* Même pas pour lui-même. Des voix douces et sardoniques commencèrent à retentir dans son crâne, admonestant et questionnant. Il était là, proche des cimes, et il ne s'était jamais senti aussi bas.

Le sol semblait trembler et tanguer sous ses pieds, légèrement mais de manière perceptible. *Que lui arrivait-il ?* Hypoxie, certainement – le mal des montagnes –, l'effet de l'altitude sur ceux qui n'y étaient pas acclimatés, capable de ralentir l'oxygénation du sang et de provoquer un état de confusion mentale. Il respira à fond l'air raréfié, s'efforça de s'orienter dans le monde qui l'entourait. Alors qu'il tendait le cou et embrassait du regard les sommets qui semblaient se dresser comme une muraille à quelques centimètres de lui, il fut pris de claustrophobie, ramené brutalement dans les cellules capitonnées de Parrish Island ; et soudain, le jargon auquel il avait été soumis se mit à tournoyer dans son esprit : *trouble de l'identité, fragmentation de la personnalité, paranoïa, syndrome egodystonique.* C'était de la folie – la *leur*, pas la sienne –, il la surmonterait, l'avait surmontée, car c'était précisément sa quête d'identité qui l'avait conduit jusqu'ici.

A moins que la folie fût cette odyssée.

Aux ombres qui l'environnaient vinrent se joindre les ombres qu'il avait à toute force essayé de chasser de son esprit.

La voix tonitruante et triomphante d'un grand gaillard d'industriel : *Vous êtes l'homme qui n'était pas là... Officiellement, vous n'existez pas !*

Les intonations délicates du brillant aveugle Osiris : *C'est le rasoir d'Occam : quelle est l'explication la plus simple ? Il est plus facile de modifier ce qu'il y a dans votre tête que de changer le monde entier... Vous avez entendu parler de tous ces programmes de science comportementale des années 50, n'est-ce pas ?... Le nom des programmes a changé, mais les recherches n'ont jamais été interrompues.*

Le psychiatre avec les lunettes à monture rectangulaire noire, la longue mèche brune sur le front, les feutres... et les mots qui brûlaient comme un cautère électrique : *La question que je vous pose est la question que vous devez vous poser : qui êtes-vous ?*

Ambler s'enfonça dans une ruelle en chancelant, s'abrita derrière une benne à ordures, s'appuyant au mur, essayant, en gro-

411

gnant à voix basse, de chasser ces voix véhémentes qui se mélangeaient, ce vacarme infernal. Il ne pouvait pas échouer. Il n'échouerait pas. Il emplit ses poumons d'une autre respiration profonde et ferma les yeux avec force, se disant que c'était le vent piquant qui les faisait larmoyer. Ayant fait le noir pendant un bref instant, il allait pouvoir se ressaisir. Sauf que l'image d'un écran d'ordinateur emplissait à présent son esprit... non, toute une rangée d'écrans, sur lesquels il était impossible de faire la mise au point, n'était un curseur qui clignotait au centre de chacun d'eux, un curseur qui palpitait comme un signal d'alerte à la fin d'une courte ligne :

AUCUNE RÉPONSE POUR HARRISON AMBLER.

Il se plia en deux et vomit, une première vague de nausée suivie par une autre, encore plus puissante. Courbé, presque accroupi, les mains sur les genoux, indifférent au froid, indifférent à tout, il haletait comme un chien au mois d'août. Une autre voix, un autre visage, entrèrent dans son esprit, et ce fut comme si le soleil était apparu, asséchant le froid humide de sa détresse et de son désespoir. *Je crois en toi*, disait Laurel Holland, en l'attirant contre elle. *Je crois. Il faut que tu croies aussi.*

Quelques instants plus tard, la nausée passa. Ambler se redressa et sentit ses forces et son courage revenir. Il s'était arraché aux profondeurs noir d'encre de sa psyché et était remonté d'un coup à la surface, émergeant d'un cauchemar qui n'appartenait qu'à lui.

A présent, il fallait qu'il entre dans un autre cauchemar, sachant que s'il échouait, le monde y entrerait et n'en sortirait peut-être jamais.

Consultant sa montre pour s'assurer qu'il restait dans les temps, Ambler se dirigea vers le plus grand hôtel de Davos, le Steigenberger Belvedere, au 89 de la Promenade, situé en diagonale par rapport à l'entrée principale du Congresszentrum. Le bâtiment géant était un ancien sanatorium, construit en 1875. Sa façade rose était percée d'étroites fenêtres cintrées, imitant les embrasures des châteaux féodaux parés pour la bataille. Mais les seuls conflits visibles, pendant la semaine du forum, se jouaient entre les différents sponsors privés. KPMG disposait d'une large bannière bleue et blanche fixée au-dessus de la porte cochère de l'hôtel, en concurrence directe avec un panneau pour un service de navette de bus portant les quatre anneaux entrelacés du logo Audi. Son pouls s'accéléra à l'approche de l'entrée : bordant l'allée circulaire de l'hôtel, à côté des voitures de luxe habituelles, des véhicules de transport militaires étaient stationnés, ainsi qu'un SUV à jantes larges avec un gyrophare rectangulaire bleu sur le toit et une bande rouge fluo sur les flancs, barrés par les mots MILITÄR POLIZEI écrits en blanc. De l'autre côté de la rue, une grille de trois mètres cinquante de haut, surmontée de pointes acérées, défendait l'accès au trottoir ; prise dans la grille, une bannière à rayures multicolores avertissait fermement de ne pas approcher dans les trois principales langues suisses : SPERRZONE, ZONE INTERDITE, ZONA SBARRATA.

Le mail vocal écouté en chemin lui avait appris que Caston avait réussi à rejoindre le centre de conférences à titre officiel : il avait usé de son influence pour se faire porter sur la liste des invités. Pour Ambler, cependant, ce n'était pas possible ; et jusqu'ici, Caston n'avait rien appris. La tâche, après tout, demandait de la perspicacité, pas de la ratiocination.

Ou bien alors un miracle.

Dans l'entrée du Belvedere, un grand paillasson en sisal permettait de tapoter la neige qu'on avait sur les pieds ; derrière les doubles portes, le sisal faisait place à une élégante moquette en tissé Wilton déclinant un subtil motif floral. En traversant rapidement le hall, on découvrait plusieurs salons qui communiquaient les uns avec les autres, ainsi qu'une salle à manger dont l'accès était défendu par des cordons en velours rouge et des potelets surmontés d'ananas décoratifs en cuivre. Ambler retourna dans un salon proche de la réception de l'hôtel, d'où, dans un angle discret, il pouvait surveiller les entrées, et s'installa dans un fauteuil en cuir capitonné ; au-dessus de plinthes en acajou, les murs étaient tapissés de soie à rayures noires et bordeaux et décorés d'une arcature. Il se regarda dans un miroir en travers du mur, satisfait de voir que vêtu comme il l'était à présent d'un costume de prix anthracite à fines rayures, il avait la tête de l'emploi. On le prendrait pour un des nombreux hommes d'affaires qui, sans être aussi célèbres que les « participants », avaient payé le prix fort pour être présents, du moins, ceux dont la candidature avait été retenue. Dans le monde très fermé du Forum économique mondial, l'invité payant était considéré avec la condescendance qu'un élève boursier sans le sou aurait rencontré dans un pensionnat huppé. Chez eux, ces hommes, dirigeants d'entreprises locales ou maires de villes de moyenne importance, pouvaient se croire les maîtres de l'univers ; à Davos, ils n'étaient que ses laquais.

Ambler commanda un café, noir, à l'une des serveuses débordées mais serviables, et feuilleta tranquillement les différentes publications économiques étalées à portée de main sur la petite table : le *Financial Times*, le *Wall Street Journal*, *Forbes*, la *Far Eastern Economic Review*, *Newsweek International*, et *The Economist*. En prenant *The Economist*, il eut un coup au cœur : une photo de Liu Ang, souriant, s'étalait en couverture, au-dessus d'une légende énergique : RENDRE LA RÉPUBLIQUE POPULAIRE AU PEUPLE.

Il parcourut rapidement l'article de fond, ses yeux s'arrêtant sur les chapeaux en gras. LE RETOUR DE LA « TORTUE DE MER » ; L'INFLUENCE AMÉRICAINE EN DÉBAT. A intervalles réguliers, il levait les yeux, observant les allées et venues des clients. Il ne tarda pas à trouver un candidat prometteur : un Anglais, la petite quarantaine, cheveux blonds grisonnants, dans la banque, à en juger par la largeur de son col de chemise et les motifs discrets de sa cravate jaune. Il venait d'entrer dans l'hôtel et paraissait légèrement agacé, comme s'il avait oublié quelque chose dont il avait besoin. Ses joues rebondies étaient encore rosies par le froid, et quelques flocons de neige piquetaient son pardessus en cachemire noir.

Ambler laissa en hâte quelques francs près de sa tasse de café et rattrapa l'homme d'affaires alors que celui-ci s'engouffrait dans un ascenseur ouvert ; Ambler pénétra dans la cabine juste avant la fermeture des portes. L'homme d'affaires avait appuyé sur le bouton du quatrième. Ambler pressa à nouveau le bouton, comme s'il ne s'était pas rendu compte qu'il était déjà allumé. Il jeta un coup d'œil au badge de l'homme : *Martin Hibbard*. Quelques instants plus tard, il le suivit dans le couloir, notant le numéro de la chambre où l'Anglais s'arrêta, mais prenant soin de le dépasser d'un pas ferme avant de disparaître à l'angle du couloir. Hors de vue, Ambler s'arrêta aussitôt, tendit l'oreille alors que la porte se refermait derrière l'Anglais, puis, trente secondes plus tard, s'ouvrait à nouveau. L'homme sortit, une serviette en cuir dans les

414

bras, et retourna vers les ascenseurs. Étant donné l'heure et l'air pressé de Martin Hibbard, on pouvait dire sans trop s'avancer qu'il avait rendez-vous à déjeuner et avait besoin des documents qui se trouvaient dans sa serviette. Selon toute probabilité, il se dirigerait ensuite vers le Palais des Congrès pour l'une des sessions prévues à 14 h 30 et ne serait pas de retour dans sa chambre d'hôtel avant plusieurs heures.

Ambler revint dans le hall et jeta un coup d'œil au personnel de la réception, un élégant comptoir en marbre et en acajou. L'une des réceptionnistes, vingt-cinq, trente ans, un peu trop maquillée, serait sa meilleure chance, décida-t-il. Il ne se risquerait pas avec le quadragénaire au crâne rasé, bien qu'il fût disponible, ni avec la femme plus âgée, grisonnante, au sourire immuable et aux yeux fatigués.

Quand la jeune femme en eut fini avec le client dont elle s'occupait – un Africain agacé de ne pas pouvoir changer ses nairas contre des francs suisses –, Ambler s'avança, l'air penaud.

« Quel imbécile je fais, dit-il.

— Je vous demande pardon ? » Elle parlait anglais avec une pointe d'accent.

« C'est moi qui vous demande pardon. J'ai laissé ma carte magnétique dans ma chambre.

— Il n'y a pas lieu de s'inquiéter, monsieur, assura la femme aimablement. Cela arrive tout le temps.

— Pas à moi. Mon nom est Marty Hibbard. Martin Hibbard, plutôt.

— Et votre numéro de chambre ?

— Voyons... Ambler fit mine de se creuser la tête. Ah, je me souviens... 417. »

Derrière le comptoir en marbre, la réceptionniste le gratifia d'un sourire plein d'autorité, rentra quelques codes sur son ordinateur. Quelques secondes plus tard, une nouvelle carte magnétique sortit de la machine derrière elle, et elle la lui remit. « J'espère que vous appréciez votre séjour, dit-elle.

— C'est le cas, savez-vous ? Grâce à vous. »

Elle sourit avec reconnaissance pour ce compliment peu fréquent.

La chambre 417 s'avéra spacieuse et majestueusement décorée avec des couleurs lumineuses et légères et un mobilier délicat : une commode de style Sheridan, une bergère à oreilles, un petit bureau et une chaise à dossier en bois dans l'angle opposé. On ne trouvait plus une chambre à louer dans toute la région de Davos-Klosters, pas pendant la dernière semaine de janvier, mais celle dont il avait pris momentanément possession allait servir, un certain temps du moins.

Il passa le coup de téléphone, éteignit les lumières, tira les rideaux, ainsi que les voilages occultants, et attendit.

Dix minutes plus tard, on frappait à la porte. Ambler se colla contre le mur du côté où elle s'ouvrait. C'était le positionnement standard, appris à l'entraînement. Un réflexe pour un agent tel que lui.

Si Harrison Ambler était bien celui qu'il croyait être.

Une bouffée d'angoisse noire monta en lui comme le panache toxique d'une cheminée d'usine. Il déverrouilla la porte, l'entre-bâilla.

La chambre était plongée dans l'obscurité. Mais il n'avait pas besoin de voir; il pouvait la sentir... son shampooing, l'adoucissant sur ses vêtements, l'odeur de miel de sa peau.

« Hal? » Sa voix, à peine un murmure. Elle referma la porte derrière elle.

Il parla à voix basse, lui aussi, pour ne pas la faire sursauter. « Par ici », dit-il, et sa bouche dessina un sourire aussi involontaire qu'un éternuement, un sanglot, un rire. Un sourire qui parut presque illuminer la pièce.

Elle s'approcha de la voix d'Ambler, tendit la main vers son visage comme une aveugle, trouva sa joue, la caressa, et maintenant se tenait tout près de lui. Il sentit sa chaleur, ses lèvres effleurer les siennes... un contact électrique. Il l'enlaça et la pressa contre lui, sentant sa joue contre le haut de sa poitrine, puis il l'embrassa, d'abord les cheveux, l'oreille, le cou, inspirant profondément. Il fallait qu'il savoure chaque seconde passée avec elle. Même s'il savait qu'il ne survivrait peut-être pas à cette journée, une étrange chaleur se répandit en lui – l'assurance que quoi qu'il arrive, il ne mourrait pas sans amour.

« Laurel, souffla-t-il. Je... »

Elle pressa sa bouche contre la sienne, le faisant taire et semblant tirer courage de son baiser. « Je sais », fit-elle après un silence.

416

Il prit son visage entre ses mains et caressa doucement ses joues avec ses pouces, passant sur la peau tendre sous ses yeux; ils étaient mouillés, elle venait de pleurer.

« Tu n'es pas obligé de parler », dit-elle, la voix épaissie par l'émotion, mais encore étouffée.

Elle se blottit à nouveau dans ses bras, sur la pointe des pieds, pressant sa bouche contre la sienne une fois encore. Pendant un long moment, il ne fut conscient de rien d'autre sinon d'elle : sa chaleur, son odeur, sa chair tremblante, ferme et douce, pressée contre la sienne, jusqu'au battement lent de son cœur, à lui, à elle? Le reste du monde s'évanouit, la chambre d'hôtel, la ville, la mission, le monde lui-même. Rien d'autre n'existait sinon eux deux, une dualité qui, d'une certaine manière, n'en était plus une. Il la sentit qui se cramponnait à lui, non plus avec désespoir mais avec l'étrange sérénité qui les avait gagnés tous les deux.

Alors ils se détendirent et reculèrent, à nouveau deux. Il actionna l'interrupteur près de la porte. Éclairé, l'espace dans lequel ils se trouvaient changea aussi; il devint plus petit, plus douillet, rendu plus intime par la somptuosité des textures et des couleurs. Laurel, elle, ne changea pas; elle était exactement telle qu'il l'avait imaginée, comme si l'image mentale qu'il avait d'elle s'était matérialisée devant ses yeux; les grands yeux noisette pailletés de vert, remplis de désir, d'amour, de sollicitude; le teint de porcelaine et les lèvres pleines légèrement entrouvertes. Une expression qui irradiait un dévouement absolu, le genre d'expression qu'on ne voyait pratiquement qu'au cinéma – seulement elle était *réelle*; elle était là, à portée de bras. C'était la chose la plus réelle au monde.

« Dieu merci, tu es sain et sauf, mon chéri, mon amour, murmurat-elle. Dieu merci.

— Tu es si belle. » Il avait parlé tout haut, sans l'avoir voulu de façon consciente. *Mon Ariane.*

« Partons, dit-elle, avec un espoir soudain qui altéra ses traits. Dévalons cette montagne à ski et ne nous retournons jamais.

— Laurel.

— Juste nous. On verra bien ce qui arrivera. On peut compter l'un sur l'autre.

— Bientôt. Dans quelques heures. »

Laurel battit lentement des paupières; elle avait essayé de tenir sa peur à distance, mais maintenant elle débordait, irrépressible. « Oh, mon chéri, dit-elle. J'ai un mauvais pressentiment. Impossible de m'en débarrasser. » Sa voix tremblait ; ses yeux brillaient de larmes.

La peur qu'il ressentait à présent, il la ressentait pour elle, pour sa propre sécurité. « Tu en as parlé à Caston ? »

Elle sourit d'un air contrit à travers ses larmes. « Parler de *pressentiment* à Caston ? Il a tout de suite commencé à parler de *probabilités*.

— Du Caston tout craché.

— Forte cote et faible probabilité. » Elle ne souriait plus. « Je crois que lui aussi a un mauvais pressentiment. Seulement il refuse d'admettre qu'il a des sentiments.

— Pour certaines personnes, ça facilite les choses.

— Il dit que tu feras ce que tu as à faire, quelles que soient les chances de réussite.

— C'est sa calculette qui lui a dit ça ? » Ambler secoua la tête. « Mais il n'a pas tort.

— Je ne veux pas te perdre, Hal. » Elle ferma les yeux un bref instant. « Je ne peux pas te perdre. » Elle avait parlé plus fort qu'elle ne l'avait voulu.

« Mon Dieu, Laurel. Moi non plus, je ne veux pas te perdre. Et pourtant, c'est bizarre, mais d'une certaine façon... » Il secoua la tête, car il y avait des paroles qu'il était incapable de prononcer, dont il ne pouvait attendre que quelqu'un les comprenne. Avant, sa vie ne valait pas grand-chose à ses yeux. Il n'y avait jamais pensé en ces termes, c'était seulement maintenant qu'il était en position de le reconnaître. Parce que sa vie n'était plus minable. Elle contenait quelque chose d'infiniment précieux. Elle contenait Laurel.

Et c'était à cause de Laurel qu'il était ici ; c'était à cause de Laurel qu'il allait faire ce qui devait être fait. Il ne pouvait pas se planquer, disparaître dans une métropole sud-américaine, vivre une existence anonyme pendant que la guerre éclatait entre les grandes puissances. Un monde qui contenait Laurel était un monde qui, soudainement et intensément, comptait pour lui. Telles étaient les choses qu'Ambler pensait et ne pouvait dire. Il se contenta de la regarder quelques instants, tous deux rassemblant leur courage en prévision de ce qui les attendait.

Ne doutez jamais qu'un petit groupe de citoyens réfléchis et volontaires puisse changer le monde. En réalité, il en a toujours été ainsi.

La citation lui revint comme un jet d'acide dans la gorge. Il n'arrivait pas à imaginer le cataclysme mondial qui se produirait si la conspiration des palmériens réussissait.

Ambler s'approcha de la fenêtre, regarda l'ensemble de bâtiments peu élevés de l'autre côté de la rue : le Palais des Congrès. Des agents de la police militaire étaient rassemblés par petits groupes, presque entièrement vêtus en bleu nuit – la couleur de leurs pantalons, de leurs blousons en nylon, et de leurs bonnets en laine –, à part la bande turquoise à l'intérieur du col relevé de leurs blousons, et leurs rangers, qui étaient noires. Quand ils étaient proches les uns des autres, c'était comme s'ils apportaient la nuit avec eux. De hautes barrières en tubes d'acier, en partie enfouies dans la neige, canalisaient les visiteurs jusqu'à un point d'accès indiqué avec précision. Ambler avait vu des prisons de haute sécurité plus hospitalières.

« Caston trouvera peut-être un moyen, dit Laurel. Il m'a bien fait entrer. Non pas que j'aie appris le moindre truc.

— Il t'a fait entrer ? » Ambler était soufflé.

Elle acquiesça de la tête. « Il est arrivé à comprendre que, techniquement, je faisais partie des services du renseignement. Ce qui signifie habilitation de haut niveau, d'accord ? Le bureau du FEM a pu obtenir une confirmation officielle. Note que les jardiniers de Parrish Island eux aussi ont une habilitation de haut niveau, c'est la règle dans un établissement de ce genre, mais ils ne pouvaient pas le savoir, hein ? Tout est dans les lettres et les chiffres qui suivent ton nom, et Caston est un as pour exploiter les failles du système.

— Où est-il, à propos ?

— Il devrait arriver dans une minute. Je suis venue en avance. » Elle n'eut pas à expliquer pourquoi. « Mais peut-être qu'il est tombé sur quelque chose, a trouvé une de ses "anomalies".

— Écoute, Caston est un type bien, mais c'est un analyste, un homme de chiffres. Là, on a affaire à des gens, pas au sillage de vapeur électronique qu'ils laissent derrière eux. »

Quelqu'un frappa trois coups à la porte ; Laurel reconnut le code et laissa entrer Caston. Son pardessus mastic arborait des épaulettes de neige, qui se dissolvaient en ruisselets sur le devant.

Caston lui-même avait l'air épuisé, encore plus livide que d'habitude. Il avait un sac fourre-tout à la main, sérigraphié avec le logo du Forum économique mondial. Il considéra Ambler sans la moindre surprise.

« Vous avez trouvé quelque chose ? lui demanda Ambler.

— Pas grand-chose, répondit le vérificateur sobrement. J'ai passé une heure et demie à l'intérieur du centre de conférences. Comme je l'ai dit, j'y étais déjà venu, en tant qu'expert d'un comité sur les institutions financières *offshore* et le blanchiment d'argent. Ils organisent toujours des tas de séminaires techniques, en même temps que les événements plus mondains. Ce matin, j'ai fait la tournée des séminaires. Je devrais avoir un bouton qui dirait "Posez-moi des questions sur les mouvements de capitaux transnationaux". Laurel aussi est allée faire un tour, mais on dirait qu'elle n'a pas trouvé le filon, non plus.

— Cet endroit me file la chair de poule, admit la jeune femme. Il y a tant de visages qu'on reconnaît pour les avoir vus dans les magazines et aux infos. Ça donne le tournis. C'est juste un réflexe, mais au début vous n'arrêtez pas de saluer parce que leur tête vous dit quelque chose et que quelque part vous pensez que vous devez les connaître. Et puis vous vous rendez compte que c'est juste parce qu'ils sont célèbres. »

Caston opina. « A côté de Davos, le groupe Bilderberg ressemble à la Chambre de commerce de Muncie.

— J'avais tout le temps l'impression de faire tache, que tout le monde savait que je n'étais pas à ma place, poursuivit Laurel. Et l'idée que l'un d'eux, rien qu'un, était peut-être ce *dingue*...

— Nous n'avons pas affaire à un dingue, corrigea Ambler avec circonspection. Nous avons affaire à un professionnel. C'est bien pire. » Il marqua un temps d'arrêt. « Mais il y a de bonnes nouvelles, aussi ; le simple fait que vous ayez tous les deux pu entrer. C'est à vous qu'on le doit, Caston, et je ne sais toujours pas bien comment vous avez réussi votre coup.

— Vous oubliez que je suis un haut fonctionnaire de la CIA. J'ai chargé mon assistant d'appeler le bureau du directeur exécutif pour ajouter mon nom à l'escorte de Washington. Un coup de fil officiel de Langley, suivi d'un tas de vérifications, de garanties de sécurité. Ils n'ont pas fait d'histoire.

— Ça ne les gêne pas d'avoir des espions sur leur liste d'invités ?

— Si ça les *gêne*? Ils adorent ça. Vous n'avez toujours pas compris – Davos, c'est le pouvoir. Le pouvoir sous toutes ses formes. Ils seraient *ravis* d'avoir le DCI en personne – il est venu il y a deux, trois ans –, mais un haut fonctionnaire de la CIA n'est pas pour leur déplaire.

— Et vous vous y êtes pris de la même manière pour mettre Laurel sur les listes?

— C'est mon assistant qui s'en est occupé, en fait. Nous avons dit que c'était une spécialiste en psychiatrie travaillant pour les Services Communs du renseignement – ce qui se trouve être sa désignation technique. Elle a aussi une habilitation de niveau 12A-56, attribuée automatiquement au personnel de Parrish Island. Que la demande ait été faite à la dernière minute était légèrement irrégulier, mais pas tant que cela, surtout quand on connaît leurs arrangements avec les renseignements américains. Le reste a été une question d'*élision*, dirons-nous.

— Et la sécurité du FEM vous a cru sur parole?

— Bien sûr que non. Ils ont appelé Langley, ont joint mon bureau en passant par le standard – c'est la procédure de rappel normal, comme je l'ai dit – et ont eu une deuxième discussion avec mon assistant. D'après ce que j'ai compris, il a laissé entendre que ce serait une "faveur spéciale" faite au DCI et au secrétaire d'Etat, ce genre de chose. Ensuite il leur a fourni un code confidentiel à des fins de vérification. Voyez-vous, il y a un système pour les vérifications intranet en accès limité, développé pour les opérations conjointes avec d'autres pays. Le résultat, c'est qu'ils peuvent obtenir un listing du personnel abrégé – on appelle ça un *talon* – qui fournit une confirmation de niveau C de ce qu'on leur a dit. Mon bureau transmet alors une photographie numérique pour le badge de sécurité – il y a une photo des Services communs sur fichier – et après, on entre les doigts dans le nez.

– Vous savez que je comprends presque ce que vous venez de dire. » Ambler inclina la tête. « Mais attendez, vous avez reconnu que le système de sécurité du Forum était infaillible.

— Pratiquement infaillible, oui. Est-ce que j'ai l'air d'un imbécile?

— Alors, vous pouvez faire la même chose pour moi?

— Hmm, laissez-moi réfléchir. Est-ce que vous figurez sur les listes des employés de la CIA? » Caston se retint de rouler les yeux, et ses paupières frémirent. « Avez-vous un dossier à la Division du personnel des Services communs ? S'ils appellent le standard de Langley pour vérifier votre fonction et votre grade, on leur dit quoi ?

— Mais...

— *Harrison Ambler n'existe pas*, coupa Caston. Ou alors vous avez oublié ? Je regrette d'avoir à vous apprendre la nouvelle, mais ils vous ont *effacé*, d'accord ? Le Forum économique mondial fait le trafic de données, d'octets et de giga-octets. C'est un monde de signatures, de fichiers, et de confirmations numériques. Il me serait plus facile d'obtenir un badge de sécurité pour Big Foot, le Yéti ou ce foutu monstre du loch Ness. Eux non plus n'existent pas, mais au moins on peut les trouver sur Internet.

— Vous avez fini ?

— Ce que je crains, c'est qu'on soit tous finis. » Le regard de Caston étincelait. « Pendant tout ce temps, j'ai cru que vous gardiez un plan de derrière les fagots. Pensez-vous, vous êtes encore plus irresponsable que je l'avais imaginé. Vous foncez tête baissée dans un terrain miné sans un plan ! Vous n'anticipez pas, qu'est-ce que je dis ! Vous ne pensez même pas, point barre. Dès le départ, nos chances étaient minces, voire inexistantes. Eh bien, on peut tirer un trait sur le mince. »

Pour Ambler, ce fut comme si la force de gravité avait soudain doublé, que ses membres étaient de plomb. « Donnez-moi des détails, dites-moi comment le système de badges est organisé physiquement.

— Vous ne pouvez pas y aller au flanc, si c'est ça que vous avez en tête, grommela Caston. Et vous ne pouvez pas entrer non plus en faisant votre numéro de devin psychologue. Le système est très simple et presque impossible à tromper. » Il déboutonna sa veste grise de costume laine-polyester – Ambler décela une légère odeur d'antimites – et leur montra le badge d'identification qu'il portait sur une cordelette en nylon blanc passée autour du cou. L'objet était d'une simplicité trompeuse : un rectangle de plastique blanc avec une photographie de Caston à gauche de son nom ; il y avait un hologramme carré argenté en dessous, une bande bleue au-dessus. Il le retourna, exposant la bande magnétique au verso.

« J'ai le même, remarqua Laurel. Ça n'a pas l'air bien méchant. Vous ne pourriez pas en voler un et le falsifier ? »

Caston secoua la tête. « Quand vous entrez, vous passez la carte dans un lecteur. La carte encode une signature digitale qui ouvre un fichier sur l'ordinateur. Le problème, c'est que l'ordinateur à l'entrée possède la cybersécurité la plus puissante que vous pouvez imaginer : c'est une unité autonome. En d'autres termes, il fonctionne de manière indépendante, il n'est pas relié à Internet, impossible donc de s'y introduire. Et il y a un garde posté devant un écran, à chaque lecture de la carte, le nom et la photographie du fichier informatique s'affichent sur l'écran. Et si vous n'êtes pas déjà fiché dans l'ordinateur, vous êtes dans le caca.

— C'est le terme technique ?

— Après ça, il faut franchir un détecteur de métaux, comme à l'aéroport, poursuivit Caston. Blousons, clés et ce genre de choses passent sur un tapis roulant.

— Cela suffit pour empêcher un assassin d'entrer, non ? demanda Laurel.

— On parle de quelqu'un qui planifie ça depuis des mois, voire plus longtemps », répondit Caston. Il lança un regard à Ambler. « Vous avez environ deux heures. »

Ambler s'approcha de l'endroit où s'était tenue Laurel et regarda par la fenêtre l'après-midi blafard. La neige tombait, lentement mais sûrement.

Quelles étaient ses options ? Il sentit la panique le gagner, savait qu'il devait la tenir à distance : elle était capable de le paralyser, de le faire craquer, de le couper de son instinct.

La voix de Laurel : « Et si tu disais que tu as perdu ta carte ?

— Alors ils s'excuseront et t'escorteront jusqu'à la sortie, répondit Caston. J'ai vu ça une fois il y a quelques années. Et vous pouvez être le roi du Maroc, ils s'en contrefoutent. Tout le monde à l'intérieur a une carte autour du cou.

— Même les chefs d'État ? insista Laurel.

— Je viens de voir notre vice-président. Il portait un costume gris ardoise et une cravate jaune. Avec un badge d'identification de plus de dix centimètres sous le nœud. C'est simple, c'est bétonné. Ces gens ne rigolent pas. Il n'y a pas eu une seule faille dans la sécurité en trente et quelques années, et il y a une raison à ça. »

Quand Ambler se tourna vers les autres, Laurel le regardait avec l'air d'attendre quelque chose. « Il doit y avoir un moyen, non ? Le facteur humain, comme tu dis toujours. »

Ambler entendit ses paroles comme si elles avaient été prononcées de très loin. Différents scénarios lui traversèrent l'esprit – envisagés, considérés, explorés, et rejetés, en l'espace de quelques secondes. Presque toute organisation a la porosité du jugement humain, parce que la gestion quotidienne des détails pratiques exige une certaine dose de flexibilité. Mais le Forum économique mondial n'était pas une institution qui se gérait au jour le jour. C'était un événement spécial, qui ne durait qu'une semaine. Ici les règles pouvaient être particulièrement drastiques. Il ne s'écoulait jamais assez de temps pour que les responsables de la sécurité commencent à se relâcher.

Le regard d'Ambler tomba sur le fourre-tout FEM noir que portait Caston et qui contenait la documentation que l'on remettait aux participants à l'entrée. Il s'en saisit et vida son contenu sur le lit. Il y avait un exemplaire de *Global Agenda*, la revue du FEM publiée pour l'occasion, et un classeur noir avec le programme des événements. Ambler feuilleta ce dernier : on y trouvait au fil des pages des tables rondes aux intitulés aussi ahurissants que « Où en est la gestion de l'eau ? », « Sécuriser le système de santé mondial », « L'avenir de la politique étrangère américaine », « Sécurité humaine, sécurité nationale : amies ou ennemies ? », « Vers un nouveau Bretton Woods ». Il y avait le programme des allocutions du secrétaire général des Nations unies, du vice-président américain, du président du Pakistan, et d'autres ; le discours de Liu Ang marquait sans conteste le point d'orgue de la manifestation. Ambler referma le classeur et se saisit d'un petit volume épais, presque cubique, dressant la liste de tous les « participants » à la réunion annuelle du FEM ; près de mille cinq cents pages où figurait la photographie de chacun, assortie d'une biographie professionnelle rédigée dans une petite police sans empattement.

« Regardez tous ces visages », dit Ambler. Il passa le doigt sur la tranche de l'annuaire, comme ces petits livres qui font apparaître des images animées quand on les feuillette très vite.

— Ça fait une sacrée séance d'identification », remarqua Laurel. La frustration commençait à empuantir l'atmosphère.

Soudain, Caston s'assit droit comme un I. « Une séance d'identification », répéta-t-il.

Ambler le regarda, vit quelque chose dans son regard qui lui fit presque peur ; ses yeux tourbillonnaient pratiquement dans leurs orbites. « Qu'est-ce qui vous prend ? demanda-t-il à voix basse.

424

— On devrait les proscrire, répondit Caston. Les séances d'identification, je veux dire. Elles sont responsables d'un nombre incroyable de condamnations arbitraires. Le taux d'erreur est insupportable.

— Vous êtes épuisé », glissa Laurel. Elle se tourna vers Ambler avec anxiété. « Il n'a pas fermé l'œil dans le train.

— Laisse-le parler, plaida Ambler d'une voix douce.

— Parce que les témoins sont extrêmement faillibles, poursuivit Caston. Vous avez vu quelqu'un faire un mauvais coup, et vous êtes amené à croire que l'une des personnes qu'on vous présente est peut-être le type que vous avez vu. Alors vous regardez ; et il y a une loi heuristique que la plupart des gens suivent. Ils choisissent celui qui ressemble le plus à la personne de leur souvenir.

— En quoi est-ce un problème ? s'étonna Laurel, perplexe.

— Parce que la personne la plus ressemblante n'est pas forcément la *même* personne. Ils disent : "C'est le n° 4", "C'est le n° 2". Et parfois le n° 2 ou le n° 4 est un flic, un figurant, et il n'y a pas de mal. Les enquêteurs remercient le témoin et le renvoient chez lui. Mais comme le montrent les statistiques, il arrive que le type soit un suspect. Pas le véritable auteur du crime, mais un suspect. Il se trouve qu'il ressemble un peu plus au type que vous avez vu que les autres. Mais ce n'est pas lui. Tout à coup, vous avez un témoin oculaire déposant contre le suspect. "Pouvez-vous désigner l'homme que vous avez vu la nuit dernière ?" et tout le cinéma, et un jury s'imagine que la culpabilité ne fait pas un pli. Pourtant il y a un moyen de découvrir ce qu'un témoin a vu sans cette distorsion : vous procédez successivement. Vous lui montrez des photos, pas en même temps, mais l'une après l'autre. Vous demandez : "C'est celui-là ? Oui ou non ?" Si vous optez pour cette méthode, la marge d'erreur passe de 7 % à moins de 1 %. C'est un scandale que les gens chargés de faire respecter la loi n'aient pas compris ces statistiques élémentaires. » Il leva les yeux, le regard tout à coup affûté. « Mais voilà où je veux en venir : dans la réalité, très souvent, l'approximation suffit. » Il cligna rapidement les paupières. « Les statistiques ne laissent aucun doute à ce sujet. Par conséquent : on trouve la personne qui vous ressemble le plus. Mille cinq cents visages, c'est un échantillon avec lequel on peut travailler. »

Ambler ne répondit pas tout de suite.

Alors que Caston se tenait près de lui, il se mit à feuilleter l'annuaire, rapidement, méthodiquement, un index mouillé tournant les pages de façon presque mécanique. « Je veux que tu regardes aussi ces photos, dit-il à Laurel. Si c'est suffisamment ressemblant, tu le sauras tout de suite. N'y pense pas. Contente-toi de regarder... de sentir. Si c'est jouable, tu le sauras à l'instant. »

Les visages défilèrent, environ deux par seconde. « Attends », fit Laurel.

Caston colla un petit Post-it rectangulaire sur la page et dit : « Continuez. »

Ce que fit Ambler, feuilletant les cent pages suivantes sans interruption jusqu'à s'arrêter sur l'une d'elles. Caston y plaça un autre marque-page adhésif, et Ambler se remit à l'ouvrage. Quand le visage d'Ashton Palmer apparut, Ambler s'arrêta un bref instant. Aucun d'entre eux ne parla. C'était inutile. Même chose quand ils arrivèrent à la page d'Ellen Whitfield. Elle était d'une beauté ordinaire, alors que son mentor paraissait distingué, mais ni leur intelligence, ni leur ambition dévorante ne passaient sur le Photomaton officiel. A ce moment-là, leur image n'offrit qu'une distraction.

Quand Ambler eut parcouru tout l'annuaire, quatre pages avaient été marquées. Ambler tendit le livre à Caston. « Vous avez un regard neuf. Jetez un coup d'œil. »

Caston examina les quatre pages. « Le troisième, dit-il en le passant à Laurel, qui fit de même.

— Probablement le troisième », dit-elle, avec un peu plus d'hésitation.

Ambler ouvrit l'annuaire à l'endroit du troisième Post-it et déchira la page, étudiant attentivement la notice. « Ce n'est pas follement ressemblant, je ne l'aurais pas choisi, commenta Ambler, à moitié pour lui-même. Mais il faut dire que j'ai du mal à me rappeler la tête que j'ai ces temps-ci. » Il examina à nouveau la photographie noir et blanc. Le regard de l'homme suggérait une certaine sévérité, à la limite de la morgue, bien qu'il fût difficile de savoir ce qui lui appartenait en propre et ce qui était dû à la photo.

Il s'appelait Jozef Vrabel, président de V&S Slovaquie, une entreprise basée à Bratislava spécialisée dans les « solutions, services et produits sans fil, et sécurisation des réseaux d'accès ».

« Je ne voudrais pas plomber l'ambiance, intervint Laurel. Mais on fait comment pour récupérer la carte ?

— Ce n'est pas à moi qu'il faut demander ça, rétorqua Caston en haussant les épaules. Demandez à monsieur Facteur Humain ici présent.

— On peut le localiser ? » Ambler regarda Caston puis à nouveau par la fenêtre. Deux étages au-dessus, sur le toit, il savait que deux tireurs d'élite patrouillaient. Mais à quoi bon des armes sans cible ? Quelle ironie qu'il ait d'abord à se montrer plus malin que ceux qui, comme lui, cherchaient à assurer la sécurité. Les ennemis de ses ennemis étaient ses ennemis.

Puis son regard se fixa sur un long mur bleu foncé, barrière solide mais mobile, dressé devant la façade en béton banché du Palais des Congrès. Sur sa longueur, une série de grands rectangles blancs avec un logo bleu : WORLD ECONOMIC FORUM, chaque mot disposé l'un au-dessus de l'autre, avec une fine arabesque passant à travers les O. Sur la gauche, un panneau avec le même logo, et des flèches aiguillant les médias et le personnel vers une entrée différente de l'entrée « centrale » destinée aux participants.

La peur, le désespoir, et une rage brute se déchaînaient en lui, et de ce mélange, bizarrement, sortit un alliage plus solide que tous ses composants : une résolution à toute épreuve.

Il mit quelques instants à s'aviser que Caston était en train de parler. « Les merveilles de la technologie, disait le franc-tireur des chiffres. Il y a un ordinateur connecté à un intranet au centre de conférences et dans beaucoup d'hôtels. Tout ça est conçu pour que vous puissiez trouver des gens. Les prises de contact sont essentielles à Davos.

— Vous avez pris des contacts quand vous étiez dans la place, Caston ?

— Je ne travaille pas en réseau, dit-il avec humeur. Les réseaux, je les analyse. Ce que je veux dire, c'est que si je vais à l'accueil, ils auront un terminal. Je peux taper le nom et il me dira à quels programmes il s'est inscrit. Parce qu'il faut s'inscrire, voyez-vous. Ensuite...

— Ensuite vous le trouvez, vous lui racontez qu'il y a une urgence, et vous l'attirez à l'extérieur du centre. »

Caston toussota. « Moi ?

— Vous mentez bien ? »

Caston réfléchit un moment. « Médiocrement.

— On s'en contentera », conclut Ambler. En guise d'encourage-

427

ment, il se pencha pour serrer l'épaule de Caston. Ce contact le mit fort mal à l'aise. « Parfois, quand ça vaut le coup de faire quelque chose, peu importe la manière.

— Si je peux être utile... se proposa Laurel.

— Je vais avoir besoin de toi sur le front de la logistique, lui dit Ambler. Il va me falloir des jumelles ou un appareil optique à fort grossissement. Il y a plus de mille personnes au centre. D'après le programme imprimé, le président chinois doit faire son allocution dans la grande salle du Palais des Congrès.

— C'est la plus grande salle, dit Caston. Mille places assises, facile. Peut-être plus.

— Ça fait beaucoup de visages, et je ne vais pas pouvoir les approcher tous.

— Tu vas te faire remarquer si tu commences à te balader avec une paire de jumelles autour du cou, avertit Laurel. Tu pourrais attirer l'attention.

— Tu parles des caméras de surveillance ?

— Cet endroit est truffé de caméras, dit Laurel, tous les cameramen de télévision y seront.

— Comment ça ?

— J'ai eu une petite discussion avec l'un des cameramen, expliqua Laurel. J'ai pensé qu'il pourrait en sortir quelque chose d'utile. Il se trouve que le FEM enregistre beaucoup d'événements pour ses propres besoins, mais les principaux événements – les sessions plénières et quelques tribunes ouvertes – sont enregistrés par certains des plus grands diffuseurs. La BBC, CNN International, Sky TV, SBC, entre autres. Leurs caméras ont des objectifs incroyables – j'ai jeté un coup d'œil dans le viseur de l'une d'elles. » Ambler inclina la tête. « Alors je me suis dit que tu pourrais en utiliser une, juste pour le zoom. Ces caméras de télévision, elles sont portables mais encombrantes, et sont équipées d'un puissant zoom optique. C'est mieux que n'importe quelles jumelles. Et personne n'y trouvera à redire. »

Ambler éprouva un titillement d'excitation. « Mon Dieu, Laurel.

— Ce n'est pas parce que j'ai une bonne idée qu'il faut faire cette tête, blagua-t-elle. La seule chose que je me demande, c'est pourquoi le directeur de V&S Slovaquie se trimbalerait avec une caméra dans le hall du Palais des Congrès ?

— Ce n'est pas un problème à l'intérieur, commenta Caston. Il vous faut le badge pour entrer. Une fois dans la place, personne ne fera vraiment attention. Le badge ne montre pas votre affiliation, juste votre nom. Une fois à l'intérieur, vous faites ce que vous voulez.

— Et la caméra, on fait comment pour la trouver ? s'enquit Ambler.

— Ce n'est pas un problème, je sais comment en trouver deux, expliqua Laurel. Le type avec qui j'ai parlé m'a montré une réserve qui en est pleine.

— Écoute, Laurel, tu n'as pas été entraînée pour le terrain...

— Vous êtes sur un radeau de sauvetage et vous voulez vérifier si quelqu'un a son permis bateau ? ironisa Caston. Je croyais que c'était moi qui étais à cheval sur les règles.

— Le fait est que ce sera plus facile pour moi que pour "Jozef Vrabel" d'entrer dans cette réserve, assura Laurel. Et je suis déjà copine avec les gars qui vont et viennent à l'intérieur. » Avec des airs de femme fatale, elle ajouta : « Je n'ai peut-être pas les "compétences", mais... j'ai des atouts. »

Ambler la regarda. « C'est juste que je ne vois pas comment... »

Laurel le gratifia d'un demi-sourire. « Moi, si. »

Le truc marrant, songea Adrian Choi alors qu'il était installé derrière le bureau impeccablement rangé de Clayton Caston, c'était que son patron se débrouillait pour lui donner autant de travail quand il était absent que quand il était au bureau. Ses derniers coups de fil avaient été abrupts, hâtifs, et *énigmatiques*. Beaucoup de demandes urgentes, aucune explication. Tout cela était bien mystérieux.

Adrian adorait ça.

Il appréciait même la légère gueule de bois qu'il avait ce matin-là... une gueule de bois ! Sensation inhabituelle pour lui. Cela faisait tellement... Derek Saint-John. Dans les romans haletants de Clive McCarthy, Derek Saint-John avait tendance à faire des excès. « Trop n'est jamais assez » faisait partie de ses reparties favorites ; une autre était « Le plaisir immédiat met ma patience à l'épreuve ». Dans l'exercice de ses fonctions, il était régulièrement obligé de passer de longues soirées à séduire de belles femmes, commander des champagnes coûteux avec des noms français qu'Adrian était incapable de prononcer, et endurer des gueules de bois matinales. « Ça se prononce Sin-djin, expliquait le super-espion d'un ton mielleux et badin aux créatures qui écorchaient son nom. Avec l'accent tonique sur le *sin*. » Derek Saint-John avait même une recette spéciale gueule de bois, détaillée dans *Opération Atlantis*, mais elle contenait des œufs crus, et Adrian estimait que l'ingestion d'œufs crus n'était pas recommandée.

Non pas qu'Adrian eût passé la soirée avec un mannequin aux longues jambes, complice notoire d'un infâme quadraplégique vivant dans un satellite spécial tournant en apesanteur autour de la Terre, ce qui arrivait dans *Opération Atlantis*. La soirée d'Adrian avait certainement été plus terre à terre. Il y repensait en fait avec une pointe de remords, ce qui n'était pas du tout le genre de Derek Saint-John.

Elle s'appelait Caitlin Easton, assistante administrative au Centre des Services communs. Au téléphone, une fois dégelée, elle avait commencé à rire sottement et à se montrer enjôleuse. Adrian dut cacher sa déception quand ils finirent par se retrouver, au Grenville's Grill. Elle était simplement un peu plus *forte* qu'il ne l'avait imaginé, et il remarqua les prémices d'un point noir au coin de son nez. Ce n'était pas que l'endroit où il l'avait amenée cassait grand-chose : le Grenville's Grill était un prétendu « restaurant » de Tysons Corner où le personnel vous flanquait d'énormes menus plastifiés sur la table, servait des chips dans de fâcheuses petites corbeilles tapissées de serviettes en papier, et plantait des cure-dents dans leurs sandwiches-club ; il se trouvait simplement que c'était sur leur route à tous les deux. Cependant, plus ils bavardaient, plus il se rendait compte qu'elle possédait un sens de l'humour réjouissant, et il avait passé un moment plutôt agréable. Quand il lui avait donné son nom de famille, disant, « C'est Adrian Choi, avec l'accent sur le *oy* », elle avait ri, même si elle n'avait pas pu saisir l'allusion. Elle avait beaucoup ri des choses qu'il racontait, même quand elles n'étaient pas particulièrement drôles, et cela lui avait vraiment boosté le moral. C'était une *marrante*.

Alors pourquoi ce petit remords ? Eh bien, il l'avait utilisée, non ? Il avait dit : « Hé, si vous ne faites rien après le travail, on pourrait peut-être prendre un verre, manger un morceau ? » Il n'avait pas dit : « Vous avez quelque chose dont mon patron a besoin. » Alors, d'une certaine manière, toute cette opération était un peu sournoise. Et Caitlin Easton n'était pas un agent ennemi, après tout ; elle était juste, eh bien, une préposée au classement.

Le téléphone ronronna, un appel interne. Caitlin ?

Oui, c'était Caitlin.

Il respira à fond. « Salut », dit-il, se surprenant lui-même ; à l'entendre, il semblait plus détendu qu'il ne l'était.

« Salut, dit-elle.

— On s'est bien amusés hier soir.

— Ouais, c'est vrai. » Elle baissa d'un ton. « Écoutez, je crois que j'ai quelque chose pour vous.

— Vraiment ?

— Je ne veux pas que vous aggraviez votre cas avec votre patron, c'est tout.

— Vous parlez de... ?

— Oui, oui.

— Caitlin, je ne sais pas comment vous remercier.

— Vous trouverez bien un moyen », dit-elle en gloussant.

Adrian rougit.

Le premier aperçu qu'Ambler eut de Jozef Vrabel en chair et en os fut démoralisant : la personne qu'il avait choisie comme sosie était un homme très quelconque, à peine un mètre soixante-cinq, petite tête, épaules étroites, et une bedaine ronde qui faisait saillie sur ses hanches larges ; il ressemblait à une toupie humaine. A en croire Caston, il fallait uniquement que le visage corresponde ; et le visage était... eh bien, assez ressemblant pour le regard rapide de quelqu'un à la recherche de similarités plutôt que de différences.

« Je ne comprends pas », répétait l'homme d'affaires slovaque, vêtu d'un triste costume en gabardine taupe, tandis que Caston le faisait sortir du Palais des Congrès. Les nuages lourds transformaient la rue en une version en grisaille d'elle-même, un tableau en dégradé de gris.

« C'est dingue, je sais, expliquait Caston. Mais l'agence a déjà négocié un contrat avec Slovakia Telecom, et c'est notre dernière chance de changer d'avis. La période de diligence raisonnable arrive presque à expiration. Sinon, légalement, il prend effet à la fin de la journée.

431

« — Mais pourquoi ne nous a-t-on jamais contacté à ce sujet ? On nous prévient à la dernière minute, c'est ridicule. » Le Slovaque parlait anglais avec un accent, mais couramment.

« — Ça vous surprend que le gouvernement des États-Unis ait mal géré un appel d'offres ? Vous demandez comment notre gouvernement fédéral a pu bâcler la procédure ?

Le Slovaque ronchonna. « Si vous présentez les choses comme ça... »

Ambler, qui s'était posté de l'autre côté de la rue, s'avança vers lui à grandes enjambées. « Monsieur Vrabel ? Je suis Andy Halverson du ministère des Services généraux américain. Clay m'apprend que nous sommes sur le point de commettre une erreur assez coûteuse. Il faut que je sache s'il a raison. »

Caston s'éclaircit la gorge. « L'offre actuelle est estimée à 20 % de plus que notre contrat de téléphonie existant. Même avec les équipements de sécurité inclus, j'ai l'impression que l'on n'a pas obtenu le meilleur ratio en dépenses annualisées.

— C'est un contrat ridicule ! s'écria le Slovaque courtaud. C'est nous que vous auriez dû contacter. »

Caston se tourna vers Ambler avec un haussement d'épaules élaboré qui voulait dire « je vous l'avais bien dit ».

L'attitude d'Ambler était celle d'un bureaucrate craignant de futures représailles mais résolu à désamorcer la crise tant que cela était encore possible. « Nous avons un bureau rempli de gens dont c'est le boulot, dit-il avec fermeté. Je suppose qu'ils n'ont jamais pris la peine d'apprendre à se repérer dans Bratislava. Il y a qu'on nous avait dit que Slovakia Telecom avait le monopole du marché.

— Il y a deux ans, peut-être, reprit Caston tandis que Vrabel, incrédule, se mettait à bredouiller. Vous êtes sur le point de signer un contrat de deux cents millions de dollars, Andy, et vos gars s'appuient sur des études de marché vieilles de deux ans ? Je suis content de ne pas être celui dont le boulot est d'expliquer ça devant le Congrès. »

Peu à peu, remarqua Ambler, Vrabel se mit à se tenir un peu plus droit ; la toupie humaine redressait les épaules. L'agacement qu'il avait manifesté en se faisant arracher de la session « Deux économies, une Alliance » faisait place à un certain plaisir devant les récriminations mutuelles de deux puissants officiels américains, et la perspective d'un contrat extrêmement juteux.

Le visage du Slovaque se détendit en un sourire engageant. « Messieurs, il est tard, mais il n'est pas trop tard, j'espère. Je crois que nous pouvons faire des affaires ensemble. »

Les deux Américains le conduisirent jusqu'à une petite salle de conférences au deuxième étage du Belvedere, dont ils s'étaient assurés qu'elle resterait inoccupée jusqu'à l'arrivée d'un « groupe de travail » de l'ASEAN une heure plus tard. Ambler savait qu'ils pourraient disposer de la salle, ne serait-ce que brièvement, tant qu'ils feraient mine d'être à leur place. Le personnel de l'hôtel, déconcerté par leur arrivée, supposerait que l'erreur venait d'eux et, étant donné la densité de VIP présents, leur priorité consisterait à éviter de commettre un impair.

Laurel, habillée sévèrement d'une jupe grise et d'un chemisier blanc, retrouva les deux hommes à l'intérieur de la petite salle de conférences et s'approcha de Jozef Vrabel avec un appareil noir semblable à un lecteur de codes-barres.

Ambler bredouilla des excuses. « C'est juste une formalité. Techniquement, quand nous discutons hors site d'informations confidentielles, on est obligés de faire une recherche d'appareils d'écoute. »

Laurel passa l'appareil – un objet bricolé avec deux télécommandes de télévision – le long des extrémités de l'homme, puis sur son torse. Quand elle approcha du badge, elle s'interrompit : « Si vous voulez bien me laissez retirer ce badge, monsieur... Je crains que la puce à l'intérieur ne crée des interférences. »

Vrabel s'exécuta avec un hochement de tête obligeant, et elle passa derrière lui, faisant mine de scanner son dos. « Très bien », dit-elle peu après. Elle replaça la cordelette en nylon autour de son cou, glissant la carte à l'intérieur de son col ; comme personne ne regardait jamais son propre badge quand il le portait, Vrabel n'aurait pas le loisir de remarquer que celui-ci avait été remplacé par une carte de membre de l'Automobile Club d'Amérique.

« Je vous en prie, asseyez-vous, invita Ambler d'un geste. On peut vous apporter du café ?

— Du thé, s'il vous plaît, répondit le Slovaque.

— Très bien, fit Ambler avant se tourner vers Caston : Vous avez les conditions de l'offre ?

— Ici, vous voulez dire ? On peut télécharger les fichiers cryptés, mais il faudrait utiliser l'une de nos machines. » Caston récitait

son rôle avec un peu de raideur, mais cela passait pour de la gêne.
« Ce sont les gars de la station qui ont la connexion.

— Bon Dieu, soupira Ambler. Au Schatzalp ? Vous ne pouvez pas demander à monsieur Vrabel de prendre le funiculaire jusqu'au Schatzalp. C'est tout simplement trop loin. C'est un homme occupé. Nous sommes tous occupés. Laissez tomber.

— Mais c'est une mauvaise affaire, fit valoir Caston. Vous ne pouvez pas simplement...

— Alors je braverai la tempête. » Il se tourna vers le Slovaque. « Navré de vous avoir fait perdre votre temps. »

Vrabel prit la parole sur un ton de noble magnanimité. « Messieurs, je vous en prie. Votre pays mérite la plus haute considération, et non d'être rançonné par des escrocs. Les intérêts de mes actionnaires sont alignés sur les vôtres. Mettez-moi dans ce funiculaire. En vérité, j'attendais d'avoir l'occasion de visiter le Schatzalp. On m'a dit que c'était incontournable.

— Vous êtes sûr ?

— Absolument, assura le Slovaque, avec un sourire à deux cents millions de dollars. *Absolument.* »

Devant l'entrée principale du Palais des Congrès, la file avançait rapidement, canalisée entre deux barrières mobiles en acier et un cordon humain non moins impressionnant d'agents de la police militaire, les joues rougies par le froid, leur haleine formant de petits nuages vaporeux dans l'air glacé. Juste après l'entrée, sur la gauche, une rangée de vestiaires tenus par un personnel efficace. Puis c'était la zone de sécurité, confiée à une demi-douzaine de gardes. Ambler prit son temps pour retirer son manteau, le fouillant comme s'il craignait d'oublier quelque chose dans ses poches. Il voulait choisir le bon moment, être certain qu'il y ait plein de gens devant et derrière lui. Il portait maintenant un blazer sans cravate ; le badge d'identification pendait à son cou, près du troisième bouton de sa chemise.

Il finit par apercevoir une foule d'hommes et de femmes qui s'engouffraient dans l'entrée, et prit lestement sa place dans la queue au comptoir de sécurité.

« Quel froid dehors ! lança-t-il à l'homme assis près de l'écran d'ordinateur avec ce qu'il s'imagina être un soupçon passable d'accent d'Europe centrale. Mais j'imagine que vous avez l'habitude ! » Il appliqua son badge contre le lecteur de carte et se tapota les joues, comme si elles étaient gelées. L'homme regarda l'écran, puis le regarda, lui. Une lumière verte clignota sur le tourniquet, et Ambler franchit la barrière.

Il était à l'intérieur.

Il sentit quelque chose palpiter en lui, quelque chose d'aussi petit qu'une aile de colibri, et il se rendit compte que c'était de l'espoir.

L'espoir. Peut-être la plus dangereuse de toutes les émotions, et peut-être la plus nécessaire.

Chapitre trente-deux

L'ATMOSPHÈRE reflétait son changement d'état d'esprit ; passer de la morosité de Davos à la vaste arène du Palais des Congrès, c'était comme quitter un théâtre plongé dans le noir pour entrer dans la pleine lumière. Tout y était bien éclairé, les murs et les sols étaient dans des teintes chaleureuses et lumineuses, crème, brun clair et ocre. Peints au pochoir sur la gauche du premier grand atrium, divers panneaux représentaient la planète – continents ou parties de continents – dans des nuances de brun, avec un enchevêtrement de lignes courbes de latitude et de longitude, comme projetées d'un globe. Ambler s'enfonça davantage dans cet espace bourdonnant, presque surnaturellement réceptif à son environnement. Le plafond courbe, haut de six mètres, était fait d'étroites lattes de bois, et donnait l'impression qu'on se trouvait à l'intérieur d'une énorme arche. Il s'arrêta au niveau d'un petit salon où du café était servi sur de petites tables rondes avec des plateaux en verre séparées par des rangées d'orchidées dans de lourds pots marron. Des lettres en relief sur un mur terre de Sienne donnaient son nom à l'endroit : WORLD CAFÉ. Le mur était décoré de noms de pays écrits à l'horizontale entrecoupés par le nom de leur capitale disposé verticalement, comme une sorte d'acrostiche. Les capitales étaient en blanc, les pays en marron foncé, à l'exception de la lettre commune aux deux. Le *o* de *Pologne* fournis-

436

sait le *o* de *Varsovie*; le *a* de *Mozambique* était le *a* de *Maputo*; le *I* d'*Inde* soutenait les lettres composant *New Delhi*. Ambler se demanda si des pays comme le Pérou ne s'étaient pas plaints.

Il ne put s'empêcher d'être impressionné par l'extrême attention apportée au moindre détail. La réunion annuelle du Forum se déroulait pendant six jours, en janvier, après quoi tous les murs étaient repeints, toutes les sculptures et les éléments décoratifs remisés – et pourtant le décor révélait un niveau de soin et d'attention qu'on retrouvait rarement dans des structures permanentes. Une vingtaine de personnes se trouvaient au World Café, la plupart assises sur des chaises en Plexiglas transparent. Il y avait la belle femme, quoique un peu masculine, avec son ensemble jupe-tailleur bleu marine, une lourde bague au doigt, et ce qui ressemblait à un foulard autour du cou; en s'approchant, il vit que son badge n'était pas blanc, comme les autres, mais bleu, et que le foulard était en fait un écouteur Trimiline au repos. Plus loin, il aperçut un homme au visage avenant, carré, bientôt flasque, lunettes à lourde monture et verres ambrés, costume boutonné et tendu par la convexité de son ventre – un Allemand ou un Autrichien, devina Ambler –, en conversation avec un homme qui tournait le dos à Ambler, cheveux blancs duveteux et costume bleu foncé. Des banquiers d'affaires, un peu trop contents d'être ici : des « invités » plutôt que des « participants », dans la hiérarchie stricte de la conférence. A une autre table, un homme d'allure prospère aux cheveux poivre et sel clairsemés, mais soigneusement peignés, était en train de remuer des papiers; ses yeux étaient impassibles derrière ses lunettes à monture d'acier. Il avait la tête de quelqu'un qui connaissait le code de la route et ne l'enfreignait jamais; un homme avec un costume plus clair et des cheveux châtains grisonnants l'entretenait avec une animation qui n'était pas payée de retour; à l'évidence, un prétendant. Un troisième homme, avec une chemise à motif bleu et rose à col large, et une cravate à pois – un Britannique, par nationalité ou aspiration –, était penché vers les deux autres, écoutant ouvertement et se réservant le droit de mettre son grain de sel. Il y avait de la gêne derrière sa bonhomie épanouie : celle de quelqu'un qui ne faisait pas tout à fait partie de la conversation et n'en était pas tout à fait exclu.

Personne ici n'était son homme.

Au bout d'un long couloir au niveau inférieur du Palais des Congrès, Caston colla son portable à son oreille, s'efforçant d'entendre les instructions d'Adrian. De temps à autre, le vérificateur l'interrompait d'un air sombre pour lui poser des questions.

Ça ne faisait pas partie du profil du poste quand Adrian avait rejoint le Bureau des évaluations internes, mais, d'une certaine manière, cela n'avait pas l'air de le gêner. En fait, si Caston ne se trompait pas, son naïf assistant semblait apprécier de jouer les *shifu* à son tour.

Ambler descendit un large escalier en granit rouge jusqu'à une sorte de mezzanine, pareille au premier balcon d'un opéra. Dans un couloir qui serpentait derrière l'escalier, un écriteau bleu portait l'inscription TV STUDIO ; apparemment réservé aux journalistes pour y conduire des interviews avec certaines des sommités présentes. Un écriteau, dans une autre alcôve, affichait BILATERAL ROOMS, sans doute réservées à de petites discussions privées. Les gens convergeaient surtout sur la gauche de la mezzanine, vers un autre point de rencontre : un espace avec des chaises en osier et un bar où s'alignaient diverses petites bouteilles et cannettes, surtout des sodas, des jus de fruits et des boissons intermédiaires. Deux écrans de télévision fixés en hauteur affichaient les mises à jour des programmes et ce qui ressemblait à des extraits vidéo de certains briefings de haut niveau. En se rapprochant, il vit que les boissons venaient du monde entier : Fruksoda, une boisson suédoise au citron vert ; Appletize, un jus de pomme pétillant d'Afrique du Sud ; Mazaa, une boisson parfumée à la mangue du Mexique. Les Nations unies version *soft drinks*, songea Ambler avec mordant.

L'espace informatique attenant avait encore plus de succès ; des grappes de chaises, disposées en étoile avec des ordinateurs connectés à l'intranet, cloisonnées de manière décorative par des réservoirs plats et rectangulaires contenant un liquide transparent dans lequel montaient lentement et continûment des chapelets de bulles. Des dizaines de doigts pianotant sur des dizaines de claviers ; des visages trahissant l'ennui, la satisfaction, l'incertitude, l'agressivité. Mais rien qui le retienne. Il regarda par-dessus le balcon et vit l'espace bien plus grand en contrebas, un terrarium du pouvoir. Sur un vaste mur de brique en face de lui se dressaient de gigantesques sculptures africaines et polynésiennes, qui se mariaient bizarrement avec la batterie de drapeaux du Forum économique mondial plantés sur la large rambarde du balcon.

Ambler descendit la volée de marches jusqu'à la foule babillarde en dessous, consulta sa montre, se jeta dans la mêlée. Une foule de milieu d'après-midi, entre deux sessions, attrapant des canapés qu'on faisait rapidement circuler sur des plateaux en argent, ou des verres en cristal contenant des boissons agréées. Eaux de toilette coûteuses, after-shave et pommade capillaire embaumaient l'air, sans parler des plateaux de *Bündnerfleisch* sur des triangles de *Pumpernickel*, une spécialité régionale. Ambler ralentit le pas et se mit à étudier son environnement humain.

Un homme assez jeune et bien bâti dans un costume démodé mais de bonne coupe – sa qualité se manifestait par le fait que son embonpoint passait inaperçu au premier regard – était accompagné d'une cohorte assez mal fagotée ; l'homme regardait partout autour de lui, son regard se posait sur tout le monde excepté sur ceux qui se trouvaient le plus près de lui. De temps à autre, il murmurait quelque chose dans une langue slave à une femme sans taille aux cheveux noirs. Probablement le nouveau chef d'État d'une des Républiques baltes, à l'affût d'investisseurs étrangers. A un certain moment le regard de l'homme se fixa, et Ambler suivit sa ligne de vision : une jeune blonde bien roulée à l'autre bout de la pièce, manifestement la séduisante épouse faire-valoir du petit ploutocrate ratatiné qui l'accompagnait. Ambler salua le Slave d'un signe de tête, l'homme lui rendit son salut, avec chaleur et méfiance : une expression qui disait : *êtes-vous quelqu'un ?* L'expression de qui ne se fie pas à son propre jugement. Ambler devina aussi que son entourage constituait à la fois une source de réconfort et d'humiliation pour lui. Il avait l'habitude d'occuper la première place. Ici, à Davos, il jouait en deuxième division ; et que son entourage soit témoin de cette évidence lui causait un certain embarras. Deux ou trois mètres plus loin, un milliardaire américain plus âgé, grand et élancé – quelqu'un dont le « logiciel d'entreprise » avait été adopté dans le monde entier – était entouré par des gens cherchant à lui glisser un mot, tentant, pareils à des modems sifflants et couinants, d'établir une connexion. Il était comme une grosse planète attirant des satellites. En revanche, peu de gens semblaient désireux d'accrocher le regard de l'homme politique

439

balte. A Davos, les dirigeants des petits pays étaient plus bas dans l'ordre hiérarchique que les dirigeants des grandes multinationales. La mondialisation, à l'instar des nouveaux modèles de management, « n'aplanissait pas les hiérarchies », comme le prétendaient ses thuriféraires ; elle en établissait simplement de nouvelles.

Alors qu'Ambler poursuivait son chemin, il remarqua que les mêmes causes produisaient les mêmes effets : certaines personnes enflaient, gonflées par l'attention qui se portait sur elles ; d'autres rapetissaient, par manque d'attention. D'autres encore paraissaient jubiler du simple fait de respirer le même air que les géants présents parmi eux. Les plateaux de canapés disparaissaient les uns après les autres dans d'avides gosiers, et Ambler doutait que quiconque les goûtât vraiment. L'attention se focalisait ailleurs. Les « entrepreneurs sociaux », comme les dirigeants les plus futés des organisations caritatives et des ONG, se faisaient désormais appeler, reconnaissant que seul le langage des affaires avait une influence dans l'ère nouvelle, discutaient vigoureusement les uns avec les autres et plus énergiquement encore avec de vrais entrepreneurs, ceux du moins dont le carnet de chèques était susceptible d'appuyer leurs projets.

Un beau et jeune Indien parlait avec animation à un homme d'affaires occidental à favoris affublé de sourcils blancs broussailleux plantés sur des arcades en encorbellement. « On est tous là pour voir ce qui ne marche pas et y remédier, disait le jeune homme. Trouver ce qui coince et le décoincer. Vous devez faire ça souvent chez Royal Goldfields.

— En un sens, admit son aîné en grommelant.

— Vous connaissez le dicton : Donnez un poisson à un homme et il aura à manger pour la journée. Apprenez-lui à pêcher...

— Et il entrera en concurrence avec vous », ironisa l'homme – le dirigeant d'un consortium minier, apparemment – d'une voix traînante et pleine de flegme.

Un bref éclair de dents blanches sur la peau brun foncé de l'Indien ; Ambler se dit que son interlocuteur n'était probablement pas conscient de l'agacement qu'il suscitait, même s'il était évident pour lui. « Mais le vrai défi, c'est de transformer toute l'industrie de la pêche. La rationaliser. S'assurer qu'elle soit rentable. Au sens figuré, bien entendu. Nous sommes tous à la recherche de solutions viables. Pas de rafistolages. »

Tandis qu'Ambler zigzaguait parmi la foule, il saisit des bribes de conversations – « Étiez-vous au petit déjeuner du ministre de la Justice ? »; « Vous pouvez dire qu'on est un fonds mezzanine, bien sûr, mais on n'hésitera pas à mouiller notre chemise avant si on est vraiment sûr du profil de risque »; « J'ai compris pourquoi il était toujours plus facile de comprendre les ministres africains francophones que leurs homologues français : ils parlent toujours plus lentement et distinctement, exactement comme on le leur a appris à l'école primaire » – et examina à la dérobée des dizaines de visages, dont beaucoup partiellement, croissants lumineux entraperçus à travers un barrage de corps.

Dans un petit groupe plus près du bar, il vit une paire d'yeux suintant la malveillance, et décida d'aller y voir de plus près. En s'approchant, il vit que l'homme était importuné par un autre, portant un costume en worsted de confection et une cravate nouée à la diable. Un universitaire, sans aucun doute, professant probablement dans une institution prestigieuse et jouissant d'une renommée personnelle. « Sauf votre respect, je ne crois pas que vous saisissiez vraiment ce qui se passe ici », disait l'universitaire. *Sauf votre respect*, une de ces expressions qui signifiaient le contraire de leur sens littéral, un peu comme *parfaitement consommable* pour du lait ayant passé la date de péremption. « Enfin, sauf votre respect, peut-être qu'il y a une raison pour que vous n'ayez pas été aux affaires depuis le gouvernement Carter, Stu ! »

L'autre homme plissa les yeux, sourit pour feindre l'amusement et masquer son profond agacement. « Personne ne conteste le fait que le taux de croissance chinois est impressionnant, mais la question est de savoir si la croissance sera durable ou non, quelles en seront les répercussions internationales, et si l'on ne commence pas à entrevoir le début d'une bulle spéculative, pour ce qui est de l'investissement étranger.

— Réveillez-vous et sentez le jasmin ! rétorqua l'universitaire. Ce n'est pas une bulle. C'est un raz de marée qui va balayer vos petits châteaux de sable, et plus tôt que vous ne le pensez. » Cette voix nasale et impérieuse était sans doute son ton habituel, présuma Ambler. Il s'enorgueillissait probablement de sa franchise, et, protégé par ses fonctions, ne se doutait pas à quel point les autres pouvaient le trouver grinçant.

Ambler se retourna et se dirigea vers un point choisi au hasard dans la foule avec un air faussement déterminé, histoire de détourner l'attention. Soudain, un homme coupa sa trajectoire, l'air interloqué. Il se mit à parler rapidement dans un idiome qu'Ambler ne comprenait pas. Une langue slave encore, mais différente de la langue marmonnée par l'homme politique.

« Je vous demande pardon ? » Un doigt sur l'oreille, Ambler mima l'incompréhension.

L'homme – rougeaud, forte carrure, presque chauve – poursuivit dans un anglais laborieux. « J'ai dit, je ne sais pas qui vous êtes, mais vous n'êtes pas celui que dit votre badge. » Il le pointa du doigt. « Je connais Jozef Vrabel. Vous n'êtes pas lui. »

A l'autre bout du hall, Clayton Caston tremblait derrière son sourire glacé. « Madame la sous-secrétaire Whitfield ? » demanda-t-il.

Ellen Whitfield se tourna vers lui. « Je vous demande pardon ? » Elle toisa du regard le petit fonctionnaire.

« Je m'appelle Clayton Caston. Je travaille pour la CIA, Bureau des évaluations internes. » Whitfield ne parut aucunement impressionnée. « Je suis ici parce que j'ai un message vraiment urgent de la part du DCI. »

Whitfield se tourna vers le dignitaire africain avec lequel elle s'entretenait. « Si vous voulez bien me pardonner », dit-elle sur un ton d'excuse. Et à Caston : « Comment se porte Owen ?

— Je crois que nous avons tous connu des jours meilleurs, répondit Caston avec raideur. Si vous voulez bien me suivre. C'est *très* important. »

Elle inclina la tête. « Certainement. »

Le vérificateur la conduisit rapidement vers un couloir situé à l'arrière, jusqu'à une pièce signalée par un écriteau : BILATERAL ROOM 2.

Quand Whitfield entra et vit qu'Ashton Palmer était déjà assis dans l'un des fauteuils en cuir blanc de la pièce, elle pivota vers Caston. « De quoi s'agit-il ? » s'enquit-elle d'un ton égal.

Caston ferma la porte, lui fit signe de s'asseoir. « Je vais vous expliquer. »

Il prit une profonde inspiration avant de les rejoindre. « Madame la sous-secrétaire, professeur Palmer, permettez-moi de faire court... enfin pas trop long, d'ailleurs l'histoire que j'ai à vous raconter n'en est pas vraiment une. De temps à autre, un expert en fraudes comptables découvre des choses qu'il aurait préféré ne pas découvrir.

— Je suis désolé, ai-je bénéficié d'une déduction fiscale injustifiée ? » demanda l'érudit aux cheveux argentés et au front haut et distingué.

Caston s'empourpra légèrement. « Les services de renseignement des États-Unis sont, comme vous le savez, une sorte de patchwork. Une division peut parfaitement ignorer une opération autorisée par une autre. Du moment que les procédures ad hoc ont été respectées, la nature desdites opérations ne me concerne pas. Le problème avec les services secrets, c'est que leur travail est...

— Secret, acheva Whitfield d'un ton guindé.

— Exactement. Y compris, souvent, pour d'autres services secrets. Mais imaginez qu'une analyse de données en *open source* vous conduise à découvrir une opération dont les conséquences sont potentiellement explosives ; surtout si l'opération devait être dévoilée. » Il se tut un bref instant.

« Alors je me dirais que la personne qui a mis au jour l'opération devrait se considérer responsable de ces conséquence explosives », répondit Whitfield d'un ton doucereux. Elle pinçait les lèvres. « C'est logique, n'est-ce pas ? » C'était une femme élégante, mais il y avait aussi quelque chose de mortifère chez elle, songea Caston. Si ses cheveux châtains adoucissaient la rudesse de ses traits, ses yeux bleu foncé paraissaient des puits sans fond.

« Est-ce quelque chose dont vous avez discuté avec le DCI ? demanda Palmer.

— Je voulais d'abord vous parler.

— Voilà qui est judicieux. » Son regard était vigilant mais pas intimidé. « Très judicieux.

— Mais vous ne me comprenez pas, poursuivit Caston. Ce que je veux dire, c'est que si j'ai été capable de relier les pointillés, d'aligner les données isolées, alors d'autres le feront.

— Les données isolées ? interrogea Palmer en plissant les yeux.

— Il y en a de toutes sortes, ça va de... – je parle en théorie ici, vous comprenez... – de billets d'avion achetés et des voyages facturés pour des officiels étrangers, à des irrégularités comptables en rapport avec l'utilisation de ressources de l'USP ; et beaucoup, beaucoup d'autres éléments que je préférerais ne pas détailler. »

Palmer et Whitfield se regardèrent.

« Monsieur Caston, commença le professeur, nous apprécions tous deux votre intérêt, et votre prudence. Mais j'ai bien peur que vous ayez mis votre nez dans des affaires qui vous dépassent quelque peu.

— Des décisions prises au plus haut niveau du commandement, résuma Whitfield.

— Vous continuez à ne pas comprendre mon inquiétude.

— *Votre* inquiétude ? » Whitfield le dévisagea calmement, un sourire dédaigneux aux lèvres.

« Qui sera partagée par le DCI, je n'en doute pas. »

Son sourire s'évanouit.

« Pour dire les choses simplement, vous avez été *négligents*. Vous avez laissé des traces numériques. Ce que j'ai pu découvrir, d'autres seront capables de le découvrir. De même que n'importe quelle commission d'enquête nationale ou internationale. Et je me demande si vous avez intégré ça à vos équations quand vous avez conçu cette opération insensée. »

Whitfield se hérissa. « J'ignore de quoi vous parlez, et je doute fort que vous le sachiez vous-même. Toutes ces allusions détournées deviennent pénibles.

— Je parle de l'élimination du président Liu Ang. Est-ce assez direct pour vous ? »

Palmer blêmit. « Vous dites n'importe quoi...

— Ben voyons ! Ce que j'ai trouvé, n'importe quelle enquête le trouvera. Menez à bien cette opération, et c'est notre gouvernement qui sera tenu pour responsable. La balle est dans votre camp, maintenant.

— Quintilien, le rhéteur romain, nous apprend que le jeu de mots involontaire est une faute de goût, déclara Palmer avec un petit sourire satisfait.

— Bon sang ! rétorqua brutalement Caston. Vous autres, francs-tireurs, êtes tous les mêmes. Vous n'anticipez jamais. Vous êtes tellement pris dans vos combines, vos ruses et vos subterfuges que les conséquences de vos actes vous prennent toujours au dépourvu. J'ai respecté les cloisonnements inter-organisationnels, j'ai tenu ma langue pour vous accorder le bénéfice du doute. Maintenant je me rends compte que je me suis trompé. Je vais immédiatement faire mon rapport au DCI.

— Monsieur Caston, je suis impressionnée par le sérieux avec lequel vous prenez votre travail, dit Whitfield, soudain cordiale. Veuillez accepter mes excuses si je vous ai offensé. L'opération dont nous discutons est un programme d'accès réservé de niveau Oméga. Naturellement, nous avons foi en votre discrétion et en votre jugement – votre réputation vous précède. Mais nous avons besoin que vous vous fiiez aussi aux nôtres.

— Vous ne me facilitez pas la tâche. Vous parlez comme si vous aviez été surpris en train d'en griller une dans une zone non-fumeur. Le problème, c'est que votre "programme d'accès réservé" est aussi confidentiel qu'un mariage de Liz Taylor. Et la question que je vous pose est la suivante : qu'est-ce que vous comptez faire ? Parce que je ne peux pas vous aider si vous ne m'aidez pas à débrouiller ce sac de nœuds.

— Je vous demande de ne pas sous-estimer la somme de calculs et de prévisions qui a été investie dans ce projet, déclara la sous-secrétaire. Et ne sous-estimez pas non plus les avantages qui en résulteront.

— Qui sont ? »

Elle se tourna vers l'homme assis à ses côtés. « Nous parlons d'histoire, monsieur Caston, dit l'érudit aux cheveux argentés. De l'histoire et de sa genèse.

— Vous êtes *historien*, grommela Caston. C'est l'étude du passé. Que connaissez-vous de l'avenir ?

— C'est une très bonne question, reprit Palmer avec un sourire engageant quoique fugace, mais mes travaux m'auront au moins appris ceci : la seule chose plus dangereuse que de tenter de modifier le cours de l'histoire, c'est de ne pas le faire.

— Cela ne rime à rien.

— L'histoire, surtout de nos jours, est comme une voiture de course. Dangereuse à piloter.

— Je ne vous le fais pas dire. »

Palmer sourit à nouveau. « Mais encore plus dangereuse si vous ne le faites pas. Nous préférons simplement ne pas être les passagers d'un véhicule sans pilote.

— Assez d'abstractions. Nous parlons d'un chef d'État. Révéré dans le monde entier.

— Les hommes doivent être jugés d'après les conséquences de leurs actes, pas d'après leurs intentions, assena Palmer. Et les

445

conséquences doivent être évaluées par les techniques de l'analyse et de la projection historiques.

— Vous êtes en train de dire que vous préférez un despote à un démocrate chinois ? demanda Caston, la gorge serrée.

— Du point du vue du monde dans son ensemble, cela ne fait guère de doute. Le despotisme – les traditions de l'autocratie, qu'elle soit monarchique ou totalitaire dans la forme – a maintenu le couvercle sur la boîte de Pandore. Ne vous a-t-on jamais dit, quand vous étiez enfant, que si tous les Chinois sautaient à pieds joints en même temps, la terre dévierait de son axe ? Le despotisme, comme vous l'appelez, est ce qui a empêché la nation chinoise de sauter à pieds joints. Le despotisme est ce qui a maintenu les pieds des Chinois liés. »

Le cœur de Caston battait la chamade. « Ce que vous faites tous les deux...

— Vous voudrez bien prendre acte, intervint Whitfield sur un ton jovial, que nous ne faisons rien. Oh, non. Est-ce que vous nous voyez dans le hall ? Nous ne sommes même pas présents sur les lieux du futur... incident. Nous sommes *ici*. Comme des tas de gens pourront en témoigner, nous sommes ici avec *vous*, monsieur Caston.

— Une conférence à huis clos, reprit Palmer, un petit sourire dur et menaçant jouant sur ses lèvres. Avec un haut responsable de la CIA.

— Encore une fois, beaucoup de gens pourront en témoigner. » Un petit sourire parfait éclaira le visage de la sous-secrétaire. « Alors si nous manigancions quelque chose, on en déduirait naturellement que vous maniganciez la même chose.

— Non pas que nous nous attendions à ce que quelqu'un fasse ce genre de déduction, dit Palmer. On en fera d'autres.

— C'est ce que j'essaye de vous dire, commença Caston. Le gouvernement américain sera aussitôt montré du doigt.

— Exactement. Nous y comptons bien, dit Whitfield. Je suis désolée, ces calculs géopolitiques ne sont généralement pas de la compétence d'un vérificateur. Tout ce que nous vous demandons, c'est votre discrétion. Vous n'êtes pas payé pour avoir un avis sur des événements de cette complexité. Mais toutes les éventualités ont été examinées par nos plus grands esprits – ou peut-être devrais-je dire notre plus grand esprit. » Elle couva Palmer d'un regard admiratif.

« Attendez une minute. Si les États-Unis sont soupçonnés...

— Soupçonnés, oui, mais seulement soupçonnés, expliqua Palmer au vérificateur. Le Département d'État avait l'habitude de parler d'"ambiguïté constructive" au sujet de sa politique chinoise. Eh bien, en l'occurrence, l'ambiguïté constructive est exactement ce que nous visons. Condamnation mais sans certitude absolue, suspicion mais sans preuves tangibles. Des conjectures empilées les unes sur les autres... mais liées ensemble par la suspicion pour construire un mur très solide.

— Une Grande Muraille ? »

Palmer et Whitfield échangèrent à nouveau un regard. « C'est bien trouvé, monsieur Caston, admit l'érudit aux cheveux argentés et au front haut et distingué. Une autre Grande Muraille de Chine... Oui, c'est bien ce dont il est question. C'est le meilleur moyen d'enfermer un tigre. Et, comme le montre l'histoire, il n'y a qu'un seul moyen d'emmurer la Chine.

— Faire en sorte que les Chinois construisent eux-mêmes le mur, articula lentement Caston.

— Eh bien, monsieur Caston, reprit l'érudit, on dirait que vous êtes des nôtres à votre insu. Nous comprenons vous et moi la toute-puissance de la logique, n'est-ce pas ? Nous comprenons vous et moi que les intuitions ordinaires, y compris les intuitions morales, doivent capituler devant la force pure de la raison. Je dirais que le lieu n'est pas mal choisi pour un début.

— Je ne suis toujours pas convaincu. Peut-être que le monde est plus complexe et moins contrôlable que vous ne le croyez. Vous pensez être les maîtres de l'histoire. De mon point de vue, vous êtes deux gamins en train de jouer avec des allumettes. Et le monde extérieur est foutrement inflammable.

— Croyez-moi, Ashton et moi avons évalué les risques de façon très approfondie.

— Il ne s'agit pas de risque, corrigea Caston posément. C'est ce que les gens comme vous ne comprennent jamais. Il s'agit d'incertitude. Vous croyez pouvoir imputer des probabilités quantifiables à des événements futurs tels que celui-ci. Pour des raisons techniques, nous le faisons tout le temps. Mais ce sont des foutaises, une simple convention, un artifice comptable. Le risque suggère une probabilité mesurable. L'incertitude s'applique à des événements futurs dont la probabilité est tout

447

bonnement incalculable. L'incertitude, c'est quand vous ne savez même pas ce que vous ignorez. L'incertitude, c'est l'humilité face à l'ignorance. Vous voulez parler de raison ? Commencez par cela : vous avez commis une erreur conceptuelle fondamentale. Vous avez confondu théorie et réalité, le modèle avec la chose que vous modélisiez. Vos théories n'ont jamais intégré le facteur le plus fondamental et le plus élémentaire dans le cours des affaires humaines : l'incertitude. Et le monde entier va prendre ça en pleine figure.

— Et vous présentez cela comme une certitude ? » objecta Palmer. Pour la première fois, il sembla perdre de sa superbe, mais la retrouva très vite. « Ou juste un risque ? Vous avez peut-être oublié le principe d'Héraclite : rien n'est permanent, sauf le changement. L'inaction aussi est une forme d'action. Vous évoquez les dangers de l'action, comme s'il y avait une alternative à somme nulle. Mais il n'y en a pas. Que se passerait-il si nous décidions de laisser Liu Ang en vie ? Parce que, voyez-vous, c'est également une action. Quelles seraient alors nos responsabilités ? Avez-vous évalué les risques de cette situation ? Nous, oui. On ne se baigne jamais deux fois dans le même fleuve ; rien ne reste jamais en l'état. Héraclite l'avait compris cinq siècles avant notre ère, et cela reste vrai dans un ordre civilisationnel dont il n'aurait pu concevoir le début du commencement. En l'occurrence, j'espère que notre logique est assez claire à présent.

— Votre logique a plus de trous qu'un pommeau de douche, grommela Caston. La vérité est toute simple : vous préparez les nations à une guerre ouverte.

— Les États-Unis n'ont jamais été plus efficaces que sur le pied de guerre, énonça Palmer avec la voix désintéressée de l'érudition. Paniques, dépressions – ces choses arrivent toujours en temps de paix. Et c'est la guerre froide – dans les faits, une période interminable d'escarmouches mineures – qui nous a assuré la suprématie mondiale.

— Les Américains ont en horreur l'idée de dominer le monde, intervint la sous-secrétaire Whitfield. En fait, il n'y a qu'une chose qui leur fasse plus horreur : c'est que quelqu'un d'autre le fasse.

— Mais la perspective d'une guerre mondiale... dit le vérificateur d'une voix haletante.

— Vous vous comportez comme si toute possibilité de conflit

devait être écartée, et pourtant, en tant qu'historien, je me dois de signaler un paradoxe qui semble vous échapper, coupa Palmer. Une nation qui a pour habitude d'éviter la guerre, encourage en fait la guerre, encourage des actes de belligérance qui conduisent à sa défaite. Héraclite avait également compris cela. "La guerre est mère de toutes choses, reine de toutes choses, et elle fait apparaître les uns comme dieux, les autres comme hommes, et elle fait les uns libres et les autres esclaves."

— Espérez-vous être divinisé, professeur Palmer? demanda Caston d'un ton plein de mépris.

— Pas du tout. Mais en tant qu'Américain, je ne veux pas devenir esclave. Et l'esclavage, au XXIe siècle, n'est pas imposé par des menottes en acier mais par des désavantages économiques et politiques qu'aucune clé ne pourra jamais ouvrir. Le XXe aura été une époque de liberté pour l'Amérique. A force d'inaction, vous sembleriez préférer un nouveau siècle de servitude pour l'Amérique. Vous pouvez toujours pérorer sur les inconnues. Les inconnues, je vous les concède. Mais cela ne justifie pas la passivité face à l'agression. Pourquoi se laisser dépasser par les événements quand on peut contribuer à *façonner* ces événements? » Le timbre de Palmer était un baryton apaisant et professoral. « Voyez-vous, monsieur Caston, la marche de l'histoire est trop importante pour être laissée au hasard. »

Ambler dévisagea attentivement le Slovaque : sa confusion se muait lentement mais sûrement en suspicion, comme de l'époxy exposé à l'air libre. Il jeta un coup d'œil à son badge : Jan Skodova. Qui était-il? Un représentant du gouvernement? Un collègue de travail? Un concurrent?

Ambler se fendit d'un large sourire. « Vous avez raison. On assistait à une table ronde ensemble. On a échangé nos badges pour rigoler. » Une pause. « J'imagine que vous deviez être là. » Il tendit la main. « Bill Becker, d'EDS, Texas. Alors, comment connaissez-vous mon nouvel ami Joe?

— Je travaille aussi pour Slovakia Utilities. Où est Jozef, alors? » Ses yeux brillaient comme du charbon.

Merde... il n'avait pas le temps.

« Hé, vous avez une carte de visite? » demanda Ambler en faisant mine de se fouiller pour en chercher une.

Avec méfiance, l'Européen de l'Est sortit un bristol de la poche poitrine de sa veste de costume.

Ambler y jeta un rapide coup d'œil avant de l'empocher. « Attendez une minute... Vous êtes le type du câble de Kosice ? Joe me parlait justement de vous. »

Une vague incertitude passa sur le visage de Skodova ; Ambler en profita. « Si vous n'êtes pas occupé, vous pourriez peut-être venir avec moi. Joe et moi étions en train de discuter dans ce petit salon privé tout au fond. J'ai dû m'esquiver cinq minutes pour m'en jeter un, mais la foule, c'est pas mon truc. J'ai comme dans l'idée que vous et moi, on pourrait faire des affaires. Vous connaissez Electronic Data Systems ?

— Où est Jozef ? » La question était polie mais lourde de sous-entendus.

« Je vais vous conduire à lui, répondit Ambler, mais avant j'ai promis de lui dénicher une bouteille de slivovitz. » Tandis que Jan Skodova lui emboîtait le pas, il chipa une bouteille d'alcool de prune à un barman, qui protesta pour la forme, puis conduisit l'homme d'affaires slovaque le long d'un couloir distribuant une série de petites pièces. Ambler entra dans la première, dont la porte entrebâillée indiquait qu'elle était inoccupée.

Jan Skodova le suivit, regarda autour de lui, et demanda avec irritation :

« Expliquez-vous, s'il vous plaît.

— Il était là à l'instant, temporisa Ambler, en fermant la porte derrière lui. Il avait sûrement besoin d'aller pisser. »

Moins d'une minute plus tard, il quittait la pièce, seul. Skodova resterait sans connaissance pendant au moins une heure ou deux. L'agent l'avait assis sur une chaise, affalé sur la table, le devant de sa chemise imbibé d'eau-de-vie, le reliquat de la bouteille posé à côté de lui. Quiconque entrerait dans la pièce en tirerait les conclusions qui s'imposaient et choisirait un autre lieu de réunion. Ce n'était pas parfait, mais cela ferait l'affaire. Il faudrait bien.

Ambler se fraya rapidement un chemin à travers la foule, dans le sens des aiguilles d'une montre, puis dans le sens inverse, attentif à tout ce qui sortait de l'éventail ordinaire de l'angoisse, du ressentiment, de l'envie, de la vanité et du dépit. Il consulta sa montre. Cinq heures moins le quart ; encore quinze minutes avant le grand discours du président à la session plénière de la conférence. Déjà, le Palais des Congrès, dont les portes faisaient face à l'escalier, commençait à se remplir. Par une porte située à l'arrière de la salle, des cameramen – habillés de façon bien plus décontractée que les participants à la conférence – entraient avec leur matériel volumineux. Son pouls s'affola. Il aperçut une femme vêtue d'un simple chemisier et d'un jean, ses cheveux châtains ébouriffés, et à nouveau, il sentit le petit colibri palpiter dans sa poitrine. *Espoir.*

Cette fois, il prit presque son envol.

C'était Laurel. Elle avait fait exactement ce qu'elle avait dit qu'elle ferait, était arrivée à l'heure prévue et avait réussi à se procurer le matériel. *Tu auras besoin de moi*, avait-elle dit. Bon Dieu, c'était peu dire. Il avait besoin d'elle pour tant de choses.

Quelques instants plus tard, ils s'étaient glissés sur le balcon encore désert dominant les places assises.

« Les équipes de télévision vont arriver dans une minute ou deux – tombe la veste, enlève la cravate, et tu passeras inaperçu. » Ce furent les premières paroles qu'elle lui adressa ; ses yeux, où brillaient l'amour et le dévouement, lui parlaient de choses qu'aucun mot ne pouvait exprimer.

Il fourra rapidement son blazer et sa cravate dans une des caisses de matériel qui traînaient par là. Laurel le décoiffa ; l'apparence qui convenait à un participant au forum ne convenait pas à un cameraman.

« Tu es très bien, finit-elle par dire. Toujours pas de piste ?

— Non, pas encore, admit Ambler, sentant monter un désespoir qu'il essaya aussitôt d'étouffer, à la fois de sa voix et de son cœur. Où est Caston ?

— Probablement en train de parler à son assistant ; il a passé beaucoup de temps avec lui au téléphone. »

Ambler hocha la tête mais ne dit rien ; le simple fait de parler était maintenant un effort. Dans le très bref laps de temps qui allait suivre, il allait réussir ou échouer. C'était aussi simple que cela.

« Nous avons deux caméras. Je t'en ai trouvé une avec un zoom optique x 48. » Elle lui tendit l'encombrante caméra, laquelle était fixée à un trépied pliant. L'ensemble était d'un vert terne.

« Merci », dit-il. Il voulait dire : *Je t'aime plus que la vie.*

« Tu crois qu'il sera assis devant ?

— Possible », répondit Ambler d'une voix rauque. Il s'éclaircit la gorge. « Il se peut qu'il soit assis plus vers l'arrière, aussi. Ça fait trop de possibilités.

— Bon, tu es ici. Fais simplement ce que tu sais faire. » Bravement, elle conservait un ton direct, presque jovial. Mais Ambler la sentait aussi terrifiée que lui.

Les effets du stress peuvent être paradoxaux et imprévisibles, comme de ravitailler un moteur en carburant. Parfois, il en résulte un surcroît de puissance. Parfois, l'engin noyé cale. Tant de choses dépendaient des quelques minutes qui allaient suivre. *Fais simplement ce que tu sais faire.* Et s'il ne le faisait pas ? S'il n'y arrivait pas ?

Liu Ang était le dirigeant bien-aimé du pays le plus peuplé du monde. Il ne représentait pas uniquement l'espoir d'un peuple, il était l'espoir du monde. Une pression sur la détente suffirait à anéantir cet espoir. La Chine sortirait alors des rails prudemment posés d'une transformation pacifique et serait poussée à l'affrontement. Il n'en résulterait rien moins qu'un cataclysme. Une population de plus d'un milliard d'individus, outragés et enragés, réclamerait vengeance. Et cette fureur aveugle, amplifiée par le simple effet de masse, représenterait peut-être le plus grand péril auquel la planète n'avait jamais été confrontée.

Dans la « cour » artificielle voisine, les grands et les bons – et les beaucoup moins bons – mastiquaient des canapés, regardaient leurs montres de luxe, et, apportant dans leur sillage le parfum du pouvoir, commençaient à remplir le Palais des Congrès. Ils étaient excités, bien entendu, même si beaucoup avaient une trop haute opinion d'eux-mêmes pour le laisser paraître. Liu Ang était sans doute l'homme d'État le plus important de la planète et il était bien possible qu'il fût le plus efficace. Les visionnaires ne manquaient pas, mais Liu Ang avait jusqu'ici montré sa capacité à transformer la vision en réalité. Ces pensées levaient des tempêtes de poussière dans l'esprit d'Ambler ; il fallait qu'il les bannisse, qu'il s'empêche de penser, s'il voulait voir clairement.

Les enjeux n'avaient jamais été aussi élevés. Ils pouvaient à peine être *plus* élevés.

Le hall était plus grand qu'il n'y paraissait de prime abord. Le simple arrangement des chaises – chacune touchait la structure chromée de ses voisines sans être liée à elles physiquement – avait dû prendre des heures. Il y avait une paire d'écouteurs sous plastique à chaque place, permettant de recevoir une traduction simultanée en dix langues, en fonction du canal choisi.

Alors que la foule entrait lentement dans le hall, Ambler décida de faire un premier repérage sans le zoom de la caméra ; il n'aurait que ses yeux pour l'informer mais bénéficierait d'une plus grande mobilité. Son regard balaya le devant du hall. Deux immenses panneaux bleus avec le logo familier du Forum économique mondial encadraient la scène. Au fond, une toile en damier, avec des petits rectangles bleus plus petits frappés du même logo, produisant le même genre d'effet qu'un portrait de Chuck Close. Un écran géant était fixé aux deux tiers de la hauteur au milieu de la scène ; on y projetterait la captation officielle de l'événement, pour ceux qui étaient assis au fond de la salle et ne pourraient pas voir l'orateur.

Ambler regarda une nouvelle fois sa montre, puis autour de lui ; les places étaient presque toutes occupées à présent – cela s'était passé avec une rapidité incroyable – et le dirigeant chinois ferait son apparition dans quelques minutes.

Ambler marcha de long en large devant le premier rang, comme s'il cherchait une place libre. Son regard passait d'un visage à l'autre, et il détecta... seulement les sentiments ordinaires des gens imbus de leur personne. Un homme grassouillet muni d'un étroit calepin de sténographe exsudait l'anxiété d'un journaliste ayant un délai très serré pour rendre sa copie ; un homme mince dans un costume en tartan criard donnait libre cours à l'euphorie ostentatoire d'un directeur de fonds spéculatif parti de rien et sur le point de voir un grand homme en chair et en os. Un autre membre du public – une femme qu'Ambler reconnut vaguement pour l'avoir vue en photo, la directrice d'une compagnie high-tech, blonde et parfaitement coiffée – paraissait distraite, comme si elle affûtait ses arguments en vue d'une prochaine interview. Un homme aux cheveux argentés avec des lunettes à double foyer cerclées de fer, un front parsemé de taches brunes, des sourcils qu'on aurait pu peigner, était en train d'examiner minutieusement la petite feuille d'instructions qui accompagnait le casque à écouteurs, l'air légèrement abattu, comme s'il avait récemment eu vent d'une chute des valeurs boursières. Ambler longea lentement l'aile la plus à droite, étudiant avec soin un photographe portant un énorme appareil Reflex équipé d'un monstrueux téléobjectif. L'homme avait l'air affable et sans prétention, content, peut-être, de la place qu'il s'était réservée près du mur et prêt à la défendre contre un éventuel rival. Une valise de photographe rigide, sur laquelle d'innombrables étiquettes de voyages avaient été collées et négligemment arrachées, était posée à ses pieds.

Ambler balaya les rangées du regard. Il y avait tellement de monde... Bon Dieu, il y avait trop de monde. Comment avait-il pu penser pouvoir... Il se reprit, coupa court à ce défaitisme. La réflexion était l'ennemie. Il fit une nouvelle fois le vide dans son esprit, s'efforça d'atteindre un état de pure réceptivité, se laissant dériver à travers le hall comme un nuage invisible. Comme une ombre, voyant tout, invisible de tous.

Un kaléidoscope d'émotions humaines s'étalait devant lui. L'homme au sourire figé qui – Ambler l'aurait juré – avait une envie pressante d'aller aux toilettes mais ne voulait céder sa place pour rien au monde. La femme qui essayait de faire la conversation à l'inconnu assis à côté d'elle, un homme qui l'avait jaugée et rejetée d'un seul regard glaçant, lui laissant craindre qu'elle avait été insultée et espérer en même temps qu'il s'agissait d'un simple malentendu linguistique. Un homme aux joues flasques et couperosées avec une mèche rabattue sur son crâne chauve qui paraissait mécontent de ne pas avoir eu le temps de prendre un whisky à l'eau correct. Le Monsieur-je-sais-tout, qui en disait plus qu'il n'en savait et discourait sur la politique contemporaine chinoise devant ses compagnons – ses employés ? –, lesquels déguisaient poliment leur ressentiment.

Des comme ça, il y en avait des centaines, tous avec leurs dosages particuliers de fascination, d'ennui, de mauvaise humeur, et d'attente – barbouillages tirés de la palette des émotions humaines ordinaires. Aucun n'était la personne qu'Ambler recherchait. Il connaissait ce genre d'homme mais était incapable de l'analyser ; il le reconnaissait simplement quand il le voyait, ou, plus exactement, le *sentait*, comme la vague de froid que vous sentez en ouvrant le congélateur un jour de chaleur. La résolution glacée du tueur professionnel, de l'homme trop attentif à son environnement, qui n'est pas uniquement dans l'attente de ce qu'il va voir mais de ce qu'il va faire. Ambler le sentait, toujours.

Mais maintenant – quand cela comptait le plus – rien. *Rien*. Une sensation de panique enfla dans sa poitrine, qu'il réprima, une fois encore. Il gagna le fond du hall en courant presque et monta l'étroit escalier en mosaïque jusqu'au balcon. Au milieu, il vit une batterie de trois caméras fixes et une demi-douzaine de cameramen indépendants travaillant pour des entreprises de communication du monde entier. Le balcon offrait un emplacement idéal pour un tireur isolé ; même un tireur moyen arriverait à faire mouche d'un perchoir aussi élevé. Ambler croisa le regard de Laurel – un homme mourant de soif buvant une petite gorgée dans une oasis –, puis regarda les autres, scrutant chaque visage inconnu. *Rien.* Pas un frémissement dans la baguette du sourcier, pas un clic sur le compteur Geiger – rien.

L'objectif de la caméra pouvait le sauver. Sans un mot, il s'approcha de Laurel et prit la caméra qu'elle lui avait préparée, celle équipée d'un zoom x 48. Pour donner le change, elle s'était postée derrière une caméra à objectifs jumelés, un modèle plus ancien et encore plus cabossée et griffée que la sienne. S'exhortant au calme, il inclina la tête de la caméra avec la molette de réglage et scruta les membres de l'audience en contrebas ; la configuration des lignes de visée obligeait l'assassin à prendre place dans la première moitié des places assises. Ce qui laissait encore cinq cents candidats. Comment avait-il pu croire qu'il aurait une chance ? Il avait l'impression d'avoir la poitrine comprimée par un bandage, de lutter pour respirer. Penser aux probabilités... Mais *non*, mieux valait laisser ça à Clayton Caston et ses pareils. Ambler respirait une autre atmosphère. Il fallait qu'il bannisse la réflexivité, qu'il bannisse la rationalité.

Il ne pouvait pas échouer.

Si son œil n'avait pas été à la hauteur, la caméra, elle, fonctionnait exactement comme Laurel et lui l'avaient espéré. Son autofocus autorisait une clarté de champ presque immédiate. *Ne pense pas. Regarde.* Les visages étaient parfois en silhouette, aperçus souvent sous des angles bizarres, mais l'électronique de la caméra était suffisamment sophistiquée pour compenser rapidement les variations de luminosité, et la définition des détails était stupéfiante. Il étudia visage après visage à travers le viseur, attendant le picotement qui lui dirait de s'arrêter, d'y regarder à deux fois.

Laurel, qui se tenait juste derrière lui, lui murmura un encouragement. « Ça va venir, mon chéri », dit-elle d'une voix douce.

455

Il sentait la chaleur de son souffle sur son cou, et c'était la seule chose qui empêchait les miasmes noirs du désespoir de l'engloutir. Dans un monde de faux-semblants, elle seule était réelle, son étoile polaire, son aimant.

C'était en lui-même qu'Ambler n'arrivait plus à croire. Ayant passé toutes les rangées au crible, il fut forcé de conclure que son instinct, finalement, l'avait trahi. Est-ce que quelqu'un allait faire irruption par les portes d'entrée au dernier moment? Y avait-il un visage qu'il n'aurait pas encore vu?

A ce moment-là, la foule fut parcourue d'un frémissement, et il entendit les portes latérales se fermer, empêchant à présent les gens d'entrer. Les gardes ne les ouvriraient plus avant la fin du discours.

D'un pas vif, le fondateur et directeur du Forum, un homme grand, presque chauve, avec des lunettes à monture d'acier, traversa la scène pour dire quelques mots d'introduction. Il portait un costume bleu foncé et une cravate bleue et blanche, les couleurs de l'organisation.

Ambler se retourna, jeta un coup d'œil derrière lui, où Laurel, le cheveu en bataille, belle et concentrée, avait l'œil collé au viseur de sa grosse caméra de télévision munie d'un téléobjectif. Il s'efforça de masquer le gouffre qu'il sentait dans son âme.

Il savait qu'elle n'était pas dupe. Elle articula les mots *Je t'aime*, et ce fut comme une lueur au bout d'un long tunnel sombre.

Il ne pouvait pas renoncer. Il ne devait pas renoncer.

Le tueur était *ici*, prêt à faire dérailler l'histoire humaine d'une simple pression sur la détente.

C'était à Ambler de le trouver, mais l'homme qui en était capable avait pour nom Tarquin.

Il était Tarquin à présent.

Une fois encore, il jeta un coup d'œil à travers le viseur. Tous les bruits disparurent, n'était la pulsation lente de son propre cœur.

Le bruit des secondes qui s'égrenaient.

Adrian Choi feuilletait les dossiers que Caitlin lui avait donnés. Ces dossiers du personnel du centre psychiatrique sur lesquels Caston voulait tellement mettre la main. Des dossiers du personnel, nom d'un chien, un tas de foutus CV, pour l'essentiel. Ça n'aurait pas dû être si difficile de les obtenir.

Mais ça l'avait été. C'était la raison pour laquelle il s'était dit qu'il ferait bien de les éplucher à la loupe.

Rasoir comme c'est pas permis, pour la plupart. Tout un tas d'écoles spécialisées, de centres universitaires de premier cycle, de périodes de service dans l'armée – pour les surveillants en tout cas. Des psychiatres diplômés de la Case Western Reserve ou de la fac de médecine de l'université de Miami, des infirmières sortant de l'École navale des sciences de la santé et d'autres endroits portant des noms similaires, des gardiens ayant servi dans le 6e ou le 202e MP Group, allez savoir ce que ça voulait dire, avec les initiales *CID* [1] entre parenthèses. Ce genre de trucs.

Sauf qu'il y avait une... comment Caston appellerait ça déjà?.. une *anomalie*.

Oui, c'était bel et bien une anomalie.

Quelqu'un frappait à la porte, bruyamment. Adrian se redressa en tressaillant. Personne ne frappait aussi fort à la porte de Clayton Caston, nom de nom !

Obéissant à une vague intuition, il décida de ne pas répondre. Quelques instants plus tard, il entendit des pas qui s'éloignaient. *C'est ça, passe ton chemin.* Peut-être un crétin qui pensait que c'était la réserve avec les cartouches d'encre. Ou peut-être était-ce autre chose. Quoi qu'il en soit, Adrian n'avait pas envie de le savoir.

Il se mit à appeler le portable de Caston; un de ces modèles internationaux, qui sonnaient quel que fût l'endroit où se trouvait l'utilisateur; ce serait leur quatrième conversation en moins d'une heure.

Caston décrocha immédiatement. Adrian lui communiqua rapidement les dernières nouvelles. Caston lui fit répéter certains détails, sans irritation mais sur un ton d'urgence.

« Et quand vous vérifiez par recoupement, expliqua Adrian, les numéros de Sécurité sociale ne correspondent pas. » Adrian écouta la réponse de Caston; il ne l'avait jamais vu si fébrile.

« C'est bien ce que je pensais, plaça Adrian. Anormal, hein ? »

Modèle de gravité pompeuse, le directeur du Forum économique

---

1. Soit « Criminal Investigation Division », la Division des enquêtes criminelles de l'armée.

mondial conclut ses remarques quelque peu grandiloquentes, reçut une salve d'applaudissements, et vint s'asseoir sur la droite de la scène. Puis les applaudissements se mirent à grossir au moment où Liu Ang en personne apparut sur la scène, d'un pas léger et bondissant, et prit place devant le lutrin.

Il était... eh bien, physiquement plus petit qu'Ambler ne l'avait imaginé. Pourtant il y avait également quelque chose de grand chez lui : sa contenance communiquait une sérénité presque surnaturelle, une impression d'infinie patience, de sagesse même, une douceur qui se savait être plus forte que la violence. Il remercia le directeur du Forum dans un anglais aux intonations mélodieuses et passa au chinois. Il s'adressait au monde – et ses compatriotes comptaient pour une grande partie de ce monde, et quand son discours serait diffusé, il voulait qu'ils sachent qu'il s'était exprimé dans sa langue maternelle avec fierté et éloquence. Il voulait qu'ils sachent qu'il n'était pas une tortue de mer de retour au pays, pas un *hai gui*, mais un citoyen aussi authentiquement chinois qu'eux tous. Ambler ne comprenait rien aux paroles du chef d'État mais beaucoup de choses à la manière dont il les prononçait. Très souvent, le contenu propositionnel d'une langue n'est que secondaire par rapport aux subtilités du ton, des intonations. Des émotions simples revêtues d'un vernis d'idées complexes.

Liu Ang était ironique et drôle – le public coiffé d'écouteurs s'esclaffait exactement aux moments qu'Ambler avait devinés – puis devenait grave et passionné. Il comprenait une vérité qu'il voulait communiquer aux autres. Il ne la leur vendait pas ; il la leur expliquait. Ce n'était pas la voix habituelle du politicien. C'était la voix d'un véritable homme d'État, la voix de quelqu'un qui envisageait un avenir de paix et de prospérité et voulait convier le reste du monde à en être. Un homme qui comprenait que la coopération pouvait être aussi puissante, et puissamment productive, que la compétition. Un homme qui contribuait à apporter la tolérance et les lumières non seulement à l'Empire du Milieu mais au monde entier.

Un homme voué à la mort d'un instant à l'autre.

Quelque part dans le hall, le tueur attendait son moment, et l'instinct d'Ambler, son don particulier, l'avait trahi, trahi complètement. Une fois encore, Ambler scruta les rangées en dessous, regardant à travers le viseur avec tellement d'intensité que sa vision commença à se brouiller, sa nuque à se raidir. Alors, brusquement, presque involontairement, il leva les yeux, se retourna, son regard embrassant les cameramen et venant se poser sur le visage de Laurel.

Elle avait observé l'orateur à travers sa caméra, manifestement aussi fascinée par l'homme d'État qu'il l'avait été, et elle ne se rendit pas compte immédiatement qu'Ambler la regardait. Son visage fut parcouru d'un frémissement, puis elle se tourna vers lui avec une expression de détermination hésitante, une expression qui débordait aussi d'amour, de loyauté, et de dévouement. Ambler cligna les yeux. Comme s'il avait un orgelet dans l'œil. Non, pas un orgelet, mais... *que venait-il de voir ?*

La température de la salle parut chuter brutalement, comme si elle avait été balayée par un coup de vent venu de l'Arctique.

Pourtant c'était de la *folie*... Il ne pouvait pas avoir vu ce qu'il croyait avoir vu.

Il repassa l'image dans son esprit. Laurel, sa Laurel adorée, étudiant la scène à travers l'œilleton de sa caméra, calmement... non, *froidement*, et puis l'expression sur son visage, juste avant qu'il ne s'illumine d'un sourire plein de tendresse. Une fois encore, il repassa cette fraction de seconde dans son esprit, et il vit une autre expression sur son visage, aussi fugace que la lueur d'une luciole, et aussi indubitable.

Une expression de mépris cristallin et sans mélange.

Chapitre trente-trois

AMBLER regarda une nouvelle fois Laurel à la dérobée et vit son index droit posé sur ce qui ressemblait à un déclencheur, sous l'objectif de l'appareil – en fait, il s'en rendait compte maintenant, une détente. Un éclair de compréhension s'abattit sur lui avec une force dévastatrice.

Comment avait-il pu être aussi aveugle ?

Depuis le début une pièce manquait au puzzle. La voix de Caston : *Il y a toujours un fusible.* Il en fallait toujours un dans un complot de ce genre. Ambler chancela comme sous l'effet d'un coup. Il n'était pas censé empêcher l'assassinat.

Il était là pour porter le chapeau.

Les caméras – une idée de Laurel. Son « inspiration ». Les vieux modèles étaient revêtus d'acier, et chaque jour il en passait des dizaines à travers les détecteurs à rayons X. Mais les rayons ne pénétraient pas le métal. L'appareil de Laurel ne cachait pas une arme ; c'était une arme.

C'était inconcevable, et néanmoins vrai. Son esprit vacilla.

Le modèle à objectifs jumelés était une ruse : le bout d'un canon dépassait de l'objectif du haut. C'était une mécanique élémentaire : le long boîtier de l'appareil et le zoom de soixante centimètres servaient de canon ; les objectifs pouvaient faire office de viseurs. Et la détente, bien sûr, était exactement... là où se trouvait son doigt.

En fait, elle l'effleurait avec l'assurance de l'expérience. C'est elle qui avait dû tuer Benoît Deschesnes dans les jardins du Luxembourg ; le tireur chinois avait dû la voir à l'œuvre, ne pas se laisser duper par sa ruse mortelle et identifier la véritable menace qui pesait sur son peuple.

Qu'Ambler avait été lent à voir ce qu'il avait sous les yeux ! Mais maintenant, avec une immédiateté vertigineuse, il vit ce qui allait suivre. Les coups seraient tirés pratiquement de l'endroit où il se tenait. La sécurité le ceinturerait : ses adversaires avaient dû trouver cette partie facile à organiser. On présumerait qu'il était américain ; mais ce serait impossible à prouver. Puisque rien ne le liait à une quelconque identité.

Puisque son identité avait été effacée.

Des soupçons sans preuve, voilà ce qui mettrait vraiment le feu aux poudres. Des émeutes avaient éclaté à Pékin après le bombardement accidentel de l'ambassade de Chine à Belgrade, comme l'avait remarqué Ashton Palmer. La disparition du bien-aimé Liu Ang par la faute d'un homme soupçonné d'être un agent américain produirait une conflagration immédiate. Et les États-Unis seraient dans l'incapacité de présenter des excuses ni de reconnaître ce que le reste du monde soupçonnerait : puisque Harrison Ambler n'existait pas.

> *En montant l'escalier*
> *J'ai croisé un homme qui n'était pas là.*
> *Aujourd'hui non plus il n'y était pas*
> *Pourvu, pourvu que je ne le revoie pas.*

Des émeutes, d'une ampleur sans précédent, renverseraient la République populaire ; l'APL serait forcée d'intervenir. Et le géant endormi ne replongerait pas dans le sommeil avant d'avoir plongé le monde dans le chaos.

Ces pensées envahissaient son esprit comme une ombre de plus en plus dense, alors même que Laurel et lui n'avaient cessé de se regarder dans les yeux. *Je sais que tu sais que je sais que tu sais...* la ritournelle enfantine lui revint aussi à l'esprit.

Le temps se ralentit, épais comme de la mélasse.

Oui, ses ennemis avaient déjà sans doute mis la sécurité en alerte, ils en étaient parfaitement capables.

461

S'il s'était trompé sur quantité de choses, il avait également vu juste sur certaines. Liu Ang mourrait; la révolution balaierait une nation; l'APL interviendrait pour sévir, imposant le joug d'un régime rétrograde d'inspiration maoïste. Mais l'enchaînement des événements ne s'arrêterait pas là : aveuglés par leur fanatisme, les conspirateurs n'avaient pas conscience des véritables conséquences de leur machination. Quand les digues de la violence auraient cédé, le monde serait plongé dans la guerre. On ne pouvait contenir des événements de cette nature. Les marionnettistes ne comprennent jamais cela. Ils jouent avec le feu et, à la fin, périssent aussi par le feu.

Ambler était partagé entre l'angoisse, la fureur et le regret, entrelacés comme les filins d'un câble en acier.

Toute cela – à commencer par son « évasion », et tout ce qui s'était ensuivi – était conforme au plan. A leur plan. Comme un enfant en possession d'une carte au trésor, il avait suivi la route qu'on avait dessinée pour lui. Une route qui conduisait à Davos, et à la mort.

Pendant un moment, le choc le rendit insensible, comme une chose faite de bois et de tissu...

Après tout, il n'avait jamais été rien d'autre qu'une marionnette.

Sur un petit moniteur en circuit fermé de la « bilateral room », le dirigeant chinois était en train de parler, avec une traduction anglaise en sous-titre. Palmer et Whitfield ne lui prêtaient guère attention. Comme si, ayant longuement répété l'événement dans leur tête, ils jugeaient que sa réalisation n'avait qu'un intérêt secondaire.

Caston referma son portable. « Désolé. Il faut que je sorte une seconde. » Il se leva en chancelant, se dirigea vers la porte. Elle était fermée... de l'intérieur. *Impossible!*

Ellen Whitfield referma son propre portable. « Je suis désolée, dit-elle. Étant donné le caractère *sensible* de notre conversation, j'ai pensé qu'il serait préférable que nous ne soyons pas dérangés. Vous avez émis des réserves sur les précautions que nous avons prises. Comme je l'ai expliqué, elles sont beaucoup plus étendues que vous avez semblé le croire.

— Je vois. » Caston avait du mal à respirer.

La bouche de la sous-secrétaire forma une petite moue. « Monsieur Caston, vous vous faites trop de souci. Ce que nous avons organisé, c'est un joli petit carambolage, d'un point de vue stratégique s'entend. Liu Ang est assassiné. Le gouvernement américain, inévitablement, est soupçonné. Et pourtant la possibilité d'un démenti plausible est maintenue.

— Parce qu'au final, le meurtrier n'existe pas. » Palmer conservait son air ironique.

« Vous parlez de... Tarquin. » Caston les observa attentivement au moment où il prononça le nom. « Vous parlez... d'Harrison Ambler.

— Harrison *qui* ? demanda Whitfield à la légère.

Le vérificateur regarda droit devant lui. « Vous l'avez programmé.

— Il fallait bien que quelqu'un le fasse. » Pas la moindre trace de remise en question dans les yeux bleu foncé de Whitfield. « Il faut pourtant lui rendre justice. Il a fait un travail magnifique. Nous lui avions réservé un parcours difficile. Rares auraient été ceux à pouvoir le négocier. Cependant nous avons jugé prudent de l'informer de la sanction des Opérations consulaires. J'ai demandé à ce qu'on charge Tarquin d'éliminer un certain Harrison Ambler. Je regrette presque de ne pas avoir été là pour cette conversation. Mais c'est un détail.

— Comment avez-vous piégé Ambler, alors ? demanda Caston d'un ton neutre.

— C'est le plus beau, répondit Palmer avec componction. Pour ainsi dire. *Und es neigen die Weisen/ Oft am Ende zu Schönem sich*, comme Hölderlin l'écrivait jadis. "Et à la fin, le sage succombe à la beauté." »

Caston inclina la tête. « J'ai vu les virements, bluffa-t-il. Mais ça ne me dit pas comment vous l'avez trouvée. Laurel Holland. »

Whitfield restait rayonnante. « Oui, c'est sous ce nom que Tarquin la connaît. Et elle a vraiment joué son rôle à la perfection. Un vrai prodige, cette Lorna Sanderson. Je suppose que vous pourriez dire qu'il s'agissait de réunir deux talents extraordinaires et complémentaires. Comme vous le savez sans doute, il n'y a pas une personne sur dix mille capable de tromper un homme tel qu'Harrison Ambler. »

Caston plissa les yeux. « Et des Lorna Sanderson, il n'y en a qu'une sur un million.

463

— Vous avez saisi. Une actrice bourrée de talent. A remporté les plus grands prix d'art dramatique à la fac. Elle a été la protégée d'un disciple de Stanislavski, qui disait ne jamais avoir vu un tel talent brut.

— Stanislavski ?

— Le légendaire directeur d'acteurs, le concepteur de la méthode qui porte son nom. Ses adeptes apprennent à éprouver les émotions qu'ils projettent. Une façon, en un sens, de ne pas vraiment jouer la comédie. Une technique extraordinaire, si vous êtes capable de la maîtriser. Et c'était son cas. Elle était extrêmement bien formée, extrêmement prometteuse. Aussitôt après avoir quitté la Julliard School, elle a joué le rôle titre dans une mise en scène d'*Hedda Gabler*, donnée dans un petit théâtre de Broadway, les critiques ont été dithyrambiques. La vérité, c'est que si elle avait eu de la chance, elle aurait pu devenir une nouvelle Meryl Streep.

— Qu'est-ce qui s'est passé, alors ? » Et que se passait-il derrière la porte ? Bien qu'elle fût solide, Caston était assis suffisamment près pour détecter les vibrations d'une sorte... d'échauffourée.

« Malheureusement pour elle, elle avait un problème. Lorna était une junkie. Amphétamines, puis héroïne. Ensuite, elle s'est mise à dealer, surtout pour être sûre d'avoir une provision régulière pour son usage personnel. Le jour où elle a été arrêtée, eh bien, c'est sa vie qui a pris fin. Et New York vit toujours sous les lois Rockefeller, bien sûr. Vendez cinquante grammes d'héroïne, et c'est un crime de classe A, passible de quinze ans de prison à la perpétuité. Et quinze ans, c'est le *minimum*. C'est à ce moment-là que nous sommes intervenus. Parce qu'un talent comme ça ne se présente pas tous les jours. Par l'intermédiaire d'un officier de liaison de l'USP, un procureur fédéral a pu négocier un arrangement avec le bureau du représentant du ministère public local. Après ça, elle était à nous. Elle constituait un projet spécial... et elle s'est avérée une élève extrêmement douée. Elle a vraiment saisi le truc.

— Et donc tout s'est déroulé comme prévu », dit Caston d'une voix accablée ; ses yeux passant rapidement de l'un à l'autre. Deux visages d'une suffisance exaspérante, une vision commune. *Folie !* Ce qui l'effrayait le plus, se rendit-il compte, c'était qu'ils n'étaient pas effrayés du tout.

Brusquement, la porte s'ouvrit à la volée. Un homme de forte carrure, au torse puissant, apparut dans l'embrasure ; d'autres étaient agglutinés juste derrière lui.

Caston se retourna, regarda l'intrus. « Ça ne vous arrive jamais de frapper ?

— Bonsoir, Clay. » Les mains sur les hanches, l'ADDI regardait fixement Withfield et Palmer sans paraître surpris. « Vous vous demandez comment j'ai découvert ce que vous maniganciez ? demanda-t-il au vérificateur.

— Ce que je me demande en fait, Cal, déclara Caston sans joie, c'est de quel côté vous êtes. »

Norris hocha sombrement la tête. « Je suppose que vous n'allez pas tarder à le savoir. »

Le temps et l'espace, l'*ici* et le *maintenant*, tout cela semblait transformé aux yeux d'Ambler. Le Palais des Congrès paraissait aussi irrespirable et froid que l'espace, et le temps s'écoulait en lentes secondes, s'égrenant avec un bruit mat au rythme de son propre cœur.

Harrison Ambler. Combien d'efforts avait-il dû faire pour reconquérir ce nom ; un nom qui ne serait bientôt plus que synonyme d'infamie. Il se sentait malade, abattu par la nausée et le dégoût, et, malgré cela, il ne voulait pas s'avouer vaincu.

Elle avait dû deviner cela en lui, car pendant qu'ils continuaient à se regarder dans les yeux, il détecta – vit ou sentit – un mouvement presque imperceptible, la contraction musculaire qui précède la pression sur la détente, ou peut-être *savait*-il simplement sans voir ni sentir quoi que ce fût, parce que pendant cette fraction de seconde elle était lui et il était elle, unis dans un moment de transparence, un moment de vérité, unis non plus par l'amour mais par la haine, et...

Ambler se jeta sur elle avant même de comprendre ce qu'il faisait, se jeta sur elle à l'instant où elle appuyait sur la détente.

La détonation bruyante de l'arme le ramena en lui-même. Une microseconde plus tard, une explosion retentit au-dessus de sa tête – un bruit sec, une pluie de minuscules éclats de verre brillants, une diminution discrète mais perceptible de l'éclairage –, lui apprit que la balle avait dévié, avait touché l'un des projecteurs fixés au plafond. Alors même que l'information cheminait dans son esprit, il éprouva une douleur fulgurante au ventre, sentit la douleur avant d'enregistrer le mouvement soudain de sa main, l'acier étincelant de la lame dans son poing. Une partie de son cerveau tournait à vide, déboussolé... *ça n'avait aucun sens*. Il lui fallut une autre fraction de seconde avant de se rendre compte qu'elle le poignardait une deuxième fois, qu'elle l'avait frappé une première fois sans se faire voir, et qu'elle le frappait à nouveau... oui, elle frappait, enfonçait la lame encore et encore, pénétrant sa chair dans un délire spasmodique.

Son sang coulait à flots, comme du vin d'un verre trop plein, mais rien de tout cela n'avait d'importance : il fallait qu'il l'arrête ou il perdrait tout – son nom, son âme, son être. Avec ses dernières forces, il se jeta sur elle au moment où la longue lame plongeait une fois encore dans ses entrailles. Les mains en grappins, il immobilisa ses bras contre ses flancs, les clouant au sol. Les cris et les hurlements autour de lui semblaient lui parvenir de plusieurs kilomètres de distance. Il ne voyait qu'elle, à l'exclusion de tout le reste, la femme qu'il avait aimée – la tueuse qu'il n'avait jamais connue – qui se débattait furieusement sous lui, parodie grotesque d'un rapport sexuel nourri par le contraire de l'amour. Son visage, à quelques centimètres du sien, ne montrait rien d'autre que la fureur et la détermination haineuse d'une prédatrice. L'hémorragie commença à obscurcir ses pensées au moment où il s'en remettait au poids de son corps pour pallier ses forces déclinantes et empêcher sa fuite.

Une voix lointaine, émergeant du crachotement d'un bruit blanc, comme une station de radio dont les ondes sont renvoyées par les champs magnétiques d'un autre continent. *Rappelez-vous cet homme qui, au temps jadis, tenait boutique dans un village et vendait à la fois une lance qui, à l'en croire, était capable de transpercer n'importe quoi, et un bouclier, que rien ne pouvait transpercer.*

La lance. Le bouclier.

Un homme qui devinait les intentions des autres. Une femme dont personne ne pouvait percer les intentions.

La lance. Le bouclier.

Des fragments du passé défilèrent dans son esprit, faiblement, comme au travers d'un projecteur de diapositives défaillant. A Parrish Island, les paroles d'encouragement murmurées d'une voix douce : c'était elle qui lui avait soufflé l'idée de son évasion, jusqu'à la date exacte – il s'en rendait compte à présent. C'était Laurel qui, à chaque étape importante, l'avait maintenu à la fois sur la corde raide et sur des rails. Tarquin, le *Menschenkenner*, avait rencontré son égale. C'était Laurel depuis le début.

Cette prise de conscience le transperça, ouvrit une blessure plus douloureuse que celles qu'elle lui avait infligées avec son couteau.

Il ferma les yeux un court instant, les rouvrit, et cet effort fut le plus ardu qu'il eût jamais fait.

Il la regarda au fond des yeux, cherchant la femme qu'il avait cru connaître. Avant de perdre connaissance, il ne vit que les ténèbres, la défaite et une hostilité féroce, et alors, dans ces ténèbres – vaguement, dans un reflet tremblant –, il se vit lui-même.

Épilogue

ARRISON Ambler ferma les yeux et sentit la douce chaleur du soleil de mars. Allongé sur la chaise longue du pont, il entendait des bruits. Des bruits apaisants. Le clapotis léger de l'eau contre la coque du bateau de pêche. Le bruit d'un moulinet qui se dévide au moment du lancer. D'autres bruits aussi.

Il savait enfin ce que c'était d'avoir une famille, et une impression de contentement monta en lui. De l'autre côté du bateau, le fils et la fille amorçaient une ligne en se chamaillant joyeusement. La mère lisait le journal, lançait sa propre ligne, intervenait d'un regard ironique et aimant quand les gamins devenaient trop turbulents.

Il bâilla, sentit un élancement, ajusta son tee-shirt ample. Des bandages striaient encore son ventre, mais après deux opérations, il cicatrisait; il le sentait, sentait ses forces commencer à revenir. Le lac scintillait sous le soleil, un petit lac de la Shenandoah Valley, et bien que ce ne fût pas encore le printemps, le temps était doux, dans les quinze degrés. Il se dit qu'il ne retournerait probablement jamais dans les Sourlands, mais il aimait toujours les bateaux, les lacs, la pêche, et il était content de pouvoir partager ses connaissances. La scène n'était pas aussi idyllique qu'elle en avait l'air, c'est certain : pas avec les démons qui continuaient de se pourchasser dans son esprit. Pas avec deux adolescents exubérants et leur mère charmante, mais à la langue acerbe. Mais, d'une certaine manière, c'était mieux ainsi. Plus réel.

469

« Hé, chef ! » lança le garçon. A dix-sept ans, il était déjà large d'épaules et de torse. « Je vous ai sorti une *ginger ale* de la glacière. Elle est encore froide. » Il tendit la cannette à Ambler.

Celui-ci ouvrit les yeux et lui sourit. « Merci.

— Vous êtes sûr que vous ne voulez pas une bière ? demanda la femme – plus toute jeune, mais élégante et très drôle. Il y a une Guinness quelque part. Le petit déjeuner des Champions.

— Non, répondit Ambler. Faut que j'y aille doucement. »

Oui, c'était agréable la vie de famille. Il pourrait s'y faire.

Non pas que ce fût *exactement* sa famille.

Tandis qu'une onde à peine perceptible faisait insensiblement tanguer le bateau, Clayton Caston émergea avec difficulté de la cabine, en sueur, le teint vert. Il darda sur Ambler un regard sinistre et réprobateur et avala un autre cachet de Dramamine.

Linda, en tout cas, n'était pas tout à fait novice, et les gamins n'avaient pas été difficiles à convaincre. Persuader Clay de les accompagner avait été une autre paire de manches. Clay avait eu raison de douter de la tranquillité promise, mais seul un hypocondriaque forcené comme lui avait pu se persuader qu'il souffrait du mal de mer sur un lac pratiquement immobile.

« Comment ai-je pu me laisser embarquer sur cet engin vomitoire... commença Caston.

— Je vous envie, Clay, dit Ambler simplement.

— Est-ce que vous avez conscience que les risques de noyade sur un plan d'eau douce sont en réalité plus grands qu'en mer ?

— Arrêtez un peu. La pêche est l'un des loisirs préférés des Américains. Je vous l'ai dit, c'est le truc le plus amusant qu'on puisse faire sans un tableur. Laissez-vous tenter. Il se pourrait même que vous soyez doué.

— Je sais pour quoi je suis doué, râla Caston.

— On n'est jamais au bout de ses surprises avec vous, je parie que vous vous surprenez vous-même parfois. Qui aurait cru que vous étiez aussi doué avec le matériel audiovisuel ?

— Je vous l'ai dit. C'est mon assistant qui m'a guidé pas à pas. Tout ce que je sais des câbles coaxiaux sinon, c'est leur prix d'achat au mètre et le tableau d'amortissement recommandé. » Mais à voir son sourire satisfait, Ambler devina qu'il se rappelait ce qu'il s'était passé après que Whitfield et Palmer avaient découvert que la « bilateral room » avait été discrètement transformée en studio équipé d'une caméra en circuit fermé et que l'intégralité de leur conversation avait été diffusée dans le centre médias du Palais des Congrès. Le savant et la responsable politique étaient fascinants dans leur fanatisme absolu – des centaines de participants au forum purent s'en rendre compte en regardant leurs visages sur les moniteurs vidéo montés partout dans le centre de conférences.

Palmer et sa protégée n'avaient pas mis longtemps à mesurer les conséquences de leurs actes ; non seulement pour leur avenir personnel mais pour leur projet. Comme beaucoup de sombres entreprises, la seule chose à laquelle il ne pouvait survivre était d'être exposé au grand jour.

Comme Caston l'avait raconté à Ambler au cours d'une de ses nombreuses visites à l'hôpital, c'était Caleb Norris qui avait conduit les agents de la police militaire suisse jusqu'à la « bilateral room » et veillé à ce que les conspirateurs soient placés en détention. Il s'avéra qu'il avait été alerté par un message urgent qu'un maître-espion chinois du nom de Chao Tang s'était arrangé pour lui faire porter personnellement ; un geste pour le moins inhabituel, mais au plus haut niveau, les responsables du renseignement constituaient souvent un dossier sur leurs homologues. Ainsi, sans s'être jamais rencontrés, les deux hommes se faisaient l'un de l'autre une idée précise. Étant donné le caractère extraordinaire de la situation, Chao avait décidé de solliciter l'assistance personnelle d'un Américain. La mort du maître-espion, annoncée peu de temps après, avait servi à confirmer l'authenticité du message. Abruti par les sédatifs, Ambler avait passé ses premières semaines d'hospitalisation entre la veille et le sommeil, et Caston avait dû lui raconter plusieurs fois ce qu'il s'était passé avant qu'il ne comprenne que ce n'était pas un rêve, une illusion provoquée par les narcotiques.

Plus tard, ayant recouvré toute sa vivacité d'esprit, mais encore affaibli physiquement, il avait reçu d'autres visites, certaines organisées par Caston, d'autres non. Ethan Zackheim, un type du Département d'État, était passé deux fois, avec beaucoup de questions. L'assistant de Caston était venu deux ou trois fois, avait trouvé Ambler *super* et n'avait pas arrêté de le comparer à un certain Derek. Il avait même reçu la visite de Dylan Sutcliffe – le *vrai* Dylan Sutcliffe, bien qu'avec les vingt-cinq kilos qu'il avait pris depuis le Carlyle College, Ambler avait mis un moment à le reconnaître –, et pendant qu'ils feuilletaient l'annuaire de leur promotion, il l'avait régalé d'un tas d'anecdotes amusantes sur le collège. Ambler se rappelait la plupart, quoique dans une version légèrement différente. Caston lui-même avait passé pas mal de temps à comprendre comment les appels avaient été détournés et à débrouiller les anomalies de facturation qui en avaient résulté.

« Eh bien, reprit Ambler au bout d'un moment, en changeant légèrement de position dans sa chaise longue, votre carrière à l'antenne a peut-être été brève, mais elle a été vachement efficace. La lumière du soleil est le meilleur des désinfectants, pas vrai ? »

Caston plissa soudain les yeux. « Les gamins ont mis de l'écran total ? demanda-t-il à sa femme.

— On est en *mars*, Clay, répondit Linda, amusée. En mars. Personne ne se fait bronzer, là. »

On entendit un hurlement ravi et un cri à l'autre bout du bateau : « Je l'ai eu. C'est moi qui l'ai eu... C'est le mien ! » La voix d'Andréa : fierté et emphase.

« Le tien ? » Celle de Mac : un baryton d'adolescent pas vraiment convaincant. « Le *tien* ? Excuse-moi, mais qui a lancé la ligne ? Qui a mis l'appât ? Je t'ai juste demandé de tenir cette foutue canne à pêche pendant que j'allais chercher...

— On surveille son langage », intervint Linda sur un ton d'avertissement. Elle s'approcha des deux chamailleurs.

« Quel langage, qu'est-ce qu'il a mon langage ? rétorqua Max.

— De toute façon, il est trop petit ce poisson, poursuivit leur mère. Vous feriez mieux de le relâcher, les enfants.

— T'as entendu Maman, fit Andréa avec jubilation. Remets ton poisson riquiqui à l'eau.

— Ah, alors c'est mon poisson maintenant ? » La voix de Max se brisa en un gloussement indigné.

Ambler se tourna vers Caston. « Ils sont toujours comme ça ?

— J'en ai bien peur », répondit joyeusement le vérificateur.

Il regarda sa femme et ses enfants à la dérobée de l'autre côté du pont, et Ambler vit la fierté et le dévouement qui palpitaient en lui, son élément vital. Mais la distraction du vérificateur fut de courte durée. Quelques minutes plus tard, quand une autre vaguelette souleva le bateau, il s'assit lourdement sur la chaise en toile à côté d'Ambler, se préparant à formuler une requête.

« Écoutez, on ne pourrait pas faire demi-tour et revenir à terre ? » Il suppliait presque.

« Pourquoi voudrait-on faire une chose pareille ? C'est une belle journée, l'eau est merveilleuse, on a loué ce bateau incroyable.. Comment pourrait-on être mieux ?

— Ouais, mais c'était censé être une partie de *pêche*, non ? Parce que, voyez-vous, je pense que tous les poissons se planquent du côté du quai. En fait, j'en suis *sûr*.

— Allons, Clay, dit Ambler. Ça ne tient pas comme hypothèse. » Il arqua un sourcil. « La répartition la plus probable du poisson à cette époque de l'année...

— Croyez-moi, implora Caston. C'est sur le quai qu'il faut être. J'ai un *bon pressentiment*. »

Dans la collection Grand Format

Cussler (Clive)	*Atlantide* ■ *Odyssée* ■ *Onde de choc* ■ *L'Or des Incas* ■ *Raz de marée* ■ *Walhalla*
Cussler (Clive), **Dirgo** (Craig)	*Bouddha* ■ *Chasseurs d'épaves* ■ *Chasseurs d'épaves, nouvelles aventures* ■ *Pierre sacrée*
Cussler (Clive), **Kemprecos** (Paul)	*A la recherche de la cité perdue* ■ *Glace de feu* ■ *Mort blanche* ■ *L'Or bleu* ■ *Serpent*
Cuthbert (Margaret)	*Extrêmes urgences*
Davies (Linda)	*Dans la fournaise* ■ *En ultime recours* ■ *Sauvage*
Evanovich (Janet)	*Deux fois n'est pas coutume*
Farrow (John)	*Le Lac de glace* ■ *La Ville de glace*
Genna (Giuseppe)	*La Peau du dragon*
Hartzmark (Gini)	*A l'article de la mort* ■ *Mauvaise passe*
Kemprecos (Paul)	*Blues à Cape Cod* ■ *Le Meurtre du Mayflower*
Larkin (Patrick), **Ludlum** (Robert)	*La Vendetta Lazare*
Ludlum (Robert)	*Le Code Altman* ■ *La Directive Janson* ■ *Le Pacte Cassandre* ■ *Le Protocole Sigma* ■ *La Trahison Prométhée* ■ *La Trahison Tristan*
Ludlum (Robert), **Lynds** (Gayle)	*Objectif Paris* ■ *Opération Hadès*
Lustbader (Eric Van)	*La Peur dans la peau*
Lynds (Gayle)	*Mascarade* ■ *La Spirale*
Martini (Steve)	*L'Accusation* ■ *L'Avocat* ■ *Irréfutable* ■ *Le Jury* ■ *La Liste* ■ *Pas de pitié pour le juge* ■ *Principal témoin* ■ *Réaction en chaîne* ■ *Trouble influence*
McCarry (Charles)	*Old Boys*
Miller (John Ramsey)	*La Dernière famille*
Moore Smith (Peter)	*Les Écorchés* ■ *Los Angeles*
Morrell (David)	*Accès interdit* ■ *Le Contrat Sienna* ■ *Démenti formel* ■ *Disparition fatale* ■ *Double image* ■ *In extremis* ■ *Le Protecteur*
O'Shaughnessy (Perri)	*Intentions de nuire* ■ *Intimes convictions* ■ *Le Prix de la rupture*
Palmer (Michael)	*De mort naturelle* ■ *Fatal* ■ *Entrave à la justice* ■ *Le Patient* ■ *Situation critique* ■ *Le Système* ■ *Traitement spécial* ■ *Un remède miracle*
Scottoline (Lisa)	*Dans l'ombre de Mary* ■ *Dernier recours* ■ *Erreur sur la personne* ■ *Justice expéditive* ■ *La Bluffeuse*
Sheldon (Sidney)	*Avez-vous peur du noir?* ■ *Crimes en direct* ■ *Matin, midi et soir* ■ *Racontez-moi vos rêves* ■ *Rien n'est éternel* ■ *Un plan infaillible*
Sinnett (Mark)	*La Frontière*
Slaughter (Karin)	*A froid* ■ *Au fil du rasoir* ■ *Indélébile* ■ *Mort aveugle* ■ *Sans foi ni loi*

Cet ouvrage a été imprimé par

FIRMIN DIDOT
GROUPE CPI
Mesnil-sur-l'Estrée

pour le compte des Éditions Grasset
en janvier 2008

Imprimé en France
Dépôt légal : janvier 2008
N° d'édition : 15161 – N° d'impression : 88153